U0745857

后浪出版

René Wellek Austin Warren

THEORY OF LITERATURE

文学理论

新修订版
New Revised Edition

[美] 勒内·韦勒克 奥斯汀·沃伦 / 著
刘象愚 邢培明 陈圣生 李哲明 / 译

浙江人民出版社

目　录

第一部　定义和区分

第二部　初步工作

第三部　文学的外部研究

第四部　文学的内部研究

韦勒克与他的文学理论（代译序）

刘象愚

勒内·韦勒克（1903—1995）是20世纪西方十分有影响的文学理论家和批评家之一。他的八大卷《现代文学批评史：1750—1950》历经数十年之久，终于在生前完成，被文学界公认为"里程碑式"的皇皇巨著；他与奥斯汀·沃伦合著的《文学理论》出版近半个世纪，一直盛行不衰，先后被译成20余种文字，不仅被世界许多国家的大学用作文学专业的教材，还被纳入世界经典作品之列。对于这样一位重要的理论家和批评家，我国的一些前辈学者是有一定了解的。例如，朱光潜先生在他20世纪60年代撰写的《西方美学史》附录的"简要书目"中就列入了韦氏的《现代文学批评史》，并做了中肯的评价，称其"资料很丰富，叙述的条理也很清楚"，但也指出了它对"时代总的精神面貌"重视不够的弱点；[1]钱锺书在其《管锥编》中数次引用《文学理论》中的说法与中国典籍中的描述相互印证。[2]1984年，我们翻译的《文学理论》由三联书店出版，在国内学术界产生了很大的影响。此书连续印刷两次，发行数万册，使许多文人学者了解了他的理论。从那时至今的20年间，《文学理论》被许多高校的中文系用作教科书，还被教育部列入中文专业学生阅读的100本推荐书目中。然而，从80年代末以后，此书即告售罄。目前，学界对此书需求甚急。于是，我们对旧译略加修订，交付再版。在书稿付梓前，对韦勒克其人其作似有必要做一个较为详尽的讨论。

1 朱光潜：《西方美学史》，北京：人民文学出版社，1979年，下卷，748页。

2 钱锺书：《管锥编》，北京：中华书局，1979年，第2册，748页；第4册，1421页。

一

1903年，韦勒克诞生在维也纳这座曾经培育了许多世界级的音乐家、哲学家、心理学家和文学家的文化摇篮里。他的家庭成员都有很高的文化素养。父亲勃洛尼斯拉夫·韦勒克祖籍捷克，从小喜爱音乐，是当地一名出色的歌手，曾经撰文评论瓦格纳的歌剧，为捷克著名作曲家斯美塔纳作传，还翻译过捷克诗人维奇里基和马哈的诗歌。母亲加波莉尔出身于一个具有波兰血统的西普鲁士贵族家庭，能讲德、意、法、英四种语言，具有很高的文化素养。在家庭浓厚的文化氛围浸染中，幼年的韦勒克养成了嗜读的习惯，他贪婪地阅读文学、历史、宗教、哲学、地理、军事等多个领域的著作，经常欣赏歌剧演出，还学习演奏钢琴。他在学校讲德语，回家后讲捷克语。从10岁起，他开始学习拉丁语，在此后8年的时间中，每周坚持阅读拉丁文经典著作8小时，阅读了西塞罗、恺撒、卡图卢斯、维吉尔、贺拉斯、奥维德、塔西佗等名家的作品。从13岁开始，他又学习希腊文，阅读了色诺芬、柏拉图、卢西安和荷马的作品。在他患猩红热休学期间，他父亲用德文为他读狄更斯的《匹克威克外传》；复学之后，他停止学习希腊文，同时开始学习英文，这一选择为他日后长期的教学与研究奠定了基础。

奥匈帝国垮台后，韦勒克一家从维也纳迁到古老的、充满天主教气氛的布拉格。在布拉格读中学时，学校开设史地、拉丁文学、日耳曼文学、捷克文学等课程，但不开设英文，因此，他只能在放学回家后读莎士比亚和英国浪漫主义诗人的作品。此外，他还读了叔本华、尼采的大量论著。1922年，他进入捷克著名的查理大学（即现在的布拉格大学）,专攻日耳曼文学，学习语言、文学、比较民俗学等课程，还专程到海德堡听当时以比较研究莎士比亚与歌德闻名的批评家贡多尔夫的讲座。但是，大学课程中对他最具吸引力的却是由著名捷克学者马蒂修斯（1882—1945）主讲的“英国文学史”。马蒂修斯是布拉格语言学派的奠基人之一，像韦勒克一样，也曾在奥地利度过少年时代，具有强烈的民族热情，毕生致力于捷克民族文化的复兴。他提倡一种简洁、清新的文体，引导学生努力去探索、发明，但却不赞成趋奉时尚和标新立异。他讲的“英国文学史”完全摆脱了当时实证主义的影响，往往新意迭出，精彩纷呈。他的课程使年轻的韦勒克深受教益。他们师生之间建立了信任和友谊。在马蒂修斯指导下，韦勒克如痴如醉地阅读莎士比亚、浪漫派诗人和维多利亚诗人的作品；在马蒂修斯双目失明后，韦勒克则为他有声有色地朗读斯宾塞的《仙后》，聆听他对斯宾塞不同凡响的评论。

为了准备《卡莱尔和浪漫主义》的论文，韦勒克于1924年和1925年两次游历英国。当时的英国正处在对邓恩、马维尔等17世纪玄学派诗人重新评价的热潮中，这引起了韦勒克的极大兴趣。就在这段时间内，他开始发表论文。第一篇文章是对《罗密欧与朱丽叶》的一种捷克文译本的评论。随后的文章讨论拜伦、雪莱和其他浪漫主义诗人。在马蒂修斯的指导下，他完成了《卡莱尔和浪漫主义》的论文，提出卡莱尔反对启蒙运动的武器是从德国浪漫主义那里借来的新观点，引起了学术界的注意。1926年，年仅23岁的韦勒克获得语文学博士学位。

在捷克教育部的支持下，韦勒克第三次赴英，计划完成关于“马维尔和巴洛克以及拉丁诗歌关系”的专著。但在牛津大学他获悉法国著名文学史家皮埃尔·勒古伊正在撰写一部论马维尔的巨著，于是放弃原来的研究构想。后来，由于牛津大学的推荐，他获得国际教育研究所的帮助，于1927年秋到美国普林斯顿大学进修，参加了各种进修班的课程，但这些课程大都很难引人入胜，加上当时普林斯顿大学不授现代文学和美国文学，因此，他便转而研读门肯、凡·韦克·布鲁克斯和新人文主义者巴比特和莫尔等人的著作。

此后，他在史密斯学院教授了一年德文，次年回普林斯顿，仍然教授德文，同时参加关于“黑格尔逻辑”的讲习班。早先对卡莱尔的研究自然把他引向柯勒律治，而对柯勒律治的研究又不能不联系康德和谢林，于是他决定自己的第二篇论文写“康德对英国的影响”。随后，他取道英国回国，在大英图书馆仔细阅读了柯勒律治《逻辑》的手稿，探索了这位英国诗人和批评家在借鉴康德思想中的得失。

1930年秋，韦勒克回到查理大学，迅速完成了《康德在英国：1793—1838》的专著，并积极参加了布拉格语言学派的活动，他不仅在大学授课，教授英文，还把康拉德的《机会》、劳伦斯的《儿子与情人》等作品翻译成捷克文，并用捷克、英、德等数种文字为许多杂志和布拉格学派的专刊撰写评述理查兹、利维斯、燕卜荪等剑桥批评家的文章。这个时期，俄国形式主义与捷克结构主义的理论引发了他强烈的兴趣，他对什克洛夫斯基、雅柯布逊、穆卡洛夫斯基、英伽登等人的论著格外重视。

1935—1939年，韦勒克执教于伦敦大学，为布拉格语言学派文集第六卷撰写了《文学史理论》的重要文章，在此文中他首次用英文评述了俄国形式主义和英伽登的现象学。而且在《细察》杂志上与利维斯展开论战，批评他对柏拉图以来的理想主义和浪漫主义缺乏理解的错误。[1]

---

1 1937年韦勒克在《细察》杂志第5期上发表《文学批评与哲学》的文章，对利维斯提出批评，在随后的《细察》第6期上他们展开了争论。

1939年春，希特勒的军队攻占布拉格，韦勒克此时失去了生活来源，但他很快获得了美国学者的援手。持新人文主义观点的爱荷华州立大学文学院院长福斯特驰书邀请韦氏任该校英文系讲师，韦氏夫妇途中在剑桥又停留了6周，于当年9月1日也就是第二次世界大战爆发的当天住进了爱荷华城的一幢住宅中。

在爱荷华州立大学，韦勒克开了“欧洲小说”的课程和“德英文学关系”的讲习班，结识了几位志同道合的同事，其中往来最密切的是奥斯汀·沃伦。当时的美国学界与英国学界大同小异，多数学者依然恪守老式的、实证主义的研究方法，而另一些学者则认为应该对传统的方法重新认识，两派之间在究竟应该重视历史批评还是审美批评、重视事实还是观念等问题上不时进行论战，但双方都缺乏理论上的自觉。韦勒克支持福斯特的新人文主义立场及其领导的改革，并力图在理论上做出阐述，他修改并重新发表了《文学史理论》，出版了《英国文学史的兴起》(北卡罗来纳大学出版社，1941年)，开始担任《语文学季刊》的副编辑。

在这段时间内，韦勒克先后结识了“新批评派”的几位主将：W. K. 韦姆萨特、C. 布鲁克斯、A. 泰特、R. P. 沃伦。新批评派的理论给韦勒克留下深刻的印象，相形之下，他深深地感到新人文主义理论的缺憾，于是决定和奥斯汀·沃伦合作撰写《文学理论》，重点讨论文学艺术品的本质、功能、内部结构和形式等方面的特点，同时阐述文学与相邻学科的关系。这本书把俄国形式主义、捷克结构主义与英美新批评的观点有机地结合了起来。

由于战争，韦勒克中断了与布拉格学派的联系，但他对理论的兴趣却有增无减。1944年，他被提升为教授，次年夏天，在洛克菲勒基金会的资助下，他与沃伦在马萨诸塞州的剑桥进行了成功的合作，就《文学理论》的各个章节交换意见并完成了部分章节的写作。

同年秋，他们返回爱荷华。这时消息传来，他从前的导师马蒂修斯在捷克获得解放前夕去世了。他正打算回布拉格去继承老师的事业时，耶鲁大学表示愿意给他提供一个教席。于是，他改变初衷，留在美国，并加入美国籍。这时，耶鲁大学授予他荣誉硕士学位，邀请他参加“现代语言学会”会刊编辑部的工作。他被聘为耶鲁大学斯拉夫文学与比较文学教授，主讲“俄国小说”。他深感这类课程的传统设置与讲法有先天的不足，因为在他看来许多不同民族的文学都有内在联系，特别是上承古希腊罗马传统的欧洲文学理应被看作一个有机的统一体，因此，文学课程的设置与讲授应该从过去的国别文学扩展到超越民族界限的领域中。1947年和1948年的两个夏天，沃伦来到耶鲁，与韦勒克继续《文学理论》的写作。

1947年和1948年，韦勒克先后在明尼苏达大学和哥伦比亚大学做过讲座。1948年秋，耶鲁大学建立比较文学系，韦勒克被聘为首任系主任，并成为当时新创刊的《比较文学》杂志的编委。在该刊第1期上，他发表了与阿瑟·洛夫乔伊论战的著名论文《文学史上的浪漫主义观念》，批驳洛夫乔伊认为西欧浪漫主义不是一个统一体的观点。[1] 1949年夏，韦勒克加入了J. C. 兰色姆、A. 泰特和Y. 温特斯等新批评派的行列，成为肯庸学院的研究员。这一年，《文学理论》出版，此后，他便全力以赴投入《现代文学批评史：1750—1950》的写作中。

20世纪50年代，韦勒克迎来了他学术生涯的极盛期。从此之后，他的著作、论文、书评、通讯以及各种文章源源不断地问世，论述所向，遍及美、英、德、法、俄、意、捷、波等许多国家的哲学、美学、历史、思想史、文学史、文学批评、文学理论、思潮运动、文学分期、文体、方法等领域。

1955年，耶鲁大学出版社出版了他的《现代文学批评史》第一、二卷；1963年，美国的捷克艺术与科学研究会为他的60岁诞辰出版了《捷克文学论集》，同年，耶鲁大学出版社出版了《批评的概念》；1965年，普林斯顿大学出版社出版了他的另一本论文集《对照：19世纪德、英、美思想与文学关系研究》，这一年，耶鲁出版了《现代文学批评史》的第三、四卷；1970年，耶鲁出版了他的第四个论文集《辨异：续批评的概念》；1981年，华盛顿大学出版社把他在该校的演讲编为一集出版，题为《四个批评家：克罗齐、瓦莱里、卢卡奇和英伽登》；1982年，北卡罗来纳大学出版社把他20世纪70年代所写的文章选编为一集，作为《批评的概念》的第二个续本，题为《对文学的攻击》；1986年，耶鲁出版了《现代文学批评史》第五、六卷，1991年出版第七卷，1992年出版第八卷。[2]

由于其博大精深的学识与出类拔萃的学术活动，韦勒克一生获得了极高的荣誉：他被世界著名大学如哈佛大学、牛津大学、哥伦比亚大学、罗马大学、慕尼黑大学授予荣誉博士学位；除在耶鲁大学任斯拉夫文学系教授和比较文学系主任外，他还兼任哈佛大学、普林斯顿大学、加州大学柏克莱分校、印第安纳大学、夏威夷大学和世界许多大学的讲座教授；他曾三次获得古根海姆奖学金，一次获

---

1 韦氏的这篇文章在《比较文学》第1期（1949年冬季号）和第2期（1950年春季号）上连载。后收入其《批评的概念》（耶鲁大学出版社，1963年）中。参见笔者选编的《文学思潮和文学运动的概念》（北京：中国社会科学出版社，1989年，105—187页）。洛夫乔伊的文章题为《论对浪漫主义的鉴别》，最初发表于《现代语言学会会刊》（第29期，1924年），重印于其《思想史论文集》（巴尔的摩，1948年）中。

2 韦氏曾寄赠笔者《对文学的攻击》并指示耶鲁大学出版社寄赠《现代文学批评史》第五、六卷；韦氏的遗孀诺娜·韦勒克曾指示耶鲁大学出版社寄赠第七、八卷。目前国内已有《四个批评家》与《现代文学批评史》第一至五卷的汉译本。

得富布赖特奖学金，多次获得各种基金会如洛克菲勒、博林根基金会的资助，还获得过美国学术团体理事会出色服务奖等奖项；他曾经荣任美国现代语言学会副主席（1964）、国际比较文学学会主席（1961—1964）、美国比较文学学会主席（1962—1965）、美国捷克研究会主席（1962—1966）等学术职务。他所教授过的学生中有许多已经成为当代的知名学者。

二

文学理论和文学批评是韦勒克毕生的事业。他的理论探索涉及文学本体(《文学理论》《文学理论、文学批评和文学史》《布拉格学派的文学理论和美学思想》等）、文学史（《文学史的理论》《文学史中的进化概念》《文学史的没落》《英国文学史的兴起》等）、文学批评（《现代文学批评史》《20世纪批评主流》《新批评前后》《批评的概念》《辨异：续批评的概念》《俄国形式主义》等）和比较文学(《比较文学的名称与实质》《比较文学的现状》《比较文学的危机》《康德在英国》等）等诸多领域。在文学批评方面，他发表了大量关于欧美作家、作品的评论，此外，他还对许多批评家及其论著加以批评，正因为此，他不仅被称为著名的理论家和批评家，而且还被称作“批评家的批评家”[1]。

《文学理论》与《现代文学批评史》是韦勒克最有代表性的两部著作。

《文学理论》是从总体上对文学所做的理论探索，它包括了文学的定义、本质、功用、结构，以及文学研究的对象和研究方法等根本性问题，既有本体论上的意义，也有方法论上的意义。它与传统的《文学原理》《文学概论》一类书的根本区别在于它的两位作者深信“文学研究应该是绝对‘文学的’”[2]，因而他们区分了文学的“外部研究”与“内部研究”，并把研究的重心放在了文学的内部研究上。对文学研究做这样的区分是《文学理论》的第一个重大贡献。

所谓文学的“外部研究”侧重的是文学与时代、社会、历史的关系，其理论预设是从柏拉图、亚里士多德以来延续了数千年的“模仿说”与“再现说”，即文学是对现实生活的模仿和再现。自浪漫主义文论兴起之后，“表现说”更多地进入了理论家与批评家的视野，但这种强调作家在文学创作中作用的观点，依然是属于文学的“外部研究”的。

西方的文学理论和批评从古希腊罗马中经中世纪、文艺复兴、古典主义、浪

1 1974年《纽约时报》的一篇署名文章称其为“the supreme critic of critics”。

2 参见本书第一版序。

漫主义直到现实主义的各种文论，始终是围绕着模仿—再现—表现这条主线发展的，批评家的眼光总是围绕着文学外部的问题转来转去，唯独不太重视文学本身。这种倾向在苏联的所谓社会主义现实主义文论中发展到极致。文学理论家讨论的焦点集中在文学应该如何典型地再现生活，如何更好地为时代、社会、政治服务，文学应该如何实现自己的教化功能等问题上；批评家们关注的主要是文学作品的内容、主题、人物和现实生活的关系，文学艺术家们对生活的把握之类的问题。新中国建立之后，我们的理论家和批评家们紧步苏联文艺思想的后尘，不断发展的依然是这条从外部切入文学的理论路线。这种在古今中外延续了数千年之久的侧重外部研究的文学理论自然有它的道理，因为文学艺术不可能脱离与现实、生活、历史、时代的紧密联系，文学艺术也不可能没有教化作用。但问题的关键是过分强调这类关系却掩盖和忽略了对文学艺术本身的理论研究，这就使文学丧失了文学性、艺术丧失了艺术性。

从19世纪后半期开始的象征主义文论与唯美主义文论，把传统的文论带入了现代主义阶段，进入20世纪之后相继出现的俄国形式主义与英美新批评以及结构主义等不同流派的文论成为现代主义文论的主流，它们一反传统文论强调文学外部研究的思路，把研究的重心置于文学本身，它们要求高度重视作品的语言、形式、结构、技巧、方法等属于文学自身的因素，这就是雅柯布逊所谓文学之所以为文学的“文学性”（literariness）。正是在这样的历史语境中，韦勒克与沃伦酝酿撰写一本符合现代主义文论精神的理论著作，这就是20世纪40年代末在美国出版的《文学理论》。

《文学理论》提出“外部研究”与“内部研究”的分野，是对文学理论的一个贡献。作者把作家研究、文学社会学、文学心理学以及文学与其他学科的关系之类不属于文学本身的研究统统归于“外部研究”，而把对文学自身的种种因素诸如作品的存在方式、叙述性作品的性质与存在方式、类型、文体学以及韵律、节奏、意象、隐喻、象征、神话等形式因素的研究划入文学的“内部研究”。这一区分把产生文学作品的外在环境、条件与文学作品本身的存在鲜明地分离开，突出了文学作品之所以具有审美价值的内在因素。作者还明确地指出，外部研究虽然具有一定的意义，但如果走向“因果论”与“决定论”的极端则是不可取的，因为，这些“外部研究”的极端方法，完全忽视了对文学作品进行审美的价值判断和评价，而只有重视对作品的“内部研究”，才能真正理解文学作品的审美意义和价值。

关于“外部研究”，本书首先分析了流行的从外在因素分析文学作品的四类“起因谬说”（新批评派术语）：一、认为文学是创作者个人的产品，因而文学研究必须从作者个人的生平传记以及个性、心理等方面来进行；二、认为文学与人类“组织化的生活”关系密切，因而必须从人类生活经济的、社会的、政治条件中探索文学创作的决定性因素；三、认为文学与人类集体的精神创造活动关系密切，因而必须从思想史、神学史以及其他艺术活动中探求文学的起因；四、认为文学与德国人提出的“时代精神”（Zeitgeist）关系密切，因而必须从时代的精神实质、知识界舆论氛围和其他艺术中抽取的“一元性力量”方面来解释文学。

根据这一分类，作者用五章的篇幅，从文学与传记、心理学、社会学、哲学思想以及其他艺术等不同的角度来阐述他们所谓的“外部研究”，并以文学本体的标准来评判其得失。

关于文学的“传记式研究法”，作者认为只有当这种研究有助于揭示作品的实际创作过程时才是有意义的，然而，通常那些根据作家的作品写出的传记究竟“有多大的可靠性”？再说即便是比较可靠的传记和自传对于理解文学作品又有多大的关系和重要性？对于这两个问题，作者的回答显然否定多于肯定。他们认为作家的生活与作品并不是一种“简单的因果关系”，即便作家的传记材料是真实可信的，作家的思想、感情、观点、美德和罪恶也不能和他笔下的主人公混为一谈。文学作品是一个虚构的世界，作者不能为这个世界中人物的生活态度负责，他的观点、信仰和情感等也不可能等同于这个世界中人物的观点、信仰和情感。关于文学心理学的研究方法，作者认为从心理学角度出发的研究，无论是把作家当作一个典型或个体来研究，还是对创作过程加以研究，严格说来，都不能算是文学研究，譬如传统中关于文学天才、作家天赋的“补偿作用”、作家的类型，以及创作过程与作家的心理结构、创作过程中的“灵感”等问题，尽管可以在教学中起作用，但依然是文艺心理学的一些次级课题，在这一领域中，只有那些探索文学作品中心理学类型和法则的研究才可以说是文学研究。作者对弗洛伊德、荣格等人的文艺心理学的论述进行了精彩的讨论。关于文学与社会的关系，作者从文学社会学的角度对作家的社会学、文学作品的社会内容以及文学对社会的影响三个方面做了详尽的探讨，并以许多具体的例证说明了文学与社会之间存在的广泛的联系，但是他们不赞成对这类联系做绝对的、机械的理解，不赞成那种把这类联系与审美或艺术创造割裂的观点，在他们看来，“倘若研究者只是想当然地把文学单纯地当作生活的一面镜子，生活的一种翻版，或把文学当作一种社会文献，这类研究似乎就没有什么价值。只有当我们了解所研究的小说家的艺术手法，并且能够具体地而不是空泛地说明作品中的生活画面与其所反映的社会现实是什么关系，这样的研究才有意义”[1]。关于文学与哲学思想，作者同样以许多具体例证说明了文学史与思想史之类哲学领域的差别与联系，集中讨论了哲学思想、观念乃至世界观、情感态度等进入文学作品的情形。他们反对那种把文学作品看作哲学观念的图解或者哲理教条的表述的做法，主张对思想观念进入文学作品的实际情形做深入细致的研究。按照他们的理解，思想观念之类的素材只有经过艺术的创造转化为作品审美结构中的有机成分时，才具有研究的价值。换言之，仅仅从哲学的而不是从审美的、艺术的角度来研究文学与思想的关系不属于文学研究的范畴。在文学与其他艺术的关系方面，作者论述了文学与美术、音乐的多方面联系，同时也提醒研究者注意它们之间的复杂性，从而避免简单化的比附，他们还主张将比较研究的重点置于分析实际的艺术品，即分析它们的结构关系的基础上。

关于“内部研究”，既然它的研究对象是文学作品本身，那么，本书作者首先要解决的问题就是文学作品是什么，或者说它的存在方式是什么。在这一问题上，作者首先驳斥了文学艺术品是“人工制品”“声音序列”“读者的体验”“作者的经验”“一切经验的总和”等观点，而主张把文学艺术品看作一个“多层面的”复杂“结构”。作者借鉴了波兰哲学家英伽登的一种现象学的阐释模式，把文学作品分成了以下层面：一、声音层面——谐音、节奏和格律；二、意义单元——它决定文学作品形式上的语言结构、风格与文体及其规则；三、意象与隐喻——文体中最核心的部分；四、存在于象征和象征系统中的作品的特殊“世界”或者说“诗的神话”。按照这样一个结构模式，作者安排了三章依次讨论了这些不同的层面，接着又专章讨论了叙事性作品的形式与技巧，最后用三章的篇幅分别讨论了文学类型、文学评价与文学史的问题。毫无疑问，“内部研究”是本书的核心部分，作者在这一部分倾注了最大的心力，对于许多概念和范畴做了十分出色的论述。

《文学理论》的第二个贡献是对文学研究中的文学理论、文学批评与文学史三个分支做了辩证的界定，既指出了它们的区别，又指出了它们的联系。作者指出，为了对文学做总体的、系统的研究，区分文学理论、文学批评与文学史三者的关系是必要的。文学理论通常是指对“文学的原理、文学的范畴和判断标准”之类问题的研究，包括文学批评的理论和文学史的理论；而文学批评通常是指对

---

1 参见本书第九章“文学和社会”。

具体的文学作品（往往是静态的）的研究；文学史则是将文学看作一个与时代同时出现的序列而对之做历史的描述。但是，在实际的文学研究中，这三者又往往是互相包容的。文学理论如果不以具体文学作品的批评和研究为基础，文学的准则、范畴乃至技巧就会成为空中楼阁，空泛而无所凭依；反之，如果没有理论的观照，没有一系列准则、范畴和抽象的概括，文学批评和文学史的编写也就无所遵循，无法进行。文学史与文学理论和文学批评的关系也是如此。文学史家必须懂得文学理论和文学批评，每个文学史家也是文学批评家，因为，文学史编写过程中任何材料的取舍都离不开价值判断，再者文学史的编撰也离不开一定的理论的指导。反过来说，文学史对于文学批评也是极端重要的，因为文学批评必须超越单凭个人好恶的主观判断，不能无视文学史上的关系；换言之，文学批评家必须具有历史的观念。

《文学理论》的第三个贡献是对“比较文学”“总体文学”“民族文学”这几个既有区别又有联系的概念所做的辩证分析。按照作者的理解，虽然通行的比较文学研究口传文学、不同民族文学之间的关系等领域，但实质上，它的研究对象应该是文学的总体或者简单地说就是文学。因为我们必须把文学看作一个整体，就实际情形而论，“至少西方文学是一个统一的整体”，因此对于包括整个欧洲、俄国、美国和拉丁美洲在内的文学进行研究时，比较文学就需要突破民族的界限、语言的界限。至于“总体文学”，如果我们把它看作诗学或者文学理论与原则的研究，则同样需要突破民族和语言的界限，在这种情况下，比较文学与总体文学“不可避免地要合而为一”。不仅文学理论是如此，就是文学的主题和形式、手法和类型的历史也是“国际性的”，“如果仅仅用某一种语言来探讨文学问题，仅仅把这种探讨局限在用那种语言写成的作品和资料中，就会引起荒唐的后果”。因此，比较文学的宏伟目标是写“一部综合的文学史，一部超越民族界限的文学史”，而比较文学这种超越民族与语言的性质，对比较学者“掌握多种语言的能力提出了很高的要求”。当然，比较文学强调超越民族与语言的界限并不意味着忽视民族文学，事实上，恰恰就是“文学的民族性”以及各民族对这个总的文学进程所做出的独特贡献应当被理解为比较文学的核心问题。[1]

《现代文学批评史》上起1750年，下至1950年，包括了西方文学批评200年的历史。第一卷标题为“18世纪后半期”，第二卷为“浪漫主义时代”，第三卷为“过渡时代”，第四卷为“19世纪后半期”，第五卷为“1900—1950年的英国批评”，

1 参见本书第五章“总体文学、比较文学和民族文学”。

第六卷为“1900—1950年的美国批评”，第七卷为“1900—1950年的德、俄、东欧各国批评”，第八卷为“1900—1950年的法、意、西批评”。从篇幅的安排上看，20世纪前半期占了全书的一半，也就是1/4的时段占了1/2的篇幅，可见作者的论述重点显然在现当代。

《现代文学批评史》应该说是西方文学研究中第一部真正的批评史著作。先于它出现的一些同类著作大都是文学鉴赏史，它们关注的重点似乎更多的是文学鉴赏、文人逸事、文坛趣话之类，引发它们兴趣的一般是非文学的、非批评的因素，即便谈到批评，也往往流于印象式的评点，很少能够对批评家的批评实践和理论做系统的阐发。韦勒克这部《现代文学批评史》却把讨论的重点置于批评家的批评活动与理论上。它论述了200年间数百名不同层次的批评家及十余种大小不等的批评思潮或流派，对许多大批评家与重大的理论思潮与批评流派都给予了特别的关注。

这部《现代文学批评史》特别注重借鉴哲学史、美学史、思想史一类著作的思路，作者的目的不是重建历史的事实，而是着眼于观念的阐释；不是归纳各家各派的论点，而是着眼于各家各派论点的分析与评价。作者认为，文学批评像哲学以及其他的科学一样，是一个独立的、有机统一的领域，同时又是一个纷繁多样的、充满差异的领域，批评史家首先要看到全局，看到总体，同时又要看到部分，看到差异和多样性，看到总体，才能对之做理论的、系统的思考，看到差异和多样性，才能进一步加以筛选取舍，并对之做理论的批评。

从“史”的角度看，某种意义上文学批评史中其实并没有“历史”，任何历史的、过去的事实在文学批评史家的笔下都变成了“现在”，正如黑格尔在谈到哲学史时说，“哲学史尽管是史，但我们完全不必处理任何过去的内容”。正如哲学史一样，文学批评史追求的始终是“真理”，而真理是无所谓历史的。当然，这并不意味着否定历史，这部《现代文学批评史》始终尊重文学批评序列的多样性和连续性。它认为，任何批评家及其理论和实践都是独特的、个人的，它们组成了一个有机进步的总体，而历史的连续性恰恰就蕴含在这种看似散乱的、独特的个体序列中。

作为一部文学批评史，它十分注意与其他领域的关系。首先，文学批评离不开文学创作。事实上许多人既是作家又是批评家，例如，柯勒律治、华兹华斯、艾略特、瓦莱里、马拉美、叶芝既是诗人也是批评家，托尔斯泰、托马斯·曼、普鲁斯特既是小说家也是批评家，布莱希特既是戏剧家也是批评家。在论述这些批评家的理论与实践时不可能完全脱离他们的文学创作，这是毋庸赘言的。其次，文学批评与文学思潮与运动有着密切联系。例如，施莱格尔兄弟的理论可以说是浪漫主义文学运动的先导，俄国形式主义的理论则是未来主义诗歌创作的依据，因此，讨论施莱格尔兄弟的理论必然涉及浪漫主义，而论述俄国形式主义也不可避免地会涉及俄国未来主义的诗歌创作。再次，文学批评与美学同样关系紧密，假若我们同意克罗齐的说法，文学批评就是美学的一个分支。例如，康德、席勒、谢林、克罗齐这些美学家的理论中许多就涉及文学批评，因此，讨论他们文学批评的问题，不可能脱离他们的美学理论。最后，文学批评受哲学、政治、经济等的影响也是不可否认的。例如，经验主义哲学对18世纪英国批评家的影响、唯心主义哲学对德国浪漫主义的影响、实证主义哲学对19世纪后半期法国批评家的影响等都是显著的例子。

《现代文学批评史》在注意自己与上述其他领域紧密联系的同时，又十分注意自己的独立性与自主性，它在涉及这些关系时始终注意分寸的把握，始终注意不脱离文学批评这一核心议题。例如，讨论艾略特，重点是他的文学批评与理论，而不是他的诗歌创作；讨论康德，重点是与文学批评有关的问题，而不是他关于什么是美的抽象思辨。

总而言之，这部洋洋数百万言的批评史巨著以搜罗广博、论述精彩为学术界普遍认同，尽管它确有对“时代总的精神”注意不够的不足，但就文学批评本身而论，它确实称得上是一部前无古人后启来者的扛鼎之作。韦勒克也必将因他主撰的《文学理论》与《现代文学批评史》而名垂史册。

三

就方法论而言，韦勒克关于文学理论与批评的研究始终是从材料的搜求和考订起步的。在整理和分析大量材料的基础上，加以评论，得出结论，是他一贯坚持的方法。综观他的论著，我们不难看出，他对任何一个概念的探索，总是要追流溯源，穷究根本，然后再对各家各派的意见评泊考镜，取其精华，弃其糟粕，提出自己的见解，因此，他的研究总给人坚实中肯之感。我们不妨把他对文学史理论的探索作为一个具体例子来说明这一点。

直到20世纪初，文学史理论中占统治地位的一直是各种“进化”的理论。韦勒克考稽源流，指出早在亚里士多德的论著中就有了“进化”的观念。亚里士多德告诉我们，悲剧起源于酒神颂，“从它最初的形式，随着诗人不断给它增加新的成分，一点一点地发展，经过许多演变之后，就不再变化，形成了它成熟的、自然的形态”[1]。这里亚里士多德对悲剧发展与演变的描述与生命体成长成熟的过程完全一致。古代学者基本上采用了亚里士多德的这种进化观，并在许多领域里运用了这一理论。例如，古希腊学者狄奥尼西奥斯在《论狄摩西尼的文体》中说希腊演说词发展到狄摩西尼就达到了成熟阶段；罗马学者昆体良则说，古罗马演说术发展到西塞罗就到了极致，不再发生变化。文艺复兴和新古典主义时期的学者们更广泛地采纳了这种进化观。到18世纪中叶，维科、布丰和卢梭等人对人类社会历史以及自然界生物发展演化的进程有了更深刻的认识，他们那些复杂的类似进化的观点，对文学艺术史的研究不能不发生影响，于是文学史家开始用较为系统的进化观来描述文学的进程。在这方面突出的例子是英国学者约翰·布朗的《诗史》（1763年）和德国学者温克尔曼的《古代艺术史》（1764年）。布朗提出，一切原始民族的文学艺术都是一个统一体，即歌、舞、诗不分，后来逐渐分离成不同的艺术，而每一种艺术又分化成不同的类型，然后是一个长期的裂变、专门化和蜕变的过程。他认为，这一过程最终将返回到各种艺术再次统一为一体的原始形态。温克尔曼把古希腊雕刻的发展描述为一个成长、壮大、衰落的过程。他说古希腊雕刻经历了四个阶段：早期的青春阶段、培利克里斯时期的成熟阶段、众多模仿者汇集的衰落阶段和矫揉造作风格形成的死亡阶段。后来的赫尔德和小施莱格尔步温克尔曼的后尘，同样以生物进化的理论来描绘文学的演变过程。赫尔德说，诗歌在原始时代是鼎盛期，但很快就走向没落，到古典主义时代已经枯萎；小施莱格尔说，古代诗歌是一个生长、增殖、开花、结果、枯萎、解体的封闭过程。他们的说法虽然略有差异，但基本精神是一致的。

黑格尔引入了一个辩证的发展观，打破了那种单纯的、类似生物的进化观念。在黑格尔的体系中，辩证的发展观代替了连续渐进的发展观，突然的、激烈的变化代替了缓慢的、平稳的变化。在这里，社会和历史的因素比自然环境的因素起着更大的作用。诗歌被看成一种精神产品，一种依靠自己的力量发展的系统，它既从社会和历史中汲取营养，也向社会和历史注入营养。这种观念与那种纯自然的进化观是截然不同的。然而遗憾的是，黑格尔在他的《美学讲演集》中具体描述从史诗到抒情诗再到悲剧以及从象征型艺术到古典型艺术再到浪漫型艺术的演变过程时却对老的进化观做了许多让步，没有能彻底实行他所提出的理论。[2]

---

1 韦氏这里引用的是艾伦·吉尔伯特（Allan Gilbert）的英译。可参见罗念生的汉译《诗学》（北京：人民文学出版社，1982年，14页）。

2 黑格尔：《美学》，朱光潜译，北京：商务印书馆，1982年，第二卷与第三卷下册。

到斯宾塞和达尔文，进化的理论发展到一个更高的阶段，但它在本质上仍然是老的有机进化论的进一步发展。其中重要的两点是物种（同时运用于社会、历史）由低级到高级、由简单到复杂的进化与“物竞天择，适者生存”的理论。

在对上述三种进化观做了详尽的探讨之后，韦勒克进一步对这三种进化观在德、英、美、法、意、俄等国中的具体体现做了进一步的考察。德国学者把这三种进化观交织混杂在一起，施泰因塔尔和拉扎鲁斯写的论民族心理学、狄尔泰和舍勒写的论德国文学史和文学理论的著述是其代表。英美学者采用多是达尔文和斯宾塞式的进化观。《诗的起源》《文学的进化》正是体现这类观念的代表作。英国学者西蒙兹在其《莎士比亚以前的英国戏剧》的序言中明确宣称要把这种“进化论的原则运用到文学艺术中”；在新西兰的英国传教士波斯奈特在其所著的《比较文学》一书中充分运用斯宾塞的进化观，把文学的发展看作一个由氏族文学到城邦文学再到民族（国别）文学最后到世界文学的演变过程。法国学者泰纳提出著名的文学发展“三要素”说，基本上是黑格尔式的。他认为文学的进化是总的有机的历史演化过程中的一个部分。文学的发展有其内在的原因，即时代、种族、环境的因素。文学发展演化与社会历史时代的发展紧密相关。布吕纳季耶认为文学进化中的时代因素比环境和种族的因素更重要，真正推动文学前进的是内在的因果关系，其中最关键的是作品对作品的影响。创新是改变文学发展方向的标准，而文学史则要标定这些变化点。他还认为，文学类型的演变类似达尔文的物种进化，这样他就把黑格尔和达尔文的两种进化观结合起来了。到20世纪初，法国理论家柏格森和意大利理论家克罗齐不赞成布吕纳季耶的观点。柏格森倡导艺术的直觉，提出“创造的进化”的观点，反对艺术随时间进化的思想；克罗齐指出任何一件艺术品都是独特的、不能模仿的，因此布吕纳季耶那种认为作品之间的影响是文学进化的内因的观点是站不住的。俄国理论家维谢洛夫斯基采用了斯宾塞的进化观，创立了一种“历史诗学”的理论，从社会和历史变化的角度探索诗歌语言、主题和类型演化的历史。俄国形式主义者不接受维谢洛夫斯基的观点，却采用了黑格尔的辩证进化观。

韦勒克仔细辨析各家各派的观点，在辨析过程中，他对各派观点并不做简单的肯定与否定，而是在具体分析中表达自己的意见。从这个例子可以看出，他对前人理论的研究何等细密、何等翔实；他的学识何等渊博，治学态度何等严谨。

四

韦勒克始终不渝地捍卫文学的纯洁性，和各种非文学的观点展开斗争，利用一切场合批驳一切背离文学的思想和理论，回答一切非文学主义者的挑战，抨击一切“对文学的攻击”。正是在这个意义上，他往往被那些后现代主义者视为传统的、保守的批评家。

从19世纪后半叶开始直到第一次世界大战，实证主义的哲学思潮冲击着整个欧洲的思想界和文化界，学术研究的各个领域无不受到影响。在文学研究领域里，实证主义之风颇为盛行，它主要表现为“唯事实主义”“历史主义”“唯科学主义”几种传统的研究方式。

从亚历山大时代起，学者们就养成了一种“嗜古”的倾向，他们对古典作家生平中的细枝末节、作家之间的交往与影响，甚至他们之间的争吵和角逐以及作家创作渊源流派之类的问题极感兴趣。他们不遗余力地、一点一滴地进行搜求考证，相信一件件事实恰如一块块砖、一片片瓦，依靠这些砖瓦就可以建造起知识的金字塔。韦勒克正确地指出，这种搜求材料、考据事实的方法并不是没有用处，然而仅仅靠材料的搜求与事实的考据并不能揭示文学的根本问题，因为“真正的文学研究关注的不是惰性的事实，而是价值和质量”[1]。这种唯事实主义的态度往往和一种历史主义的态度互为表里，而历史主义只承认历史，只研究古人，认为现当代不值得研究或者无法研究，它拒绝接受一切理论和标准，不承认文学的审美价值，甚至否定对文学进行分析与批评的可能性。韦勒克认为这种历史主义的态度是虚假的、有害的，因为它排除了文学批评，而文学史上即便最简单的问题都离不开判断，离不开批评活动。唯科学主义态度把自然科学中的研究方法引入文学，在19世纪末和20世纪初的文学界造成广泛而深远的影响。它开始时强调一种普遍的科学精神，即客观性、准确性和非个人性，从而在实质上支持了那种唯事实主义的立场。接着便要求实行自然科学中因果起源的理论，力图以因果关系来解释一切文学关系。一些研究者机械地、僵硬地在政治、经济、社会、时代的背景中去发掘文学的决定因素；而另一些研究者则迷恋定量分析的方法，力图以统计数字、图表来说明一切文学问题；还有一些研究者则试图完全按照生物进化的原理来描述文学的发展。韦勒克明确地指出，站在唯科学主义立场上来研究文学就难免犯过分简单化、片面化以及机械性的错误，因为这样就抹杀了文学与

1 《比较文学的危机》（收录于《批评的概念》，耶鲁大学出版社，1963年，291页）。

科学的区别，“在文学中似乎永远无法建立‘有X必有Y’之类的因果关系式”[1]，文学中“也没有任何与生物物种相类似的固定类型”[2]。韦勒克认为，文学研究是一种系统的知识体系，它有自己独特的方法和目的，它的核心问题是要把“文学既作为艺术，又作为人类文明的一种表达”[3]来研究。韦勒克的这个看法显然是中肯的，也是重要的，因为在当代世界（包括中国）的文学研究中，这种实证主义的潮流并没有消退，仍然有相当的势力。

韦勒克还批评了那种传统的、以文学鉴赏为主的“印象主义”式的批评，认为它脱离了美学的标准，容易导致主观主义与相对主义。他还指出“新人文主义”重古轻今，重实证轻批评的偏颇。他指责“芝加哥学派”重情节、人物和文类，轻语言和技巧的不足。他批评“神话学派”企图以几个基本神话模式来解释一切文学作品那种“反历史的和非历史的”[4]做法。他批评那种把一切艺术都看作“现实主义”的褊狭观念，指出，仅在卢卡奇的《美学》（两卷本）的第一卷中就有1032处“现实的反映”（Wirderspiegeiung der wirklichkeit）的说法。[5]

近年来，西方后现代主义思潮中出现了种种反文化、反文学的论调，到处都在讲“文学的死亡”“艺术的终结”。有人说：“文学是一个堆积着美好感情的垃圾场，一个充满‘美文’的博物馆，已经寿终正寝了。”[6]美国当代小说家诺曼·梅勒说：“我们已经度过了文明中可以把一些东西视为艺术品的那一点。”[7]

韦勒克把这些言论视为对文学的“攻击”，深刻剖析了这些言论之所以产生的根源，对之给予了针锋相对的驳斥。

韦勒克指出：有些人攻击文学，完全是出于政治上的需要，他们把文学艺术看作一种保守的力量，仅仅是为统治阶级服务的工具。例如，法国后结构主义理论家罗兰·巴特说：“文学从结构上看就是反动的。”[8]德国学者奥斯瓦尔德·韦纳说：“字母是官方强加于平民的。”[9]曾任美国“现代语言学会”主席的路易斯·康

---

1 《比较文学的危机》（收录于《批评的概念》，耶鲁大学出版社，1963年，285页）。

2 《文学史中的进化观念》（收录于《批评的概念》，耶鲁大学出版社，1963年，51页）。

3 《反实证主义的潮流》（收录于《批评的概念》，耶鲁大学出版社，1963年，281页）。

4 《六十年代的美国批评》（收录于《对文学的攻击》，北卡罗来纳大学出版社，1982年，110页）。

5 韦勒克在《文学史中的象征主义》一文中说：“我数了［《美学》］第一卷中‘现实的反映’这一说法，它一共出现了1032次，我数得实在烦透了，不想再接着数第二卷中的了。”（参见《辨异：续批评的概念》，耶鲁大学出版社，1970年，92页）。

6 雅克·爱尔曼：《文学的死亡》（收录于《新文学史》，1971年，43页）。

7 参见《纽约时报》，1968年10月27日；又见伊哈布·哈桑《奥尔菲斯的解体》（纽约，1971年，253页）。

8 《巴特论文集》（巴黎，1964年，54页）。

9 《水星》（第25期，1971年）。

姆夫说："艺术植根于上流社会，已经成为阶级压迫的工具。"[1]韦勒克认为，上述看法显然是偏激的。西方文明固然是建立在劳苦大众的辛劳和血汗基础上的，可以说许多文明正是劳动者创造的，但这决不能作为仇视一切文明与文化（当然包括文学）的理由。文明曾经在许多时候是推动历史前进的动力。例如，启蒙时期的哲学和思想曾经为法国大革命准备了基础；许多思想家、文学家对沙皇统治的长期抨击也为俄国革命提供了思想武器。上述论调实际上攻击的应该是保守思想，但对保守思想的攻击决不应导致对文学的攻击。任何从政治的角度对文学的攻击都是不理智的，甚至是愚蠢的。

还有人攻击文学是出于对语言能否真正表情达意的怀疑。诚然，有史以来，语言有时的确不能完美地表达人们内心那种深沉、隐秘的感情和思想，不能完美地解释大至宇宙小至生命体的奥秘。奥赛罗在塞浦路斯岛登陆再次见到苔丝德蒙娜时欣喜若狂地说："我不能充分说出我心头的快乐。"[2]考狄利娅在回答父亲的问题时说："我没有话说，不会把我的心涌上我的嘴里。"[3]歌德常常抱怨语言的不敷使用；自洛克以来，哲学家们也经常表达对语言的怀疑；象征主义大诗人马拉美对语言无法表达那个深邃、空旷、沉默、可怕的宇宙的神秘感到格外失望。在当代，这种对语言功能的深重怀疑发展到了极端，人们有一种普遍的看法，认为语言作为一种媒介已经失去了沟通思想、交流感情的作用。法国后结构主义批评家福柯提出人们对语言的态度大约有三个阶段的变化：在前理性主义时代，语言是客观事物，人们相信语言有神奇的作用；到了启蒙主义时代，人们试图通过语言发现客观事物的规律；到当代，语言和它所表达的事物已经分离，人们落入了语言的陷阱，钻进了语言的迷宫，最终什么知识与信息都无法获得。语言是文学的媒介，既然语言的作用受到如此深重的怀疑，文学自然会成为攻击的对象。正是基于这种对语言的深刻怀疑，巴特说："文学是一个骗人的意义体系，它总是在表达某种意义，但却总是毫无意义。"[4]法国当代批评家莫里斯·布朗肖说文学必将消亡，一个没有作家、艺术家、思想家和书籍的时代将会到来。

韦勒克正确地指出，这种对语言和文学的怀疑实质上是对人类文明的怀疑，对人类未来的怀疑，对人类自身及其创造物乃至人类社会的怀疑。正是由于语言文字的发明，人类社会才加速摆脱蒙昧进入文明。不难设想，倘若没有语言文字，

1 《激进的文化试解》（收录于《新左派》，1969年，422—424页）。
2 参见《莎士比亚全集》，朱生豪译，北京：人民文学出版社，1978年，第九卷，310页。
3 参见《莎士比亚全集》，朱生豪译，北京：人民文学出版社，1978年，第九卷，152页。
4 《巴特论文集》（巴黎，1964年，265页）。

人类社会将是一个什么样子。极而言之，那些对语言和文学表示怀疑甚至进行攻击的人，无非是在怀疑甚至攻击人自己。任何理智正常的人都会看出，只要人类存在，语言作为人们交往的工具就会存在。人只要活着，他就要讲话，就要写作，语言决不会消失，文学也决不会“死亡”。

还有一种论调认为，文学只是一种暂时的、过渡的产物，它终将为电子时代的媒介所取代。韦勒克说，我们不否认电子媒介作为一种新的媒体确实在起越来越大的作用，特别是对于青年一代，它的影响不可低估，但迄今为止，并没有任何迹象表明，文学将被取代。相反，他举出具体的统计数字证明，在新兴媒体越来越普及的情况下，写作、阅读、出版仍旧兴旺发达，有增无减。[1]可见，认为文学将被电子媒介取代的论点是没有根据的。

在当代形形色色反文化、反文学的潮流中，韦勒克始终站在捍卫文化与文学的坚定立场上，与种种反文化、反文学的观点作不懈的斗争，这种精神无疑是值得肯定的。

五

韦勒克与俄国形式主义、布拉格学派以及英美“新批评”有着深厚的渊源关系，这不仅是学界多数人的看法，也是他自己承认的事实。他在《比较文学的现状》一文中曾大略地交代了与上述批评流派的个人接触，说明了自己对他们所持的基本观点的态度[2]，还在另一篇文章中坦白地表示：相信“新批评派”提出或重申的“许多基本观点将会在未来的时代中再次获得确认。”[3]我们可以说，他的文学观大致是这三个学派理论观点的综合式继承。其核心概括起来是：强调文学的“文学性”，要求把文学作品看作一个“交织着多层意义和关系的复杂的”艺术整体，强调文学艺术本身的价值，以及对其做审美判断的批评方法。

韦勒克在许多不同场合讨论了文学艺术的本质和功用这样一个至关重大的理论问题，对“文学”这一概念的内涵做了详尽的、历史的考察，他反对那种认为一切文本都是文学的主张，也反对那种仅仅把文学局限在名著范围内的狭隘观念。他指出，文学不等于政治、哲学的图解，也不是社会、历史的文献，而是具有独特审美性质与价值的艺术品。文学的本质在于它的“想象性”“虚构性”与“创造性”。

1 韦勒克举证说，1913年小说在德国出版物中占16.4%，到1969年占19.5%，而且新作的数量远大于旧作的数量，如1971年，德国出版了36 000种作品，其中新作占85%。

2 参见《比较文学的现状》（收录于《辨异：续批评的概念》，耶鲁大学出版社，1970年，37—54页）。

3 参见《新批评前后》（收录于《对文学的攻击》，北卡罗来纳大学出版社，1982年，102页）。

在谈到文学的功用时，他强调应将贺拉斯提出的“甜美”与“有用”两方面辩证地结合起来，单纯强调任何一面都会导致走向片面或极端的错误。[1]这些见解无疑是正确的。

韦勒克所谓的“文学性”来自布拉格学派的雅柯布逊，指的是“文学艺术的本质”，也就是雅柯布逊所谓的“文学之所以为文学的”那些特殊性质。从文学的“想象性”“虚构性”和“创造性”出发，他认为文学中所创造的那个想象世界建立在真实世界的基础上，但却不是真实世界的摹本，而是创造和想象的产物。这样他就区别了纯粹的虚构和艺术的真实之间的界限。从这一基点出发，他自然就把历史、哲学、心理学等种种教科书逐出了“文学”的王国，也把各种记录性文字、说理性文字、政治性小册子、布道文等置于亚文学的地位。从这一基点出发，他必然要强调文学作为艺术品的美学价值，强调作品在读者心目中引发的美感经验，强调作品的艺术性。正因为如此，他把荷马、但丁、莎士比亚、巴尔扎克和济慈等人置于西塞罗、蒙田、波舒哀和爱默生等人之上，同时，也断然把形形色色的后现代派如抽象派音乐、抽象派绘画、抽象派诗歌等种种极端形式排除于文学艺术的范围之外，而称之为“反文学”“反艺术”。[2]

韦勒克文学理论的核心是强调文学是一个复杂的、多层次的艺术整体。他接受了克罗齐的每一件真正的艺术品都具有独特个性的观点，但却不赞成他完全无视文学作品具体背景的反历史主义倾向；他赞赏维谢洛夫斯基创立的“历史诗学”，但却不满意他把文学作品的内容与形式截然两分的观点。他认为，把内容与形式分开，就可能使人们忽视文学艺术品的整体性和统一性。因此，他宁愿采用“材料”“结构”之类的说法取代“内容”“形式”，即把“所有一切与审美没有关系的因素称为‘材料’，而把一切与审美发生关系的因素称为‘结构’”。[3]“材料”既包含了原先认为是内容的一些部分，也包含了原先认为是形式的一些部分，而“结构”也同样包含了原先的内容与形式中依审美目的组织起来的部分。由此我们不难看出，他基本上是在发展英伽登关于文学艺术品具有多种不同意义层面的理论，但却摈弃了英伽登仅对作品加以解析而不做审美判断的纯现象学偏颇。

---

1 韦勒克在《文学理论》《比较文学的名称与实质》《文学、虚构与文学性》《文学及其相关的概念》《何谓文学？》等许多文章中都讨论了这一问题。

2 韦氏不止一次地表达过对这类极端抽象派作品的反感。他曾提到的这类作品有：在舞台上不演奏而长时间保持静默的“演奏”，用火柴杆、罐头筒、电灯泡、香烟头、纽扣等杂凑在一起的“绘画”，用塑料布把几百英尺的海岸线覆盖起来的“艺术”，随便把各种报纸剪贴拼凑起来的“诗歌”，一本书中每一页都能颠来倒去或相互取代的“小说”等。

3 参见本书第四部“文学的内部研究”的引言。

他提出了一种从不同角度分析判断作品的所谓“透视主义”观点。这种观点要求从结构、符号、价值三个不同维度审视作品。他认为文学作品的结构不是静止的，而是动态的，文学作品要通过一代又一代读者、批评家和别的艺术家的头脑的阅读和解析，在这样一个历史过程中，它将不断发生变化，从这个意义上说，文学作品既是历史的，又是永久的。

以这种“透视主义”的理论为依据，韦氏把文学艺术品的存在方式表述为三个主要层面——声音的层面（包括谐音、节奏、韵律之类）、意义的层面（包括语言结构、文体风格之类）、要表现的事物的层面（通过意象、隐喻、象征、神话等），要求从一种综合的、不同的视点来透视文学艺术品。这样文学艺术品就被看作一个为某种特别审美目的服务的完整的符号体系或符号结构。

从这样一种对文学的基本认识出发，韦勒克就必然要在文学研究中强调文学作品的美学意义和价值，必然要求批评家首先做审美批评和价值判断。

韦勒克认为，文学的价值必然是和文学的本质与功用紧密相关的。换言之，文学的价值是由它的本质和功用决定的。文学既然在本质上是一种具有想象性、虚构性和创造性的艺术品，是一种具有某种审美目的的审美结构，它就必然激发某种审美体验，从而给人以“娱乐和教益”，那么，文学失去了自己的本质和功用，也就失去了价值。根据这样的标准，我们首先可以判断一部作品是不是文学作品，进而可以判断它是不是好的作品。一部好的文学作品必然具有丰富和广泛的审美价值，必然在自己的审美结构中包含一种或多种给当代和后世以高度满足的东西，也就是说，它必然具有深邃的内涵，能使人在不断的阅读中获得新意和审美快感，这样的作品就具有较高的文学性；而那些主要从政治、哲学和科学的目的出发仅仅去说教、宣传和论说的作品则很难给人以较高的审美愉悦，因此很难说是好的艺术品。

韦氏还认为对文学作品的评价首先要建立在理解的基础上，一个人对作品不理解，就谈不上评价，这是显而易见的道理。而要理解作品，就要对它的结构做出审美分析，就要用“透视主义”的观点对作品的不同层次做审美的观照，确定它的复杂性和包容性，进而判断其价值。

韦勒克曾在一篇著名文章中为“新批评”做了有力的辩护，回答了种种对“新批评”的诘难。韦勒克基本上认同“新批评”的立场，因此为“新批评”所做的辩护实质上也是为他自己所做的辩护。其中最关键的一条是驳斥那种认为“新批评”是不重历史、不重社会效用，只重艺术，为艺术而艺术的观点。韦勒克的理由是：新批评是反实证主义潮流的，而反实证主义并不等于反对文学的历史性。他争辩说，新批评派的几位主要人物都从未忽略历史的作用。布鲁克斯多次说："批评家需要历史学家的帮助"；艾略特说："我力图从过去来看现在"；泰特十分赞同艾略特的这个观点，总是把诗歌置于历史中来考察；韦勒克本人也在许多文章中谈及文学的"历史性"，因此，认为新批评家或者韦氏本人没有"历史感"是缺乏依据的。至于说"为艺术而艺术"的形式主义立场，韦氏辩解说，他们只是反对那种把内容与形式截然分开的传统观点，并没有只讨论"形式"而不及其余。[1]应该说，韦勒克的辩解是不无道理的，把他和新批评家们称作形式主义者是不够公允的。但是对新批评派有一些了解的人无论如何不会看不出这派学者过分注重作品的艺术结构、语言、技巧等内在因素，因而相对忽视作品外在诸关系的形式主义倾向。韦勒克在力图不忽视文学外在因素方面比起其他那些新批评家来说虽然有更多的自觉[2]，但他对作品审美结构内在诸关系的偏爱和倾向性却是无论如何无法否认的。这一点不仅可从这本《文学理论》看出，也可在他写的许多文章中找到例证。值得提出的是，韦勒克在晚年写的《文学史的没落》中坦率地承认，他过去关于文学的进化观是一个"幻象"。他曾经持有黑格尔式的辩证发展观，也力图在他所写的《现代文学批评史》中包容文学发展的历史，但他最终发现这一努力并没有获得成功。他不无感慨地说："我力图在《现代文学批评史》中勾勒一个令人信服的文学发展的轮廓，但这种努力失败了。"[3]遗憾的是，他并未能进一步看到这一失败的根本原因。如果说他的《现代文学批评史》没有能给人一种历史演化的观念，只让人看到了许多好的树木，而没有展示出整个森林的全貌[4]及其来龙去脉的话，如果说他确实是在某种意义上失败了，那么，这种失败恐怕不能像他所说的那样归咎于"文学史的没落"，而应该说是他那过分强烈的审美批评观相对弱小的历史观造成的结果。

1　参见《新批评前后》（收录于《对文学的攻击》，北卡罗来纳大学出版社，1982年，87—103页）。

2　韦勒克不仅在许多文章中提出不可忽视作品外在诸关系的论点，而且还公开拒绝接受布拉格学派和俄国形式主义批评家极端的形式主义立场。（参见其评论什克洛夫斯基的《散文理论》的捷克文译本，1934年）。

3　参见《文学史的没落》（收录于《对文学的攻击》，北卡罗来纳大学出版社，1982年，77页）。

4　参见《星期六文学评论》1941年7月21日上发表的R. E. 罗伯兹对他的评论。

第一版序

给这本书命名比一般设想的要困难得多。即便用一个确当的“短名字”，像“文学理论和文学研究的方法学”之类，也显得过分笨拙。在19世纪之前，这个问题要容易解决一些，因为那时可以用一个分析性的长标题贯穿扉页，而在书脊上只印上“文学”二字。

就我们所知，至今还没有一本类似的书可以和我们这本书相比拟。它既不是一本向青年人传授文学鉴赏知识的教科书，也不是（像莫里兹的《目的与方法》那样）一本综述学者们经常使用的研究方法的书。可以说，它与“诗学”和“修辞学”（上自亚里士多德，中经布莱尔、坎贝尔、凯姆斯以降）有着某种一脉相承的关系，这两类著作系统处理的是美文和文体学中的类别，或者是那些“文学批评原理”中涉及的问题。我们力图把“诗学”（文学理论）、“批评”（文学的评价）和“研究”（“探索”）、“文学史”（文学的“动态”，与“静态”的文学理论和批评相对照）这四个范围统一成一体。它与某些德国的和俄国的著作较为接近，诸如瓦尔泽尔的《内容与形式》、尤利乌斯·彼得森的《诗的科学》、托马舍夫斯基的《文学理论》等。与德国人不同的是，我们避免仅仅重复他人的观点，尽管我们并不排除参考不同的角度和方法，我们坚持观点的始终如一；与托马舍夫斯基不同的是，我们并不就“诗体学”之类的题目讲授基础知识。我们既不像德国人那样折中，也不像俄国人那样教条。

按照较老的美国研究标准来说，要尝试为文学研究提供某些理论上的假说（要做到这点就必须超越“事实”）未免有点华而不实，甚至“缺乏学者风度”，而要对那些高级的专著做出评价和综述就更显得有点放肆无礼。我们对每一位专家所擅长之领域的评论自然不能使他们满意，然而，我们的目的并不在求完满，本书中所引的例子不过是例子，并非“证据”；书目也只能是“选择性”的。我们也不打算回答我们提出的每一个问题。我们认为，在研究中听取国际上各种不同的意见、提出恰当的问题、提供方法上的基本原则，对于我们自己和他人都是极有价值的。

本书的两位作者1939年在爱荷华大学初次相识，很快就发现在文学理论和方法学的范畴内彼此有许多一致的观点。

虽然我们的背景和素养不尽相同，但却有着大体相似的发展经历：都参加过历史研究，专攻过“思想史”，最后一致认识到，文学研究应该是绝对“文学的”。我们都相信“研究”和“批评”是和谐一致的，都拒绝接受把文学分成“当代的文学”和“过去的文学”的观点。

1941年，我们就“历史”与“批评”的问题共同撰写了《文学研究》一书，诺尔曼·福斯特曾给予许多鼓励和帮助，对此，我们十分感激。倘若不是为了避免给人以错误印象的话，我们本来是要把这本书奉献给他的。

本书现有的章节是在共同兴趣的基础上完成的。韦勒克承担了第一至二章、四至七章、九至十四章和第十九章，沃伦承担了第三章、第八章、十五至十八章。本书确是两位观点一致、意趣相投的作家全力合作的结果。毫无疑问，在术语的使用、语气的处理和强调的角度等方面难免会有轻微的差别，但我们敢说两位不同的作者能够在实质上达到如此的默契，大约是可以弥补这些轻微的差别造成的不足的。

感谢史蒂文斯博士和洛克菲勒基金会人文科学分部，没有他们的帮助，本书就不可能完成。还要感谢爱荷华大学的校长、教务长、系主任的热情支持，他们给作者安排了充足的时间。R. P. 布莱克默和J. C. 兰色姆给了作者真诚的鼓励；W. 福里、R. 雅柯布逊、J. 麦克盖里德、J. C. 蒲柏和R. P. 沃伦分别阅读了有关章节；A. 怀特小姐则自始至终参加了本书的编辑工作，这里一并表示谢忱。

在资料的来源方面，作者还要感谢一些编辑和出版社的大力协助。他们是：路易斯安那大学出版社、《南方评论》前编辑C. 布鲁克斯（“文学作品的存在方式”一章曾在该刊发表）、北卡罗来纳大学出版社（第十九章“文学史”中的一部分曾在该社1941年由福斯特编辑出版的《文学研究》上发表过）、哥伦比亚大学出版社（本书的某些段落取自我们在该社出版的《英文协会年鉴》[1940年、1941年]上发表的《文学史上的分期与运动》《文学与艺术的平行比较》两篇文章）、哲学图书馆（本书的某些段落取自我们在其《20世纪英语》[尼克博克编，1946年]上发表的《对实证主义的反叛》和《文学和社会》两篇文章）。

R. 韦勒克

A. 沃伦

1948年5月，纽黑文

第二版序

第二版实质上是第一版的重印，只是对原文做了个别修正，并在各种观点之间增加了某些环节，添补了有关文学理论新发展的某些资料。我们还决定删掉最后一章，即“研究院的文学研究”，因为在该章发表（1946年）十年之后的今天看来，它已显得过时，我们在该文中提出的某些改革建议在许多地方业已付诸实现。我们还对书目做了一定程度的增删，删去了一些不太重要也不易获得的材料，并从近八年来出现的大量有关著述中增选了一些佳作。

R. 韦勒克

A. 沃伦

1955年圣诞节

第三版序

获悉本书在美国和英国又出了新的纸皮本，并先后被译成了西、意、日、韩、德、葡、希伯来、古加拉特等多种语言，确实是令人感激的。第三版对书目做了一定的增删，对原文稍做了修订，但实质上仍是第二版的重印。对于本书注释中提及的一些问题，我在我的论文中发展了自己的想法或做了修改。这些论文将汇集成册，题为《批评的概念》，于1963年由耶鲁大学出版社出版。我的《现代文学批评史》与本书互相阐发，它旨在支持本书的理论立场，而本书又为它提供了批评标准和价值。

R. 韦勒克

1962年9月，康涅狄格州，纽黑文

第一部

定义和区分

第一章　文学和文学研究

我们必须首先区别文学和文学研究。这是两种截然不同的活动：文学是创造性的，是一种艺术；而文学研究，如果称之为科学不太确切的话，也应该说是一门知识或学问。当然，也有人想消除这一区别。例如，有一种说法是：除非你自己搞创作，否则就理解不了文学；没有亲手写过英雄双韵体的人，就不能也不应该研究蒲柏（A. Pope），或者，不曾亲自用无韵诗写过戏剧的人，不能够也不应该去研究伊丽莎白时代的戏剧。[1]文学创作的经验对于一个文学研究者来说固然是有用的，但他的职责毕竟与作者完全不同。研究者必须将他的文学经验转化成知性的（intellectual）形式，并且只有将它同化成一套连贯的、理性的体系，它才能成为一种知识。文学研究者研究的材料可能是非理性的，或者包含大量的非理性因素，但他的地位和作用并不因此便与绘画史家或音乐学家有所不同，甚至可以说与社会学家和解剖学家也没有什么不同。

显而易见，这种关系产生了不少难题。有关的答案也是五花八门的。一些理论家直截了当地否认文学研究是一门学问，而认为它是一种"再创造"（"second creation"）。这种说法对今天大多数人来说是无效的——佩特（W. Pater）对蒙娜丽莎的评述，或西蒙兹（J. A. Symonds）及西蒙斯（A. Symons）等人华而不实的文章，都属于这种性质的批评。所谓"创造性的批评"通常只是一种不必要的复述，充其量也只是把一件艺术作品翻作成另一件，一般来说都要比原件低劣一些。还有一些理论家从通常对文学和文学研究的对比中，得出完全不同的全盘怀疑的结论：他们坚持说，文学是根本无法"研究"的，人们只能阅读、欣赏或鉴赏它，此外就只能是积累"有关"文学的各种资料了。这种怀疑论广泛流行的程

1　参见S. 波特:《锁链中的缪斯》（伦敦，1937年）。

度，实在出人意料。实际上，它无非是强调随着环境而变化的一些“事实”，而漠视了超越这些“事实”的一切努力。所谓的鉴赏、品味和热衷于文学等，必然可悲地成为回避正常学术研究的严谨性和沉湎于个人嗜好之中的遁词。而这种将“研究”与“鉴赏”分割开来的两分法，对于既是“文学性”的，又是“系统性”的真正文学研究来说，是毫无助益的。

问题在于如何对艺术，尤其是作为文学的艺术，做理智性的探讨。这样做有可能吗？怎样才有可能？有人的回答是：只要将自然科学运用的那些方法移用到文学研究上，便有可能了。移用的方法有多种。一种是仿效一般科学的客观性、无我性和确定性诸优点，对于搜集不因人而异的中性资料来说，这种设想大致是成功的。另一种是因袭自然科学的方法，探究文学作品的前身和起源。事实上，只要有编年资料可据，这种“起因研究法”对于任何关系的探讨都是合适的。但这种科学上的因果律的运用往往过于僵化，将决定文学现象的原因简单地归结于经济条件、社会背景和政治环境。此外，也有人把某些科学上通用的定量方法，如统计学、图表、坐标图等，引进文学研究领域。最后，还有人用生物学的概念探讨文学的进化问题。[1]

今天，一般人都认识到单纯地移用并不能达到预期的效果。科学方法仅就十分有限的文学研究范围或者某些特殊的文学研究手段而言，有时是有价值的。例如，将统计学用于版本校勘或格律研究上即是。但是，大部分提倡以科学方法研究文学的人，不是承认失败、宣布存疑待定来了结，就是以科学方法将来会有成功之日的幻想来慰藉自己。例如，理查兹（I. A. Richards）就惯以精神病学的未来成就，向人保证所有文学问题的解决。[2]

我们应该回顾一下在文学研究中广泛运用自然科学方法所产生的一些问题。这些问题无法轻易地抹掉。无疑，文学研究和科学研究两者在方法论上有许多交叉和重叠的地方。诸如归纳、演绎、分析、综合和比较等基本方法，对于所有系统性的知识来说，都是通用的。但是，还有有说服力的例子可以表明：文学研究自有不同于自然科学研究的其他有效方法，但同样是理智性的方法。只有对真理抱着十分狭隘的观念的人，才会摈斥人文科学的种种成就于知识领域之外。远在现代科学发展之前，哲学、历史、法学、神学，甚至语言学，都已经找到各种有效的致知方法。现代物理学在理论和实践上的胜利，可能掩盖了以上那些学科的

1　参见参考书目第十九章第4节。

2　参见I. A. 理查兹：《文学批评原理》（伦敦，1924年，120、251页）。

成就。但这不等于说，人文科学的那些致知方法因此就不真实或无效；应该说，它们是真实和永久的，有时略加修正和补充之后，它们可以轻而易举地再度发挥作用或者发生新的变化。自然科学与人文科学这两门科学在方法和目的上存在着差异，是我们首先应该认识到的。

如何弄清这种差异，这是一个复杂的问题。早在1883年，狄尔泰（W. Dilthey）就以“解释”和“理解”这两种认识范畴的对比来说明自然科学方法和历史学方法的不同。[1]狄尔泰认为，科学家以事物的始末缘由来解释它的本质，而历史学家则致力于理解事件的意义。这种理解的程序必然是独自进行的，甚至是主观的。一年之后，著名的哲学史家文德尔班（W. Windelband）也对历史学必须因袭自然科学的方法这一观点加以抨击。[2]他认为，自然科学家旨在建立普遍的法则，而历史学家则试图领会独一无二、无法重演的事实。后来，李凯尔特（H. Rickert）又对这一观点做了精心的研究，并稍加修正和补充。他不太注重概括性研究与个性化探讨这两种方法的分野，而是更多地关心自然科学与人文科学之间的差别。[3]他认为，人文科学的研究重心在于具体和个别的事实，而个别的事实只有参照某种价值体系（scheme of values）——这不过是文化的别名——才能被发现和理解。在法国，色诺波（A. D. Xénopol）提出这样的界说：自然科学的研究对象是“重复的事实”，人文科学的研究对象是“延续的事实”。在意大利，克罗齐（B. Croce）将他的整个哲学建立在与自然科学方法完全不同的历史学方法的基础上。[4]

充分地讨论这些问题，将涉及科学的分类、历史哲学和认识论等方面的见解。[5]但是，一些具体的例子至少显示出一个文学研究者必须面对的非常实际的问题：我们为什么要研究莎士比亚？显然，我们感兴趣的不是他与众人有什么共同之处，否则我们可以去研究任何一个人；我们感兴趣的也不是他与所有英国人、所有文艺复兴时期的人、所有伊丽莎白时代的剧作家有什么共同之处，如果是那样的话，我们完全可以只去研究德克尔（T. Dekker）和海伍德（T. Heywood）。我们要寻

1　参见W. 狄尔泰：《思想科学导论》（柏林，1883年）。

2　参见W. 文德尔班：《历史和自然科学》（斯特拉斯堡，1894年）。

3　参见H. 李凯尔特：《自然科学中概念形成的范畴问题》（蒂宾根，1913年）、《人文科学和自然科学》（蒂宾根，1921年）。

4　参见A. D. 色诺波：《历史的基本原理》（巴黎，1894年；再版改名为《历史理论》，巴黎，1908年）；B. 克罗齐：《历史的理论和实际》（纽约，1921年）和《作为自由斗争纪事的历史》（纽约，1940年，新版1955年）。

5　在M. 曼德尔鲍姆：《历史知识问题》（纽约，1938年）和R. 阿隆：《历史批判哲学》（巴黎，1938年）两书中有更详细的论述。

找的是莎士比亚的独到之处，即莎士比亚之所以成为莎士比亚的东西；这明显是个性和价值的问题。甚至在研究一个时期、一个文学运动或者一个特定国家的文学时，文学研究者感兴趣的也只是它们有别于同类其他事物的个性以及它们的特异面貌和性质。

个性说可以找到另外一个有力的论据，即探讨文学的普遍法则的努力终归要失败。卡扎缅（L. Cazamian）提出的所谓英国文学的规律，即英国人的国民性有节奏地摆动于感情和理智的两极之间（还说这种摆动越来越快），如果不说是琐碎、无意义的，也应该说是荒谬的。这一“法则”根本不适用于维多利亚时期。[1]这类“法则”大多数不外乎是作用与反作用或者因循与抗争之类的心理趋向，即使无可怀疑，仍然说明不了创作过程中任何有意义的实质性东西。物理学的最高成就可以见诸一些普遍法则的建立，如电和热、引力和光等的公式。但没有任何普遍法则可以用来达到文学研究的目的：越是普遍就越抽象，也就越显得大而无当、空空如也，那些不为我们所理解的具体艺术作品也就越多。

这样，我们所讨论的问题就有两个极端的解答方法。其一是在自然科学的优势影响下流行起来的，将科学方法与历史学方法视为一途，从而使文学研究仅限于搜集事实，或者只热衷于建立高度概括的历史性“法则”。其二则是否认文学研究为一门科学，坚持对文学的“理解”带有个人性格的色彩，并强调每一文学作品的“个性”，甚至认为它具有“独一无二”的性质。然而，后一种反科学的方法，趋向极端时显然要冒一定的风险。因为个人的“直觉”可能导致仅仅诉诸感情的“鉴赏”（emotional “appreciation”）[2]，导致十足的主观性。强调每一艺术作品的“个性”乃至它的“独一无二”的性质，虽然对于那些轻率的和概括性的研究方法来说具有拨乱反正的作用，但它却忘记了这样的事实：任何艺术作品都不可能是“独一无二”的，否则就会令人无法理解。当然，我们只有一部《哈姆雷特》，只有一首基尔默（J. Kilmer）的《树》。但是，如果从这种意义来说，一堆垃圾也是独一无二的，因为不可能有另外一堆垃圾在体积大小、坐落位置和化学成分上与这一堆完全相同。而且，每一文学作品的文辞，本质上都是“一般性的”，而不是特殊的。文学上关于“普遍性”和“特殊性”的无休止的争论起自亚里士多德（Aristotle），他宣称诗比历史更具普遍性，因此更带有哲学意味，而历史则

1 参见L. 卡扎缅：《英国文学的心理进化》（巴黎，1920年）；É. 勒古依和L. 卡扎缅：《英国文学史》（巴黎，1924年）的后半部（已有英译本，H. D. 欧文和W. D. 麦金尼斯译，两卷本，伦敦，1926—1927年）。

2 或译为“动情式批评”。——译注

仅仅注意特殊的事例；也起自约翰逊博士（S. Johnson），他断言诗人不应该去“计算郁金香花的瓣数”。浪漫主义者和大多数的现代批评家，都不厌其烦地强调诗的特性、诗的“肌质”（texture）、诗的具体性。[1]然而，须知每一文学作品都兼具一般性和特殊性，或者更好的说法是兼具个性和一般性。个性与全然特殊和独一无二性质有所不同。[2]就像一个人一样，每一文学作品都具备独有的特性；但它又与其他艺术作品有相通之处，如同每个人都具有与人类，与同性别、同民族、同阶级、同职业等的人群共同的性质。认识到这一点，我们可以就所有戏剧、所有文学、所有艺术等进行概括，寻找它们的一般性。文学批评和文学史二者均致力于说明一部作品、一个作者、一段时期或一国文学的个性。但这种说明只有基于一种文学理论，并采用通行的术语，才有成功的可能。文学理论，是一种方法上的工具（an organon of methods），是今天的文学研究所急需的。

当然，我们这种设想并不轻视共鸣理解（sympathetic understanding）和阅读享受作为我们对文学的认识和思考的先决条件的重要性，但这些只是先决条件而已。尽管阅读的艺术对于文学研究者来说是必不可少的，但如果说文学研究仅仅是为了阅读艺术服务，那就误解了这门系统性知识的宗旨。广义的“阅读”虽然也可以包括批评性的理解和感悟，但是阅读艺术仍旧只是个人修养的目标。阅读艺术是人们极为需要的，而且也是普及文学修养的基础，但它不能代替“文学学”（literary scholarship），因为“文学学”这一观念已经被认为是超乎个人意义的传统，是一个不断发展的知识、识见和判断的体系。

1　参见韦姆萨特（W. K. Wimsatt）：《文学中“具体一般”的结构》（载《现代语言学会会刊》，第62期，1947年，262—280页）；S. 埃勒济：《一般性和特殊性理论在英国批评中的背景和发展》，同上刊（147—182页）。

2　参见科林伍德（R. G. Collingwood）：《历史与科学相异否？》（载《思想》，第31期，1922年，449—450页）；索罗金（P. Sorokin）：《社会和文化的动力》（辛辛那提，1937年，第一卷，168—174页等）。

第二章　文学的本质

我们面临的第一个问题显然是文学研究的内容与范围。什么是文学？什么不是文学？什么是文学的本质？这些问题看似简单，可是难有明晰的解答。

有人认为凡是印刷品都可称为文学。那么，我们就可以去研究“14世纪的医学”“中世纪早期的行星运行说”或者“新、老英格兰的巫术”了。正如格林罗（E. Greenlaw）所主张的，“与文明的历史有关的一切，都在我们的研究范围之内”；我们“在设法理解一个时代或一种文明时，不局限于‘纯文学’（belles-lettres），甚至也不局限于付印或未付印的手稿”，“应该从对文化史的可能贡献的角度出发，看待我们的研究工作”。[1]根据格林罗的理论和许多学者的实践，文学研究不仅与文明史的研究密切相关，而且实际和它就是一回事。在他们看来，只要研究的内容是印刷或手抄的材料，是大部分历史主要依据的材料，那么，这种研究就是文学研究。当然坚持这一观点的人可以说：历史学家之所以忽略文学研究方面的问题，是因为他们过于关注外交史、军事史和经济史方面的研究，因此，文学研究者理所当然地需要侵入和占领毗邻的知识领域。毫无疑问，人们不应该禁止任何人进入他所喜欢的知识领域；同时，还可以举出许多理由说明广义地研究文明的历史如何有利。但是，这种研究无论如何都不是文学研究。反对我们这种看法的人如果说这里只是在名词术语上做文章，那是不能令人信服的。事实上，一切与文明的历史有关的研究，都排挤严格意义上的文学研究。于是，这两种研究之间的差别完全消失了；文学中引进了一些无关的准则；结果，文学的价值便只能根据与它毗邻的这一学科或那一学科的研究所提供的材料来判定。将文学与文明的历史混同，等于否定文学研究具有其特定的领域和特定的方法。

1　参见E. 格林罗：《文学史的范围》（巴尔的摩，1931年，174页）。

还有一种给文学下定义的方法是将文学局限于“名著”的范围之内，只注意其“出色的文字表达形式”，不问其题材如何。这里要么以美学价值为标准，要么以美学价值和一般学术名声相结合为标准。根据美学价值，在抒情诗、戏剧和小说中选择出最伟大的作品；其他著作的选定则根据其声誉或卓越的学术地位，并结合某种比较狭隘意义上的美学价值——往往只是文体风格、篇章结构或一般的表现力等某一特点——加以考虑。这是人们区别或讨论文学问题时习以为常的方法。在说到“这不是文学”时，我们表达的就是这一种价值判断；在将一本历史的、哲学的或科学的书归属于“文学”时，我们做的也正是同一种价值判断。

大部分的文学史著作确实讨论了哲学家、历史学家、神学家、道德家、政治家甚至一些科学家的事迹和著作。例如，很难设想一本18世纪的英国文学史不用另外一些篇幅去讨论贝克莱（G. Berkeley）和休谟（D. Hume）、巴特勒（J. Butler）主教和吉本（E. Gibbon）、伯克（E. Burke）以至亚当·斯密（Adam Smith）。文学史在讨论这样一些著作家时，虽然通常较之讨论诗人、剧作家和小说家远为简单，却很少讨论这些著作家在纯美学上的贡献。事实上，我们都是粗略地、不很内行地考察这些著作家本身专业的成就。不错，除非把休谟当作哲学家、吉本当作历史学家、巴特勒主教当作基督教的辩护师兼道德家、亚当·斯密当作道德家兼经济学家，否则我们是无法评价他们的。但是，在大部分文学史里，对这些思想家的论述都是支离破碎的，没有提供他们理论产生的历史背景，对于哲学史、伦理学说、史学理论、经济理论等缺乏真正的理解。在这里，文学史家不能自动地转化为这些学科的合格的行家，而只能成为一个简单的编纂者或一个自以为是的侵入者。

孤立地研究一本“名著”，可能十分适合教学的目的。我们都必须承认：研究者，尤其是初级研究者，应该阅读名著或至少阅读好书，而不是先去阅读那些编纂的资料或历史轶事。[1]然而，我们怀疑这个读书原则对于文学研究的适用性。这种读书原则恐怕只是对于科学、历史或其他累积性和渐进性的科目来说才值得严格地遵守。在考察想象性的文学（imaginative literature）的发展历史时，如果只限于阅读名著，不仅要失去对社会的、语言的和意识形态的背景以及其他左右文学的环境因素的清晰认识，而且也无法了解文学传统的连续性、文学类型（genres）的演化和文学创作过程的本质。在历史、哲学和其他类似的科目上，阅读名著的主张实际上是采取了过分“审美”的观点。把托马斯·赫胥黎

1 参见M. 多伦：《自由主义教育》（纽约，1943年）。

（T. H. Huxley）从英国所有的科学家中突显出来，认为他的著作可以作为名著来读，显然只是因为重视他的说明性的“文体”和篇章结构。这一取舍标准，除了偶有例外，必定把推行者置于伟大的始创者之上——它将会，也必定会，推崇赫胥黎而贬低达尔文（C. R. Darwin），推崇柏格森（H. Bergson）而贬低康德（I. Kant）。

“文学”一词如果限指文学艺术，即想象性的文学，似乎是最恰当的。当然，照此规定运用这一术语会有某些困难；但在英文中，可供选用的代用词，不是像“小说”或“诗歌”那样意义比较狭窄，就是像“想象性的文学”或“纯文学”那样显得十分笨重和容易引人误解。有人反对应用“文学”这一术语的理由之一就在于它的语源（litera——文字）暗示着“文学”（literature）仅仅限指手写的或印行的文献，而任何完整的文学概念都应包括“口头文学”。从这方面来说，德文相应的术语Wortkunst（词的艺术）和俄文的slovesnost就比英文literature这一词好得多。

解决这个问题的最简单方法是弄清文学中语言的特殊用法。语言是文学的材料，就像石头和铜是雕刻的材料，颜料是绘画的材料或声音是音乐的材料一样。但是，我们还须认识到，语言不像石头一样仅仅是惰性的东西，而是人的创造物，故带有某一语种的文化传统。

必须弄清文学的、日常的和科学的这几种语言在用法上的主要区别。波洛克（T. C. Pollock）在《文学的性质》一书中就此做了还算正确的论述[1]，但似乎还不能令人完全满意，尤其是在阐释文学语言与日常语言的区别上还有不足之处。这个问题是很棘手的，绝不可能在实践中轻而易举地加以解决，因为文学与其他艺术门类不同，它没有专门隶属于自己的媒介，在语言用法上无疑存在着许多混合的形式和微妙的转折变化。要把科学语言与文学语言区别开来还比较容易；然而，仅仅将它们看作是“思想”与“情感”或“感觉”之间的不同，还是不够的。文学必定包含思想，而感情的语言也决非文学所仅有，这只要听听一对情人的谈话或一场普通的吵嘴就可以明白。尽管如此，理想的科学语言仍纯然是“直指式的”：它要求语言符号与指称对象（sign and referent）一一吻合。语言符号完全是人为的，因此一种符号可以被相当的另一种符号代替。语言符号又是简洁明了的，即不假思索就可以告诉我们它所指称的对象。

因此，科学语言趋向于使用类似数学或符号逻辑学（symbolic logic）那种标志系统。它的目标是要采用像莱布尼茨（G. W. Leibniz）早在17世纪末叶就加

1 参见T. C. 波洛克：《文学的性质》（普林斯顿，1942年）。

以设计的那种“世界性的文字”（characteristica universalis）。与科学语言比较起来，文学语言就显得有所不足。文学语言有很多歧义（ambiguities）；每一种在历史过程中形成的语言，都拥有大量的同音异义字（词）以及诸如语法上的“性”等专断的、不合理的分类，并且充满着历史上的事件、记忆和联想。简而言之，它是高度“内涵的”（connotative）。再说，文学语言远非仅仅用来指称或说明（referential）什么，它还有表现情意的一面，可以传达说话者和作者的语调和态度。它不仅陈述和表达所要说的意思，而且要影响读者的态度，要劝说读者并最终改变读者的想法。文学和科学的语言之间还有另外一个更重要的区别，即文学语言强调文字符号本身的意义，强调语词的声音象征。人们发明出各种文学技巧来突出强调这一点，如格律（metre）、头韵（alliteration）和声音模式（patterns of sound）等。

与科学语言不同的这些特点，在不同类型的文学作品中又有不同程度之分，例如声音模式在小说中就不如在某些抒情诗中那么重要，抒情诗有时就因此难以完全翻译出来。在一部“客观的小说”（objective novel）中，作者的态度可能已经伪装起来或者几乎隐藏不见了，因此表现情意的因素将远比在“表现自我的抒情诗”中少。语言的实用成分（pragmatic element）在“纯”诗中显得无足轻重，而在一部有目的的小说、一首讽刺诗或一首教谕诗里，则可能占有很大的比重。再者，语言的理智化程度也有很大的不同：哲理诗和教谕诗以及问题小说中的语言，至少有时就与语言的科学用法很接近。然而，无论在考察具体的文学作品时发现多少语言的混用形式，语言的文学用法和科学用法之间的差别似乎都是显而易见的：文学语言深深地植根于语言的历史结构中，强调对符号本身的注意，并且具有表现情意和实用的一面，而科学语言总是尽可能地消除这两方面的因素。

要将日常语言与文学语言区别开来，则是更为困难的一件事情。日常语言不是一个统一的概念，它包括口头语言、商业用语、官方用语、宗教用语、学生俚语等十分广泛的变体。显然，我们上面对文学语言所做的许多讨论，都适用于除科学用语之外的其他各种语言用法。日常用语也有表现情意的作用，不过表现的程度和方式不等：可以是官方的一份平淡无奇的公告，也可以是情急而发的激动言辞。虽然日常语言有时也用来获致近似于科学语言的那种精确性，但它有许许多多地方还是非理性的，带有历史性语言的种种语境的变化（contextual changes）。日常用语仅仅在有的时候注意到符号本身。在名称和动作的语音象征中，或者在双关语中，确实表现出对符号本身的注意。毋庸置疑，日常语言往往极其着意于达到某种目的，即要影响对方的行为和态度。但是仅把日常语言局限于人们之间的相互交流是错误的。一个孩子说了半天的话，可以不要一个听众；一个成年人也会跟别人几乎毫无意义地闲聊。这些都说明语言有许多用场，不必硬性地限于交流，或者至少不是主要地用于交流。

因此，从量的方面来说，文学语言首先与日常语言各种用法区别开来。文学语言对于语源（resources of language）的发掘和利用，是更加用心和更加系统的。在一个主观诗人的作品中，我们可以发现十分一贯和透彻的“个性”，那是人们在日常状态下所远远没有的。某些类型的诗歌可能有意采用反论（paradox）、歧义、语境的语义变化，甚至语法组合（如性或时态）上的倒错等方法。诗的语言将日常用语的语源加以捏合，加以紧缩，有时甚至加以歪曲，从而迫使我们感知和注意它们。一位作家会发现这些语源中有很多是经过好几代人默默地、不具名地加以运用而形成的。在某些国家高度发展的文学中，特别是在某些时代中，诗人只需采用业已形成的诗歌语言体制就可以了，也可以说，那是已经诗化的语言。然而，每一种艺术作品都必须给予原有材料（包括上述的语源）以某种秩序、组织或统一性。这种统一性有时显得很松散，如许多速写和冒险故事所表现的那样；但对于某些结构复杂而严谨的诗歌来说，统一性就有所增强：这些诗歌哪怕只是改换一个字或一个字的位置，几乎都会损害其整体效果。

文学语言与日常语言在实用意义上的区别是比较清楚的。我们否认那些劝导我们从事某项社会活动的语言为诗，至多称之为修辞。真正的诗对我们的影响是较为微妙的。艺术须有自己的某种框架，以此述说从现象世界中抽取的东西。这里，我们可以转引一些普通的美学概念——“无为的观照”（disinterested contemplation）、“美感距离”（aesthetic distance）和“框架”（framing）——来做语义分析。我们还必须认识到艺术与非艺术、文学与非文学的语言用法之间的区别是流动性的，没有绝对的界限。美学作用可以推展到种类变化多样的应用文字和日常言词上。如果将所有的宣传艺术或教谕诗和讽刺诗都排斥于文学之外，那是一种狭隘的文学观念。我们还必须承认文学的过渡形式，诸如杂文、传记和某些大量运用修辞手段的文字也是文学。在不同的历史时期，美感作用的领域并不一样；它有时扩展了，有时则紧缩起来：个人信札和布道文曾经都被当作一种艺术形式，而今天出现了抗拒文体混乱的趋势，于是美感作用的范围再度紧缩起来，人们明显地强调艺术的纯粹性以反对19世纪末叶的美学家所提出的泛美主义（pan-aestheticism）主张的局面。看来最好既把那些美感作用占主导地位的作品视为文学，同时也承认那些不以审美为目标的作品，如科学论文、哲学论文、政治性小册子、布道文等也可以具有诸如风格和章法等美学因素。

但是，文学的本质最清楚地显现于文学所涉猎的范畴中。文学艺术的中心显然是在抒情诗、史诗和戏剧等传统的文学类型上。它们处理的都是一个虚构的世界、想象的世界。小说、诗歌或戏剧中所陈述的，从字面上说都不是真实的；它们不是逻辑上的命题。小说中的陈述，即使是一本历史小说，或者一本巴尔扎克（H. Balzac）的似乎记录真事的小说，与历史书或社会学书所载的同一事实之间仍有重大差别。甚至在主观性的抒情诗中，诗中的"我"也是虚构的、戏剧性的"我"。小说中的人物，不同于历史人物或现实生活中的人物。小说人物不过是由作者描写他的句子和让他发表的言辞所塑造的。他没有过去，没有将来，有时也没有生命的连续性。这一基本的观念可以免去许多文学批评家再去考察哈姆雷特在威丁堡的求学情况、哈姆雷特的父亲对他的影响、福斯塔夫年轻时怎样瘦削[1]、"莎士比亚笔下的女主角的少女时代的生活"以及"麦克白夫人有几个孩子"等问题。[2]小说中的时间和空间并不是现实生活中的时间和空间。即使看起来是最现实主义的一部小说，甚至就是自然主义作家的"生活片段"，都不过是根据某些艺术成规虚构而成的。特别是借后来的历史眼光，我们可以看到各种自然主义小说在主题的选择、人物的造型、情节的安排、对白的进行方式上都是何等的相似。我们同样可以看到，就是最具有自然主义本色的戏剧，其场景的构架、空间和时间的处置、认以为真的对白的选择以至于各个角色上下场的方式诸方面都有严格的程式。[3]不管《暴风雨》与《玩偶之家》有多大的区别，它们都袭用这种戏剧成规。

如果我们承认"虚构性"（fictionality）、"创造性"（invention）或"想象性"（imagination）是文学的突出特征，那么我们就是以荷马（Homer）、但丁（Dante）、莎士比亚、巴尔扎克、济慈（J. Keats）等人的作品为文学，而不是以西塞罗（Cicero）、蒙田（M. de Montaigne）、波舒哀（J.-B. Bossuet）或爱默生（R. W. Emerson）等人的作品为文学。不可否认，也有介于文学与非文学之间的例子，像柏拉图（Plato）的《理想国》那样的作品就很难否认它是文学，至少其中那些伟大的神

---

1 福斯塔夫是莎剧《亨利四世》和《温莎的风流娘儿们》中的一个人物。在戏中他是一个肥胖笨拙的形象。——译注

2 参见斯托尔（E. E. Stoll）、许金（L. L. Schücking）、奈茨（L. C. Knights）、S. L. 贝瑟尔和E. 本特利等人论莎士比亚戏剧的著作。

3 参见E. 缪尔：《小说的结构》（伦敦，1928年）；A. A. 门迪罗：《时间和小说》（伦敦，1952年）；H. 迈耶霍夫：《文学中的时间》（加利福尼亚，1955年）等。

话主要是由“创造”和“虚构”的片段组成的，但同时它们又主要是哲学著作。上述的文学概念是用来说明文学的本质，而不是用来评价文学的优劣的。将一部伟大的、有影响的著作归属于修辞学、哲学或政治论说文中，并不损害这部作品的价值，因为所有这些门类的著作也都可能引起美感分析，也都具有近似或等同于文学作品的风格和章法等问题，只是其中没有文学的核心性质——虚构性。这一概念可以将所有虚构性的作品，甚至是最差的小说、最差的诗和最差的戏剧，都包括在文学范围之内。艺术分类方法应该与艺术的评价方法有所区别。

这里必须廓清一种很普遍的关于意象在文学中的作用的误解。“想象性”的文学不必一定要使用意象。诗的语言一般充满意象，由最简单的比喻（figure）开始，直至包罗万象的布莱克（W. Blake）或叶芝（W. B. Yeats）式的神话系统。但意象对于虚构性的陈述以至许多文学形式来说并非必不可少的。文学上存在着全无意象的好诗，甚至还有一种“直陈诗”。[1]况且，意象不应该与实际的、感性的和视觉的形象产生过程相混淆。在黑格尔（G. W. F. Hegel）的影响下，19世纪有些美学家，如费舍尔（F. T. Vischer）和哈特曼（E. von Hartmann），主张所有艺术都是“意念的感性外射”（sensuous shining forth of the idea），而另一学派菲德勒（K. Fiedler）、希尔德布兰德（A. von Hildebrand）、里尔（A. Riehl）则说所有艺术都是“纯粹视觉性”的。[2]但是，许多伟大的文学都没有唤起感情意象，如果有的话，不过是意外的、偶然的和间歇性的现象。[3]即使在描绘一个虚构的人物时，作者也可以完全不涉及视觉意象。我们几乎看不到陀思妥耶夫斯基（F. Dostoyevsky）或亨利·詹姆斯（H. James）笔下的人物的外形，但却很全面地了解到他们的心理状态、行为动机、鉴赏趣味、生活态度和内心欲望。

充其量，作家只是勾勒一些人物形象的草图或某一体征，托尔斯泰（L. Tolstoy）或托马斯·曼（T. Mann）就常常是这样做的。我们对作品中的许多插画往往感到不满，尽管它们是出自高超的艺术家之手，有些甚至还是作者自绘

1 华兹华斯（W. Wordsworth）的《我们是七个》一诗就没有比喻，R. 布里奇斯的《我热爱、我寻觅、我崇拜所有美好的事物》就是无意象的诗例；M. 多伦在《德莱顿诗歌的研究》（纽约，1946年，67页）中首先采用了“直陈诗”（“poetry of statement”）这一术语，为德莱顿（J. Dryden）的诗歌辩护。然而，广义的隐喻仍是诗歌创作的基本原则，参见W. K. 韦姆萨特和布鲁克斯（C. Brooks）合著：《文学批评简史》（纽约，1957年，749—750页）。

2 参见A. 希尔德布兰德：《造型艺术的形式问题》（斯特拉斯堡，1901年）；H. 康纳斯：《菲德勒的艺术理论》（慕尼黑，1909年）；A. 里尔：《诗歌艺术形式问题的探讨》（载《科学哲学季刊》，第21期，1897年，283—306页；第22期，1898年，96—114页）；B. 克罗齐：《艺术理论》（收录于《新美学》，巴黎，1920年，239—254页）。

3 参见T. A. 迈耶的《诗的风格论》（莱比锡，1901年）。

的（如萨克雷［W. M. Thackeray］小说中的插图）。这一事实说明，作家仅仅提供给我们那么一个草图，并不要人们去把它细细地描绘出来。

如果非摹想出诗中每一隐喻（metaphor）的具体形象不可，那么我们对于诗将全然困惑不解。尽管有些读者惯于摹想，而且文学中有些篇章从行文上看似乎也要求这样的想象，但这是心理学上的问题，不应与分析诗人的隐喻手法混为一谈。那些隐喻手法主要是思维过程的一种组合方式，在文学之外也出现这种思维方式。具体地说，隐喻潜伏于许许多多的日常用语中，而在俚语和俗谚中则显而易见。借助隐喻的转化之功，我们可以从最具体的物质关系中提取出最抽象的术语来（如"理解""界定""消除""物质""主体""假说"等就是）。诗歌能使语言的这种隐喻特性复苏，并让读者也意识到这点，这正如诗歌中采用我们各个时期的文明（古典的、条顿族的、凯尔特人的和基督教的）的象征和神话的作用一样。

以上讨论的文学与非文学的所有区别——篇章结构、个性表现、对语言媒介的领悟和采用、不求实用的目的以及虚构性等——都是从语义分析的角度重申一些古老的美学术语，如"多样中的统一"（unity in variety）、"无为的观照""美感距离""框架"以及"创新""想象""创造"等。其中每一术语都只能描述文学作品的一个方面，或表示它在语义上的一个特征；没有单独一个术语本身就能令人满意。由此至少可以得出一个结论：一部文学作品，不是一件简单的东西，而是交织着多层意义和关系的一个极其复杂的组合体。通常使用讨论"有机体"[1]的一套术语来讨论文学，是不太恰当的，因为这样只是强调了"多样中的统一"一面，并且导致人们误用那些其实关系不大的生物学术语。而且，文学上的"内容与形式的统一"这一说法，虽然使人注意到艺术品内部各种因素相互之间的密切关系，但也难免造成误解，因为这样理解文学就太不费劲了。此说容易使人产生这样的错觉：分析某一人工制品的任何因素，不论属于内容方面的还是属于技巧方面的，必定同样有效，因此忽略了对作品的整体性加以考察的必要。"内容"和"形式"这两个术语被人用得太滥了，形成了极其不同的含义，因此将两者并列起来是没有助益的；但是，事实上，即使给予两者以精细的界说，它们仍是过于简单地将艺术一分为二。现代的艺术分析方法要求首先着眼于更加复杂的一些问题，如艺术品的存在方式（mode of existence）、层次系统（system of strata）等。

1　参见本章参考书目中讨论这一问题的著作。

第三章　文学的作用

文学的本质与文学的作用在任何顺理成章的论述中，都必定是相互关联的。诗的功用由其本身的性质而定：每一件物体或每一类物体，都只有根据它是什么或主要是什么，才能最有效和最合理地加以应用。只有当该物体的主要作用已经消失，它的次要作用才会突显出来，如旧式的纺车成了装饰品或博物馆中的陈列品，方形钢琴不再用来奏乐便改成有用的桌子。同样也可以这么说：物体的本质是由它的功用而定的；它做什么用，它就是什么。一种人工制品必须具有适宜于发挥其作用的结构，同时还要加上时间和物料所许可、人们的趣味所崇尚的附件。在文学作品中，可能有许多成分就其文学作用而言是不必要的，但仍旧使人感兴趣，或者具有其他方面的存在理由。

文学的本质和作用的概念在历史过程中是否改变过呢？这个问题很难回答。如果回溯到相当古老的历史时期中去考察这个问题，就可以答曰：改变过。我们可以回溯到文学、哲学和宗教共存不分的时期去，例如古希腊的埃斯库罗斯（Aeschylus）和赫西俄德（Hesiod）可能就处于这样的时期中。但是，到了柏拉图，他就可以说诗人和哲学家之间的争执是古老的争执，并以此向我们传达一些含义。另一方面，我们不应该夸大19世纪末的“为艺术而艺术”和近代的“纯诗”（poésie pure）等主张的标新立异作用。其实，“教谕谬说”——如爱伦·坡（E. Allan Poe）所说的那种认为诗是启迪的手段的信念——不等同于文艺复兴时期关于诗兼有娱乐和教育的作用或寓教于乐的作用这样的传统说法。

总的来说，阅读美学史或诗学史所留给人们的印象是：文学的本质和作用，自从可以作为在概念上被广泛运用的术语与人类其他活动和价值观念相对照以来，基本上没有改变过。

整个美学史几乎可以概括为一个辩证法，其中正题和反题就是贺拉斯

（Horace）所说的“甜美”（dulce）和“有用”（utile），即诗是甜美而有用的。这两个形容词，如果单独采用其中任何一个，就诗的作用而言，都要代表一种趋向极端的错误观念——也许根据文学的作用，比起根据文学的本质，更容易将“甜美”和“有用”两者联系起来。诗就是快感（类似于任何其他的快感）的看法反驳了诗就是教训（类似任何的教科书）的看法。[1]而所有的诗都是，或者都应该是宣传的看法，又伴随着诗是或者应该是与世态人情无关的、纯粹的声音和意象的组合的看法。这两个针锋相对的命题，在艺术是“游戏”还是“工作”（所谓小说的“技艺”[craft]或艺术的“作品”[work]即指后者而言）的争论中得到最透彻的表现。上述的每一种看法，孤立起来看，都不可能通过。如果说诗是“游戏”，是直觉的乐趣，我们觉得抹杀了艺术家运思和锤炼的苦心，也无视诗歌的严肃性和重要性；可是，如果说诗是“劳动”或“技艺”，又有侵犯诗的愉悦功能及康德所谓的“无目的性”（purposelessness）之嫌。我们在谈论艺术的作用时，必须同时尊重“甜美”和“有用”这两方面的要求。

能够确切地使用批评术语是不久以前的事，因此，如果我们能将贺拉斯的这两个术语加以引申，使之广泛地概括古罗马文学和文艺复兴时期的创作实践，那么，贺拉斯的这个公式就会给我们提供一个建设性的起点。艺术的有用性不必在于强加给人们一种道德教训，虽然勒波苏（R. Le Bossu）坚持认为这是荷马写作《伊利亚特》的因由，并且黑格尔在他所喜爱的悲剧《安提戈涅》[2]中发现的也是这种教训，但他们的看法都不足为凭。“有用”相当于“不浪费时间”，即艺术不是一种“消磨时间”的方式，而是值得重视的事物。“甜美”相当于“不使人讨厌”“不是一种义务”“艺术本身就是给人的报酬”。

我们是否可以采用这一双重的标准作为给文学下定义的基础呢？抑或这只是衡量一部伟大的文学作品的标准？在早先有关文学的讨论中，很少出现伟大的、好的和“低级”的文学之分。我们完全可以怀疑低级文学（如通俗刊物）是否“有用”或“有教育意义”。它们通常被人认为只是对现实的“逃避”和“娱乐”。不过它们有用与否这一问题，必须根据低级文学的读者的情况来回答，而不能以“好文学”的读者水平为准。阿德勒（M. Adler）从知识水平最低的小说读者的角度着眼，

1　贺拉斯在《诗艺》中实际上提出诗有三个可供选择的目的。参见《诗艺》333—344行。（可同时参考杨周翰中译本译文：“诗人的愿望应该是给人益处和乐趣，他写的东西应该给人以快感，同时对生活有帮助。”——译注）R. G. 科林伍德在《艺术原理》（牛津，1938年）中驳斥了孤立采取其中任何一个目的的“极端化的谬说”（“polar heresies”）。

2　《安提戈涅》（Antigone），古希腊悲剧家索福克勒斯（Sophocles）写的著名悲剧。——译注

发现他们至少存在着某种基本的求知欲。至于“逃避现实”一说，伯克（K. Burke）提醒过我们：这样的指责太轻率了。他认为逃避现实的梦想可以“帮助读者涤除他对所处的环境的讨厌情绪；艺术家只要纯真地歌唱密西西比河畔的憩息，就可以……产生巨大的‘启发性’”。[1]也许可以这样回答上面所提出的问题：一切艺术，对于它的合适的使用者来说，都是“甜美”和“有用”的。也就是说，艺术所表现的东西，优于使用者自己进行的幻想或思考；艺术以其技巧，表现类似于使用者自己幻想或思考的东西，他们在欣赏这种表现的过程中如释重负，得到了快感。

当某一文学作品成功地发挥其作用时，快感和有用性这两个“基调”不应该简单地共存，而应该交汇在一起。文学给人的快感，并非是从一系列可能使人快意的事物中随意选择出来的一种，而是一种“高级的快感”，是从一种高级活动，即从无所希求的冥思默想中取得的快感。而文学的有用性——严肃性和教育意义——则是令人愉悦的严肃性，而不是那种必须履行职责或必须汲取教训的严肃性；我们也可以把那种给人快感的严肃性称为审美严肃性（aesthetic seriousness），即知觉的严肃性（seriousness of perception）。那些喜欢难懂的现代诗歌的相对主义者，总是使他的欣赏趣味成为一种个人的嗜好，等同于填字游戏或下棋之类的爱好，从而置审美判断于不顾。而教育主义者则会弄错一首伟大的诗或一部伟大的小说的严肃性所在，以为作品所提供的历史性知识或有益的道德教训就是严肃性。

还有一点是很重要的：文学是具有一种作用，还是多种作用？博厄斯（G. Boas）在《批评初阶》一书中以轻松的笔调揭示文学趣味的多元性和与此相应的文学批评的多种类型。在《诗歌的功用和批评的功用》这一论著的末尾，艾略特（T. S. Eliot）则忧戚地或者至少是颓然地肯定“诗的多变性”，肯定各种各样的诗在不同的时候会变生出各种各样的效果来。但这些都是例外的情形。严肃地对待艺术、文学或诗歌的人，起码通常是将某种适合其本身性质的功用归属于它们。针对阿诺德（M. Arnold）认为诗可以取代宗教和哲学的观点，艾略特写道：“在这个世界或另一个世界里，没有一样东西可以取代另一样东西……”[2]这也就是说，没有一种现实的价值存在可以找到真正的对等物；世上没有真正的替代品。实际上，文学显然可以代替许多东西——代替在国外旅行或羁留；代替直接

---

1 参见M. 阿德勒：《艺术和审慎》（纽约，1937年，35页等处）；K. 伯克：《反陈述》（纽约，1931年，151页）。

2 参见G. 博厄斯：《批评初阶》（巴尔的摩，1937年）；T. S. 艾略特：《诗歌的功用》（马萨诸塞，坎布里奇，1933年，133、155页）。

的经验和想象的生活；还可以被历史家当作一种社会文献来使用。但是，文学还有没有一种功用为任何别的活动所不能有效地产生的呢？或者，它是否混合了哲学、历史、音乐和意象等诸种因素，从而在现代经济的发展过程中可以流布到人们当中？这是值得探讨的基本问题。

文学的卫护者们相信，文学不是古代东西的延续，而是一种永存的东西；而许多既非诗人又非教授诗歌的人也是这么认为，因为他们对延续的东西缺乏专业性的兴趣。体验文学的独特价值，对于探讨这种价值的性质来说具有根本性的意义。我们的理论之所以不断地修正，目的就在于要愈来愈好地概括这种体验。

当代有一派人发现诗可以传达知识——某一种知识，因此确认诗的效用和严肃性。诗是知识的一种形式。亚里士多德在他著名的论著中似乎说过诗比历史更具哲学性，因为历史“处理的是已经发生的事情，诗则处理可能发生的事情”，即诗重视的是一般性和可能性。然而，历史像文学一样，现在已显现出它的分类粗略和界说不准确的弱点，而科学毋宁说已成为文学的强劲对手，因此人们主张文学应该表现科学和哲学所不在意的事物的特殊性。虽然像约翰逊博士那样的新古典主义理论家仍会认为诗歌是“一般性所散发的光芒”（grandeur of generality），但现代许多学派的理论家（如柏格森、吉尔比［T. Gilby］、兰色姆［J. C. Ransom］、斯泰斯［W. T. Stace］）都强调诗的特殊性。例如，斯泰斯就说《奥赛罗》一剧不是表现一般性的嫉妒，而是表现奥赛罗的嫉妒，一个与威尼斯姑娘联姻的摩尔人可能感觉到的那种特殊的嫉妒。[1]

文学的一般性（此处的一般性意指文学作为一个type的一般性）或它的特殊性孰轻孰重呢？文学理论或辩护论往往强调前者或者强调后者；因为文学可以说比历史和传记更具一般性，但比心理学或社会学又更具特殊性。然而，不仅在文学理论上侧重面有所不同，就是在文学实践中，一般性和特殊性的比重也随着作品的不同和时期不同而有所改变。“朝圣者”（Pilgrim）和“人人”（Everyman）[2]是以共同人性的面目在一些作品中出现的，但本·琼生（Ben Jonson）的《艾碧逊》一剧中的“幽默家”摩路斯则是一个十分特殊和脾气古怪的人物。文学中的性格塑造原则总是被归纳为“类型”和“个别”的结合——在个别中显现类型，在类型中显现个别。自古以来，努力阐释这个原则或由这个原则派生出来的性质

1　参见W. T. 斯泰斯：《美的意义》（伦敦，1929年，161页）。

2　“朝圣者”是英国文学一些寓言中的人物的命名；《人人》是英国中世纪一部道德剧的名字，剧中主角也叫“人人”。“朝圣者”和“人人”具有这一类型（type）人物的共性。——译注

各异的一些信条，还没有对文学有过多大的助益。文学的类型化理论可以追溯到贺拉斯的“适宜性的教条”（doctrine of decorum）和罗马喜剧中各类人物的模式（如吹牛的兵士、吝啬鬼、大肆挥霍的浪子、极信任的仆人等）。我们还可以在17世纪的性格特写和莫里哀（Molière）的喜剧中再度认识这种类型化特点。但是，如何更普遍地运用这一类型化观念呢？在《罗密欧与朱丽叶》一剧中，朱丽叶的乳母算不算一个类型？如果算，算什么类型？哈姆雷特是不是一个类型？显然，对伊丽莎白时代的观众来说，哈姆雷特如布赖特博士（T. Bright）所描述的那样是一个忧郁症的患者。但是，哈姆雷特还是许多别的角色，而且他的忧郁具有特定的产生背景。在某种意义上，一个人物之所以既是“个别”又是“类型”，都因为他是由许多类型所构成的：哈姆雷特还是一个情人，或者是一个过去的情人，也是一个学者、一个戏剧行家和击剑家。每个角色——即使是最单纯的角色——都汇集或结合了几种类型。人物类型之所以显得“扁平”（“flat”），只是因为我们所看到的人物与我们只有一种简单的关系；“圆整”（“round”）的人物则结合了各种观点和关系，显现于不同的背景——社交场合、私生活、国外旅居——之中。[1]

戏剧和小说中有一种认识价值似乎存在于心理学的范畴内。为人所熟知的一种说法是：“小说家可以比心理学家教给你更多的人性知识。”霍尼（K. Horney）就推许陀思妥耶夫斯基、莎士比亚、易卜生（H. Ibsen）和巴尔扎克为取之不竭的知识源泉。福斯特（E. M. Forster）在《小说面面观》一书中认为：对极其有限的人，我们知道其内在生活和行为动机，而小说的伟大贡献就在于它真正地揭示了人物反观自身的内心活动。[2]也许，小说家所描绘的各种人物的内在生活是来自他自身警觉的内省经验。人们很可以主张：伟大的小说是心理学家的资料库或者是档案柜（即其中收存着经过阐释的、典型的案例）。但这里我们似乎要弄清一个事实：心理学家使用小说只是为了它的概括性的典型价值。例如，他们从整个小说的背景（伏盖公寓）和人物的相互关系和前因后果中抽取出高老头这个性格来。

像伊斯曼（M. Eastman）这样一个次要的诗人，是会否认“文人”能在一个科学时代里宣称发现了真理的。在他看来“文人”简直就是“前科学时代”一无专长的业余爱好者，他们力图玩弄咬文嚼字的本领来给人以宣讲至为重要的“真

1　“扁平”和“圆整”是福斯特的《小说面面观》（伦敦，1927年）103页等处使用的术语。

2　参见K. 霍尼：《自我分析》（纽约，1942年，38—39页）；上述福斯特的著作（74页）。

理”的印象。我们认为，文学上的真理与文学以外的真理，也就是系统的、能够公开证实的知识，是毫无二致的。社会科学的现有知识，构成了据以检验小说家的“世界”（即虚构的现实）的“真理”；小说家要达到这种知识水平是没有什么魔法般的捷径可走的。但是，伊斯曼也相信，有想象力的作家，尤其是诗人，如果将发现和传播知识作为自己的主要职责，便误解了自己；作家和诗人的真正职能在于使我们觉察（perceive）我们所看到的事实，想象我们在概念上或实际上已经知道的东西。[1]

要在诗歌是对已知的事物的体认和诗歌是“艺术的洞察”（artistic insight）两种观点之间划一界限是很困难的。艺术家是否还提醒我们注意我们曾经察觉过但现已忘却的事物呢？是否还让我们看到我们视而不见的东西呢？人们有这样的经验：在黑白画中，由点和虚线构成的隐蔽的身影和面孔，虽然一直在那里，却不给人以完整的、有意设计的感觉。王尔德（O. Wilde）在《意向》（*Intentions*）一书中提到惠斯勒（J. A. M. Whistler）发现雾的美学价值，以及拉斐尔前派在从未被人认为美或典型的各种类型妇女中找到了美。这些算不算“知识”或“真理”的例子呢？我们犹疑不决。我们只能说：它们是新的“知觉价值”（perceptual values）和新的“美学性质”的发现。

我们一般都知道，美学家不敢果断地否认“真理”是艺术的一种性质和判断标准。[2]因为“真理”是受人尊崇的术语，对艺术抱着严肃的敬重态度的美学家，会把真理当作艺术的一种属性，把它理解为艺术的无上价值之一；还因为他们不合逻辑地惧怕艺术如果不是“真理”就会沦为柏拉图所怒斥的“谎言”。然而，想象性文学本来就是一种“虚构”，是通过文字艺术来“模仿生活”。“虚构”的反义词不是“真理”，而是“事实”或“时空中的存在”；“事实”要比文学必须处理的那种可能性更为离奇。[3]

在各种艺术门类中，文学似乎尤其明显地通过每一部艺术上完整连贯的作品所包含的对人生的看法（即世界观）来宣示自己的“真理”。哲学家或批评家一定会认为其中有些文学家的“看法”比其他文学家更富于真理性（例如艾略特就认为但丁的人生观比雪莱［P. B. Shelley］的，甚至比莎士比亚的，都更富有真理性）；不过任何成熟的人生哲学必定都有某种程度的真理性——至少它是这么

1　参见M. 伊斯曼：《文学心理：它在科学时代的地位》（纽约，1935年，155页等处）。

2　参见B. C. 海尔：《美学和艺术批评的新含义》（纽黑文，1943年，51—87页）。

3　参见D. 沃尔什：《艺术的知性内容》（载《哲学评论》，第52期，1943年，433—451页）。

宣称的。我们现在所考察的“文学的”真理，似乎是“文学中的”真理——这种哲学以系统的观念形式存在于文学之外，但又可以被应用、阐明和体现于文学之中。就此意义而言，但丁的真理是天主教的神学和经院哲学。艾略特对诗歌与“真理”之间关系的看法，似乎主要也属于这种类型。真理是具有自己体系的思想家所关心的范畴；而艺术家不是这样的思想家，虽然在找不到合适的哲学成果可吸收于文学中时，艺术家也会尝试着去当这样的思想家。[1]

上面的整个争论，看来多半属于语义学的范畴。我们所说的“知识”“真理”“认识”“智慧”等术语究竟意味着什么？如果一切真理都是观念性的和命题性的，那么艺术——甚至文学艺术——便不可能成为真理的形式。再说，如果接受实证主义的限制性的定义，将真理限定于能以合适的方法加以证实的命题，那么艺术也不可能是凭实验可以证实的真理的一种形式。换一种说法，真理似乎有两种模式或多种模式，即我们具有多种“致知的方法”。或者说，世界上有两种基本的知识类型，各有自己的一套语言系统：其一是科学，采用“推论式”（discursive）的语言；另一是艺术，采用“表现式”（presentational）的语言。[2]这两者是否都是真理呢？前者就是哲学家通常所指的哲学，而后者则指有宗教意味的神话和诗歌。我们很可以说后者是“真的”，而不称之为“真理”。“真的”这个形容词词性可以表达出一个不偏不倚的分界线，即艺术在本质上是美的，在形态上是真的（也就是说，它与真理并行不悖）。麦克利什（A. MacLeish）在他的《诗艺》（*Ars Poetica*）一书中想用一个公式来调整文学的美与哲学的真两个不同命题之间的关系，他认为一首诗“等于，但并不真是”真理，即诗歌一如哲学（科学、知识、智慧）那样严肃和重要，拥有与真理等同的价值，如同真理一般（truth-like）。

兰格夫人（S. K. Langer）在声称表现性的象征物是知识的一种形式时，主要指的是造型艺术和音乐，而不是文学。显然，她认为文学从某种意义上来说是“推论”和“表现”的混合体。但是，文学中的神话成分或原型意象（archetypal image），与她所谓的表现性的艺术是相通的。[3]

从艺术可以发现或洞悉真理这种观点出发，我们还必须弄清一种观点，即艺

1 参见T. S. 艾略特《论文选》（纽约，1932年，115—117页）：“‘思考的’诗人，”艾略特写道，“只是能够表现思想的情感对应物的诗人……所有伟大的诗歌都展示某种人生观。当我们进入荷马、索福克勒斯、维吉尔、但丁或莎士比亚的艺术世界时，便倾向于相信我们理解某种属于理智性的东西；因为，每一种精细的情感都趋向于理智性的表现方式。”

2 参见S. K. 兰格：《哲学的新方法》（马萨诸塞，坎布里奇，1942年），其中“推论形式和表现形式”一节见于79页等处。

3 参见S. K. 兰格：《哲学的新方法》（马萨诸塞，坎布里奇，1942年），288页。

术——尤其是文学——是宣传。这种观点认为作家不是真理的发现者，而是真理具有说服力的推行者。“宣传”（propaganda）这一术语的含义很模糊，需要细加考究。在通俗语言中，“宣传”一词只用于被人认为是有害的，而且是由我们所不信任的人传播的教义上；它含有算计、图谋的意味，通常用于特殊的、局限性相当大的教义和纲领方面。[1]既然这一术语的含义如此褊狭，我们就只能说某些艺术（最低级的一类）是宣传，而伟大的艺术、好的艺术或“艺术”这一专有名词，却不能说是宣传。然而，如果我们将这一术语引申为“在有意或无意中努力影响读者，使之接受作家个人的人生态度”这样的意义，那么就可以说所有的艺术家都是或应该是宣传家，或者说所有诚恳的、有责任感的艺术家都有充当宣传家的道德义务。

在贝尔金(M. Belgion)看来，文学艺术家是“‘不负责任的宣传家’。也就是说，每个作家都有一种人生观或处世理论……其作品的作用总是在于‘劝说’读者去接受那种观点或理论，而这种劝说行为又总是不光明正大的。也就是说，读者总是被牵着鼻子去相信某些东西，并在催眠状态中同意这些东西。归根结底，表现性的艺术诱骗了读者……”艾略特引用贝尔金这段文字时提出了自己的看法，将那些“根本难以认为是宣传家的诗人”，与不负责任的宣传家和第三类“特别自觉和有责任感”的宣传家（如卢克莱修［Lucretius］和但丁）区别开来；艾略特是从创作意图和历史影响两方面来判断作家的责任感的。[2]“有责任感的宣传家”一语对大多数人来说似乎是自相矛盾的说法，但如果将它解释为类似于两种拉力之间的张力，这一说法就有它的命意了。严肃的艺术暗示着一种人生观，这种人生观可以用哲学术语甚至各种哲学体系来加以表述。[3]在艺术的连贯性（有时也叫作“艺术逻辑”）与哲学的连贯性之间有某种连带关系。有责任感的艺术家无意将情感与思维、感性与知性（sensibility and intellection）、感觉的真挚性与经验和思考的充分性混为一谈。有责任感的艺术家用感觉形式表现的人生观，不像多数时髦的观点那样“宣传性”、简单；而且，一种十分复杂的人生观，是不可能借催眠性的暗示力量移植到未成熟的或天真的读者的行为中去的。

我们还要考虑从“净化作用”（catharsis）出发而提出的有关文学功用的种种

1　一些书被禁阅和禁售，即使从通俗的意义上来说，也不证明只有这些书是宣传品，而应该确切地说这些禁书是统治阶级所不允许的宣传品。

2　参见T. S. 艾略特:《诗歌和宣传》(收录于《美国的文学见解》，扎贝尔编，纽约，1937年，25页等处)中关于“诗歌和宣传”的论述。

3　参见斯泰斯的前引文章（164页等处）。

概念。“净化”一词的历史很悠久，在亚里士多德的希腊文《诗学》中已出现过这个词。对亚里士多德采用这个词时的真正含义，至今还有争论；但亚里士多德当初的含义乃属于训诂学的问题，不应该与现在是怎样应用这个术语的问题相混淆。有人说，文学的功用在于松懈我们（既包括作者，也包括读者）被压抑的情感。表现情感就是从情感中解脱出来，据说歌德（J. W. von Goethe）就是借写作《少年维特之烦恼》而从世界性的痛苦中脱身的。观看一出悲剧或阅读一部小说，也被认为是心灵经历放松和解脱的过程，因为观众或读者的情感集中于作品上，在享受美感之余，留下了“心灵的平静”。[1]

但是，文学究竟是宣泄我们的情感，还是相反激起了我们的情感呢？柏拉图认为，悲剧和喜剧“就在我们应该使情感枯干的时候，滋养和灌溉了它们”。或者说，如果文学使我们摆脱自己的情感，但这些情感却消耗在诗意的虚构情境中，难道不也是错误的发泄吗？圣·奥古斯丁（St. Augustine）承认，年轻时他曾生活在致命的罪恶中；可是他还说：“我不为此哭泣，我只为狄多[2]遭害而哭泣……”这么说来，是否有些文学是激起情感的，有些是净化情感的？或者说，我们是否应该去区别对待不同的读者群，并弄清他们不同反应的本质呢？[3]或者说，是否所有的艺术都是净化情感的呢？这些问题将在下面的“文学和心理学”和“文学和社会”等章中讨论；但现在必须先初步地在这里提出来。

归纳起来说，关于文学的作用问题的讨论已经有很长时间的历史了——在西方，从柏拉图开始，一直延续到今天。这不是一个由诗人或诗歌爱好者出于本能而提出的问题，比如，爱默生有一次就这样说：“美就是它自身存在的理由。”这个问题毋宁说是由功利主义者和道德家，或者政治家和哲学家提出来的；也就是说，是由文学之外的其他种种价值的代表者，或者裁决所有价值的理论家提出来的。他们问道：诗歌的功用究竟是什么？即拉丁语所谓的它究竟“有何用”（cui bono）？而且他们是从整个社会或全人类的角度来提出这个问题的。于是，诗人和对诗歌有本能爱好的读者，接受这一挑战，不得不像在道德上和理智上有责任感的公民一样，向公众做出某种合理的回答。他们为此写了《诗艺》的某一段落

---

1 参见歌德：《诗与真》，第十三章。科林伍德曾将“表现情感”（艺术）与“背叛情感”（非艺术）区别开来。

2 狄多（Dido），古罗马传人维吉尔名作《埃涅阿斯记》的主人公埃涅阿斯的情人，在埃涅阿斯离开她后，忧伤地自杀而死。——译注

3 参见柏拉图：《理想国》，第十卷，606节；圣·奥古斯丁：《忏悔录》，第一卷，21页；A. 沃伦：《文学和社会》（收录于《20世纪的英文》，W. S. 尼克博克编，纽约，1946年，304—314页）。

和《为诗一辩》或《诗辩》等书[1]：文学上的这些论著，相当于神学中的“教义辩惑学”。[2]为这一目的和为具有这样看法的读者而写的理论文字，自然强调文学的“功用”，而不强调文学的“快感”；因此，从语义上说，今天可以轻易地把文学的“作用”等同于文学的外部关系。但是，从浪漫主义运动开始以来，诗人对公众的挑战往往给予一个与此不同的回答，即布雷德利(A. C. Bradley)所谓的“为诗而诗”[3]；并且，理论家们巧妙地使“作用”这一术语纳入整个“辩护”范围内。因此，当我们采用这个词的时候，我们是指诗歌可以有多种作用，而忠实于它的本性是它基本的和主要的作用。

1 《诗艺》是古罗马诗人贺拉斯有关文艺理论的一部代表作。对后世的文艺理论影响甚大。《为诗一辩》或《诗辩》是英国16世纪诗人P. 锡德尼写的一部有关文艺理论的专著。——译注

2 参见斯宾加恩（J. E. Spingarn）:《文艺复兴时期的文学批评史》(纽约，1924年改写本)。该书探讨了诗歌的“作用”(“function”)和“合理性”(“justification”)。

3 参见A. C. 布雷德利:《为诗而诗》(收录于《牛津大学诗歌讲演》，牛津，1909年，3—34页)。

第四章　文学理论、文学批评和文学史

既然我们已经明了文学研究有理可言，我们就须确定一下对文学做系统、整体研究的可能性。英语词汇中没有很恰当的名词来称呼这种研究工作，最普通的术语是“文学学”（literary scholarship）与“语文学”（philology）。前者似乎摈弃了“文学批评”，而强调学院式的研究，因此是我们所不能接受的。然而，如果像爱默生那样广义地解释“学者”（scholar）的含义，则“文学学”无疑是可以接受的。后一名词“语文学”很容易招致误解。历史上，此词不仅指所有文学的与语言的研究，而且包含对人类一切心智活动产物的研究。在19世纪的德国，这个词用得最广，现在它仍见于《现代语文学》《语文学季刊》与《语文学研究》等期刊的名称上。波克（P. A. Boeckh）在他所著的《语文科学概论与方法》（1877年版，其中有些资料采自早至1809年的讲演）[1]这一本基础理论书里把“语文学”界定为“一切知识的学问”，因此包括语言、文学、艺术、政治、宗教和社会风俗等的研究。实际上，波克的“语文学”即格林罗所谓的“文学史”（literary history），显然乃是因研究古典时有所需要而产生的——研究古典特别需要历史和考古学的知识。在波克看来，文学研究只是语文学的一个分支，而语文学则是指整个的“文明学”（science of civilization），而且特别指他与德国的浪漫主义者所称的“民族精神的科学”（science of national spirit）。今天，从语文学这一术语的语源和许多专家的实际工作来看，它通常就是指语言学（linguistics）本身，特别是指对历代语法和古代语言形式的研究。由于这一术语有多种分歧的意义，我们最好还是把它弃置不用。

1　参见P. A. 波克：《语文科学概论与方法》（莱比锡，1877年，1886年再版）。

另外一个可供选择用来指称文学研究的名词就是“research”（语意为反复搜求）。但是这一术语更加不恰当，因为它仅仅强调初步的材料搜集和研究工作，并且似乎强行把研究材料划分为必须“搜求的”和随手可得的两种。比如说，到大英博物馆去查阅一善本书，便叫作“research”，而坐在家中的靠背椅上看同一本书的翻印版，显然会有一种不同的心理活动过程。充其量，“research”一词不过意味着某些初步工作，其程度与性质多半将随着研究的问题而改变。可是此词没有把解释、分析和评价等精细的研究项包含在内，而这些却正是文学研究的特点。

在文学“本体”的研究范围内，对文学理论、文学批评和文学史三者加以区别，显然是最重要的。首先，文学是一个与时代同时出现的秩序（simultaneous order），这个观点与那种认为文学基本上是一系列依年代次序而排列的作品、是历史进程上不可分割的一部分的观点，是有所区别的。其次，关于文学的原理与判断标准的研究，与关于具体的文学作品的研究——不论是做个别的研究还是做编年的系列研究——二者之间也要进一步加以区别。要把上述的两种区别弄清楚，似乎最好还是将“文学理论”看成是对文学的原理、文学的范畴和判断标准等类似问题的研究，并且将研究具体的文学艺术作品看成“文学批评”（其批评方法基本上是静态的）或看成“文学史”。当然，“文学批评”通常是兼指所有的文学理论的，可是这种用法忽略了一个有效的区别。亚里士多德是一个理论家，而圣-伯夫（A. Sainte-Beuve）基本上是个批评家。波克主要是一个文学理论家，而布莱克默（R. P. Blackmur）则是一个文学批评家。“文学理论”一语足以包括——本书即如此——必要的“文学批评理论”和“文学史理论”。

上述的一些定义的区别是相当明显并广为人知的。可是一般人却不太能够认识以上几个术语所指的研究方式是不能单独进行的，不太能够认识它们完全是互相包容的。文学理论不包括文学批评或文学史，文学批评中没有文学理论和文学史，或者文学史里欠缺文学理论与文学批评，这些都是难以想象的。显然，文学理论如果不植根于具体的文学作品，这样的文学研究是不可能的。文学的准则、范畴和技巧都不能“凭空”产生。可是，反过来说，没有一套问题、一系列概念、一些可资参考的论点和一些抽象的概括，文学批评和文学史的编写也是无法进行的。这里所说的问题当然不是不可克服的，例如，我们常常带些先入为主的成见去阅读，但在我们有了更多的阅读文学作品的经验时，又常常改变和修正这些成见。这个过程是辩证的，即理论与实践互相渗透、互相作用。

有人曾试图将文学史与文学理论和文学批评分离开来。例如，贝特森（F. W. Bateson）认为文学史旨在展示甲源于乙，而文学批评则在宣示甲优于乙。[1]根据这一观点，文学史处理的是可以考证的事实，而文学批评处理的则是观点与信仰等问题。可是这个区别是完全站不住脚的。在文学史中，简直就没有完全属于中性“事实”的材料。材料的取舍，更显示对价值的判断：初步简单地从一般著作中选出文学作品，分配不同的篇幅去讨论这个或那个作家，都是一种取舍与判断。甚至在确定一个年份或一个书名时都表现了某种已经形成的判断，这就是在千百万本书或事件之中何以要选取这一本书或这一个事件来论述的判断。纵然我们承认某些事实（如年份、书名、传记上的事迹等）相对来说是中性的，我们也不过是承认编撰各种文学年鉴是可能的而已。可是任何一个稍稍深入的问题，例如一个版本校勘的问题，或者渊源与影响的问题，都需要不断做出判断。例如，像“蒲柏受德莱顿的影响”这样一个观点，不仅首先需要做出判断把德莱顿与蒲柏从他们同时代的无数诗人中挑选出来，还必须认识德莱顿与蒲柏的特点，然后再不断地衡量、比较和选择，看看其中何者本质上是关键所在。再如，鲍芒（F. Beaumont）与弗莱契（J. Fletcher）二人合作创作的问题，就需要我们首先接受这样一个重要的原则才能得到解决，也就是说某些风格上的特点（或手法）只涉及两个作家中的一人；如果不这样看问题，我们就只能将风格的差异当作既成的事实来接受。

但是，一般把文学史从文学批评中分离出来的理由是多种多样的，并不止上述一例。有一种论点虽然不否认判断的必要，却申辩说文学史本身有其特殊的标准与准则，那是属于已在时代的标准与准则。这些文学的重建论（reconstructionists）主张我们必须设身处地地体察古人的内心世界并接受他们的标准，竭力排除我们自己的先入之见。这个观点，也称为“历史主义”（historicism），在19世纪的德国十分流行，但仍受到德国杰出的历史理论家特洛尔奇（E. Troeltsch）的抨击。[2]这个观点现在似乎或直接或间接地渗入英国和美国，而我们许多所谓的“文学史家”都或多或少地接受了它。例如克雷格（H. Craig）就说过，近代学术最新与最好的一面就是“避免了认错时代的思考方法”。[3]斯托

1 参见F. W. 贝特森：《书信》（载《细察》，第4期，1935年，181—185页）。

2 参见E. 特洛尔奇：《历史及其问题》（蒂宾根，1922年）、《历史及其压倒一切的力量》（柏林，1924年）。

3 参见H. 克雷格《文学研究和学术性专业》（华盛顿，西雅图，1944年，70、126—127页）：“最后一代人出人意料地认定要从过去作家本身去发现他们的意义和价值，如坚信莎士比亚本身的意义就是莎士比亚的最大意义。”

尔在研究伊丽莎白时期的舞台艺术传统与观众的要求时，就坚持主张文学史的重要目的在于重新探索出作者的创作意图。[1]这样的理论主张可见于伊丽莎白时期的心理学研究的诸多理论中，如体液论（Doctrine of Humours）[2]和有关诗人的科学观念与伪科学观念等。[3]图夫（R. Tuve）就曾根据邓恩（J. Donne）及其同时代人接受过拉摩派逻辑（Ramist logic）[4]的训练来解释玄学派诗歌意象的起源和意义。[5]

这些研究无不使我们明白：不同时代有不同的文学批评观念和批评规范。因此，有人得出这样的结论：每一个时代都是一个独立自主的单元，它表现于其本身所独有的诗歌的形态之中，与其他时代是无法相比较的。这个观念在波特尔（F. A. Pottle）的《诗的成语》一书中有明白有力的阐释。[6]波特尔自称他的立场是“批判的相对论”（critical relativism），并且认为诗歌史中常有深奥莫测的“感受性的变迁”和“全面的中断性”。他的立场由于兼具伦理和宗教的绝对标准而显得更有价值。

这种“文学史”观念的极致，要求文学史家具备想象力、“移情作用”（empathy）和对一个既往的时代或一种已经消逝的风尚的深深的同情。学者们已成功地考证出各种不同的文明形式中的一般人生观、态度、偏见和潜在的设想。因此，我们得以认识希腊人对神、对女人和对奴隶的各种态度；我们可以十分详尽地描述中世纪的宇宙观；还有人力图辨别中国艺术与拜占庭艺术在观察事物时极不相同的方式，或者至少是极不相同的传统和习惯。特别是在德国，许多人在施本格勒（O. Spengler）的影响之下，过分热衷于研究哥特式艺术和巴洛克艺术——这两种艺术的精神实质据说与我们这个时代迥然不同，它们均有自己的境界。

在文学研究中，这种重建历史的企图导致了对作家创作意图的极大强调。这派学者认为可以在文学批评和文学风尚的历史中着手进行这种研究。他们通常认为，如果我们能够确定作家的创作意图，并看到该作家已达到其目的，我们也就解决了文学批评的问题：既然原作者已经满足了当时的要求，那么就无须，甚至

1　参见E. E. 斯托尔：《诗人和剧作家》（明尼阿波里斯，1930年，217页）、《从莎士比亚到乔伊斯》（纽约，1944年，9页）。

2　体液论，是古代欧洲人一种不科学的医学观念，认为人体内有四种液体，即血液、冷淡液、胆液和忧郁液。这四种液体的不平衡决定人的性格，如胆液过盛则其人勇敢、暴躁。——译注

3　参见李莉·坎贝尔（Lily Campbell）、奥斯卡·坎贝尔（Oscar J. Campbell）、E. E. 斯托尔等人评莎士比亚的著述。

4　拉摩派逻辑，以16世纪法国著名的逻辑学家P. 拉摩命名的一个学派，其理论与亚里士多德的逻辑理论相反。——译注

5　参见《意象和逻辑：拉摩和玄学派诗学》（载《思想史杂志》，第3期，1942年，365—400页）。

6　参见F. A. 波特尔：《诗的成语》（纽约，伊萨卡，1941年，1946年再版）。

也不可能，再对他的作品做进一步地批评了。这个方法给人一种印象：文学批评只有一个标准，即只要能取得当时的成功就可以了。如此说来，文学观点就不止一两个，而是有数以百计独立的、分歧不一且互相排斥的观点；每一个观点就某方面而言都是"正确"的。诗的理想于是人言言殊，破碎而不复存在，其结果是一片混乱，或者毋宁说是各种价值都拉平或取消了。文学史于是就降为一系列零乱的、终至于不可理解的残编断简了。另有一种略为温和的观点则认为诗的理想处于两个极端：古典主义与浪漫主义、蒲柏的理想与华兹华斯的理想、直陈诗（poetry of statement）与蕴藉诗，它们是如此不同以至于没有共同的特征。

不过，作家的"创作意图"就是文学史的主要课题，这样一种观念看来是十分错误的。一件艺术作品的意义，决不仅仅止于、也不等同于其创作意图；作为体现种种价值的系统，一件艺术品有它独特的生命。一件艺术品的全部意义，是不能仅仅以其作者和作者的同时代人的看法来界定的。它是一个累积过程的结果，亦即历代的无数读者对此作品批评过程的结果。历史重建论者宣称整个累积过程与批评无关，我们只需探索原作开始的那个时代的意义即可。这似乎是不必要而且实际上也不可能成立的说法。我们在批评历代的作品时，根本不可能不以一个20世纪人的姿态出现：我们不可能忘却我们自己的语言会引起的各种联想和我们新近培植起来的态度和往昔给予我们的影响。我们不会变成荷马或乔叟（G. Chaucer）时代的读者，也不可能充当古代雅典的狄俄尼索斯剧院或伦敦环球剧院的观众。想象性的历史重建，与实际形成过去的观点，是截然不同的事。我们不可能真正崇拜酒神狄俄尼索斯而同时又嘲笑他，就像欧里庇得斯（Euripides）的《酒神的崇拜者》一剧的观众当场可能出现的反应那样[1]；我们之中很少有人会对但丁笔下的层层地狱和炼狱山信以为真。如果我们果真能重建《哈姆雷特》一剧对当时观众的意义，那么我们只会排斥此剧所含有的其他的丰富意义。我们会否认后来人在此剧中不断发现的合理含义。我们也会否认此剧有新的解释的可能性。这里并非赞同主观武断地去误解作品："正确"了解和误解之间的区别仍然是存在的，需要根据各个特定的情况一一加以解决。历史派的学者不会满足于仅用我们这个时代的观点去评判一件艺术品，但是这种评判却是一般文学批评家的特权；一般的文学批评家都要根据今天的文学风格或文学运动的要求，来重新评估过去的作品。对历史派的学者来说，如果能从第三时代的观点——既不是他的

1 这个例子来自H. 彻尼斯：《文学批评中的传记法》（载《加利福尼亚大学经典语言学出版物》，第12期，1943年，279—293页）。

时代的，也不是原作者的时代的观点——去看待一件艺术品，或去纵观历来对这一作品的解释和批评，以此作为探求它的全部意义的途径，将是十分有益的。

实际上，这么直截了当地在历史观点和当代观点之间做出取舍决定几乎是不可能的。我们必须既防止虚假的相对主义又防止虚假的绝对主义。文学的各种价值产生于历代批评的累积过程之中，它们反过来又帮助我们理解这一过程。对历史相对论的反驳,不是教条式的绝对主义——绝对主义诉诸“不变的人性”或“艺术的普遍性”。因此我们必须接受一种可以称为“透视主义”（Perspectivism）的观点。我们要研究某一艺术作品，就必须能够指出该作品在它自己那个时代的和以后历代的价值。一件艺术品既是“永恒的”（即永久保有某种特质），又是“历史的”（即经过有迹可循的发展过程）。相对主义把文学史降为一系列散乱的、不连续的残编断简，而大部分的绝对主义论调，不是仅仅为了趋奉即将消逝的当代风尚，就是设定一些抽象的、非文学的理想（如新人文主义［New Humanism］[1]、马克思主义和新托马斯主义等批评流派的标准），但考虑到文学在历史上的各种变化，这些理想是不合理的。“透视主义”的意思就是把诗，把其他类型的文学，看作一个整体，这个整体在不同时代都在发展着，变化着，可以互相比较，而且充满着各种可能性。文学既不是一系列独特的、没有相通性的作品，也不是被某个时期（如浪漫主义时期和古典主义时期，蒲柏的时代和华兹华斯的时代）的观念完全束缚的一长串作品。文学当然也不是一个均匀划一的、一成不变的“封闭的体系”——这是早期古典主义的理想体系。绝对主义和相对主义二者都是错误的；但是，今天最大的危机，至少在英美是如此，是相对主义的流行，这种相对主义造成了价值观的混乱，放弃了文学批评的职责。

实际上，任何文学史都不会没有自己的选择原则，都要做某种分析和评价的工作。文学史家否认批评的重要性，而他们本身却是不自觉的批评家，并且往往是引证式的批评家，只接受传统的标准和评价。今天他们一般来说都是落伍的浪漫主义信徒，拒斥其他形式的艺术，尤其是拒斥现代文学。但是，正如科林伍德很确切地说过的那样，一个人如果“宣称知道莎士比亚之所以成为一个诗人的原因，也就等于默认他知道斯泰因夫人（G. Stein）到底是不是一个诗人，假如她不是诗人，又何以不是”。[2]

---

1 亦可译为新人道主义。——译注

2 参见R. G. 科林伍德：《艺术原理》（牛津，1938年，4页）。如泰特（A. Tate）在《艾米丽·勃朗特和她的传记作家》中所说：“那些宣称理解德莱顿但对霍普金斯（G. M. Hopkins）或叶芝无知的学者，正说明他们并不理解德莱顿。”（《疯癫中的理性》，纽约，1941年，115页）

现代文学之所以被排斥于严肃的研究范围之外，就是那种“学者”态度的极坏的结果。“现代”文学一语被学院派学者做了如此广泛的解释，以至于弥尔顿（J. Milton）以后的作品几乎没有被当作上品来研究的。后来，18世纪的文学在传统的文学史中获得了正当的地位和良好的评价；研究18世纪遂成为时尚，因为这个时期的文学似乎给人们提供了一个更为优美、稳定和秩序井然的世界。浪漫主义时期和19世纪后期也开始受到学院派学者的注意，甚至在学院派之中，也有少数坚毅的学者捍卫并研究当代文学。

反对研究现存作家的人只有一个理由，即研究者无法预示现存作家毕生的著作，因为他的创作生涯尚未结束，而且他以后的著作可能为他早期的著作提出解释。可是，这一不利的因素，只限于尚在发展前进的现存作家；但是我们能够认识现存作家的环境、时代，有机会与他们结识并讨论，或者至少可以与他们通讯，这些优越性大大压倒那一不利的因素。如果过去许多二流的、甚至十流的作家值得我们研究，那么与我们同时代的一流或二流的作家自然也值得研究。学院派人士不愿评估当代作家，通常是他们缺乏洞察力或胆怯的缘故。他们宣称要等待“时间的评判”，殊不知时间的评判不过也是其他批评家和读者——包括其他教授——的评判而已。主张文学史家不必懂文学批评和文学理论的论点，是完全错误的。这个道理很简单：每一件艺术品现在都存在着，可供我们直接观察，而且每一作品本身即解答了某些艺术上的问题，不论这作品是昨天写成的还是1000年前写成的。如果不是始终借助于批评原理，便不可能分析文学作品，探索作品的特色和品评作品。“文学史家必须是个批评家，纵使他只想研究历史。”[1]

反过来说，文学史对于文学批评也是极其重要的，因为文学批评必须超越单凭个人好恶的最主观的判断。一个批评家倘若满足于无视所有文学史上的关系，便会常常发生判断上的错误。他将会搞不清楚哪些作品是创新的，哪些是师承前人的；而且，由于不了解历史上的情况，他将常常误解许多具体的文学艺术作品。批评家缺乏或全然不懂文学史知识，便很可能马马虎虎，瞎蒙乱猜，或者沾沾自喜于描述自己“在名著中的历险记”；一般来说，这种批评家会避免讨论较远古的作品，而心安理得地把它们交给古物学家和“语文学家”去研究。

中世纪文学，尤其是英国的中世纪文学，就是这样的例子。很少有人以美学的和批评的观点来探讨这个时期的文学，乔叟的作品可能是个例外。采用现代的感受性来探讨中世纪文学，会使人对大部分盎格鲁—撒克逊人的诗歌或丰富的中

---

1 参见N. 福斯特：《美国学者》（教堂山，1929年，36页）。

古抒情诗产生不同的看法；这正如引进文学史的观点和对起源问题的系统考察，也会在当代文学中有所发现一样。将文学批评与文学史二者分离的一般做法对两者都是不利的。

第五章　总体文学、比较文学和民族文学

我们已将文学研究分为文学理论、文学史和文学批评三方面加以阐述。现在，我们将采用另外一种划分原则，以便给比较文学、总体文学和民族文学下一个系统的定义。“比较文学”这个名称带来不少麻烦，毫无疑问，这也是这个重要的文学研究方式迄今尚未取得预期的学术成就的原因之一。马修·阿诺德翻译了安培（J. -J. Ampère）使用的“比较历史”（histoire comparative）这一用语，他显然是第一个在英语中使用这个名称的人（1848年）。法国人比较喜欢维尔曼（A. F. Villemain）在更早的时候用过的名称。1829年，维尔曼模仿居维叶（G. B. Cuvier）在1800年用过的“比较解剖学”（Anatomie comparée）这个名称，提出了“比较文学”（littérature comparée）这一术语。德国人则称之为“比较文学史”（vergleichende Literaturgeschichte）。[1]但是，这几个不同形式的形容词都不能完全说明问题，因为，比较是所有的批评和科学都使用的方法，它无论如何也不能充分地叙述文学研究的特殊过程。不同文学之间——甚或文学运动、作家和作品之间——在形式上的比较，在文学史上很少作为中心议题，但是像格林（F. C. Green）的《小步舞》（*Minuet*）[2]这样的书，却对法国与英国18世纪文学的各个方面进行了比较，它不但说明一个民族与另一个民族在文学发展方面的共同点和类似之处，而且指出其差异的方面。

实际上，“比较文学”这个名称过去指的是，而且现在仍然指的是相当明确的研究范围和某些类型的问题。它首先可以是关于口头文学的研究，特别是民间故事的主题及其流变的研究，以及这些民间故事是如何和何时进入“高级文学”

1　参见F. 巴登斯贝格：《比较文学：名称与实质》（载《比较文学杂志》，第1期，1921年，1—29页）。

2　参见F. C. 格林：《小步舞》（伦敦，1935年）。

或“艺术性文学”的研究。这类问题可以归入民俗学。民俗学是一门重要的学问，它仅仅部分地涉及美学上的问题，因为它所研究的是一个民族的全部文化，包括他们的服饰、风俗、迷信和工具以及各种技艺等。但是，我们必须承认这样一个观点，即口头文学的研究是整个文学学科的组成部分，因为它不可能和书面作品的研究分割开来；不仅如此，它们之间，过去和现在都在继续不断地互相发生影响。无须提及像瑙曼（H. Naumann）这样抱极端看法的民俗学者[1]（他们认为后期的口头文学绝大部分都是“堕落的文化财富”[gesunkenes Kulturgut]），我们也能看出上层阶级的书面文学对口头文学有深刻的影响。另一方面，我们必须认识到，很多基本的文学类型及主题都起源于民间文学，我们还有充分证据说明，民间文学的社会地位已有所提高。然而，骑士传奇及行吟诗人的抒情歌谣并入民间传说，也是一个不容置疑的事实。虽然这种看法会使浪漫主义者对人民的创造力及民间艺术的深远渊源的信仰发生动摇，然而我们所知道的流行民谣、神话及传说往往起源较迟，而且来自上层阶级的文学。但是，对于每一个想了解文学发展过程及其文学类型和手法的起源和兴起的文学家来说，口头文学研究无疑是一个重要的领域。不幸的是，口头文学研究迄今仍局限在研究主题及其从一个国家到另一个国家的流播和演变上，也就是说，仍然局限在对现代文学素材的研究上。[2]不过，近来的民俗学者越来越把注意力转向模式、形式和手法的研究，转向文学形式的结构形态的研究，转向对故事的讲述者、叙述者及听众等方面的研究，这样就为将他们的研究工作紧密地纳入文学这门学问的总体概念铺平了道路。[3]虽然研究口头文学有其特殊问题，即传播与社会背景等问题[4]，但是，它的基本问题无疑是和书面文学共同的，而且，口头文学与书面文学之间的连续性也从来没有中断过。现代欧洲文学的学者们常常忽视了这些问题而蒙受不利，而斯拉夫国家及斯堪的纳维亚国家的文学史家们——在这些国家里，民间传说不是现在还存在，就是不久以前还存在——与这些研究的关系则更为密切。但是，用“比较文学”这个名称来指口头文学的研究实在太不确切。

1 参见H. 瑙曼：《原始民族社会的文化》（耶拿，1921年）。

2 J. 希克的《哈姆雷特式故事总集》（五卷本，柏林，1912—1938年）所搜集的世界各国的类似故事，与对莎士比亚的研究是不相干的。

3 这里与19世纪70年代的A. N. 维谢洛夫斯基的著作、后来J. 波利夫卡论俄国童话故事的著作以及G. 盖斯曼关于南斯拉夫史诗的一些论著中的说法是相符的。

4 参见P. 波格提列夫和R. 雅柯布逊（R. Jakobson）：《民间故事——一种特殊的创作形式》（*Donum Natalicium Schrijnen*，乌德勒支［荷兰］，1929年，900—913页）。该文似乎过分强调民间文学与高级文学的区别。

“比较文学”的另一个含义是指对两种或更多种文学之间的关系的研究。这一用法是以已故的巴登斯贝格（F. Baldensperger）为首，聚集在《比较文学评论》（*Revue de littérature comparée*）刊物周围的盛极一时的法国比较文学学派确立的。[1]这一学派有时机械地，有时又十分巧妙地着重探讨像歌德在法国和英国，莪相（Ossian）[2]、卡莱尔（T. Carlyle）、席勒（F. Schiller）在法国的威望和渗透、影响和声誉等问题。这一学派发展了一套方法学，除了收集关于评论、翻译及影响等资料，还仔细考虑某一作家在某一时期给人的形象和概念，考虑诸如期刊、译者、沙龙和旅客等不同的传播因素，考虑“接受因素”，即外国作家被介绍进来的特殊气氛和文学环境。总之，已经积累了许多证据可以说明文学，特别是西欧文学的高度统一性；并且，我们对文学作为“外贸”方面的知识也大大增加了。

但是，人们承认，“比较文学”这样的概念也存在它自己的特殊困难。[3]看来，从这类研究的积累中无法形成一个清晰的体系。在研究“莎士比亚在法国”和研究“莎士比亚在18世纪的英国”之间，或者在研究“爱伦·坡对波德莱尔（C. Baudelaire）的影响”和研究“德莱顿对蒲柏的影响”之间没有方法论上的区别。文学之间的比较，如果与总的民族文学相脱节，就会倾向于把“比较”局限于来源和影响、威望和声誉等一些外部问题上。这类研究不允许我们分析和判断个别的文艺作品，甚至还不允许我们考虑其整个复杂的起源问题，而是把主要精力或者用于研究一篇杰作引起的反响，如翻译及模仿，而这些仿作又往往出自二流作家之手；或者用于研究一篇杰作产生前的历史及其主题和形式的演变和传播。这样构想的“比较文学”，其重点是在外部事物上；近几十年来这种类型的“比较文学”的衰落，反映出人们普遍不赞成把重点放在纯粹的“事实”上，或放在来源和影响上。

然而，第三种概念避免了上述弊病：把“比较文学”与文学总体的研究等同起来，与“世界文学”或“总体文学”等同起来。这些等式同样也产生了一定的

---

1 见本章参考书目。

2 莪相，传说为3世纪左右的苏格兰吟游诗人，主要活动在爱尔兰、苏格兰等地。18世纪60年代，麦克弗森（J. Macpherson）出版了一系列诗，称为《莪相集》，因此轰动一时，但学者们后来断定为麦克弗森之伪作。这些诗作在风格上沉郁、浪漫，表现了对自然的恋慕，对欧洲不少诗人产生了影响，下文所谓的“莪相风格”即指此，第六章中还要谈及麦克弗森伪作莪相诗的问题。——译注

3 参见B. 克罗齐：《比较文学》（载《美学问题》，巴黎，1910年，73—79页）；R. 韦勒克：《比较文学的危机》（载《国际比较文学协会第二次会议论文集》，W. P. 弗里德里希编，教堂山，第一期，1959年，149—159页）。

困难。“世界文学”这个名称是从歌德的“Weltliteratur”[1]翻译过来的，似乎含有应该去研究从新西兰到冰岛的世界五大洲的文学这个意思，也许宏伟壮观得过分不必要。其实歌德并没有这样想。他用“世界文学”这个名称是期望有朝一日各国文学都将合而为一。这是一种要把各民族文学统一起来成为一个伟大的综合体的理想，而每个民族都将在这样一个全球性的大合奏中演奏自己的声部。但是，歌德自己也看到，这是一个非常遥远的理想，没有任何一个民族愿意放弃其个性。今天，我们可能离这样一个合并的状态更加遥远了；并且，事实可以证明，我们甚至不会认真地希望各个民族文学之间的差异消失。“世界文学”往往有第三种意思。它可以指文豪巨匠的伟大宝库，如荷马、但丁、塞万提斯、莎士比亚以及歌德，他们誉满全球，经久不衰。这样，“世界文学”就变成了“杰作”的同义词，变成了一种文学作品选。这种文选在评论上和教学上都是合适的，但却很难满足要了解世界文学全部历史和变化的学者的要求，他们如果要了解整个山脉，当然就不能仅仅局限于那些高大的山峰。

“总体文学”这个名称可能比较好些，但它也有不足之处。它原是用来指诗学或者文学理论和原则的。在近几十年里，梵·第根（P. Van Tieghem）想把它拿过来表示一个与“比较文学”相对照的特殊概念。[2]根据他的说法，“总体文学”研究超越民族界限的那些文学运动和文学风尚，而“比较文学”则研究两种或两种以上文学之间的相互关系。但是，我们又怎么能够确定例如莪相风格是“总体文学”的题目，还是“比较文学”的题目呢？我们无法有效地区分司各特（W. Scott）在国外的影响，以及历史小说在国际上风行一时这两种情形。“比较文学”和“总体文学”不可避免地会合而为一。可能最好的办法是简简单单地称之为“文学”。

无论全球文学史这个概念会碰到什么困难，重要的是把文学看作一个整体，并且不考虑各民族语言上的差别，去探索文学的发生和发展。提出“比较文学”或者“总体文学”或者单单是“文学”的一个重要理由，是因为自成一体的民族文学这个概念有明显的谬误。至少西方文学是一个统一的整体。我们不可能怀疑古希腊文学与古罗马文学之间的连续性，西方中世纪文学与主要的现代文学之间的连续性，而且，在不低估东方影响的重要性、特别是圣经的影响的情况下，我们必须承认一个包括整个欧洲、俄国、美国以及拉丁美洲文学在内的紧密整

1　参见歌德：《与爱克曼谈话录》（1827年1月31日）、《艺术和上古时代》（1827年）、《纪念版著作》（第三十八卷，97页）。

2　参见梵·第根：《文学史上的综合：比较文学和总体文学》（载《历史综合杂志》，第31期，1921年，1—27页）；R. 佩希：《总体文学》（载《美学杂志》，第28期，1934年，254—260页）。

体。这个理想是由19世纪初期文学史的创始人，如施莱格尔兄弟（A. W. Schlegel and F. Schlegel）、布特韦克（F. Bouterwek）、西斯蒙第（S. Sismondi）和哈勒姆（H. Hallam）等人设想出来并且在他们力所能及的范围内实现的。[1]但是，由于后来民族主义的进一步发展，加上日趋专业化的影响，形成了用日益狭隘的地方性观点来研究民族文学的倾向。然而，到19世纪后半期，全球文学史的理想在进化论的影响下又复活了。早期从事“比较文学”工作的是民俗学者和人种史学者，他们主要是在斯宾塞（H. Spencer）的影响下研究文学的起源、口头文学的不同形式，以及早期史诗、戏剧和抒情诗的产生等课题。[2]然而，进化论在现代文学史上却没有留下多少痕迹，显然它把文学的演变描绘得与生物的进化过分相似，从而失去了信誉。全球文学史的理想也随之衰落。可喜的是近年来有许多迹象预示要复活总体文学史编纂工作的雄图。库提乌斯（E. R. Curtius）的《欧洲文学和拉丁中世纪》（1948年）以惊人渊博的学识从整个西方传统中找出其共同的习俗和惯例，奥尔巴赫（E. Auerbach）的《论模仿》（1946年）是一部从荷马到乔伊斯（J. Joyce）的现实主义史，对其间各个不同作家作品中的文体风格做了敏锐的分析。这些学术上的成就冲破了已经确立的民族主义的樊笼，令人信服地证明：西方文明是一个统一体，它继承了古典文化与中世纪基督教义丰富的遗产。[3]

这样，一部综合的文学史，一部超越民族界限的文学史，必须重新书写。从这个意义上来研究比较文学将对学者们掌握多种语言的能力提出很高的要求。它要求我们扩大眼界，抑制乡土和地方感情，这是不容易做到的。然而，文学是一元的，犹如艺术和人性是一元的一样。只有运用这个概念来研究文学史才有前途。

在这个庞大的范围内——实际上等于全部的文学史——无疑会有一些有时与

---

1 参见A. W. 施莱格尔：《关于戏剧艺术与文学》（三卷本，海德堡，1809—1811年）；F. 施莱格尔：《新旧文学史》（维也纳，1815年）；F. 布特韦克：《诗史和13世纪末的口头文学资料》（十三卷本，哥丁根，1801—1819年）；S. 西斯蒙第：《南欧文学》（四卷本，巴黎，1813年）；H. 哈勒姆：《15、16、17世纪文学导论》（四卷本，伦敦，1836—1839年）。

2 在德国，于1860年创办《人类心理学杂志》的H. 斯坦特尔，似乎最先将进化论原理系统地用于文学研究；在俄国，维谢洛夫斯基对“进化论的诗学”作过广博的探讨，他是斯坦特尔的学生；在法国，进化论思想也是很明显的，如E. 梅利尔所著的《喜剧史》（两卷本，1864年）就采用了进化论的观点，布吕纳季耶（F. Brunetière）将进化论思想应用于近代文学；英国J. A. 西蒙兹也是如此（见参考书目第十九章第4节）。

3 《欧洲文学和拉丁中世纪》（波恩，1948年；英译本，纽约，1953年）；《论模仿：西方文学中描绘现实的方法》（波恩，1946年；英译本，普林斯顿，1953年），参见R. 韦勒克在《肯庸评论》，第16期，1954年，279—307页上对此书作的评述以及E. 奥尔巴赫本人的论文《再论模仿》（载《罗曼语系研究》，第65期，1953年，1—18页）。

语言学方法平行的分组方法。首先有按欧洲三大语系的分组法——日耳曼语系文学、拉丁语系文学和斯拉夫语系文学。从布特韦克起，直到奥尔希基（L. Olschki）试图为中世纪时期写一部全拉丁语系文学史，学者们经常从拉丁语系文学紧密的相互联系上去研究它们。[1]日耳曼语系文学用比较法进行研究，通常仅限于中世纪早期，当时人们还能强烈感到总的条顿文明之中的相近性。[2]尽管波兰学者一贯反对，但是，斯拉夫语系在语言上的亲缘关系，再加上共有的民间传统乃至格律形式上的传统，看来还是构成了共同的斯拉夫语系文学的基础。[3]

主题和形式、手法和文学类型的历史，显然是国际性的历史。虽然我们的大多数文学类型是从古希腊文学和古罗马文学流传下来的，但是，它们在中世纪时代却经历过较大的修改和增补。甚至格律学的历史，虽然和每一种语言体系紧密相连，也仍然是国际性的。此外，现代欧洲的伟大文学运动及风格（文艺复兴时期的风格、巴洛克艺术风格、新古典主义、浪漫主义、现实主义、象征主义等）都远远超越了民族的界限，尽管这些风格的成果在各民族间有重大的区别。[4]它们在地理上的扩散也可能不尽相同，例如，文艺复兴时期的风格深入到波兰，但没有扩散到俄罗斯或波希米亚；巴洛克艺术风格遍及整个东欧，包括乌克兰，但几乎没有触及俄国本土。在时间顺序上也可能有相当大的区别：巴洛克艺术风格在东欧的农民文化中一直存在到18世纪末为止，而当时的西欧已经经历过启蒙运动，如此等等。总的来说，19世纪的学者将语言障碍的重要性过分地夸大了。

这种强调是因为在浪漫主义（大多在语言方面）的民族主义和现代有组织体系的文学史的兴起之间有着非常紧密的联系。这种情况今天还继续存在着，因为教授文学和教授语言实际上是一回事，美国尤其如此。其结果是在美国的英国、

1　参见L. 奥尔希基：《中世纪的拉丁文学》（维尔帕克—波茨坦，1928年；收录于瓦尔泽尔［O. Walzel］：《文学研究手册》第一卷）。

2　参见A. 荷依斯勒：《古日耳曼诗歌》（维尔帕克—波茨坦，1923年，也收在瓦尔泽尔的《手册》之中），这一节写得很精彩。

3　参见J. 马塞尔：《斯拉夫文学》（三卷本，布拉格，1922—1929年，未完成）。该书是全斯拉夫文学史的最新尝试。在《斯拉夫评论》第四卷中讨论了建立斯拉夫比较文学史的可能性。在R. 雅柯布逊的《比较斯拉夫文学的核心》（收录于H. 兰特编《哈佛斯拉夫研究》，第一卷，1—71页）一文中，提供了斯拉夫文学共同性的有力根据；D. 谢切夫斯基的《比较斯拉夫文学纲要》（波士顿，1952年）做了同样的论证。

4　参见洛夫乔伊（A. O. Lovejoy）：《论对浪漫主义的鉴别》（载《现代语言学会会刊》，第39期，1924年，229—253页，收录于《思想史论文集》，巴尔的摩，1945年，228—253页）；H. 佩尔在《法国的古典主义》（纽约，1942年）一书中竭力辩明法国古典主义与其他新古典主义的明显区别；帕诺夫斯基（E. Panofsky）在《文艺复兴与复古》（载《肯庸评论》，第6期，1944年，201—236页）中赞成传统的文艺复兴概念。

德国和法国文学的学者之间特别缺乏接触。他们各有其完全不同的特征，使用不同的方法。毫无疑问，这种割裂有一部分是无法避免的，因为大多数人只生活在一种单一的语言环境中。然而，如果仅仅用某一种语言来探讨文学问题，仅仅把这种探讨局限在用那种语言写成的作品和资料中，就会引起荒唐的后果。虽然在艺术风格、格律，甚至文学类型的某些问题上，欧洲文学之间的语言差别是重要的，但是很清楚，对思想史中的许多问题，包括批评思想方面的问题来说，这种区别是站不住脚的；在同类性质的材料中划取横断面是人为的，说明不同民族意识形态相互影响的思想史用某一种文字（英文、德文或法文）写成只是一种偶然的情况。过分注意某一国家的本土语言，对研究中古时代的文学特别有害，因为在中古时代，拉丁文是欧洲最重要的文学语言，而欧洲在智力活动上是一个联系十分密切的整体。英国的中古时代文学史如果忽视大量的拉丁文和盎格鲁—诺曼文著作，就会在论及英国的文学情况及其总的文化时给人以假象。

这里推荐比较文学当然并不含有忽视研究各民族文学的意思。事实上，恰恰就是“文学的民族性”以及各个民族对这个总的文学进程所做出的独特贡献应当被理解为比较文学的核心问题。这个问题没有以明晰的理论加以研究，却被民族主义感情和种族理论弄模糊了。如果无视英国文学对总体文学的确切贡献（这是一个有吸引力的问题）可能就会导致观点上的改变，甚至对主要作家的评价的改变。在每个民族文学内部也有类似的问题，即如何判断各地区文学和各城市文学对整个民族文学所做的确切贡献。纳德勒（J. Nadler）自称能够识别每个德国部落和地区的特征及其在文学上的反映，像他这种夸张的理论[1]不应该吓住我们去考虑这些迄今很少运用任何事实和任何有条理的方法进行调查研究的问题。有不少文章谈到新英格兰、中西部及南部在美国文学史上的作用，多数文章论及了地方主义，但它们表达的只不过是虔诚的希望、地方的自尊心以及对中央集权的不满而已。任何客观的分析都必须将作者的祖籍、作品的出处、背景等社会问题和自然景色的实际影响、文学传统、文学风尚等问题加以区别。

如果我们必须断定同一种语言的文学是不同的民族文学（像美国文学和现代爱尔兰文学就肯定是那样），那么，“民族的界限”问题就显得特别复杂了。哥尔斯密（O. Goldsmith）、斯特恩（L. Sterne）和谢立丹（R. B. Sheridan）为什么不

1 参见J. 纳德勒:《德语系统和德国本土的文学史》(三卷本，赫根斯堡，1912—1918年；第4版改称《条顿族的文学史》，四卷本，柏林，1938—1940年)、《柏林人的罗曼蒂克》(柏林，1921年)、《文学史的方法论》(载《尤弗利昂》，第21期，1914年，1—63页)；H. 冈贝尔:《诗歌和民族性》(收录于《文学哲学》，E. 埃马廷格尔编，柏林，1930年，43—49页，但该文解释含混。)

属于爱尔兰文学，而叶芝和乔伊斯却属于爱尔兰文学？像这种问题就需要做出回答。是否有独立的比利时文学、瑞士文学和奥地利文学？要确定从什么时候开始在美国写的文学作品不再是“英国殖民地”文学而变成独立的民族文学，这并不很容易。是仅仅根据政治上独立的事实，还是根据作家自身的民族意识，还是根据采用民族的题材或具有地方色彩，抑或者根据出现明确的民族文学风格来确定？

只有当我们对这些问题做出了明确的回答时，我们才能写出不单单是从地理上或语言上区分的各民族文学史，才能确切地分析出每一个民族文学是怎样成为欧洲传统的一部分的。全球文学和民族文学互相关联，互相阐发。遍及欧洲的习俗在其中每个国家里都有所增色：各个国家中都有向外传播的中心，还有特立独行的大人物把一个民族的传统与另一个民族的传统分开来。能够描写这种传统或那种传统的确切贡献就等于懂得许多在全部文学史上值得懂得的东西。

第二部

初步工作

第六章　论据的编排与确定

学术研究的第一步工作，就是搜集研究材料，细心地排除时间的影响，考证作品的作者、真伪和创作日期。很多学者费了大量的心力和工夫来解决这些问题；尽管如此，文学研究者却必须认识到这些努力仅是最后的研究工作的起步。这些起步工作的重要性常常是特别重大的，因为缺少这些工作，就无法解决在对作品做批评性分析和历史性了解时所遇到的许多困难。在一个半埋没的文学传统里，例如在盎格鲁—撒克逊文学（Anglo-Saxon Literature）传统里，情况尤其如此；但对于研究最新文学的人来说，这些工作的重要性便不可估计过高，因为他们注意的是作品字面上的意义。这些初步工作曾受过不应有的嘲笑，说它们墨守成规；也曾受到赞扬，因为它们据说有或果真有其精确性。这些工作的条理性和完美性——某些问题是可随之解决的——对那些喜欢有条不紊地拨冗理乱的人总是具有吸引力；但他们往往过分关注材料的搜集和梳理，而忽视从材料中可能获得的最终含义。这些研究工作只有在它们攫取其他研究工作的地位而变成一种专业性的任务，并要强加于每一位文学研究者身上时，才会受到谴责。缜密地编辑文学作品，尽可能详确地校订和评点作品中的一些段落，这两种工作从文学的甚或历史的观点来看，都不值得在这里加以讨论。如果有必要加以讨论的话，那也只是版本校勘学家所提出的问题。像其他各种人类活动一样，这类工作本身往往就变成了它的目的。

在这些初步性的工作之中，有两个层次要加以区分：其一即作品文本的搜集和校正；其二即作品的创作日期、真伪、作者、合作者和修改增删等问题的考证，这类工作往往被称为“高级校勘”（higher criticism），这个不甚恰当的术语是从圣经的研究上派生出来的。

把这些工作区分为几个阶段是有意义的。第一阶段是搜集和汇总材料，不管是手抄本还是印刷本。在英国文学史里，这一项工作差不多已完满完成了，虽然20世纪内，还有少数十分重要的作品，如《玛杰里·凯普之书》（*The Book of Margery Kempe*）、麦德维尔（H. Medwall）的《富尔根斯和露克丽斯》（*Fulgens and Lucrece*）和斯马特（C. Smart）的《为耶稣欢欣》（*Rejoice in the Lamb*）等，被发现从而添加到英国神秘主义作品和英诗的历史之中。[1]当然，发掘个人的和法律上的文献——这些文献均可以阐释文学，或至少可以阐释许多英国作家的生平——是永无休止的工作。近几十年来，霍特森（L. Hotson）有关马洛（C. Marlowe）资料的发现，或鲍斯威尔（J. Boswell）的文稿的重新被发现，都可作为著名的例子在这里举出来。[2]在其他各国的文学中，发掘出新东西的可能性也许大得多，尤其是那些对文学作品鲜有定论的国家，情况更是如此。

在口头文学的研究领域中，收集材料有其特殊的困难，例如，如何发现一位有表现力的吟唱诗人或讲故事者，如何以特殊手段诱使他唱诗或诵诗，如何运用留声机或语言学的记录方法以录取他的吟诵，等等。在搜寻手抄本作品一类材料时，搜寻者必然会碰到一些很实际的问题，例如与作者的后人私交的深浅、搜寻者自己的名望和经济条件的限制等，而且这方面往往还要运用某种侦探的技术。[3]这样的搜寻工作需要凭借十分特殊的知识，例如，以霍特森来说，他必须懂得许多关于伊丽莎白时期法律程序的知识，才能在公共资料记录机构的大堆文献中找到他所要的资料。因为大多数的文学研究者可以在图书馆中找到他们需要的资料，那么了解并熟悉最主要的图书馆和这些图书馆的编目以及别的工具书，在许多方面来说，无疑是每一个文学研究者几乎不可或缺的重要训练。[4]

我们可以把图书编目和编参考书目时要做的择要记述之类的技术性工作留给图书馆员和专业编目家去做；不过，有时候仅仅书目上反映的事实就可能有价值并与文学研究有关。书目上所记载的一个作品的重印次数与印量，有助于了解该书的成就与声誉；而作品的每一版与另一版之间的不同，可使我们追溯出作者的修改过程，因此有助于解决艺术作品的起源和演变的问题。一本编订精巧的书目，

1 参见H. 麦德维尔：《富尔根斯和露克丽斯》（纽约，1920年）；《玛杰里·凯普之书（1436）》（伦敦，1936年；原文经S. B. 米彻编订，第一卷在1940年由古英语学会出版于伦敦）；C. 斯马特：《为耶稣欢欣》（W. F. 斯特德编，伦敦，1939年）。

2 参见L. 霍特森：《马洛之死》（伦敦，1925年）、《莎士比亚与夏洛克》（波士顿，1931年）；《从马拉海得堡寨发现的鲍斯威尔的私人文件》（G. 司各特和F. A. 波特尔编，十八卷本，牛津，1928—1934年）；耶鲁大学版的《鲍斯威尔私人文件》（波特尔编，纽约，1950年）。

3 参见J. M. 奥斯本：《英文资料的探查》（载《英文学会1939年年刊》，纽约，1940年，31—35页）。

4 对英文学者最有用的参考书有J. W. 斯帕戈：《学者用的图书目录资料》（芝加哥，1939年，1941年再版）；A. G. 肯尼迪：《英文学者简明图书目录》（斯坦福大学出版社，1954年，第3版）。

例如《剑桥英国文学书目》(*Cambridge Bibliography of English Literature*)，给研究者列出了广大的研究范围；而专题性的书目，例如格雷格(W. W. Greg)的《英国戏剧书目》、约翰逊的《斯宾塞书目》、麦克唐纳(H. Macdonald)的《德莱顿书目》、格里菲思(R. H. Griffith)的《蒲柏书目》[1]，都可以帮助解决许多文学史上的问题。这些书目可能要求研究印刷作业、书商和出版商的历史；而且需要对印刷技术、水印(watermarks)、印刷字体、排字工人的作业和装订等有所了解。像图书馆学之类的学问，或者就说一门渊博的关于书籍生产史的学问，在解决诸如出版日期、版本先后之类对文学史来说可能很重要的问题时，是很需要的。"提要性"书目的编定，需要运用所有的技术和学识来考订并记载一本书的实际编排与版型，因此必然与"枚举性"书目有所区别："枚举性"书目只把书的名单编列出来，所记载的事项只要能鉴别是哪一版本就够了。[2]

当初步的资料收集和编目的工作完成之后，便需要开始做编辑的工作了。编辑往往是一连串极其复杂的工作，其中包括诠释和历史性的研究。有些版本的序言和注释之中就包含着重要的批评。的确，一个版本可能就是一个几乎包括了每种文学研究的集合体。在文学研究的历史中，各个版本的编辑占了一个非常重要的地位：每一版本，都可算是一个满载学识的仓库，可作为有关一个作家的所有知识的手册，例如鲁滨孙(F. N. Robinson)编辑的那本乔叟集，就是最近的一个范例。可是，如以确定作品的文本为编辑的中心思想，则这种编辑工作本身就有许多困难，难题之一是版本校勘，实际的"版本校勘学"是一门高度发展的技术，具有久远的历史，在研究古典著作及圣经方面尤其如此。[3]

编辑古典的或中世纪的手抄本作品时所遇到的问题，与编辑印刷本的作品时所遇到的问题，两者有严格的分别。处理手抄本的材料，首先要求具备古文字学的学问。[4]这门学问在考证手抄本的成稿日期方面确立了非常细致的标准，在

1　参见W. W. 格雷格：《王政复辟以前的英国戏剧印本的目录》(伦敦，1939年，第一卷)；F. R. 约翰逊：《1770年以前印行的斯宾塞著作目录评释》(巴尔的摩，1933年)；H. 麦克唐纳：《约翰·德莱顿：早期版本和评注、研究书目》(牛津，1939年)；J. M. 奥斯本：《麦克唐纳的德莱顿书目》(载《现代语文学》，第39期，1942年，312—319页)；R. H. 格里菲思：《亚历山大·蒲柏书目》(两部分，得克萨斯，奥斯丁，1922—1927年)。

2　R. B. 麦克娄(R. B. McKerrow)：《文学研究者书目入门》(牛津，1927年)。

3　参见本章参考书目第1节。

4　关于英语文学研究资料中的古文字见W. 凯勒：《英国古文书学》(两卷本，柏林，1906年)；关于伊丽莎白时期的手写体见M. 伯恩：《伊丽莎白时期的手写体入门》(载《英国学术评论》，第1期，1925年，198—209页)；H. 詹金森：《伊丽莎白时期的手写体》(载《图书馆》，第四套丛书，第3期，1922年，1—34页)；上述的麦克娄著作中伊丽莎白时期手写体附录；S. A. 坦南鲍姆：《文艺复兴时期的手写体》(纽约，1930年)；R. B. 哈兹尔登：《研究手抄本的科学工具》(牛津，1935年)。

解析缩写语方面也有一套行之有效的方法。学者们费了许多心力去追溯手抄本的准确出处，考证出它们是出于哪一时期哪一修道院的。想要弄清一些手抄本之间的确切关系，也会出现十分复杂的问题。着手进行这方面的研究时，首先要将手抄本分类，进而考察出这些手抄本的家世与系谱，再做成图表清楚地表示出来。[1]近数十年来，昆廷（D. H. Quentin）和格雷格[2]都发明了精细的分类技术，他们宣称这种技术具有科学的确实性，然而其他学者，如贝蒂耶（J. Bédier）和谢泼德（W. Shepard）[3]则声称我们没有完全客观的方法来做这种分类。这种分歧的看法在这里是难以解决的，但我们还是倾向于后者的观点。我们的结论是：在大多数情况下，最好采用与作者原稿最接近的手抄本，而无须煞费苦心去重新校订出某种臆测性的“原文”。当然这种版本是根据整理和校阅手抄本的结果而定，而手抄本的选定，则取决于对全部手抄本的一贯性的掌握。《农夫皮尔斯》的手抄本现有60种，而《坎特伯雷故事集》[4]的手抄本现有83种，整理这两部作品的手抄本的经验告诉我们：认为在某一作品现代所辑成的确定版本以前有过类似的权威性的校订本或原本，是没有根据的。

校阅的程序，即考证出各抄本的系谱的工作，必须与实际的版本校勘和注释工作相区别；版本校勘当然要依据手抄本的分类，同时也要考虑手抄本传统以外的观点和准则。[5]校勘可用“真伪性”的准则，即校勘出某一字或某一段是出自最古最好（即最权威）的手抄本；可是也要真正考虑其“正确性”的问题，例如从语言准则、历史准则，还必然有心理学准则等方面来考虑其正确性。否则，我们就无法免除“机械的”错漏、误语、误写、附会和抄写者的窜改等弊端。经过上述步骤之后，必然还会有许多工作要批评家凭运气去揣测并根据自己的趣味和语感做出判断。现在的编辑者越来越不愿意做随意的揣测，我们认为这是正确的。但是，当他们因此而偏爱原始文本，并原原本本地照原来的手抄本上的缩写语和笔误以及不正确的标点符号刊印时，则未免有些离谱了。这么做对某些编辑者或有时对语言学家也许是重要的，但对文学研究者来说，则是不必要的困扰。我们

---

1 详见R. K. 鲁特：《乔叟的特洛伊罗斯的校勘传统》（伦敦，乔叟学会，1916年）。

2 参见本章参考书目第1节。

3 同上。

4 参见W. S. 麦考密克和J. 哈兹尔廷：《坎特伯雷故事集的手稿》（牛津，1933年）；J. M. 曼利：《坎特伯雷故事集的原文》（八卷本，芝加哥，1940年）；R. W. 钱伯斯和J. H. 格拉顿：《农夫皮尔斯的原文：批评方法》（载《现代语言评论》，第11期，1916年，257—275页）；《农夫皮尔斯的原文》载刊同上，第26期，1926年，1—51页）。

5 详见本章参考书目第1节康托罗维奇的著作。

并不要求将作品的文本现代化，而只要求具有可读性：这种文本应该避免不必要的揣测和改订，并使我们不被那些纯属抄写上的传统和习惯纠缠住，能够提供合理的帮助。

编辑印刷本的作品所遇到的各种问题，通常比编辑手抄本所遇到的问题要简单，虽然两者总的来说是类似的，但其间仍是有区别的，前人总不能十分明白这个区别。从几乎所有的古典作品的手抄本方面来说，我们发现有许多文本出自相差很大的时间地点，有些甚至抄成于原作产生的几个世纪之后，因此其中大部分的手抄本就有可能被我们随意采用，因为每一手抄本都可能被当作出于某个最古老的权威者之手。从印刷本的作品方面来说，通常只有一两个版本具有独立的权威性，而文本的选择一般根据基本的版本而定，通常即根据第一个版本或根据由作者本人所审订的最后的版本而定。但有些情况就须另作考虑，例如，惠特曼（W. Whitman）的《草叶集》在初版以后的各版中就加添和修改了不少诗篇；蒲柏的长诗《愚人志》现存至少有两种迥异的版本，在这种情况下如要编辑评注本，则必须把各种不同的版本都刊印出来。[1]一般来说，现代的编辑者都不十分愿意辑印由各种资料拼成的折中性的文本，尽管《哈姆雷特》有各种版本，但实际上都是参照"第二个四开本"和对开本的莎士比亚戏剧集拼凑而成的。从伊丽莎白时期的戏剧的版本来看，我们可以得出一个结论：有些作品有时是根本无法校订出最后的定本来的。像在口头流传的诗歌（例如民谣）中一样，要找出单独一个原型来是徒劳的。民谣编辑者很早以前就放弃了这种努力。珀西（T. Percy）和司各特均曾不辨真伪地编辑出许多不同版本的民谣（甚至改写那些民谣），而像马瑟韦尔（W. Motherwell）这类首先讲究科学性的编辑者，则选定一个最好的和原始的版本。最后，蔡尔德（F. Child）还是决定把所有版本都印出来。[2]

从某一方面来说，伊丽莎白时期的戏剧中表现出的校勘上的问题是独一无二的：它们散佚毁坏的程度远比同时代大部分别的书为甚。一方面由于那个时期的人认为不值得费太多的精力去校对戏剧的原文，另一方面由于据以刊印成书的手抄剧本，往往是原作者的那些几经修改的草稿，有时甚至是舞台上用的提词本，上面满是戏院里的人的修改和记事的痕迹。此外，还有一类特别糟糕的"四开本"剧本，这种本子显然是凭记忆追述出来的戏文，或者根据演员的零碎台词，甚至

1　参见S. 布雷德利：《惠特曼〈草叶集〉集注版的问题》（载《英文学会1941年年刊》，纽约，1942年，129—158页）；A. 蒲柏：《愚人志》（J. 萨瑟兰编，伦敦，1943年）。

2　参见S. B. 哈斯特维特：《歌谣集和民间歌者》（马萨诸塞，坎布里奇，1930年）。

可能根据一本原本的速记本随便刊印而成的。近几十年来，很多人注意到了这些问题，在波拉德（A. W. Pollard）和格雷格两人的新发现发表以后，即对莎士比亚的“四开本”进行了重新分类。[1]波拉德根据纯粹的笔迹学的知识，例如水印和字体，证明某些“四开本”的莎剧被人有意地伪加了一个更早的刊印日期（它们实际上刊印的日期是1619年），这种伪造是为刊印一本莎剧全集做准备的——结果这本全集并不曾问世。

有人认为《托马斯·莫尔爵士》一剧现存的手稿中有三页是莎士比亚的亲手笔迹[2]；基于此说，人们仔细地研究了伊丽莎白时期的字迹，这对于版本校勘工作具有重大意义。这种研究使得我们现在能将那些伊丽莎白时期的排字工人误看原稿而弄错的地方加以分类；而对印刷作业加以研究则可明白哪一类的错误有可能发生。虽然如此，还有许多问题要留给每个编辑在校订时去解决，这就表明在校注工作上迄今没有真正的“客观”方法可循。威尔逊（J. D. Wilson）在他的剑桥版的莎剧集中所做的校注工作，显然带有很多无理和不必要的推测，类似于18世纪的编辑者的做法。但是，使人感兴趣的是，提奥巴尔德（L. Theobald）就奎克利夫人（Mrs Quickly）对福斯塔夫的死亡的描述所做的明智推测，使得那句没有意义的“a table of green fields”得以校正为“a babbled of green fields”。我们对伊丽莎白时期的笔迹和拼字法加以研究之后，则发现他的推测是正确的，也就是说“a table”很可能就是“a babld”（即a babbled）之误。[3]有一种令人信服的观点认为莎剧“四开本”（其中少数极糟的“四开本”不在此列）十分可能是根据作者的手稿或者提词用的那份台词本刊印成的。这个说法使得早期的莎剧版本再度拥有权威性，并使自约翰逊博士时代起便声誉日隆的莎剧对开本的崇高地位遭到一些削弱。英国的校勘学家常常自称为“书目学家”（bibliographer）（如麦克凯、格雷格、波拉德、威尔逊等都是），这颇容易使人误解。他们曾分别试图确定手稿的权威性对每一种四开本莎剧的影响，而且曾把他们的理论——以有限的书目资料为依据而局部成立的理论——用在精细地臆断莎剧的起源、修订、

1 参见本章参考书目第2节。

2 参见《〈托马斯·莫尔爵士〉剧本中的莎士比亚手迹》（A. W. 波拉德、格雷格、E. M. 汤普森等撰写，剑桥，1923年）；S. A. 坦南鲍姆：《莫尔爵士的著作》（纽约，1927年）。

3 奎克利夫人是莎剧《亨利五世》中的老板娘（前快嘴桂嫂），她在该剧第二幕第三场中曾描述过福斯塔夫的死亡。这里实际涉及的是莎剧原作校勘中的复杂问题。原文为“for his nose was as sharp as a pen, and a babbled of green fields”，意为“因为他的鼻子像笔一样尖，像绿野中一条咕噜咕噜作响的小溪”。朱生豪译本为“因为他的鼻子像笔那样尖，脸绿得像铺在账桌上的台布”（《莎士比亚全集》，人民文学出版社，1978年，第五卷，271页），可供参考。——译注

窜改以及与别的作家合作等问题上。他们的注意力只部分地放在版本校勘上，而威尔逊的工作尤其应当属于“高级校勘”的范围。

威尔逊对他的方法抱着很大的自信，他说：“我们可以不时爬进排字工人的身体里，通过他的眼睛而窥察原稿。莎翁工作室的大门是微开着的。”[1]无疑，这些“书目学家”对研究伊丽莎白时期戏剧的构成，有过若干贡献，而且提示并可能证实了很多修订和窜改的地方。但是威尔逊的考证中有许多似乎多半是奇妙的臆测，因为没有什么证据，或者毫无证据可以证实他的论断。威尔逊对莎翁《暴风雨》一剧起源的考证就是这类臆测。他认为剧中那段展示全局的很长的一景恰恰表明这个戏以前曾有一个较早的版本交代过此剧的情节，那个本子结构松散，类似《冬天的故事》。但是《暴风雨》全剧前后不一致、不连贯的地方很少，不足以为这类捕风捉影式的奇思妙想提供证据，甚至是假定的证据。[2]

在研究伊丽莎白时期戏剧方面，版本校勘最有成就，也最不可靠；但对许多表面上已经认真鉴定过真伪的作品来说，校勘仍然是需要的。帕斯卡（B. Pascal）和歌德、奥斯丁（J. Austen）甚至特罗洛普（A. Trollope）等作家的作品都曾受惠于现代编辑家不遗巨细的校勘工作[3]，尽管这类工作有些已然沦为出版事业习惯上的操作程序和校对排版的例行公务，失掉了审慎的研究作风。

在编辑一个版本时，编辑者须谨记编辑的目的及其假定的读者对象。如果编辑一个版本只是给校勘学者阅读，以便对现有版本的最细微差别作比较，那就与编辑一个版本给那些对拼法的不同或版本间的细小差别并不十分在意的普通读者阅读之间有不同的编辑标准。

编辑一个版本会出现与订正文本不同的问题。[4]在编辑作品总集时，就会遇到取舍、编排和注释等方面的问题，这些问题在每一不同种类的集子中的情况有很大的差别。也许对学者最为有用的版本，是一个严格按作品的编年顺序排定的总集，但是这类理想很难甚至不可能实现。按时间顺序编排的做法，如果不是纯属臆想，那就可能使得作品（特别是诗歌）无法根据艺术特点而编排在一起。有文学修养的读者往往反对把伟大与琐细的作品混杂编排的做法，例如将济慈的一

---

1 参见《暴风雨》（剑桥，1921年，30页）。

2 参见E. K. 钱伯斯：《〈暴风雨〉的完整性》（载《英文研究评论》，第1期，1925年，129—150页）；S. A. 坦南鲍姆：《怎样不编莎士比亚：一篇评论》（载《语文学季刊》，第10期，1931年，97—137页）；H. T. 普赖斯：《校勘伊丽莎白时期戏剧的科学途径》（载《英、德语言学杂志》，第36期，1937年，151—167页）。

3 参见M. 伯奈斯：《歌德著作的评注史》（慕尼黑，1866年），该书开“歌德语言”研究的先河；R. W. 查普曼：《英国古典著作的校勘》（收录于《学者肖像》，牛津，1922年，65—79页）。

4 参见本章参考书目第3节。

首杰出的颂诗与他给友人信中所附的一首诙谐诗编排在一起。我们宁肯保留波德莱尔的《恶之花》或迈耶（C. F. Meyer）的《诗集》中那种根据艺术性而做的编排方式，但我们也可能怀疑华兹华斯精心制定的分类式编排方法是否有坚持使用的必要。可是，假如我们要打破华兹华斯自己所定的编排次序，而代之以编年顺序来排印他的诗作，那么我们在编印这样一个版本时，就会遇到很多困难。那将会是另一个版本。由于华兹华斯惯以原来初作的日期来刊印一首在后期经过修改的诗，所以这个编年顺序的版本便会打乱华兹华斯写作进程的本来面目。但是全然不顾作家原来的编排意愿以及忽视其后期的修改——这些修改无疑多少会改良其作品——显然也是不妥的。因此，塞林科特（E. de Sélincourt）决定在他所编辑的华兹华斯全集里，保留传统的编排顺序。许多全集，例如雪莱全集，都忽视了作家已完成的艺术品与他可能丢弃的片段或草稿之间的区别。现代许多集子收集的诗人作品过分齐全，不论其精心构想的完成之作还是微不足道的偶然之作，抑或是练习阶段的仓促之作一概收入，致使许多诗人的声誉因之蒙受污损。

注释也将随版本编辑目的的不同而不同[1]：一本莎士比亚集注本，为了省去莎学者大量翻检资料的工夫，必将尽可能全面地收集每一个曾讨论过莎翁的学者的见解，因此所集之注在分量上完全可能超过莎翁的文本，这是合情合理的；而对那些通常只需理解文本的一般读者来说，注释则可以大大减少。当然，哪些注释资料是需要的，哪些是不需要的，则很难确定：有些编辑者注出伊丽莎白女王是信奉新教的，或注出加里克（D. Garrick）是什么人，而对所有确实隐晦的地方（这才是实际的问题）却避而不注。要断定怎样算是注释过多是不容易的，除非编辑者十分肯定地知道读者对象和编辑目的。

狭义地说，注释是对作品文本做语言上的和历史背景之类的诠释。这应该与一般的评注有所区别，一般的评注可以只是收集文学史和语言学史需要的资料（指出该作品的起源、与其他作品类同的地方以及其他作家对这个作品的模仿等）；注释也应该与审美性质的评注有所区别，审美性质的评注包含对个别段落的简短评论，带有一点选集的功能。这些区别不是常常都能轻易弄清楚的。在很多版本的注释里，版本校勘、文学史上特殊形式的起源研究、语言和历史背景的诠释，以及审美性质的评注等往往混杂在一起。这似乎是一种尚未有定论的文学研究方

1　参见M. 伯奈斯：《关于引证和注释的问题》（收录于《批评和文学史论集》，柏林，1899年，第四卷，253—347页）；A. 弗里德曼：《现代文本评注版的历史注释原则》（收录于《英文学会1941年年刊》，纽约，1942年，115—128页）。

式，只能根据该书所包容的资料用起来是否方便这一标准来评定其得失。

在编辑作家的信札时，还会出现特殊的问题。倘若这些信札只是些微不足道的商业性便笺，是否也应该一字不漏地付印？史蒂文森（R. L. Stevenson）、梅瑞狄斯（G. Meredith）、阿诺德和史文朋（A. Swinburne）等作家的声誉并不曾因刊印出这类非文学性的信札而有所增长。还有，别人的复信是否也应该予以刊印呢？因为没有这些复信作为参照，许多信札都是无法理解的。如果这样做，许多不相干的东西就会混进一个作家的作品之中去。这都是些实际的问题，倘若没有良好的判断力和某种恒心，没有勤奋和机智，没有机缘，要解决这些问题是不可能的。

作品文本确定之后，初步的研究工作便在于着手解决作品的系年、真伪、作者以及修订情况等问题。作品的系年在许多情形里，都可借印有书名的书页上所附的刊印日期或借当时出版、印刷方面的证据来确定。但这些明显的外在证据常常缺失，例如，许多伊丽莎白时期的剧本和中世纪的手抄本都有这种缺失的情形。一个伊丽莎白时期的剧本很可能是在首次演出以后很长一段时间才刊印出来的，而中世纪的手抄本可能是抄自原作写成数百年后的另一个抄本。因此，外在的证据必须由文本里的内在证据来补充，如从同时代一些相关的事件中找到暗示，或从别的可查考日期的事件中引出的线索等都是这类内在的证据。但这种能补充说明外在证据的内在证据，只能确定该作品与那些外在事件有关的部分的写作日期。

举一个纯粹内在证据的例子来说明，例如从格律的统计研究来确定莎翁诸剧写作的先后次序。这项工作只能在相当大的误差范围内，确定各剧相对的写作日期。[1]从押韵数目的变化我们可以确有把握地排出一份押韵数目递减的莎剧名单，即从押韵最多的《爱的徒劳》到完全无韵的《冬天的故事》，虽然如此，我们却不能因此断定完全无韵的《冬天的故事》一定写于有两个韵的《暴风雨》之后。由于根据诸如押韵的数目、双音节韵、跨行（run-on lines）等证据，并不能产生完全一致的系年结果，所以系年日期与格律形式之间不可能有确定不变的和规律性的相互关系；如无其他证据补充限定，则格律形式上的证据是可以做多种不同的解释的。例如，18世纪一位叫赫狄斯（J. Hurdis）的批评家就根据莎剧的格律形式得出了完全不同的结论，他认为莎士比亚是以《冬天的故事》的不规则诗体

1　参见马隆（E. Malone）:《论莎士比亚戏剧的编年顺序》（载G. 史蒂文斯版《莎士比亚戏剧集》，第2版，1788年，第一卷，269—346页），这是最初的成功尝试，图表根据T. M. 帕罗特的《莎士比亚的23部剧本和十四行诗集》（纽约，1938年，94页）和E. K. 钱伯斯的《威廉·莎士比亚》（牛津，1930年，第二卷，397—408页）绘出。

开始创作的，而后逐渐演变成采用规则的诗体，因此最后写成的是格律严整的《错误的喜剧》。[1]但是，只有明智地把包括外在的、外在兼内在的、内在的所有这类证据结合起来，才能看出莎剧的编年顺序，而且这样得出的编年顺序无疑大体上是正确的。坎贝尔（L. Campbell），特别是卢托斯拉夫斯基（W. Lotoslawski）曾使用统计方法（主要是统计某些词汇的使用密度）来确定柏拉图对话录的系年。卢托斯拉夫斯基自称这种方法为“系年研究法”（stylometry）。[2]

假如我们一定要考证那些没有写明著作日期的手抄本的系年问题，就会遇到许多困难，有些困难甚至是无法克服的。我们也许需要研究一个作家的笔迹演变，还可能要去揣摩其信札上的邮票及邮戳，检索日历，甚至仔细查寻该作家居住和迁徙的情况，因为这些都可能为考证其著作的日期提供线索。对于文学史家来说，作品系年问题是十分重要的：如果不能解决，便无法追溯一个作家的艺术发展过程。以莎士比亚和乔叟为例，他们两人作品的系年，完全是在现代学者的努力下考定的。马隆和蒂里特（T. Tyrwhitt）在18世纪末为此奠定了基础，不过从那个时候开始，对于许多细节的论争从未停息过。

作品的真伪与原作者的问题可能比系年更为重要，解决的途径要通过精心的文体学与历史背景的研究。[3]在现代文学作品里，大部分作品的作者是确定无疑的。但是，还有许多文学作品上署的是笔名或不署名。这类作品的出处有时像一个谜，即便谜底只不过是一个姓名，但若从任何传记资料中都无法查到，那就像笔名和佚名一样神秘莫测。

要开列许多作家的全部作品的清单，也是一个问题。18世纪时已有人发现，那时刊印的乔叟作品集中，竟有大批作品不是乔叟所做（如《克里西德的遗嘱》和《花与叶》）。甚至今天莎士比亚全部作品的清单也不是确凿无疑的。自从A. W. 施莱格尔以惊人的自信，断言所有被列为伪作的莎剧都是莎翁亲手所写的之后，一时之间，这个有关一些莎剧真伪的论争，似乎以不存在伪作宣告解决。[4]然而，近年来，罗伯逊（J. M. Robertson）已成为“莎士比亚解体”（disintegration

1 参见J. 赫狄斯：《关于莎士比亚戏剧的顺序》（伦敦，1792年）。

2 参见W. 卢托斯拉夫斯基：《柏拉图逻辑学的起源与发展以及他的风格和著作编年》（伦敦，1897年）；J. 伯内特：《柏拉图主义》（伯克莱，1928年，9—12页）。

3 参见G. 道森：《书面作品的真伪和作者》（收录于《英文学会1942年年刊》，纽约，1943年，77—100页）；G. E. 本特利：《雅各宾和卡洛琳时期戏剧的真伪和作者》（同上刊，101—118页）；E. H. C. 奥利芬特：《伊丽莎白时期戏剧文学的作者问题》（载《现代语文学》，第8期，1911年，411—459页）。

4 参见A. W. 施莱格尔：《关于莎剧真伪的附录》（收录于《论戏剧艺术和文学》，海德堡，1811年，第二部分，第2节，229—242页）。

of Shakespeare）一说的最引人注目的倡导者。这个观点认为莎士比亚实际上只不过执笔写过最著名的几个戏中的少数几场而已。按照这派学者的看法，甚至《裘利斯·恺撒》和《威尼斯商人》也是杂凑马洛、格林（R. Greene）、皮尔（G. Peele）、基德（T. Kyd）和其他几个当时的剧作家的作品的片段而成篇的。[1]罗伯逊的方法主要是在琐细的用词特点上、在各剧中不一致的地方和类似的地方找证据。这种方法是极不可靠和吹毛求疵的，似乎是出于一种荒谬的假想和恶性循环：因为我们可以从当时的某些证明材料（对开本莎剧中所收的剧作、以莎翁之名在当时的书业登记署申报的著作等）中得知哪一些剧作是出自莎翁的手笔；但罗伯逊借一种武断的审美判断，仅选取一些华美的段落作为莎翁的手笔，而否认那些水准较低或与当时其他剧作家的作品类似的东西为莎翁所作。可是直到今天仍然没有人能够令人信服地说明为什么莎翁就一定不可能有时写得很糟或很随便，或者，为什么他就一定不可能仿效同时代其他剧作家的风格来写剧本。而另一方面，认为对开本的莎剧中每一个字都出自莎翁之手的较早观点也不尽可信。

这几个问题都不可能获得完全确定的结论，因为伊丽莎白时期的戏剧从某些方面来说，是一种公共艺术，所以剧作家们紧密地合作撰写剧本的事是很可能有的。因此，往往很难从风格上鉴别每一位作家。两个作家合作，往往连他们自己都分辨不出剧中哪一部分是自己所写的。文学上的考证有时是无法分辨这种合作的。[2]这里且以鲍芒和弗莱契的合作为例。人们除了能断言鲍芒死后的作品出自弗莱契的手笔，对其余作品至今仍无法分辨他们各自在合作中承担的部分。至于围绕《复仇者的悲剧》的争论，则简直令人茫然无措：这个戏一般被认为是他们合作的，但现在却被先后指为韦伯斯特（J. Webster）、特纳（C. Tourneur）、米德尔顿（T. Middleton）、马斯顿（J. Marston）写的，或他们所有的人以不同的组合方式合写的。[3]

在某些既缺乏外在证据，而作品里又缺乏固定的传统写作方式和统一的风格，

1　参见J. M. 罗伯逊：《莎士比亚的真作》（四部分，伦敦，1922—1932年）、《莎士比亚真作研究导论》（伦敦，1924年）；E. K. 钱伯斯：《莎士比亚的不一致性》（载《英国学士院论文集》，第11期，1925年，89—108页）。

2　参见E. N. S. 汤普森：《伊丽莎白时期戏剧创作的合作》（载《英文研究》，第40期，1908年，30—46页）；W. J. 劳伦斯：《早期戏剧创作的合作》（收录于《王政复辟前的戏剧研究》，坎布里奇，1927年）；E. H. C. 奥利芬特：《伊丽莎白时期戏剧的合作：劳伦斯的理论》（载《语文学季刊》，第8期，1929年，1—10页）。关于狄德罗（D. Diderot）和帕斯卡的讨论情况见A. 莫里兹：《文学史的问题和方法》（波士顿，1922年，157—193页）。

3　参见E. H. C. 奥利芬特：《鲍芒和弗莱契的戏剧》（纽黑文，1927年）、《〈复仇者悲剧〉的作者》（载《语文学研究》，第23期，1926年，157—168页）。

使得考证格外困难的情况下，如要确定作者是谁，就会产生类似上述的困难问题。在中世纪南欧行吟诗人的作品和18世纪的人所写的小册子（pamphlet）中这种例子很多，恐怕谁也无法确实考证出笛福（D. Defoe）究竟写过多少小册子。[1]更不必说那些以佚名发表在各种杂志上的众多作品了。然而有许多例子说明即使在这种情况下考证仍可取得某种程度的成就。研究出版社的记录或各杂志社标注好的档案，都可发掘出新的外在证据来；如再巧妙地研究重复或引录过自己作品的那些作家（如哥尔斯密）所写文章之间的有联系的环节，也可产生较为肯定的结论。[2]有一位统计学家兼保险统计专家尤勒（U. Yule），曾用十分复杂的数字方法，来研究像肯皮斯（T. à Kempis）这样的作家所采用的词汇，以便断定某几部手稿是出自同一个作家之手。[3]文体学的考证方法如能耐心地加以探讨，还是可以提供出证据的，虽然这些证据并非完全可靠，但对我们考证作品的作者也颇有裨益。

在文学史上，鉴定伪作或揭穿文坛骗局是一个重要的问题，对于进一步的研究是很有价值的。因此，麦克弗森伪作的《莪相集》所引起的争论，便促使很多人去研究盖尔人的民间诗歌；围绕查特顿（T. Chatterton）的争论也使更多人深入研究英国中古历史和中古文学；爱尔兰（Ireland）伪作的莎剧和文件，也使得人们对莎翁和伊丽莎白时期的戏剧史展开争论。[4]华顿（T. Warton）、蒂里特和马隆三人在讨论查特顿时，都提出了历史上和文学上的证据来证明所谓“罗莱诗歌”（Rowley poems）都是当时的人伪作的。两代人之后，斯基特系统地研究了中古英语的语法，指出查特顿伪作中违反基本语法惯例的地方，这就更直接、更完全地暴露出伪作的痕迹。虽然马隆揭穿了爱尔兰伪作的莎剧，但是，也像查特顿和莪相有忠实的捍卫者一样，莎剧伪作也有自己的捍卫者（例如查默斯即其中之一，他是个颇有学识的人），并且他们在莎士比亚研究史上是不无功劳的。

对伪作产生的怀疑，也促使学者们寻找证据支持传统上所考订的著作日期和作者，促使他们不只是接受传统，还要发表更肯定的论点。例如，10世纪德国的

---

1 参见J. R. 穆尔：《笛福：新世界的公民》（芝加哥，1958年），该书给笛福加上了541个头衔。

2 参见O. 哥尔斯密：《新随笔》（R. S. 克兰编，芝加哥，1927年）。

3 参见G. U. 尤勒：《文学词汇的统计研究法》（剑桥，1944年）。

4 参见J. S. 斯马特：《詹姆斯·麦克弗森》（伦敦，1905年）；G. M. 弗雷泽：《关于麦克弗森的“莪相”的真实性》（载《评论季刊》，第245期，1925年，331—345页）；D. S. 汤姆逊：《麦克弗森的“莪相”的盖尔语资料》（爱丁堡，1952年）；斯基特（W. W. Skeat）编的《托马斯·查特顿诗集》（两卷本，伦敦，1871年）；T. 蒂里特：《传为托马斯·劳利所写诗歌的附录》（伦敦，1778年，第2版）、《劳利诗歌附录考》（伦敦，1782年）；E. 马隆：《略谈所谓劳利诗作》（伦敦，1782年）；T. 华顿：《劳利诗歌的真伪》（伦敦，1782年）；J. 梅尔：《第四个伪造者》（伦敦，1938年）；查默斯（G. Chalmers）：《为莎士比亚文件信仰者辩解》（伦敦，1797年）。

修女荷丝韦德（Hroswitha）的剧作，有人说是德国15世纪的人文主义者凯尔提斯（C. Celtes）伪作的；再如俄国的《伊戈尔王远征记》（*Slovo o polku Igoreve*）这一作品，学者们通常都认为是12世纪的作品，但近年来却有人断定它是18世纪晚期的伪作。[1]在波希米亚，有两件疑是伪造为中世纪的手抄本作品《绿色的松林》（*Zelená bora*）和《女王的宫廷》（*Králové dvůr*），竟成为19世纪80年代的政治热门问题；而后来成为捷克总统的马萨里克（T. G. Masaryk），他的声望部分竟是因为对这个问题的争辩而奠定的。这次争辩始于语言学上的争辩，继而扩展为科学的真实性与罗曼蒂克的自欺之争。[2]

有些考订真伪和作者的问题，会牵涉许多复杂的证据问题，而且也会应用到古文字学、目录学、语言学和历史学等各方面的学问。在近年所揭发的伪作中，最干脆利落的就是推翻怀斯（T. J. Wise）86本19世纪小册子的伪作。这是由卡特（J. Carter）和波拉德（G. Pollard）二人考证出来的。他们所用的证据包括水印、印刷所的技巧（诸如上油墨的程序、纸张和字体的采用），等等。[3]不过，不少这类作伪的问题，对文学只有很轻微的直接影响，例如怀斯就从未创作过一篇作品，他的伪作毋宁说与藏书家更有关系。

我们不应该忘记，考证出某一（部）作品的另一个著作日期并不能解决文学批评上的实际问题。查特顿的诗不会因为被人证明为18世纪的作品而增色或变坏，这点是那些怀有道德上的义愤并因此轻视和不理会那些被证明是后期之作的人常常忘记了的。

本章实际上讨论的是现有关于研究方法和参考资料的教科书所讨论的问题，例如莫里兹（A. Morize）、拉德勒（G. Rudler）和桑德斯（G. Sanders）等人所编的教科书就属于此类[4]，大部分美国大学的研究院几乎仅仅是以这些方法来系统地训练学生的。但是不管这些方法是何等重要，我们都必须认识到它们不过是为实际分析和诠释作品以及从起因方面解释作品而做的基本工作，其重要性应视对分析和解释作品的作用而定。

1　参见Z. 哈拉兹提：《荷丝韦德的著作》（载"莫尔"丛书，第20期，1945年，87—119、139—173页）；E. H. 蔡德尔：《荷丝韦德著作的真伪性》（载《现代语言札记》，第61期，1946年，50—55页）；A. 马中：《伊戈尔王的故事》（巴黎，1940年）；H. 格里高里等编：《伊戈尔王子的伟绩》（纽约，1948年）。

2　这方面在英文资料中做了最好阐明的是P. 塞尔佛的《马萨里克传记》（伦敦，1940年）。

3　参见J. 卡特和G. 波拉德：《关于某些19世纪小册子性质的探讨》（伦敦，1934年）；W. 帕汀顿：《怀斯正传》（纽约，1939年）；《怀斯致雷恩的书信》（F. 拉奇福德编，纽约，1944年），该书信集的引言涉及H. B. 福尔曼，并且不能令人信服地影射了E. 戈斯。

4　这三本书见参考书目第十九章第1节。

第三部

文学的外部研究

引　言

流传极广、盛行各处的种种文学研究的方法都关系到文学的背景、文学的环境、文学的外因。这些对文学外在因素的研究方法，并不限用于研究过去的文学，同样也可用于研究今天的文学。因此，“历史的”研究这一术语，只应当用来指称那种专门着眼文学在历史上的沿革，即着重历史问题的研究。虽然“外在的”研究可能仅仅想要根据产生文学作品的社会背景和它的前身去解释文学，可是在大多数情况下，这样的研究却成了“因果式的”研究：宣称诠释文学作品，最后归结于它的起因（此即“起因谬说”）。文学作品产生于某些条件下，没有人能否认适当地认识这些条件有助于理解文学作品；而且这种研究法在作品释义上的价值，似乎是无可置疑的。但是，研究起因显然绝不可能解决对文学艺术作品这一对象的描述、分析和评价等问题。起因与结果是不能同日而语的：那些外在原因所产生的具体结果——文学艺术作品——往往是无法预料的。

所有的历史、所有环境上的因素，对形成一件艺术作品可以说都有作用。但是，我们一旦评估、比较和分析那些据说足以决定一件艺术作品的个别因素时，实际的问题便随之而生。大部分研究者试图把某一系列的人类活动和创造孤立地提出来，作为决定文学作品的唯一因素。因此，有一派人士认为文学主要是创作者个人的产品，于是便断定文学研究主要必须从考察作者的生平和心理着手。第二派人士从人类组织化的生活中——经济的、社会的和政治的条件中——探索文学创作的决定性因素；另有一派的观点与此相关，他们主要从人类精神的集体创造活动如思想史、神学史和其他的艺术中，探索文学的起因。最后，还有一派人士要以“时代精神”（Zeitgeist），即一个时代的精神实质、知识界气氛或舆论“环境”以及从其他艺术的特质中抽取出来的一元性力量，来解释文学。

那些提倡从外在因素研究文学的人士，在研究时都以不同程度的僵硬态度应用了决定论式的起因解释法，因此，他们在宣称其方法的成功上也有所不同。那些认为社会因素是文学产生的决定因素的人往往是最激进的决定论者。这种激进主义的根源在于他们与19世纪的实证主义和科学有着哲学上的亲缘关系；但是，我们一定不要忘记那些坚持思想史研究法（Geistesgeschichte）的唯心论者，在哲学上与黑格尔体系或其他形式的浪漫主义思想有亲缘关系，这些人士也是极端的决定论者，甚至是宿命论者。

许多采用这些方法的文学研究者提出的要求还是较为适当的；他们只想探索出艺术作品与其背景及渊源之间的某种程度的关系，而且认为有了这方面的知识便在一定程度上理解了文学作品，并不注意这些关系究竟与文学是否确切相关。这些提出较为适当要求的人似乎比较聪明一点，因为起因解释法在文学研究上的价值，肯定是被过高地估计了，而且，可以肯定地说，这样的研究方法永远不能解决分析和评价等文学批评问题。在各种着重起因的不同研究方法中，以全部的背景来解释艺术作品的方法，似乎还好一些，因为把文学只当作单一的某种原因的产物，几乎是不可想象的。我们并不赞同德国思想史派的那种研究观念，但我们承认这种综合了所有因素的解释方法，确实避免了其他流行的研究方法的最大毛病。我们接着要做的，就是衡量这些不同因素的重要性，还要考察它们与我们主要称为文学的或“以文学为中心”的研究是否相关，然后再从这一角度来批评这一系列研究方法的得失。

第七章　文学和传记

一部文学作品的最明显的起因，就是它的创造者，即作者。因此，从作者的个性和生平方面来解释作品，是一种最古老和最有基础的文学研究方法。

首先，传记可以有助于揭示诗歌实际的产生过程。其次，我们还可以从对一个天才的研究，即研究他的道德、智慧和感情的发展过程这些具有内在价值的东西，来为传记辩护，并肯定它的作用。最后，我们可以说，传记为系统地研究诗人的心理和诗的创作过程提供了材料。

对于以上三个观点，我们必须仔细地加以区别。只有第一个观点是与我们所谈的“文学学”这一概念直接相关的，即传记解释和阐明了诗歌的实际创作过程。而第二个观点，主张研究传记的内在价值，把注意重心转移到人的个性方面上了。第三个观点，则把传记看作是一门科学或一门未来科学的材料，即艺术创作的心理学的材料。

传记是一种古老的文学类型。首先，从编年和逻辑两方面来说，传记是编史工作的一部分。传记作者在为一个政治家、一个将军、一个建筑家、一个律师或一个不参与政事的平民作传时，都没有什么方法上的差别。柯勒律治（S. T. Coleridge）曾经说过，任何人的生平，无论它如何没有意义，只要如实地记述出来都将是有益或引人入胜的。[1]他的看法是很有道理的。从一个传记家的眼光看来，诗人并不是什么特别的人，他们的道德和智慧的成长，他们的事业和感情生活，都可以通过某些标准（通常是一些伦理标准或行为准则）来得以再现和评价。而诗人的著作可能只不过是出版上的事实，就像任何有活动能力的人生

1　参见S. T. 柯勒律治给T. 普尔的信（收录于《信札》，1797年2月，E. H. 科尔里奇编，伦敦，1895年，第一卷，4页）。

平中出现的事件一样。如此看来，一个传记家遇到的问题，简直就是一个历史学家所遇到的问题。传记家不仅要解读诗人的文献、书信、见证人的叙述、回忆录以及自传性的文字，而且要解决材料的真伪和见证人的可靠性等问题。在传记实际撰写过程中，传记家还会遇到叙述的年代顺序、素材的选择，以及避讳还是坦率直书等问题。传记作为一种文体所大量地碰到和处理的就是上述问题，这些问题并非是特殊的文学上的问题。[1]

在我们所讨论的文学传记范围中，有两个问题很关键。传记家以诗人的作品为根据来撰写传记，这里有多大程度的可靠性？文学传记的成果对理解作品本身又有多大关系和重要性？对这两个问题往往是给予了肯定的回答。几乎所有那些热衷于写诗人传记的传记家都是这么看待第一个问题的，因为诗人的作品提供了写传记的丰富资料，而许多更有影响的历史人物的生平资料可能散佚了，或者差不多都已散佚了。然而，这种乐观的想法是有道理的吗？

我们必须区分两个人类时代，两种可能的答案。对于大多数早期文学来说，我们还没有私人的文献可供传记家参考。我们只有一系列公共的文献，如出生登记表、结婚证书和诉讼书之类的材料，此外就是作品资料了。例如，我们只能很粗略地追溯莎士比亚的活动，并知道他的一些经济情况；除了少数真伪不明的莎士比亚逸事，我们根本没有弄到他的书信、日记和回忆录之类的资料。有人费了很大的精力去研究莎士比亚的生平，了解到的主要事实不外乎是些有关莎士比亚的社会关系和社会地位的记载和说明，所获得的具有文学价值的成果却是微不足道的。因此，那些试图编写实际的莎士比亚传，编写他的道德生活与感情生活的历程的人们所获得的结果不外是下面几种情况：倘若像斯珀吉翁（C. Spurgeon）研究莎士比亚的意象那样以科学的精神去研究他的生平，得到的只能是一些琐碎的生平事实；倘若盲目地从他的剧作和十四行体诗中搜寻材料，那就只能像勃兰兑斯（G. Brandes）或哈里斯（F. Harris）那样写出一些传奇式的生平故事来。[2]这些做法的前提是十分错误的（这些做法可能开始于赫兹里特［W. Hazlitt］和A. W. 施莱格尔的启示，首先是由道登［E. Dowden］精心地设想出来的）。我们不能根据虚构的叙述，特别是戏剧中虚构的东西，做出有效的推论，以此编写一个作家的传记。通常认为莎士比亚有过一个失意的时期，在此期间写了悲剧和辛

1　参见本章参考书目第1节。

2　参见G. 勃兰兑斯：《威廉·莎士比亚》（两卷本，哥本哈根，1896年；英译两卷本，伦敦，1898年）；F. 哈里斯：《莎士比亚其人》（纽约，1909年）。

酸的喜剧，直至他写《暴风雨》才达到某种平静。人们完全可以就这一观点提出疑问。是不是一个作家必须处在一种悲伤的情绪之中才能写悲剧，而当他对生活感到快意时就写喜剧？这种说法正确与否还有待探讨。进一步说，我们根本就找不到有关莎士比亚的这种悲伤的证据。[1]莎士比亚不能为他的剧中人物泰门或麦克白的生活态度负责，他也不能具有他的剧中人物桃儿·贴息[2]和伊阿古的观点。我们也没有理由相信普罗斯彼罗说的话就是莎士比亚所要说的。作家不能成为他笔下的主人公的思想、感情、观点、美德和罪恶的代言人。而这一点不仅对于戏剧人物或小说人物来说是正确的，就是对于抒情诗中的那个“我”来说也是正确的。作家的生活与作品的关系，不是一种简单的因果关系。

然而，提倡传记式文学研究法的人一定会反对这些观点。他们将会说，自莎士比亚时代以后，条件已经起了变化，对许多诗人来说，可供写作他们传记的资料已经变得丰富起来，因为诗人的自我意识程度已经提高，想到了他们将生存在后代人心目中（如弥尔顿、蒲柏、歌德、华兹华斯或拜伦［G. G. Byron］），所以留下了许多自传性的材料，以充分地引起同时代人的注意。传记式的文学研究法看来是轻而易举的，因为我们可以拿作家的生平和作品互相对照。的确，这种方法甚至为诗人们所欢迎，尤其是那些浪漫主义诗人，他们写的就是自己和自己的内在情愫，或者像拜伦，甚至带着“一颗流血的心”吟游于欧洲四处。这些诗人不仅在私人的书信、日记和自传中表现自己，而且也在他们大部分正式发表的诗作中表现自己。华兹华斯的《序诗》就是一篇自传性的宣言。这些宣言有时在内容上，有时甚至在语调上都与他们的私人通信没有什么差别，看来我们很难摒弃其表面价值，很难不以诗人去解释诗歌，因为诗人本身也认为他的诗歌正如歌德的名言所说是“伟大自白的片段”。

我们确实应当分辨开两类诗人，即主观的诗人和客观的诗人。像济慈和艾略特这样的诗人，强调诗人的“消极能力”（negative capability），对世界采取开放的态度，宁肯消泯自己的具体个性，是客观型的；而相反类型的诗人则旨在表现自己的个性，绘出自画像，进行自我表白，做自我表现。[3]我们知道在历史上有

---

1 参见C. J. 西森：《莎士比亚神秘的忧愁》（收录于《英国学士院通讯》，1934年）；E. E. 斯托尔：《〈暴风雨〉，莎士比亚及其他大师》（剑桥，1940年，281—316页）。

2 《亨利四世》下篇中的人物。——译注

3 参见J. 济慈：《给理查德·伍德豪斯的信》（收录于《书信集》，1818年10月27日，H. B. 福尔曼编，牛津，1952年，第4版，226—227页）；贝特（W. J. Bate）：《消极的能力：济慈的直觉力》（剑桥，1939年）；T. S. 艾略特：《传统与个人才能》（收录于《圣林》，伦敦，1920年，42—53页）。

很长一段时间只有第一类的诗人：在他们的作品中表现个人的成分微乎其微，然而其美学价值却很大。如意大利的中篇小说、骑士传奇、文艺复兴时代的十四行体诗、伊丽莎白时代的戏剧、自然主义的小说、大多数民谣等，都是这类例子。

但是，即使是主观诗人，其自传性的个人叙述与同一母题在文学作品中的运用，两者之间存在的差别，是不应该也不可能抹杀掉的。一件艺术品与现实的关系，与一本回忆录、一本日记或一封书信与现实的关系是完全不同的，前者是在另一个平面上形成的统一体。只有误用传记式文学研究法的人，才会拿一个作家最具有私人性质和最偶然的生平材料作为重点研究的对象，同时以这些材料为根据来解释并编排诗人的作品，而这种解释和编排往往与从作品本身的判断和分析所获得的结论是完全脱离的，甚至是相互矛盾的。因此，勃兰兑斯对《麦克白》一剧评价甚低，认为它乏味，因为它与勃兰兑斯所想象的莎士比亚的人格没有什么关系；金斯米尔（H. Kingsmill）也以同样理由指责阿诺德所写的《梭拉伯和鲁斯吞》一诗。[1]

即使文学艺术作品可能具有某些因素确实同传记资料一致，这些因素也都经过重新整理而化入作品之中，已失去了原来特殊的个人意义，仅仅成为具体的人生素材，成为作品中不可分割的组成部分。费尔南德斯（R. Fernandez）在讨论司汤达（Stendhal）时，令人信服地论述了这点。迈耶（G. W. Meyer）曾把声称是自传性质的华兹华斯的《序诗》与在该诗描写相应时间里诗人的实际生活之间的许多不同之处分辨出来。[2]

那种认为艺术纯粹是自我表现，是个人感情和经验的再现的观点，显然是错误的。尽管艺术作品和作家的生平之间有密切关系，但决不意味着艺术作品仅仅是作家生活的摹本。传记式的文学研究法忘记了，一部文学作品不只是作家经验的表现，而且总是一系列这类作品中最新的一部。无论是一出戏剧、一部小说，或者是一首诗，其决定因素不是别的，而是文学的传统和惯例。传记式的文学研究法实际上妨碍了对文学创作过程的正确理解，因为它打破了文学传统的秩序，而代之以作家的个人生活经历。传记式的文学研究法也无视了很简单的心理学方面的事实：与其说文学作品体现一个作家的实际生活，不如说它体现作家的“梦”；或者说，艺术作品可以算是隐藏着作家真实面目的“面具”或“反自我”；还可以说，

1 参见勃兰兑斯前引书（425页）；H. 金斯米尔：《马修·阿诺德》（伦敦，1928年，147—149页）。

2 参见R. 费尔南德斯：《小说与自传：司汤达的例子》（收录于《通讯》，巴黎，1926年，78—109页；英译本，伦敦，1927年，91—136页）；G. W. 迈耶：《华兹华斯成熟的岁月》（密歇根，1943年）。

它是一幅生活的图画，而画中的生活正是作家所要逃避的。此外，我们还不要忘记艺术家借其艺术去“体验”的生活，与人们实际的生活经验有所不同；实际生活经验在作家心目中究竟是什么样子，取决于它们在文学上的可取程度，由于受到艺术传统和先验观念的左右，它们都发生了局部的变形。[1]

我们势必得出这样的结论：要将传记解释法应用到任何一件艺术作品上，都必须对每一个别的情况做细心的审察和研究，因为艺术作品不是供写传记用的文献。我们必须郑重其事地对韦德（G. I. Wade）女士的《特拉赫恩传》提出质疑，该书把特拉赫恩（T. Traherne）诗中的每一句话，都当成了地道的传记资料。对多本有关勃朗特姐妹（the Brontës）的传记也应提出质疑，这些传记都从《简·爱》或《维耶特》等小说中引录了大段文字。穆尔（V. Moore）写了《艾米丽·勃朗特传》，她以为艾米丽一定经历过她笔下的希思克利夫的那种激情；还有些人则争辩说：一个女人不可能写出《呼啸山庄》来，艾米丽的兄弟帕特里克（Patrick）才是该书的真正作者。[2]这类评论曾使有些人断言莎士比亚一定访问过意大利，他必定当过律师、士兵、教师和农场主。特里（E. Terry）对这些奇谈怪论给予了有力的反驳，她说如果根据同样的判断标准，莎士比亚必定还是个女人。

但是，一定还会有人说，举出这些见解十分荒唐的例子，抹杀不了文学中所体现的作家个性的问题。我们读了但丁、歌德或托尔斯泰的作品，了解到在作品背后有一个人。在同一个作家的作品之间，存在着一种无可置疑的相似的特征。然而，我们可以提出这样一个问题：把作家的经验主体（实际生活中的人）与其作品严格分开，是否并不会更恰当？作品中作家的个性只有在隐喻的意味下才是存在的。在弥尔顿和济慈的作品中，具有一种可以称之为“弥尔顿式的”或“济慈式的”气质。但是这种气质只取决于作品本身，而不能凭纯粹的传记资料来确定。我们知道什么是“维吉尔式的”或“莎士比亚式的”创作风格或气质，却无须依赖任何有关这两位伟大诗人的非常明确的传记资料。

虽然如此，作家的传记和作品之间，仍然存在不少平行的、隐约相似的、曲折反映的关系。诗人的作品可以是一种面具，一种戏剧化的传统表现，不过这常常是诗人自身经验、自身生活的传统表现。从这些界说的意义来说，传记式的文

1　参见 W. 狄尔泰：《体验和诗歌》（莱比锡，1907 年）；贡多尔夫（F. Gundolf）：《歌德》（柏林，1916 年）该书谈了体验和素养的区别。

2　参见 V. 穆尔：《艾米丽·勃朗特的生活和夭逝》（伦敦，1936 年）；E. E. 金斯莱：《天才的模式》（纽约，1939 年，这是将勃朗特姐妹小说中的引语和现实中人物姓名糅合在一起的传记）；R. 威尔逊：《艾米丽·勃朗特的生活秘闻》（纽约，1928 年，该书将《呼啸山庄》直截了当地当作自传看待）。

学研究法是有用的。首先，它无疑具有评注上的价值：它可以用来解释作家作品中的典故和词义。传记式的框架还可以帮助我们研究文学史上所有真正与发展相关的问题中最突出的一个，即一个作家艺术生命的成长、成熟和可能衰退的问题。传记也为解决文学史上的其他问题积累资料，例如一个诗人所读的书、他与文人之间的交往、他的游历、他所观赏过和居住过的风景区和城市等：所有这些都关系到如何更好地理解文学史的问题，也就是有关该诗人或作家在文学传统中的地位、他所受的外界影响以及他所汲取的生活素材等问题。

不论传记在这些方面有什么重要意义，但如果认为它具有特殊的文学批评价值，则似乎是危险的观点。任何传记上的材料都不可能改变和影响文学批评中对作品的评价。人们往往提出“真挚性”（sincerity）为文学的准则。如果以忠实于作家的传记，并以由外界资料所证实的作家的经验或感情与作品之间的相应性来评判文学，那么“真挚性”的准则就是完全错误的。“真挚性”与艺术价值之间没有必然的联系。许多青年男女无所顾忌地涂写的痛苦缠绵的爱情诗以及厌世的（不管其感情如何炽烈）宗教诗，在图书馆中简直是汗牛充栋，这些都足以证明我们的论断。拜伦的《与你再见》一诗，既不好也不坏，因为它戏剧化地表现了诗人与其妻子的实际关系，并不像莫尔（P. E. More）所想的那样，由于在原稿上找不到泪痕便是“一件憾事”；而根据托马斯·穆尔（T. Moore）的《备忘录》，拜伦确实是掉泪在手稿上的。[1]这首诗是存在的，不管稿上有没有泪痕，拜伦个人的感情毕竟已经成为过去，现在既不可能追溯，也没有必要去追溯。

1 这个例子取自C. B. 廷克：《诗歌的沃土》（波士顿，1929年，30页）。

第八章　文学和心理学

“文学心理学”（psychology of literature）的含义可以指从心理学的角度，把作家当作一种类型和个体来研究，也可以指创作过程的研究，或者指对文学作品中所表现的心理学类型和法则的研究，最后，还可以指有关文学对读者的影响的研究(即读者心理学)。我们将把第四方面的内容放在“文学和社会”一章里去讨论，而其他三个方面则在本章中逐一加以论述。严格地说来，也许只有第三方面的内容才属于文学研究的范围。而前两个方面则是艺术心理学的次要课题：虽然有时它们可作为文学研究方面有吸引力的教学方法，但是我们不赞成任何以文学作品的起因来评价文学作品的尝试（此即“起因谬说”）。

文学天才的资质总是引人思索，早在希腊时代，天才就被认为与“癫狂”有关（“癫狂”被视作介乎神经质与精神病之间）。诗人是“心神迷乱的”：他或多或少地不同于其他的人，并且他无意识地讲出的言辞，也会被人认为既是下理性的（sub-rational），又是超理性的（super-rational）。

另一个早期的持续的观念就是诗人的“天赋”是补偿性的：缪斯使德姆道克斯失明，但“赐给他甜美的歌吟天赋”（见《奥德赛》），而瞎子蒂里西亚斯则被赐予预言家的灵视（vision）。当然，缺陷和天赋并不总是如此直接地联结在一起，而且疾病和残废也可以是心理性的和社会性的，而不是生理上的。蒲柏是驼背，又是矮子；拜伦则有一条瘸腿；普鲁斯特（M. Proust）是一个有部分犹太血统的哮喘性神经病患者；济慈比一般人矮；托马斯·沃尔夫（Thomas Wolfe）则又比一般人高很多。这一理论难于成立，即在其易于附会。事后，任何成功的例子都可以归因于补偿性的动力，因为每人都有不利条件，可能因此激励自己。十分值得怀疑的是下面这种很流行的观点，即认为神经质——以及“补偿”——把艺术家同科学家和其他“沉思者”区分开来：他们之间的明显差别就是作家常常记录自己的病情，把疾病变成写作的素材。[1]

基本问题在于：假如作家是个神经病患者，那么他的神经病是提供了他作品的主题呢，还是仅仅提供了他写作的动机？倘若是后者，那么作家便与别的沉思者没有区别。另一个问题是：假如作家在表现自己的主题时是神经病患者（像卡夫卡［F. Kafka］肯定就是这样的），那么他的作品又如何为读者所理解呢？作家的创作一定远远不止于记录一个病历，他必须要么写一个原始类型的模式（像陀思妥耶夫斯基在《卡拉马佐夫兄弟》中所做的那样），要么写一个当今普遍流行的“神经症人格”的模式。

弗洛伊德（S. Freud）有关作家的看法并不是十分稳定的。就像他的许多欧洲同事——其中著名的有荣格（C. G. Jung）和兰克（O. Rank）——一样，弗洛伊德具有高度的一般文化素养，受过奥地利本国的教育，从小就尊崇古典著作和德国古典文学。因此，他在文学领域中发现许多见解和知识可以用来推论和确证自己的学说——如在陀思妥耶夫斯基的《卡拉马佐夫兄弟》，在《哈姆雷特》，在狄德罗的《拉摩的侄儿》，或在歌德的作品中的发现就是如此。但他也有把作家视为执拗的神经病患者的想法，认为作家是通过自己的创作活动来避免精神崩溃的，但又不想真正地去治愈。

弗洛伊德说：

> 艺术家本来就是背离现实的人，因为他不能满足其与生俱来的本能要求，于是他就在幻想的生活中放纵其情欲和野心勃勃的愿望。但是，他找到了从幻想世界返回现实的途径；借助原来特殊的天赋，他把自己的幻想塑造成一种崭新的现实。而人们又承认这些幻想是合理的，具有反映实际生活的价值。因此，通过某种艺术创作的途径，艺术家实际上就成为自己所渴望成为的英雄、帝王、创造者、受人钟爱的人物，再也不用去走那种实际改变外部世界的迂回小路了。

这就是说，诗人是一个社会所认可的或推崇的白日梦者；他不必去改变自己耽于

---

1 参见A. 阿德勒：《器官缺陷及其物质补偿的研究》（1907年，英译本，1917年）；W. F. 沃恩：《补偿的心理》（载《心理学评论》，第33期，1926年，467—479页）；E. 威尔逊：《伤害与自卑》（纽约，1941年）；L. 麦克尼斯：《现代诗歌》（伦敦，1938年，76页）；L. 特里林：《艺术与精神病》（载《党派评论》，第12期，1945年，41—49页；重印改称为《自由的想象》，纽约，1950年，160—180页）。

幻想的性格，而是要持续不断地幻想下去，并公开地发表自己的幻想。[1]

这样一种说明，大概把哲学家、“纯科学家”同艺术家一并批评了，并因此成为对沉思性活动的一种实证主义式的“还原”，使之降为一种观察性和命名性的、而非实践性的活动。这种说明，几乎否定了沉思性作品的间接的或侧面的效果，以及小说家和哲学家的读者们所实现的“改变外部世界”的效果。这种说明，也没有认识到创作本身就是外部世界的一种工作方式；没有认识到白日梦者仅是满足于梦想写出他的梦，而实际写作的人则是从事于“外化”（externalization）地调节社会的活动。

大多数作家不再同意正统的弗洛伊德学说，有些曾经接受精神分析疗法的人也不再进行下去了。大多数作家都不愿意被“治疗”或“调节”，要么觉得接受了“调节”就会终止写作，要么觉得拟定的“调节”不过是趋向于恢复常态或与社会环境妥协，而这些正是他们所鄙弃的庸人作风或中产阶级的陋习。因此，奥登（W. H. Auden）曾经断言，艺术家应该尽他们的能耐去做神经病患者；并且很多作家同意霍尼、弗洛姆（E. Fromm）和卡迪纳（A. Kardiner）对弗洛伊德学说的修正，他们认为弗洛伊德关于神经病和常态的概念来源于19世纪末20世纪初的维也纳，需要由马克思和人类学家们加以修正。[2]

艺术即神经病的理论，引起了有关想象与信仰之间的关系问题。小说家不仅类似于充满奇想“故事”的孩子——他重新组合自己的经验，使之适合于自己的快乐和深信的目的，而且还等同于忍受幻觉之苦的成年人——他把现实世界和充满着自己的希望和恐惧的幻想世界搅混在一起。有些小说家（例如狄更斯［C. Dickens］）曾说他们活生生地看到和听到了他们笔下人物的音容，而且这些人物常常主宰着小说的发展，使得小说的结局与小说家原来的设想有所不同。心理学家所举出的例子，都不能证实这种幻觉的力量，可是有些小说家却有一种形成逼真意象的能力，这种能力普遍存在于儿童之中，但长大后则很少有这种逼真的意象（它既不是后像［after-images］，也不是记忆意象［memory-images］，但在性质上又是属于可察觉可感知的意象）。据延施（E. Jaensch）的判断，这种能力是艺术家所特有的、将知觉和概念糅合为一的特征。艺术家保持和发展了民族

1　参见本章参考书目。

2　参见W. H. 奥登：《来自冰岛的信》（伦敦，1937年，193页）；L. 麦克尼斯：《现代诗歌》（25—26页）；K. 霍尼：《我们时代的神经质的个性》（纽约，1937年）；E. 弗洛姆：《逃避自由》（纽约，1941年）、《为自己的人》（纽约，1947年）。

的古老的特点：他们能感觉到甚至“看到”自己的思想。[1]

另一种特点有时也归属于文学家特别是诗人，那就是联觉[2]（synaesthe-sia），即把两种或两种以上的感官的感觉和知觉联结在一起。较为通常的是把听觉和视觉联结起来（即声色联结［audition colorée］，例如将号角声认作是血红色的）。从联觉作为一种生理特点来看，就像红绿色盲，它显然是早期感觉中枢没有比较性的分辨功能的遗患。然而，在更多的情况下联觉乃是一种文学上的技巧，一种隐喻性的转化形式，即以具有文学风格的表达方式表现出对生活的抽象的审美态度。在历史上，这种风格和态度是巴洛克艺术和浪漫主义时期艺术的特色，但对于只是寻求“明朗和清晰”而不是寻求“对应性”、类比和统合（unification）的理性主义时期来说，相应地便成为令人讨厌的东西了。

艾略特自从发表了最早期的文学批评文章之后，极力主张一种兼收并蓄的观点：认为诗人扼要记述了，更贴切地说，是完整保留了其民族历史的层次，并在迈向未来时，继续在精神上与自己的童年以及民族的童年保持着联系。他在1918年写道：“艺术家比其同时代的人更为原始，也更为文明。”在1932年，他重新提出这种看法，特别谈到了“听觉想象力”（auditory imagination），也谈到诗人的视觉意象。他认为，这种再现性的意象“可具有象征性的价值，但我们却无法加以说明，因为这些意象显现了我们无法窥探的感觉的深层”。艾略特颇为赞许地引用了凯耶（E. Cailliet）和比德（J. -A. Bédé）著作中有关象征主义运动和原始心灵的关系的论述，扼要地说：“前逻辑的心态存在于文明人之中，但只有诗人，或通过诗人的帮助才能达到。”[3]

1　参见W. 西尔兹：《奥托·路德维希和诗歌创作过程》（载《现代语言学会会刊》，第60期，1945年，860—878页），它提出许多德国研究者从事的作家心理分析的课题；E. 延施：《逼真的形象和类型学的研究法》（伦敦，1930年）、《类型的心理和心理生理研究》（收录于《感觉和情感》，马萨诸塞，伍斯特，1928年，355页等处）。

2　关于联觉，参见O. 费舍尔：《颜色与声音的联系：文学心理学研究》（载《美学杂志》，第2期，1907年，501—534页）；A. 韦勒克：《精神史中的双重感觉问题》（同上刊，第23期，1929年，14—42页）、《文艺复兴和巴洛克艺术的联觉问题》（载《德国文学研究季刊》，第9期，1931年，534—584页）；E. V. 埃哈特-西波尔特：《在英、德、法浪漫主义中感官的和谐》（载《现代语言学会会刊》，第47期，1932年，577—592页）；W. 西尔兹：《海涅的联觉》（同上刊，第57期，1942年，469—488页）；S. 乌尔曼：《浪漫主义和联觉》（同上刊，第60期，1945年，811—827页）；A. G. 恩格斯特洛姆：《为文学中的联觉辩护》（载《语文学季刊》，第25期，1946年，1—19页）。

3　参见R. 蔡斯：《现在的感官》（载《肯庸评论》，第7期，1945年，218页等处）；引文来自T. S. 艾略特：《诗歌的功用》（118—119、155、148页等处）。艾略特所指的文章是《象征主义和原始精神》（载《比较文学杂志》，第12期，1932年，356—386页）。还可以参阅E. 凯耶：《象征主义和原始人》（巴黎，1936年），该书的“结语”有与艾略特的一段对话。

在这段引文中，我们不难发现艾略特所受的荣格的影响和对荣格的论点的复述：在个人“无意识”——我们过去，尤其是我们童年和婴儿期，已经封闭起来的残念——的底层潜存着“集体无意识”，即已经封闭起来的我们民族以往的记忆，甚至是史前期人类的记忆。

荣格有一套精细的心理类型学（psychological typology），按照这一套类型学，人类的心理类型可分为“外向者”（extrovert）和“内向者”（introvert）两大类，这两大类根据下列四种心理因素，即思想、情感、直觉和感觉何种起主导的作用，再分为四个类型。荣格并没有像我们所想象的那样，把所有的作家都列为“直觉内向”（intuitive-introverted）型，或更普遍地列为内向型。为进一步反对简单化倾向，他指出有些作家在其创作中显示了与本人截然相反的类型，与之对应互补。[1]

我们必须承认，作家并不是一个单一的类型，假如把柯勒律治、雪莱、波德莱尔和爱伦·坡等人划为浪漫主义类型，我们就会立即想起拉辛（J. Racine）、弥尔顿和歌德，或者奥斯丁和特罗洛普等也未必不可以归入这一类型之中。我们可以着手将抒情诗人、浪漫诗人与戏剧诗人、史诗诗人以及与此有些类似的小说家区别开来。德国类型学家克莱施玛（E. Kretschmer）把诗人（瘦弱型的和具有精神分裂症倾向的）和小说家（体型结构壮硕型的、其性情属于狂郁症的或周期交替性精神病型的）划分开。的确，在类型学上有着两种相对的“心神迷乱”和“心神专一”的类型，前一种是自发性、着迷性或预言性的诗人，后一种是“制造者”，主要指受过基本训练的、有熟练技巧的、有责任心的工艺型的作家。这种区别在某种程度上似乎有历史的渊源：原始的诗人、巫师都是“心神迷乱”型的，后来的浪漫主义诗人、表现主义诗人和超现实主义诗人也都属于这一类型；而在爱尔兰和冰岛的吟唱学校受过训练的职业性的诗人、文艺复兴时期和新古典主义时期的诗人则是“制造者”。当然，我们必须知道这些类型不是相互排斥的，而是两种极端性质的，在大作家例子中——包括弥尔顿、爱伦·坡、詹姆斯和艾略特以及莎士比亚和陀思妥耶夫斯基等——我们必须考虑到他们既是“制造者”又是“心神迷乱者”，他们把心神迷乱时获得的对生活的幻觉与有意识的、精心的安排结

1 参见C. G. 荣格：《关于分析心理学与诗艺的关系》（收录于《分析心理学的成果》，伦敦，1928年）、《心理类型》（H. G. 贝恩斯译，伦敦，1926年）；J. 雅各比：《荣格的心理学》（巴许译，纽黑文，1943年）。英国哲学家、心理学家和美学家中公开宣布自己得益于荣格的还有：J. M. 索伯恩，著有《艺术和无意识》（1925年）一书；M. 鲍德金，著有《诗歌中的原型》和《想象力的心理学研究》（1934年）；H. 里德，著有《神话、梦和诗》（载《文学批评论文集》，伦敦，1938年，101—116页）；H. G. 贝恩斯，著有《灵魂的神话学》（伦敦，1940年）；M. E. 哈丁，著有《妇女的秘密》（伦敦，1935年）。

合起来，以表现这种幻觉。[1]

也许，现代有关极端类型的理论中，最有影响力的是尼采（F. Nietzsche）在《悲剧的诞生》中的阐述：这一极端存在于希腊的两位艺术之神阿波罗和狄俄尼索斯之间，他们体现了两种艺术和两种艺术过程——雕刻艺术和音乐艺术、梦的心理状态和狂喜陶醉时的心理状态的区别。这样的区别，大致相应于古典派的“制造者”和浪漫派的“心神迷乱者”（或称“灵视诗人”[poeta vates]）之间的区别。

法国心理学家里博（T. A. Ribot）虽然没有公开承认过受到尼采的影响，但是他以两种主要的想象力类型作为划分两派文学艺术家的界限，则是以尼采的理论为根据的。他所划分的前一种类型是“造型的”艺术家，具有敏锐的观察力，他们的创作主要激发于对外部世界的感官印象和知觉；后一种是“融合的”（兼具听觉的和象征的）艺术家，即象征派的诗人或写浪漫故事的作家（如蒂克[L. Tieck]、霍夫曼[E. T. A. Hoffmann]、爱伦·坡等人），他们以自身的情绪和感觉为起点，通过情绪（stimmung）的逼迫力，使节奏和意象统合，从而外射其感情。艾略特无疑是以里博的理论为出发点，着手比较但丁的“视觉想象力”和弥尔顿的“听觉想象力”。

再有一种类型分法就是罗马尼亚学者鲁苏（L. Rusu）所提出的那种分类法，他把艺术家分成三类：“交感型”的（即在创作过程中表现出自然流露欢欣雀跃的情绪）、“心神混乱型”的和“心神平衡型”的。有关这些类型的例子，他往往举得不恰当；不过“交感”和“混乱”这两个一正一反的命题，使人产生一种普遍的联想，提示了一种综合的、最伟大的艺术家的类型，这种类型的艺术家终能战胜心魔，使内心紧张状态达到平衡。鲁苏以歌德作为这种伟大作家类型的例子。但我们应该把所有的名作家都列入这一类型之中——但丁、莎士比亚、巴尔扎克、狄更斯、托尔斯泰和陀思妥耶夫斯基。[2]

“创作的过程”应该包括一部文学作品从无意识的起因，以至最后修改的全

1 关于性格类型学，参见下述著者的历史性阐述，有A. A. 罗巴克：《从人们的气质看性格的心理机制》（纽约，1928年）；E. 斯帕兰格：《人们的类型：个性的心理学……》（皮戈斯译，哈勒，1928年）；E. 克莱施玛：《心理和性格》（斯普洛特译，伦敦，1925年）；《天才的心理》（凯特尔译，伦敦，1931年）。关于“创造者”和“神迷心醉者”，参见W. H. 奥登：《心理学和艺术》（载《今日的艺术》，G. 格里格森编，伦敦，1935年，1—21页）。

2 参见F. 尼采：《悲剧的诞生》（1872年）；T. A. 里博：《论创造性想象》（巴黎，1900年；巴隆译，伦敦，1906年）；L. 鲁苏：《论艺术创造》（巴黎，1935年）。“魅力”一词来自歌德（最早见于他1817年写作的《原始文字》中），已成为现代德国理论中的一个突出的概念，见M. 舒尔茨：《学院式文学的幻灭》（芝加哥，1933年，91页等处）。

过程，有些作家尚且把修改视为整个创作过程中最富于创造性的阶段。

在一个诗人的心理结构和一首诗的构思之间，即在印象和表现之间，是有所差别的。克罗齐把印象和表现都贬为审美的直觉，没能赢得作家和批评家的赞同；的确，路易斯（C. S. Lewis）对这种贬降的理论提出了一些不同意见，似乎是有道理的；但是，任何想模仿狄尔泰的方式，把“经验”（erlebnis）和“诗”（dichtung）二元化的尝试，都是不能使人满意的。画家是以画家的眼光观察事物，而绘画则是画家把自己所见到的东西予以明朗化和完整化的一种过程。诗人是诗歌的制造者，而诗的内容则是诗人感知的生活全部。就艺术家而言，无论以什么为媒介，每一个印象都因他的艺术而成形；艺术家所积累的并非是不完全的经验。[1]

“灵感”是创作过程中无意识因素的传统名称。这一名称在古典时期是与记忆之神的女儿缪斯相联系的，而在基督教观念上，灵感被认为与圣灵有关。就其定义而言，一个巫师、预言家或诗人在灵感来潮时的精神状态，是不同于他平时的精神状态的。在原始社会，巫师可能自动地进入一种精神恍惚的状态，或者他也可能被动地被某些祖先的或图腾的精神力量支配而处于“心神迷乱”的状态。在现代，灵感则被认为具有“突然性”（如同皈依时的经验）和“非我性”的本质标记，因此，作品看来像是“通过”某人而写出来的。[2]

灵感是否可以招来呢？作家在创作时无疑会有一些创作习惯，还会有某些刺激物和仪式。酒精、鸦片和别的药品都会麻醉有意识的头脑，麻醉那种过分苛求的“审察”，从而放纵了下意识的活动。柯勒律治和德·昆西（T. De Quincey）都曾极其夸张地声称：借助于鸦片，一个崭新的经验世界将开放供人写作之用。但是根据现代医学的临床报告，在这些吸鸦片的诗人的作品中所包含的异常成分，看来是来自他们神经质的心理，而不是来自麻醉药的特殊功效。施奈德（E. Schneider）告诉我们，德·昆西的“文学上的‘鸦片梦’，虽说对后来的著作有很大的影响，但实际上，除了精细一点外，与他1803年未吸鸦片前所写的一则日记并没有多大不同”。[3]

由于原始社会的占卜诗人都学得一种导致自己进入“心神迷乱”境界的方法，

---

1 参见C. S. 路易斯:《个人谬误……》(伦敦，1939年，22—23页)；W. 狄尔泰:《体验和诗歌》(莱比锡，1906年)；上述舒尔茨的著作（96页）。

2 参见N. K. 查德威克:《诗和预言》(剑桥，1942年)；T. A. 里博:《论创造性想象》(伦敦，1906年，51页)。

3 参见E. 施奈德:《忽必烈汗的“梦”》(载《现代语言学会会刊》，第60期，1945年，784—801页)，《柯勒律治、鸦片和忽必烈汗》(芝加哥，1953年)中有详细讨论；J. 马克斯:《天才和苦难：吸毒与天才的研究》(纽约，1925年)。。

由于根据东方的求神叩灵的规条，宗教仪式如祈祷、特别的“祷告”或“默祝”等都要在固定的地点和时间进行，因此现代作家学到了，或自以为学到了诱发创作状态的种种仪式。席勒在他的写字台上摆着烂苹果，而巴尔扎克写作时要穿上一件僧侣的长袍。许多作家躺着思索，甚至在床上写作——如普鲁斯特和马克·吐温（Mark Twain）这样的风格各异的作家均是如此。有些作家需要宁静和孤独；而有的则喜欢在家人或在咖啡馆高朋满座之中写作；也有些作家通宵写作而白天睡觉，这样的例子十分引人注目。也许，这种倾心于夜间的习惯（夜晚是沉思的、梦幻的和下意识的时间），是浪漫主义的主要传统；不过，我们必须记住旗鼓相当的另一种浪漫主义传统，就是华兹华斯式的传统，他们往往在清晨（此时有着童年的新鲜感）写作。有些作家则断言他们只能在某些季节中写作，像弥尔顿那样，他坚信他的诗的血管除了在秋分至春分这段季节里，从不畅流。约翰逊博士发现所有这些理论都很乏味，他认为一个人只要执着地去写，那么什么时候他都可以写：他承认自己是受经济压力的驱使而写作的。然而，我们可以推想到这些表面上变幻莫测的仪式，有它们共通的地方，即借助联想和习惯去促进有系统的创作活动。[1]

誊稿的方式对作品的文学风格有没有明显的影响呢？是用钢笔和墨水去打草稿，还是直接由打字机打出作品来，这里有什么两样吗？海明威（E. Hemingway）认为打字机“使作家送印刷厂之前的句子凝练”，也因此使修改很难成为写作过程中不可缺少的一部分。有些作家则认为打字机是为那些具有流畅风格或采用新闻报道文体的人准备的。关于这方面还没有人做过实实在在的调查。至于作家口授让别人笔录的方式则为各式各样资历和气质的作家所采用。弥尔顿把他在脑海中构思好的《失乐园》的诗句口授给抄写员去做笔录。更为有趣的例子要算司各特、老年的歌德和亨利·詹姆斯等。詹姆斯虽在脑海中事先有了小说的结构，但是小说的具体文字则是在笔录时临时想出来的。我们在詹姆斯的例子中至少能看得出口授笔录和他“后期的文体”之间的某些因果关系：就后期文体本身复杂的流畅形式而言，实是口语化的，甚至是对话式的。[2]

对创作过程本身发表过的意见，在概括程度上有助于构成文艺理论的，至今并不多。我们掌握了某些作家的个人状况的历史，但这些仅限于较为近代的作家

---

1 参见A. 蒂利亚德：《精神训练及其效果》（伦敦，1927年）；R. 格尔德：《作家和写作》（纽约，1946年）；S. 约翰逊：《诗人传：弥尔顿》。

2 论海明威与打字机关系的有R. G. 伯克尔曼：《怎样誊稿》（载《星期六文学评论》，1945年12月29日）。论口授和文体的有T. 博赞克特：《亨利·詹姆斯在工作》（伦敦，1924年）。

以及那些喜欢对自己的艺术进行分析性的思索和论述的作家而已（诸如歌德、席勒、福楼拜［G. Flaubert］、詹姆斯、艾略特和瓦莱里［P. Valéry］等）；此外，我们还有一套由心理学家概括出的观点，涉及独创性、虚构和想象等范畴，找到了科学的、哲学的和美学的创造活动之间的共同特点。

任何对创作过程所做的现代研究，主要是关注于无意识活动和意识活动所起的相对的作用。这种研究用来比较文学史上的分期是很容易的，即把重视无意识的浪漫主义和表现主义时期，与强调智力、修改和交流的古典主义和理性主义时期加以区别。这种比较容易被夸张。于是，古典派与浪漫派的批评理论之间的差别，较之这两派的最出色的作家的创作实践之间的差别更为突出。

喜欢论述自己艺术的作家们自然总是谈论自己创作活动中那些有意识的、自觉运用某些技巧的部分，而无视那些"外界各种因素给予的"、非自觉地进行的部分。他们将自己的成就归功于自己自觉的创作技巧，然而往往正是那些他们不愿谈论的部分反映或折射了他们的本质。这有明显的理由可以说明为什么自觉的艺术家把他们的艺术说成似乎是非自我的，仿佛他们所选择的主题要么是由于编辑的强迫，要么是一个无谓的美学问题。爱伦·坡的《创作的哲学》就是有关这个题目的最著名的论述。他在这篇文章中解释了他的《乌鸦》一诗是根据什么样的方法论策略、是从什么样的基本美学原则出发来构思的。为了维护自己的名声，爱伦·坡驳斥某些指责他的恐怖故事是模仿之作的批评家，并申述他所写的恐怖故事中的恐怖，并不是德国式的恐怖，而是灵魂的恐怖。尽管如此，他却不承认那是他自己灵魂的恐怖：他自称是一个文学工程师，善于驾驭别人的灵魂。在爱伦·坡那里，无意识和意识之间的差别惊人的分明：无意识提供了排遣不去的谵妄、苦难和死亡的主题，而意识则将之发展成文学。[1]

如果我们建立起考查办法来发掘文学天才，这些考查毫无疑问地要分为两类：其一是用以考查现代意义下所指的诗人，将着重考查诗人的用词和词的组合、意象和隐喻、语义和语音上的联系（即脚韵、半谐音、头韵）；其二是用以考查叙事性的作家（小说家和戏剧家），着重考查其人物塑造和情节结构。

文学家是联想（"机智"）、断想（"判断"）和重新组合（以分别体验的因子组成一个新的整体）的专家。他应用文字作为自己的媒介。一个文学家在童年时

1　因此，德国的美学家主要举歌德和路德维希，法国的则举福楼拜（通信）和瓦莱里，美国批评家举亨利·詹姆斯（纽约版的前言）和艾略特。代表法国式观点的最好例子是瓦莱里论爱伦·坡（参见瓦莱里：《波德莱尔的状况》［收录于《杂谈》，巴黎，1937年，第二卷，155—160页；英译本，纽约，1938年，79—98页］）。

代就收集文字，而别的儿童不过收集玩具、邮票和小宠物。对诗人来说，文字不主要是“符号”或一望而知的筹码，而是一种“象征”，它本身和它的表现力都具有价值；一文字甚至可以是一“物”或一“事”，贵在有声音和有色彩。有些小说家也把文字当作“符号”来使用（如司各特、库珀［J. F. Cooper］、德莱塞［T. Dreiser］），在这种情况下，他们的作品更适于阅读，而不利于翻译成别国的语言，或者可以成为神话式的结构而为读者所记住；诗人通常总是“象征性地”使用文字。[1]

传统的“意念的联想”（association of ideas）是个不准确的名称。除了字与字之间引起的联想（这是某些诗人显著的特征）外，还有我们内心的“意念”所指的对象之间引起的联想。这一联想主要有因时间和地点上的邻接性引起的，也有因相似性或不同性引起的。或许，小说家主要运用的是前一类联想，而诗人则采用后一类联想（此类可与隐喻相等）；但这仅是一种粗略的区分，就近代文学而言，他们在运用联想上的不同已经日趋模糊了。

洛斯（J. L. Lowes）以十分的好奇心大量阅读了柯勒律治的作品，在《通往上都之路》中，他以一个干练的侦探所特有的敏锐，再现了创作中从一处引用或典故到另一处引用或典故的联想过程。然而，对于理论方面的问题，洛斯很快就满足了：他只用了少数几个纯粹是比喻性的用语来说明创作的过程。他采用了“钩形原子”（hooked atoms）的说法，或者套用詹姆斯的说法，说意象和意念一时掉进了“脑海无意识的深渊之中”，在经历了（用学者们爱用的说法）“沧桑”之变后再次浮现了出来。当柯勒律治精深的阅读内容得以再现时，我们时而看到联想的精细的“镶嵌”工作，时而看到了它的“奇迹”。洛斯正式地承认说：

> 创作能力在它发挥到极致时，是有意识和无意识兼而有之……麇集于脑海（即无意识的“深渊”）中的意象所经历的形变是无意识的，而对这些意象的控制是有意识的。

但是洛斯很少想到或尝试过给创作过程的真正目标和结构下定义。[2]

在叙事性的作家方面，我们考虑的是他的人物的创造和故事的“虚构”。自

1 关于符号和象征，见S. K. 兰格：《哲学新方法》（剑桥，1942年，53—78页）；H. 哈兹费尔特：《诗人的语言》（载《语文学研究》，第43期，1946年，93—120页）。

2 参见J. L. 洛斯：《通往上都之路：诸种想象方式的研究》（波士顿，1927年）。

从浪漫主义时期以来，这两桩事无疑都太简单地被认为要么是“独创性”的，要么是临摹真实的人物(这种观点也被应用在过去的文学中)，或者是抄袭的。然而，甚至在最具“独创性”的小说家如狄更斯的作品中，人物类型和叙事技巧都主要是传统的，是从专业性的、公认的文学成品中抽取出来的。[1]

有人认为人物创造可能是把传统中固有的人物类型、作家观察到的人物和作家的自我不同程度地糅合在一起。可以说，现实主义作家在创造人物时主要是进行观察或“移情”的活动，而浪漫主义作家则进行“投射”的活动。可是，令人怀疑的是单凭观察能否写出现实生活中逼真的人物来。有一位心理学家说：浮士德、靡菲斯特、维特和威廉·迈斯特等人物形象，“全都是歌德把自己各方面的气质投射到虚构的作品中而写成的”。小说家的各个潜在的自我，包括那些被视为罪恶的自我，全都是作品中潜在的人物。“一个人的心境，就是另一个人的性格。”陀思妥耶夫斯基笔下的卡拉马佐夫四兄弟是陀思妥耶夫斯基本人全部面貌的写照。我们也不要以为一个男小说家笔下的女主人公就必然是观察的产物。福楼拜说：“包法利夫人就是我自己。”只有潜在的“自我”才能化为“活生生的人物”，不是“扁平”的，而是“圆整”的人物。[2]

这些“活生生的人物”与小说家的自我有什么关系呢？那似乎是：小说家笔下的人物越是为数众多和各具性格，小说家自己的“个性”就越不鲜明。莎士比亚的个性就消失在他的剧本之中；无论在剧本中还是在逸事中，我们都觉察不到有一个轮廓鲜明和具有独特个性的莎翁的人格可与本·琼生的性格相比。济慈认为诗人的人格是没有自我的，他有一次写道：

> 它（诗人的人格）既是一切，又是不存在的东西……构思出一个伊阿古和构思出一个伊摩琴[3]它都会感到同样的乐趣……一个诗人在世上比别的任何东西都更没有诗意，因为他没有自己的“身份”——他不断地为别人传达感受和为别人的内心倾注情思。[4]

1　参见狄伯里乌斯（W. Dibelius）:《狄更斯》(莱比锡，1926年，347—373页)。

2　参见A. R. 钱德勒:《美和人性：心理学美学的因素》(纽约，1934年，328页)；蒂博代（A. Thibaudet）:《居斯塔夫·福楼拜》(巴黎，1935年，93—102页)；F. H. 普雷斯科特:《想象性人物的构成》(载《诗的思想》，纽约，1922年，187页等处)；A. H. 内瑟科特:《王尔德论深层分裂的自我》(载《现代语言学会会刊》，第60期，1945年，616—617页)。

3　伊摩琴是莎剧《辛白林》中的人物。——译注

4　参见《约翰·济慈书信集》(H. B. 福尔曼编，纽约，1935年，第4版，227页)，福尔曼在注释中推荐了篇末原文的考订。

上面我们讨论过的所有理论问题，实际上都是属于作家的心理方面的。作家的创作过程理所当然是心理学家感兴趣的研究对象。心理学家可以按照生理的和心理的类型来对诗人进行分类；他们可以描述作家精神上的疾病，甚至可以探究诗人的无意识。心理学家的证据可取自非文学性的资料，也可以从作家的作品本身中抽取。假如从作品中抽取的话，就需要核对资料上的证据，并仔细地加以解释。

心理学是否还可以用来解释和评价文学作品本身呢？心理学明显可以阐述创作的过程。正如我们所知，很多人注意研究各种写作方法，注意研究作家修改和重写时的习惯。很多人也曾经研究作品的产生过程：作品早期阶段的草稿、重读删弃的文本等。然而，这方面的许多资料，尤其是许多有关作家习惯的逸事与评价或批评作家作品之间的相关性确实被过高地估量了。研究作品的修改、订正以及类似的问题，具有更大的文学价值，因为我们如能很好地利用这些研究的话，它将有助于我们认识文艺作品之中的漏洞、不一致、转折和歪曲等与文艺批评有关的问题。弗耶拉（A. Feuillerat）就分析了普鲁斯特如何写成他后期的连环小说，使我们能够分辨出原作的层次来。研究作品中的各种改动，似乎可以窥见作家创作的进行方式。[1]

可是，如果我们考察一下草稿、删节、凝练和润色等程序，我们最后的结论将是：这些程序对理解或判断那些完成的作品并不是必要的。采取这些程序只是为了做出更好的取舍和选择，从而使最后定稿的质量更有把握。但是，如果我们自己设想各种可供选择的写法，而不管这些写法是否在作家头脑中出现过，同样可以妥善地达到上述目的。济慈在他的《夜莺颂》一诗中写道：

同一歌声，常常迷醉颠倒
那缥缈孤绝的仙岛上的魔窗，
它朝险恶的大海的浪涛开放，

如果我们还知道济慈曾考虑使用“无情的海”，甚至“无舟的海”，这对于理解这首诗也许有所帮助。可是“无情的”或“无舟的”，与“危险的”“荒芜的”“无船的”“残酷的”或者批评家可能提出的其他形容词，并没有本质上的差别。它们并不属于文学艺术作品的作用范围，这些探本寻源的问题也不能省却我们对具体作品进行

1 参见A. 弗耶拉：《普鲁斯特的小说创作》（纽黑文，1934年）；K. 夏皮罗和R. 安海姆：《诗人在工作》（C. D. 艾博特编，纽约，1948年）。

分析和评价。[1]

这里尚有作品本身的“心理学”问题需要加以讨论。我们认为戏剧和小说中的人物在心理学上是具有真实性的。我们也以同样的理由来赞赏作品中的情境和接受其情节。一个作家可能有意识地、也可能朦胧地持有一种心理学理论，有时看来它就适合于一种人物或一种情境。因此，李莉·坎贝尔女士说哈姆雷特属于“忧伤沉郁的多血质者”这一类型，伊丽莎白时代的人根据他们的心理学理论都熟知这种类型的人物。奥斯卡·坎贝尔也想用相似的方式证明《皆大欢喜》一剧中的贾克斯是属于“黏液质的阴郁所引起的矫揉造作的忧伤”的例子。商第则可证明患有洛克（J. Locke）所说的“语音联想症”。司汤达笔下的英雄于连·索黑尔则被人用特拉西（A. D. de Tracy）的心理学的术语加以说明，显然，又有人根据司汤达自己所写的《论爱》一书来对各种爱的关系加以分类。鲁迪安·拉斯科尔尼科夫的动机和感情则被人用一种具有临床心理学特点的方法加以分析。普鲁斯特无疑有一整套关于记忆的心理学理论，这套理论甚至对他组织自己的作品，也具有重要性。弗洛伊德式的心理分析往往被小说家们有意识地采用，如艾肯（C. Aiken）或弗兰克（W. Frank）就这样做。[2]

当然，这里可能出现一个问题，就是作家能否真正成功地把心理学体现在他的人物以及人物的关系中。作家对心理学的知识和理论仅做一般性的陈述是不够的。这些陈述可以是作品的“题材”或“内容”，就像航海纪实、天文学或历史等其他各类资料可以成为文学的内容一样。在某些情况下，涉及了当代的心理学，那是值得怀疑的或可以不予重视的。试图把哈姆雷特或贾克斯纳入伊丽莎白时期的某些心理学的体系之中，看来是错误的，因为伊丽莎白时期的心理学是自相矛盾、令人迷茫和混乱的，而哈姆雷特和贾克斯则远远超出那些心理学的类型。虽然拉斯科尔尼科夫和索黑尔符合某些心理学的理论，但也并非自始至终都符合。索黑尔有时所表现的更具有通俗剧的特色。拉斯科尔尼科夫初次犯罪的动机表现得并不充分。这些作品原来就不是什么心理学研究或理论阐释，而是戏剧或通俗剧，剧中吸引人的情境比写实性的心理动机更为重要。假如我们考察一下那些“意识流”小说，我们很快就会发现在这些小说中，并不是把主观的实际内心变化过

1　参见J. H. 史密斯：《诗歌的读解》（波士顿，1939年；编辑的修改和增加的衍文代替了作者删节的部分）。

2　参见李莉·坎贝尔：《莎士比亚的悲剧主人公：激情的奴隶》（剑桥，1930年）；奥斯卡·坎贝尔：《谈哈姆雷特》（载《耶鲁评论》，第32期，1942年，309—322页）；H. 德拉克罗瓦：《司汤达的心理》（巴黎，1918年）；F. J. 霍夫曼：《弗洛伊德主义和文学思想》（巴吞鲁日，1945年，256—288页）。

程“真实”地重现出来，这种意识流不过是把意向（the mind）加以戏剧化的一种表现方法，使我们具体地认识到福克纳（W. Faulkner）的小说《喧哗与骚动》中的那个白痴班吉是什么样的人，或勃洛姆太太又是什么样的人。但这种表现方法似乎不能说是科学性的或甚至是“写实性的”。[1]

即使我们假定一个作家成功地使他的人物的行为带有“心理学的真理”，我们仍可提出这样一个问题：这些“真理”是否具有艺术上的价值？许多伟大的艺术仍在不断地违反心理学上的准则，不论这些准则与该艺术是属于同时代的还是后来的。艺术处理的是未必会有的情境和幻想性的母题。就像要求作品要有一种社会写实作用一样，心理学上的“真理”是一种缺乏普遍有效性的自然主义准则。在某些情况下，作家在心理学方面的识见似乎提高了作品的艺术价值，这是可以肯定的。在这些情况下，心理学上的识见确证了作品的复杂性和连贯性所具有的重要的艺术价值。但是这种识见也可以通过别的途径来获得，而不一定要靠心理学的理论知识。就心理活动及其机制的有意识和系统化的理论而言，心理学对艺术不是必要的，心理学本身也没有艺术上的价值。[2]

对一些自觉的艺术家来说，心理学可能加深他们对现实的感受，使他们的观察能力更加敏锐，或让他们得到一种未曾发现的写作方式。但心理学本身只不过是艺术创作活动的一种准备；而从作品本身来说，只有当心理学上的真理增强了作品的连贯性和复杂性时，它才有一种艺术上的价值——简而言之，如果它本身就是艺术的话，它才有艺术的价值。

---

1 参见L. C. T. 福雷斯特：《关于伊丽莎白时期心理学的批判》，载《现代语言学会会刊》，第61期，1946年，651—672页）。

2 参见E. E. 斯托尔的著作，尤其是他的《从莎士比亚到乔伊斯》（纽约，1944年，70页等处）。

第九章 文学和社会

文学是一种社会性的实践，作为媒介语言来使用，是一种社会创造物。诸如象征和格律等传统的文学手段，就其本质而言，都是社会性的。这些手段是只有在社会中才能产生的通例和准则。但进一步说，文学"再现""生活"，而"生活"在广义上则是一种社会现实，甚至自然世界和个人的内在世界或主观世界，也从来都是文学"模仿"的对象。诗人是社会的一员，拥有特定的社会地位：受到某种程度的社会公认和奖赏；他向读者讲话，不管假想的是什么样的读者。的确，文学的产生通常与某些特殊的社会实践有密切的联系；而在原始社会，我们甚至不大可能把诗与宗教仪式、巫术、劳动或游戏等划分开来。文学具有一定的社会功能或"效用"，它不单纯是个人的事情。因此，文学研究中所提出的大多数问题是社会问题，至少终归是或从含义上看是如此。比如传统和通例、准则和类型、象征和神话等问题都是社会问题。根据托马斯（A. S. Tomars）的看法，我们可以认为：

> 审美实践不是基于一般社会实践之上：甚至它们并不是一般社会实践的组成部分，而是另一类型的社会实践，与其他类型的社会实践紧密地联系在一起。[1]

可是，在通常情况下，有关"文学和社会"的探讨都显得较为狭隘和表面。一般提出的问题都是关于文学与一定的社会状况的关系，与一定的经济、社会和政治制度之间的关系。很多学者试图说明和界定社会对文学的影响，并且规定和

---

1 参见本章参考书目第1节。

判明文学在社会上的地位。这种对文学的社会学研究方法，主要是由那些宣布自己坚持某一社会哲学立场的学者提出来的。马克思主义的批评家不仅仅研究文学与社会之间的诸种关系，而且对这些关系在现在的社会和未来的“无阶级”社会中应该是怎样的，具有明确的概念。他们基于非文学性的政治和道德标准，从事评价性的“判决式”的批评。他们不但告诉我们文学作品所体现的社会关系及其含义过去和现在是怎样的，而且也告诉我们应该或必须是怎样的。[1]他们不仅是文学和社会的研究者，也是未来的预言者、告诫者和宣传者；这两种作用在他们身上是难解难分的。

讨论文学与社会的关系，通常是以波纳德（L. G. A. Bonald）的“文学是社会表现”这句话为起点的。可是这句话究竟有什么含义呢？如果它假定文学在任何特定的时代都“正确地”反映当时的社会状况，那它就是错误的；如果它的意思仅指描绘社会现实的某些方面，则只是一句平凡、陈腐和含糊的话。[2]要是说文学反映或表现生活，那就更是模棱两可的了。一个作家不可避免地要表现他的生活经验和他对生活的总的观念；可是要说他完全而详尽地表现整个生活，甚至某一特定时代的整个生活，那就显然是不真实的。说一个作家应该圆满地去表现他自己时代的生活，他应该成为他的时代和社会的“代表”，这是一种特殊的评价标准。此外，当然对“圆满地”和“代表”等用语都需要做进一步的说明：在大多数社会学方法的文学批评中，它们似乎指作家应该认识特定的那个社会环境，比如说，认识无产阶级的困境，甚至指作家应该具有批评家的某种特殊立场和意识形态。

黑格尔派的批评和泰纳派的批评认为：作品中所表现的历史的或社会的伟大性，简直就等于艺术上的伟大性。艺术家传达真理，而且必然地也传达历史和社会的真理。艺术作品可以作为“文献，因为它们是纪念碑”。[3]天才和时代的协调是必要条件。“代表性”或“社会真理”，就定义而言，是艺术价值的果和因。平庸的、一般的艺术作品，对一个现代社会学家来说似乎是很好的社会文献，但对泰纳（H. Taine）来说则是没有表现力的，因此也是没有代表性的。文学的确不是社会进程的一种简单的反映，而是全部历史的精华、节略和概要。

---

1 参见M. R. 科恩：《美国文学批评和经济实力》（载《思想史杂志》，1940年，369—374页）。

2 关于L. G. A. 波纳德，参见H. 史密斯：《波纳德文学理论的相对主义成分》（载《现代语文学》，第32期，1934年，193—210页）；B. 克罗齐：《文学是“社会生活的反映”》（载《美学问题》，巴里，1910年，56—60页）。

3 参见《英国文学史》（1863年）导言：“如果它们提供了某些资料的话，那就在于它们本身是不朽的杰作。”（巴里，1866年，第2版，第一卷，47页）

但是，把评价性的批评问题推迟到我们解决了文学与社会之间的各种实际关系之后再来讨论似乎是最上策。这些描述性的关系（不同于规范性的关系）可以相当简便地加以分类。

首先，有研究作家与文学这一职业和实践的社会学，即研究文学生产的经济基础、作家的社会出身和地位及其社会意识的整个问题。这个问题可在文学以外的舆论和活动中表现出来。接着还有文学作品本身的社会内容、含义和社会目的的问题。最后还有读者和文学的实际社会影响等问题。文学实际上取决于或依赖于社会背景、社会变革和发展等方面的因素。总之，文学无论如何都脱离不了下面三方面的问题：作家的社会学、作品本身的社会内容以及文学对社会的影响。我们先要判定所谓依赖或因果关系的含义；末了，我们还要谈到文化的一体化问题，尤其我们自己的文化是如何一体化的。

既然每一个作家都是社会的一员，我们就可以把他当作社会的存在来研究。他的传记是主要的资料来源，但对作家的研究还可以扩大到他所来自和生活过的整个社会环境。这样就有可能积累有关作家的社会出身、家庭背景和经济地位等资料。我们可以以此说明贵族、资产阶级和无产阶级在文学史上的实际作用；比如说，在美国文坛上，各种专业人员和商业阶层的子女就居于支配的地位。[1]根据统计数字还可以证实在现代的欧洲社会里，从事文学的人大多来自中产阶级，因为贵族都醉心于追求虚荣和安逸，而下层阶级则很少有受教育的机会。这一普遍的情况，在英国要打很大的折扣。农民和工人的孩子很少在古老的英国文坛上出现：像彭斯（R. Burns）和卡莱尔则是例外的情形，这要从苏格兰的民主学制方面做些说明。在英国文坛上，贵族的控制是异常严密的，部分原因是英国贵族同别的国家没有长子继承权的贵族不同，前者没有完全与各种专业阶层隔绝。除了少数例外，在冈察洛夫（A. Goncharov）和契诃夫（A. Chekhov）之前的所有俄国近代作家，在血统上都是属于贵族的。甚至陀思妥耶夫斯基从法律意义上严格地说也是一个贵族，尽管他的父亲是莫斯科贫民医院的一个医生，直到晚年才获得土地和农奴。

收集这类材料是非常容易的，但要解释它们却很困难。作家的社会出身是否决定了他的社会意识和社会立场呢？如雪莱、卡莱尔和托尔斯泰等作家，都是“背

1 参见H. 埃利斯：《关于英国天才作家的研究》（伦敦，1904年；波士顿，1926年修订版）；E. L. 克拉克：《美国的文人：他们的气质和素养》（收录于《哥伦比亚大学历史、经济和民法的研究》，纽约，1916年，第七十二卷）；A. 奥丁：《伟人的起源》（两卷本，巴黎，1895年）。

叛”其所属阶级的明显例子。在俄国之外，大多数共产主义作家都不是出身于无产阶级。苏联和其他国家的马克思主义批评家曾进行了广泛的调查研究，准确地确定了俄国作家的社会出身和社会立场。萨库林（P. N. Sakulin）把苏联近代文学精心地分为农民的、小资产阶级的、民主知识分子的、失去社会地位的知识分子的、资产阶级的、贵族阶级的和革命无产阶级的文学。[1]苏联学者在对古典文学的研究中，则试图详尽地阐述俄国贵族的许多集团和次要集团之间的差别，由于普希金（A. Pushkin）和果戈理（N. Gogol）、屠格涅夫（I. Turgenev）和托尔斯泰等作家曾继承财产而且早期与贵族有交往，因而可以证明他们是属于这些贵族集团的。[2]但这很难证明这样一种结论，即普希金就代表了没落的拥有土地的贵族的利益，而果戈理则代表了那些乌克兰的小土地所有者的利益；的确，这一结论被他们作品中的一般意识形态以及他们作品中所反映的超越一个阶级、一个集团、一个时代的范围和要求否定了。[3]

一个作家的社会出身，在其社会地位、立场和意识形态所引起的各种问题当中，只占一个很次要的部分；因为作家往往会驱使自己去为别的阶级效劳。大多数宫廷诗的作者虽然出身于下层阶级，却采取了他们恩主的意识和情趣。

一个作家的社会立场、态度和意识形态不但可以从他的著作中，而且可以从文学作品以外的传记性文献中加以研究。作家是个公民，要就社会和政治的重大问题发表意见，参与其时代的大事。

有许多人研究作家个人的政治观点和社会观点；而近年来，有越来越多的人注意研究这些观点在经济学上的含义。因此，奈茨在论证中说，本·琼生的经济学态度深深地打上了中古时代的烙印，说明了他如何像某几个同时代的戏剧家那样讽刺那个由高利贷、垄断者、投机者和“承包商”所组成的新兴阶级。[4]许多文学作品，例如莎士比亚的“历史剧”和斯威夫特（J. Swift）的《格列佛游记》，都被学者们从它们与当时政治环境的密切关系上加以解说。[5]我们决不可把作家

1 参见P. N. 萨库林：《俄罗斯文学》（收录于瓦尔泽尔：《文学研究手册》，维尔帕克—波茨坦，1927年）。

2 参见D. 布拉戈依：《普希金创作的社会学》（莫斯科，1931年）。

3 参见H. 雪夫勒：《新教和文学》（莱比锡，1922年）。社会起源问题显然与作家的早年印象、早期的物质生活和社会环境等问题密切联系在一起。如雪夫勒所指出的那样，乡村牧师的子女对英国18世纪前浪漫主义文学创作和欣赏趣味的形成起了很大的作用；由于生活在乡村，主要是在教堂附近，他们对咏景诗和墓园诗歌有天然的爱好，也喜欢思考死亡和永生的问题。

4 参见L. C. 奈茨：《本·琼生时代的戏剧和社会》（伦敦，1937年；企鹅丛书，1962年）。

5 参见李莉·坎贝尔：《莎士比亚的历史：伊丽莎白时期政策的镜子》（圣马力诺，1947年）；C. 弗思：《斯威夫特的〈格列佛游记〉的政治意义》，见《历史和文学随笔》（牛津，1938年，210—241页）。

的声明、决定和活动同其作品的实际社会含义相混淆。巴尔扎克正是这样一个显著例子；因为，虽然他承认和同情旧秩序，同情贵族和教会，但由于本能和想象力，他更热衷于描写那些渴望得到财富和地位的人，即投机者或新生的资产阶级强者。在作家的理论和实践之间，信仰和创造力之间，可能有着很大的差异。

作家的社会出身、立场和意识形态等这些问题，如果我们加以系统地研究，将通向作家类型或某一特殊时空下的作家类型的社会学。我们可以根据作家与社会进程的结合程度而将作家加以区分。这种分类在通俗文学上是不明显的，但在波希米亚风格的文学上，就有被诅咒的诗人和自由放任的文学天才之分，因此有可能出现极端的分化和“社会差距”。一般说来，在现代，而且在西方，作家似乎已经摆脱其阶级的束缚。一个比较独立的、处于各阶级之间的专业阶层——“知识阶级”已经崛起。追溯这个阶级的确切的社会地位，其依赖于统治阶级的程度，其维持自身存在的确切的经济来源，其作家在自己那个社会中享有的威望，都将是文学社会学的任务。

这方面的历史总轮廓是相当清楚的。在大众化的口头文学上，我们可以研究吟唱者或说书人的作用，他们的地位几乎完全视民众是否喜闻乐见而定：古希腊的民间歌者、条顿族古时的行吟诗人、东方和俄国的职业性的民间故事讲述者等都是研究的对象。在古希腊的城市国家里，悲剧家以及诸如品达（Pindar）这样的撰写酒神颂歌和赞美诗的作者，原来都拥有特殊的半宗教的地位，但慢慢地变得更加世俗化了，只要我们把欧里庇得斯与埃斯库罗斯一比较就可以看到这点。在古罗马帝国的宫廷里，我们必须认为维吉尔、贺拉斯和奥维德（Ovid）等作家是仰赖奥古斯都大帝和米西纳斯的善意和恩惠而存在的。

在中世纪，修道院的密室中有僧侣，宫廷和贵族的城堡里有南欧的抒情诗人和德国抒情诗人，通衢大道上则有漂泊的学者。作家不是一个教士，就是一个学者，或者是个吟唱者、卖艺者、行吟诗人。甚至像波希米亚文策斯劳斯二世（Wenceslaus II）或者苏格兰詹姆斯一世（James I）这样的国王这时也都成了诗人，成了业余的、不十分在行的诗人。德国的“诗会”是一个由手艺人组成的诗艺协会，其成员均以练习写诗为技艺。随着文艺复兴运动的到来，又涌现出一批比较独立的作家，即人文主义者，他们从这个国家漫游到那个国家，为不同的恩主工作。如彼特拉克（Petrarch）就是新时代的第一个桂冠诗人，对自己的使命抱着宏大的设想；而阿雷蒂诺（Aretino）则是一个文学记者的原型，擅长攻讦，一生中恐惧多于所得到的荣誉和尊重。

大体上说，在随后的历史里，文人逐渐脱离贵族或出身并不高贵的保护人的赞助，转而由那些形同读者大众代理人的出版商提供支持。贵族式的庇荫制度在当时并不普遍。教会和剧场相继支持了特殊类型的文学。在英国，庇荫制度在18世纪初期已明显地开始崩溃。有一个时期，文学由于丧失了其早期的支持者而又未能得到读者大众的充分支持，因此就陷入了经济上的困境。约翰逊博士早年居住在伦敦格拉布街的生活和他对切斯特菲尔德勋爵（Lord Chesterfield）的公然抗命可以作为这种变化的象征。然而，就在他的前一代，蒲柏由于翻译荷马史诗而得到了贵族和大学人士的慷慨资助，并因此积聚了一笔财富。

到了19世纪，当司各特和拜伦对大众的趣味和舆论产生巨大影响的时候，作家才得到经济上丰厚的报偿。伏尔泰（Voltaire）和歌德大大地提高了作家在欧洲大陆的威望和独立性。读者大众的日益增多，像《爱丁堡评论》和《季刊》等大型评论刊物的创刊，使文学日渐成为一种几乎是独立的"事业"。而巴朗特（P. Barante）在他的1822年出版的一本书中则声称，文学的独立性在18世纪就逐渐形成了。[1]

正如桑代克（A. Thorndike）所极力主张的：

> 19世纪出版物的突出特征不是通俗化或平庸化，而是它的专业化。这种出版物的对象不再是笼统的、清一色的民众，而是分别针对许多不同的阶层，因而具有各种不同的主题、趣味和目的。[2]

《小说与读者大众》一书，可以认为是对桑代克论述的进一步讨论。利维斯（Q. D. Leavis）[3]在这本书中指出，18世纪的农民想要学习阅读就只有阅读那些上流社会人士和大学人士所阅读的东西；而19世纪的读者严格说来就不该笼统称为"大众"，而应该称为各类"大众"集合的"公众"。我们这个时代可以看到的出版物目录和书报杂志的名目就更其繁多：书摊上有适合九至十岁儿童的书刊，有适合中学年龄的青少年的书刊，有适合那些"孤独"的人的书，有贸易杂志、商号出版物、主日学校周刊、西部小说、真人真事传奇，等等。出版商、杂志和作家都是专业性的。

1　参见P. 巴朗特：《18世纪的法国文学》（巴黎，1822年，第3版，1809年第1版没有前言）。H. 列文在《文学作为一项事业》一文中对巴朗特的理论做了出色的发展（见《重音》，第6期，1946年，159—168页），后又收录于《批评》（肖勒、J. 迈尔斯等编，纽约，1948年，546—553页）。

2　参见A. 桑代克：《变化时代的文学》（纽约，1921年，36页）。

3　参见Q. D. 利维斯：《小说与读者大众》（伦敦，1932年）。

因此，我们在研究文学的经济基础和作家的社会地位时，势必要研究作家与读者的密切关系，研究他在经济上对这些读者的依赖问题。[1]甚至那些支持作家的贵族保护人，也是一种读者，而且往往是一种苛求的读者，他们不仅要求作家奉承他们个人，同时还要求作家与贵族阶级的规范保持一致。在更早期的社会里，在民谣盛行的区域中，作家对听众的依赖程度甚至更大：如果他的作品不能立即取悦于人，就不能流传开去。剧院中的观众对作家至少也具有同样有形的影响。甚至还有人为了探讨莎士比亚时代戏剧风尚的变革，研究了位于泰晤士河南岸的“环球”露天剧场和“黑僧”室内剧院两处观众的不同，前者的观众往往是各阶级的混合，而后者的观众则往往来自上层社会。在稍后一个时期，读者观众迅速增多，逐渐变得分散和参差不一，作家与读者大众的关系也变得更加间接和迂回，因而要探索作家与读者大众之间的特定关系，就变得困难多了。作家与读者之间的媒介的数量增加了。我们可以研究类似“沙龙”的茶座、咖啡室、俱乐部、学会和大学等社会机构和社会团体的作用。我们可以探讨评论性刊物和杂志以及印刷厂的历史。批评家变成了重要的中间人；一批鉴赏家、藏书家和收藏家也会支持某些类型的文学；而文学界人士自身的交往，就有助于形成作家或未来作家的特定的读者大众。尤其是在美国，那些专为倦怠的商人写一些闲适和消磨时间的作品的妇女（据维布伦［T. Veblen］所说）已经成为文学趣味有力的决定因素。

尽管如此，旧的方式并没有完全被取代。所有的现代政府都在不同程度上支持和鼓励文学；当然，政府对文学的资助是一种控制和监督的手段。[2]我们难于过高地估计前几十年极权主义国家对文学的有意识的影响。这种影响有消极方面的压制、焚书、审查、停办和惩戒等，也有积极方面的鼓励“血与土”的乡土主义或苏联的“社会主义现实主义”。国家无法成功地创立一种既符合意识形态上的要求，又不失为一种伟大艺术的文学。但这一事实仍然否定不了政府制定的文学法规能给那些与官方的规定自愿一致或勉强一致的文人提供创作可能性的看法。因此，苏联的文学至少在理论上又变成一种公社式的艺术，那里的艺术家再度与社会结合成为一体。

一部作品的成功、生存和再度流传的变化情况，或者一个作家的名望和声誉

1 参见A. A. 哈贝齐：《莎士比亚的观众》（纽约，1941年）；R. J. 艾伦：《奥古斯都时期的伦敦俱乐部》（剑桥，1933年）；C. B. 廷克：《沙龙和英国文学》（纽约，1915年）；A. 帕里：《亭子间和故作姿态的人：美国波希米亚主义历史》（纽约，1933年）。

2 参见G. 奥弗迈耶：《政府和艺术》（纽约，1939年）。关于俄国的情况，参见J. 弗里曼、M. 依斯特曼、W. 弗兰克等人著作。

的变化情况，主要是一种社会现象，当然，有一部分也属于文学的“历史现象”，因为，声誉和名望是以一个作家对别的作家的实际影响，以及他所具有的扭转和改变文学传统的力量来衡量的。名望部分地也是批评界的反应问题：直到现在，探讨作家名望的主要根据，或多或少是那些被假定为代表了一个时期的“一般读者”的正式评论。因此，虽然“趣味的变迁”整个问题说来是“社会的”，但对作家声望的探讨可以置于一个更为明确的社会学基础上：可以周密地研究一部作品和使它成功的特定的读者大众之间实际的协调情况，还可以从版次和销售份数上取得证据。

每一个社会的阶层划分都反映在社会趣味的分层中。上层阶级的标准通常会流为下层阶级的标准，但有时这种趣味的变化运动也会倒转：对民俗和原始艺术发生兴趣就是一个恰当的例子。政治与社会的进程并非与美学进程必然一致：资产阶级掌握文学上的领导权远比掌握政权要早。社会阶层的划分可能因年龄和性别的不同或者某些特定团体与社会活动，而受趣味问题干扰，甚至改变。“赶时髦”也是现代文学中的一种重要现象，因为在一个竞争而不稳定的社会中，上层阶级的标准很快地就被模仿了，因而需要不断更新。无疑，目前趣味的迅速改变似乎是前几十年社会的急速变革和艺术家与读者大众之间的关系普遍脱节的反映。

现代作家与社会隔离的现象，可以从格拉布街、波希米亚、格林尼治村和美国的移居国外的文学家们那里得到说明，这都值得从社会学的角度加以研究。俄国的社会主义者普列汉诺夫（G. Plekhanov）相信“为艺术而艺术”这一主张的出现是因为艺术家感到：

> 他们的目标和他们所属的社会的目标之间存在着无法解决的矛盾。艺术家一定是十分憎恶他们的社会，而且一定是认为他们的社会没有改变的希望。[1]

许金在《文学趣味的社会学》一书中也大致提出一些类似的问题；在别处，他还

1　参见普列汉诺夫：《艺术和社会》（纽约，1936年，43、63页等处）。有关意识形态方面讨论的主要著作还有A. 卡桑涅：《法国的“为艺术而艺术”的理论》（巴黎，1906年，1959年再版）；R. F. 伊根：《德国和英国“为艺术而艺术”理论的产生》（两部，北安普敦，1921—1924年）；L. 罗森布拉特：《英国文学中“为艺术而艺术”的思想》（巴黎，1931年）。

详细地研究过18世纪的家庭和妇女作为读者的作用。[1]

虽然学者们收集了许多证据，但是，关于文学生产和它的经济基础之间的确切关系，或者读者大众对一个作家的确切影响等问题，还几乎没有得出令人信服的结论。这种关系，显然不是作家对保护人或读者大众的依赖或消极地屈从的关系。作家完全可以创造出属于自己的读者大众；的确，正如柯勒律治曾经体会到的，每个新近的作家都应该创造出将使自己为读者所喜爱的那种文学趣味来。

作家不仅受社会的影响，他也要影响社会。艺术不仅重现生活，而且也造就生活。人们可以按照作品中虚构的男女主人公的模式去塑造自己的生活。他们仿效作品中的人物去爱、犯罪和自杀，也许这作品就是歌德的《少年维特之烦恼》或大仲马（A. Dumas）的《三个火枪手》。但我们能否确切地说明一本书对其读者的影响呢？讽刺文学所造成的影响究竟能否得到说明呢？艾迪生（J. Addison）的作品果真能移风易俗吗？或者，狄更斯是否真的促成负债人的监狱、小学校以及贫民院的改革呢？[2]斯陀（H. B. Stowe）是否名副其实地是那个“造成南北战争的小妇人”呢？《飘》曾否改变了美国北部读者对斯陀“引起”的战争的态度呢？海明威和福克纳是怎样去影响他们的读者的？文学对现代民族主义的兴起有多大影响？无疑，苏格兰的司各特、波兰的显克微支（H. Sienkiewicz）和捷克斯洛伐克的伊拉塞克（A. Jirásek）等人的历史小说，对于提高民族的自豪感和增强对一般历史的记忆方面做出了一些明显的贡献。

我们可以设想（也许是无可置疑）：年轻人在阅读文学作品方面所受到的影响比老年人更为直接和深刻；毫无经验的读者较为天真地把文学作品当作是生活的翻版而不是把文学作品当作是生活的诠释；那些接触文学作品有限的读者，比起阅读范围宽广的职业读者来在看待那些文学作品时将会更严肃。我们能否超越这种设想，再向前迈进一步呢？我们可否利用民意测验和其他种类的社会学调查方式呢？我们很难获得准确的客观答案，因为调查个人阅历一事是否可靠要取决于被询问者的记忆力和分析能力，而且他们的陈述还要经过别人的整理和评价，这就难免会发生误解。然而，“文学如何影响其读者”这一问题是属于经验论上的问题，假如还是可以得到解答的话，就只有诉诸经验；而且，既然我们所指的

1 参见L. L. 许金：《文学趣味的社会学》（慕尼黑，1923年；莱比锡，1931年再版；英译本，伦敦，1941年）、《清教主义家族》（莱比锡，1929年）。

2 参见T. A. 杰克逊：《狄更斯：一个激进分子的发展过程》（伦敦，1937年）。

是广义的文学和广义的社会，那所诉诸的经验就不单是艺术鉴赏家的经验，而是诉诸人类的经验。我们从来就很少研究这些问题。[1]

处理文学与社会的关系的最常见的办法是把文学作品当作社会文献，当作社会现实的写照来研究。某些社会画面可以从文学中抽取出来，这是毋庸置疑的。的确，对文学进行系统研究的学者认为这正是文学最早的功用之一。第一位真正的英国诗史学家华顿，声称文学“具有忠实地记录各个时代的特色和保留最生动的、含意深远的世态人情的特殊优越性”[2]；而对华顿和许多研究文物的华顿的继承者们来说，文学原来就是衣饰和风俗的宝库，是文明史的资料集，特别是中世纪的骑士制度兴衰的资料集。至于现代的读者，他们之中的许多人都从阅读的小说中获得有关外国社会的主要印象，如阅读辛克莱·路易斯（S. Lewis）和高尔斯华绥（J. Galsworthy）或者巴尔扎克和屠格涅夫的小说就有这种收获。

文学可用作社会文献，便可用来产生社会史的大纲。乔叟和朗格兰（W. Langland）保存了14世纪社会的两种概貌。乔叟的《坎特伯雷故事集》中的序诗早就被认为几乎完整地提供了当时社会形态的概观。莎士比亚的《温莎的风流娘儿们》，本·琼生的若干剧本，还有狄龙尼（T. Deloney）的作品，似乎都告诉我们一些有关伊丽莎白时期中产阶级的生活。艾迪生、菲尔丁（H. Fielding）、斯摩莱特（T. Smollett）描写了18世纪英国新兴的资产阶级，奥斯丁则描写19世纪初期的乡绅和乡下牧师，特罗洛普、萨克雷和狄更斯等描写了维多利亚时代的风貌。在19世纪和20世纪之交，高尔斯华绥为我们展现了英国的上流社会，威尔斯（H. G. Wells）表现了中下层社会，本涅特（A. Bennett）则表现了乡间的城镇生活。

与此类似，从斯陀和豪威尔斯（W. D. Howells）以至法雷尔（J. T. Farrell）和斯坦贝克（J. Steinbeck）的小说中，也可展现美国社会生活的一幅幅画面。王政复辟时期的巴黎以至整个法国的社会生活，似乎保留在巴尔扎克《人间喜剧》中的数百个活生生的人物身上，而普鲁斯特则巨细无遗地勾画出衰落的法国贵族社会的各个层次的轮廓。19世纪俄国的地主出现在屠格涅夫和托尔斯泰的笔

---

1 参见利维斯夫人著作（本书88页注3）；K. C. 林克和H. 霍夫：《人和书》（纽约，1946年）；F. 巴登斯贝格：《文学：创造、成就、持久性》（巴黎，1913年）；P. 斯达弗：《文学声誉》（巴黎，1893年）；G. 拉若：《成功：作家和公众——一篇社会学评论文》（巴黎，1906年）；E. 昂内坎：《科学的批评》（巴黎，1882年）。M. 阿德勒在《艺术和审慎》（纽约，1937年）一书中还对电影艺术的社会效果做了很好的研究。穆卡洛夫斯基（J. Mukařovský）在《审美作用是一种社会标准和社会价值的表现》（布拉格，1936年）一书中，提出了引人注目的艺术的辩证法设想。

2 参见T. 华顿：《英诗史》（伦敦，1774年，第一卷，1页）。

下，契诃夫的短篇小说和剧本描述了俄国商人和知识分子的面貌，而从肖洛霍夫（M. Sholokhov）的作品中则可以看到集体化后俄国农民的生活。

这样的例子可说是举不胜举。我们可以收集和展示每一个例子所呈现出来的世界，每一个例子中对爱情和婚姻、商业和各类职业所做出的写照，以及每一个例子中对教士（不论他是愚蠢的还是聪明的，圣洁的还是伪善的）的描写；或者，我们也可以专门研究奥斯丁笔下的海军军官、普鲁斯特笔下的野心家，以及豪威尔斯笔下的已婚妇女。对这方面的钻研，可供我们写作“19世纪美国小说中的地主与佃户的关系”“英国小说和戏剧中的水手”或“20世纪小说中的爱尔兰美国人”等为题的专著。

倘若研究者只是想当然地把文学单纯当作生活的一面镜子、生活的一种翻版，或把文学当作一种社会文献，这类研究似乎就没有什么价值。只有当我们了解所研究的小说家的艺术手法，并且能够具体地而不是空泛地说明作品中的生活画面与其所反映的社会现实是什么关系，这样的研究才有意义。作品对社会的描述，其立意是现实主义的吗？抑或在某些方面是对社会现实的一种讽刺、一种漫画式的描述呢？甚或是对社会现实的一种浪漫主义的理想化呢？科恩–布拉姆施泰特（E. Kohn-Bramstedt）在《德国的贵族和中产阶级》一书中以令人欣羡的明晰思想告诫我们：

> 一个人只有从其他资料而不是从纯粹的文学作品中获得有关某一社会结构的知识，才能发现某些社会形态及其性质在小说中的重现程度……哪一些是属于幻想，哪一些是对现实的观察，而哪一些仅是作家愿望的表达，等等，在每一创作实例中都必须以精细入微的方式加以区分。[1]

科恩–布拉姆施泰特采用了韦伯（M. Weber）那个理想的“社会形态”的概念，研究诸如阶级仇恨、暴发户的行为、势利眼以及对犹太人的态度等社会现象；他认为这些现象与其说是客观的事实和行为模式，不如说是复杂的态度，如此，在小说中就比在别的文学形式中能够更好地表现出来。研究社会态度和社会企求的人如果懂得恰如其分地解释文学上的材料，他就可以利用这些材料。实际上，为了研究较古的时代，由于缺少社会学家所能提供的那种证据，他只能被迫采用文

---

1 参见E. 科恩–布拉姆施泰特：《德国的贵族和中产阶级》（伦敦，1937年，4页）。

学上或者至少是半文学上的材料，即作家们在作品中发表的有关政治、经济和一般社会性公共问题的看法。

小说中的男女主人公、恶棍和冒险家，都为这类社会态度提供了有趣的解释。[1]这类态度的研究往往会牵涉道德史和宗教思想史的研究。我们知道背信弃义者在中世纪的社会地位和中世纪对高利贷的态度，这种态度延续到文艺复兴时期，便产生了莎士比亚笔下的夏洛克和后来莫里哀的《吝啬鬼》。以后的世纪主要把什么样的“极大罪名”派给了文学作品里的恶棍呢？他们的劣根性是根据个人的还是社会的道德观念表现出来的呢？比如说，他是否惯于奸淫掠夺或者盗用寡妇的公债券呢？

古典作品可以以英国王政复辟时期的喜剧为例。这些喜剧描写的是否像兰姆（C. Lamb）认为的那样只是一个通奸的王国，一个苟合和啼笑姻缘的仙境呢？或者是否像麦考莱（T. B. Macaulay）要我们相信的那样，是一幅颓废的、轻浮的和无情的贵族阶级的忠实写照？[2]或者，对上述两种看法，我们均不同意。难道我们不应去考察是哪一个特定的社会集团创造出这种艺术，而这种艺术又是为哪一种读者创造的吗？难道我们不应知道这种艺术是自然主义的，还是别具风格的吗？难道我们不应留意哪些是讽刺和反语，哪些是自我嘲弄和想入非非吗？正如所有的文学作品那样，这些戏剧并不仅仅是文献，它们具有定型人物和情境，它们所写的婚姻是舞台上的婚姻，那些嫁娶的安排也离不开舞台的规定情境。斯托尔把他对这些问题的多次论述总结如下：

> 显然，这些戏剧所描写的并不是一个“真实的社会”，甚至也不是对“当时生活”的忠实写照：显然，它不是英国，甚至也不是“斯图亚特王朝统治下”的英国，不是革命前后或大叛乱前后的英国。[3]

1 参见蒙格龙（A. Monglond）：《前浪漫主义英雄人物——法国的前浪漫主义运动》（格勒诺布尔，1930年，第一卷）；R. P. 乌特和G. B. 尼达姆：《帕米拉的女儿们》（纽约，1937年）；E. E. 斯托尔：《英雄和恶棍：莎士比亚、米德尔顿、拜伦、狄更斯》（载《从莎士比亚到乔伊斯》，花园城，1944年，307—327页）。

2 参见C. 兰姆：《论矫揉造作的喜剧》（收录于《伊利亚随笔集》，1821年）；T. B. 麦考莱：《威彻利、康格里夫、范布勒和法夸尔的戏剧创作》（载《爱丁堡评论》，第62期，1841年）；J. 帕尔默：《风俗喜剧》（伦敦，1913年）；K. M. 林奇：《王政复辟时期喜剧的社会模式》（纽约，1926年）。

3 参见E. E. 斯托尔：《文学与生活》（收录于《莎士比亚研究》，纽约，1927年）和《从莎士比亚到乔伊斯》一书中的几篇论文。

然而，像斯托尔那样正面强调文学惯例和传统的论述，并不能完全抹掉文学与社会的关系。假若分析得当，即使最深奥的寓言、最不真实的牧歌和最胡闹的滑稽剧等也能告诉我们一些关于某一时期社会生活的情况。

文学作为某一社会文化的一部分，只能发生在某一社会的环境中。泰纳著名的种族、环境和时代三文学因素学说实际上只是引导人们对环境做专门的研究。种族是一个未知的固定因子，泰纳没有对它做严谨、详确的剖析。它往往被简单地设想为“国民性”，或英、法两国所称的“精神”。时代则可以化入环境的观念之中。所谓某一不同时代，其意思不过是指某一不同背景。然而，只有我们试图去突破“环境”这一术语时，才出现对文学作品分析的实际问题。我们将认识到，文学作品最直接的背景就是它语言上和文学上的传统。而这个传统又要受到总的文化“气候”的巨大影响。一般说来，文学与具体的经济、政治和社会状况之间的联系是远为间接的。当然，人类各种活动范围都是相互联系的。我们最终还是可以在生产方式和文学之间找到某种联系，因为，存在着什么样的经济制度，通常也就会出现什么样的政治制度，而且这种经济制度一定还决定着家庭生活的形式。而家庭在教育上、在两性关系和爱的观念上、在人类感情的整个习惯和传统上，都具有重要的作用。因此，我们可以把抒情诗与爱的风习、宗教偏见以及自然观念等联系起来。但这些关系可能是拐弯抹角和迂回曲折的。

可是，我们似乎不可能接受这样一个观点，即把任何特殊的人类活动说成是其他所有人类活动的起点，不论是泰纳以环境、生物性和社会性因素的结合来解释人类创作活动的理论，还是黑格尔或黑格尔派学者认为“精神”是推动历史的唯一动力的理论，或者是马克思主义者认为一切都是从生产方式引申出来的理论。从中世纪早期至资本主义兴起之间的许多世纪中，工业技术并没有发生什么根本性的变革，而文化生活，尤其是文学却经历了深刻的变化。文学也不总是反映，至少并不立即反映一个时代工业技术的变革：工业革命只是在19世纪40年代才渗透到英国的小说中去的（如盖斯凯尔［E. C. Gaskell］、金斯莱［C. Kingsley］、夏洛蒂·勃朗特等人所描写的），而且，这种情况还是发生在经济学家和社会思想家清楚地看到了工业革命的征候之后。

我们应该承认，社会环境似乎决定了人们认识某些审美评价的可能性，但并不决定审美价值本身。我们可以概略地断定，在某一特定的社会中，什么样的艺术形式是可能的，什么样的艺术形式又是不可能的；但我们却不能预言这些艺术形式必然会存在。许多马克思主义者，而且不光是马克思主义者，试图通过十分粗略的捷径从经济方面来研究文学。例如，凯恩斯（J. M. Keynes）并非不是文人，但他却把莎士比亚的存在归于这样的事实：

> 当莎士比亚出现时，我们正好处于可以资助他发展的经济地位上。伟大的作家们处于轻快、振奋和统治阶级感觉到的经济劳心的自由的氛围中，他们的事业欣欣向荣。这种情况是在利润极大增长的情况下产生出来的。[1]

然而，利润增长并不是在什么地方都会产生伟大的诗人的，20世纪20年代美国的繁荣就是一例；这种认定莎士比亚是乐观主义者的观点，也并非是无可争辩的。一个苏联学者曾提出相反的观点，但这一观点也是无济于事的：

> 莎士比亚之所以以悲剧眼光看待世界，是由于他的戏剧所要表现的是伊丽莎白时期失掉从前权力地位的封建贵族阶级。[2]

这两种相互矛盾的观点，采用乐观主义和悲观主义这类范畴并不分明的说法，既不能具体地论述莎士比亚戏剧中可以确定的社会内容以及他对政治问题所发表的公开意见（这方面在他的历史剧中有明显的表现），也不能说明莎士比亚作为一个作家的社会地位。

然而，我们必须仔细注意不要因为上面所引的说法而完全否定经济学观点对文学研究的意义。马克思本人虽然偶尔也做过一些不切实际的判断，但一般说来，他却敏锐地感受到了文学与社会之间那种迂回曲折的关系。他在《政治经济学批判》的导言中承认：

> 关于艺术，大家知道，它的一定的繁盛时期决不是同社会的一般发展成比例的，因而也决不是同仿佛是社会组织的骨骼的物质基础的一般发展成比

1 参见J. M. 凯恩斯：《论金钱》（纽约，1930年，第二卷，154页）。

2 参见卢纳察尔斯基：《听众》（1934年12月27日）。引文见L. C. 奈茨的《本·琼生时代的戏剧和社会》一书（10页）。

例的。例如，拿希腊人或莎士比亚同现代人相比。[1、2]

马克思也理解到现代的劳动分工导致了社会进程的三个因素（他采用黑格尔派的术语称之为“要素”）即“生产力”“社会关系”和“意识”之间的明显的矛盾。他以一种似乎并未摆脱乌托邦影响的态度，希望在将来的无阶级社会中这些劳动分工会再度消失，那样一来，艺术家将再度与社会合为一体。他认为每一个人都可能成为一个杰出的、甚至是有创新精神的画家。他说：“在共产主义社会里，没有单纯的画家，只有把绘画作为自己多种活动中的一项活动的人们。”[3、4]

那些“庸俗的马克思主义者”告诉我们：这个或那个作家是个资产阶级的人，对教会和国家发表了反动的或进步的意见。这种坦率的决定论与通常的伦理学上的判断之间，存在着难以理解的矛盾。这种决定论假定“意识”必须从属于“存在”，资产阶级的人不能不算一个“存在”，而通常的伦理学上的判断就可能完全否定上述的见解。在苏联，我们注意到，那些资产阶级出身的后来加入了无产阶级的作家，他们的忠诚常常会受到怀疑，他们在艺术上或为人方面的每一失误，都会被归咎于他们的出身。然而，从马克思主义的观点来说，如果“进步”意味着直接从封建主义经过资本主义到“无产阶级专政”这样一个进程的话，那么一个马克思主义者要赞扬任何时代的“进步分子”都将是自然而合乎逻辑的结果。马克思主义者就应该赞扬处在资本主义早期阶段与残余的封建主义势力作斗争时的资产阶级。可是，马克思主义者往往以20世纪的眼光来批判作家。或者，像斯米尔诺夫（A. A. Smirnov）

1　参见《〈政治经济学批判〉导言》（1857年），这是马克思舍弃的手稿，1903年在一个不著名的刊物上发表，后又收入马克思和恩格斯：《关于艺术和文学》（M. 里夫希兹编，柏林，1948年，21—22页）一书中。这些文字似乎完全放弃了马克思主义的立场。还有其他一些比较慎重的说法，如《恩格斯致史塔肯堡（Starkenburg）的信》（此处似应为《恩格斯致瓦·博尔吉乌斯的信》，下列引文按《马克思恩格斯选集》中文版第四卷［506页］稍作改动。关于恩格斯致布洛赫和梅林信的内容，下面的转述似也不十分准确。可查《马克思恩格斯选集》中文版第四卷477页和502页。——译注）1894年1月25日：“政治、法、哲学、宗教、文学、艺术等的发展是以经济发展为基础的。但是，它们又都互相作用并对经济基础发生作用。”（《马克思恩格斯选集》，英文版，第一卷，391页）恩格斯在1890年9月21日致布洛赫的信中承认他和马克思曾经过分强调了经济因素，低估了相互的作用；他在1893年7月14日给梅林的信中又说他们“忽视”了形式的方面，而思想正是在这方面发展的（《马克思恩格斯选集》，英文版，第一卷，383、390页）。进一步的研究，可参阅P. 德梅兹：《马克思、恩格斯和诗人》（斯图加特，1959年）。

2　参见《马克思恩格斯选集》中文版，第二卷，112页。——译注。

3　摘自《德意志意识形态》（1845—1846年，载马克思、恩格斯：《历史批判总集》，阿多拉斯基编，柏林，1932年，第五卷，21、373页）。

4　参见《马克思恩格斯全集》中文版，第三卷，460页。——译注和格里布（V. Grib）等对“庸俗社会学”持很严格的批判态度的马克思主义者，则认为资产阶级作家可以由于他们具有普遍人性而“得救”。因此，斯米尔诺夫得出了这样的结论：莎士比亚是“资产阶级的人道主义思想家，他作为资产阶级纲领的代言人以人道的名义首先向封建秩序提出了挑战”[1]。但是，人道主义的观念和艺术普遍性的观念都是与马克思主义的基本原则背道而驰的。

马克思主义的文艺批评在其揭示一个作家的作品中所暗含的或潜在的社会意义时，显示出它最大的优越性。就这一方面而言，那是一种阐明性的方法，和那些建立在弗洛伊德的、尼采的或帕累托（V. Pareto）的见解之上的阐明性方法是相类似的，并与舍勒（M. Scheler）和曼海姆（K. Mannheim）的“知识社会学”（sociology of knowledge）也是相类似的。上述这些知识分子对理智、对公开宣称的主义和纯粹的声明都是怀疑的。他们之间的主要分野表现在尼采和弗洛伊德的方法是心理学的方法，而帕累托对“剩余”（residues）和“衍生”（derivatives）的分析方法以及舍勒与曼海姆对意识形态的分析方法则都是社会学的方法。

舍勒、韦伯和曼海姆等人的著作所阐述的“知识社会学”是精细地构想成的，与和它相对立的理论相比具有一些明显的优点。[2]它不但注意到某种特定的意识形态在立论上的先决条件和含义，而且也强调隐藏在调查者背后的设想和倾向性。因此，“知识社会学”是自我批评和自我意识的，甚至进而达到病态的程度。比起马克思主义和心理分析等学派来说，它也较少把单一的因素孤立地提出来，当作事物变化的唯一决定因素。不管在孤立地提出宗教因素上如何失败，韦伯在宗教社会学方面的研究是有价值的，因为这些研究试图解释意识形态的因素对经济行为和经济体制的影响，而以前则只是强调经济对意识的影响。[3]把文学对社会

1　参见A. A. 斯米尔诺夫：《莎士比亚：马克思主义的解读》（纽约，1936年，93页）。

2　参见M. 舍勒：《知识的社会学问题》（载《知识社会学探索》，舍勒编，慕尼黑和莱比锡，1924年，第一卷，1—146页）、《知识的社会学问题》（收录于《致知方法和社会》，莱比锡，1926年，1—226页）；K. 曼海姆：《意识形态和乌托邦》（L. 沃思等译，伦敦，1936年；纽约，1955年再版）；H. O. 达尔克：《知识社会学》（收录于《当代社会理论》，H. E. 巴恩斯等编，纽约，1940年，64—99页）；R. K. 默顿：《知识社会学》（收录于《20世纪社会学》，G. 古尔维奇等编，纽约，1945年，366—405页）；G. L. 德·格雷：《社会和思想：对知识社会学的探讨》（纽约，1943年）；E. 格伦瓦尔特：《知识社会学问题》（维也纳，1934年）；T. Z. 拉文：《自然主义和知识的社会学分析》（收录于《自然主义和人类精神》，Y. H. 克里哥里安编，纽约，1944年，183—209页）；A. C. 克恩：《文学研究中的知识社会学》（载《斯瓦尼评论》，第50期，1942年，505—514页）。

3　参见M. 韦伯：《宗教社会学论文集》（三卷本，蒂宾根，1920—1921年。部分译成英文《新教伦理和资本主义精神》，伦敦，1930年）；R. H. 托尼：《宗教和资本主义的兴起》（伦敦，1926年；企鹅丛书，1938年，新版带有1937年的前言）；J. 瓦许：《宗教社会学》（芝加哥，1944年）。

变革的影响做一相似的调查研究一定会受到热烈欢迎，尽管它也会遇到类似的困难。要把狭义的文学因素孤立地提出来，似乎如同把宗教因素孤立地提出来是一样的困难，同样难于回答到底其影响是由于这一因素本身，还是由于其他力量。对于那些力量来说，这种因素不过是一座“神殿”或“渠道”而已。[1]

然而，“知识社会学”常常蒙受本身过分的历史主义之害；尽管它的命题是将冲突的看法综合起来加以折中而达到“客观”，但最终还是走向怀疑论。“知识社会学”应用到文学上时，也因无法把“内容”和“形式”结合起来而暴露了它的缺陷。如同马克思主义一样，“知识社会学”由于接受一个不合理的解释，因此不能为美学以及文学批评和评价提供一个合理的基础。当然，所有对文学的外在因素的研究都有同样的缺陷。没有一种因果性的研究能够很恰当地分析、描述和评价一部文学作品。

但是，“文学和社会”的问题，显然可以采用许多不同的术语来表述，即采用那些象征的或富有意义的关系的术语，如一致、协调、连贯、和谐、结构特性和文体类比等；或者，我们也可以采用无论什么术语，只要它能够指明某一文化的整体性以及人的各种不同活动之间的相互关系即可。索罗金曾清楚地分析了多种可能性[2]，结论是文化整体性的程度随着社会的不同而不同。

马克思主义从未确定文学对社会的依赖程度。因此，有许多基本问题几乎还没有人着手研究过。例如，我们偶然可以找到一些主张社会决定文学类型的论调，说什么小说起于资产阶级，甚至还可以看到这种论点的基本态度和具体表现形式：伯格姆（E. B. Burgum）就不那么有说服力地断言悲喜剧的产生是由于“资产阶级的严肃羼入贵族阶级的轻浮”。[3]那么，是否有特定的一种社会决定因素促使像浪漫主义那样广泛的文学风格的产生呢？浪漫主义虽然与资产阶级有关，但其意识形态是反资产阶级的，至少在德国从它兴起时就是这样。[4]尽管有些文学作品的意识形态和主题思想显然是由社会环境所决定的，但它们的形式与风格、类型与实际的文学标准的形成，究竟社会起因何在还罕有确实可靠的论证。

很多学者曾试图就文学的社会起因做比较具体的研究。如比歇（K. Bücher）

1　参见P. A. 索罗金的评论：《当代社会学理论》（纽约，1928年，710页）。

2　参见P. A. 索罗金：《艺术形式的更替，社会和文化的推动力量》（纽约，1937年，第一卷）。着重参考该书第一章。

3　参见E. B. 伯格姆：《文学形式：社会力量和创造》（收录于《小说与世界的困境》，纽约，1947年，3—18页）。

4　参见F. 勃吕格曼：《18世纪德国文学中围绕着资产阶级世界观和人生观的斗争》（载《德国文学理论和精神史季刊》，第3期，1925年，94—127页）。

提出“诗歌起源于劳动的节奏”的片面观点；许多人类学家也研究过巫术对早期艺术的作用；汤姆森（G. Thomson）以渊博的学识研究了古希腊悲剧与当时的宗教崇拜和仪式以及与埃斯库罗斯时代那种民主的社会改革之间的具体关系；考德威尔（C. Cauldwell）曾颇为天真地要在民族感情和资产阶级个人自由的“幻想”中研究诗的起源。[1]

只有在社会对文学形式的决定性影响能够明确地显示出来之后，才谈得上社会态度是否能变为艺术作品的组成“要素”和艺术价值的一种有效部分的问题。人们可能会说，“社会真理”如果不能成为那样一种艺术价值，至少也能确证作品具有复杂性和连贯性这样一类的艺术价值。但这却不能一概而论。我们有些文学名著与社会的关系很小，甚至没有关系；就文学理论而言，社会性的文学只是文学中的一种，而且并不是主要的一种。除非有人认定文学基本上是对生活的如实“模仿”，特别是对社会生活的如实“模仿”。但是，文学并不能代替社会学或政治学。文学有它自己的存在理由和目的。

1 参见K. 比歇：《工作和节奏》（莱比锡，1896年）；J. E. 哈里森：《古代艺术和仪式》（纽约，1913年）、《忒米斯》（剑桥，1912年）；G. 汤姆森：《埃斯库罗斯和雅典人：戏剧社会起源的研究》（伦敦，1941年）、《马克思主义和诗歌》（伦敦，1945年，这是一本饶有兴味的小册子，采用了爱尔兰的材料）；C. 考德威尔：《幻想和现实》（伦敦，1937年）；K. 伯克：《对待历史的态度》（纽约，1937年）；R. R. 马雷特编：《人类学和经典著作》（牛津，1908年）。

第十章 文学和思想

文学与思想的关系可以用完全不同的方式来表述。通常人们把文学看作是哲学的一种形式，是包裹在形式中的“思想”；通过对文学的分析，目的是要获得“中心思想”。研究者们用这类概括性的术语对艺术品加以总结和抽象往往受到鼓励。较早的研究则把这种方法推向荒谬的极端；人们会特别想到像乌尔里希（H. Ulrici）这样的德国“莎学”家，他曾把《威尼斯商人》的中心思想说成“强制执法是不公正的”。[1]虽然今天大多数学者已经厌倦了这种过分的思索和推理，但是把文学作品当作哲学论文来处理的议论仍旧存在着。

与此相反的意见是完全否定文学和哲学的任何关系。在一篇题为《哲学和诗歌》的讲演里，博厄斯非常直率地表达了这种观点：

> 诗歌中的思想往往是陈腐的、虚假的，没有一个16岁以上的人会仅仅为了诗歌所讲的意思去读诗。[2]

从艾略特的观点看，“莎士比亚和但丁都没有进行过真正的思考”。[3]人们可以在这一点上同意博厄斯的观点，即多数诗歌（他所谈的似乎主要是抒情诗）的理性内容往往被夸大了。如果我们对许多以哲理著称的诗歌做点分析，就常常会发现，其内容不外是讲人皆有死或者是命运无常之类的老生常谈。像勃朗宁（R. Browning）那些维多利亚时代的诗人们作品中玄妙的句子，曾经给许多读者

---

1 参见H. 乌尔里希:《论莎士比亚戏剧艺术》(1839年)。

2 参见G. 博厄斯:《哲学和诗歌》(马萨诸塞，威顿学院，1932年，9页)。

3 参见T. S. 艾略特:《论文选》(纽约，1932年，115—116页)。

以启示，但今天看来，不过是原始真理的袖珍版而已。[1]即使我们可能从诗中抽出某些一般性的命题，像济慈的“美即真理，真理即美”之类，但我们仍然需要尽力去分辨这一相互转换的命题究竟要讲什么。只有当我们读一首诗，这首诗用具体的形象描述艺术魅力的永久以及人类感情和自然美的短暂，在结尾看到这样的句子，才能获得明确的概念。把艺术品贬低成一种教条的陈述，或者更进一步，把艺术品分割肢解，断章取义，对于理解其内在的统一性是一种灾难：这就分解了艺术品的结构，强加给它一些陌生的价值标准。

当然，文学可以看作是思想史和哲学史的一种记录，因为文学史与人类的理智史是平行的，并反映了理智史。不论是清晰的陈述，还是间接的暗喻，都往往表明一个诗人忠于某种哲学，或者表明他对某种著名的哲学有直接的认识，至少说明他了解该哲学的一般观点。

近几十年来，一批美国学者潜心研究这些问题，他们把自己的方法叫作“思想史”的方法。就洛夫乔伊创立的特殊的、有限的方法看，这一术语在某种程度上会引起误解。[2]洛夫乔伊在《存在巨链》一书中出色地论述了这一方法的有效性。这本书追溯了从柏拉图到谢林（F. W. Schelling）的自然观的发展，探索了思维的各种方式：狭义的哲学、科学思想、神学，特别是文学。“思想史”的方法和哲学史的方法在两个方面有区别。洛夫乔伊把哲学史的研究对象仅仅限定为大思想家，而把他自己的“思想史”的研究范围扩大到小思想家和诗人，因为他认为诗人是从思想家衍生出来的。他还进一步论述了这两种方法的不同，即哲学史研究大的思想体系，而思想史研究单元的思想，也就是把哲学家的体系分解成小的单元，研究其个别的题目。

洛夫乔伊在《存在巨链》等书中提出的思想史的方法虽然被大家一致遵奉为个别研究的基础，但从总体看却是不足信的。哲学概念形成的历史只能属于哲学史的范畴，黑格尔和文德尔班在很久以前就把这类哲学概念包括在哲学史内。当然，只研究单元的思想而排除整个的体系是片面的，正如把文学史的研究限定在诗歌技巧史、诗歌的用语史或意象史的范围内，忽略其有机的整体性和对特定作品的研究一样。“思想史”的方法只是研究一般思想史的一种特定的方法，并把文学仅仅用作研究思想史的记录和图解。这样说是显而易见的，只要看洛夫乔伊

1 例如，“上帝在天堂，世上万物都守常”是说上帝必然地创造了所有可能世界中最好的世界。“地上是破碎的拱门，天上有完美的圆形”是从有限到无限，从不完善到完善的翻版。

2 参见本章参考书目。

把严肃地反映现实的文学中的思想大多称为“稀释的哲学思想”[1]就可以明白。

尽管如此，“思想史”的方法一定仍会受到文学研究者的欢迎，这不仅仅是因为深入理解哲学史可以帮助他们更好地从间接的方面理解文学，还因为洛夫乔伊的方法对于大多数思想史家过分的理智主义是一个反动。这一方法承认，思想，或者至少在不同思想体系之间的选择，常常是用假设来决定的，是用或多或少无意识的精神习惯来决定的；它承认人们在接受思想的过程中由于敏锐地感到各种形而上的悲苦而有所不同；它承认思想往往表现为一些关键词和虔诚的短语，因此，必须从语义学的角度加以研究。施皮策（Leo Spitzer）在许多方面不赞成洛夫乔伊的“思想史”的方法，但他自己在研究诸如milieu、ambience、Stimmung[2]等词的语义及其在历史上引起的所有联想和错综复杂的关系时，就给我们提供了如何将理智史与语义学史结合起来的好例子。[3]最后，洛夫乔伊的方法还有一个最引人注目的特色，那就是它十分明确地打破了文学与历史研究中民族与语言的界限。

对于表达哲学史和一般思想史中某种知识的诗文所做的评注，其价值无论怎样估计都不会过分。此外，文学史，特别是论到帕斯卡、爱默生、尼采等作家时，常常不可避免地要涉及理智史中的问题。其实，文学批评史如果只讲其本身的问题而不论及同时代的创作，简直就可以说是美学思想史的一部分。

毫无疑问，我们可以看出英国文学是反映了哲学史的。伊丽莎白时代的诗歌中充溢着文艺复兴的柏拉图主义：斯宾塞（E. Spenser）写了四首赞美诗，描写从物质升华为天上的美这种新柏拉图式的哲学精神；在《仙后》中解决“无常”与“自然”的争执时，他显然站在永恒的、不变的秩序方面。在马洛的作品中，我们听到了与他同时代的意大利人的无神论与怀疑论的回响。即使在莎士比亚的作品中，也可以从许多地方找出文艺复兴时期的柏拉图主义，例如《特洛伊罗斯与克瑞西达》中尤利西斯那段有名的讲演；除柏拉图主义外，还可以找到蒙田和斯多噶哲学的影响。在研究邓恩的时候，我们既可以看到当时新科学对他的感受能力产生的影响，又可以看出他对神甫和经院哲学家有深刻的了解。弥尔顿发展出一套极具个人色彩的神学和宇宙论，有人解释说，他从东方思想和当时的相信灵魂要死

1 参见本章参考书目。

2 Milieu，ambience，Stimmung分别为法文、英文和德文，意均为“环境、气氛”等。——译注

3 参见L. 施皮策：《环境和气氛——一篇历史语义学论文》（载《哲学和现象学研究》，第3期，1942年，1—42、169—218页；后重印，收入《历史语义学论文集》，纽约，1948年，179—316页）、《世界和谐的古典和基督教思想："Stimmung"一词的解释前言》（载《传说：古代和中世纪历史、思想、宗教的研究》，第2期，1944年，409—464页；第3期，1945年，307—364页；增补版，巴尔的摩，1963年）。

亡[1]的宗教派别吸收了营养，把物质主义和柏拉图主义的成分结合了起来。

德莱顿也写了哲理诗，这些诗详述了当时神学界与政治界各自的论争，无疑表明他熟悉信仰主义、现代科学、怀疑主义和自然神论。汤姆逊（J. Thomson）可以说是一种综合了牛顿学说（Newtonianism）和夏夫兹伯里（A. A. C. Shaftesbury）思想的理论体系的详述者。蒲柏的《论人》中充满了哲学观点，而格雷（T. Gray）把洛克的观点写入了他的六音步诗行中。还有，斯特恩是洛克的热烈的崇拜者，他在《商第传》中从头至尾采用了洛克关于联想和心理延续的观念，以便达到喜剧的效果。

在伟大的浪漫主义诗人中，柯勒律治本人是一个有雄心、有见解的专门哲学家。他仔细地学习了康德和谢林的哲学，诠释了他们的观点，虽然他的诠释有时是缺乏批判的。通过柯勒律治，许多德国哲学与新柏拉图主义的观点进入和重新进入了英国诗歌的传统，尽管他自己的诗作似乎很少受他系统哲学思想的影响。在华兹华斯的诗中也可以发现他受康德的影响，有人认为他是心理学家哈特莱（D. Hartley）亲近的学生。雪莱最初深受18世纪法国启蒙哲人及其英国弟子戈德温（W. Godwin）的影响，但后来他把斯宾诺莎（B. Spinoza）、贝克莱和柏拉图的思想糅合在一起了。

维多利亚时代科学和宗教的论争十分清楚地表现在丁尼生（A. Tennyson）和勃朗宁的作品中。史文朋和哈代（T. Hardy）反映了当时悲观的无神论思想，霍普金斯则显出了邓斯·司各脱（Duns Scotus）对他的影响。乔治·爱略特（G. Eliot）翻译了费尔巴哈（L. Feuerbach）和施特劳斯（D. F. Strauss），萧伯纳（G. B. Shaw）读过巴特勒（S. Butler）和尼采。多数现代作家读过弗洛伊德以及有关他的论著。乔伊斯不仅了解弗洛伊德和荣格，而且熟悉维科（G. Vico）和布鲁诺（G. Bruno），当然还有托马斯·阿奎那（Thomas Aquinas）；叶芝的作品则浸透了通神论、神秘主义甚至贝克莱的哲学思想。

在其他民族的文学中，对于此类问题的研究很可能更丰富。关于但丁的神学有无数的解释。在法国，吉尔松（É. Gilson）运用他对中世纪哲学的学问来注释拉伯雷（F. Rabelais）和帕斯卡的作品片段。[2]阿扎尔（P. Hazard）在《欧洲意识的危机》中，十分机巧地探索了17世纪末启蒙思想的传播，在稍后的著作中，

1 17世纪英国的一个宗教派别，称为“mortalists”，相信人的灵魂与肉体一同死亡，然后再复活。——译注

2 参见É. 吉尔松：《思想与文学》（巴黎，1932年）。

他还研究了启蒙思想在整个欧洲的确立。[1]在德国，有许多人研究康德思想对席勒的影响、歌德与普罗提诺（Plotinus）及斯宾诺莎的关系、康德对克莱斯特（H. von Kleist）的影响、黑格尔对赫勃尔（F. Hebbel）的影响之类的题目。的确，德国哲学与文学之间的合作常常是极为紧密的，特别是在浪漫主义时代，费希特（J. G. Fichte）、谢林、黑格尔与诗人们生逢同时，他们彼此关系之密、影响之大自然可想而知。甚至像荷尔德林（F. Hölderlin）这样的纯诗人都认为系统地思索本体论和形而上学的问题是自己义不容辞的责任，他人就更不待言了。在俄国，陀思妥耶夫斯基和托尔斯泰一般被人看作哲学家和宗教思想家，甚至连普希金也被认为有一种难以捉摸的智慧。[2]象征主义运动时期，在俄国兴起了一个“玄学派批评家”（metaphysical critics）的流派，他们从自己独特的哲学立场出发来解释文学。罗扎诺夫（V. Rozanov）、梅列日科夫斯基（D. Merezhkovsky）、舍斯托夫（L. Shestov）、贝加叶夫（N. Berdyaev）和伊万诺夫（V. Ivanov）全都撰写论陀思妥耶夫斯基和有关他的文章[3]，他们有时仅仅把他作为宣讲自己学派观点的材料，有时又把他简化为一个体系，间或也把他说成是一个悲剧小说家。

在这类研究终结，或者说开始的时候，有些问题还必须提出来，这些问题并不总是能被回答明白。哲学家的思想在诗人的作品中引起的反响，要达到怎样的程度才能解释一个作家的观点，特别是像莎士比亚这样的剧作家？诗人与其他作家的哲学观点究竟有多清晰和系统化？如果假定一个较早时代的作家持有一种个人哲学，甚至感到需要它，或者他生活在鼓励这种个人见解的模式并对它感兴趣的人们中间，难道不是常常造成大谬特谬的时代错误吗？文学史家不是往往过高地估计了作者的（特别是近代作者的）哲学信仰的一致性、清晰度和范围吗？

即便我们说，有的作家有非常高的自我意识，甚至在极个别的情况下，他们本身就是思辨哲学家，他们写的诗可以称作“哲理”诗，我们仍然要提出这样

1　参见P. 阿扎尔：《欧洲意识的危机》（三卷本，巴黎，1934年）、《18世纪欧洲思想：从孟德斯鸠到莱辛》（三卷本，巴黎，1946年。英译本有两种：《欧洲思想：危机的年代，1680—1715》，纽黑文，1953年；《18世纪的欧洲思想》，纽黑文，1954年）。

2　参见M. O. 格森佐：《普希金的智慧》（莫斯科，1919年）。

3　关于对陀思妥耶夫斯基所做的“形而上”的研究，参见V. 罗扎诺夫：《伟大的宗教裁判者的传说》（圣彼得堡，1894年）；D. 梅列日科夫斯基：《托尔斯泰与陀思妥耶夫斯基》（两卷本，圣彼得堡，1912年；英译本不全，题为《作为一个人和艺术家的托尔斯泰，及陀思妥耶夫斯基论一篇》，纽约，1902年）；L. 舍斯托夫：《陀思妥耶夫斯基和尼采》（圣彼得堡，1905年；德译本，1931年，柏林）；N. 别尔嘉耶夫：《陀思妥耶夫斯基的世界观》（布拉格，1923年；英译转自法文，纽约，1934年）；V. 伊万诺夫：《自由与悲剧的生涯：陀思妥耶夫斯基研究》（纽约，1952年）。

的问题：难道一首诗中的哲理愈多，这首诗就愈好吗？难道可以根据诗歌所吸收的哲学价值的大小来判断它的优劣吗？或者可以根据它在自己所吸收的哲学中表达的观点的深度来判断它的价值吗？难道可以根据哲学创见的标准，或者根据它修正传统思想的程度去判断诗歌吗？艾略特更喜欢但丁而不是莎士比亚，因为在他看来，但丁的哲学似乎比莎士比亚的哲学更完善些。一位名叫格洛克纳（H. Glockner）的德国哲学家曾经争辩说，诗与哲学分离的状况没有比在但丁的作品中更明显的了，因为但丁把一种已经完成了的哲学体系丝毫不加变更地照搬过来。[1]历史上确曾有过哲学与诗之间真正合作的情形，但这种合作只有在既是诗人又是思想家的人那里才可以找到，像古希腊前苏格拉底（Socrates）时代的恩培多克勒（Empedocles）、文艺复兴时期的费奇诺（M. Ficino）与布鲁诺，就是这样的例子。费奇诺与布鲁诺既写诗歌，又写哲学论著，也就是哲理诗与诗化哲学。后世的歌德也是如此，他既是诗人，又是有真知灼见的哲学家。

但是，难道这种哲学标准就是文学批评的准则吗？难道因为蒲柏的《论人》在逐段检查时可以看出有根有据、前后一致的折中主义，而从整体看却充斥着前后不一致的地方就该遭到非议吗？雪莱在其一生中的某个时刻曾从戈德温的原始物质主义进步到柏拉图式的某种理想主义，难道这样一个事实就可以使他成为一个较好的诗人或较差的诗人吗？有一种印象是，雪莱的诗是含混的、单调的、乏味的，这似乎表现了新一代读者的经验，难道只要说明他的哲学在当时是有意义的，或者说明他的作品这一段或那一段并非没有意义，却暗示出当时科学或伪科学的概念，就可以证明这种印象是错误的吗？[2]所有这一切评判的标准无疑都是误解造成的，都是由于混淆了哲学与艺术的功能，误解了思想进入文学的真正方式而造成的。

在德国出现的某些方法中曾经陈述了反对哲学方法的过分理智化的意见。温格尔（R. Unger）（运用狄尔泰的思想）曾十分明确地为一种尽管以前没有系统探讨过，但长期使用过的方法辩护。[3]他提出，文学不是把哲学知识转换一下形

---

1 参见H. 格洛克纳：《从希腊人到黑格尔哲学与诗相互影响的形式》（载《美学杂志》，第15期，1920—1921年，187—204页）。

2 参见R. 韦勒克：《文学批评与哲学：再评价》（载《细察》，第5期，1937年，375—383页）；F. R. 利维斯：《文学批评与哲学：一个答复》（载《细察》，第6期，1937年，59—70页；收入E. 本特利编的《细察的重要》中，纽约，1948年，23—40页）。

3 参见温格尔：《新文学中的哲学问题》（慕尼黑，1908年）、《世界观与诗》（苏黎世，1917年）、《作为问题史的文学史》（柏林，1924年）、《文学史和精神史》（载《文学史与精神史德文季刊》，第4期，1925年，177—192页）。上述论文均收入《文学史教学原则论文集》（两卷本，柏林，1929年）。

式塞进意象和诗行中，而是要表达一种对生活的一般态度。诗人通常非系统地回答的问题也是哲学的问题，但诗的回答方式随时代与环境的不同而不同。这一看法显然是正确的。但温格尔随意地将这些问题分了类：命运问题，他指的是自由与必然、精神与自然的关系；宗教"问题"，包括对基督的解释，对罪恶与拯救灵魂的态度；自然问题，既包括对自然的感情之类的问题，也包括神话和巫术之类的问题。温格尔把另一组问题称为人的问题，包括人的概念、人与死亡的关系、人关于爱的观念等；最后还有一组是社会、家庭、国家问题。研究者通过作家与这些问题的关系来研究他们的态度，并在某些情况下从假定的内在线索的发展来探索这些问题的历史。雷姆（W. Rehm）写了一部巨著论德国诗歌中的死亡，克拉克洪（P. Kluckhohn）的著作论及18世纪和浪漫主义时代爱的观念。[1]

也有用别的语言写成的类似的著作。普拉兹（M. Praz）的《浪漫主义的痛苦》可以说是一部研究性与死亡的专著，这点从其意大利文的书名《浪漫主义文学中的肉欲、死亡和魔鬼》就可以明显见出。[2]C. S. 路易斯的《爱的寓言》不仅研究寓言史，而且还大量论及历代人们对爱情与婚姻态度的演变。台奥多尔·斯宾塞（T. Spencer）著有《死亡与伊丽莎白时代的悲剧》一书，书中的引论部分追溯了中世纪关于死亡的观念，并将其与文艺复兴时期关于死亡的观念做了对比。[3]这里不妨举一个例子：中世纪的人最害怕突然的死亡，因为这种死亡使人来不及准备和忏悔，但蒙田就开始认为猝死是最好的死亡了，可见他已完全摒弃了死是为了再生这样一种基督教观点。费尔柴尔德（H. N. Fairchild）根据诗人宗教感情的炽烈程度来分类，从而探索了18、19世纪宗教思想的潮流。[4]在法国，布雷蒙（A. H. Bremond）的《17世纪法国宗教思想史》就从文学中吸收了大量的材料，蒙格龙和特拉阿尔（P. Trahard）对法国革命者的感伤主义，以及对自然的那种前浪漫主义的情绪和好奇心做了十分精彩的研究。[5]

1　参见温格尔：《赫德尔、诺瓦利斯、克莱斯特：关于死亡问题的发展》（法兰克福，1922年）；W. 雷姆：《德国诗歌中"死亡"的思想》（哈勒，1928年）；P. 克拉克洪：《18世纪和浪漫主义文学中"爱"的观点》（哈勒，1922年）。

2　参见M. 普拉兹：《浪漫主义文学中的肉欲、死亡和魔鬼》（米兰，1930年；英译者A. 戴维森，题为《浪漫主义的痛苦》，伦敦，1933年）。

3　参见C. S. 路易斯：《爱的寓言》（牛津，1936年）；T. 斯宾塞：《死亡与伊丽莎白时代的悲剧》（马萨诸塞，坎布里奇，1936年）。

4　参见H. N. 费尔柴尔德：《英国诗歌中的宗教潮流》（四卷本，纽约，1939—1957年）。

5　参见蒙格龙：《法国的前浪漫主义》（两卷本，格勒诺布尔，1930年）；P. 特拉阿尔：《18世纪法国感情的大师》（四卷本，巴黎，1931—1933年）。

假如逐条检查温格尔提出的问题，人们必然会看出，其中的一些问题显然是哲学与思想问题。按照诗人P. 锡德尼的话来说，诗人只不过是解释这些问题的“通俗哲学家”。而另外一些问题则算不上哲学与思想问题，反倒应该属于感情与情绪史的范畴。有时思想问题与感情问题则纠缠在一起。人对自然的态度就既受宇宙观与宗教思想的影响，又直接受美学思考、文学惯例的影响，甚至可能受观察方式的生理变化的影响。[1]对于自然景物的感触，旅行家、画家、园林设计家固然起决定作用，但在弥尔顿或汤姆逊等诗人和夏多布里昂（F. -R. Chateaubriand）及罗斯金（J. Ruskin）等作家笔下就会发生完全不同的变化。

要写好一部感情史是相当不容易的，因为感情这个东西是难以捉摸的，同时又是统一的。德国人肯定夸大了人类感情的变化，并给这些感情的发展建立了一个整齐得令人生疑的体系。然而人类的感情确实在变化，最低限度也有它自己的惯例和习俗。巴尔扎克曾经饶有趣味地评述了于洛先生对待爱情那种玩世不恭的典型的18世纪式的态度，同时显示了复辟王朝时期代表具有新精神的柔弱的女子和“慈善会女会员”的玛奈弗太太对待爱情那种截然不同的态度。[2]在文学史上18世纪的读者和作者动辄泪如泉涌的事是屡见不鲜的。盖勒特（J. F. Gellert）是一位有一定理智与社会地位的德国诗人，他曾在一封信[3]中夸耀说，为了格兰底森和克莱门泰因的分离，他曾大洒同情之泪，直到手帕、书、桌子以至地板都被泪水浸湿，才止了悲恸；甚至连约翰逊博士这位并非以心慈面软闻名的人也往往沉溺于眼泪与感伤情绪的倾泻中，和我们的当代作家或者那些理智派的当代作家相比，他的感伤确实显得太没有节制了。[4]

在对个别作家的研究中，温格尔的理智性不强的观点也有其优越性，因为它要获得的是一种不太明确、不太公开的态度与思想。因此，它冒的风险较小，不致把一件艺术品的内容分割、贬损为一纸纯粹的声明和公式。

对于这类思想、感情的研究促使一些德国哲学家思索把它们归纳为几种类型的世界观的可能性。“世界观”是一个广泛采用的术语，它包括哲学思想与感情态度两方面。在这一研究中最负盛名的是狄尔泰，他在作为一个文学史家的实践

1 参见S. 斯卡德发表于《美国哲学学会论文集》（第九十卷，第3期，1946年7月号，163—249页）题为“文学中色彩的运用”一文中的精彩论述，其书目1183项列出了大量涉及自然风景的感情的材料。

2 参见巴尔扎克：《贝姨》，第九章。

3 参见盖勒特致H. 莫里兹伯爵的信（1755年4月3日，存耶鲁大学图书馆）。

4 参见约翰逊博士：《祈祷与沉思》、给布思比小姐的信等。

中，经常强调思想与经验的不同。他发现思想史中有三种主要的类型[1]：实证主义，其根源是德谟克利特（Democritus）、卢克莱修，包括霍布斯（T. Hobbes）、法国百科全书派、现代唯物主义者和实证主义者；客观唯心主义，包括赫拉克利特（Heraclitus）、斯宾诺莎、莱布尼茨、谢林、黑格尔；二元唯心主义或称“自由唯心主义”，包括柏拉图、基督教神学家、康德和费希特。第一类哲学家以物质来解释精神，第二类哲学家把现实看作是一种永恒的真实的表现，不承认存在与价值之间的冲突，第三类哲学家认为精神与自然是相对独立的。随后狄尔泰就把不同的作家分别归入这些类型中：巴尔扎克与司汤达属于第一种类型，歌德属于第二种类型，席勒属于第三种类型。这种归类法不仅仅是建立在作家有意识地坚持的思想观点的基础上，而且据说可以从最无理智的艺术中演绎出来。这些类型还可以与心理学的一般概念联系起来：现实主义与理智占优势的心理相联系，客观唯心主义与感情占优势的心理相联系，二元唯心主义则与意志占优势的心理相联系。

诺尔（H. Nohl）曾致力于将这些思想史的类型运用到绘画与音乐上。[2]按照他的分法，伦勃朗（R. Rembrandt）和鲁本斯（P. P. Rubens）是客观唯心主义者、泛神论者，委拉斯开兹（D. Velazquez）和哈尔斯（F. Hals）等是现实主义者，米开朗琪罗（B. Michelangelo）是主观唯心主义者。柏辽兹（H. Berlioz）属于第一类，舒伯特（F. Schubert）属于第二类，贝多芬（L. Beethoven）属于第三类。对于绘画与音乐进行这样的分类引出了一个重要的论点，它暗示这些哲学类型同样也可以存在于没有明确的理智内容的文学中。温格尔力图表明这三种类型的差异照样适用于诸如莫里克（E. Mörike）、C. F. 迈耶、利连克隆（D. von Liliencron）写的那些抒情小诗[3]；他和诺尔想要证明“世界观”可以在文体风格中找到，或者至少在那些没有直接理智内容的小说场景中找到。这里，他们的理论变成了一种基本艺术风格的理论。瓦尔泽尔曾力图将它与沃尔弗林（H. Wölfflin）的《艺术史

1　狄尔泰这种分类理论的最初解释参见其《19世纪上半叶思想体系的三种基本类型》（载《哲学史论文集》，第11期，1898年，557—586页；收入其《论文全集》，莱比锡，1925年，第四卷，528—554页）。他后期的解释参见《哲学的本质》（载《现代文化》，P. 辛奈堡编，第一部分，第6节，《体系哲学》，柏林，1907年，1—72页；后收入其《论文全集》，第五卷，第一部分，339—416页）和《世界观的类型及其在哲学体系中的形成》（载《世界观、哲学、宗教》，M. 弗里沙因森-奎勒编，柏林，1911年，3—54页；后收入其《论文全集》，第八卷，75—120页）。

2　参见H. 诺尔：《绘画的世界观》（耶拿，1908年）、《诗与音乐中的典型的艺术风格》（耶拿，1915年）。

3　参见温格尔：《世界观与诗》（上引《论文全集》，77页等处）。

的原则》以及更简单的类型学联系起来。[1]

人们对这些思考产生了相当大的兴趣，在德国出现了上述理论的许多变种。这些理论也被运用到文学史中。例如，瓦尔泽尔就看到在19世纪德国文学中，或者说19世纪欧洲文学中，有一个进化过程，这个过程从第二种类型（歌德和浪漫主义者的客观唯心主义）开始，通过第一种类型（现实主义），逐渐演变为意识到世界的现象性的印象主义，最后到第三种类型的代表，即以表现主义为代表的主观、二元唯心主义。瓦尔泽尔的论述不仅说明这种演变是存在的，而且说明这种演变在某种程度上是相互联系的、符合逻辑的。泛神论在某一阶段导致了自然主义，自然主义导致了印象主义，印象主义的主观性最终汇入了一种新的唯心主义。瓦尔泽尔的论述是辩证的，终究是黑格尔式的。

对这一论述持有一种清醒的认识则会怀疑它的统一性与可靠性。它怀疑第三种类型的严肃性。例如，温格尔本人就曾区分了两种类型的客观唯心主义——以歌德为代表的一种和谐的类型和以波默（J. Boehme）、谢林和黑格尔为代表的一种辩证的类型；对“实证主义”的类型也可以从各个不同的方面提出类似的反对意见。但和这种对具体的分类不同的看法比较起来，更重要的是在接受这一理论之后必然对它的整体产生怀疑。这种类型学的全部内容只会导致把整个文学粗分类，置于三个或者至多五六个类型的标题之下。诗人的具体个性及其作品被忽略，或者被减缩到最小的程度。从文学的角度看，把布莱克、华兹华斯和雪莱这样极为不同的诗人归入“客观唯心主义者”一类，似乎不会有什么结果。把诗歌史变成三种或多种世界观的排列结合似乎也没有什么意义。最后，这种理论还暗含了一种激进的、过分的相对主义。它的意思必然是这样：三种类型具有相等的价值，诗人只能根据他自己的气质，或者某种完全非理性的、给定的世界观，选择三者之一。换句话说，这里只有这么多类型，每个诗人都是这些类型之一的图解者。当然，从整体上说，这一理论是建立在一般哲学史的基础上的，它认为哲学与艺术之间有紧密的、必要的联系，这种联系不仅表现在某个作家身上，而且表现在一个时期的文学和整个文学史上。这使我们有必要对精神史的观点做一些探讨。

“精神史”（Geistesgeschichte）可以广泛地用作理智史的一个替补术语，也就是洛夫乔伊所谓的思想史；这一德文术语和英文相比理智化不太强，因而具有优越性。“精神”（Geist）这个德文字使用的意义很广，能够包括上述许多属于感情史（history of sentiment）的问题。但“精神”（Geist）与“客观精神”（objective

1 参见瓦尔泽尔：《诗歌艺术品中的内容与形式》（柏林—巴贝尔堡，1923年，77页）。

spirit）的全部概念的联系并非像人们期望的那样多。在德文中，“精神史”通常被理解成一种更特殊的意义。它假定每个时代都有其“时代精神”（time spirit），目的是要“从一个时代不同的客观现状中重建时代精神，从这一时代的宗教直到它的衣装服饰。我们从客观事物的后面寻找整体性的东西，用这种时代精神去解释所有的事实”。[1]

精神史假定人的文化和其他一切活动都是非常紧密地联系在一起的，艺术和科学之间是完全平行的。这种精神史的方法起源于施莱格尔兄弟提出的一些假设，并有像施本格勒这样最知名、最狂妄的解释者。但也有一些埋头学问的实践家，也即一些职业文学史家，他们大都用这一方法来处理文学材料。其处理的方法各不相同，从考夫（H. A. Korff）（他以从理性到非理性再到黑格尔式的综合的辩证运动的术语，研究1750至1830年间的德国文学史）的相当冷静的辩证法到塞萨尔兹（H. Cysarz）、多依奇拜因（M. Deutschbein）、斯蒂芬斯基（G. Stefansky）和迈斯纳（P. Meissner）的奇异的、诡辩的、假神秘的、咬文嚼字的研究应有尽有。[2]这一方法大体说来是一种类比的方法：负类比，倾向于强调某一特定时代事件或作品的各种差异而忘记它们的各种相似；正类比，倾向于强调某一特定时代事件或作品的各种相似而忘记了它们的各种差异。浪漫主义与巴洛克时期为实践这种理论的各种独出心裁的活动提供了极为可观的场地。

迈斯纳的《英国巴洛克文学中的精神学基础》（1934年）就是一个很好的例子。这本书把巴洛克时代的精神界定为对立倾向的冲突，并紧紧围绕人类从技术到探索、从旅游到宗教的一切活动来论证这一公式。他把材料十分整齐地归入对立的范畴内，例如，扩展与集中、宏观与微观、罪恶与拯救、信仰与理性、专制与民主、“非构造学”与“构造学”等。通过这种普遍的类比，迈斯纳得出了十分得意的结论：巴洛克时代在各个方面表现了冲突、矛盾和紧张的状态。像他的同道们一样，迈斯纳从未提出过这样一个明显而带根本性的问题：是否也可以在几乎所有的其他时代找到与此相同的对立情形？他同样没有问一问：我们能不能把完全不同的对立倾向强加给17世纪？即使仍然按照他上述从广泛的阅读中引出的那些对立的

1　参见H. W. 埃帕尔谢默：《文艺复兴问题》（载《文学与精神史德文季刊》，第2期，1933年，497页）。

2　参见H. A. 考夫：《歌德时代的精神：古典主义—浪漫主义文学史中一个观念发展的尝试》（四卷本，莱比锡，1923—1953年）；H. 塞萨尔兹：《经验与思想》（维也纳，1921年）、《德国巴洛克诗歌》（莱比锡，1924年）、《作为精神史的文学史》（哈勒，1926年）、《从席勒到尼采》（哈勒，1928年）、《席勒》（哈勒，1934年）；M. 多依奇拜因：《浪漫派的本质》（科腾，1921年）；G. 斯蒂芬斯基：《德国浪漫主义的本质》（斯图加特，1923年）；P. 迈斯纳：《英国巴洛克文学中的精神学基础》（柏林，1934年）。

范畴，有没有这种可能？

与此相似，考夫那些大部头的著作把所有的一切都简化为正题“理性主义”与反题“非理性主义”的对立以及二者的合题，即“浪漫主义”。在考夫的著作中，理性主义迅速获得了一种形式上的意义，即“古典主义”，而非理性主义则获得了狂飙运动那种松散的形式意义，德国的浪漫主义则被迫成为它们的合题。此外，德国还有许多书是讲这类对照的：卡西尔（E. Cassirer）那本分外清醒的《自由与形式》，塞萨尔兹那本转弯抹角的《经验与思想》都属此类。[1]在某些德国作家那里，这些思想意识的类型要么与种族类型紧密相连，要么就渐渐化入种族类型中：德国人或者说条顿人是具有感情的种族，而拉丁人是具有理性的种族；这些思想类型还可以和心理学的基本观点联系起来，如像通常那样划分成恶魔般的与理智的对立类型。他们还认为，思想类型可以和风格的概念互换，即与古典主义和浪漫主义的风格、巴洛克式和哥特式的风格混为一体，然后引出一个庞大的文学体系，在此体系中，人种学、心理学、思想意识和艺术史混杂成一个纠缠不清、难以分辨的状态。

但是，假定一个时代、一个种族、一件艺术品是一个完全的整体则是大可怀疑的。艺术间的平行论只有在许多条件下才可以成立。哲学与诗之间的平行论甚至会招来更多疑问。这只要看英国浪漫主义诗歌鼎盛时代的哲学便可以明白，当时英国与苏格兰的哲学中充斥着常识哲学与功利主义。即便是哲学与文学似乎联系最紧密的时代，真正的统一也远没有德国“精神史”中所设想的那样确定。对德国浪漫主义运动的研究多半是在费希特、谢林等职业哲学家的哲学思想指引下进行的。而研究者又是弗里德里希·施莱格尔和诺瓦利斯（Novalis）这些归属难于划定的作家，他们的作品既无重大意义，又没有较高的艺术水平。德国浪漫主义运动中最伟大的诗人或戏剧家或小说家，与当时哲学的关系往往是十分淡薄的（像霍夫曼和那位传统的天主教徒艾兴多夫［J. von Eichendorff］的情形就是如此），或者对那些杰出的浪漫主义哲学家们抱敌对态度。例如，里希特（J. P. Richter）就攻击过费希特，克莱斯特认为康德令人难以忍受。在德国浪漫主义运动中，哲学与文学间的紧密关系只能在诺瓦利斯与施莱格尔的作品片段与专题论文中找到，他俩都是费希特的门徒，其论点在当时常常无法发表，与具体的文学作品也没有什么关系。

哲学与文学间的紧密关系常常是不可信的，强调其关系紧密的论点往往被夸

1 参见E. 卡西尔：《自由与形式》（柏林，1922年）、《思想与形象》（柏林，1921年）。参见塞萨尔兹上述著作。

大了，因为这些论点是建立在对文学思想、宗旨以及纲领的研究上的，而这些必然是从现存的美学公式借来的思想、宗旨和纲领，只能和艺术家的实践维持一种遥远的关系。当然，对哲学与文学间关系紧密的怀疑并非要否定它们之间存在的诸多联系，甚至某种程度的相似。这些联系与相似由于一个时代的共同社会背景给予它们的共同影响而获得了加强。然而，即使认为它们有共同社会背景的说法也是不牢靠的。哲学往往是由一个特殊的社会阶层培育倡导的，这个阶层在社会联系与出身方面可能与诗歌的作者很不相同。哲学比起文学来与教会和学院有更多的一致性。像人类所有的其他活动一样，哲学有其自己的历史、自己的辩证法：在我们看来，它的分支与运动和文学运动的关系并不像“精神史”的许多实践家们认为得那样紧密。

当“时代精神”变成一个神话式的整体，变成一个绝对的东西，而不是一个模糊不清、难以理解的问题的指针时，用这种精神来解释文学的变化就显得漏洞百出了。德国的“精神史”通常仅仅在下述两方面获得了成功：一是把批评标准从一种系列（一种艺术或哲学的系列）移植入文化活动的整体中；二是用含混不清的对立的术语诸如古典主义和浪漫主义或理性主义和非理性主义之类来解释时代及其文学作品的特征。“时代精神”的概念也常常给西方文明连续性的概念带来灾难性的后果：各个时代的特征被想象得太分明，太突出了，以致失去了连续性；这些时代所展现的革命被想象得太激进了，这样，那些“精神学家们”最终不仅会陷入地道的历史相对主义（这个时代与那个时代一样好），而且还会陷入个性与独创性的虚假概念中，这就会忽略人性、人类文明与艺术中那些基本的、不变的东西。在施本格勒的著作中，我们看到了许多封闭的文化圈子，这些圈子的发展遵循着绝对的自然规律：它们处在自我封闭的但神秘平行的状态。古代被认为没有延续发展至中世纪，西方文学发展的连续性被完全忽略了，或者遗忘了。

当然，这些虚幻的、纸糊的宫殿绝不应该掩盖人类历史上或至少西方文明史上的真正的问题。我们只相信一般“精神史”提供的答案尚未成熟，也不可能臻于成熟，因为它过分地依靠对照与类比的方法，对风格与思想形式之间拉锯式的交替变化的假设毫无批判，错误地相信人类的一切活动是一个完整的综合体。

文学研究者不必去思索像历史的哲学和文明最终成为一体之类的大问题，而应该把注意力转向尚未解决或尚未展开充分讨论的具体问题：思想实际上是怎样进入文学的。显然，只要这些思想还仅仅是一些原始的素材和资料，就算不上文学作品中的思想问题。只有当这些思想与文学作品的肌理真正交织在一起，成为其组织的“基本要素”，质言之，只有当这些思想不再是通常意义和概念上的思想而成为象征甚至神话时，才会出现文学作品中的思想问题。文学中有大量的教谕诗，在这些诗中思想被明确提出，被赋予韵律，饰以隐喻或寓言。还有像乔治·桑（G. Sand）或乔治·爱略特等人写的思想小说，这些作品中讨论的是社会的、道德的或哲学的“问题”。在思想进入文学的一个更高的层次上，有像麦尔维尔（H. Melville）的《白鲸》这样的小说，在这部作品中整个情节传达了某种神秘的意义。还有像布里奇斯（R. Bridges）的《美的誓约》这样的诗，诗人的意图最少是要用一个哲学的隐喻贯穿全篇。还有陀思妥耶夫斯基，在他的小说里，思想的戏剧性通过具体的人物和事件表现了出来。在《卡拉马佐夫兄弟》中，兄弟四人是一场思想意识冲突的象征，这场冲突同时也是一出个人的戏剧。对于主要人物的个人灾难来说，这些思想推论是不可或缺的。

但是，这些哲理性的小说和诗歌（例如歌德的《浮士德》或者陀思妥耶夫斯基的《卡拉马佐夫兄弟》）难道因为它们输入了哲学的内容就可以算是卓越的艺术品吗？难道我们不要做出结论说这样的“哲学真理”正如心理学或社会学的真理一样没有任何艺术价值吗？哲学或者说思想意识的内容，在恰当的语境里似乎可以提高作品的艺术价值，因为它进一步证实了几种重要的艺术价值，即作品的复杂性与连贯性。理论上的见解可以增加艺术家认识的深度和范围，但未必一定是如此。假若艺术家采纳的思想太多，而没有被吸收的话，那就会成为他的羁绊。克罗齐争辩说，《神曲》中诗的段落与押韵的神学和伪科学的段落轮流交替。[1]《浮士德》的第二部分毫无疑问受了过分理智化的牵累，常常处在成为明确的寓言的边缘；在陀思妥耶夫斯基的作品中，我们经常会感到艺术上的成就与思想重负之间的不协调。陀思妥耶夫斯基的代言人佐西玛，比起伊凡·卡拉马佐夫来就不够生动。托马斯·曼的《魔山》在较轻的程度上表现了同样的矛盾：前一部分关于疗养院世界的描述显然比充满了哲学假说的后一部分艺术水平高。但文学史上有时也会出现极其罕见的情形，那就是思想放出了光彩，人物和场景不仅代表了思想，而且真正体现了思想，在这种情形下，哲学与艺术确实在某些方面取得了一致性，形象变成了概念，概念变成了形象。但这些能够像许多哲学倾向很强的批评家所认为的那样成为艺术的顶峰吗？克罗齐在探讨《浮士德》第二部分时，似乎提出了正确的意见，他说：“当诗歌在这种意义上显得卓越时，也就是说比诗本身更卓越时，它就失掉了成为诗的资格，反倒应该把它看成低劣的东西，也就

1 参见B. 克罗齐：《但丁的诗歌》（巴黎，1920年）。

是缺少诗的东西。”[1]至少应该承认，哲理诗无论怎样完整也只能算诗的一种。除非人们坚持这样一种理论，即诗是启示性的，在本质上是神秘的，否则，哲理诗在文学中的地位就不见得是举足轻重的。诗不是哲学的替代品，它有它自己的评判标准与宗旨。哲理诗像其他诗一样，不是由它的材料的价值来评判，而是由它的完整程度与艺术水平的高低来评判的。

1　参见B. 克罗齐:《歌德》(巴里，1919年；英译，伦敦，1923年，185—186页)。

第十一章　文学和其他艺术

文学与美术、音乐的关系是各种各样的、复杂的。有时诗从绘画、雕刻或音乐中汲取灵感。正如自然界的事物和人是诗的主题一样，其他的艺术品也可以成为诗的主题。诗人描写雕刻、绘画甚至音乐作品，一如描写别的事物一样，并没有任何特别的理论要遵循。据说，斯宾塞就从挂毯的图案设计和露天演出获得过某些诗的灵感与素材；洛兰（C. Lorrain）和罗莎（S. Rosa）的画曾给18世纪描写自然风光的诗以影响；济慈以洛兰的一幅画构思了《希腊古瓮颂》的细节。[1]拉腊比（S. A. Larrabee）认为，在英国诗歌中可以找出希腊雕刻的全部含义和处理技巧。[2]蒂博代说，马拉美（S. Mallarmé）的《牧神的午后》就是诗人在伦敦国家美术馆看了布歇（F. Boucher）的一幅画后受到启发创作的。[3]诗人们，特别是雨果（V. Hugo）、戈蒂埃（T. Gautier）、巴那斯派和蒂克等19世纪的诗人都曾以某些绘画为主题写过诗。自然，诗人们对绘画有各自的见解，对画家也有各自的爱好，这可以或多或少同他们的文学理论与文学趣味联系起来研究。这是一个可供研究的广阔领域，这一领域只是近几十年间才有部分突破。[4]

反过来，文学显然也可以成为绘画与音乐的主题，特别是声乐和标题音乐的主题。文学，特别是抒情诗和戏剧，还可以和音乐紧密合作。现在，有越来越多的文章研究中世纪的颂诗与伊丽莎白时代的抒情诗，这些作品与音乐曲谱的关系

1　参见É. 勒古依：《埃德蒙·斯宾塞》（巴黎，1923年）；E. W. 曼瓦林：《18世纪英格兰的意大利式风光》（纽约，1925年）；S. 科尔文爵士：《约翰·济慈》（伦敦，1917年）。

2　参见S. A. 拉腊比：《英国吟游诗人与希腊大理石：浪漫主义时期雕刻与诗歌的关系》（纽约，1943年）。

3　参见A. 蒂博代：《斯蒂芬·马拉美的诗》（巴黎，1926年）。

4　参见本章参考书目第1节。

十分密切。[1]艺术史上曾涌现过一大批学者（帕诺夫斯基、塞克西尔［F. Saxl］等），他们专门研究艺术品在概念上与象征上的含义（“图像学”），还常常研究艺术品与文学的关系及其灵感。[2]

除了这些显而易见的来源、影响、灵感和合作的问题，还有一个更重要的问题，即文学有时确实想要取得绘画的效果，成为文字绘画，或者想要取得音乐的效果而变成音乐。有时，诗歌甚至想成为雕刻似的。一个批评家可能像莱辛（G. E. Lessing）在他的《拉奥孔》、白璧德（I. Babbitt）在他的《新拉奥孔》中那样为这种艺术类型的彼此混淆而悲伤，但人们确实无法否认各种艺术都力图互相转借效果，并在相当程度上取得了成功。当然，人们可以否认这样的可能性，即诗歌从形式上完全转变成雕刻、绘画或音乐。人们用“雕刻似的”这一术语来说明诗歌，特别是兰陀（W. S. Landor）、戈蒂埃、埃雷迪亚（J. M. de Heredia）的诗作时，它只是一个朦胧的暗喻，含义是诗歌可以在某种程度上传达类似希腊雕刻的效果：由白色的大理石或石膏引出的那种清冷，那种安宁、静谧以及鲜明的轮廓和清晰感。但我们必须认识到诗中的清冷和接触大理石的感觉，或者和从白色联想到的感觉是完全不同的；诗中的宁静与雕刻中的宁静也是完全不同的。当柯林斯（W. Collins）的《黄昏颂》被人称为“雕刻式的诗”时，人们并没有说他的这首诗与雕刻真有什么关系。[3]诗中唯一可以分析出的东西是徐缓的、庄重的韵律和词句，这就显得非常奇特，迫使人们把注意力集中在一个一个的词汇上，并在吟咏中放慢速度。

但是，人们无法否认贺拉斯“诗歌像绘画”的公式所取得的成功。[4]尽管吟诗时人们通过视觉从诗中看出的东西的量很可能被夸大了，但过去时代的许多诗

1　参见B. 帕蒂森：《英国文艺复兴时期的音乐与诗歌》（伦敦，1948年）；G. 邦多：《英国伊丽莎白时期的歌曲》（巴黎，1938年）；M. M. 卡斯顿迪克：《英格兰的音乐诗人：托马斯·凯平》（纽约，1938年）；J. 豪兰德：《不和谐的天空》（普林斯顿，1961年）。

2　参见E. 帕诺夫斯基：《偶像崇拜研究》（纽约，1939年，1962年重印）、《观赏艺术中的意义》（纽约，花园城，1955年）；参见瓦堡学院出版的F. 塞克西尔、E. 温德等人的著作。有许多文章讨论荷马（花瓶上）的绘画和希腊悲剧，例如，C. 罗伯特的《绘画与歌谣》（柏林，1881年）和L. 塞新的《希腊悲剧与陶瓷艺术的关系》（巴黎，1926年）。

3　参见本书116页注2。参见R. 韦勒克1944年发表于《语文学季刊》第23期中详细讨论这一问题的文章，382—383页。

4　参见W. G. 霍华德：《如画的诗》（载《现代语言学会会刊》，第24期，1909年，40—123页）；C. 戴维斯：《如画的诗》（载《现代语言评论》，第30期，1935年，159—169页）；R. W. 李：《如画的诗：绘画的人道主义理论》（载《艺术通报》，第22期，1940年，197—269页）；J. H. 海格斯特拉姆：《姊妹艺术：文学中的绘画传统和从德莱顿到格雷的英国诗歌》（芝加哥，1958年）。

人确实能使读者在吟哦中从字里行间看出什么来。莱辛很可能是对的，他批评阿里奥斯托（L. Ariosto）对许多女性美的描述缺乏视觉上的效果（虽然未必缺乏诗的效果）。18世纪人们对于作品如画般的效果的沉迷是很难消除的，从夏多布里昂到普鲁斯特的现代文学中的许多描写含有绘画的效果，能够引导人们看文字背后那些经常出现在同时代绘画中的场景。虽然诗人是否真能向那些对绘画全然无知的假想读者提示绘画的效果很可怀疑，但有一点是清楚的，那就是在我们总的文化传统内，作家确实在自己的作品中表达了古代寓意画的、18世纪风景画的以及惠斯勒等人的印象主义绘画的效果。

尽管许多人都认为诗歌可以取得音乐的效果，但这仍然是大可怀疑的。仔细分析起来，诗中的"音乐性"与音乐中的"旋律"是根本不同的东西：这种音乐性的意思是指诗中语音模式的某种布局、避免辅音的累积，或只是简单地表现某种韵律上的效果。像蒂克这样的浪漫主义诗人以及后来的魏尔伦（P. Verlaine）都曾尽力追求诗中的音乐效果，他们为此要舍弃诗的语义结构，避开逻辑的布局，强调诗的内涵胜于外延。然而，模糊不清的轮廓、含混的语义和不合逻辑的布局绝不是字面意义上的"富有音乐性"。在文学上，模仿音乐的结构，诸如模仿主旋律，采用奏鸣曲、交响乐的形式，似乎显得更具体些；但是，即便明确表示模仿音乐的结构形式，也很难说明为什么文学上熟悉的重复、对比之类对一切艺术都通用的手法和音乐上主题的复现、调式的对照与协调在本质上非一回事。[1]只有在极个别的例子里，诗歌才提示了确定的音乐的声音，如魏尔伦的《小提琴的呜咽》和爱伦·坡的《钟声》，或表现一种乐器的音色或表现钟的叮当声，但这种音乐效果并没有超出通常的拟声法。

当然，也有这样的情况，即诗人写诗时就明确表示该诗是为入乐而写的。例如，伊丽莎白时代的许多小曲的词，以及歌剧的全部歌词就属此类。在很少的情况下，诗人与作曲家是同一个人，但很难证明，音乐与歌词的创作是一个同时进行的过程。即使是瓦格纳（R. Wagner）也常常是先写好"剧"，几年之后，再为这些剧本写音乐。毫无疑问，许多抒情诗歌是为一些现成的曲谱创作的。音乐与那些真正伟大的诗作之间的关系似乎极为淡薄，这只要看那些能够谱曲的最成功的诗作所提供的证据就可以明白。章法细密、在结构上高度完整的诗歌很少入乐，而那

1　参见U. 埃利斯费莫尔夫人：《詹姆士一世时代的戏剧》（伦敦，1936年），在该书中，她对本·琼生的《福尔蓬奈》就作过这类音乐分析；G. R. 克诺德尔：《伊丽莎白时代研究》（科罗拉多，波尔德，1945年，185—191页），在本书中，他曾试图找出《李尔王》的交响乐形式。

些平庸或者低劣的诗，像海涅早期的作品和缪勒（W. Müller）的作品都为舒伯特和舒曼（R. Schumann）的最好的歌曲提供了歌词。假如某诗具有很高的文学价值，那么为它谱写的音乐往往完全歪曲或掩盖了这诗的模式，尽管这音乐有其自身的价值。人们无须引用威尔第（G. Verdi）改编的莎剧《奥赛罗》之类的例子，圣经全部诗篇的曲谱，或者歌德诗歌的曲谱就提供了充足的论据。可以肯定，诗歌与音乐之间的合作是存在的，但最好的诗歌很难进入音乐，而最好的音乐也不需要歌词。

美术与文学之间的平行对照，通常总是被等同于如下主张：这幅画和那首诗在我心中激起了同一种情绪。例如，我们听一首莫扎特（W. A. Mozart）的小步舞曲，看一幅华托（A. Watteau）的风景画，读一首阿那克里翁体的诗歌，都会感到心情舒畅，精神愉快。但从精确的分析来看，这是一种毫无价值的平行对照：由一件音乐作品激发的欢乐并非一般意义上的欢乐，甚至不是一种特别类型的欢乐，而是深切理解那种音乐并与之紧密相连的一种感情。在音乐中，我们体验的感情与实际生活中的感情只在总的调子上一致，即使我们能够准确地界定这些感情，我们距离激起这些感情的特别事物依旧十分遥远。由于各种艺术间的平行比较停留在读者或观众的个人反应中，而且这种比较满足于描述我们对于两种艺术产生的相似的感情，因此，在我们的认识中无论如何不会获得证明并取得进展。

另一个常见的方法是研究艺术家们创作的目的与理论。无疑，我们能够表明在不同的艺术后面存在着某些相似的理论与公式，在新古典主义与浪漫主义的运动中，我们可以发现从事不同艺术的艺术家表达了听来相同或类似的创作意图。但音乐中的“古典主义”必然与文学中的古典主义大不相同，道理很简单，古代音乐（除了少数片段外）是不为人所知的，因此不可能形成音乐的进化，而文学则不然，它实际上是从古代的观念与实践演变来的。同样，绘画在庞贝和赫克莱尼姆的壁画[1]被发掘出来之前根本不能说受到古典绘画的影响，尽管人们常常提起古典理论，提起像阿佩莱斯（Apelles）这样的古希腊画家，提起必然是从久远的古代通过中世纪传下来的绘画传统。不过，雕刻与建筑却是由古典典范及其派生的样式决定的，它们在所受古典的影响方面远远超过了包括文学在内的其他艺术。可见，理论与意图在不同的艺术中完全不同，更不用说艺术家的活动所产生的具体结果，即作品及其特殊的内容和形式了。

1　赫克莱尼姆（Herculaneum），意大利南部的一座古城，公元79年维苏威火山爆发时与庞贝（Pompeii）一起被埋没。——译注

无论对作者的创作意图所做的解释怎样不确定，在艺术家与诗人集于一身的极其罕见的例子中，可以对他们的创作意图进行再好不过的探索。例如，比较布莱克或者罗塞蒂（D. G. Rossetti）各自的诗歌和绘画，就可以发现他们的绘画与诗歌的特征（不仅是技巧上的特征）是非常不同的，甚至是背道而驰的。布莱克把一个奇特的小动物作为自己的诗句“虎！虎！熊熊燃烧”的插图。萨克雷亲自为自己的《名利场》画插图，但他为蓓基·夏泼所画的那个傻笑者的肖像与小说中蓓基复杂的性格毫无共同之处。在结构与性质方面，米开朗琪罗的十四行诗与他的雕刻和绘画简直无法比拟，虽然我们在他的诗与艺术中可以发现相同的新柏拉图主义思想和某些心理学上的相似处。[1]这就表明一件艺术品的“媒介”（不幸的是，这也是个尚待证明的术语）不仅是艺术家要表现自己的个性必须克服的一个技术障碍，而且是由传统预先形成的一个因素，具有强大而有决定性的作用，可以形成和调节艺术家个人的创作方式和表现手法。艺术家在创作想象中不是采用一般抽象的方式，而是要采用具体的材料；这个具体的媒介有它自己的历史，与别的任何媒介的历史往往有很大的差别。

和研究艺术家的意图与理论相比，更有价值的是，在共同的社会与文化背景下对各种艺术加以比较。人们确实有可能描述培植各种艺术与文学的共同的、短暂的、局部的社会土壤，从而指出它对各种艺术与文学所产生的共同影响。然而，各种艺术之间的许多平行比较之所以能进行，就只是因为这些比较忽视了这样一个事实，即各个艺术品来自截然不同的社会背景，作用于截然不同的社会。创作或需要某种艺术的社会阶层在任何时代与地点都可以有很大的差别。哥特式的教堂与法国史诗的社会背景截然不同，喜爱并购买雕刻的人与小说的读者也迥然有别。一般人假定说，所有的艺术必然会有相同的、有效的理智背景，这正如假定在某一特定的时代与地点所有艺术均有共同的社会背景一样荒谬。用当代的哲学来解释绘画似乎是危险的，这里仅举一例来说明，托尔尼（C. de Tolnay）[2]曾试图把老勃吕盖尔（P. Breughel，the elder）的画说成库萨努斯（N. Cusanus）或巴拉塞尔士（Paracelsus）泛神论的一元论的证据，并说它启示了斯宾诺莎和歌德。用“时代精神”来“解释”各种艺术那就更加危险，德国的“精神史”运动正是这样做的。我们已在前文不同的场合对其主要观点进行了批判。[3]

1 参见E. 帕诺夫斯基：《新柏拉图主义和米开朗琪罗》（收录于《图像学研究》，纽约，1939年，171页等处）。

2 参见C. 托尔尼：《古老的皮埃尔·勃吕盖尔》（两卷本，布鲁塞尔，1935年）、《彼得·勃吕盖尔的素描》（慕尼黑，1925年）；参见C. 诺曼在《德意志季刊》上的评论，308页后。

3 参见前一章。

对于从相同的或相似的社会背景或理智背景进行的真正的平行比较还从未做过什么具体的分析。我们还没有研究那些能够说明一些具体事实的问题。例如，特定时代与环境中所有的艺术如何在“自然”的万事万物上扩展或缩小自己的范围，艺术的标准怎样与特定的社会阶层联系起来，因而十分可能产生一致的变化，或者美学的价值怎样随着社会革命而改变。这里有一个过去未曾触及的广阔领域可供探索，并且会使各种艺术的比较产生具体的结果。当然，这一方法只能证明不同的艺术在进化过程中产生的相似的影响，并不能证明它们之间任何平行比较都是必要的。

显然，各种艺术之间比较研究最重要的方法是建立在分析实际艺术品，进而分析它们的结构关系的基础之上的。除非我们集中研究艺术品本身，而把对读者（观众）或作家（艺术家）的心理研究以及对艺术品的文化和社会背景的研究降到次要地位，无论这些研究本身是如何有意义，否则，我们就不可能有一部好的艺术史，更谈不上比较艺术史了。遗憾的是，迄今为止，我们还没有进行各种艺术间比较的任何工具。这里还有一个困难的问题：各种艺术可以进行比较的共同的因素是什么？我们从克罗齐等人的理论中找不出什么答案。克罗齐把所有的美学问题都集中在直觉的行动上，并认为直觉的行动与表现是神秘地同一的。他断言表现的方式是不存在的，他还谴责说，“任何企图把艺术进行美学分类的做法都是荒谬的”，这样，他就彻底拒绝承认艺术类型的一切差别。[1]杜威（J. Dewey）坚持的理论对解决我们的问题也无多助益。他在《艺术即经验》（1934）中提出，各种艺术具有共同的实质，因为“经验离开一个总体的环境是不存在的”。[2]他认为，在一切艺术创作活动中，或者说，在人类的一切创造、一切活动和一切经验中无疑存在着共同的因素。然而这些提法根本无助于我们去比较各种艺术。在这方面，格林（T. M. Greene）讲得要具体些，他把各种艺术可资比较的因素界定为复杂性、完整性和节奏。他像杜威一样雄辩地争辩说，“节奏”这个术语完全可以运用于造型艺术。[3]但是，要消除一件音乐作品的节奏和一条柱廊的节奏之间的巨大差异似乎是不可能的，因为柱廊的结构中既不存在音序，也不存在速度。复杂性与

---

1 参见B. 克罗齐：《美学》（D. 安斯利译，伦敦，1929年，62、110、188页）。

2 参见J. 杜威：《艺术即经验》（纽约，1934年，212页）。

3 参见T. M. 格林：《艺术和批评的艺术》（普林斯顿，1940年，213页后，特别是221—226页）；J. 杜威：前引书（175页后和218页后）。关于反对在造型艺术中使用“节奏”这一术语的观点可参见E. 诺曼：《节奏的心理学与美学研究》（莱比锡，1894年）；F. 梅迪库斯：《艺术比较史中的问题》（载《文学研究的哲学》，E. 埃马廷格尔编，柏林，1930年，195页后）。

完整性不过是“多样性”与“统一性”的另一种说法，因此，它们的用处也就格外有限。少数人在结构的基础上寻求各种艺术中共同因素的努力取得了一些进步。哈佛大学数学家伯克霍夫（G. D. Birkhoff）在《审美尺度》[1]一书中力图为简单的艺术形式和音乐找出一个共同的数学基础来，显然获得了一些成功。他的尝试中包含了一项研究，即根据数学方程式和系数来研究诗歌的“音乐性”。可是诗歌中的谐音问题脱离开意义是无法求得解决的。伯克霍夫把爱伦·坡的诗算作高等诗歌似乎就证明了这一看法。他那独创的论点假如被接受，就很有可能扩大诗歌的“文学”本质与在“审美尺度”中比文学有更多共同点的其他艺术之间的差距。

艺术中的平行比较在早期曾将艺术史中的风格概念运用于文学中。18世纪有人对斯宾塞的《仙后》的结构和哥特式教堂光辉灿烂的凌乱次序做过大量的比较。[2]施本格勒在《西方的衰落》一书中对一种文化的各种艺术做了类比，他将“18世纪布置有横向结构家具房中供观赏的室内乐、大镜子房、牧歌、成套瓷器”相提并论，他提到“16、17世纪无伴奏情歌那种提香（Titian）式的风格”，他用“狂暴的快板”来描述哈尔斯，用“流畅的行板”来形容凡·戴克（Van Dyck）。[3]在德国，对各种艺术进行类比的方法产生了大量论哥特人和巴洛克精神的文章，导致在文学中采用“洛可可”和“比德迈尔”（Biedermeier）[4]等术语。在文学史的分期中，哥特式、文艺复兴、巴洛克、洛可可、浪漫主义、比德迈尔式、现实主义、印象主义、表现主义，这样一个以艺术风格来表示的分期序列显然影响了文学史家，从而进入了文学中。这些风格可以归纳为两大类，即古典主义风格与浪漫主义风格的对立：哥特式、巴洛克、浪漫主义、表现主义属于一类，文艺复兴、新古典主义、现实主义属于另一类。洛可可和比德迈尔式可以看作巴洛克和浪漫主义风格后来颓废的、华丽的变种。这种风格的比较往往被压得太死，即使从惯用这一方法的最有名的学者的文章中也很容易导出谬误来。[5]

在将艺术史上的范畴移入文学方面，瓦尔泽尔的尝试是最具体的，他采用了沃尔弗林的标准。沃尔弗林在其《艺术史的原则》[6]中，从纯结构出发，把艺术主

1　参见G. D. 伯克霍夫：《审美尺度》（马萨诸塞，坎布里奇，1933年）。

2　参见J. 休斯1715年出版的《仙后》序言和R. 赫德：《关于骑士风度与传奇故事的信札》（1762年）。

3　参见O. 施本格勒：《西方的衰落》（慕尼黑，1923年，第一卷，151、297、299、322、339页）。

4　比德迈尔，19世纪上半叶流行于欧洲的一个艺术流派，以表现中产阶级的家庭生活、个人兴趣为宗旨。——译注

5　参见R. 韦勒克的文章（本章参考书目第1节）及其《文学研究中的巴洛克概念》（载《美学与艺术批评》，第5期，1946年，77—108页），其中提供了许多例证和参考资料。

6　参见H. 沃尔弗林：《艺术史的原则》（慕尼黑，1915年；英译者M. D. 霍丁杰，纽约，1932年）。

要分成文艺复兴式的与巴洛克式的两类。他建立了可以运用于当时任何一种绘画、任何一件雕刻、任何一种建筑样式的对照理论。他认为文艺复兴的艺术是“线条的”，而巴洛克艺术是“绘画的”（painterly）。“线条的”表示图形和艺术品的外部轮廓线条是清晰的，而“绘画的”表示艺术品的外部轮廓在光线和色彩的掩饰下是模糊的，在这种情形里，光线和色彩是构成艺术品的主要因素。文艺复兴时期的绘画与雕刻使用“封闭的”形式，具有对称、平衡的图形或层面的组合，而巴洛克式的绘画与雕刻则喜用“开放的”形式，其结构是非对称的，往往把重点放在一幅画的角落而不是中心，甚至放到画外的某些点上。文艺复兴时期的绘画是“扁平的”，或者是由凹隐的平面构成的，而巴洛克绘画是“纵深的”，好像能将观者的视线导入遥远的、不甚分明的背景中去。文艺复兴时期的艺术品是“多元的”，由许多清晰的部分组成，而巴洛克艺术品则是“统一的”、高度完整的、细密交织成的。文艺复兴时期的艺术品是“清晰的”，而巴洛克艺术品却是相对“模糊的”、不清晰的、不鲜明的。

沃尔弗林通过对于具体艺术品格外敏锐的分析获得了结论，提出了艺术从文艺复兴向巴洛克进化的必然性。这样一个进化过程确乎是不可颠倒的。但沃尔弗林没有解释造成这样一个进化过程的原因，只是提出了一个所谓“观察方式”的变化，但这种观察方式的变化很难说是纯生理的。这种强调从“观察方式”的变化来考察艺术品纯结构和组成的变化的观点又回到了菲德勒和希尔德布兰德的纯可视性（pure visibility）的理论上，最终源自赫尔巴特派的美学家齐默尔曼（R. Zimmermann）的理论。[1]然而，沃尔弗林本人在后期的一些声明[2]中也承认了自己这种方法的局限性，绝不认为他的关于艺术形式的历史已经穷究了艺术史上的一切问题。即使在早期，他也承认存在“个人的”和“地方的”风格，并且看到这些类型的风格不仅16、17世纪有，其余任何时代都有，只是不那么分明就是了。

1916年，瓦尔泽尔读了《艺术史的原则》一书，紧接着，他就试图把沃尔弗林的方法移植入文学中。[3]他研究了莎士比亚的戏剧结构，得出结论说，莎士比亚的戏属于巴洛克式，因为他的戏缺乏沃尔弗林在文艺复兴绘画中发现的那种对称的结构。一些次要的角色组合不对称，不同的重点落在戏的各幕之中，这些

1　参见H. 莱维：《亨利·沃尔弗林，其理论和前辈》（罗特威尔，1936年）。

2　参见H. 沃尔弗林：《艺术史的原则：一点修正》（载《逻各斯》，第22期，1933年，210—224页；后收入《有关艺术史的一些想法》，巴塞尔，1941年，18—24页）。

3　参见瓦尔泽尔：《莎士比亚戏剧的建筑艺术》（载《莎士比亚学会年鉴》，第52期，1916年，3—35页；后收入《词汇艺术及其研究方法》，莱比锡，1926年，302—325页）。

特点说明莎士比亚的技巧与巴洛克的技巧是相同的，而高乃依（P. Corneille）和拉辛却围绕着一个中心人物构筑悲剧，并根据亚里士多德传统的悲剧理论将重点分配在戏的各幕，因此，他们的戏是文艺复兴式的。在《各种艺术的相互阐发》一书和许多后期的文章中[1]，瓦尔泽尔力图详细阐述并证明这种移植理论，他的论证开始还谦逊，随后就逐渐狂妄起来了。

沃尔弗林的某些风格类型能够清楚地，甚至轻而易举地用文学术语重新表示出来。在轮廓明确、各部分鲜明的艺术与结构松散、轮廓模糊的艺术之间有一种清晰的对照。斯特利希（F. Strich）曾试图以沃尔弗林关于文艺复兴与巴洛克的分类法描述德国古典主义与浪漫主义的对立，他的尝试表明这些风格类型通过灵活的解释可以重新肯定完美的古典主义诗歌与未完成的、片段的、模糊的浪漫主义诗歌之间古老的对立。[2]但是，这样我们对于整个文学史就只有一组对立的概念了。即使用最严格的文学术语来重新表达，沃尔弗林的类型也只能帮助我们把文学作品分成两类，也就是古典主义与浪漫主义这两类古老的分别，或者说，严谨的结构与松散的结构之间的分别，造型艺术与如画艺术之间的分别。这种二元论是施莱格尔兄弟、谢林与柯勒律治熟悉的，也是他们通过思想与文学的争论获得的结论。沃尔弗林的这组对立概念一方面勉强把古典主义与仿古典主义归成一类，另一方面又勉强把哥特式、巴洛克及浪漫主义这样根本不同的运动组合在一起。这种理论似乎掩盖了文艺复兴与巴洛克两个时期之间无疑存在的同时极其重要的连续性，正如斯特利希把它引入德国文学中造成了席勒和歌德的伪古典主义戏剧与19世纪早期浪漫主义运动之间人为的对立，同时使“狂飙突进”运动成为无法解释与不可理解的东西。实际上，18、19世纪之交的德国文学形成了一个相对的统一体，因此，把它分裂成两个对立物似乎是不可能的。这样，沃尔弗林的理论虽然可以将艺术品分类，帮助我们建立甚至证实古老的行动与反动、传统与反叛这样的拉锯式的二元论的进化论，但这种理论如果碰到现实中复杂的文学过程，就远远不能应付它多种多样的模式了。

沃尔弗林概念移植的理论还留下一个重要的问题完全没有解决。我们无论如何无法对这样一个无可置疑的事实做出解释，即各种艺术在同时并不是以同样的速度进化的。文学有时似乎落后于艺术，例如，当英国最大的一批天主教堂建立

1 参见瓦尔泽尔:《各种艺术的相互阐发》(柏林，1917年)，特别是《诗歌艺术品中的内容与形式》(韦德帕克—波茨坦，1923年，265、282页等处)。

2 参见F. 斯特利希:《德国古典主义与浪漫主义，或终止与无限》(慕尼黑，1922年)；参见M. 舒尔茨的评论《学术的幻灭》(芝加哥，1933年；康涅狄格，哈姆登，1962年重印，13、16页)。

起来的时候，我们根本还谈不到英国文学。有时音乐又落后于文学和其他艺术，例如，1800年以前，我们根本还谈不到“浪漫主义”音乐，可是在这个时期以前很久就有浪漫主义诗歌存在了。我们还很难解释这样的事实：在“如画的”风格侵入建筑最少60年前就有“如画的”诗歌[1]，或者像布克哈特（J. Burckhardt）[2]提到的这一事实——在马尼菲科（L. Magnifico）描述农民生活的诗歌《奈西亚》问世大约80年前就有巴萨诺（J. Bassano）及其画派的第一种类型的绘画出现。即便这些例子举得不恰当，可以被驳倒，但它们仍旧提出了一个根据过分简单的理论无法解答的问题，这一简单的理论认为音乐总要比诗歌落后一代人的时间。[3]显然，应该尽力发现艺术与社会因素的相互关系，这些社会因素在每一个不同的例子里都是不同的。

最后还有一个问题，那就是在某些时代或某些民族中某一种或某两种艺术异常高产，而其余的艺术领域不是一片不毛之地，就是只有模仿和派生的东西。伊丽莎白时代的文学繁荣并没有伴随着美术的繁荣就是一个这样的例子，这使我们百思不得其解。看来，“民族灵魂”总是以某种方式集中在某种艺术上的，或者像勒古依在《英国文学史》中所说的那样：“假若斯宾塞生在意大利，他一定会成为一个提香或委罗内塞（P. Veronese），假若他生在荷兰，他就一定会成为一个鲁本斯或伦勃朗。”[4]就英国文学来说，可以很容易地提出，清教主义对无视美术的现象负有责任，但仅此还不足以解释其世俗文学的繁荣与绘画相对凋敝的原因。不过，这一切把我们深深地引进了具体的历史问题中。

各种艺术（造型艺术、文学和音乐）都有自己独特的进化历程，有自己不同的发展速度与包含各种因素的不同的内在结构。毫无疑问，它们相互之间是有着经常的关系（constant relationship）的，但这些关系并非从一点出发进而决定其他艺术进化的所谓影响，而应该被看成一种具有辩证关系的复杂结构。这种结构通过一种艺术进入另一种艺术，反过来，又通过另一种艺术进入这种艺术，并且在进入某种艺术后可能发生完全的形变。不是“时代精神”决定并渗透每一种艺术这样一个简单的问题。我们必须把人类文化活动的总和看作包含许多自我进化系列的完整体系，其中每一个系列都有它自己的一套标准，这套标准不必一定与

1　参见C. 赫西：《如画的风格：从某一角度研究》（伦敦，1927年，5页）。

2　参见J. 布克哈特：《意大利文艺复兴时期的文化》（W. W. 凯基编，波恩，1943年，370页）。

3　P. 索罗金的《社会与文化的动力》（辛辛那提，1937年，第一卷）对这些理论做了深入的探讨；W. 巴萨格：《当代精神史的哲学》（柏林，1930年）。

4　参见É. 勒古依和L. 卡扎缅：《英国文学史》（巴黎，1924年，279页）。

相邻系列的标准相同。艺术史家包括文学史家与音乐史家的任务从广义上讲，就是以各种艺术的独特性质为基础为每种艺术发展出一套描述性的术语来。所以，今天的诗歌需要一种新的诗学、一种新的分析技术，这种新的标准仅仅靠简单地移植和套用美术的术语是不可能取得的。只有当我们为分析文学艺术作品发展出一个成功的术语体系时，我们才能够把文学史上的分期不致界定为由“时代精神”统治着的一个个形而上的实体。在确立起严格的文学进化的这种轮廓之后，我们就可以提出这样的问题：文学的这种进化是否在某些方面与确立了类似的进化轮廓的其他艺术的进化相似？自然，答案不会是简单的“是”或“否”。它将是包含着偶合（coincidence）与分歧（divergence）的一个复杂的模式，而不是简单的平行线条。

第四部

文学的内部研究

引 言

文学研究的合情合理的出发点是解释和分析作品本身。无论怎么说，毕竟只有作品能够为我们对作家的生平、社会环境及其文学创作的全过程所产生的兴趣提供正当理由。然而，奇怪的是，过去的文学史却过分地关注文学的背景，对于作品本身的分析极不重视，反而把大量的精力消耗在对环境及背景的研究上。造成这种过分倚重条件、环境而轻视作品本身的原因是不难找到的。现代文学史是在与浪漫主义运动的紧密联系中产生的，只有采用相对论的观点，即不同的时代需要不同的标准，它才能推翻新古典主义的批评体系，这样，研究的重点就从文学转到了它的历史背景上，也就是要采用这种方法来判断旧文学的新价值。19世纪，文学竭尽全力赶超自然科学的方法，于是，从因果关系来解释文学成了当时一个伟大的口号。此外，随着研究的注意力转向读者的个人趣味，旧的文学批评彻底瓦解了。同时也大大增强了一个信念，即艺术由于在根本上是非理性的，因此，只应该去"鉴赏"。锡德尼·李爵士（Sir Sidney Lee）在他的就职演说中总结了大多数学术研究的理论，他说："在文学史中，我们探索产生文学的外在条件与环境，也就是政治的、社会的、经济的因素。"[1]由于对文学批评的一些根本问题缺乏明确的认识，多数学者在遇到要对文学作品做实际分析和评价时，便会陷入一种令人吃惊的一筹莫展的境地。

近年来，出现了与此相对的一种健康的倾向，那就是认识到文学研究的当务之急是集中精力去分析研究实际的作品。经典的修辞、批评和韵律等老方法正在

---

1 参见S. 李爵士:《现代大学中英国文学的地位》(伦敦,1913年;后收入《伊丽莎白及其他时期论文集》,伦敦，1929年，7页)。

且必须以现代的术语重新认识和评价；建立在对现代文学的形式做大范围综述基础上的一些新方法正在被引入文学研究中。法国有“原文诠释”派（explication de textes）[1]的方法，德国有瓦尔泽尔培植的建立在与美术史进行平行比较基础上的形式分析法[2]，特别精彩的还有俄国的形式主义者及其捷克和波兰的追随者们倡导的形式主义研究法[3]。这些方法给文学作品的研究带来了新的活力，对此我们仅仅开始有了正确的认识和足够的分析。在英国，理查兹的追随者对诗歌的原文给予了特别的重视。[4]在美国，一组批评家把文学作品的研究作为他们兴趣的核心。[5]一些有关戏剧的研究[6]强调戏剧和现实生活的区别，竭力澄清戏剧真实与经验真实之间的混淆，也指向了相同的方向。与此类似，许多有关小说的研究[7]不再满足于仅仅考虑它与社会结构的关系，而是力求分析其艺术手法，也即其艺术观点和叙述技巧。

俄国的形式主义者最激烈地反对“内容与形式”（content versus form）的传统的二分法。这种分法把一件艺术品分割成两半：粗糙的内容和附加于其上的、纯粹的外在形式。[8]显然一件艺术品的美学效果并非存在于它所谓的内容中。几乎没有什么艺术品的梗概不是可笑的或者无意义的（这种梗概只有作为教学的一种手段才有意义）。[9]但是，若把形式作为一个积极的美学因素，而把内容作为一个与美学无关的因素加以区别，就会遇到难以克服的困难。乍看起来，二者的分野似乎是相当清楚的。假若我们是通过文学作品的内容来理解它要传达的思想和情感，那么形式就必然包括要表达这些内容的所有的语言因素。但是，如果我们

1 参见参考书目第十二章第3节。

2 参见瓦尔泽尔：《各种艺术的相互阐发》（柏林，1917年）、《诗歌艺术品中的内容与形式》（波茨坦，1923年）、《词的艺术》（莱比锡，1926年）。

3 关于俄国的文学运动，参见V. 埃利希：《俄国的形式主义》（海牙，1955年）。

4 参见燕卜荪（W. Empson）：《含混的七种类型》（伦敦，1930年；企鹅丛书，1962年）；F. R. 利维斯：《英国诗歌中的新关系》（伦敦，1932年）；G. 蒂洛森：《论蒲柏的诗》（1938年）。

5 参见参考书目第十二章第4节。

6 参见L. C. 奈茨：《麦克白夫人有多少小孩？》（伦敦，1933年，15—54页；后收入《探索》，伦敦，1946年，15—54页）。本文用例证驳斥把戏剧混同于生活的论调，E. E. 斯托尔、L. L. 许金等人特别强调传统的作用以及和戏中生活的距离。

7 J. W. 比奇和卢伯克（P. Lubbock）的《小说技巧》（伦敦，1921）是颇为出色的。在俄国，V. 什克洛夫斯基的《散文理论》（1925年）、维诺格拉多夫（V. V. Vinogradov）以及艾亨鲍姆（B. M. Eikhenbaum）的许多文章把形式主义的理论运用在小说研究上。

8 参见J. 穆卡洛夫斯基：《玛佳的五月》序（布拉格，1928年，4—6页）。

9 参见C. H. 里克沃德：《小说一题》（收录于《接近批评的标准》，F. R. 利维斯编，伦敦，1935年，33页），其中有这样一段话：“小说中真正的故事像人物一样是根本无法概括的……只有从记忆中析出的情节与人物是清楚的；然而只有在溶解状态才存在任何感情上的化合价。”

更加仔细地检查二者的差别，就会发现内容暗示着形式的某些因素。例如，小说中讲述的事件是内容的部分，而把这些事件安排组织成为“情节”的方式则是形式的部分。离开这种安排组织的方式，这些事件就无论如何也不会产生艺术效果。德国人提出并广泛采用的补救办法是引进“内在形式”（inner form）这一概念，这个概念最早来自普罗提诺和夏夫兹伯里，实际上仍然是件非常复杂的事，因为这个内在形式与外在形式的分界线依旧是模糊不清的。必须承认事件被安排组织为情节的方式是形式的部分，这是无疑的。即使在通常被认为是形式的一部分的语言中，也有必要区分与美学没有什么关系的字词本身以及把单个字词组织成声音与意义的单元的那种具有美学效果的方式。可见，传统的两分法会遇到更多的麻烦。如果把所有与美学没有什么关系的要素称为“材料”（material），而把这些要素取得美学效果的方式称为“结构”（structure），可能要好一些。这绝不是给旧的一对概念即内容与形式重新命名，而是恰当地沟通了它们之间的边界线。“材料”包括了原先认为是内容的部分，也包括了原先认为是形式的一些部分。“结构”这一概念也同样包括了原先的内容和形式中依审美目的组织起来的部分。这样，艺术品就被看成是一个为某种特别的审美目的服务的完整的符号体系或者符号结构。

第十二章　文学作品的存在方式

在我们能够对文学作品的不同层次做出分析之前，我们必须先提出一个极为困难的认识论上的问题，那就是文学作品的“存在方式”或者“本体论的地位”问题（为简便起见，下面以“诗”来代替文学作品）。[1]什么是“真正的”诗？我们应该到什么地方去找它？它是怎样存在的？正确地回答这几个问题应该能够解决一些有关文学批评的问题，并为恰当分析文学作品开拓道路。

关于诗或者说文学作品是什么、在哪里的问题，我们必须先对几种传统的答案给予批判和驳斥，然后才能做出我们自己的回答。最流行、最古老的答案之一是把诗当作一种“人工制品”（artefact），具有像一件雕刻或一幅画一样的性质，和它们一样是一个客体。这样，文学作品就等同于一张白纸或羊皮纸上留下的黑墨水线条，或者，如果我们记起巴比伦的诗歌，那它就是砖上刻着的槽子。显然，这种答案是根本不能令人满意的。首先，存在着大量的口头“文学”。有些诗歌或故事从来没有以固定的形式写下来，但仍然继续存在着。这样，黑墨水的线条只能是记录必然已经存在于什么地方的一首诗的方法。如果我们毁掉写下来的作品或者所有印成册的书，我们可能仍然毁不掉诗歌，因为它可能流传在口头，或者留存在像麦考莱这样的人的记忆中——麦考莱曾经夸口说,他可以整本背诵《失乐园》和《天路历程》。但是，如果我们毁掉一幅画、一件雕刻或一座建筑，我们就把它们彻底毁掉了，虽然我们可以用另一种媒介保存对它们的描述和记录，甚至尽可能将已经失去的重建起来，然而我们重建的总是另一件艺术品（不论它与原作如何相似）。但毁掉一本书或者它的全部版本却根本毁不掉作品。

1　参见本章参考书目第1节。

纸上写的东西并非“真正的”诗还可以从另一点加以论证。印好的书页包括了大量的因素，如铅字的大小、铅字的类型（正体、斜体）、开本的大小等其他许多因素，但这些因素对诗来说是外在的。假若我们严肃地接受一首诗是一件人工制品的观点，我们就会得出结论说每一本书，至少每一种不同的版本都是一件不同的艺术品。这样，就不存在这样一条先验的理由：为什么不同版次的副本就应该是同一本书的副本。此外，在我们读者看来，一首诗不同的印刷并不见得都是正确的。我们能够纠正印刷者在我们可能从未读过的诗文中印刷的错误，在某些偶然的场合，我们还可能恢复原作真正的含义，这种事实表明我们根本没有把印好的诗行当作真正的诗。这样，我们就能够说明诗（或任何文学作品）能够在它们刊印的形式之外存在，而印好的人工制品包括了许多不属于真正的诗的因素。

但这一否定的结论决不应该蒙蔽我们的眼睛，使我们对发明书写和印刷术以来诗歌记录的实用方法和重要性视而不见。可以肯定，由于书面记载遗失和理论上成立的口头流传方法失效，大量的文学作品丢失了、湮没了。书写与印刷术的出现使文学传统的接续有了可能，因而必然大大增强了艺术品的统一性与完整性。此外，在诗歌发展史上的某些时刻，各种图形也变成了艺术成品的一部分。

正如芬诺罗萨（E. Fenollosa）的研究所表明的，中国诗歌中图画式的表意文字构成了诗的整个意义中的一部分。在西方传统中，古希腊诗集里就有这种图形式的诗歌，赫伯特（G. Herbert）的《祭坛》或《教堂地板》，以及玄学派诗人的类似诗作和西班牙的贡戈拉主义、意大利的马里尼主义[1]、德国的巴洛克诗歌等都属于此类。在现代诗歌中也不乏这样的例子，如美国的卡明斯（Cummings）、德国的霍尔兹（A. Holz）、法国的马拉美和阿波利奈尔（G. Apollinaire）等。他们在诗中采用图形式的结构，不同寻常的诗句安排，诗的首句甚至从页底开始，采用不同的颜色来印刷，等等。[2]斯特恩早在18世纪就在他的小说《商第传》中采用了空页和云纹花边的书页。所有这一切手法都是这些特定艺术品整体中的部分。我们知道，尽管绝大部分诗中没有这类东西，但它们在各自的具体背景中是不可能也不应该被忽视的。

---

1 贡戈拉主义（Gongorism），来自西班牙作家贡戈拉（L. de Góngora），指一种华丽的、玩弄形式的文学风格。马里尼主义（Marinism），来自17世纪意大利作家马里尼，指一种浮华、雕琢、故弄玄虚的文学风格。——译注

2 参见E. 芬诺罗萨：《作为诗的媒介的中国文字》（纽约，1936年）；M. 丘奇：《最早的英语图形诗》（载《现代语言学会会刊》，第61期，1946年，636—650页）；A. L. 科恩：《帕特纳姆和东方图形诗》（载《比较文学》，第4期，1954年，289—303页）。

此外，印刷在诗中的作用决不仅仅表现在这类为数极少的印刷古怪的作品中；诗行的结尾、诗节的安排、散文的分段、那些只有通过拼写才能理解的眼韵或者双关语，以及许多类似的手法都必须看作文学作品中不可分割的因素。有一种纯粹的口头理论倾向于完全排除这些因素，但是，忽略了它们就不可能对许多文学作品做出完整的分析。它们的存在证明在现代诗歌的创作实践中印刷是非常重要的，还证明诗歌不仅是写给耳朵听的，也是写给眼睛看的。尽管图形的方式并不是必不可少的，但与音乐相比图形的方式在文学中更常见。在音乐中印好的乐谱正相当于诗歌中印好的书页。音乐中图形方式的采用虽然并非没有，但却较少见。16世纪意大利情歌的乐谱中就采用了许多有趣的视觉手段（如颜色等）。一般被人认为是“纯”作曲家（“绝对”作曲家）的亨德尔（F. Handel）写过一首合唱，唱词中谈到了红海的波涛，说“海水涌立像墙一样”，这时乐谱上出现的音符就是一排密集的间隔相等的符点，仿佛一块方阵或一堵墙。[1]

我们开始讲述的这种理论今天可能已经没有多少严肃的信奉者了。我们问题的第二种答案是：文学作品的本质存在于讲述者或者诗歌读者发出的声音序列中。这是一个被广泛接受的答案，特别受到诗歌朗诵者的欢迎，但它仍然是不能令人满意的。每次大声朗诵一首诗或者背诵一首诗只是在表演一首诗，而不是这首诗本身。这与音乐家表演一首音乐作品是完全等同的。按我们前面提到的论点来说，存在着大量的根本不可能诉诸声音的书面文学。如果不承认这一点，我们就得赞同某些谬论，像一些行为主义者所说的那样，一切默诵都伴随着声带的振动。事实上，一切经验告诉我们，除非我们差不多是文盲，或者十分艰难地读一种外国文字，或者为了某种目的轻声地咬文嚼字，否则通常我们不论读什么，总是“总体性的”，也就是说，我们总是把印刷的许多文字作为总体来看，并不把它们分解成一系列音素，不仅不会去大声诵读，甚至不会去默读。在快速阅读时，我们甚至来不及通过声带振动去咬文嚼字。如果假定诗存在于大声诵读之中，就必然导致荒唐的结论，即如不诵读，一首诗就不存在，并且每诵读一次，这首诗就获得了一次再创造。

然而，最重要的是，一首诗每诵读一次就要比原诗多一些东西：每一次表演都包含了一些这首诗以外的因素，发音方面独特的气质、音高、速度、轻重音的安排，这些因素要么是由诵读者的个性决定的，要么表明了他对这首诗解释的方式。况且，诗的诵读不仅给诗添加了个人的因素，而且还往往代表了对诗中暗含

---

1 参见A. 爱因斯坦：《民歌中的视觉音乐》（载《国际音协杂志》，第14期，1912年，8—21页）。

的各种成分——声音的高低、诵读的快慢、重音的安排和强度——的选择。这些可能对，也可能错。即使对了，也只能代表一首诗的一种读法。我们必须承认一首诗可以有多种读法：一些读法是错的，如果我们感到这样读歪曲了原诗的真意；另一些读法我们只能说它们不错，还说得过去，但仍然不够理想。

诵读一首诗并不是这首诗本身，因为我们能在心理上校正这一诵读的表演。即便我们在听人背诵一首诗时承认他背诵得十分完美，但我们仍然不能排除这样的可能性，即还会有人，甚至同一个人在不同的时刻提出一种不同的读法，这种读法显示了该诗的其他因素，效果一样好。这里，把它与音乐表演的类似性提出来是有裨益的：即使由托斯卡尼尼（A. Toscanini）指挥的交响乐也不是这交响乐本身，它不可避免地带上了演奏者个人的色彩，在速度、随意延音、音色等各方面添加了具体而细致的因素，而这些因素下次演奏时都可能发生变化，当然，我们不可能说第二次演奏时就不是这首交响乐了。这样，我们就阐明了诗可以存在于它的诉诸声音的诵读之外，而且诵读表演包含了许多因素，我们得认为这些因素并不包含在该诗中。

但是，在某些文学作品中（特别是抒情诗中）声音仍然是其总体结构的一个重要因素。通过诸如格律、母音或子音连缀的形式、头韵、半谐音、脚韵等多种方式，可以引起人们对一首诗的注意。这一事实说明，或者有助于说明，抒情诗歌的翻译是十分不完善的，因为这些潜在的音响模式是不能翻译入另一种语言体系中的，虽然老练的翻译家可以在自己的语言中从总体上尽量接近这一效果。不过，有大量的文学是相对独立于音响模式之外的，这从许多作品的极为平庸的译文在历史上仍有效果就可以看出。音响在一首诗的结构中可以是一个重要的因素，但是，说一首诗是一系列音响就像把书页上的印刷看得高于一切一样令人不满意。

对我们的问题的第三个通常的答案说：诗是读者的体验。这种论点争辩说，在每个读者的心理活动之外，诗就不存在，因而，一首诗就等同于我们读它时或者听别人读它时体验的心理状态和过程。这种“心理学”的解答看来同样是不能令人满意的。诚然，一首诗只能通过个人的体验去认识，但它并不等同于这种个人的体验。每个人对一首诗的体验包含了一些纯属个人气质与特征的东西。这种体验带上了个人情绪与精神准备的色彩。每位读者的教育程度、个性，一个时代总的文化风气，以及每位读者的宗教的、哲学的或者纯技术方面的定见，每读一次都会给一首诗增加一些即兴的、外在的东西。同一个人在不同时间的前后两次诵读就可能有相当大的差别，或者因为他可能在心理上成熟了，或者由于疲劳、忧虑、心不在焉等暂时的因素使他愚钝。这样，对一首诗的每次体验不是遗漏了一些东西，就是增加了一些属于个人的东西。体验与诗永不相当：即使一个素养很好的读者，也会在诗中发现他从前阅读时未曾体验过的新的细节，至于一个在这方面缺乏素养或者根本没有素养的读者会把诗读得如何走样、如何肤浅就无须细论了。

认为读者的心理体验是诗本身的观点必然导致荒谬的结论，即诗除非去体验就不存在，同时，每次体验都是对原诗的一次再创造。这么说，就不只有一种《神曲》，而会有许多种“神曲”，因为过去、现在、将来都有人读它。这样，最终的状态就将是怀疑和混乱，大家就会得出“趣味是无可争辩的”这样一个错误的格言。如果我们采纳这一观点，那就无法解释为什么一个读者对一首诗的体验比别的读者的体验好，为什么有可能对另一读者的解释加以纠正。那就意味着所有以提高对原文的理解力和鉴赏力为目的的教学再没有必要存在下去了。理查兹的著作，特别是他的《实用批评》说明了在分析读者的个人气质方面可以做多么细致的工作，说明了一个好的教师在矫正错误的理解方面可以取得怎样出色的效果。令人感到奇怪的是，常常批评学生体验的理查兹却坚持一种与他自己杰出的批评实践截然相反的极端的心理学理论，把诗看作调理人们心理冲动的观念，得出诗的价值就是具有某种精神治疗作用的结论，最终导致他承认一首坏诗与一首好诗一样可以达到这种目的，一条地毯、一个罐子、一个手势与一首奏鸣曲一样也可以达到这一目的。[1]这样，我们脑中可能存在的模式就未必一定与引出它的诗相关了。

读者的心理无论何等有趣，或者在教学上何等有用，它总是处于文学研究的对象（具体的文学作品）之外的，不可能与文学作品的结构和价值发生联系。心理学的理论只能是效果的理论，在一些极个别的情况下可能成为诗歌价值的某些标准，如豪斯曼（A. E. Housman）在一次题为《诗的名称与实质》（1933年）的讲演中告诉我们（但愿他说的是真话），一首好诗能够从它沿着人们的脊椎造成的战栗去判定。这与18世纪用观众眼泪的多少去衡量一出悲剧的价值或后来以计算观众笑的次数来衡量一出喜剧的好坏的那些影坛理论毫无二致。这样，每一种心理学理论的结果就是造成对诗歌价值认识的莫衷一是、怀疑和完全迷惘，因为这种理论与诗歌的结构和价值必然毫无关系。

理查兹只是稍稍改善了一点心理学的理论，他把诗歌界定为“恰当的读者的

1　参见I. A. 理查兹：《文学批评原理》（伦敦，1924年，125、248页）、《实用批评》（伦敦，1929年，349页）。

体验”。[1]显而易见,整个问题的中心转移到“恰当的读者”这一概念以及“恰当的”这个形容词的意义上。但我们即使假定有一位读者具有最佳的背景，受过最佳的训练，并且处在最佳的心理状态中，这个定义仍是不能令人满意的，因为用我们批评上述心理学方法的论点同样可以驳倒它。理查兹这种提法仍旧把诗歌的本质看作一时的体验，即便是恰当的读者，他的体验也不会每次不变。在任何情况下这种方法都不可能完整地表述一首诗的意义，并且总会给诗的诵读添加不可避免的个人因素。

第四种答案据说可以排除这一困难。这种答案说：诗是作者的经验。只需稍稍提及,我们就可以看出当作者完成创作之后,在任何时刻重读自己的作品时,“诗即作者的经验”这一论点就会不攻自破。因为那时他显然成了自己作品的一个读者，像其他任何别的读者一样容易对自己的作品产生误解。作者对自己的作品发生极大误解的例子可以收集许多：有一则旧的逸事，说勃朗宁宣称不懂自己的诗作，这大约含有真实的成分。我们大家都有这样的经历，即误解或者不能完全理解从前写的东西。这样,“诗是作者的经验”就只能指作者在创作时的经验。但是“作者的经验”，仍然可以有两个不同的含义：有自觉意识的经验、意图，这是作者要在作品中体现的；或者存在于漫长的创作过程中的包括有意识与无意识两方面的整个经验。尽管没有什么明白的宣称，但是，认为诗存在于作者的创作意图中的观点是流传很广的。[2]这为许多历史研究提供了正当的理由，为许多争论中的特定解释提供了有利的证据。然而，对于大多数作品来说，除了完成的作品自身，我们没有证据弄清作者的意图。即便能够拿出明白宣称作家创作意图的同时代证据，但这种宣称不必束缚一个现代观察家的手足。作者的“意图”不外是“合乎理性的想法”、评论，这些“意图”当然不能不加以考虑，但也可以从完成的作品的角度加以批评。一个作者的“意图”可以远远超过他完成的作品。作家的意图可能是一些计划和理想的宣言,而他的实践却可能远远低于或者偏离这一目标。倘若今天我们可以会见莎士比亚，他谈创作《哈姆雷特》的意图就可能使我们大失所望。我们仍然可以有理由坚持在《哈姆雷特》中不断发现新意（而不仅是创造新意），这些新意就很可能大大超过莎士比亚原先的创作意图。

艺术家在表达自己的创作意图时很可能受到同时代批评风气和批评标准的强烈影响，但批评标准本身在表明作家实际艺术成就的特征时，很可能是远远

1　参见理查兹:《文学批评原理》(225—227页)。

2　参见本章参考书目第4节。

不够的。巴洛克时代就是一个显著的例子，当时那种全新的艺术实践在艺术家的宣言中或者在批评家的评论中几乎找不出什么说明，这确是十分惊异的。像贝尼尼（G. Bernini）这样的雕刻家竟然向法兰西学士院详细陈述他的实践是恪守古训的，修建德累斯顿名叫茨威格的高度洛可可化的建筑的建筑家裴佩莽（D. A. Pöppelmann）写了一本小册子，声称他的创作是严格遵循维特鲁维斯（Vitruvius）的最纯粹的原则的。[1]玄学派诗人只有几条不完备的批评标准（像“强有力的诗行”），但这些标准与他们的实际创新几乎毫无关系；中世纪的艺术家常常表示具有纯宗教与纯说教的创作意图，但在他们实践的艺术原则中却根本没有表现。自觉的创作意图与创作实践分道扬镳在文学史上是常有的现象。左拉（E. Zola）真诚地相信他创作实验小说的科学理论，但实际上却创作了高度闹剧性的象征小说。果戈理自认为是一个社会改革家，是俄国的“地理学家”，但实际上他创作的长、短篇小说却充满了他想象中怪诞、奇异的形象。我们不能仅仅依靠对作家意图的研究，因为这些意图甚至不能代表对他的作品的准确评论，或者充其量不过是一种评论罢了。这并不表示我们反对对作家的“意图”进行研究，只要这种研究是把文学艺术品作为整体以探寻它的全部意义的话，当然是无可非议的。[2]不过，这是“意图”这一术语不同的使用方式，并且在一定程度上会把人引上歧途。

与这一答案有关的另一种说法，即真正的诗是创作过程中作家有意识的经验与无意识经验的总和的说法，也是非常不能令人满意的。在实践中，这一结论有严重的缺陷，它提出了一个纯系假设的、根本无法接近和求解的未知数。这一说法之所以不能令人满意，除了这一不可逾越的实践障碍，还因为它把诗的存在完全置于一个过去的主观经验中。作者的创作经验在作品开始存在的刹那就停止了。假定这一说法是正确的话，我们就永远不可能直接接触作品本身，却需要不断去假定我们读诗的体验怎样才能与作者很久以前的经验相吻合。蒂利亚德（E. M. Tillyard）在著作《弥尔顿》中就采用了这一说法，认为《失乐园》是关于作者创作时的心理状态的。他与C. S. 路易斯进行了长期的、经常是无关主旨的论战，但却不能认识到《失乐园》首先是关于撒旦、亚当和夏娃的，是关于成

1　这是瓦尔泽尔文章的例子。参见本章参考书目第4节。

2　正如斯宾加恩所说：“诗人的意图必须在艺术创作的时刻来判断，也就是说通过诗的艺术本身来判断。”（引自《新批评》，见《批评与美国》，纽约，1924年，24—25页）。

千上万个不同的思想、表现与观念的，其次才是关于弥尔顿创作时的心理状态的。[1]这部作品的整个内容曾经一度与弥尔顿的意识与潜意识相关联当然是绝对正确的，但是，这种心理状态是不可能接近的，而且在当时很可能充满了千千万万个经验，我们却无法在诗中找到它们的一点儿蛛丝马迹。从字面上看，这一提法必然引向对作者心理状态延续的准确时间及其准确内容，甚至可能包括创作时发生的一次牙痛之类的事的不着边际的推测。[2]这种通过探索不论是读者的、听者的、讲述者的还是作者的心理状态的心理学方法产生的问题可能比它能够解决的还要多。

从社会的经验和集体的经验来界定艺术品显然是较好的办法。这个办法有两个可能性，但仍旧不能满意地解决我们的问题。一种可能性说，艺术品是其过去的以及可能存在的一切经验的总和。这样，留给我们的就是一个无穷数，包括各不相关的个人经验和拙劣的、虚假的阅读与歪曲的理解。简言之，这种看法只不过说，诗是读者的心理状态再乘以无穷数。另一种可能性说，真正的诗是这首诗所有的经验中共同的经验。[3]这就必然将艺术品降格为其一切经验的公分母。这个分母还必将是最小公分母，也就是最浅薄、最表面、最微末的经验。这种可能性除去它存在的实际困难，还将极大限度地减弱艺术品的全部含义。

从个人的或者社会心理学的观点来解答我们的问题是行不通的。我们只能得出这样的结论：一首诗不是个人的经验，也不是一切经验的总和，而只能是造成各种经验的一个潜在的原因。从心理状态来解释诗的论点之所以站不住，原因就在于，它不能把真正的诗的标准特性阐释清楚，不能把对诗的经验为什么有的正确，有的不正确这样一个简单的事实解释清楚。在每一个人的经验里只有一小部分触及了真正的诗的本质，因此，真正的诗必然是由一些标准组成的一种结构，它只能在其许多读者的实际经验中部分地获得实现。每一个单独的经验（阅读、背诵等）仅仅是一种尝试——一种或多或少是成功和完整的尝试——为了抓住这套标准的尝试。

这里使用的“标准”（norms）这个术语当然不应和古典主义的、浪漫主义的

1　参见E. M. 蒂利亚德和C. S. 路易斯：《个人的异端邪说：一场争论》（伦敦，1934年）；蒂利亚德：《弥尔顿》（伦敦，1930年，237页）。

2　P. 奥迪亚在他的《文学传记》（巴黎，1925年）中争论说，艺术品“代表了作者生平中的一个时期”，因此，往往陷入这类无法解决也没有必要解决的困境中。

3　参见J. 穆卡洛夫斯基：《艺术即成熟的符号学》（收录于《布拉格第八届国际哲学讨论会论文集》，布拉格，1936年，1065—1072页）。

伦理标准或政治标准混为一谈。我们所谓的标准是内涵的标准，必须从对作品的每一个单独的经验中抽取出来，再将它们合成真正的艺术品的整体。如果我们对艺术品本身加以比较，就一定能够确定这些标准的相似与差异，从这些相似本身出发，就应该能够按照艺术品体现的标准对其加以分类。然后，我们就有可能概括出文学类型的理论，进而最终获得关于文学的一般理论。否定这一点，像那些不无理由地强调每件艺术品的独特性的人所做的那样，似乎就会将个性的概念强调得太过分，使每件艺术品与传统相隔离，以致最终造成它无法表达意思、无法被人理解的情形。假定我们必须从分析一个单独的艺术品开始，我们仍然不可能否定在两件或更多特定的艺术品之间存在着某种联系、相似、共同的成分或因素使得它们彼此接近。这样，就可能为从一件单独的艺术品的分析过渡到某一个类型的艺术品的分析打开通道，例如，从一件艺术品过渡到古希腊悲剧，再到一般悲剧，然后到一般文学，最后到所有艺术品都具有的包括一切的某种结构。

但这是一个需要进一步讨论的问题。我们还必须进一步确定这些标准在哪里，它们是怎样存在的。对一件艺术品做较为仔细的分析表明，最好不要仅仅把它看成一个包含标准的体系，而要把它看成是由几个层面构成的体系，每一个层面隐含了它自己所属的组合。波兰哲学家英伽登（R. Ingarden）在其对文学作品明智的、专业性很强的分析[1]中采用了胡塞尔（E. Husserl）的“现象学”方法明确地区分了这些层面。我们用不着详述他的方法的每一个细节就可以看出，他对这些层面的总的区分是稳妥的、有用的。第一个层面是声音的层面，当然，不可将它与文字的实际声音相混，正如我们前面的讨论所提到的那样。这一层面的模式是必不可少的，因为只有基于这一声音的层面才能产生第二个层面，即意义单元的组合层面。每一个单独的字词都有它的意义，都能在上下文中组成单元，即组成句素和句型。在这种句法的结构上产生了第三个层面，即要表现的事物，也就是小说家的“世界”、人物、背景这样一个层面。英伽登还另外增加了两个层面。我们认为，这两个层面似乎不一定非要分出来。“世界”的层面是从一个特定的观点看出来的，但这个观点未必非要说明，可以暗含于其中。文学中表现的事件可以“看出”或者“听出”：即使同一事件也是如此，例如摔门；一个人物也可以在其“内在的”或“外在的”特性中看出。最后，英伽登还提出了“形而上性质”的层面（崇高的、悲剧性的、可怕的、神圣的），通过这一层面艺术可以引人深思。但这一层面也不是必不可少的，在某些文学作品中可以没有。可见，他的这两个

1　参见R. 英伽登：《文学的艺术作品》（哈勒，1931年）。

层面都可以包括在“世界”这一层面之中，包括在被表现的事物范畴内。然而，它们仍然提示了文学分析中一些非常实在的问题。自从亨利·詹姆斯提出小说理论以及卢伯克较为系统地阐释詹姆斯的理论与实践以来，“视角”这一层面至少在小说中已经引起相当广泛的重视。“形而上性质”的层面使英伽登能够再次引进艺术品“哲学意义”的问题，而不致犯通常唯理智论者的错误。

采用语言学的平行观念有助于我们阐释这一问题。索绪尔（F. Saussure）和布拉格语言学派（Prague Linguistic Circle）的语言学家们对语言与言语（langue and parole）做了细致的区别[1]，也就是对语言系统与个人说话的行为做了区别；这种区别正相当于诗本身与对诗的单独体验之间的区别。语言的系统是一系列惯例与标准的集合体，我们可以看出，这些惯例与标准的作用和关系具有基础的连贯性和同一性，尽管单独的说话者所说的话是有差异的、不完善的、不完整的。至少在这一方面，一件文学作品与一个语言系统是完全相同的。我们作为个人永远不能全面地理解它，正如作为个人我们永远也不能全面和完美地使用自己的语言。在认知事物的每一个行动中情形也是如此。我们永远不可能完美地认识一个客体的性质，但我们却几乎无法否认一个客体就是这个客体，尽管我们可以从不同的角度来透视它。我们总是抓住客体中的某个“决定性的结构”（structure of determination），这就使我们认知一个客体的行动不是随心所欲的创造或者主观的区分，而是认出现实强加给我们的某些标准。与此相似，一件艺术品的结构也具有“我必须去认知”的特性。我对它的认识总是不完美的，但虽然不完美，正如在认知任何事物中那样，某种“决定性的结构”仍是存在的。[2]

现代语言学家把潜在的声音分析为音素，他们也可以分析词素和句素。例如，一个句子可以被描述为一个特定的发音表达，也可以被描述为一个句型。在音素之外，从功能上分析语言的现代功能语言学相对来说仍然发展不够，但是，问题尽管困难，却不是不可解决的，也不是完全陌生的。它们仍然是较老的语法中讨论过的有关词法与句法的一个重述。在对文学作品的意义单元的层面及其含有审美目的的特定结构进行分析时会碰到类似的问题，譬如说诗的语义学、措辞、意象之类的问题，被人以新的、更加仔细的说法重新提了出来。与描述的对象有关的意义单元、句子和句子结构构成了诸如景物、室内陈设、人物、行动或思想等想象的现实。这些想象的现实也可以从与经验现实不相混同，同时又不忽略它们

1　参见索绪尔：《普通语言学教程》（巴黎，1916年）。

2　参见E. 胡塞尔：《笛卡儿的沉思》（巴黎，1931年，38—39页）。

固有的语言结构的角度加以分析。小说中的人物只能从意义单元中生出，由形象所讲的话语或者别人讲的有关这一形象的语句构成。和那些与自己的过去有机地联系在一起的人相比较，小说中人物的结构是不确定的。[1]这种按不同层面来区分的方法具有优越性，它可以取代那种传统的、往往造成误解的内容和形式的二分法。内容与语言这个基础层面紧密相连，语言中包含了内容，而内容又以语言为基础。

但是，把文学作品看作含有不同标准的若干层面的体系这样一个论点仍然不能确定这一体系的实际存在方式。要想恰当地处理这一问题，我们还需要解决唯名论对现实主义、唯心论对行为主义之间的争端，质言之，即解决认识论上的一切主要问题。然而就我们的目的来说，只要避开极端的柏拉图主义与极端的唯名论这两个相反的论点就够了。我们用不着使这个含有不同标准的体系实体化、具体化，用不着把它变成一种对一个永久的本质范畴起制约作用的原型观念。文学作品并不像一个三角形的观念、一个数字的观念或者“红”的特质那样具有相同的本体论的地位。与这些“实体”不同，首先，文学作品是在时间的某一点上创造的；其次，它是易于变化的，甚至易于遭到完全毁灭的。在这一点上，它与语言系统倒更相似一些，尽管语言诞生或死亡的准确时刻并不像文学作品（通常指单独的创作）那样可以清晰地判定。另一方面，我们应该看到，极端的唯名论不承认一个“语言系统”的概念，因而，也不承认我们这个意义上的文学作品的概念，或者，只承认它是一种有用的虚构或“科学的描述”，这就离开了我们讨论的整个问题和要点。而行为主义的狭隘假说则把不符合经验现实中非常有限的观念的任何事物看成是“神秘的”“形而上的”。但是把音素称为一种虚构，或把语言系统称为一个“对说话行为的科学描述”必然要无视真理的存在。[2]我们能够识别标准和对标准的背离，我们不只是创造某些纯文字的描述而已。在这一方面，整个行为主义的观点是建立在一个糟糕的抽象理论的基础上的。无论我们是否确立数字与标准，它们依旧存在。自然，我有计数的行动，我有读的行动，但数字的显示或对一个标准的认识与数字或标准本身是不同的。发“h”的音就与音素“h”不同。我们在现实中认识含有一套标准的结构，我们并不去发明文字的建构。反对派的意见说，我们只是通过个别认识活动的途径认识这些标准，我们不能跳出并超越个别的认识活动，这种说法只是听来令人印象深刻罢了。它是针对康德对

1 参见本书第130页注释6。

2 参见本章参考书目第2节。

我们的认识的批判的，因而可以用康德的论点加以驳斥。

诚然，对于这些标准我们自己也很容易产生误解，容易缺乏理解，但是，这并不意味着批评家可以采取一种超人的态度，从局外来批评我们的理解，或者冒充在某些理智的直觉活动中抓住了这一套标准的整个体系。实际上，我们是从自己认识中的一个部分建立的更高标准出发去批评自己认识的另一部分。我们不可能处在这样一个位置上，即为了证明自己的视力，企图看到自己的眼睛，而是处在这样一个位置上，即把我们能够清晰地看到的事物与我们只能朦胧地看到的事物加以比较，从而概括出区分属于两类事物的标准，并通过某种把距离、明暗等包括在内的视觉理论去解释它们之间的差异。

与此相似，我们可以通过比较，通过研究各种错误的、不完整的“认识”或解释，判别对一首诗正确的或错误的阅读，判别对文学作品中包含的标准的正确认识与歪曲。正如音素可以研究一样，这些标准的功用、关系和结合也可以研究。文学作品既非一个经验的事实，即非任何一个特定的个人的或任何一组个人的心理状态，也非一个像三角形那样理想的、毫无变化的客体。艺术品可以成为“一个经验的客体”（an object of experience），我们认为，只有通过个人经验才能接近它，但它又不等同于任何经验。它之所以不同于数字之类的理想的客体，就是因为只有通过它的结构和声音系统的经验的（物理的，或潜在的物理的）部分才能接近它，而一个三角形或者一个数字却可以通过直觉直接体会它。它还在一个重要的方面与理想的客体不同：它具有一种可以称作“生命”的东西。它在某一时刻诞生，在历史的过程中变化，还可能死亡。一件艺术品如果保存下来，从它诞生的时刻起就获得了某种基本的本质结构，从这个意义上说，它是“永恒的”，但也是历史的。它有一个可以描述的发展过程，这一过程不是别的，而是一件特定的艺术品在历史上一系列的具体化。我们可以在一定程度上根据有关批评家的判断、读者的经验以及一件特定的艺术品对其他作品的影响，重建这件艺术品的历史。我们先前的那些具体化的意识（阅读、批评、错误的解释）将会影响我们自己的经验：先前的阅读可能教我们得到更深的理解，或者可能引起我们对有关过去流行解释的强烈反对。所有这一切说明批评史的重要，并引出有关个性的性质与局限的难题。一件艺术品怎样才能通过进化的过程并仍然保留其基本结构而不受损坏呢？我们讲一件艺术品在历史上的“生命”，在意义上正如我们讲在一生的过程中不断变化但仍保留其本质的一个动物或一个人的生命一样。我们说《伊利亚特》仍旧“存在着”，是说它能一次又一次地表现影响，它因此和像滑铁卢战役之类显然已成为过去的历史现象是不同的，尽管这一历史现象的过程甚至今天也还可以重建，它的影响也还可以辨出。但是，在什么意义上我们能够分辨与作者同时代的古希腊人听过或读过的《伊利亚特》和我们现在读的《伊利亚特》呢？即使假定我们知道当时希腊人读过的《伊利亚特》的原本，我们阅读的实际经验必然是不同的。我们不可能将《伊利亚特》的语言与古希腊的日常语言相对照，因此，不可能看出它与诗的效果赖以存在的口语之间的差异。我们不能理解许多文字上的含混，这是每一个诗人作品中的关键部分。显然，这要求我们有丰富的想象力去细心体会古希腊人对神的信仰，或者他们道德观念的规范，但即便如此，我们也只能取得有限的成功。我们几乎无可否认：存在一种“结构”的本质，这种结构的本质经历许多世纪仍旧不变。但这种“结构”却是动态的：它在历史的进程中，在通过读者、批评家以及与其同时代的艺术家的头脑时发生变化。[1]这样，这套标准体系就在不断成长、变化，在某种意义上就总是不能完整、圆满地实现。但这种动态的观念并不意味着只是主观主义和相对主义。所有不同的视角绝不是同样正确的。人们总可能确定哪一种视角能够更完整、更深入地把握住这一题目。各种不同的视角，即对这套标准的理解的批评，隐含在充分解释的观念中。一切相对主义终归都将被这样的认识击败，即“绝对存在于相对之中，虽然它最终不在那里，也不完全在那里”[2]。

因此，艺术品似乎是一种独特的可以认识的对象，它有特别的本体论的地位。它既不是实在的（物理的，像一尊雕像那样），也不是精神的（心理上的，像愉快或痛苦的经验那样），也不是理想的（像一个三角形那样）。它是一套存在于主体间的理想观念的标准的体系。必须假设这套标准的体系：存在于集体的意识形态之中，随着它而变化，只有通过个人的心理经验方能理解，建立在其许多句子的声音结构的基础上。

我们还没有讨论艺术价值的问题。但上述讨论应该能够说明在标准与价值之外任何结构都不存在。不谈价值，我们就不能理解并分析任何艺术品。能够认识某种结构为“艺术品”就意味着对价值的一种判断。纯现象学的错误就在于它认为二者是可以分离的，价值是附着在结构之上的，“固存”于结构之上或之中的。正是这种分析上的错误降低了英伽登那本很有见解的书的价值，即他力图撇开价

1　参见蒂特（L. Teeter）：《研究与批评的艺术》，载《英国文学史杂志季刊》，第5期，1938年，173—193页）。

2　参见E. 特洛尔奇：《历史的编修》（收录于《哈斯丁宗教与道德百科全书》，爱丁堡，1913年，第六卷，722页）。

值去分析艺术品。当然，这种错误的根源来自现象学家的假定，即假定存在有一种永恒的“实质”秩序，经验的个性化只是以后才加上去的。如果假定有一种绝对的价值尺度的话，我们就必然要失去个别判断的相对性的联系。一个僵硬的“绝对”面对的是没有价值的不断变动的个别判断之流。

绝对主义的论点是不完善的，与它相反的相对主义的论点也是不完善的，必须用一种新的综合观点取代并使它们成为和谐体，这种新的综合观点使价值尺度具有动态，但又并不丢弃它。我们把这种综合称为“透视主义”（perspectivism）[1]，但这一术语并不表示对价值随心所欲的解释和对个人怪诞思想的颂扬，而是表明从各种不同的、可以被界定和批评的视角认识客体的过程。结构、符号和价值形成了这个问题的三个方面，不能人为地将它们分开。

但是，我们必须首先尽力探讨用以描述和分析艺术品不同层面的方法。这些层面是：（1）声音层面，包括谐音、节奏和格律；（2）意义单元，它决定文学作品形式上的语言结构、风格与文体的规则，并对之做系统的研讨；（3）意象和隐喻，即所有文体风格中可表现诗的最核心的部分，需要特别探讨，因为它们还几乎难以觉察地转换成（4）存在于象征和象征系统中的诗的特殊“世界”，我们称这些象征和象征系统为诗的“神话”。由叙述性的小说投射出的世界所提出的（5）有关形式与技巧的特殊问题。对此，我们将另辟专章来讨论。在概述了分析个别艺术品的方法之后，我们将提出（6）文学类型的性质问题，并讨论文学批评中的核心问题，即（7）文学作品的评价问题。最后，回到文学的进化观念上，讨论（8）文学史的性质以及可否有一个作为艺术史的内在的文学史的可能性。

1　奥特加·乌·加塞特使用这一术语，但他的用法不一致。

第十三章　谐音、节奏和格律

每一件文学作品首先是一个声音的系列，从这个声音的系列再生出意义。在某些作品中，这个声音层面的重要性被减弱到了最低程度，可以说变成了透明的层面，如在大部分小说中，情形就是如此。但是即使在小说中，语音的层面仍旧是产生意义的必不可少的先决条件。德莱塞的一本小说与爱伦·坡的一首诗（例如《钟声》）在这方面的差别仅仅表现在量上，不足以成为判明小说与诗这两种截然不同的文学类型的依据。在许多艺术品中，当然也包括散文作品在内，声音的层面引起了人们的注意，构成了作品审美效果不可分割的一个部分。对于许多讲究修饰的散文和所有的韵文而言就更是如此，因为从定义上说，韵文就是语言声音系统的一种组织。

在分析这些声音效果的时候，我们必须记住两条重要但往往被忽视的原则。首先，要把声音的表演与声音的模式加以区别。大声诵读一件文学作品就是一种声音的表演、一种对声音模式加上了某些个人色彩的理解，另一方面，它有可能歪曲甚至完全无视这种声音的模式。因此，真正有关节奏与格律的科学不能仅仅依靠对个人诵读的研究。第二个常见的错误假说，认为应该完全脱离意义去分析声音。从我们关于任何艺术品都是一个整体的观点看，这种将声音与意义相分离的假说无疑是错误的；从纯的声音不会有或几乎不会有什么审美效果这样一个道理看，这种假说也是站不住的。没有一首具有“音乐性”的诗歌不具有意义或至少是感情基调的某种一般概念。即使听别人读一门我们根本不懂的外语，我们听到的也不是单纯的声音，而是在听到诵读者充满意义的语调的同时，把我们自己的发音习惯加给这门外语。在诗歌里，单纯的声音不是虚构，就是一系列极其简单和基本的关系，正如伯克霍夫在《审美尺度》[1]中所说的那样，既然声音层面被作为一首诗整个特色的一部分，这种关系不可能解释它所具有的多样性与重要性。

我们必须首先区分这一问题的两个极不相同的方面：声音的固有因素和关系因素。所谓固有因素，就是指声音的特殊的个性，如“a”或者“o”，或者“l”，或者“p”的声音所固有的个性，这种个性与量不发生关系，因为在“a”和“p”之外再没有和它们完全一样的音。这种音质的固有差别正是声音产生效果的基础，通常，我们称之为“音乐性”或者“谐音”。另一方面，关系因素的差别则可能成为节奏与格律的基础：音高、音的延续、重音以及复现的频率等，这一切关系因素都有量的区别。音高可高可低、音的延续可长可短、重音可轻可重、复现的频率可大可小，这些基本的区别是很重要的，因为，它们可以将整个一组语言现象区分出来。俄国人把这些因素称为“配器法”（instrumentovka），目的是强调这样一个事实，即音质在这儿是作家操纵和使用的工具。[2]诗的“音乐性”（或称“旋律”）这一术语应该说颇易引起误解，因而须弃置不用。我们要说明的语音现象与音乐上的“旋律”并不类似，音乐上的旋律自然是由音的高低来决定的，因此，与语言音调没有多少相似，实际上，二者之间存在着相当大的差异：讲出的一句话调子抑扬起伏，音高在迅速变化，而一个音乐旋律的音高则是稳定的、间隙是明确的。[3]“谐音”这一术语也远不够充分，因为在“配器法”中需要考虑使用“不谐和音”，像勃朗宁或者霍普金斯这类诗人就是如此，他们力图使自己的诗作具有粗犷、富于刺激和表现力的声音效果。

在“配器法”可使用的手法中，我们还必须区分声音模式和声音模拟之间的差异，前者是相同的或相关联的音质的复现，而后者是富于表现力的声音的使用。俄国形式主义者曾以独特的创造性研究了声音的模式；在英语世界，贝特分析了济慈诗中精心创作的声音图式，济慈本人也以好奇的态度把他的实践总结成

1 参见伯克霍夫：《审美尺度》（马萨诸塞，坎布里奇，1933年）。

2 俄语 instrumentovka（即俄文 инструментовка——译注）是法语 instrumentation 的译文，R. 吉尔在他的《动词论》（巴黎，1886年）中使用了这一术语。他特别强调要把它用在诗歌上（见其《动词论》，18页）。吉尔后来与俄国象征主义诗人V. 布吕索夫有书信往来（见《R. 吉尔书信集》，巴黎，1935年，13—16、18—20页）。

3 参见施笃姆（C. Stumpf）的实验性著作：《语音》（柏林，1926年）。

理论。[1]布里克（O. Brik）根据重复出现的声音的数目、重复的次数、在重复音组中声音相互接续的次序、在节奏单元中声音的位置等，对声音的各种图式进行了可能的分类。[2]这一最新、最有用处的分类法需要做进一步的分解。人们能够分辨紧密地排列在一首诗中的声音的重复，分辨一个音组开头和另一个音组结尾的声音的重复，或者一句诗的结尾和下一句诗的开头的声音重复，或者各行诗开头的声音重复，或者处于各行诗最后位置上的声音重复。各行诗开头的声音重复类似于首语重复法的文体模式。各行诗最后位置上的声音重复则包含了脚韵这一普通的现象。根据这样一个分类，脚韵仅仅是声音模式中的一例而已，不应排除像头韵、准押韵之类的类似现象而单单去研究脚韵。

我们应该记住在各种不同的语言中这些声音模式的效果是各不相同的，记住每一种语言有它自己的一套音素体系，因而有独特的母音的相对和平行或者辅音的近似的情形，最后，我们还应记住，这样的声音效果很难与一首诗或一行诗的总的意义语调相脱离。浪漫派与象征派诗人竭力要将诗歌与歌曲和音乐等同起来，这样的做法只不过是一个隐喻而已，因为诗在变化性、明晰性以及纯声音的组合模式方面都不能与音乐相抗衡。要使语言的声音变成艺术的事实，意义、上下文、“语调”这几个因素是必要的。

这点通过对押韵的研究可以看得很清楚。押韵是一种极为复杂的现象。它作为一种声音的重复（或近似重复）具有和谐悦耳的功能。兰茨（H. Lanz）在其《押韵的物理性基础》[3]中曾经说明，母音押韵是由它们的泛音的重复决定的。但是，尽管声音的这一面可能是押韵的基础，却显然只是押韵的一个方面。押韵在审美上远为重要的是它的格律的功能，它以信号显示一行诗的终结，或者以信号表示自己是诗节模式的组织者，有时甚至是唯一的组织者。但至为重要的是押韵具有意义，因此，是一部诗歌作品全部特性中重要的一环。押韵把文字组织到一起，使它们相联系或相对照，我们就可以把押韵的语义学功能的几个方面区别开来。我们可以问一问，押韵的音节其语义的功能是什么，无论韵脚是在词尾上（如character, register）或在词根上（如drink, think），还是既在词尾又在词根上（如passion, fashion）。我们也可以问，押韵的词是从什么样的语义范围内选择的，例如，这些词是属于一种或几种语言范畴（词类、不同的格），还是属于几组不同

1 参见W. J. 贝特：《约翰·济慈文体风格的发展》（纽约，1945年）。

2 参见O. 布里克：《声音图式》（收录于《音韵学》，圣彼得堡，1919年）。

3 参见H. 兰茨：《押韵的物理性基础》（巴罗阿托，1931年）。

的事物。我们还想知道，由押韵联系在一起的词之间语义上的关系是什么，它们是否属于相同的语义范围，像许多对常用的、韵同意近的词那样（如heart, part; tears, fears），或者它们属于完全不同的语义范围，联结并置在一起只是为了产生令人惊叹的效果。韦姆萨特在一篇出色的论文[1]中研究了蒲柏和拜伦诗作中的这类效果，他俩用Queens（皇后）和screens（屏风）、elope（私奔）和Pope（教皇），或者 mahogany（桃花心木）和philogyny（对女人的喜爱）这些语义相差甚远的词押韵就是为了取得令人耳目一新的效果。最后，我们还可以区分押韵在一首诗的整个上下文中所起作用的程度，在什么程度上押韵的词仅仅是填充词眼，或者从另一个极端看，我们是否仅仅从押韵的词就可以猜出整首诗或整节诗的意义。押韵可能成为一节诗的骨架，也可能几乎不起什么作用，以致人们几乎注意不到它们的存在（如勃朗宁的《我的已故的公爵夫人》就是一例）。

对于押韵的研究可以像韦尔德（H. C. Wyld）所做的那样[2]，把它看作是语音发展史的语言证据（蒲柏曾把join与shrine相押）；但是，从文学的目的看，我们必须牢记押韵“准确性”的标准在不同的诗歌流派和不同的国家中有相当大的差别。在英文中阳韵是普遍使用的，使用阴韵和三音节韵通常会产生滑稽模仿和喜剧的效果，但在中世纪的拉丁文、意大利文或波兰文中阴韵却是在许多最严肃的诗歌中必须使用的。在英文中我们还有像眼韵、具有双关含义的许多同音异义词的押韵、不同时代与地区标准发音的歧异、诗人发音的癖好等问题，这些问题至今几乎还没有提出过。在英文中还没有可以与日尔蒙斯基（V. Zhirmunsky）论押韵的大作[3]相提并论的专著，日尔蒙斯基比我们这个轮廓的描述更详尽地探讨了押韵效果的类别，并论述了押韵在俄国和主要的欧洲国家的历史。

在这些语音模式中起决定作用的是一个母音或辅音音质的重复（如头韵中的情形），我们必须把这种语音模式与声音模拟相区别。声音模拟已经吸引了许多人的注意，一方面因为诗歌中许多名家的段落以声音模拟为主旨，另一方面又因为这个问题与较早的神秘观念联系在一起，即认为声音必然以某种方式和有意义的事物相对应。只要看看蒲柏与骚塞（R. Southey）诗作中的某些段落，或者想

---

1 参见W. K. 韦姆萨特：《押韵和理性的关系》（载《现代语言季刊》，第5期，1944年，323—338页；后收入《语言偶像》，莱克星顿，1954年，153—166页）。

2 参见H. C. 韦尔德：《从萨里到蒲柏的英诗押韵研究》（伦敦，1923年）；F. 内斯：《莎士比亚戏剧中脚韵的使用》（纽黑文，1941年）。

3 参见V. 日尔蒙斯基：《押韵：历史与理论》（彼得格勒，1923年）；V. 布吕索夫：《论押韵》（载《报刊与革命》，1924年，114—123页），此文评述了日尔蒙斯基这本书，并就进一步研究押韵提出了许多新的问题；C. F. 理查森：《英文押韵研究》（汉诺威，1909年），此文是在正确方向上一个恰当的开端。

想17世纪的人们怎样想出实际上吟哦宇宙的音乐（例如，德国的哈尔斯德费尔［G. P. Harsdörffer］即是一例[1]）就足以明白。那种认为一个字“确切地”代表了一件事物和一个行动的观点已经被普遍地丢弃了。现代语言学家倾向于承认一部分特殊的词为“拟声词”，这些词在某些方面处于语言通常的语音系统之外，明显地模仿某种听到的声音（如，cuckoo——鸟鸣声，buzz——飞虫的嗡嗡声、嘤嘤声，bang——关门的“砰”声、枪声，miaow——猫叫的“咪咪”声）。可以很容易地看出，相同的语音组合在不同的语言中可以有完全不同的意义（如，Rock一词在德文中意为“男子上衣”，而在英文中意为“大石头”；rok[2]在俄文中意为“命运”，而在捷克语中意为“年”）。自然界的某些声音在不同的语言中有不同的表示法（如，表示铃或钟的响声，英文用ring，法文用sonner，德文用läuten，俄文用zvonit[3]）。正如兰色姆曾经有趣地研究过的那样，我们可以看出，像“the murmuring of innumerable bees”（“无数蜜蜂的嗡嗡声”）这样一行诗的音响效果实际上是依赖于它的意义的。假如我们把这行诗稍做一点语音上的修改，使它成为“murdering of innumerable beeves”（“无数肉牛的谋杀”），我们就完全毁掉了这行诗的音响模拟效果。[4]

但是，这个问题似乎被现代语言学家不恰当地轻视了，也被理查兹和兰色姆这样的批评家轻易地抛到了一边。在这个问题上，人们必须对三个不同的层次做出分别。首先，是对物理音响的实际模仿，这种模仿无可否认是成功的，例如“cuckoo”一词对鸟鸣声的模拟，当然随着讲话人语言系统的差别，它很可能会有不同。其次，这种声音的模拟应该与刻意的声音描绘相区别。声音描绘是通过上下文里发出的声音对自然界声音的一种重建，在这样的上下文里文字本身并没有拟声效果，而是被引入某种声音模式，如上文所引丁尼生诗行中的“innumerable”一词，或者荷马与维吉尔史诗中的许多段落中的词都是如此。最后，还要区别声音的象征与声音的隐喻这一重要的层次。声音的象征与隐喻在每一种语言里都有自己的惯例与模式。格拉蒙（M. Grammont）对法国诗歌的表现

1 参见W. 凯泽：《哈尔斯德费尔的声音绘画》（莱比锡，1932年）；I. A. 理查兹：《实用批评》（伦敦，1929年，232—233页）。

2 rok，即俄语pok的译音。——译注

3 zvonit，即俄语звонить的译音。——译注

4 参见J. C. 兰色姆：《世界的主体》（纽约，1938年，95—97页）。但是，人们可以争论说，兰色姆先生所做的改变显然是微不足道的，在“murmuring”中用d代替m就毁掉了m—m的声音模式，因而，使innumerable脱离了它原先被引入的那个声音模式。孤立地看，innumerable当然是没有什么拟声效果的。

力做了最细致与独到的研究。[1]他把法语的所有辅音与元音加以分类，探讨了它们在不同诗人的作品中表达的效果。例如，清晰的元音能够表达微小、迅速、冲动、优雅之类的性质。

格拉蒙的研究虽然不免带有主观性，但是在某一特定的语言体系中仍有某种文字的“观相术”（physiognomy）之类的方法存在，这就是比拟声法远为流行的声音象征。在所有的语言中毫无疑问存在着感觉上的联合与联想的现象，这种联觉的现象一直被诗人们正确、精心地使用着。像兰波（A. Rimbaud）的名作《元音》在每一个元音与每一种颜色间建立了一对一的关系，虽然这种关系是建立在广为人知的传统上[2]，但仍带有纯粹的随意性；不过，前元音（e和i）和单薄的、迅捷的、清晰的以及明亮的物体之间的基本联系，后元音（o和u）和笨重的、缓慢的、模糊的以及阴暗的物体间的基本联系，却能够被音响科学的实验所证实。[3]施笃姆和奎勒（W. Köhler）的研究还表明辅音也可以分成阴暗的（唇辅音与软腭辅音）和明亮的（齿辅音与上腭音）两类。这些绝不仅是一些比喻，而是根据从声音和颜色两个系统各自的结构中观察到的明白无误的相似建立的联系。[4]这里有“声音与意义”[5]这样的总的语言学的问题，还有在文学作品中它的应用与结构之类的问题。特别是后一个问题，我们研究得还很不够。

节奏与格律提出的问题与“配器法”提出的问题是不同的。对这些问题已经进行了广泛的研究，有大量的文章探讨了这些问题。当然，节奏不独是文学有、语言有，而且自然有、劳动有、灯光信号有、音乐有，甚至从某种隐喻的意义上讲，造型艺术也有。节奏是一个一般的语言现象。我们用不着讨论那些众多的有关节奏本质的理论[6]，就我们的目的而言，只要分辨下述两个有关节奏的理论

1　参见M. 格拉蒙：《法国诗歌的表达方式和和谐》（巴黎，1913年）。

2　参见R. 艾田伯：《元音十四行诗》（载《比较文学杂志》，第19期，1939年，235—261页），此文讨论了A. W. 施莱格尔等人预见的许多例证。

3　参见A. 韦勒克：《具有双重感觉的语言精神》（载《美学杂志》，第25期，1931年，226—262页）。

4　参见施笃姆前引书以及他与W. 奎勒的《声学研究》（载《心理学杂志》，第54期，1910年，241—289页；第58期，1911年，59—140页；第64期，1913年，92—105页；第72期，1915年，1—192页）；R. 雅柯布逊：《儿童语言、失语症和一般语音规则》（乌普沙拉，1941年），他用儿童语言和失语症的例子支持了这些结果。

5　参见E. M. 霍恩鲍斯特：《声音与感官》（收录于《曼霍夫纪念文集》，汉堡，1927年，329—348页）；维尔纳（H. Werner）：《语言观相术的基本问题》（莱比锡，1932年）；K. M. 威尔逊：《英诗中的声音和意义》（伦敦，1930年），该书对格律和声音模式做了一般性的评述。

6　目前这方面流行的综述有：A. W. 格鲁特：《论节奏》（载《新语言学》，第17期，1932年，81—100、177—197、241—265页）；D. 塞克尔：《荷尔德林的语言节奏》（莱比锡，1937年），本书对节奏做了一般性的讨论，并附有很完全的书目。

就可以了。一种理论把“周期性”判定为节奏的绝对必要的条件，另一种理论把节奏的含义大大扩展，甚至把非重复性的运动形式也包括在节奏的定义内。第一种观点显然将节奏与格律视为一体，因而必然导致否定“散文节奏”的观念，把散文节奏视作与之相矛盾的，或者视作一种比喻。[1]后一种定义较宽的观点受到西弗斯（E. Sievers）研究结果的有力支持。西弗斯的研究表明，个人说话有节奏，许多音乐有节奏，甚至包括单旋律的圣歌和并没有周期性的外来音乐都是有节奏的。按照这样的观点，对节奏的研究就应该包括个人说的话和所有的散文在内。我们很容易说明所有的散文含有某种节奏，甚至最散文化的句子也可以标出其节奏，也就是说，可以将它分成长、短音组，重读与非重读音节。早在18世纪，斯蒂尔（J. Steele）就对此做过许多研究[2]；而今天则有更多的论著分析散文的节奏。研究表明，节奏与“旋律”紧密地联系在一起，旋律即语调的曲线，它是由音高的序列决定的。因此，“节奏”这一术语被人们广义地使用，即包括了节奏与旋律两方面的含义。著名的德国语言学家西弗斯宣称要将个人节奏模式与语调模式加以区别，鲁茨（O. Rutz）又把它们与身体姿势和呼吸的生理形态联系在一起。[3]尽管有人曾努力要将这些研究的成果运用到严格的文学目的上，尝试建立文学风格与鲁茨类型之间的相互关系[4]，但是，在我们看来，这些问题似乎都不能包括在文学研究的范围之内。

要从文学的角度研讨这些问题，就必须解释散文节奏的本质、节奏性散文的特色与功用；我们还必须对某些特别的散文段落做出解释，这些散文段落的节奏或旋律甚至会强烈地吸引那些漫不经心的读者，如英文圣经和布朗爵士（Sir T. Browne）、罗斯金或德·昆西散文中的某些段落就是如此。要搞清具有艺术性的散文节奏的本质，会引起相当大的困难。帕特森（W. M. Patterson）的《散文的节奏》[5]是一本有名的书，它试图以一套苦心孤诣地创造的切分节奏系统来说明它。圣茨伯里（G. Saintsbury）十分完备的《英国散文节奏史》[6]不断强调说，散

1 参见W. K. 韦姆萨特：《塞缪尔·约翰逊的散文体风格》（纽黑文，1941年，5—8页）。

2 参见J. 斯蒂尔：《理性韵律学》（伦敦，1975年）。

3 参见E. 西弗斯：《节奏—旋律研究》（海德堡，1912年）；O. 鲁茨：《作为感情表达方式的音乐、词汇和身体》（莱比锡，1911年）、《语言、歌曲和身体姿势》（慕尼黑，1911年）、《人种和艺术》（耶拿，1921年）；G. 伊普森和F. 卡尔克：《声音分析尝试》（海德堡，1938年），列出了与此问题相关的文献。

4 参见瓦尔泽尔：《诗歌艺术品中的内容与形式》（波茨坦，1923年，96—105、391—394页）；G. 贝金：《音乐节奏即认识的源泉》（奥格斯堡，1923年），此书虽令人赞赏但却过分荒诞地运用了西弗斯的理论。

5 参见W. M. 帕特森：《散文的节奏》（纽约，1916年）。

6 参见G. 圣茨伯里：《英国散文节奏史》（伦敦，1913年）。

文节奏是建立在“变化”的基础上的，但却完全没有界定它的本质。假若圣茨伯里的“解释”是正确的话，那就根本没有什么节奏可言。然而毫无疑问，圣茨伯里不过是强调散文节奏有落入确切的格律模式的危险，至少我们今天可以感觉到狄更斯作品中常出现的无韵诗是笨拙的、感伤的。

其余的散文节奏研究者仅仅研究其一个明显的特色，即结尾节奏（cadence），这种节奏存在于拉丁语演说散文的传统中，拉丁语中对此有准确的模式与特殊的命名。特别是在疑问句与感叹句中，“结尾节奏”是旋律的一个部分。当英文模仿拉丁语的格律形式时，现代读者很难了解拉丁语中那些十分精致的格律，因为英文的重音不像拉丁语中那样，长短音是严格按照规定排定的；17世纪许多人尝试在英文中造成与拉丁语格律相类似的效果，而且也偶有成功的范例。[1]

一般来说，研究散文艺术性节奏的最好方法是必须记住将它与散文的一般性节奏以及诗的节奏区别开来。散文的艺术性节奏可以描述为通常口语节奏的一种结构。它与普通散文的差别在于它的重音分布有较大的规律性，虽然这种规律性未必具有明显的等时性（即在节奏重音之间具有规律的时间间隔）。在一个普通的句子里，强度与音高通常有较大的差别，而在节奏性散文中却有一种平衡重音与音高之间差异的显著倾向。托马舍夫斯基（B. Tomashevsky）是最早研究这些问题的学者之一，他分析了普希金的《黑桃皇后》中的一些段落，用统计的方法[2]表明，散文句子的开头与结尾较之中间部分有形成节奏规律性的更大倾向。节奏的规律性与周期性给人的一般印象通常由于语音和句法上的手法获得了加强。这些手法是声音图式、平行句、对比平衡句等，通过这些手法，整个意义的结构强有力地支持了节奏模式。从几乎非节奏性的散文起，有各种不同的节奏等级：从重音堆积的断句直到接近诗的规律性的节奏性散文。接近诗歌的主要过渡形式是法国人所谓的短圣诗、英文圣经的赞美诗，以及像莪相和克洛代尔（P. Claudel）等致力于获得圣经效果的作家的作品。在短圣诗中每隔一个重读音节要更加强调，这样，两个强读音组就与二音步诗中的音步极为相似。

我们无须对这些手法细加分析。它们显然具有漫长的历史，深受拉丁语演说散文的影响。[3]在英语文学中，节奏性散文的鼎盛时代是17世纪，出现了布朗爵

1　参见埃尔顿（O. Elton）：《英语散文数字》（收录于《论文一束》，伦敦，1922年）；M. W. 克罗尔：《英文演讲散文的抑扬顿挫》（载《语文学研究》，第16期，1919年，1—55页）。

2　参见B. 托马舍夫斯基：《〈黑桃皇后〉的散文节奏》（收录于《诗歌论文集》，列宁格勒，1929年）。

3　参见E. 诺登：《古希腊罗马的艺术散文》（两卷本，莱比锡，1898年）；A. 格鲁特：《古典散文节奏手册》（格罗宁根，1919年）。

士或泰勒（J. Taylor）这样的散文大家。18世纪英国散文变成了一种更简洁的口语式文体，到该世纪末甚至出现了以约翰逊、吉本和伯克为代表的一种新“雄浑体”[1]。到了19世纪，节奏性散文在德·昆西、罗斯金、爱默生和麦尔维尔的作品中以及斯泰因和乔伊斯等人变化的形式中获得了复兴。在法国，有波舒哀和夏多布里昂的辉煌散文体；在德国，有尼采的节奏性散文；在俄国，果戈理与屠格涅夫的作品中有不少著名的节奏性散文片段，晚近则有巴依里（A. Byely）的“装饰性”散文。

节奏性散文的艺术价值仍在争辩中，也是可以争辩的。现代的趣味倾向于欣赏艺术与各种文学类型的纯粹性，因此，大多数读者喜欢诗有诗的形式、散文有散文的形式。节奏性散文似乎被认为是一种混合的形式，既非散文，也非诗。但这很可能是我们这个时代的一种批评偏见。为节奏性散文辩护大约就如为诗辩护一样。这种节奏如果使用得好，就能够使我们更完好地理解作品文本；它有强调作用；它使文章紧凑；它建立不同等级的变化，提示了平行对比的关系；它把白话组织起来，而组织就是艺术。

韵律学，或称格律学是若干世纪以来吸引着大量学者苦心钻研的一个题目。今天可以说，我们不仅需要综述新的格律样式，还应研究当代诗歌的新技术。实际上，格律学的基础和主要批评标准尚未确立；即使在标准的论文中都存在着大量惊人的思虑欠妥的思想，以及含混不清、游移不定的术语。圣茨伯里的《英国散文史》就其规模来说，还没有别的作品能够比拟，但它全然是建立在界说不清、理论含混的基础上的。从自己特殊的经验出发，圣茨伯里拒绝界定乃至描述他的术语并为之感到骄傲。例如，他谈到了长、短音，但却弄不清他的术语是指声音延续的时间呢还是指重音。[2]佩里（B. Perry）在他的《诗歌研究》一书中谈到了文字的“重量”（weight）以及“表明文字意义或重要性的声音的相对大小或音高”[3]，对这些概念他自己一塌糊涂，当然也就使别人莫名其妙。从其他标准的著述中还可以举出许多类似的混淆不清的观念以及模棱两可的说法。即使做出了正确的区分，也会由于矛盾重重的术语搞得面目全非。因此，奥芒德（T. S. Omond）的精心之作《英诗格律理论史》与巴卡斯（P. Barkas）的有关最近理论颇有用处的

---

1 参见W. K. 韦姆萨特：《塞缪尔·约翰逊的散文体风格》（纽黑文，1941年）。

2 参见G. 圣茨伯里：《英国散文史》（三卷本，伦敦，1906—1910年）。

3 参见B. 佩里：《诗歌研究》（伦敦，1920年，145页）。

述评[1]就应该受到欢迎，因为它们力图澄清这些混淆，尽管他们的结论支持了一个尚未确证的怀疑论。如果我们把欧洲大陆上，特别是法、德、俄等国有关格律的各种理论考虑在内，就可以看出这一理论中存在着形形色色的分别。

就我们的目的来说最好只辨析格律理论中的几个主要类型，避免卷入其更细微的差别或含混的类型中去。最老的类型可以称为“图解式”的格律法，是从文艺复兴的手册中演化来的。它以图解符号来描述长音和短音，在英文中，一般即指重读音节与非重读音节。图解式的格律学家往往描绘出格律图和格律模式，要求诗人严格遵循。我们在中学时都学过他们的这类术语，听过抑扬格、扬抑格、抑抑扬格和扬扬格之类的词。这些术语今天仍是对格律模式做一般研讨和描绘时最有效用又最易理解的词。但是，这套系统显然是不够用的，今天人们已经普遍认识到了这一点。这一理论没有注意到实际的语音，它的一般的教条是完全错误的。倘若诗歌当真完全遵循这套图解的格律模式，那它就必然是最单调、最沉闷的。这种理论主要在课堂上讲授，存留在小学课本中。然而，这一理论毕竟还有其优点。它的重点清楚地集中在图解的模式上，回避了许多现代理论无法回避的困难，即吟诵者个人声音的细微特质和变化。图解式格律学明白：格律不仅是声音的问题，而且在实际的诗中隐含着一种对诗起支撑作用的格律模式。

第二种类型是“音乐性”的理论，它建立在假定的基础上，即诗中的格律与音乐中的节奏类似，因此，最好以音乐上的符号来表示。这种假设就目前来看是正确的。英文中最早提出这一理论的著作是拉尼尔（S. Lanier）的《英诗的科学》（1880年），但近来的研究者对其理论做了修正。[2]在美国，至少在英文教师中间，这种理论似乎仍是可以接受的。根据这一理论，诗中的每一个音节都可以配以一个音符，而音符的高度不确定，音符的长度可以随意决定，可以把一个二分音符配给一个长音，四分音符配给一个半短音节，八分音符配给一个短音节，依此类推。拍子的计数是，从一个重读音节到另一个重读音节为一小节；阅读的速度则更模糊，可选择3/4拍或3/8拍，在某些特别的情况下，还可以选择3/2拍。按照这一理论，我们可以把任何英文诗句用乐谱记下来。例如蒲柏的一句普通的五音步诗行：

---

1 参见T. S. 奥芒德：《英诗格律理论史》（牛津，1921年）；P. 巴卡斯：《现代英国散文批判》（载《英语研究》，莫斯巴哈等编，第82期，哈勒，1934年）。

2 参见M. W. 克罗尔：《音乐和格律》（载《语言研究》，第20期，1923年，388—394页）；斯图尔特（G. R. Stewart）：《英诗技巧》（纽约，1930年）。

Lo，the poor Indian whose untutored mind
（看哪，那可怜的印度人缺乏教养的头脑）[1]

就可以用3/8拍记成如下的谱子：

Lo, the poor In-di-an whose un-tu-tored mind [2]

按照这一理论，抑扬格与扬抑格之间的差别就得重新加以解释，抑扬格的特点在于行首附加一个额外的轻音节，它通常被算在格律之外，或算在前一行的音节中。按照这一理论，甚至最复杂的格律也可以通过恰如其分地引进休止符和安排长短音记成乐谱。[3]

这套理论的优点是它有力地强调了韵文趋向主观感觉的等时性倾向，即我们根据主观感觉放慢或加快、延长或缩短读字音的速度，加入休止以形成等时小节的倾向。这种记谱的方法用在“可唱的”诗歌时最为成功，但用它来处理口语体或讲演体韵文时就显得远远不够了，若用它分析自由体或任何非等时性的韵文时就更无能为力了。这一理论的一些倡导者简单否认自由体是韵文。[4]而音乐理论家能够把民谣的格律处理成“二音步”，甚至成功地把复拍加倍[5]，并能以“切分法”来解释一些格律现象。如勃朗宁的两句诗：

The gray sea and the long black land
And the yellow half-moon large and low
（灰色的海和黑色的长条陆地

---

1 出自蒲柏的《论人》。原作99—100行为：
Lo, the poor Indian, whose untutor'd mind
Sees God in clouds, or hears him in the wind.——译注

2 这一乐谱来自M. W. 克罗尔的《英诗研究》（普林斯顿，1929年油印本，8页）。

3 W. 汤姆森的《语言的节奏》（格拉斯哥，1923年）用数以百计的实例对此在理论上作了详尽的论述。最近对此论述精微的一本书是J. C. 蒲柏的《〈贝奥武夫〉的节奏》（纽黑文，1942年）。

4 参见D. 斯托福：《诗的本质》（纽约，1946年，203—204页）。

5 参见斯图尔特：《从民谣格律看现代格律技巧，1700—1920》（纽约，1922年）。

黄色的半月又大又低）[1]

第一行中的“sea”和“black”以及第二行中的“half”可以用切分法（syncopation）标出。音乐性理论的优点是显而易见的：它有力地驳斥了通常课堂上的教条；它能够对教科书上从未提到的某些复杂的格律给予解析并记谱，例如，史文朋、梅瑞狄斯或勃朗宁的某些诗作。但是，这一理论也有严重的缺陷。它放任个人对于诗歌的随意诵读；它把所有的诗减为若干种单调的节拍，因而取消了诗人之间以及诗歌流派之间的差别，它似乎鼓励或暗示所有诗歌都可以歌唱，而它所建立的等时性观念不过是主观的，认为人们感觉到的声音和休止相互比较都是等时的。

第三种类型的格律学理论在今天已受到广泛的重视。它是建立在客观研究的基础上的，通常使用示波仪之类的科学仪器，这样，就可以把阅读中实际发音的情形记录并拍摄下来。科学的声学研究技术已由德国的西弗斯和萨兰（F. Saran）、法国的菲赫耶（P. Verrier）（他主要依据英文资料）和美国的斯克里普彻（E. W. Scripture）运用到诗歌格律的研究上。[2]我们可以在施拉姆（W. L. Schramm）的《英诗格律学研究方法》中找到关于这一理论方法和成果的概述。[3]声学格律理论已经明确地建立了组成格律的要素。因此，我们没有任何借口再将音高、响度、音色、节拍等混为一谈，因为声学研究表明它们可以相当于对应的可测物理因数，即说话者发射的音波的频率、振幅、波形和波长。我们可以把仪器的发现清楚地拍摄或描绘下来，从而对任何实际诵读中的每一细节加以研究。示波仪可以显示出一个指定的读者在诵读这一行或那一行诗时响度、时值、音高的变化。它表明诵读《失乐园》的第一行诗产生的波形和地震时地震仪上显示的强烈波形相似。[4]这的确是一项毋庸置疑的成就。许多从事科学研究的人们（当然其中许多是美国人）得出结论说，我们无论如何不会超越这些发现了。但是，实验室中的格律学显然忽略了并且必然忽略韵文的意义，有些声学家得出结论说：根本就不存在音节，因为声音是连续不断的；也不存在文字，因为在示波仪上显示不出字音的边界；从严格的意义上说，甚至不存在旋律，因为音高是由元音与几个辅音传递的，常常被杂音打断。这套声学格律理论还说明根本不存在严格的等时性，因为拍子的实际延续时间是差别很大的，也不存在固定的“长、短音节”，至少在英文中

1　出自罗伯特·勃朗宁的短诗《夜晚的约会》。——译注

2　参见本章参考书目第3节第二部分。

3　参见W. L. 施拉姆，爱荷华大学“目的与进步研究”丛书，46号（爱荷华，1935年）。

4　参见H. 兰茨：《押韵的物理性基础》（斯坦福出版社，1931年）的扉页。

是如此，因为一个“短”音节在物理上可以比一个“长”音节长；甚至也没有轻、重音之间的差别，因为一个“重读”音节在实际上可能读得比一个非重读音节还要轻。

一方面我们可以承认这些成果是有用的，另一方面又要看到这一“科学”赖以存在的基础却遭到了有力的反对，因为在文学研究者看来，它极大地减弱了文学的价值。认为示波仪的发现与格律学的研究有直接关系的全部假定是站不住脚的。韵文语言的节拍是一种期待性的节拍。[1]我们期待着在某一节拍之后出现一个节奏上的信号，但这个周期性不必一定是准确的，这一信号也不必一定要在实际上那么强，只要我们感到它是强的就成了。音乐性的格律理论在这点上无疑是正确的，因为它把节拍、重音、音高这几方面内的差异看作仅仅是相对的、主观的。但是声学格律理论与音乐性格律理论都有一个共同的不足或者说局限性，那就是，它们仅仅研究声音、研究一个或许多诵读者的表演，它们的研究结果仅仅是从这次或那次特定的诵读得出的。它们忽略了这样一个事实，即一个诵读者可能读得对，也可能读得不对，他可能给原诗格律增加一些因素，也可能歪曲甚至完全不顾原诗的格律形式。

像这样一行诗：

Silent upon a peak in Darien
（达利安一座山峰上的静默）[2]

可以用“Silént upón a péak in Dárién”这样一种格律模式来读；也可以用散文的格律来读：“Sílent upón a péak in Dárien”；或者用各种将韵文格律模式与散文节奏调和折中的方式来读。作为讲英语的人，听到“silént”这样的读法，我们会感到对“正常”语音的破坏；听到“sílent”的读法，我们依然会继续感受到从前面几行传递过来的格律模式。在这两种极端之间会有某种“不定的重音”形成妥协；但是在所有的情况下，不论是怎样读的，读者的特别表演与对其格律形势的分析是毫不相干的，这种格律形势包含在格律模式和散文节奏的张力之中，也即其“对位”（“counterpoint”）之中。

对声学和音乐性理论来说，韵文的模式是无法解析、不可理解的。在任何一

1 参见V. 班奴西：《理解时间的心理学》（海德堡，1913年，215页等处）。

2 这是济慈的十四行诗《初读查普曼译荷马感赋》的最后一行。——译注

种有关格律的理论中，韵文的意义都是无论如何不可忽视的。然而，声学与音乐性理论却认为韵文格律与意义毫不相关。例如，杰出的音乐性格律学家斯图尔特曾说，“韵文可以在没有意义的情况下存在”，因为“格律在实质上可以独立于意义之外，我们可以恰当地尝试把任何一行与意义无关的句子的格律结构重新显示出来”[1]。菲赫耶和萨兰提出的律条是：我们必须采取外国人的视角，即在不懂语言的情况下听人读诗。[2]但是，这一提法在实际中是完全没有根据的，因而被斯图尔特摈弃了。[3]采用它必将对任何格律研究者带来灾难性后果。假若我们无视韵文的意义，就等于放弃了文字、短语的概念，因而放弃了分析不同作者诗歌之间差异的可能性。英诗格律主要是由强读的短语、节奏性冲动和由分解的短语支配的实际口语节奏之间的对位决定的。但这种分解短语只有在熟悉原诗意义的前提下才能确定。

因此，俄国的形式主义者[4]力图把格律学置于一个全新的基础上。对他们来说，“音步”这一术语显得远远不够用，因为有许多诗并没有“音步”。“等时性”尽管可以在主观上运用于许多诗歌，但仍然局限于某些特殊类型的诗作，因而，很难导致对格律进行客观的研究。他们争辩说，所有这些理论在于错误地界定了诗歌节奏的基本单元。假若我们把诗歌仅仅看作围绕某些重读音节（或定量系统中的长音节）组成的部分，我们就将无法否认，同样的组合甚至同样的组合顺序都可以在与诗无关的语言系统的类型中找到。那么节奏的基本联合就不是音步而是整个诗行。这是俄国人采纳了格式塔（Gestalt）理论之后必然得出的一个结论。音步不能独立存在，它们只是在与整个诗歌的相对关系中存在。每一个重音根据它在诗中的位置不同具有自己的独特性，也就是说，它是第一个、第二个或第三个音步等。诗歌中结构的一致性随语言与格律系统的不同而不同。它可以是“旋律性”的，也就是说，音高的连续性可能是使诗区别于散文的唯一标志，如在某些自由体诗中那样。[5]如果我们从上下文或者作为信号的印刷安排上无法得知一段自由体诗是诗，我们就可能按照散文去读它，而在实际上并没有将它与散文相区别。但是，我们又确实能够按照诗去读它，能以不同的方式（例如不同的语调）

---

1 参见斯图尔特：《英诗技巧》（纽约，1930年，3页）。

2 参见萨兰：《德诗理论》（1页）；菲赫耶：《论文……》（第一卷，9页）。

3 斯图尔特只好引入“phrase”一词，暗示对意义的理解。

4 参见本章参考书目和V. 埃利希：《俄国形式主义者》（海牙，1955年）。

5 参见J. 穆卡洛夫斯基：《语调——诗歌节奏的因素》（载《荷兰实验语音学资料》，第8—9期，1933年，153—165页）。

去读它。俄国人详细地说明，这一语调总是两个部分，或者二音步的；如果我们丢开语调，诗就不再是诗，而变成了节奏性散文。

在对普通格律诗的研究中，俄国人把统计方法应用到格律模式与口语节奏的关系中。他们认为诗是一种精心设计的对位模式，即强调的格律与普通口语节奏之间的对位，正如他们令人感兴趣地说明的那样，因为诗是一种强加给日常语言的“有组织的破坏”。他们把“节奏性冲动”与格律模式分开。格律模式是静止的、图解式的，“节奏性冲动”是动态的、进行式的。我们预期随之而来的节奏信号，我们不仅组织文学作品的节拍，也组织所有其他的因素。由此可见，节奏性冲动影响了对文字的选择、对句型的选择，也就影响了一首诗的整个意义。

俄国人使用的统计方法非常简单。在所要分析的每一首诗和每一段诗中，只要计数每个音节含有重音的百分率即可。如果一行五音步诗的格律是绝对整齐的，那么，统计者将表明第一个音节的重音为0%，第二个音节的重音为100%，第三个音节的重音为0%，第四个音节的重音为100%，等等。这也可以用图解式来表示，画一条线表示音节的数目，画另一条线与之垂直，表示百分率。格律这样工整的诗歌当然是不常见的，理由很简单，它太单调。大多数诗歌在模式与完成的格律之间显出一种对位的关系，例如，在无韵诗中，第一个音节重读的情形相当多，这种非常显著的现象通常被称作“扬抑格音步”或“不定的”重音或“拗格”。如用图解式来表示统计的结果，则可能是较平的一条曲线；但如果仍是五音步，并且是刻意求工的五音步，则统计数显示的曲线一般是在二、四、六、八音节上达到顶峰。这种统计的方法本身当然是无穷无尽的。但它的好处是给整个诗以解释，揭示了仅在几行诗中不可能清晰地显出的倾向。它还可以迅速揭示各种诗派之间、不同诗人之间的差异。在俄文中，这一方法卓有成效，因为每个俄文单词仅有一个重音（次重音不算重音，只是一个送气的问题），但在英文中，有效的统计学方法将会相当复杂，因为它必须将次重音和许多非重读后续单词和附接单词考虑在内。

俄国的格律学家们特别强调下述这样一点，即不同的诗派与不同的诗人会以不同的方式采用理想的格律模式，同时，每一流派或者诗人都有自己的格律标准，因此，用任何一种特定的标准来评断各种诗派与不同诗人是不公正的，也是错误的。诗歌格律发展的历史显示出不同标准之间经常发生的冲突，一种极端的理论很容易被另一种理论取代。俄国人还强调了不同语言体系的格律理论之间的巨大差异，这一点是很有用处的。通常把诗歌的格律体系分成音节的、重音的、音量的几类，但这不仅是不完善的，而且是容易引起误解的。例如，在塞尔维亚—克罗地亚语及芬兰语的史诗中，上述三个分类原则——音节的、音量的和重音的——全都起作用。现代研究表明，一般认为纯音量的拉丁语格律在实际上由于注意到重音和文字的限制曾经做过相当大的修正。[1]

各种语言由于其节奏上的基本因素不同而有所不同。英文节奏显然由重音所决定，而音量则隶属于重音，文字的限制也起着一个重要的节奏功能。在英文中，由单音节词组成的一行诗和完全由多音节词组成的一行诗之间的节奏上的差异是十分明显的。在捷克语中，文字的限制是节奏的基础，它总是伴随着强制性重读，而音量只是一个可供选择的多样性的因素。在汉语中，音高是节奏的主要基础，而在古希腊语中，音量则是其组织原则，而音高与文字的限制却是一个可供选择的多样性因素。

在某一种语言史中，尽管韵文体系可能被其他新的体系不断取代，但我们却不能说这种取代就是"进步"，也不能把较早的诗歌指责为拙劣的打油诗，或仅仅是新建系统的近似体系。在俄文中，诗歌格律相当长一段时间为音节主义所统治，在捷克文中，诗歌格律相当长一段时间内是音量式的。假若人们认识到利德盖特（J. Lydgate）、霍斯（S. Hawes）和斯凯尔顿（J. Skelton）并非写了不完美的格律，只是遵循他们自己的法则的话，那从乔叟到萨里（H. H. Surrey）的英国韵文史的研究本来可以起革命性的变化[2]，甚至可以为锡德尼、斯宾塞和哈维（G. Harvey）等大名鼎鼎的作家进行正当的辩护，他们由于把音量性的格律法引入英诗而受到时人的嘲讽，他们未获成功的运动至少在打破早期英诗中的音节或格律的僵化方面具有历史性的重要性。

也可以试图建立比较格律史。著名的法国语言学家梅耶（A. Meillet）在他的《古希腊格律中的印欧语渊源》一书中比较了古希腊格律与吠陀梵文的格律，以便重建印欧语的格律体系[3]；雅柯布逊已经证明南斯拉夫史诗的格律是非常接近这一古代的格律模式的，而这种古代模式将一个音节式的诗行与一个僵硬得古怪的讲究音量的子句结合在一起。[4]比较的方法有可能区分不同类型的民谣格律并追溯其历史。史诗式的吟唱与在抒情诗中使用的"旋律式"韵文必然有很大的差

1　参见E. 弗伦克尔：《拉丁诵诗中的强读和重音》（柏林，1928年）。

2　在A. H. 里克里德的《乔叟传统中的格律论》（巴尔的摩，1910年）中可以找到一些端倪。

3　参见A. 梅耶：《古希腊格律中的印欧语渊源》（巴黎，1923年）。

4　参见R. 雅柯布逊：《关于塞尔维亚—克罗地亚民间史诗的结构》，载《荷兰实验语音学资料》，第8—9期，1933年，135—153页）。

异。在每一种语言里，史诗的格律似乎总是更为保守的，而歌谣的格律由于与一种语言的语音特点联系最紧密，因而容易具有较大的民族多样性。即使是现代诗歌的格律，区分讲演式韵文、会话式韵文和“旋律式”韵文三者之间的差别也是重要的，大多数英语格律学家由于受音乐性格律理论的影响，往往总是注意歌谣式的韵文，因而忽视了这种差别。[1]

在对19世纪俄国抒情诗所做的很有价值的研究中[2]，艾亨鲍姆曾经试图分析语调在“旋律式的”“可歌唱的”诗歌中的作用。他令人瞩目地说明俄国的浪漫主义抒情诗怎样使用了三音步格律，像疑问句、感叹句之类的语调形式，以及诸如平行之类的句型结构；但是，我们认为，他并没有建立起语调在“可歌唱的”诗歌中具有组织力量的核心论点。[3]

对于俄国人的理论我们还可能有多方面的疑问，但我们不能否认他们在实验室格律理论的僵局与音乐性格律理论的纯主观性之间找到了一条通道。这一理论中有许多东西仍是朦胧的、有争论的，但格律学在今天显然已经恢复了与语言学与语义学的必然联系。我们认为，声音和格律必须与意义一起作为艺术品整体中的因素来进行研究。

1 参见T. 麦克唐纳:《托马斯·坎皮恩和英诗的艺术》(都柏林，1913年)。他对歌曲、口语和赞美诗三者做了区分。

2 参见艾亨鲍姆:《抒情诗的旋律》(圣彼得堡，1922年)。

3 参见V. 日尔蒙斯基的《文学理论问题》(列宁格勒，1928年)中对艾亨鲍姆的评论。

第十四章　文体和文体学

语言是文学艺术的材料。我们可以说，每一件文学作品都只是在一种特定语言中文字语汇的选择，正如一件雕塑是一块削去了某些部分的大理石一样。贝特森写了一本名为《英诗与英语》的小书，他提出，文学是一般语言史的一个部分，是完全依赖语言的。

> 我的论点是，一首诗中的时代特征不应去诗人那儿寻找，而应去诗的语言中寻找。我相信，真正的诗歌史是语言的变化史，诗歌正是从这种不断变化的语言中产生的。而语言的变化是社会和文化的各种倾向产生的压力造成的。[1]

认为诗歌史紧紧依赖于语言史，贝特森的观点提出了一个很好的例证。确实，英国诗歌的发展演变过程至少可与伊丽莎白时代英语口语松散的弹性，18世纪英语的典雅、明晰，以及维多利亚时代英语的模糊、冗繁做一平行对照。语言理论在诗歌史上起着一个重要的作用。例如，霍布斯的理性主义理论强调语言的文字蕴涵、明晰性以及科学的准确性，曾给英诗以深远的影响，尽管这种影响常常把英诗引入歧途。

根据沃思勒（K. Vossler）的理论，我们还可以提出这样的论点：

> 一个时期的文学史通过对当时语言背景所做的分析至少可以像通过政治的、社会的和宗教的倾向或者国土环境、气候状况所做的分析一样获得同样

1　参见F. W. 贝特森：《英诗与英语》（牛津，1934年，6页）。

多的结论。[1]

特别是在那些几种语言传统相互争据主导地位的时代与国家中，诗人对某种语言的使用、态度以及忠诚不仅对这一语言体系的发展是重要的，而且对理解他的艺术也是重要的。在意大利，文学史家几乎不可能无视“语言问题”；沃思勒对文学所做的研究就常常使用他自己那本《法国文化在其语言发展中的反映》里的许多很好的语言例证；俄国的维诺格拉多夫仔细分析了普希金使用现代俄语中各种不同成分的情况：教会的斯拉夫语、流行的口语，以及进入俄语中的法语和德语。[2]

但是，贝特森无疑是言过其实了。他认为诗歌被动地反映语言变化的观点是无法叫人接受的。我们切不可忘记，语言与文学的关系是一种辩证的关系，文学同样也给予语言的发展以深刻的影响。不论是现代法语，还是现代英语，假如没有新古典主义文学，它们就不会是现在这个样子，同样，现代德语如果没有路德（M. Luther）、歌德和其他浪漫主义文人的影响也不会是今天这个样子。

文学与知识界和社会的直接影响相脱离的观点也是站不住脚的。贝特森争辩说，18世纪的诗歌是清澈的、明晰的，因为当时的语言已经变得清澈、明晰，因此，不论当时的诗人是不是理性主义者，都必须接受现成的语言。但是布莱克和斯马特却表明，具有非理性主义与反理性主义世界观的诗人能够怎样转变诗的用语，或将之回复到18世纪以前的样子。

我们不仅可能写一部文学思想史，而且可能写一部文学类别史、格律史、主题史，而这几类史都将涉及数种语言的文学，这一简单的事实表明文学并不完全依赖语言。这里我们显然必须把诗歌与小说和戏剧分成两个方面来讨论。贝特森主要是论诗的；我们确实很难否认，如果诗歌组织得非常严密，就与语言的声音和意义发生了密切的联系。

这里的理由在一定程度上是明确的。格律组织了语言的声音特征。它使散文的节奏具有规律性、趋向于等时性，这样，就简化了音节长度之间的关系。它放慢了节拍的速度、拖长了元音，以便显示这些元音的泛音和音色。它使语调、口

1　参见沃思勒：《语言哲学全集》（慕尼黑，1923年，37页）。

2　参见沃思勒：《法国文化在其语言发展中的反映》（海德堡，1913年；1929年新版改为《法国文化和语言》）；维诺格拉多夫：《普希金的语言》（莫斯科，1935年）。

语的旋律简单化并具有规律性。[1]这样，格律的重要性就在于使文字具有实际存在的意义：指出它们的所在，并使人立即注意到它们的声音。在好的诗歌中，文字之间的关系是受到特别强调的。

诗歌的意义与上下文是紧密相关的：一个词不仅具有字典上指出的含义，而且具有它的同义词和同音异义词的味道。词汇不仅本身有意义，而且会引发在声音上、感觉上或引申的意义上与其有关联的其他词汇的意义，甚至引发那些与它意义相反或者互相排斥的词汇的意义。

因此，语言的研究对于诗歌的研究具有特别突出的重要性。我们这里所说的语言研究当然是指那些语言专家们通常忽略或者轻视的部分。除了研究格律史和音韵史中一些罕见的发音问题有需要用到，现代文学研究者不大用得到历史词法、音韵学甚至实验语音学。但是他需要语言学中一个特别的分支，那就是词汇学，即研究词汇的意义及其演变的科学。英语古诗的研究者如果要正确地把握许多较古的词汇的意义，没有《牛津英语词典》是不行的。倘若他要想理解弥尔顿那些拉丁语化的辞藻或者霍普金斯深受日耳曼影响的构词法，词源学的研究将会有较大的帮助。

当然，这里语言研究的重要性决不仅仅局限于对一个词和短语的理解。文学是与语言的各个方面相关联的。一件文学作品首先是一套声音的系统，因此，是在一种特定语言声音系统中的选择。前一章我们对于谐音、节奏与格律的探讨已经显示了语言学上的考虑对许多这类问题的重要性。对于比较格律学和正确分析声音模式来说，音素学是必不可少的。

从文学的角度来看，一种语言的语音当然不能同它的意义分隔开。另一方面，意义结构本身也要受语言分析的制约。我们可以写一部或一组文学作品的语法，开始讲音韵和词法，然后讲词汇（不规范词、方言土语、古词、新词），最后讲句法（例如，倒装句、对偶句和平行句）。

研究文学的语言，可以从两个不同的角度出发。我们可以把文学作品仅仅作为语言史的文献记录。例如，《枭与夜莺》和《高文爵士与绿衣骑士》可以用来说明某些中古英语方言的特征。在斯凯尔顿、奈什（T. Nashe）和本·琼生等作家的作品中有研究语言史的丰富的材料：由金（A. H. King）写的一本瑞典文近作，利用本·琼生的《打油诗人》对当时的社会方言与阶级方言做了仔细的分析。弗

1　这些都是菲赫耶仔细实验的结果，他在《英语格律原则》（巴黎，1909—1910年，第一卷，113页）有所论述。

朗兹（W. Franz）写了最详尽的一本《莎士比亚语法》，塞内安（L. Sainéan）写了两卷本论拉伯雷语言的著作。[1]但在这些研究中，文学作品仅被作为语言科学研究的材料。而语言的研究只有在服务于文学的目的时，只有当它研究语言的审美效果时，简言之，只有当它成为文体学（至少，这一术语的一个含义）时，才算得上文学的研究。[2]

当然，如果没有一般语言学的全面的基础训练，文体学的探讨就不可能取得成功，因为文体学的核心内容之一正是将文学作品的语言与当时语言的一般用法相对照。假如不了解一个时代的普通口语，甚至不了解下层老百姓使用的日常用语以及不同社会阶层的语言，文体学的研究就很难超越印象主义的范畴。遗憾的是，迄今为止，我们仍然不能够说，我们已经清楚地分辨日常语言与艺术语言变化（特别是过去时代的）的界限了。我们必须对远古时代不同的语层做更加细致的研究，才能掌握判断一个作家或一个文学运动遣词设句的正确背景。

在实践中，我们只不过是在本能地运用从当代语言的用法中推演出来的标准。但是，这样的标准很可能造成误解。在阅读古诗的时候，我们就得排除自己现代语言的意识。像理解丁尼生这样的句子，我们就得忘记词语的现代意义：

And this is well
To have a dame indoors，who trims us up
And keeps us tight. [3]
（最好能
有一个妇人在家里，把我们修饰精干
把我们打扮整齐。）

但是，如果我们承认在这类明显的例子中对词义做历史的重新考察的必要性，我们能够保证在所有的情况下都有这种可能性吗？我们能够随时学习盎格鲁—撒克

1 参见A. H. 金：《平庸诗人作品中讽刺角色的语言：社会文体学分析，1597—1602》（收录于《朗德英文研究》，朗德，1941年，第十卷）；W. 弗朗兹：《莎士比亚语法》（哈勒，1898—1900年；海德堡，1924年新版）；L. 塞内安：《拉伯雷的语言》（两卷本，巴黎，1922—1923年）。如需较完全的书目，可查G. 盖尔：《作家的语言》（A. 道查编，巴黎，1935年，227—337页）。

2 参见本章参考书目第1节。

3 引自丁尼生：《埃德温·莫里斯》（摘自H. C. 韦尔德：《英诗写作法中的几个特点》，牛津，1933年）。在蒂洛森（G. Tillotson）的《文学批评与研究文集》（剑桥，1942年）的序言中对此问题做过历史性的讨论。

逊语或者中世纪英语，并学得好到足以忘记自己现在所使用的语言的程度吗？更无须说古希腊语了。纵然我们能够达到这种程度，是否由于我们自以为获得了某一作家同时代人那样的语言水平就一定能成为他的更好的批评家呢？难道像马维尔（A. Marvell）的下述诗行中保留的对于词汇的现代联想不能辩解为对于词汇意义的一种丰富吗？

> My vegetable love would grow
> Vaster than empires and more slow[1]
> （我那能够生长的爱情会生长得
> 比帝国更广大、更缓慢长久）

蒂特评述道：

> 一棵爱情的包心菜长得比金字塔更长久而且覆盖了这些金字塔的奇特联想似乎是对诗歌做了深入的艺术分析后获得的结果。但我们确信，马维尔的脑子里绝不会有这样精确的概念。在17世纪，vegetable（蔬菜）的意思是vegetative（意为“生长的”“有生长能力的”），诗人用这个字很可能是采用赋予爱情以生命的拟人法，他断不可能有我们今天分析出的“菜园”之类意思的联想。[2]

按照蒂特的评述，我们会问，排除语言现代意义上的联想是不是可取的？而且至少在一些极端的例子里有没有可能这样做？这样，我们就又回到对词汇意义做历史性考察的可能性与必要性的问题上来了。

有人（例如，巴利［C. Bally］）试图把文体学仅仅看作语言学的一个分支[3]，然而，文体学不论算不算一门独立的学科，都有自己明确的问题要讨论。其中的一部分问题看来属于所有（或实际上所有）人类的口语的范畴。从这一广义出发，文体学研究一切能够获得某种特别表达力的语言手段，因此，比文学甚至修辞学的研究范围更广大。所有能够使语言获得强调和清晰的手段均可置于文体学的研

1　马维尔：《致羞涩的情妇》。
2　参见L. 蒂特：《研究和批评的艺术》（载《英国文学史杂志》，第5期，1938年，183页）。
3　参见C. 巴利：《法语文体学论》（海德堡，1909年）；L. 施皮策在其《拉丁语系的句法》（载《新语言》，第25期，1919年，338页）等早期论著中认为文体学是不包括句法的。

究范畴内：一切语言中，甚至最原始的语言中充满的隐喻；一切修辞手段；一切句法结构模式。几乎每一种语言都可以从表达力的价值的角度加以研究。像美国“行为主义的”语言学派那样有意无视这一问题是不可能的。

在传统的文体学中，对这些问题通常是以一种偶然的、随意的方式给予回答的。修辞手段一般分为强化式和减弱式两类。强化式的修辞手段包括诸如重复法、累积法、夸张法和层进法等，与“崇高的”文体联系在一起。崇高的文体在相传为朗吉弩斯（Longinus）的名著《论崇高》中有过叙述。阿诺德和圣茨伯里则有意把心理学问题与文学评价问题糅在一起，他们在论及荷马、莎士比亚、弥尔顿和但丁时，都曾提出过“雄浑文体”的说法。[1]

然而，要证明特别的修辞手段在任何情况下都一定有特别效果或者“表达力的价值”似乎是不可能的。在圣经和编年史中，并列的句子结构（“和……和……和”）有一种从容不迫的叙述效果，而在浪漫主义的诗歌里，一连串地使用连词“and”（“和”）会一步一步地把人引向上气不接下气的激动状态。夸张法可能会是悲剧性的或感伤性的，但也可能是古怪滑稽和喜剧性的。此外，某些修辞手段或句法特点重复次数那么多，且出现在那么多不同的上下文中，以至于不可能有表达力的效果。人们注意到西塞罗在几页文字中使用间接肯定法和暗示省略法达数次之多，而在约翰逊博士主编的《漫话者》杂志中也发现了数以百计的平衡句法。上述两种情况都是在做一种文字游戏，而不顾及文字的意义。[2]

但是，我们在必须丢弃那种认为修辞手段与特别的“表达力价值”之间应有一一对应关系的原子论观点的同时，还应该看到，建立文体特点与表达效果之间的特别关系并不是不可能的。一个方法就是，表明某种修辞手段与其他修辞手段一起可以不断复现在带有某种意义情调的段落里：崇高的、喜剧的、典雅的、天真的。人们可以像韦姆萨特那样争辩说，仅仅重复一种修辞手段，并不能使这种修辞手段不带有意义；“句型的重复就如同词尾变化和动词变化一样，仍然不失为一种有表达力的形式”[3]。人们不应满足于遵循古典的理论，把文体分为高级的和低级的，亚洲的和雅典的等类型；他们能够做出更复杂的分类来。施奈德（W. Schneider）在他写的《德语的表达方式》（1931年）中就做了这样的尝试。根据词汇与对其要表达的事物间的关系，文体可以分成概念的、感觉的，简洁的、

1 关于“雄浑的文体”，参见M. 阿诺德：《论译荷马》；G. 圣茨伯里：《莎士比亚与雄浑的文体》《弥尔顿与雄浑的文体》以及《但丁与雄浑的文体》（收入《论文集》，伦敦，1923年，第三卷）。

2 参见F. 凯因茨：《德语中口语表达的较高层次》（载《美学杂志》，第28期，1934年，305—357页）。

3 参见W. K. 韦姆萨特前引书（12页）。

冗长的，或者简练的、夸大的，明确的、模糊的，沉静的、激昂的，低级的、高级的，淳朴的和修饰的之类；根据词汇之间的关系，文体则可以分成紧凑的、松散的，造型的、音乐性的，平滑的、粗糙的，素淡的和色彩斑斓的之类；根据词汇对整个语言系统的关系，文体则可以分成口语的、书面的，陈腐的和个性化的之类；根据词汇对作者的关系，文体则可以分成客观的和主观的。[1]这样的分类实际上可以用于一切语言系统，但显然这一分类的大多数论据是采自文学作品，并用以分析文学作品的文体的。由此观之，文体学似乎在以修辞学分类为基础的古老理论与华而不实的时代性风格（如哥特式或巴洛克式）之间找到了一条中庸之道。

不幸的是，许多人的研究要么出于狭隘的规范性目的，把文体学变成是对某种说明性的“中间”文体的推荐，这种文体学在准确性与明晰性上有它的理想，并作为一门教学学科呈现出来；要么出于民族主义的目的，一味推崇某一种语言。德国人在对待欧洲主要语言间的差异上，尤其犯有过分概括化的错误。甚至像韦克斯勒（E. Wechssler）、沃斯勒和多依奇拜因这样著名的学者也沉溺于未经证实的臆测，就民族心理学的观点做出匆忙而草率的结论。这里并非要否定各种语言之间的差异和事实上的不平等。如果我们拿一种其文学尚未获得充分发展的语言与欧洲任何一种伟大的语言作比较，就可以看出，那种认为所有语言都是相等的“行为主义的”观点似乎就显得荒唐可笑了。各种伟大的欧洲语言在句子结构模式、“成语”和其他许多惯例方面均有很大的差异，任何一位翻译家都能认识到这一点。从某种角度来说，英语、法语或德语都互有短长。但它们的差异无疑是受社会的、历史的、文学的影响造成的，这些影响虽然是可以阐述的，但至今尚未获得充分的阐述，以至于可以将这些差异归结到民族心理的差异这一根本原因上。可见，“比较”文体学似乎还是一门为期遥远的学问。

文体学的纯文学和审美的效用把它限制在一件或一组文学作品的研究中，对这些文学作品将从其审美的功能与意义方面加以描述。只有当这些审美兴趣成为中心议题时，文体学才能成为文学研究的一部分；而且它将成为文学研究的一个主要部分，因为只有文体学的方法才能界定一件文学作品的特质。我们有两个可能的方法来做这样的文体分析：第一个方法就是对作品的语言做系统的分析，从一件作品的审美角度出发，把它的特征解释为“全部的意义”，这样，文体就好像是一件或一组作品的具有个性的语言系统。第二个方法与此并不矛盾，它研究这一系统区别于另一系统的个性特征的总和。这里使用的是对比的方法。我们先

1 参见W. 施奈德:《德语的表达方式》（莱比锡，1931年，21页）。

观察背离和歪曲语言中一般用法的情形，然后，再努力找出这类背离与歪曲的审美效用。在日常交际的谈话中，很少有人注意词汇的声音，或者词序（在英语中，词序一般是从主词到动作），或者句子的结构（列举式和复合式）。文体分析中的第一步就是观察语音的重复、词序的颠倒、各种级别的句子的建构，所有这些背离日常语言的情形必然服务于某种审美功能，譬如，强调与明晰，或者相反——审美上允许的掩抑与朦胧。

对某些作品和某些作者做这样的分析是比较容易的。从黎里（J. Lyly）的《攸弗依斯》的动物寓言中择出的语音模式和明喻一般是不会有错的。[1]按照本·琼生的话来说，斯宾塞是“不用语言”进行写作的，他用的古语、新词和方言是容易分析的。[2]弥尔顿不仅使用成为英文词汇原型的拉丁化词汇，而且采用他自己独特的句子结构。霍普金斯的文体风格是采用撒克逊语和方言词汇，有意避免使用拉丁词汇，这显然是受了日耳曼俗化运动的理论与实践的影响，受了日耳曼特殊构词法与合成词的影响。[3]我们不难分析像卡莱尔、梅瑞狄斯、佩特或者亨利·詹姆斯之类“具有独特风格”的作家的文体，甚至那些在艺术上颇不重要但却有个人风格的作家的文体。

但是，在许多别的例子里，要把一个作家的文体风格区分出来是十分困难的。特别是在那些使用一般文体风格的作家中，如许多伊丽莎白时代的剧作家或18世纪的散文家，要分辨出他们重复出现的个性特征，需要有灵敏、锐利的听觉和观察力。罗伯逊曾提出，某些词汇和“成语”是皮尔、格林、马洛和基德等人独有的。[4]这一论点不能不引起疑问。许多这类研究把文体分析、内容联系、渊源以及重复出现的暗示等问题毫无区别地扯在一起。如果是这样，文体学就仅仅变成了为不同目的服务的工具：判断作品的作者、鉴别作品的真伪以及为文学研究做准备的考据等。

因为有流行文体的存在，有某一大师引起的竞相模仿与时尚的威力，文体学中出现了一些困难的实际问题。先前关于文学类型的观念曾给文体学传统以巨大影响。例如在乔叟的《坎特伯雷故事集》中，每一个故事的文体都有很大差别，再大一点说，在他不同时期、不同文类的作品之间，文体也有较大的差别。到了18世纪，品达体颂歌、讽刺作品、民谣等具有各自不同的词汇与文体。“诗的辞藻”

1 参见M. W. 克罗尔：《攸弗依斯》的H. 克莱门斯版导言（伦敦，1916年）。

2 参见H. C. 韦尔德：《斯宾塞的用词和文体》（伦敦，1930年）；B. R. 麦克尔德里：《斯宾塞用词的拟古和创新》（载《现代语言学会会刊》，第47期，1932年，144—170页）；H. W. 萨格登：《斯宾塞〈仙后〉的语法》（费城，1936年）。

3 参见A. 沃伦：《内在特质的内在重读》（收录于《杰勒德·曼利·霍普金斯》，康涅狄格，诺福克，1945年，72—88页）、《对建立秩序的狂热》（芝加哥，1948年，52—65页）。

4 参见J. M. 罗伯逊：《莎士比亚真本》（四卷本，伦敦，1922—1932年）。

只用于某些特殊的文学类型中，而普通的词汇只是在低级的文学类别中使用。虽然华兹华斯力贬诗的辞藻，但他在写颂诗、《丁登寺》之类咏景的沉思诗、弥尔顿式的十四行诗，或者“抒情民谣”等不同类别的作品时，也使用了完全不同的文体。倘若我们忽视了这些不同，那我们对一个经历了漫长的个人演变发展过程，培育了许多不同文学类别的作家的文体风格的分析就是徒然的了。既然我们无法弥合歌德早期（即古典主义时期）那种“狂飙突进”式的文体与后期《亲和力》表现的那种华美、浮饰的文体之间的歧异，那就最好把他的文体统称为“歌德式文体”。

这种集中研究文体风格的特殊性，研究与其周围的语言体系不同的个性特征的文体分析方法显然是有危险的。这样，我们积累的很可能是一些相互孤立的例证、具有显著个性特征的样品，而忘记了一件艺术品是一个整体。我们可能过分强调文体的“独创性”、个性特征、那些仅仅是特质的部分。较好的方法是根据语言的原则，全面、系统地分析一种文体风格。在俄国，维诺格拉多夫写下了研究普希金和托尔斯泰语言的杰作；在波兰和捷克，语义文体学的研究吸引了许多能干的实践家；在西班牙，达马索·阿朗索（Dámaso Alonso）开始对贡戈拉的诗歌文体做系统的分析，而阿马多·阿朗索（Amado Alonso）则敏锐地分析了聂鲁达（P. Neruda）的诗体风格。[1]这一方法的危险在于分析者抱有一个“科学的”完整性的理想，很可能忘记艺术效果及其重点并不简单地等同于一种语言手段使用的频率这样一个道理。因此，迈尔斯（J. Miles）小姐用统计获得的数据强调霍普金斯作品中用词的拉斐尔前派成分，就误入了歧途。[2]

当文体分析能够建立整个文学作品中普遍存在的统一原则和某种一般的审美目的时，它似乎对文学研究最有助益。譬如，如果我们以18世纪的汤姆逊这样的描述性诗人为例的话，我们应该能够说明他的文体风格的特性是怎样互相关联的。在他的诗中，弥尔顿式的无韵体要求排除某些词并选择某些词。而词汇的使用又要求采用某些迂回曲折的说法，迂回式的说法则暗示词汇与其所描述的对象之间存在一种张力：不说明一件事物的名字，但却列举了它的许多特性。这种对事物特性的列举和强调就暗示了一种描述性；18世纪诗歌创作中流行的这种特别的对事物性质的描述暗含了一种特别的哲学，即一种渊源于图案设计的观点。蒂洛森在其论蒲柏和18世纪诗歌辞藻的文章中积累了许多这类从敏锐的观察获得的例证。例如，关于诗歌辞藻所含的特别思想意识，他做了一个术语汇集，称之

1 参见本章参考书目第2节。
2 参见J. 迈尔斯：《甜美的语言》（收录于《G. M. 霍普金斯》，康涅狄格，诺福克，1945年，55—71页）。

为“物理—神学术语集”；但是他没有把这些观察来的例证纳入对文体的总的分析之中。[1]这样一个从格律入手进而研究内容问题甚至哲学问题的过程，不可以误解成一个把逻辑的或编年史的优先顺序加给上述任何一个因素的过程。理想的方法是，我们应该能够从任何一个特定点出发，并且应该获得同样的结果。

这些论述表明文体分析能够怎样容易地导向对作品内容的研究。长久以来，批评家们以直觉的、不系统的方式把文体分析说成是作家表达自己的哲学见解的方式。贡多尔夫在其《歌德》一书中机敏地分析了诗人早期作品的语言，说明他的动态的口语怎样反映了他向一种动态的自然观的转变。[2]诺尔力图表明文体风格的特性可以和狄尔泰提出的哲学的三种类型联系起来。[3]

德国学者还建立了一种更为系统的文体分析法，叫作“母题与文字”，这一方法的基础是假定在语言特性与内容成分之间存在着平行的关系。施皮策早期曾使用过这一方法研究巴比塞（H. Barbusse）的作品中反复出现的“血与创伤”之类的母题，而克尔纳（J. Körner）则全面地研究了施尼茨勒（A. Schnitzler）作品中的母题。[4]后来，施皮策还尝试建立反复使用的文体风格与作家的哲学观点之间的关系，例如，他把贝玑（C. Péguy）反复使用的文体和他的柏格森主义联系起来，把于勒·罗曼（Jules Romains）的文体与他的“统一理论”（unanimism）[5]联系起来。对摩根斯坦（C. Morgenstern）（他写无聊诗，其诗作勉强可与卡洛尔[L. Carroll]的诗作相比）的文字神话的研究说明他一定读过莫特纳（F. Mauthner）那本唯名论的《语言批判》，并从中得出了语言只能给一个不可透视的黑暗世界罩上一层又一层面纱的结论。[6]

施皮策的某些论文的观点走得太远了。他从作家的文体风格的特性推断其心理特征。他认为，普鲁斯特的文体就可以做这样的分析；在菲利普（C. -L. Phillipe）的作品中，常常出现“由于”连接的句子结构，施皮策把它解释为一种“假客观的动机”，

---

1 参见蒂洛森：《批评与研究文集》（剑桥，1942年，84页）。

2 参见F. 贡多尔夫：《歌德》（柏林，1915年）。

3 参见H. 诺尔：《诗与音乐中的艺术风格》（耶拿，1915年）、《文体风格和世界观》（耶拿，1920年）。

4 参见H. 施珀伯：《母题和文字，文学研究和口语心理学》；L. 施皮策：《居斯塔夫·梅林克的母题和文字》、《C. 摩根斯坦奇特的造型和口语艺术》（莱比锡，1918年）；J. 克尔纳：《A. 施尼茨勒的造型与问题》（慕尼黑，1921年）、《经历—母题—材料》（引自《新文学研究的精神》，见《瓦尔泽尔纪念文集》，韦德珀克—波茨坦，1924年，80—89页）；L. 施皮策：《亨利·巴比塞研究》（波恩，1920年）。

5 强调文学表现中统一的原则比个性更重要的一种理论。——译注

6 参见L. 施皮策：《夏尔·贝玑的文体风格》（收录于《瓦尔泽尔纪念文集》，韦德珀克—波茨坦，1924年，162—183页；后收入《文体研究》，第二卷，301—364页）、《于勒·罗曼的“统一理论”反映了他的语言》（载《拉丁语文献》，第8期，1924年，59—123页；后收入《文体风格研究》中，208—300页）。关于摩根斯坦，见注4。

暗含着相信忧郁、相信某种个人的宿命论的心理；在拉伯雷的作品中，施皮策分析他的字的构成，根据他常用的为人熟知的词根（诸如Sorbonne之类），并与十几个古怪的后缀结合，创造出许多叫人不舒服的诨名（例如，Sorbonne + onagre = Sorbonnagre，意即“野驴”）的特点，说明拉伯雷作品中有一种真实与非真实、滑稽与恐怖、乌托邦与自然主义之间的张力。[1]这里，施皮策的基本假定是：

> 背离正常的精神生活引起的精神激动必须有一种背离正常用法的语言来表达它。[2]

后来，施皮策承认心理文体学只能用于“那些以‘个人的天才’和以个人的写作方式来思维的作家，也就是18世纪以及其后的作家；18世纪以前的作家（即使是但丁）都力图以客观的文体来表现客观的事物。因而‘心理文体学’的观点对早期的作家（蒙田是一个明显的例外）是无效的，这就在我的心中加强了另一种想法，这种想法打从开始就出现在我的著作中，那就是把一种结构主义的方法运用于他们文学作品的分析上，这种方法不借助作家的个性资料就可以说明他们文体风格的一致性”。[3]的确，不论心理文体学的假设如何有见地，它似乎会遭到来自两方面的反对。它提出的许多关系不是建立在真正从语言材料获得的结论的基础上，而是首先从心理和思想分析出发，然后在语言中寻求证据来证实它。倘若语言上的证明不是常常牵强附会或者查无实据的话，这本来是无懈可击的。这类著作经常假定，真正的或者伟大的艺术必然以作者的经验为基础，但“经验”这一术语不过是传记谬论的一种稍微不同的说法。进一步说，认为某种文体风格与某种心理状态之间有必然联系的假说看来是谬误的。例如，在讨论巴洛克文体风格时，许多德国学者假设，密集的、晦涩的、扭曲的语言与作家混乱的、分裂的、痛苦的灵魂必然相对应。[4]然而，晦涩、扭曲的文体风格无疑可以由工匠和技师

1　参见L. 施皮策：《拉伯雷作为文体手段的构词法》（哈勒，1910年）、《C. -L. 菲利普的假客观动机》（载《法国语言文学杂志》，第46期，1923年，659—685页；后收入《文体风格研究》中，166—207页）。

2　参见L. 施皮策：《由词的艺术品所作的语言解释》（载《科学和青年教育新年鉴》，第6期，1930年，632—651页；后收入《拉丁语系文体与文学研究》，马尔堡，1931年，第一卷）、《词的艺术与语言科学》（载《日耳曼—拉丁语系语言月刊》，第13期，1925年，169—186页；后收入《文体风格研究》，第二卷，498—536页）、《语言学和文学史》，（普林斯顿，1948年，1—40页）。

3　引自《比较文学》（第10期，1958年），参见R. 韦勒克的文章：《L. 施皮策，1887—1960》（载《比较文学》，第12期，1960年，310—334页，包括施皮策文章的详细书目）。

4　例如，F. 斯特利希：《17世纪抒情诗的文体风格》（收录于《德国文学史论文集》，慕尼黑，1916年，21—53页，特别是37页）。

培育出来。可见，心理与文字之间的整个关系比通常所认为的还要松散和含混。

因此，我们必须十分谨慎地对待德国人提出的“心理文体学”的论题。它看起来往往只是一种伪装的遗传心理学，一般人把克罗齐的美学认为是它的典范，其实，它的设想与克罗齐的美学的设想大相径庭。克罗齐的体系完全是一元论的，无法在心理状态与语言表达之间划出界限。克罗齐始终一致地否定一切文体学和修辞学分类的效用，也就是否定文体风格与形式、形式与内容，乃至文字与灵魂、表达与直觉之间的差别。在克罗齐的体系中，这一连串的合一导致了理论上的瘫痪：他对诗歌创作的过程首先做了真实的分析，但他的观点走得太远了，以致不可能对其中的因素做出区别。现在看来，下述一点是清楚的，即直到最后的统一之前，创作过程与作品、形式与内容、表达与文体必然是暂时分离的，处在游离不定的状态；只有这样，构成文学批评过程的全部翻译和合理评价才是可能的。

假如我们能够描述一部作品或一个作家的文体风格，我们也就无疑能描述一组作品和一个文学类别的文体风格，如哥特式小说、伊丽莎白时代的戏剧、玄学派诗歌，也能够分析像17世纪散文中的巴洛克风格这样的文体种类。[1]我们甚至还能进一步总括一个时代或一个文学运动的文体风格。在实践中，凭经验的精确性要做到这点似乎是格外困难的。像巴拉（E. Barat）的《诗的文体风格与浪漫主义革命》或者托恩（L. Thon）的《德国印象主义的语言》等著作都研讨了属于一个流派与运动的许多文体风格的手段或句法词汇特征。[2]对古老的条顿语诗歌的文体风格，学者们也做过大量的研究。[3]但这些大都是共同的文体风格，在本质上是相当一致的，几乎可以看作是出自一位作家的手笔。要对像古典主义和浪漫主义这样一种整个时代和整个运动的文体风格做出描绘就会遭遇到不可克服的困难。因为我们必须在风格殊异的，有时甚至是许多国家的作家之间找到共同的因素。

由于艺术史上已经建立了能够为公众广泛接受的一系列风格，例如古典的风格、哥特式的风格、文艺复兴的风格和巴洛克的风格等，把这些术语从艺术中输入文学看来是颇为诱人的。但是这么做，我们就又回到艺术与文学的关系的问题上，回到各种艺术间的平行比较的问题上，回到我们的文明里各个伟大的时代的接续的问题上了。

---

1 参见M. W. 克罗尔的精彩论文：《散文中的巴洛克风格》（载《英语研究》，明尼阿波利斯，1929年，427—456页）；威廉森（G. Williamson）：《塞内加式的从容步伐》（芝加哥，1951年）。

2 参见本章参考书目第4节。

3 同上。

第十五章　意象、隐喻、象征、神话

当我们不再按题材或主题对诗歌加以分类，而要问诗歌是一种什么样的表述方式时，当我们不是以散文式的释意，而是从其整个结构的复杂性来确定诗歌的“意义”时，我们就会面临诗歌的主要结构这一问题，这也就是本章题目中的四个术语所要提出的问题。我们的同辈中有一位说过，诗歌中起组织作用的两个原则是格律和隐喻，而且“格律和隐喻还是‘属于一体’的，只有包含这两个因素并解释它们的紧密关系，我们给诗歌下的定义才能获得足够的普遍性”[1]。这个提法包含了诗歌的一般理论，对此，柯勒律治在其《文学传记》中曾给予精辟的阐释。

在上述四个术语中，我们是否只有一个所指呢？就其语义来说，这四个术语都有相互重复的部分，显然，它们的所指都属于同一个范畴。也许可以说，我们这样一个排列顺序，即意象、隐喻、象征、神话，代表了两条线的会聚，这两条线对于诗歌理论都是重要的。一条是诉诸感官的个别性（particularity）的方式，或者说诉诸感官的和审美的连续统一体，它把诗歌与音乐和绘画联系起来，再把诗歌与哲学和科学分开；另一条线是“比喻”或称“转义”这类“间接的”表述方式，它一般是使用换喻和隐喻，在一定程度上比拟人事，把人事的一般表达转换成其他的说法，从而赋予诗歌以精确的主题。[2]这两方面虽有分别，但却都是文学表述的特定方式，与科学的表述方式是截然不同的。诗歌不是一个旨在以单一的符号系统表述的抽象体系，而是把字词组织成一个独一无二、不可重复的模式，它的每个词既是一个符号，又表示一件事物，这些词的使用方式在诗之外的其他体

1　参见M. 伊斯曼：《科学时代的文学精神》（纽约，1931年，165页）。

2　关于“表述的类型”，参见C. 莫里斯：《符号、语言和行为》（纽约，1946年，123页等处）。莫里斯区分了十二种类型的表述的方式，与本章四个术语有关的是：“虚构的”（小说的世界）、“神话的”“诗的”三种表述方式。

系中是没有过的。[1]

本章题目在语义上的困难是相当棘手的，除了随时警惕这些术语在上下文中，特别是极端相反的含义中的不同用法，似乎再找不到更好的办法了。

意象是一个既属于心理学，又属于文学研究的题目。在心理学中，"意象"一词表示有关过去的感受或知觉上的经验在心中的重现或回忆，而这种重现和回忆未必是视觉上的。高尔顿（F. Galton）1880年在这方面所做的研究是具有开拓性的，他试图发现人在视觉上重现过去的经验究竟可以达到怎样的程度，结果表明，人在视觉上重现过去的能力是大不相同的。而意象不仅仅是视觉上的。心理学家与美学家们对意象的分类数不胜数，不仅有"味觉的"和"嗅觉的"意象，而且还有"热"的意象和"压力"意象（"动觉的""触觉的""移情的"）。静态意象和动态意象（或"动力的"）之间有重要区别。至于颜色意象的使用则可以是，也可以不是传统的象征性的或者个人的象征性的。联觉意象（不论是由于诗人的反常的心理性格引起的，还是由于文学上的惯例引起的）把一种感觉转换成另一种感觉，例如，把声音转换成颜色。最后，还有对诗歌读者有用的分类法，即"限定的"和"自由的"意象。前者指听觉的意象和肌肉感觉的意象，这种意象即使读者给自己读诗时也必然会感到，而且对所有够格的读者来说，都能产生几乎同样的效果；后者指视觉和其他感觉的意象，这种意象因人而异，或者因人的类型不同而不同。[2]

理查兹在其1924年版的《文学批评原理》中所做的一般结论今天听来依旧是靠得住的：

> 人们总是过分重视意象的感觉性。使意象具有功用的，不是它作为一个意象的生动性，而是它作为一个心理事件与感觉奇特结合的特征。[3]

它的功用在于它是感觉的"遗存"和"重现"。

---

1 "单一符号"（monosign）和"复式符号"（plurisign）是惠尔赖特（P. Wheelwright）在其《诗的语义学》（载《肯庸评论》，1940年，第2期，263—283页）中使用的两个术语。复式符号"在语义上是反身的，即它是它表达的意义的一个部分。换句话说，它作为诗的符号不仅被使用，而且被玩赏，它不仅具有使用上的价值，而且有内在的审美价值"。

2 参见E. G. 博林：《实验心理学史中的感觉和知觉》（纽约，1942年）；J. 唐尼：《创造性想象：文艺心理学研究》（纽约，1929年）；J. -P. 萨特：《想象》（巴黎，1936年）。

3 参见I. A. 理查兹：《文学批评原理》（伦敦，1924年，第16章《诗的分析》）。

从意象是感觉的遗留的代表这一点出发，我们可以获得教益，从而轻易地探讨我们所说的第二条线，这条线贯穿了我们要讨论的整个领域，即类似和比较的领域。即便是视觉意象也不仅仅局限于描述性诗歌中；那些把自己仅仅局限在外部世界的图像中而去尝试写“意象派”或者“物性”诗歌的人没有几个是成功的。事实上，这类诗人极少愿意把自己仅仅局限在外部图像上。作为几个诗歌运动的理论家，庞德（E. Pound）对“意象”做了如下的界定：“意象”不是一种图像式的重现，而是“一种在瞬间呈现的理智与感情的复杂经验”，是一种“各种根本不同的观念的联合”。意象主义的信条断言：“我们相信诗歌应该准确地再现个别的事物，而不是表现模糊的一般，不论它是多么……具有吸引力。”艾略特在颂扬但丁和攻击弥尔顿时，似乎过分地强调了“如画性”（Bildichkeit）的教条。他说，但丁的诗“是一种视觉的想象”。但丁是一位寓言家，而“对一位有能力的诗人来说，寓言就意味着‘清晰的视觉意象’”。遗憾的是，弥尔顿的诗却正好相反，他只有“听觉的想象”。《快乐的人》和《幽思的人》两首诗中的视觉意象“完全是一般的……弥尔顿看到的不是个别的耕田的农夫、挤奶的女郎和牧童……这些诗给人的感官的效果全在耳朵上，此外就是耕田的农夫、挤奶的女郎和牧童的抽象概念”。[1]

在所有这些议论中，强调的重点是事物的“个别性”以及各种不同的事物的联合（类比，例如，寓言；即“各种根本不同的观念的联合”），而不是诉诸感官的感觉。视觉的意象是一种感觉或者说知觉，但它也“代表了”、暗示了某种不可见的东西、某种“内在的”东西。它可以同时是某种事物的呈现和再现（例如，“黑蝙蝠的夜已经飞走”［“the black bat night has flown”］……“那横亘在我们眼前的是无限永恒的沙漠”［“Yonder all before us lie Deserts of vast eternity”］）。意象可以作为一种“描述”存在，或者（如上引两例）也可以作为一种隐喻存在。但是，如果意象不作为隐喻出现，从“心灵的眼睛”看来，可否具有象征性？难道每一种知觉不是选择性的吗？[2]

默里（J. M. Murry）认为，“明喻”和“隐喻”都属于修辞学的“形式分类”的范畴，因此，建议“意象”这一术语包括二者，但他警告说，我们必须“从脑子里坚决摒除意象仅仅是或者主要是视觉的认识”。意象“可以是视觉的，可以

1　参见E. 庞德：《巴凡尼斯和狄维森斯》（纽约，1918年）；T. S. 艾略特：《但丁》（收录于《论文选》，纽约，1932年，204页）、《弥尔顿诗歌一题》（载《英文协会成员论文集》，第21期，牛津，1936年，34页）。

2　“现代心理学表明，‘意象’这个术语的这两种意思有重复的部分。我们可以说，每一个自发的心理意象在一定程度上都有象征性。”参见C. 鲍德温：《心理分析和美学》（纽约，1924年，28页）。

是听觉的”，或者“可以完全是心理上的”。[1]我们可以看出，在莎士比亚、艾米丽·勃朗特和爱伦·坡这样不同作家的作品中，背景（一种“道具”系统）常常是一个隐喻或者象征：汹涌狂暴的海、暴风雨、荒凉的旷野、阴湿而黑暗的湖沼旁的破败的城堡等。

像“意象”一样，“象征”的名字也是同一个特别的文学运动联系在一起的。[2]而且也像“意象”一样，它不断地出现在迥然不同的学科中，因此，用法也迥然不同。它是一个逻辑学术语、数学术语，也是一个语义学、符号学和认识论的术语，它还长期使用在神学世界里（“象征”即“宗教信条”的一个同义语），使用在礼拜仪式中，使用在美术中，使用在诗歌里。在上述所有的领域中，它们共同的取义部分也许就是“某一事物代表、表示别的事物”。但是“象征”这个词的希腊动词的意思是“拼凑、比较”，说明在符号及其所代表的事物之间进行类比是这个词最初呈现的观念。这一观念在这个术语的一些现代使用中仍然存在。在代数和逻辑中这一术语是指约定俗成的符号；但在宗教里，这一术语的基本含义是“符号”及其“代表的”事物间某种固有的关系，这种关系是换喻式的或隐喻式的，如十字架、羔羊、善良的牧者等。在文学理论上，这一术语较为确当的含义应该是：甲事物暗示了乙事物，但甲事物本身作为一种表现手段，也要求给予充分的注意。[3]

有人提出“纯象征主义”的观点，这种观点不是把宗教和诗歌贬低为遵照仪式安排的可感知的意象，就是从道德的或者哲学的超验现实出发，把一般的“符号”与“意象”统统排除，而这种超验现实却完全存在于一般符号与意象之外。另外，有人把象征主义看成是可以计算的、服从个人意志的某种东西，是把观念转变为图解式的、教育的、可感知的术语的一种审慎的心理活动。但柯勒律治说，寓言只是“把抽象概念转变成图画式的语言，它本身不过是感觉对象的一种抽象……”，而象征“的特征是在个性中半透明式地反映着特殊种类的特性，或者在特殊种类的特性中反映着一般种类的特性……最后，通过短暂，并在短暂中半透明式地反映着永恒”。[4]

“象征”与“意象”和“隐喻”之间有无重大意义上的区别呢？首先，我们认为“象

1 参见J. M. 默里：《隐喻》（收录于《心理的范围》，伦敦，1931年，1—16页）；L. 麦克尼斯：《现代诗歌》（纽约，1938年，113页）。

2 R. 托班：《法国象征主义对美国诗歌的影响》（巴黎，1929年）对一个文学运动给予另一个文学运动的影响做了精彩的研究。

3 关于以下的术语，参见C. 德里尔：《美国文人》（第1期，1944年，103—104页）。

4 参见S. T. 柯勒律治：《全集》（纽约，1853年，第一卷，437—438页）。“象征”与“寓言”的区别是由歌德第一次做出来的，参见C. R. 缪勒：《歌德艺术观中“象征”概念的历史前提》（莱比锡，1937年）。

征”具有重复与持续的意义。一个“意象”可以一次被转换成一个隐喻，但如果它作为呈现与再现不断重复，那就变成了一个象征，甚至是一个象征（或者神话）系统的一部分。韦克斯蒂德（J. H. Wicksteed）在论及布莱克的《天真之歌》与《经验之歌》两首抒情诗时说：“比较而言，诗中几乎没有实际的象征，但却不断地、大量地使用了象征的隐喻。”叶芝早期有一篇文章评雪莱诗中的“核心象征”说：

> 人们在他的诗中发现，除了无数没有明确（固定？）象征意味的意象，还有许多意象肯定就是象征，以后随着时间的流逝，他开始有意地从越来越多的象征意义上使用意象。

像他诗中的洞穴和塔就是这类意象。[1]

给人以深刻印象、经常可见的一个现象是：一个作家早期作品中的“道具”往往转变成其后期作品中的“象征”。亨利·詹姆斯在其早期作品中曾苦心孤诣地创作关于人物和地点的视觉意象，而在后期作品中所有这一切意象都变成隐喻性的或象征性的了。

只要讨论到诗歌的象征问题，就很可能出现把象征分成现代诗人的“私用象征”与前代诗人广泛采用并容易理解的象征的情况。“私用象征”一词首先至少是一种指责，但我们对诗歌象征的感情与态度仍是十分矛盾的。要用一个别的词来取代“私用的”一词是困难的；如果我们用“约定俗成的”或“传统的”取代，就与我们期望诗歌是新奇惊人的看法相抵触。“私用象征”暗示一个系统，而细心的研究者能够像密码员破译一种陌生的密码一样解开它。许多私用象征系统（如布莱克与叶芝的系统）中，有大部分与象征的传统重合，即使重合的部分并不是最普遍被接受的象征。[2]

1　参见J. H. 韦克斯蒂德：《布莱克的天真与经验……》（伦敦，1928年，23页）；叶芝：《文集》（伦敦，1924年，95页等处论雪莱的“核心象征”的文章）。隐喻什么时候就变成了象征呢？首先，当隐喻的“工具”是具体的、可感知的时候，如“羔羊”。“十字架”不是一个隐喻，而是一个转喻的象征，表示耶稣死在它上面，正如圣劳伦斯的“烤架”，圣凯瑟琳的“轮子”表示苦难一样，在这种情况下，“工具”赋予它的对象意义。这个意义也就是它行动的效果。其次，当隐喻不断复现、起着主导作用时，例如，克拉肖夫、叶芝、艾略特诗中的情形。一般的过程是，意象变成隐喻，隐喻再变成象征，例如，亨利·詹姆斯作品中的情形就是这样。

2　M. O. 珀西瓦尔在其《布莱克的命运循环》（纽约，1938年，1页）中说：“布莱克的异端和但丁的正统一样具有传统。”M. 肖勒在其《威廉·布莱克》（纽约，1946年，23页）说：“布莱克像叶芝一样，在斯威登堡和波默相似的哲学体系中，在希伯来神秘哲学的教义中，在巴拉塞尔士和阿格里帕（C. Agrippa）的炼金术中为自己的辩证观点找到了隐喻性的论据。”

当我们谈过了“私用象征”与“传统象征”之后，还须提及一种公开的“自然的”象征，这一提法也有它本身的问题。弗罗斯特（R. Frost）某些最佳的诗作就使用了自然的象征,但我们发现,他这些象征的含义却不易把握:《荒径》《墙》《山》等都是这类象征。在《林畔驻马》一诗中,“我睡前还要赶许多里路”（“miles to go before I sleep”）从文字上看是对旅人的写实，但在自然的象征语言中，“睡”就是“死”；如果再把诗中“林子真可爱，又黑又深”（“woods are lovely，dark and deep”这里的三个形容词都是赞颂性的）一句与带有道德和社会约束的“实践诺言”（“promise to keep”）相对照，我们就不能完全否认，这里，象征带有死亡的含义（虽然并非一定要有这种含义），也就是在审美的观照下，把死亡看作一个负责任的人的某种停止。大概,爱好诗歌的读者都不会误解弗罗斯特的意思。弗罗斯特之所以吸引了大量的读者，部分原因正是由于他诗中的自然的象征，可一些读者一旦把握了象征的可能性，就过分强调他这些自然的象征及其有关的东西，把他的多义象征性固定为一种僵硬的解释，完全违背了诗歌表述的实质，特别是当代诗歌表述的实质。[1]

本章题目的第四个术语是“神话”，这一术语在亚里士多德的《诗学》中意味着“情节”“叙述性结构”“寓言故事”。它的反义词是“逻各斯”。“神话”是一种叙述，是故事，与辩证的对话和揭示性文学相对照；它是非理性的、直觉的，与系统的、哲学的相对照：它是埃斯库罗斯的悲剧,与苏格拉底的辩证法相对照。[2]

“神话”是现代批评家喜用的一个术语，它包含了一个重要的意义范围，涉及了宗教、民谣、人类学、社会学、心理分析与美术等领域。通常反对它的观点则把它置于和“历史”“科学”“哲学”“寓言”“真理”相对的位置上。[3]

在17、18世纪的启蒙主义时代，这一术语通常有轻蔑的含义：“神话”就是虚构，从科学和历史的角度讲，它是不真实的。但在维科的《新科学》中这一观念已经发生变化。从德国的浪漫主义者到柯勒律治、爱默生和尼采，这一术语所包含的新的观念逐渐取得了正统的地位，即“神话”像诗一样，是一种真理，或者是一种相当于真理的东西，当然，这种真理并不与历史的真理或者科学的真理相抗衡，而是对它们的补充。[4]

从历史上看，神话起源于宗教仪式并与之密切相关，它是“宗教仪式的口头

1 参见C. 布鲁克斯对弗罗斯特的评论（收录于《现代诗歌与传统》，教堂山，1939年，110页等处）。

2 参见尼采:《悲剧的诞生》（莱比锡，1872年）。

3 参见L. 拉格伦:《英雄……》（伦敦，1937年）。

4 参见F. 斯特利希:《从克劳普施托克到瓦格纳的德国文学中的神话》（两卷本，柏林，1910年）。

部分，是宗教仪式表演的故事”。仪式是由牧师的代表为社会举行的，目的是祝福禳灾；它是不断重复、永久必要的一个“日程”，出现在丰收、人类生育、青年成人进入社会以及为死者的未来敬献供品等场合。但从更广一点的意义上说，神话是无名氏创作的故事，讲述世界的起源与人类的命运：社会为青年人提供有关解释，即世界和人类为什么是现在这个样子，以及向他们展示自然与人类命运的富有教育意义的意象。[1]

从文学理论看，神话中的重要母题可能是社会的或超自然的（或非自然的，或非理性的）意象或画面、原型的或关于宇宙的叙述或故事、对我们永恒的理想中某一时期的事件的一种再现，这种再现是纲领性的，或是带着末世情调的，或是神秘的。在当代的思想中热衷于神话研究的人可以集中在上述任何一个母题上，然后再向其他的母题扩展。这样，索雷尔（G. Sorel）认为全世界工人的“总罢工”是一个神话，意思是说，这样一个理想永远不会成为历史事实，但为了促进和鼓励工人，必须将它表现成未来的历史事件；可见，神话是纲领性的。尼布尔（R. Niebuhr）把基督教的末世观点说成是神话的：耶稣复活与末日审判的意象是未来的历史，是对现世的、永恒的、道德的、精神上的评判。[2]假如神话与科学或哲学相对立，则神话以图画的、直觉的具象与理性的抽象相对立。一般地说，文学理论家及其辩护者在这方面主要的反对意见也是：神话是社会的、无名氏的和集体的。在现代，我们能够考定一个神话的创作者或某些创作者；但假若神话的作者被遗忘了，为人们所不知，或者说作者是谁的问题对神话的存在并不重要，也就是说，它已经被社会接受，获得了“信仰者的认可”，那么，它就依然具有神话的性质。

“神话”这一术语是不易界定的，今天，它是指一个“意义的范围”。我们常听到人们说，画家和诗人在探寻一种神话；我们也听到关于进步和民主的“神话”。我们还听人说，“神话回到了世界文学中”。然而，我们还听人说，人们不能创造神话，不能随意相信某一神话或者使某一神话存在：书籍已经接替了神话，正如世界性的大都市已经接替古希腊城市国家的同族社会一样。[3]

1　参见S. H. 胡克：《神话和仪式》（牛津，1933年）；J. A. 斯图尔特：《柏拉图的神话》（伦敦，1905年）；E. 卡西尔：《象征形式的哲学》（收录于《神话的思想》，柏林，1925年，第二卷，271页等处；英译本，纽黑文，1955年）。

2　参见G. 索雷尔：《对暴力的思索》（英译者T. E. 休姆，纽约，1914年）；R. 尼布尔：《神话的真理价值》（收录于《宗教经验的本质》，纽约，1937年）。

3　参见R. M. 圭亚斯塔拉：《神话和书：文学起源论》（巴黎，1940年）。

那么，现代人没有神话，或者没有一套关联的神话系统吗？尼采的观点是：苏格拉底和那些诡辩家们，即“知识分子们”已经毁灭了古希腊的“文化”生活。与此相似的观点认为，启蒙主义毁灭了或者说开始摧毁了基督教“神话”。但另外一些作家认为，现代人有一套肤浅的、不充分的，甚至“虚假的”神话，例如，广告鼓吹的“人类进步”的神话、“平等”的神话、普及教育的神话、卫生和社会福利的神话等。上述两种观点之间的共同因素似乎是这样一种判断（这种判断很可能是真实的），即当古老的、流传已久的、执着于自我的生活方式（仪式及其神话）被“现代主义”打破时，大多数人（或所有的人）都变得贫乏了：因为人不能仅仅靠抽象概念生活，因此，就必须用生造的、临时创作的、片断的神话（理想的未来画面）来填补自己的虚空。对那些具有想象力的作家来说，如果说他需要神话，就是说，他感到有必要与社会沟通，有必要使人们承认他是在社会内起作用的一个艺术家。法国的象征主义诗人处在一种自我满足的孤立状态中，他们是一群与世隔绝的专家，他们认为，诗人要么出售自己的艺术，要么保持自己艺术审美上的纯洁与冷漠，他必须在此二者之间做出抉择。然而，叶芝尽管十分尊重马拉美，却感到有必要使自己和爱尔兰结合起来。因此，他把传统的凯尔特人的神话与他自己对近代爱尔兰社会所做的解释复合在一起。在这套神话中，他对奥古斯都时期的盎格鲁—爱尔兰人（斯威夫特、贝克莱、伯克）做了随心所欲的解释，正如林赛（V. Lindsay）按照自己的想象对美国的英雄人物做随意的解释一样。[1]

对于许多作家，神话是诗歌与宗教之间的共同因素。有一种现代观点（代表人物是阿诺德与早期的理查兹）认为诗歌将愈来愈多地取代现代知识分子再不能信仰的超自然的宗教。但另一种观点却可能更有影响力，认为诗歌无法长期取代宗教的位置，因为宗教消亡后，诗也就无法存在。与诗歌相比，宗教是更大的神秘。宗教神话是诗歌隐喻合法的、规模巨大的源泉。于是，惠尔赖特抗议实证主义者的“宗教真理与诗歌真理实际上是虚构”的观点，同时主张，“我们需要的是一个神话—宗教的观点”。持这种观点的较早的英国代表是丹尼斯（J. Dennis），较近的是梅琴（A. Machen）。[2]

在这一系列的问题（意象、隐喻、象征、神话）上，我们对较老的理论是不

1　参见D. 戴维森：《叶芝和半人半马怪物》（载《南方评论》，第7期，1941年，510—516页）。

2　参见A. 梅琴：《象形文字与难解的符号》（伦敦，1923年）。该书论证宗教（即神话和仪式）为诗歌（即象征主义、审美的观照）的成长、壮大提供了极为恰当的环境和条件。

赞同的。较老的理论仍是从外部的、表面的角度来研究它们，把它们的绝大部分作为文饰或修辞性的装饰，将之从其所在的作品中分离出来。而我们的观点则与此不同，认为文学的意义与功能主要呈现在隐喻和神话中。人类头脑中存在着隐喻式的思维和神话式的思维这样的活动，这种思维是借助隐喻的手段，借助诗歌叙述与描写的手段来进行的。所有这四个术语使我们注意到文学作品的各个方面，它们把过去分割的“形式”与“内容”准确地沟通并联系在一起。这些术语具有两个方面的意义：一方面，它们把诗歌拉向“外在图像”和“世界”；另一方面，又把诗歌拉向宗教和“世界观”。当评述现代研究方法时，我们能够感觉到新老理论之间的对立。因为较老的理论把它们视为审美的手段（尽管仅仅作为文饰），而今天的新理论的危险也许在于过分强调了“世界观”。那些在新古典主义末期写作的苏格兰修辞学家自然认为明喻和隐喻是可以计算、选择的；而今天的分析家们则紧步弗洛伊德的后尘，倾向于认为，一切意象都是对人类思维中无意识活动的揭示。我们应在新老两派观点间做一很好的平衡，一方面避免修辞学派的偏见，另一方面避免心理学传记派和“寻求启示派”的过激。

过去25年的文学研究在理论与实践两方面都做了不少探索。我们尝试建立修辞手段的类型学，或者说得更专门一点，就是建立诗歌意象的类型学；我们还写了许多专著和论文来研究个别诗人和作品的意象（莎士比亚是一个热门课题）。随着人们写“实用批评”文章的热情高涨，已经出现了一些极有见地的修辞学与方法学的论文，这些文章仔细研究实践家们有时太过轻易的假设。

许多文章致力于把划分得过于琐细的修辞手段——达250项之多——归纳成两三个大类。“变音形类辞格（scheme）”和“变义类辞格（trope）”[1]即这些归类法之一，也即分成“语音辞格（sound figures）”与“语义辞格（sense figures）”两类。另外有人试图将其划分为“言辞类辞格（verbal figures）”与“思维类辞格（figures of thought）”。但上述两种二分法均有不足之处，它们只是暗示了一种外在的、极表面的、缺乏表达功能的结构。这样，在任何传统的体系中，押韵和头韵既是变音形类辞格，又是声音的装饰；但我们知道，首韵和尾韵都有联结感觉和语意的作用。19世纪把双关语看作是一种“文字游戏”、最低级的“智慧形式”；18世纪，特别是艾迪生，就已把双关语看作是一种“假智慧”。但巴洛克

1 西方传统修辞学中，scheme侧重语音、语形层面的变化，包括对偶、排比、词序变化、首尾语重复、呼语、回环等辞格；trope侧重语义层面的变化，包括明喻、换喻、举喻、逆喻、反讽、夸张、双关、拟人等辞格。——译注

诗人和现代诗人却把双关语严肃地用作一种双重的含义、一种“同音异形异义”词，或“同音异义”词，或一种有意的“含混”。[1]

撇开变音形类辞格不谈，我们可以把诗歌的变义类辞格最贴切地分作相近的和相似的两类。

传统上相近的辞格是换喻和举喻。它们所表达的关系在逻辑上或数量上是可以分析的：因代表果，或者果代表因；容器代表容器中装的东西；附属语代表主语（如“the village green”［“绿色的乡村”］、“the briny deep”［“深深的海”］）。在举喻中，比喻词与其所代表的事物间的关系是内在的，它告诉我们某一事物的样品或部分，以代表该事物的全体，以一个小类代表一个大类，以内容代表形式和功用。

在谢利（J. Shirley）那几句为人熟知的诗句中，说明了换喻的传统用法，即以惯用的装备——用具和工具——代表社会地位：

> Sceptre and crown must tumble down
> And in the dust be equal made
> With the poor crooked scythe and spade.
> （王杖和皇冠必将滚落
> 在尘埃中它们就等于
> 可怜的镰刀和铁锹。）[2]

更引人注目的是换喻式“转换形容词”的使用，这是维吉尔、斯宾塞、弥尔顿、格雷等古典派艺术诗人作品中一种文体的特色：“Sansfoys dead dowry”（意为“圣斯伏依的死去的嫁妆”）中将形容词（dead——死的）从占有者（Sansfoys）转到被占有的东西（dowry——嫁妆）上。在格雷的“drowsy tinklings”（“昏昏欲睡的铃”）和弥尔顿的“merry bells”（“欢乐的钟”）中，形容词实际上分别指佩铃的人和敲钟的人。在弥尔顿的牛蝇在“吹着她闷热的号角”（“winding her sultry horn”）一句中，形容词形容的是闷热的夏季黄昏，这种情形乃是由牛蝇发出的嗡嗡声联想而来的。所有这些从上下文中摘出的例子，似乎都能从万物有灵论的角度去读。

1 昆体良（Quintilian）在其《讲演术基本原理》中对变音形类辞格和变义类辞格做了古典的、标准的分类。关于伊丽莎白时期对这一问题的观点，参见帕特纳姆：《英诗的艺术》（剑桥，1936年）。

2 詹姆斯·谢利（1596—1666年），17世纪英国剧作家、诗人。这里的诗句出自他的假面剧《埃阿斯与尤利西斯之争》。——译注关键是联想的逻辑是否起作用，或者说一种持续的拟人化是否起作用。

虔诚的宗教诗，不论是天主教的，还是福音派教会的，似乎不可避免地是隐喻式的。它的确主要是隐喻式的，但新古典主义赞美诗的作者瓦茨（I. Watts）则采用换喻而获得了感人、庄严的效果：

When I survey the wondrous cross
　　On which the Prince of Glory died,
My richest gain I count but loss
　　And pour contempt on all my pride.

See, from his head, his hands, his side
　　Sorrow and love flow mingled down;
Did e'er such love and sorrow meet
　　Or thorns compose so rich a crown?

（当我审视这奇妙的十字架
　　光荣的王子死在那上边，
我把最丰富的收获只当作损失
　　用轻蔑浇灭我全部的傲慢。

看吧，从他的头，他的手，他的肋
　　混合流下的是哀愁和爱怜；
这种爱和哀愁从前可曾合流
　　或者荆棘曾编织过如此华美的皇冠？）[1]

一个接受另一个时代风格训练的读者很可能听完这首赞美诗，但却体会不到"哀愁"（sorrow）与"爱"（love）即等于"水"（water）和"血"（blood）。他为爱而死，他的爱是因，流血是果。17世纪诗人夸尔斯（F. Quarles）认为"用轻蔑浇灭"提出了一个视觉上的隐喻，它也许可以解释成"傲慢之火被一桶轻蔑的水浇灭"，但"浇灭"一词在这里是一种语义上的强化：对自己的傲慢极为鄙

1　I. 瓦茨（1674—1748年），英国著名赞美诗作者，一生共创作600多首赞美诗。这里所引是原诗的第1节和第3节。——译注

视的意思。

不过，这仍然是“换喻”一词狭隘的用法。最近有人提出了一些更大胆的看法，认为换喻是文学上的一种形式，甚至认为换喻与隐喻可能是两类诗歌的主要结构，即在一个单一的语言表达的世界里由相近的事物的运动引起联想的诗和把多元混杂的世界结合起来加以比较因而引起联想的诗，毕勒（K. Bühler）曾把后一类诗令人惊讶地说成是“包含了各种世界的鸡尾酒”。[1]

在一篇讨论惠特曼的卓越论文中，米尔斯基（D. S. Mirsky）说：

> 《巨斧之歌》中的许多分散的意象都是无以数计的换喻意象，是构成全诗民主建设性主旨的范例与样品。[2]

我们可以说惠特曼诗歌创作方法的特点是一种分析式的展开法，即将某些巨大而平行的范畴逐条解析开。在与《巨斧之歌》类似的《自我之歌》中，他的主要目的是把细节、个别的事物作为一个整体的部分逐项展示出来。虽然他酷爱开列清单，条分缕析，但他并不真是一个多元论者或个人人格至上论者，而是一个泛神论的一元论者；他这种逐条解析法的全部效果不是造成复杂性，而是简明性。他首先逐项摆出他的项目，然后大量地解析它们。

隐喻曾经吸引过从亚里士多德以来的许多文学理论家以及修辞学家的注意，亚里士多德本人就既是文学理论家又是修辞学家，近年来，它又吸引了不少语言理论家的广泛重视。理查兹就曾激烈地反对把隐喻视为普通语言实践的背离，而不是自有其特征的、必不可少的资源。椅子的“腿”、山的“脚”、瓶子的“颈”全都是通过类比的方法将人体的部分用在了无生命的物体上。但这种引申的意义已然完全融入语言中，即便是在文学与语言上十分敏感的人都不再感到它们的隐喻含义。它们是“消失的”“用滥了的”或者“死的”隐喻。[3]

我们必须将符合“语言普遍原则”的隐喻（理查兹语）与特殊的诗歌隐喻区别开。坎贝尔（G. Campbell）把前者交给语法学家去处理，而把后者交给修辞学家去处理。语法学家是从词源学的角度来判别词汇的，而修辞学家是从它们是

---

1 参见K. 毕勒：《语言理论》(耶拿，1934年，343页）；S. J. 布朗：《意象的世界》(149页等）；R. 雅柯布逊：《帕斯捷尔纳克散文的旁注》(载《斯拉夫评论》，第7期，1935年，357—373页）。

2 参见D. S. 米尔斯基：《惠特曼：美国的民主诗人》(载《批评家小组的辩证法》，第1期，1937年，11—29页）。

3 参见G. 坎贝尔：《修辞的哲学》(伦敦，1776年，321、326页）。

否“对听众产生效果”的角度来判别词汇的。冯特(W. Wundt)否认像桌子的“腿”、山的“脚”之类语言上的“转借”是隐喻，他认为真正隐喻的评判标准是使用者为了产生一种感情上的效果故意生造出来的。康拉德(H. Konrad)把隐喻分成“语言的”隐喻与“审美的”隐喻两类，指出前者（如桌子的“腿”之类）强调了物体的主要特征，而后者是要给一个物体以新的印象，使它“沉浸在一种新的气氛中”。[1]

隐喻中难以分类的例子，也许最重要的是某一个文学流派或某一代文学共同使用的隐喻。这类例子有古英语诗人使用的“骨房”（“bone house”）、“天鹅路”（“swan-road”）、“词窖”（“word-hoard”）之类的套语；荷马常用的隐喻有像“玫瑰指的黎明”（“rosy-fingered dawn”，《伊利亚特》第一卷中使用达27次之多）；伊丽莎白时代常用的有：“珍珠牙”（“pearly teeth”）、“红宝石唇”（“ruby lips”）、“象牙颈”（“ivory necks”）和“金丝发”（“hair of golden wire”）；奥古斯都时代常用的有：“水平原”（“watery plain”）、“银溪”（“silver streams”）、“涂上瓷釉的牧场”（“enamelled meadows”）等。[2]在现代读者看来，这些隐喻中的一部分（特别是那些盎格鲁—撒克逊诗人使用的）是大胆的、“富有诗意的”，而其余大部分则是过时的、古怪的。毫无疑问，无知会使人把自己不熟悉的一些最早的例子看成是来历不明的。确实，一种语言词源学上的隐喻往往不被讲本民族语言的人“认识”，反倒常被那些具有敏锐的分析力的外国人看成是独特的诗的成就。[3]一个人必须既很熟悉语言的传统法则，又很熟悉文学的传统法则，才能感觉和衡量某一诗人所用隐喻的意图。在古英语中，“骨房”“词窖”无疑与荷马“长翅的词汇”（“winged words”）属于同一类型。它们成了诗人学艺的一部分，由于在传统上为人熟知，属于专门的仪式性的诗的语言，因而给听众以快感。它们的隐喻的作用既非全被认识，也非全部丧失：像许多基督教的象征一样，可以说它们是仪式性的。[4]

1　参见I. A. 理查兹：《修辞的哲学》（伦敦，1936年，117页）。他把坎贝尔的第一个类型称作“词的隐喻”，因为他认为文学隐喻不是一种词的关联，而是一种上下文之间的关系，一种事物之间的类比。

2　参见M. 帕里：《荷马的传统隐喻》（载《古典语言》，第28期，1933年，30—43页）。帕里清楚地分辨了荷马隐喻中亚里士多德非历史性的特点与后期诗人隐喻中亚里士多德非历史性特点的不同；他还比较了荷马那些“程式化的隐喻”和英国古典诗人特别是18世纪奥古斯都时期诗人们使用的隐喻的区别。

3　参见C. 巴利：《法语文体学论文集》（海德堡，1909年，第一卷，184页等处）。巴利以一个语言学家而不是文学理论家的身份将隐喻分为：“具体意象，即由想象产生的意象；感情意象，即由一个理智的行动产生的意象……”本书著者认为，他的这三种意象应该叫做：1）诗歌的隐喻；2）仪式的（“程式化”的）隐喻；3）语言的（词源的或埋藏的）隐喻。

4　C. S. 路易斯在《〈失乐园〉序》（伦敦，1942年，39页等处）中为弥尔顿文体中的仪式的隐喻等做了辩解。

在我们这个满脑子是“发生学”的时代里，许多人自然都重视研究隐喻的起源，把它看作既是语言的一个法则，又是文学上一种想象力和行动的方式。“个体发生史重现了种系发生史”；反过来，我们相信，通过对原始社会与儿童进行分析性的观察能够重建史前文化史。按照维尔纳的说法，只有在那些使用禁忌、避讳，也即避免直呼其名的原始民族中才大量使用隐喻。[1]我们立即想到富有才智的犹太人把不能直呼其名的上帝称作“岩石”“太阳”“狮子”等等，也想到我们自己社会中那些委婉的说法。但很明显，惧怕产生的需要不是唯一的隐喻发明之母。我们也常对自己喜爱的东西，对自己期望、流连、沉思的东西采用隐喻的说法，目的是从不同的角度，在一个特殊的焦点上，由所有类似的东西反映出的不同的光线中去观察它。

如果我们从语言隐喻和仪式隐喻的动机转而考虑诗歌隐喻的目的性，那就必然牵涉一个更广大的范围，这就是想象性文学的整个功能的问题。我们的“隐喻”整个概念中的四个基本因素似乎是类比、双重视野、揭示无法理解却可诉诸感官的意象、泛灵观的投射。这四个要素从来不是同等重要，随着国与国、美学时期与美学时期的不同，人们对它们的态度也不同。一位理论家认为，希腊—罗曼民族的隐喻差不多只是一种类比（一种准合法的平行比较），而意象符号则显然是条顿民族的隐喻。[2]但这种不同民族文化上的对照几乎无法包含意大利与法国诗歌，特别是从波德莱尔、兰波到瓦莱里的法国诗歌在内。从不同时期和流行的不同生命哲学的角度对隐喻的四要素加以区别似乎是更可行的办法。

每一个时期的文体都有自己独特的修辞格，以便表达自己的世界观；就隐喻这样基本的修辞格而言，每一个时期均有其特别的隐喻法。例如，新古典主义时期的诗歌就惯用明喻、迂回语、装饰性形容词、警句、平衡语、对偶等。在这个问题上，可行的、明智的立场往往留下两三种，而不是多种，第三种立场往往是处在两种已经指明的极端异说之间的、居中的、调解的立场：

一些外国作家和我们自己的作家轻视，
只有古典作家或现代作家才珍视。[3]

1 参见H. 维尔纳：《隐喻的起源》（莱比锡，1919年）。

2 参见朋斯（H. Pongs）：《诗中的意象符号》（马尔堡，1927年，第一卷；马尔堡，1939年，第二卷）。

3 英国古典主义诗人蒲柏《论批评》中的394—395行。——译注巴洛克时期，典型的修辞格是似非而是的反语法、逆喻以及乖异的矛盾语法。这些都是基督教的、神秘的、多元论的修辞格。真理是复杂的。有许多认识真理的方式，每一种都有自己的合法性。某些类型的真理只有通过反论或者精心设计的歪曲才能表达。上帝可以说成是与人同形同性的，因为他是根据自己的形象创造人的；但他又是超验的他者。因此，在巴洛克宗教里，关于上帝的真理可以通过类似的意象来表达（如羔羊、新郎）；也可以通过一对矛盾的或相反的意象来表达，如在沃恩（H. Vaughan）的诗中，“深邃而炫目的黑暗”（“deep but dazzling darkness”）一句便是一例。新古典主义的头脑喜欢明确的区别与理性的演进，即从大类到小类，从个别到类别这样的换喻式的发展。但巴洛克的头脑却喜欢用一种无法预料的联合方式立即召唤出一个包括许多世界，甚至所有世界的宇宙。

从新古典主义诗歌理论的观点看，典型的巴洛克修辞格无疑是趣味低下的、“虚假的机智”，它们不是对自然与理性肆意歪曲，就是以不忠实的态度玩杂技，然而以历史的观点来看，它们则是对一种多元主义的认识论和超自然的本体论的修辞—诗意的表达。

“乖异的矛盾语法”（“Catachresis”）给我们提供了一个极有趣的例子。1599年霍斯金斯（J. Hoskyns）把这一术语变成英语，称之为“滥用法”，并哀叹说，它“现时已很流行……”。他认为这是一个牵强的术语，“比隐喻还糟糕”，他从锡德尼的《阿卡狄亚》中引出“他听到一个美丽的声音”（“a voice beautiful to his ears”）一句作为例子，说明本来是表示视觉的词，却非要生硬地用到听觉上。蒲柏(《没落的艺术》[1728年])引用“割胡须”(“mow a beard”)和“剃草”(“shave the grass”）作为乖异的修辞的例子。G. 坎贝尔（《修辞的哲学》[1776年]）则引用“美丽的声音”（“beautiful voice”)、“看起来具有旋律的”（“melodious to the eye”）作为一对乖异的修辞，虽然他承认“甜蜜本来是味觉上的，现在也可以用来说一种气味、一种旋律、一种景象”。坎贝尔认为，好的隐喻使用“可感知事物”来暗指“纯理性的事物”，因而哀叹不该在可感知的事物中间进行类比。另一方面，一位近代的天主教修辞学家（其艺术趣味是巴洛克—浪漫主义的）把乖异矛盾语法说成是从两个物体的相似引出的隐喻，他呼吁对这种比喻的优点加以研究,并从雨果引出“露水的珍珠”（“les perles de la rosée”）和“树叶的雪”（“il neige des feuilles”）作为例子来阐明它。[1]

1　参见L. B. 奥斯本编:《J. 霍斯金斯的作品》(纽黑文，1937年，125页)；G. 坎贝尔:《修辞的哲学》(335—337页)；A. 蒲柏:《没落的艺术》；A. 戴恩:《写作的艺术》(魁北克，1911年，111—212页)。

另一类隐喻在巴洛克派看来是可以接受的，但在新古典主义派看来却是索然无味的。这类隐喻是将较伟大的事物变为较卑微的事物；我们可以称它为贬抑的隐喻或俚俗化的隐喻。巴洛克诗歌中最有特色地混合的“世界”就是自然的世界与人类的技艺世界。但是，新古典主义从艺术是对自然的模仿的观点出发，认为自然趋同于艺术的观点是不正常的、乖异的。例如，吉本斯（T. Gibbons）于1767年警告说要摒除矫饰的、“怪诞的”比喻，并举了下面的例子：

> 对上帝创造万物某几个部分的下列描述：把山脉加以浮雕，给较小的海涂上瓷釉，对大洋精工透雕，把岩石装上网状的浮饰。[1]

毫无疑问，某些自然大于艺术的隐喻在新古典主义的诗歌中是存在的，但只有在某些情况下，才能说这种隐喻是多余的形容词。蒲柏的《田园诗歌》和《温莎森林》提供了这方面的例证：“新添的羞涩‘涂抹’水一般的镜子”（“Fresh rising blushes *paint* the watery glasses”）；“羞赧的花神在那里‘涂抹’‘上了瓷釉’的大地”（“there blushing Flora *paints* th’ *enamelled* ground”），但这类诗句一般说来是清晰的。德莱顿在1681年写的文章中并不羞于承认，当他还是一个孩子的时候，他就像一个孩子那样去思索：

> 我记得当……我那时认为与西尔维斯特（J. Sylvester）所译的杜巴达（G. S. Du Bartas）[2]的长诗相比，不可比拟的斯宾塞简直就是一个平庸的诗人。当我读到下面的句子时，几乎是惊喜若狂了：
>
> Now when the winter’s keen breath began
> To chrystallize the Baltic ocean,
> To glaze the lakes，to bridle up the Floods，
> And periwig with snow the baldpate woods.
> （此刻冬天凛冽的风开始吹了
> 把波罗的海变成结晶，

---

1 参见T. 吉本斯：《修辞学……》（伦敦，1767年，15—16页）。

2 杜巴达是16世纪法国宗教诗人，他的长诗《创世的六天》经西尔维斯特译成英语后在英国产生了很大的影响。下面的诗行即出自此诗。——译注

把湖泊变成玻璃，勒住了洪流，
用雪给光秃的树木戴上假发。）[1]

年轻的弥尔顿是杜巴达长诗的另一个读者，他用了一个相同方式的曲喻来结束他的《圣诞节晨颂》；艾略特则在他的《普鲁弗洛克的情歌》一诗开篇的名句中恢复了这一传统：

When the evening is spread out against the sky
Like a patient etherized upon a table. . .
（当黄昏展开遮没了天空
像一个麻醉在手术台上的病人……）

巴洛克派使用比喻的背后动机是不像古典主义所抗议的那样容易减为一个的，除非我们仅仅指出它较广大的包容性，即它喜好丰富性胜过单纯性，喜好复音系统胜过单音系统。它更特别的动机是：期望达到语出惊人的效果，取得基督教式的化身的效果，以平俗的事物类比深远的事物以达到教化的目的。

到此为止，我们讨论了比喻的本质，特别探讨了换喻和隐喻；我们还提出了这些比喻在某一时期可能有的风格特征。我们现在来研究隐喻性的意象，这些研究在更大的成分上是在文学批评的范围内，而不是在文学史的范围内。

对于隐喻性的意象，一般的研究有两种，一是美国的，一是德国的，这两种研究都值得特别一提。

1924年，威尔斯（H. W. Wells）出版了一本《诗歌意象》的研究著作，其主旨是要归纳建立意象的类型学，这些类型主要是从伊丽莎白时代的文学引来的，也是用这一时期的文学来说明的。这本书的见解富有洞察力，做出了一些提示性的推论，但在系统化论述上则很不成功。威尔斯认为他的这一研究是非编年性的，不仅可用于伊丽莎白时期，而且可用于所有的时期；他相信他的研究是描述性的，而非评议性的。他研究的基础据说是把比喻“按照上行的顺序从最低级排向最高级，也就是说，从最接近字面的含义排向最有想象力或者印象主义的高度”；但是，这一“反映了想象活动特点与程度的”级别据他说又与评价这些比喻没有直接关系。按照他的编排顺序，共有七种意象。它们是：装饰性意象（Decorative）、潜沉意象

1 参见J. 德莱顿：《文集》（W. P. 克尔编，牛津，1900年，第一卷，247页。）

（Sunken）、强合（或浮夸）意象（Violent [or Fustian]）、基本意象（Radical）、精致意象（Intensive）、扩张意象（Expansive）、繁复意象（Exuberant）。根据威尔斯提供的历史与评价方面的暗示，我们还可以更有利地将它们的顺序重新加以安排。

从美学上讲，最粗糙的形式是强合的和装饰性的隐喻意象，或者说，“大众的隐喻”或技巧性的隐喻。装饰性的意象大量存在于锡德尼的《阿卡狄亚》中，这种意象可以说是典型的伊丽莎白时期的意象。强合的意象主要出现在基德与伊丽莎白早期的其他文人的作品中，这种意象是人类早期文化的特征；但从社会的角度讲，因为大多数人都处在较低的文学水平上，因此，处在较低文学形式中的强合意象也就属于“任何时期”。“浮夸的”意象包括“大量的、从社会上讲是十分重要的隐喻”。从价值上判断，上述两方面的类型都“缺乏必需的‘主观’因素”，它们经常把一外在的意象与另一外在的意象联系起来（像乖异的矛盾语法那样），而不是把“外在的自然界与人的内在世界”联系起来。另外，在装饰性与强合的两种意象中，造成比喻关系的两方面是彼此分离的、固定的、互不渗透的。但是威尔斯相信，在隐喻的最高级形式中，比喻的双方互相依存、互相改变对方，从而引出一种新的关系，也就是新的理解。

然后，顺着我们这一分类级别上行，就出现了繁复的意象和精致的意象，前者是强合意象的一种更精巧的形式，后者是装饰性意象的一种更精巧的形式。这里，我们已经略去了这两种意象中那些明显展示精力和才智的形式。从历史上说，繁复的意象可上溯到伊丽莎白时代第一个较伟大的文人马洛，然后到前浪漫主义的彭斯和斯马特；威尔斯说，这类意象“在许多早期的诗歌中占主导地位”。它把“两个含义宽阔且具有想象价值的词语”并置在一起，两个宽阔、光滑的平面以面贴面的形式接触。换句话说，这类意象包含着松散的且建立在简单的价值判断上的比较。彭斯写道：

My love is like a red，red rose
…
My love is like a melody
That’s sweetly played in tune.
（我的爱人像一朵红红的玫瑰
……
我的爱人像一支旋律

奏出甜蜜和谐的声音。)

一个漂亮的女人、一朵鲜红的玫瑰和一支和谐的乐曲之间的共同点是它们的美和称心如意的性质，而它们全都是最好的东西。这里并不是玫瑰般的双颊使那女人像玫瑰，也不是她甜美的声音使她像旋律（如果这样类比，那就变成了装饰性意象）；她之所以像玫瑰，并不是在颜色上、肌肤上或结构上，而是在价值上。[1]

威尔斯所谓精致的意象是一种齐整的视觉意象，它与中世纪装饰明丽的手稿和节日庆典的华美彩饰联系在一起。就诗歌而论，它出现在但丁、斯宾塞的作品里。这种意象不仅明晰，而且还可能是精致的、图像式的。但丁笔下的地狱就存在着这类意象，与弥尔顿笔下的地狱大不相同。“这样的隐喻往往被看作徽记或象征。”《莱西达斯》中华美彩饰的比喻——考玛斯穿着毛茸茸的斗篷，戴着草帽，圣彼得戴着教冠，拿着两把钥匙——这些都是精致的意象。它们是“同业公会”的意象：到了弥尔顿的时代，“田园诗”和“挽歌”都有了许多程式的母题和意象。诗中既有一套习用的“套语”，又有一套习用的“意象”。诗的这种保持传统与惯例的特征以及它和视觉艺术、象征性宗教仪式的紧密关系使得从文化史角度思考问题的威尔斯把精致的意象限定在保守的宗教、中世纪、基督教与天主教的范围内。

最高级的意象是潜沉的、基本的、扩张的三类意象（这里，它们仍是按上行顺序排列的）。质言之，潜沉的意象是古典诗歌的意象；基本的意象是玄学派诗歌，特别是邓恩诗歌的意象；扩张的意象主要是莎士比亚、培根（F. Bacon）、布朗和伯克等的意象。这三类意象的共同点就是都具有特别的文学性（即反对图像式的视觉化）、内在性（即隐喻式的思维）、比喻各方浑然一体的融合（即具有旺盛的结合繁殖能力）。

潜沉意象不可与过去的或陈腐的意象相混淆，它总是潜伏在“全部视觉之下”，它诉诸感官以具体的意象，但不做明确的投射和清楚的呈现。它缺乏暗示，因此，适用于沉思性的诗歌。伊丽莎白时代使用潜沉意象的一个范例是丹尼尔（S. Daniel），他的诗作受到华兹华斯和梭罗（H. Thoreau）的称赞：

unless above himself he can

---

1 参见I. A. 理查兹：《修辞的哲学》（伦敦，1936年，117—118页）。他认为，下面两种隐喻之间的区别是很大的。一种是通过两个事物之间的相似产生的隐喻；另一种是由于人们对两种事物抱有共同的态度产生的隐喻。

Erect himself，how poor a thing is man！
　　（只要不在他自己之上他能够
树立自己，人是多么可怜的东西！）[1]

莎士比亚是使用潜沉意象的大师。在《李尔王》中，埃德加说：

　　Man must endure
Their going hence, even as their coming hither；
Ripeness is all.
　　（人必须忍受
他们的死亡，正如他们的出生一样；
成熟就是一切。）

“成熟”就是一个潜沉意象，可能是来自果园和田野。这里，在自然界植物循环的必然性与人的生命循环的必然性之间提出类比。新古典主义的诗人们很可能在他们的诗作中“掺杂了”莎士比亚式的潜沉意象：

O how can summer’s honey breath hold out
Against the wreckful siege of battering days.
（哦，夏天蜂蜜般的呼吸怎能抗得住
槌打的日子的灾难性的围攻。）[2]

这句诗需要做仔细的分析性的扩展，因为它比喻中套着比喻：“日子”是时间、时代的换喻，而时间和时代又被隐喻为对一座城池的围困和用攻城槌来攻击的对象。是什么抗得住这些攻击呢？是青春，像城池般，或城池的统治者般坚定的青春，青春还被隐喻为夏天，说得更确切些是被隐喻为夏天芳醇的气息：夏季百花的芬芳之于大地正如甘甜的呼吸之于人体。这是一种以部分或附属部分来比喻全体的方法。倘若人们试图要把槌击的围攻和人的呼吸齐整地纳入一个意象中，那

1　出自丹尼尔的《致玛格丽特夫人书》，华兹华斯与梭罗都引用过他的这两句。——译注
2　出自莎士比亚十四行诗第65首。——译注

就会显得拥塞滞重。比喻的运动是迅速的，因此是省略的。[1]

基本意象之所以被称作基本的，也许是因为比喻的各方面仅在它们的根基上会合、在一个看不见的逻辑面上会合的缘故，这正如一个事件最终的原因那样，并不在并列的、明显的表面上会合。因此，基本意象各方面中较次要的方面似乎是“无诗意的”，或者因为它太浅俗、功利性太强，或者因为它技术性、科学性、学术性太强。这就是说，基本意象把一些没有明显感情联想的、散文式的、抽象的或实用性的东西作为隐喻的表达工具。邓恩在他的宗教诗中就使用了许多来自《热烈的几何学家》中的比喻。而且，在《第一个周年纪念日》中使用了一个假医学上的比喻，这一比喻除了使比喻的各方有特别的重叠之外，还似乎乖异地指向——错误的（即蔑意的）方向。

> But as some serpents’ poison hurteth not
> Except it be from the live serpent shot，
> So doth her virtue need her here，to fit
> That unto us; she working more than it.
> （可是正如有些蛇毒不伤人
> 除非从活蛇的口中喷出，
> 她的贞洁需要她在这儿，把毒害
> 加在我们身上；她比蛇毒更毒。）

这可能是典型的基本意象。还有一个更明显但不十分乖异的例子，那就是邓恩《别离辞：节哀》中关于圆规的比喻。但正如威尔斯精辟地评述的那样，如果采取“分析性的方式”写作，基本意象可以从诸如山、河、海之类属于浪漫主义意象的范围内脱化出来。[2]

最后，我们要谈及扩张意象，从名字来看，扩张意象与精致意象是相反的。

1　莎士比亚后期作品中充满了迅速转换的比喻，老教师们称之为“混合隐喻”。人们可以说，莎士比亚想得比说得快。参见W. 克莱门（W. Clemen）：《莎士比亚的意象》（波恩，1936年，144页；英译为《莎士比亚意象的发展》，马萨诸塞，坎布里奇，1951年）。

2　参见H. W. 威尔斯：《诗的意象》（纽约，1924年，127页）。引文出自邓恩：《第一个周年纪念日：世界的剖析》（409—412页）。威尔斯认为，邓恩、韦伯斯特、马斯顿、查普曼、特纳、莎士比亚以及19世纪后期的梅瑞狄斯和F. 汤普森都是使用基本意象的行家。他说梅瑞狄斯的《现代的爱》包含了一个“异乎寻常的、高度压缩的、有趣的象征思想”。

假如精致意象是中世纪和教会的意象，那么，扩张意象就是预言和进步思想的意象，是“强烈的感情和有独创性的沉思”的意象，这类意象在伯克、培根、布朗，尤其是莎士比亚的作品中形成了包容广大的哲学与宗教的隐喻。就其定义来说，扩张的意象是这样一种意象，即比喻的双方都给人的想象以广阔的余地，它们彼此强烈地限制、修饰：根据现代诗歌的理论，比喻双方“相互作用”“相互渗透”是诗歌作用的核心形式，而这种情形大量地发生在扩张意象中。我们可以从《罗密欧与朱丽叶》中找出例证：

Yet，wert thou as far
As that vast shore washt with the farthest sea,
I should adventure for such merchandise.
（然而，即使你像那最远的海
冲刷的广阔的岸那样遥远，
我也要为这样的货物冒险。）

我们还可以从《麦克白》中找出例子：

Light thickens, and the crow
Makes wing to the rocky wood:
Good things of day begin to droop and drowse.
（日光阴暗下来，那乌鸦
振翅飞返鸦林：
白昼美好的事物开始垂下头、打盹。）

在《麦克白》这几行诗中，莎士比亚给了我们一种“隐喻的罪恶背景”，这就形成了一个扩张的隐喻，它把黑夜与恶魔般的罪恶、日光与美好的事物平行类比，尽管不是以明显的方式来比喻，而是以暗示性的、诉诸感官的个别具体意象来表达的：“日光阴暗下来”；事物“垂下头、打盹”。在“白昼美好的事物开始垂下头、打盹”一句中，诗意的朦胧与诗意的具体会合了。句中的主语与谓语翻来覆去相互作用；如果从动词开始，我们就会问，什么样的事物——鸟、动物、人、花——垂下头、打盹呢？然后，注意到主语的抽象性，我们就会问，垂下头、打盹是否隐喻着“不再保持警惕”，“在罪恶的力量面前怯懦地畏缩呢”？[1]

像昆体良这样的修辞学家们已经做了许多的研究。他们把用有生命的事物来比拟无生命的事物的隐喻与用无生命的事物来比拟有生命的事物的隐喻分开，但他们仍然是从修辞手法上加以区别的。我们的第二位类型学家朋斯却把它们看成是两个极端之间的巨大对照，一方面是神话式的想象，它把个人人格投射在外部事物上，赋予自然生命和灵魂，另一方面是截然相反的想象，它在陌生、异己的事物中摸索，使自己失去生命和主观意识。比喻表达的一切可能性都被这两种也即主观的和客观的方式概括尽了。[2]

罗斯金把这两者中的第一种方式称为“感情的谬误”；如果我们考虑到它向上可以用到上帝，向下可以用到树木和石头，我们可以把它称作拟人法的想象。[3]一位专攻神秘象征主义的研究者提出，世上的事物有三种一般的结合方式可用来对最高的神秘经验做象征性的表达：1）无生命事物之间的结合（物理混合、化学混合：灵魂在上帝之火中显现为火花、木头、蜡、铁；灵魂是土壤，上帝则是浇灌土壤的水；灵魂是河，上帝则是使之流入其中的海）；2）根据物体支配其生命各种要素的方式悟出的结合：

> 在圣经中，上帝是由那些特别的事物代表的，我们完全不能与这些东西分离——无孔不入的光和空气、我们每天都要以不同的方式用到的水。[4]

因此，对世界的神秘主义者来说，上帝是灵魂的食物与饮料，是灵魂的面包、鱼、水、牛奶、酒；3）人伦关系中的结合——父与子、夫与妻。

这三种结合中的前两种被朋斯归入他的第二个终极类型，即隐喻性的直觉中，也即“移情作用”的隐喻，这种隐喻本身可以再分为“神秘的”和“巫术的”两类。神秘的隐喻我们已从神秘主义者的角度而不是从诗人的角度加以阐释，神秘

1　C. 布鲁克斯在其《赤裸的婴儿和男子气的伪装》（收录于《精致的瓮》，纽约，1947年，21—46页）中对《麦克白》的意象做了出色的分析。

2　昆体良认为，隐喻之间的基本区别就是有机与无机的区别。（参见《讲演术基本原理》，第八卷，第六章）他区分的四类隐喻是：一个有生命的东西喻另一个有生命的东西；一个无生命的东西喻另一个无生命的东西；无生命的喻有生命的；有生命的喻无生命的。朋斯把隐喻分为两个类型。第一类是拟人化的隐喻，第二类是移情的隐喻。

3　关于罗斯金论“感情的谬误”，参见《现代画家》（伦敦，1856年，第三卷，第四部分）。他所举的例子明显地排除了明喻，因为明喻把自然界事物与感情评价清楚地区分开了。关于拟人化和象征主义的极端异说，参见M. T-L. 佩尼多：《类比的作用和教条的神学》（巴黎，1931年，197页等处）。

4　参见M. A. 埃韦尔：《神秘的象征主义综述》（伦敦，1933年，164—166页）。

主义者把无机因素作为象征来处理，也即不是把它们看作纯的观念或观念的类比，而是看作既是事物的表现，又是事物的再现。

根据艺术史家沃林格（W. Worringer）的解释，巫术式的隐喻是自然世界的一种“抽象”。沃林格研究了埃及、拜占庭、波斯的艺术，这些艺术“把包括人在内的有机世界贬低为一种线型的几何形式，并且往往为了纯的线、纯的形式和纯的颜色而完全抛弃有机世界……”“装饰现在已经将自己与……分离……它不再随着生命的流动而变化，而是严肃地面对着它……其目的不再是矫饰，而是施行巫术……装饰……是与时间隔离的；它只是一种固定和稳定的延伸。”[1]

人类学家在原始人的文化中找到了泛灵论与巫术两种信仰。泛灵论的目的是与人格化了的灵魂，即死者、神交好，抚慰、劝化并团结它们。巫术是科学的前身，它研究事物所具有的威力的法则：咒语、护符、魔棒和魔杖、图像、古物等。巫术又有正邪之分。正术即信奉基督教神秘教义的术士们的巫术，像阿格里帕和巴拉塞尔士两人就属此类；邪术即恶人的巫术。但不论正邪，二者都相信事物中存在的力量。巫术是通过制造意象而影响艺术的。西方的传统将画家、雕刻家和手工艺人的技艺联系在一起，像赫淮斯托斯、代达罗斯、皮格梅林等都是能使意象具有生命的艺人。[2]在民谣美学中，意象的制造者是巫师和魔术师，而诗人则是获得灵感的、心醉神痴的、在生产力上疯狂的人。[3]原始社会的诗人可以造出符咒，而现代诗人如叶芝等则能够在诗中使用巫术的意象，即把文学意象用作一种巫术—象征的意象。[4]神秘主义却采取相反的态度：意象是一种精神状态产生的象征；是一种表达的意象，而不是一种解释根本原因的意象，而象征对那种精神状态不是必需的，因为同样的精神状态还可以用别的象征来表达自己。[5]

神秘的隐喻与巫术都是毁坏生命的（de-animizing）：它们和把人自己投射到

1 沃思勒、施本格勒、T. E. 休姆（参见《沉思》，伦敦，1924年）、叶芝和朋斯都曾受过W. 沃林格的《抽象和移情》（柏林，1908年；英译本，纽约，1953年）的影响。第一段引文出自J. 弗兰克（J. Frank）：《现代文学的空间形式》（载《斯瓦尼评论》，第53期，1945年，645页）；第二段引文出自施本格勒，施本格勒则转引自沃林格。

2 这里列举的阿格里帕等五人都是西方古代的术士、星相家、炼金术家和能工巧匠，据说他们都具有一种超自然的力量。其中巴拉塞尔士、皮格梅林等成为后世许多作家的创作素材。——译注

3 参见E. 克利斯：《探讨艺术的途径》（收录于《今日心理分析》，S. 劳兰德编，纽约，1944年，360—362页）。

4 参见叶芝：《自传》（纽约，1938年，161、219—225页）。

5 参见沃思勒：《文明中的语言精神》（英译本，伦敦，1932年，4页）。沃思勒认为，巫术的类型和神秘的类型永远是对立的。他说：“巫术和神秘主义永远是势不两立的，巫术把语言作为工具，企图把世上万物，甚至上帝置于其控制下，而神秘主义则要打破一切形式，拒绝一切形式，使一切形式失去价值。”

非人世界的隐喻恰是相反的；它们召集另一个世界，即没有生命、不朽的艺术和物理的法则的世界。布莱克的“老虎”就是一种神秘的隐喻：上帝或者上帝的某一方面是一只老虎（低于人又超于人），而这只老虎（及其制造者）读起来又像是高温下锻造的金属。这只“老虎”不是动物园里活生生的老虎，也不是布莱克可能在伦敦塔上看见的老虎，而是作者心目中一个幻觉的生物，既是一个事物，也是一个象征。

巫术性的隐喻缺乏这种半透明性。是美杜莎的面具使活人变成石头的。朋斯认为乔治（S. George）是这种巫术性隐喻的代表，是把活人化成石头的愿望的体现者。

> 乔治的赋予形式的精神化（form-giving spiritualization）之所以能起作用，不是由于人类心理的自然冲动要向外界投射自己造成的，而是在根源上，一种对生物学上的生命的强力摧毁，一种有意的“隔绝”（“异化”）造成的。这种“隔绝”正是准备形成一个内在的、巫术般的世界的基础。[1]

在英语诗歌中，狄更生（E. Dickinson）和叶芝以不同方式采用了这种毁坏生命的、反神秘性（anti-mystic）[2]的隐喻：当狄更生想要表达死亡的感觉与复活的经验时，她喜欢采用那些行将死亡的、正在硬化的、正在石化的经验。“这不是死亡”，而是：

> As if my life were shaven
> And fitted to a frame,
> And could not breathe without a key. . .
>
> How many times these low feet staggered,
> Only the soldered mouth can tell;
> Try！ Can you stir the awful rivet？
> Try！ Can you lift the hasps of steel？

1　参见H. 朋斯:《意象》(第一卷，296页)。

2　前文说“神秘的隐喻与巫术都是毁坏生命的”(198页),这里将“毁坏生命的隐喻”与“反神秘性隐喻”作为同位成分并置，意义显然矛盾，似为笔误。——译注

(仿佛我的生命已被削去一层
被塞入一个框架中，
如没有一把钥匙便不能呼吸……

这双低矮的脚蹒跚地走过多少次，
只有焊住的嘴才能说出；
试试看！你能转得动那可怕的铆钉吗？
试试看！你能抬得起那钢做的搭扣吗？)[1]

叶芝在《拜占庭》(1930年)一诗中达到“诗歌即巫术”的最高成就。在1927年的《驶向拜占庭》中，他已把充满生命的生物世界与拜占庭的艺术世界放在对立面上，在生命世界里“青年人互相拥抱……大海中充满了鲭鱼”，而在艺术世界里一切都是固定的、僵硬的、非自然的，这是一个“黄金镶嵌的”“黄金涂瓷的”世界。从生物学上讲，人是“正在死亡的动物”；他想不朽的希望是通过“被收集入永恒的世界”来实现的，他不再从“任何自然界的事物上获得一个形体”，而是成为一件艺术品，成为一条金枝上的一只金鸟。从某一个角度看，《拜占庭》是叶芝诗歌“体系”的一个简洁的书面注释，是一首包含了他的宗旨的诗；从另一个角度看，尤其是从文学的角度看，它是由紧密相关的、非自然的意象联合成的一个结构，整首诗如同一篇规定的仪式和祷告。[2]

我们对朋斯的分类法做了一些灵活的说明，他的分类的特点是把诗歌的风格和关于生命的观点联系起来。[3]尽管每一个时期的风格看来都有自己不同的内容，但它们在实质上是超越时间的，它们都是在以不同的方式看待生命，对生命做出反应。他的三种分类全都不属于通常所谓的现代思想的范畴，也即理性主义、自然主义、实证主义、科学的范畴。朋斯对于隐喻的这样一种分类，表示诗歌仍然是忠于前科学时期的思想方式，诗人仍然具有儿童和原始人(即儿童的原型)的万物有灵的观点。[4]

1 参见E. 狄更生:《诗集》(波士顿，1937年，192、161、215页，特别是38页“我‘木然地’笑了”和215页“一座钟停了——但不是壁炉上的。”)。

2 关于“拜占庭”的意义，参见叶芝:《一个幻象》(伦敦，1938年，279—281页)。

3 参见H. 诺尔:《文体风格与世界观》(耶拿，1920年)。

4 参见E. 凯耶:《象征主义和原始的灵魂》(巴黎，1936年)。本书毫无批判地接受了处在前逻辑状态下的原始人头脑与象征主义诗人的创作意图等同的观点。

近年来，有许多人从象征的意象去研究特定的诗人，甚至特定的诗作与剧作。在这类“实用的文学批评”中，批评家理论上的假定就变得重要了。他要研究什么？是诗人呢，还是他的诗？

我们必须区别意象来源范围的研究（L. 麦克尼斯说这种研究“属于题材研究更为恰当”[1]）以及意象使用方式的研究，即研究区分“本体”与“喻体”（隐喻）之间关系的特点。许多研究特定诗人意象的专著（如卢果夫［M. Rugoff］的《邓恩的意象》）属于前一类。他们收集诗人的隐喻，并将其分成自然、艺术、工业、物理科学、人文科学、城市、乡村等类，以此来综述和衡量诗人的兴趣。但是，人们还可以就驱使诗人使用隐喻的主题或事物来分类，如女人、宗教、死亡、飞机等。然而较之分类更有意义的，是发现大量与隐喻对应的东西，即心理上的相关物。隐喻的两方面不断激起对方，可以说这表现了它们在诗人的创作心理上真正的相互渗透：在邓恩的《情歌与十四行诗》这类表现世俗爱情的诗篇中，他不断从充满圣洁的爱的天主教世界里吸取隐喻的辞藻：他把天主教狂喜、圣礼、殉道与遗赠物的观念用于隐喻性爱。而在他的《神圣的十四行诗》中的某些部分，他竟对上帝使用粗暴的、色情的比喻：

Yet dearly I love you, and would be lovéd fain
But am betrothed unto your enemy.
Divorce me, untie, or break that knot again,
Take me to you, imprison me, for I
Except you enthrall me, never shall be free,
Nor ever chaste, except you ravish me.
（虽然我热烈地爱你，也希望你爱我
但我却许配给了你的敌人。
离开我，放松我，或再把那个结解开，
抓住我，囚禁我，因为
除非你迷住我，我再不会自由，
除非你奸污我，我再不会贞洁。）

性的世界与宗教的世界互换说明性是一种宗教，而宗教是一种爱。

1　参见L. 麦克尼斯的《现代诗歌》（111页）。

有一种观点强调自我表现，即诗人通过他的意象来展示自己的心理。这种观点假定说，诗人的意象就如同梦中的意象一样，不受责任或羞耻心的检查：它们不是诗人自己的公开声明，而是通过解释来表达，它们很可能背叛诗人真正的兴趣。但我们不妨问一问，是否曾经有过这样的诗人，他对自己创造的意象如此不负责任？[1]

另一种假定说诗人必然感受过他所能想象的一切（凭着这一假定的支持，韦德在她对特拉赫恩的研究中重建了特拉赫恩早年的生平）[2]，这种假定当然是十分错误的。约翰逊博士说，有一位崇拜汤姆逊诗歌的女士宣称，通过诗人的作品她发现了他的趣味。

> 通过他的作品，她看出了他性格中的三个方面：他是一个伟大的情人、伟大的游泳家、一个严格的节欲主义者；但诗人的知己萨维奇（R. Savage）却说，他根本不懂得任何爱情，只懂得性爱；他可能一生都没有在冷水中泡过；他从不放过他碰到的一切享乐机会。

这位女士对诗人个性特征以及生活习惯的看法是十分可笑、荒谬的。我们不能说一个诗人诗中缺少隐喻性的意象，就意味着他缺少兴趣和爱好。瓦尔顿（I. Walton）写的邓恩的生平中列举了他的十一种比喻，其中就没有钓鱼的意象（这恰是诗人的兴趣之一）。14世纪的作曲家玛查特（G. Machaut）所写的诗中，也没有从音乐借来的比喻。[3]

认为诗人的意象主要是来自他的潜意识，因而，他是以一个普通人的身份，而不是艺术家的身份通过自己的意象来讲话的，这样的假定似乎又回到了那个游移不定的、前后不一致的观点上，即如何去认识诗歌的“真挚性”的问题。一般的看法是，惊人的意象总是精心构思出来的，因此，也就不是真挚的。假若一个人真正受了感动，他不是用平易的、没有比喻的语言，就是用陈旧的比喻来表达他的感情。但也有另外一种意见认为，陈腐的比喻引起平凡的反应，因此，是一种不真挚的表现，是对人的感情的一种粗略的推断，而不是精确的描述。这里，

---

1 参见H. 罗森堡：《神话与诗》（载《专题论文集》，第2期，1931年，179页等处）。

2 参见G. 韦德：《特拉赫恩传》（普林斯顿，1944年，26—37页）；参见E. N. S. 汤普森对此书的评论（载《语文学季刊》，第23期，1944年，383—384页）。

3 参见约翰逊博士：《诗人传：汤姆逊》。关于意象派的沉默的争论（包括我们所引的例子）可参见L. H. 霍恩斯坦：《意象分析》（载《现代语言学会会刊》，第57期，1942年，638—653页）。

我们实际上把普通人与文人混为一谈了，把人的说话与人的写作混为一谈了，甚至把人的说话与诗混为一谈了。普通人在坦白地说话时用陈腐的意象自然是合情合理的。至于说到一首诗的“真挚性”，这个术语似乎是没有什么意义的。真挚地表达什么呢？表达产生这一意象的感情状态吗？表达写诗时的感情状态吗？或者真挚地表达这首诗，也就是说表达诗人写作时脑子里形成的语言结构吗？当然应该是最后这一条，诗就应该真挚地表达诗。

诗人的意象是他的“自我”的揭示。怎样来界定他的这个“自我”呢？普拉兹和霍恩斯坦（L. H. Hornstein）两人都嘲笑斯珀吉翁把莎士比亚说成是具有普遍人性的20世纪的英国人。可以认为这位伟大的诗人具有“普遍的人性”。[1]但我们无须靠意象也可以明白文学经典作品中有普遍的人性。如果意象研究的价值在于揭示人的某种隐秘，那么，我们就可能去研究诗人的某些私人的署名，从而揭示莎士比亚内心的奥秘。

除了从莎士比亚的意象中去发现他的普遍的人性，人们还可能从报道莎士比亚写某戏时的心理健康状态的某些艰涩的文字材料去研究这位诗人。斯珀吉翁在论到《特洛伊罗斯》和《哈姆雷特》时说：

> 从别的理由我们认识不到这一点，但从这两个戏中运用象征的相似性与连贯性看，我们可以相信，这两个戏的写作时间是很接近的。它们写在作者精神上感到幻灭、心情突变、烦躁不安的时刻，这种心理状态我们在他的别的作品中还没有如此强烈地感到过。

这里，斯珀吉翁所说的，不是可以找出莎士比亚的幻灭感产生的特别原因，而是《哈姆雷特》表达了这种幻灭，这种幻灭还必然是莎士比亚自己的幻灭。[2]假如莎士比亚不真挚的话，也就是说，不真实地写出他自己的心情的话，他就写不出这样一部伟大的作品。斯珀吉翁这种观点与斯托尔等人的观点是背道而驰的。斯托尔等人强调莎士比亚的艺术、强调他的戏剧手法、强调他能在前人取得成功的一般模式中脱化出来，以高超的技艺创造出新的、更好的作品来。例如，《哈姆雷特》是在《西班牙悲剧》基础上的创新，《冬天的故事》和《暴风雨》足以与鲍芒和

1　参见M. 普拉兹：《英语研究》（第18期，1936年，177—181页）。他精辟地评论了C. 斯珀吉翁的《莎士比亚的意象及其含义》一书，特别是该书的第一部分。

2　参见C. 斯珀吉翁收入A. 布莱德比的《莎士比亚批评，1919—1935》（伦敦，1936年，18—61页）中的文章。关于自传和《哈姆雷特》的论述，参见C. J. 西森：《莎士比亚神秘的忧愁》（伦敦，1936年）。

弗莱契的同类剧作相媲美。

但是，不是所有的诗歌意象的研究都是要乘诗人不备去探寻他的内心世界的。意象的研究可以集中在了解一出戏的全部意义的一个重要因素上，艾略特称之为"情节与人物之下的模式"[1]。在1930年写的《莎士比亚悲剧中意象的主要母题》一文中，斯珀吉翁本人的兴趣主要集中在给某一意象或某一串意象下定义上，这种在某一戏中占主导地位的一个意象或一串意象给该剧定下了基调。她分析出的例子是《哈姆雷特》中疾病（溃疡、肿瘤）的意象、《特洛伊罗斯》中食物以及消化器官的意象，以及《奥赛罗》中"动物在行动，在互相捕食……"的意象。斯珀吉翁力图表明这些下层结构是如何影响一出戏的整个意义的。她在论及《哈姆雷特》时说，疾病的母题提示我们，王子是不该受谴责的，整个丹麦王国患了病。她的意象研究中的正面价值正在于她对这些细微形式中文学意义的探讨，而不是思想意义的概括和明显的情节结构的分析上。

对意象进行更雄心勃勃研究的是奈特（G. W. Knight），他首先是从默里研究莎士比亚的杰作（《文体风格问题》[1922年]）入手的。奈特的早期著作（如《神话与奇迹》[1929年］和《火轮》[1930年]）几乎完全是评论莎士比亚的，但在稍后期的著作中，他也用同样的方法评论其他诗人，如弥尔顿、蒲柏、拜伦、华兹华斯。[2]他的早期著作显然是最精彩的，这些著作专事研究莎士比亚的每一出戏，研究他每出戏的象征意象，特别注意像"暴风雨"与"音乐"之类意象的对立。他还敏锐地观察了戏与戏之间、每出戏之中文体风格上的差异。但在他后期的著作中，就很明显地使人感到一个"狂热者"的浮华。他对蒲柏《论批评》和《论人》两个作品的诠释就轻率地忽略了这样一个问题，即作品中的"思想"从历史上讲，对蒲柏和他的同时代人究竟可能意味着什么。奈特缺乏历史透视的观点，因此，他想从作品中引出哲学意义反倒使他吃了苦头。他从莎士比亚和其他人的作品中引出的"哲学"既没有创见、不清晰，也不复杂，不过是在调和肉与灵、秩序与精力之类的矛盾而已。由于所有"真正的"诗人都在实质上涉及这类相同的"问题"，在对每一个诗人做出解释之后，人们获得的只能是一种徒然的感觉。诗是一种"揭示"，但它揭示的究竟是什么呢？

像奈特的著作一样有见地，但比它更为中肯的是W. 克莱门的著作。他的《莎

1　参见T. S. 艾略特：《哈姆雷特》（收录于《论文选》，伦敦，1932年，141—146页）。

2　参见G. W. 奈特：《神话和奇迹：论莎士比亚的神秘象征》（伦敦，1929年）、《火轮》（伦敦，1930年）、《皇家的主题》（伦敦，1931年）、《基督教复兴》（多伦多，1933年）、《燃烧的神谕》（伦敦，1939）、《星光闪耀的苍穹》（伦敦，1941）。

士比亚的意象》[1]实践了其标题表示的要研究作者意象的发展与功能的诺言。他以抒情诗，甚至史诗的意象来对照、强调莎剧意象的戏剧性质：在其成熟的剧作中不是莎士比亚作为“人”在戏中思考，而是特洛伊罗斯在戏中通过腐败的食物进行隐喻式的思考。在一出戏中，“每一个意象都由一个特定的人使用”。克莱门确有真知灼见，能提出方法学上的问题。例如，在分析《泰特斯·安德洛尼克斯》时，他问道：“莎士比亚在戏中的什么场合下 使用意象呢？在意象的使用与这一场合之间存在着联系吗？这些意象的功能是什么呢？”从《泰特斯》的分析中，他对这些问题只能给予否定的回答。该剧中的意象是间歇性的、装饰性的，但从这类意象，我们可以追溯莎士比亚使用隐喻的发展情况。他的隐喻是“事件情绪适中的底色”和“知觉的整个原始形式”，也就是用隐喻来进行思维。克莱门十分赞赏地评论了莎士比亚中期作品中的“抽象隐喻”（他认为这些隐喻具有“非意象的意象性”——相当于威尔斯的潜沉的、基本的和扩张的三类意象）。由于克莱门的这本书是研讨一位特定诗人的专著，因此，他仅仅是在莎士比亚的隐喻的发展过程中引进他自己的这套分析法的；虽然他的专著研究一个发展过程和莎士比亚作品的“分期”，但他牢记着，他正是在研究诗歌的分期，而不是作者那些主要以假设为依据的生平。

像格律一样，意象是诗歌结构的一个组成部分。按我们的观点，它是句法结构或者文体层面的一个组成部分。总之，它不能与其他层面分开来研究，而是要作为文学作品整体中的一个要素来研究。

1　参见W. 克莱门：《莎士比亚的意象》（波恩，1936年；英译本，马萨诸塞，坎布里奇，1951年）。

第十六章　叙述性小说的性质和模式

无论从质上看还是从量上看，关于小说的文学理论和批评都在关于诗的文学理论和批评之下。其原因通常被认为是由于诗是古已有之，而小说则相对地来说只是近代的产物。但是，这样的解释似乎不够充分。小说作为一种艺术形式，正如德语所说，是一种“创作”的形式（a form of “Dichtung”）；就它的高级形式而言，它是史诗和戏剧这两种伟大文学形式的共同的后裔。也有人认为小说和消遣、娱乐、逃避现实等行为有广泛的联系，因而不是严肃的艺术，这就把伟大的小说和为了狭隘的市场目的而生产的产品混为一谈了。在美国，有一种由学究们所传播的流传已久的观点，认为阅读非小说的著作是有教益的、值得称赞的，而阅读小说则有害无利，充其量也只能使人自我放纵。他们从那些有代表性的批评家如洛威尔（J. R. Lowell）和阿诺德等人对待小说的态度中找出了立论的根据。

但是，也有另一种相反的观点使我们以错误的方式严肃对待小说，即把小说当成文献或个人档案，或由于小说的真真假假的效果或它有时的自我宣称，使我们把它当成某人的自白，当成一个真实的故事，当成某种生活及其时代的历史。文学总需有趣味，有一个结构和审美的目的，有一个整体的连贯性和效果。当然，它和生活之间必须要有可以认知的关系，但是，这种关系却是非常复杂的：生活可以被提高，被滑稽地模仿或对照；文学在任何时候都是为了某种特殊目的而从生活中选择出来的东西。为了理解某一特定作品和“生活”之间的关系，我们需要有独立于文学之外的知识。

亚里士多德认为诗（指史诗和戏剧）比较起来更接近哲学，而不是历史。这句名言似乎具有永久的提示性。有一种事实上的真实，有特定的事件发生时间和地点的细节，这是狭义的历史的真实。又有一种是哲学的真实，那是概念的、命题的和一般的真实。从这样定义的“历史”观点和哲学观点来看，想象性的文学就是"虚构"（fiction），也就是谎言。"fiction"这一词的词义中仍然残留有古代柏拉图派对文学的控诉，对此，锡德尼和约翰逊博士回答说，文学从来不妄求具有那种意义上的真实[1]；虽然这个词中仍然残留有过去控诉小说为欺骗的意思，但它也仍然能给那些最热诚的小说家们以刺激，他们清楚地知道，小说虽然没有真实那样奇异，但却比真实更具有代表性。

福勒特（W. Follett）极妙地评述了笛福对维尔夫人和巴格瑞芙夫人[2]的叙述：

> 故事中的每一件事都是真实的，而整个故事却不真实。而且笛福也做到了使人难以怀疑整个小说的真实性。故事由一个恰好与其他两个女人同一类型的第三个女人讲述，这个女人又是巴格瑞芙夫人的终生朋友……[3]

穆尔（M. Moore）认为，诗中呈现出：

> 许多想象的花园，园中却有真实的癞蛤蟆，以供人观赏。

一部小说表现的现实，即它对现实的幻觉，它那使读者产生一种仿佛在阅读生活本身的效果，并不必然是，也不主要是环境上的、细节上的或日常事务上的现实。假如以所有这些标准来衡量，那么豪威尔斯或凯勒（G. Keller）等作家就会使《俄狄浦斯王》《哈姆雷特》和《白鲸》的作者们感到惭愧了。细节的逼真是制造幻觉的手段，但正如在《格列佛游记》中一样，它常被作为圈套用以引诱读者进入一些不可能有或不能置信的情境之中，这样的情境比起那偶然意义的真实来具有更深一层的"现实的真实"。

无论在小说中还是在戏剧中，现实主义和自然主义都是文学的或文学加哲学的运动、传统和风格，浪漫主义和超现实主义也是如此。它们的区别并不在现实与幻觉之间，而在于对现实各持有不同的概念，对幻觉各有不同的模式而已。[4]

叙述性小说和生活之间有着什么样的联系呢？古典的或新古典派的回答是叙述性小说呈现了典型的、普遍的人物与事件：典型的守财奴（如莫里哀和巴尔扎

1　锡德尼："对诗人来说，他什么也不肯定，因此也就从不说谎。"

2　维尔夫人与巴格瑞芙夫人是笛福的一篇报道性小册子《1705年9月8日纪事》中的人物。——译注

3　参见W. 福勒特：《现代小说》（纽约，1918年，29页）。

4　读者规劝小说家要"干预"生活通常只是"要他们遵照19世纪散文小说的某种惯例"。见K. 伯克：《反陈述》（纽约，1931年，238、182、219页）。

克笔下的人物），典型的忤逆不孝的女儿（如《李尔王》和《高老头》中的人物）等。但这样的阶级概念难道不是属于社会学的概念吗？也许又有人会说艺术能使生活变得高贵、升华或理想化。当然，是有这样的艺术风格，但只是风格而已，它并不是艺术的本质；虽然在被赋予审美距离、形式和声音以后，任何艺术确实都会使那些在生活中可能是痛苦的经验甚至见证，在观照欣赏时变为愉快的事情。也许另有人会认为一部小说作品提供了一种“个案史”——对某种一般模式或一组事物的阐释或范例性的说明。有一些例子符合这种说法，如凯瑟（W. Cather）的短篇小说《保罗的案件》和《雕刻家的葬礼》等。但是，这个小说家所提供的是一个个案，即一个人物或事件，还够不上是一个世界。伟大的小说家们都有一个自己的世界，人们可以从中看出这一世界和经验世界的部分重合，但是从它的自我连贯的可理解性来说它又是一个与经验世界不同的独特的世界。有时，它是一个可以从地球的某区域中指划出来的世界，如特罗洛普笔下的州县和教堂城镇，哈代笔下的威塞克斯等。但有时却不是这样，如爱伦·坡笔下的可怖的城堡不在德国，也不在美国的弗吉尼亚州，而是在灵魂之中。狄更斯的世界可以被认为是伦敦，卡夫卡的世界是古老的布拉格；但是这两位小说家的世界是完全“投射”出来的、创造出来的，而且富有创造性，因此，在经验世界中狄更斯的人物或卡夫卡的情境往往被认作典型，而其是否与现实一致的问题就显得无足轻重了。

麦卡锡（D. McCarthy）指出，梅瑞狄斯、康拉德（J. Conrad）、亨利·詹姆斯以及哈代都曾经吹过巨大的、内容丰富的、缤纷的气泡，他们所描写的这些气泡中的人物当然和真实的人物有可认知的相似处，但只有在那气泡的世界中他们才能获得充分的真实性。麦卡锡又说：“想象一下把一个人物由一个想象的世界移入另外一个世界的情形吧。假如把佩克斯涅夫移植到《金碗》中[1]，他就会绝灭……一个小说家艺术上不可原谅的错误就在于不能保持语调气氛上的一致性。”[2]

这个小说家的世界或宇宙，这一包含有情节、人物、背景、世界观和“语调”的模式或结构或有机组织，就是当我们试图把一部小说和生活作比较时，或者从道德意义和社会意义上去评判一个小说家的作品时，所必须仔细加以考察的对象。小说与生活或“现实”相比的真实性，不应以这一或那一细节的事实的准确性来评判。如果是那样，就无异于以道德标准来判断小说，像波士顿的检察官那样以

---

1 佩克斯涅夫（Pecksniff）是狄更斯小说《马丁·朱述尔维特》中的人物，参见后文（213—214页）关于小说人物命名的论述；《金碗》是亨利·詹姆斯的小说。——译注

2 参见D. 麦卡锡：《人物肖像》（伦敦，1931年，75页、156页）。

小说中是否有出现明确的关于性的或猥亵的字眼来决定其通过与否。正确的批判方法是拿整个虚构的小说世界同我们自己的经验的、想象的世界加以比较，而我们经验的、想象的世界比起小说家的世界来通常缺少整体性。虽然一个小说家的世界的模式或规模和我们自己的不一样，但当他所创作的世界包括了我们所发现的普遍性范围内所有的必要因素，或者虽然所包括的范围是狭窄的，但其所选的因素却是有深度的和主要的，并且当这些因素的规模或层次对我们来说像一个成熟的人所能考虑的，我们就会衷心地称这个小说家为伟大的小说家。

在使用"世界"这一术语时，我们使用的是一个空间术语。但是，"叙述性小说"（或更恰当地称作"故事"）却使我们注意到时间以及时间的连续。"故事"来源于"历史"，《巴塞特郡编年史》就是一个例子。同绘画、雕刻等空间艺术相区别，文学通常被列为时间艺术；但是，现代诗（非叙述性诗）却力图要摆脱这样的命运，要变成一种凝神静思（contemplative stasis），一种"自我反映"的模式（"self-reflexive" pattern）；而且，恰如J. 弗兰克曾明确说过的那样，现代艺术小说（如《尤利西斯》《夜林》《达洛威夫人》等）都在追求以诗的精神来组织自己，也即都在追求"自我反映"。[1]这也使我们注意到了一个重要的文化现象，即传统的叙述体或故事（史诗或小说）是在时间中发生的，史诗的传统时间长度通常为一年。在许多伟大的小说中，人物们出生、成长，直到死亡；人物性格在发展，变化；甚至可以看到整个社会的变动（如小说《福尔赛世家》《战争与和平》等），或展现一个家族的连环发展的盛衰兴亡史（如《布登勃洛克一家》）。传统上，小说是必须认真地对待时间这一维度的。

在流浪汉小说中，按时间顺序的写法颇具代表性：事件是一个接着一个发生的。每次历险都是一个小事件，它可以是一个独立的故事，而所有这样的故事都由一个主人公串起来。较具哲理性的小说则在时间顺序的叙述结构中加进了因果关系。这种小说在故事发生的整个时间内有一个稳定地起作用的原因，因此人物就显示出了堕落或上进的历程。或者是在设计严密的情节中偶然发生了什么事，使得结局的情境和开头时的情境大不相同。

要讲述一个故事，必须注意事件的发生过程，而不能仅仅着眼于它的结局，有这样一类或曾经有这样一类读者，他们在阅读时必先要看故事是如何结局的。但是，如果一个读者在读19世纪的小说时只读它的"结局章"，那他就不能领略

1　参见J. 弗兰克：《现代文学的空间形式》（载《斯瓦尼评论》，第53期，1945年，221—240、433—456页；收入《批评》，肖勒、J. 迈尔斯等编，纽约，1948年，379—392页）。

故事的趣味，因为故事的趣味正在于其发展的过程中，尽管这一过程终究要走向结局。有一种观点认为，某些哲学家和道德家如爱默生等人不能严肃地看待小说，主要是因为情节（或外在的情节、时间中的情节）对他们来说似乎是不真实的。他们不能把历史视为真实，认为历史只不过是更多相同的事件在时间中的展示，而小说则是虚构的历史。

讲到"叙述"这个词时，另有一个词必然要提到，这个词就是"戏剧"。这个词被运用到小说上的时候，应含有同演出的小说相对照的意思。一个故事或寓言可以由模拟笑剧的演员们来表演，或者也可以由一个讲述者单独来讲述，他会成为史诗讲述者或其后继者。写史诗的诗人采用第一人称的形式，并且像弥尔顿那样，能使之成为抒情的或作者的第一人称。19世纪的小说家们虽然不用第一人称来写作，却也采用史诗专有的议论方法，我们可以称之为"议论式"（"essayistic"）（区别于抒情式）的第一人称；但叙述的主要模式是它的包容性：把对于所发生事件的扼要叙述穿插在（可以表演的）对话场景中。[1]

叙述性小说的两个主要模式在英语中分别称为"传奇"和"小说"。里夫（C. Reeve）在1785年将两者做了区分：

> 小说是真实生活和风俗世态的一幅图画，是产生小说的那个时代的一幅图画。传奇则以玄妙的语言描写从未发生过也似乎不可能发生的事情。[2]

小说是现实主义的；传奇则是诗的或史诗的，或应称之为"神话的"。拉德克利弗（A. Radcliffe）、司各特和霍桑（N. Hawthorne）等人是传奇（romance）作家。伯尼（F. Burney）、奥斯丁、特罗洛普和吉辛（G. Gissing）等人是小说作家。这两种相反的类型显示出散文叙述体的两个血统。小说由非虚构性的叙述形式即书信、日记、回忆录或传记，以及编年纪事或历史等一脉发展而来，因此可以说它是从文献资料中发展出来的；从文体风格上看，它强调有代表性的细节，强调狭义的"模仿"。另一方面，传奇却是史诗和中世纪浪漫传奇的延续体，它无视细节的逼真（在对话中重视具有个性特色的语言就是这样的例子），致力于进入更高的现实和更深的心理之中。霍桑写道："当一个作家称他的作品为传奇时，应

---

1 《傲慢与偏见》的开头两章几乎全是对话，第三章则以叙述性的概括开头，然后又回到以"戏剧性的"（"scenic"）方法进行叙述。

2 参见C. 里夫：《传奇的发展》（伦敦，1785年）。

该认为，他是想要求某种处理形式和材料的自由……”假如这样一个传奇的背景是过去的时代，它不是要分毫不差地描绘那个时代，而是要获得，借用霍桑在别处说过的话，“一种诗意的……境界，这种境界不必要……什么真实性”。[1]

小说的分析批评通常把小说区分出三个构成部分，即情节、人物塑造和背景。最后一个因素即背景很容易具有象征性，在一些现代理论中，它变成了“气氛”或“情调”。不用说，这三个构成因素是互相影响互相决定的。正如亨利·詹姆斯在他的《小说的艺术》一文中所问的，“如果人物不是事件发生的决定者，那他会是什么呢？如果事件不能展现出人物来，那事件又是什么呢？”

戏剧、故事和小说的叙述性结构传统上称为“情节”，也许，这个术语应加以保留。但是,它的含义必须扩大到既能包括哈代、柯林斯(W. Collins)和爱伦·坡的作品，也能包括契诃夫、福楼拜和亨利·詹姆斯的作品，也就是说，这一术语必须不局限于指像戈德温的《凯莱布·威廉斯》里的那种紧密奇幻的叙述结构形式[2]。我们应把情节的类型分为较松散的和较复杂的情节,分为“浪漫的”与“现实的”情节。在一个文学发生变迁的时期，一个小说家可能感到要被迫提供两种情节，其中一种源于某个正在被废弃的模式。霍桑继《红字》之后所写的小说中笨拙地创作了一种旧式的神秘情节，但是这些小说的真正的情节却是一种较松散的和更“现实的”变体。狄更斯在他的后期小说中十分精心于设计神秘的情节，但这样的情节却并不一定就是那些小说的趣味中心所在。《哈克贝利·费恩历险记》最后三分之一的部分明显不如其他部分，原因似乎是由于马克·吐温错误地认为自己有责任提供某种“情节”。其实，这部小说的真正的情节已经存在于它的成功的叙述过程中了，它是一种神话式的情节，即四个人为了种种原因从世俗的社会中逃出，在一个木筏上会齐后，登上了沿大河而下的旅程。最古老和最普遍的情节之一就是旅行的情节，有的发生在陆路上，有的在水路上。《哈克贝利·费恩历险记》《白鲸》《天路历程》《堂吉诃德》《匹克威克外传》和《愤怒的葡萄》等小说中的情节都是这样的情节。说到所有的情节时,通常都认为其中包含有冲突：人与自然之间、人与人之间或人与自己之间的冲突。但是，像情节一样，冲突这个术语也必须被赋予广泛的含义。冲突具有“戏剧性”，包含着一些大致相等的力量之间的较量，包含着动作和反动作。有一些情节如追逐或寻求等，说它们是

1　参见N. 霍桑:《七个尖角阁的房子》和《大理石神像》序言。

2　爱伦·坡的《创作的哲学》一文是以引用狄更斯的一句话开始的:“你知道戈德温是以倒叙法写《凯莱布·威廉斯》的吗？”在较早的一篇评论《巴纳比·卢基》的文章中，爱伦·坡把戈德温的小说推举为具有紧密情节的杰作。

以一条线或一个方向的方式进行的似乎更为合理，如小说《凯莱布·威廉斯》《红字》《罪与罚》以及卡夫卡的《审判》等的情节就是这样。

情节（或叙述性结构）本身又是由较小的叙述结构即插曲和事件组成的。较大的和更有包容性的文学结构如悲剧、史诗和小说等是由笑话、谚语、轶事以及信札等较早期的初步的文学形式历史地发展而来的。一部戏剧或小说的情节是由许多结构组成的结构。俄国的形式主义者们和德国的形式分析家们如狄伯里乌斯等人提出"母题"（motive，法文为motif，德文为Motiv）这一术语来表示最基本的情节因素。[1]文学史家们在这种意义上所使用的"母题"这个术语，是从分析过神话故事和民间传说的芬兰民俗学家们那里借用来的。[2]这样的"母题"在书面文学中的明显的例子有：错认身份（《错误的喜剧》）、老少婚配（《一月和五月》）、子女对父亲的忘恩负义（《李尔王》和《高老头》），以及儿子寻父（《尤利西斯》和《奥德赛》）等。[3]

我们所说的小说的"构成"，俄国人和德国人称为"母题形成"（motivation）。这一术语很值得英语吸收采用，它的价值正好在于它既指结构的或叙述的构成，同时又指心理的、社会的或哲学的理论的内在结构，这些理论探讨人之所以有所行动的原因，最终来看，是一些关于因果关系的理论。司各特早就宣称：

> 真实的叙述和虚构小说的叙述之间最明显的区别是：前者在述及有关事件的远因方面是模糊不清的……而在后一种情况下，作家的责任之一则是记述每一件事情。[4]

广义上的构成或母题形成也应包括叙述方法，即"比例""速度"以及种种技巧：使场景或戏剧与描绘或直叙之间形成一定比例，也使这两类因素与概略或总述之间形成一定比例。

---

1 "Motif"（"母题"）一词在英语文学批评中已普遍使用；但是，A. H. 克拉普在他的《民间传说的科学》（伦敦，1930年）一书中极力主张用英语的motive代替法语的motif，因为法语motif是在德语Motiv的影响下才在这一意义上被使用的。

2 参见A. 阿尔尼和S. 汤普森：《民间故事的类型》（赫尔辛基，1928年）。

3 参见G. 波尔蒂：《三十六种戏剧情境》（纽约，1916年）；梵·第根：《比较文学》（巴黎，1931年，87页及之后数页）。

4 转引自S. L. 惠特科姆：《小说研究》（波士顿，1905年，6页）。惠特科姆称"母题形成"为一个技术术语，用来指情节发展的原因，特别指它的有意识的艺术布局。《傲慢与偏见》开头的一句话就是一个表现"母题形成"的例子："凡是有钱的单身汉，总想娶位太太，这已经成了一条举世公认的真理。"（参见王科一中译本。——译注）

母题和技巧有时代的特征。哥特式传奇有其特征，现实主义小说也有自己的特征。狄伯里乌斯一再指出，狄更斯笔下的“现实”是故事（Märchen）中的现实，而不是自然主义小说中的现实，他采用各种技巧把小说导入各种老式的情节剧的母题中去了，如被认为死去的人复活，孩子的生父最后被证实，神秘的保护人原来却是一个罪犯，等等。[1]

在一部文艺作品中，母题形成必须能增加“现实的幻觉”，即具有审美的作用。“现实主义”的母题形成是一种艺术的技巧。在艺术中，“好像是”甚至比“实在是”更为重要。

寓言是时间和因果的顺序连续，不管它如何被讲述，其顺序连续即是“故事”或故事的材料。俄国的形式主义者们把“寓言”和“sujet”做了区分。我们可以把“sujet”译作“叙述性结构”（“narrative structure”）。“寓言”是所有母题的总和，而“sujet”则是许多不同的母题艺术地按顺序的呈现。这种艺术地按顺序叙述的方法的明显的例子之一叫作时间的变换，即从故事的中间开始讲起，如《奥德赛》或《巴纳比·卢基》。例子之二叫作从后向前的倒叙法，如福克纳的《押沙龙，押沙龙》。在福克纳的小说《当我弥留之际》中，描写一家人抬着母亲的尸体向一个遥远的坟地走去，而小说的“sujet”就包含在这一家人轮流地讲述的故事之中。通过“视角”即“叙事焦点”做中介，“sujet”就成为情节。“寓言”由小说的“原始素材”（作者的经验、阅读的材料等）抽象而来；“sujet”则由“寓言”抽象而来，或者更确切地说，它使叙述视角更锐利地集中了起来。[2]

寓言时间是指故事所跨越的总的时间。但是，“叙述”时间要符合“sujet”的要求，它是阅读时间或“经验”时间，它当然是由小说家控制的，小说家可以用几个句子就交代许多年的时间，但也可以为描写一个舞会或茶会用去长长的两章。[3]

塑造人物最简单的方式是给人物命名。每一个“称呼”都可以使人物变得生动活泼、栩栩如生和个性化。比喻性的或类似比喻性的名字出现在18世纪的喜剧中，菲尔丁笔下的人Allworthy和Thwackum，Witwould，Mrs Malaprop，Sir

1　参见狄伯里乌斯：《狄更斯》（莱比锡，1926年，第2版，383页）。

2　这里主要参考了托马舍夫斯基在他的《文学理论》（列宁格勒，1931年）一书中对“主题学”（“Thematology”）所做的论述。

3　参见C.格拉布在《小说技巧》（纽约，1928年，214—236页）中对“速度”（“tempo”）的讨论；佩希在《叙述艺术的本质与形式》（哈勒，1934年，92页及之后数页）中对“时间”（“Zeit”）的讨论。

Benjamin Backbite等人物的名字[1]是对本·琼生、班扬（J. Bunyan）和斯宾塞笔下的人物名字以及《人人》中的名字的呼应。但是更加微妙的是一种运用拟声语调的命名法，风格相异的小说家们如狄更斯、亨利·詹姆斯、巴尔扎克和果戈理等人都喜欢采用这种命名法，如他们笔下的Pecksniff，Pumblechook，Rosa Dartle（dart；startle），Mr and Miss Murdstone（murder + stony heart）等人物的名字[2]就是这样。麦尔维尔笔下的亚哈（Ahab）和以撒玛利（Ishmael）则显示出，作为塑造人物的方式，文学中的用典（此处利用的是圣经的经典）会起到何等经济的效果。[3]

塑造人物的方式有许多种。老一辈的小说家们如司各特总要以一段详细的体貌描写来介绍每一个重要人物，又以另外的段落来分析他们的道德和心理本性。但是，这种滞重的人物塑造方式可以简缩为一个介绍性的标签。或者，这介绍性的人物标签也可变为模仿或手势上的一种设计：某种举止习气、姿态或言论，在狄更斯的小说中，它们在每次人物出现时都要重现一次，作为人物的典型附属标记。甘密区夫人（Mrs Gummidge）“总是想到那个老东西”，希坡（U. Heep）嘴里总带“谦卑”这个词，还伴着一种宗教仪式上才有的手势。霍桑有时用一种确实的标记来塑造人物，如季诺碧亚（Zenobia）的红花、韦斯特韦尔特（Westervelt）亮晶晶的假牙。詹姆斯在其后期小说《金碗》中则以一种象征的方式来塑造人物。

人物塑造有静态型的，也有动态型或发展型的。后者似乎特别适用于长篇小说，如《战争与和平》，但它明显地不适用于戏剧，因为戏剧的叙述时间是有限的。戏剧（如易卜生的戏剧）能够逐渐揭露人物怎样变成了现在的样子，而小说则能展示人物变化的发生过程。“扁平”的人物塑造方式，即某种静态的塑造人物的

---

1 菲尔丁的小说《汤姆·琼斯》等中的人物。这些人物的名字或是由几个字复合而成，或者是由一些词缀与别的词组合而成，都具有一定的比喻意义，如：Backbite（back + bite）意为“背后中伤人的人”，Malaprop（mala + prop）意为“误用同音异义字的人”，等等。——译注

2 这种拟声语调的命名有其影指的含义，如Rosa Dartle意为“火性子罗莎”，Mr and Miss Murdstone意为“铁石心肠先生和小姐”等，这种声音和意义的特殊结合的名字是很难在另一种语言中找到对应的译名的。——译注

3 参见E. 贝伦特：《保尔的命名》（载《现代语言学会会刊》，第57期，1942年，820—850页）；E. H. 戈登：《狄更斯作品中的人物命名》（载《内布拉斯加大学语言研究》杂志等，1917年）；J. 福斯特：《狄更斯的生平》（第九卷，第七章，从小说家的备忘录中引用的名单）。H. 詹姆斯在他的未完成的小说《象牙塔》和《过去的观念》（都出版于1917年）后面的备忘录中谈到了他的人物的命名问题，并见詹姆斯的《笔记》（纽约，1947年，7—8页等处）。关于巴尔扎克的人物命名问题，参见E. 法居：《巴尔扎克》（英译本，伦敦，1914年，120页）。关于果戈理的人物命名问题，参见V. 纳博科夫：《果戈理》（纽约，1944年，85页及之后数页）。

方式，只表现一个单一的性格特征，也就是只表现被视为人物身上占支配地位的或在社交中表现出的最明显的特征。这种方法可能导致人物的漫画化或抽象的理想化。古典派戏剧（如拉辛的戏剧）采用这种方法塑造其主要人物。“圆整”的人物塑造方式，就像动态的塑造法一样，要求空间感和强调色彩；这种方法显然对塑造那些集中代表了小说的观点和趣味的人物们的性格是有用的。因此，在使用这种方法时，通常要结合“扁平”的方法——处理背景人物或“合唱队”人物。[1]

显然，作为文学方法的人物塑造法同作为性格、个性类型理论的性格学之间是有某种连带关系的。有多种性格类型学为小说家所利用，其中部分属于文学传统，部分属于民俗人类学。在19世纪的英国和美国小说中，可以找到男性和女性的浅黑型的白种人，如希思克利夫（Heathcliffe）、罗切斯特先生（Mr Rochester）、夏泼（Becky Sharp）、杜利维尔（Maggie Tulliver）、季诺碧亚、米利姆（Miriam）和丽吉娅（Ligeia）等。也可以找到碧眼、金发、白肤的白种人，女性的例子有沙德莉（Amelia Sedley）、露西汀（Lucy Dean）、希尔达（Hilda）、普利斯希拉（Priscilla）和霍桑笔下的菲比（Phoebe），以及爱伦·坡笔下的露温娜（Rowena）太太等。碧眼、金发、白肤的女人是家庭主妇型的女人，平静、安详、甜蜜。浅黑型女人显得热情、暴烈、神秘、诱人和不可靠，以盎格鲁—撒克逊人的观点看，这样的女人集中了东方的、犹太的、西班牙的和意大利的女人们的性格特征。[2]

和戏剧中一样，小说中也有一个类似定期换演角色的剧团，其中有英雄，有女杰，有恶棍，也有“性格演员”（或“幽默角色”，参加滑稽场面的演员）；有少年角色演员、扮天真姑娘的女演员和扮演年长人物（父亲、母亲、未婚的姑妈、少女的陪媪或奶妈）的演员。拉丁传统的戏剧艺术，如普劳图斯（Plautus）和特伦斯（Terence）喜剧、“搞笑喜剧”[3]、本·琼生和莫里哀的喜剧，都沿用了“吹牛的大兵”、吝啬的父亲和狡猾的仆人等有强烈性格特征的传统类型。但是，像狄

1 关于扁平的和圆整的人物塑造方法，参见E. M. 福斯特：《小说面面观》（伦敦，1927年，103—104页）。

2 关于英国女主人公类型问题，参见R. P. 乌特和G. B. 尼达姆：《帕米拉的女儿们》（纽约，1936年）。关于浅肤色和深肤色女主人公的性格倾向问题，参见F. 卡彭特：《清教徒更喜欢白肤金发碧眼女人》（载《新英格兰季刊》，第9期，1936年，253—272页）；P. 拉夫：《萨里姆的黑夫人》（载《党派评论》，第8期，1941年，362—381页）。

3 “搞笑喜剧”（commedia dell’arte），或译“即兴喜剧”。文艺复兴时期产生于意大利，后流传到欧洲各国，直到18世纪。剧中角色往往定型，演员全戴面具，表演程式化，早期女性角色均由男性演员饰演，以诙谐、滑稽、搞笑为主要目的，表演中往往有即兴创造，但都比较粗俗。——译注

更斯这样伟大的小说家则主要是采纳、改造18世纪舞台上和小说中的人物类型。他始创的类型只有两类：一类是无助的老人和青年；另一类是幻想家或空想家，如《马丁·朱述尔维特》中的汤姆·宾治。[1]

不管社会和人类学最终给文学的性格类型提供了什么样的基础，如金发白肤的女主人公和浅黑型的白种女人的例子那样，这些情感型的人物类型不仅可以从小说中辨认出来，而不必借助文献资料，而且他们通常都有文学和历史上的祖先和血统，比如“要命的妖妇”和阴郁的魔鬼型的英雄就是，普拉兹在他的《浪漫主义的痛苦》一书中对这些人物类型做过研究。[2]

背景是文学描写的要素，它与叙述是有区别的。考察背景时，我们首先会想到“小说”与戏剧的不同，其次会把它看作是关于特定的历史时代的问题。不管是在戏剧中还是在小说中，精细的背景描写并不是普遍现象，而只是浪漫主义和现实主义文学即19世纪文学中特有的现象。在戏剧中，背景可能由剧中的对话表现出来，如在莎士比亚的剧中，或者由布景设计者和木工根据剧本中的舞台指导说明制作并呈现出来。在莎士比亚的剧作中，某些“布景”实际上并不显示事件发生的地点和地方色彩。[3]小说的情形也一样，其中的背景描写的方式也变化无穷。奥斯丁和菲尔丁、斯摩莱特一样，很少描写内景和外景。詹姆斯的早期小说受巴尔扎克的影响，对房舍和风景都要做细致的描写，而他后期小说中的景色描写则着眼于它们的某些象征意义以及对它们的整体“感受”。

浪漫主义的背景描写的目的是建立和保持一种情调，其情节和人物的塑造都被控制在某种情调和效果之下。拉德克利弗和爱伦·坡是这样的例子。为了造成假象，自然主义的背景描写看起来像是如实记录。笛福、斯威夫特和左拉是这样的例子。

背景即环境，尤其是家庭内景，可以看作是对人物的换喻性的或隐喻性的表现。一个男人的住所是他本人的延伸，描写了这个住所也就是描写了他。巴尔扎克对守财奴葛朗台的住所或伏盖公寓的详细描述绝非离题或浪费笔墨。[4]这些房屋表现了它们的主人；它们作为环境气氛影响着其他必须住在其中的人。小资产阶级对“公寓”的恐惧感是引起拉斯蒂涅的反应的直接原因，在另外某种意义上，也是引起伏脱冷的反应的原因。这种恐惧感也反映了高老头的落魄，提供了与交

1 参见狄伯里乌斯：《狄更斯》（莱比锡，1916年）。

2 参见M. 普拉兹：《浪漫主义的痛苦》（伦敦，1933年）。

3 参见A. 修厄尔：《莎士比亚戏剧中的地点和时间》（载《语文学研究》，第42期，1945年，205—224页）。

4 参见P. 卢伯克：《小说技巧》（伦敦，1921年，205—235页）。

替出现的关于富丽堂皇的东西的永恒的对照。

背景也可以是一个人的意志的表现。如果是一个自然背景，这背景就可能成为意志的投射。自我分析家埃米尔（H. F. Amiel）说："一片风景就是一种心理状态。"人和自然显然是互相关联的，浪漫主义者们能够最强烈地（但不是唯一地）感受到这一点。一个急性子的暴怒的主人公会冲入暴风雨之中，一个性格开朗的人则喜欢阳光。

背景又可以是庞大的决定力量，环境被视为某种物质的或社会的原因，个人对它是很少有控制力量的。哈代笔下的爱顿荒原或辛克莱·路易斯笔下的那个叫作赞聂斯的地方就是这样的例子。巴黎、伦敦和纽约等大城市在许多现代小说中都是被当作最性格化的真实的东西来描写的。

一个故事可以用书信和日记的形式来讲述，或者由轶事扩展而来。包容了其他一些故事在内的框架故事（frame-story），从历史上看，是轶事过渡到小说的桥梁。在《十日谈》中，故事是按主题组织的。在《坎特伯雷故事集》中，这种按主题（例如婚姻的主题）组织故事的方法，被故事讲述者在故事讲述过程中刻画人物的构想，以及一群相互之间带着心理的和社会的紧张关系的人物的构想，显明地加以补充了。这种故事套故事的框架故事还有一种浪漫主义的形式，如欧文（W. Irving）的《一个旅游者的故事》和霍夫曼的《塞拉宾兄弟的故事》。哥特式小说《迈尔摩斯》是一组奇特的但确实感人的故事，各个单独的故事仅靠它们共有的一种恐怖的调子松散地组织在一起。

另一种手法已不太流行了，就是长篇小说中套进短篇小说，例如《汤姆·琼斯》中的"人在山中的故事"，《威廉·迈斯特》中的"一个美丽灵魂的自白"等。这种做法可被视为企图扩大小说的篇幅，或追求变化。这两个目的在维多利亚时代的三层结构小说中似乎有较好的体现，这种三层结构的小说有两条或三条情节线交替地在其"旋转的舞台"上轮流出现，最后又揭示出这些情节线是如何联结在一起的。这种情节混合的方法已经被伊丽莎白时代的作家们出色地实践过了。经过艺术处理后，一个情节与另外一个情节平行（如《李尔王》），或一个情节作为调节剧情的滑稽场面或滑稽模仿，以突出另外一个情节。

以第一人称讲述故事的方法是一种精巧的、比其他方式有影响的方法。当然，不能把作为第一人称的叙述者和作者本人混为一谈。第一人称叙述法的目的和效果是富于变化的。有时，这一方法的结果是使得叙述者比其他人物更少鲜明性和"真实性"，如小说《大卫·科波菲尔》。相反，摩尔·弗兰德斯和哈克贝利·费恩却是他们所在的故事中的中心人物。在《厄舍古屋的倒塌》中，爱伦·坡的第一人称叙述法使读者和厄舍的中性朋友[1]保持一致，直到悲剧性的结局时才和他一起退出。但是，在《丽吉娅》《贝伦尼丝》和《泄密的心》中，作为中心人物的讲述者却是些神经病或精神病患者，这样的叙述者我们是无法与其认同的，他们通过坦白的自供，通过他们所叙述的故事以及叙述故事的态度来塑造他们自己。

有趣的是故事得以呈现的方法。某些故事是经过精心安排被引导出来的，如在《奥特朗图堡》《拧螺丝》和《红字》中，故事本身和它的作者或读者之间被隔开不同程度的距离，所用的手法是，让乙把故事说给甲听，或让乙把当作手稿的故事委托给甲，而乙这份手稿却可能写的是丙的悲剧的一生。爱伦·坡的第一人称叙述小说有时表面看起来是戏剧性的独白（如小说《一桶酒的故事》），有时是一个痛苦的灵魂向人公开倾诉衷情的书面自白（如小说《泄密的心》）。这种叙述的假定性常常是不够明确的，比如在小说《丽吉娅》中，我们是不是能认为小说故事的叙述者是在讲故事给自己听，从而以故事的详细讲述来重新引起他自己的恐怖感呢？

叙述方法的主要问题在于作者和他的作品之间的关系。在戏剧中，作者是不出面的，他藏在戏剧的背后。但是，史诗作者却像一个职业的故事讲述者一样来讲述一个故事，在史诗中还包含了他自己的评论，并且在叙述过程中（同对话相区别而言）贯彻了他自己的风格。

小说家可以用类似的方法来讲述一个故事而无须自称他曾经目睹过或亲身经历过他所叙述的事情。他可以用第三人称写作，做一个“全知全能的作家”。这无疑是传统的和“自然的”叙述模式。作者出现在他的作品的旁边，就像一个讲演者伴随着幻灯片或纪录片进行讲解一样。

由史诗的那种混合式叙述模式发展出两种方法。一种可以称为浪漫的嘲讽式，这一方法故意夸大叙述者的作用，它破坏任何可能有的、认为故事是“生活”而不是“艺术”的幻觉，并以这种破坏为乐；它强调书中的人物只是写出来的文学上的人物。这种写作方法的始创者是斯特恩，特别体现在他的小说《商第传》之中。他的后继者有德国的里希特和蒂克、俄国的威尔特曼（A. Veltman）和果戈理。《商第传》可以说是一本关于小说写作的小说，纪德（A. Gide）的小说《伪币制造者》及其派生出来的《旋律与对位》也可以说是这样的小说。萨克雷在他的《名利场》中不断提醒读者：书中的人物们是他制造的傀儡。他这一大受非难的小说处理方法无疑

1 中性朋友，这里指叙述者。——译注

就是上面所说的文学嘲讽方法中的一种，即文学提醒它自己，它只不过是文学而已。

另一种相反的方法是“客观的”或“戏剧的”方法。为这一方法辩护和解释的有德国的路德维希、法国的福楼拜和莫泊桑（G. de Maupassant）以及英国的亨利·詹姆斯等作家。[1]这一方法的阐述者们，无论是批评家和艺术家，都试图把这一方法说成是唯一的艺术方法（我们没有必要接受这个武断的主张）。这种方法已经在卢伯克的《小说技巧》一书中做了极好的解释，这本书是在亨利·詹姆斯的创作理论和实践的基础上写成的一本小说诗学。

“客观的”是一个较为恰当的术语，因为“戏剧的”这一术语可能意指“对话”或“动作、行为”（和思想感情等内在世界相对而言）；但是，很明显，正是戏剧和剧场激起了这些活动。路德维希的理论主要是建立在狄更斯的作品经验的基础上，狄更斯的哑剧式的描写和用日常的套语塑造人物的方法是从旧时的18世纪的喜剧和情节剧中借来的。狄更斯总有一种以对话和手势等去“表现”的冲动来代替叙述，即以向读者“展示”所发生的事代替关于所发生的事的叙述。较后期的小说模式向另外的精巧的戏剧学习，如詹姆斯就是向易卜生学习的。[2]

不能认为小说的客观方法只局限于写对话和报告人物的行为，如詹姆斯的《未成熟的青春期》和海明威的短篇小说《杀人者》，把小说的客观方法做这样的局限就是要拿小说去和戏剧做直接的和不相称的竞争。小说的长处其实在于它能描写心理生活，而戏剧虽然也能处理这方面的内容，但却很难处理好。小说的本质在于“全知全能的小说家”有意地从小说中消失，而又让一个受到控制的“视角”（point of view）出现。詹姆斯和卢伯克认为小说呈现给我们的是轮流出现的“图画”和“戏”，他们把这些同戏剧中的一个“场景”加以区分。小说的“图画”和“戏”指的是某些人物对正在发生的事情（内在的和外在的）的自觉意识，而戏剧中的一个“场景”却至少部分是发生在对话中，并且较详细地呈现了重要的事件或遭遇。[3]“图画”和“戏”一样“客观”，只是“图画”是一个特殊的主观（某个人物如包法利夫人或史特莱斯）的客观表演，而“戏”则是说话和行为的客观表演。

1　参见O. 路德维希：《小说研究》（收录于其《论文全集》，1891年，第六卷，59页及之后数页）；莫泊桑：《皮埃尔和让》的序言（1887年）；H. 詹姆斯：《小说艺术》文集的序言（纽约，1934年）；瓦尔泽尔：《客观的叙述》（载《文字艺术品》，莱比锡，1926年，182页及之后数页）；J. W. 比奇：《20世纪小说》（纽约，1932年）。

2　参见路德维希前引书（66—67页）：狄更斯小说的结构和戏剧的结构类似。“他的小说是具有‘中间音乐’（Zwischenmusik）的被叙述者的叙述性戏剧。”关于詹姆斯和易卜生的关系，参见F. 弗格森：《詹姆斯的戏剧形式观念》（载《肯庸评论》，第5期，1943年，495—507页）。

3　关于“图画”和“场景”，参见詹姆斯：《小说艺术》（298—300、322—323页）。

如果这一理论是有系统的话，它便容许有“视角”的转换，例如在《金碗》后半部中，由王子的“视角”转到了公主的“视角”。它也容许作者在小说中使用一种人物，这人物就像作者一样，他或者向一些朋友叙述故事，如康拉德的《青春》中的马洛，或者倾吐自己的意识，而读者即通过这倾吐出来的意识看到一切，如《使节》中的史特莱斯。重要的是坚持小说自身一贯的客观性。如果不是要把作者“融入”叙述之中而是要把他呈现出来，就必须把他或代表他的人物的分量和地位压缩到与其他人物一样大小才行。[1]

在时间中呈现是客观方法中不可缺少的，读者自始至终和作品中的人物们生活在一起。在某种程度上，“图画”和“戏”总是要以“概述”来补充（在戏剧中，则以“第一幕和第二幕间经过了五天时间”这样的说明来做概述），但这种概述最好减到最少。维多利亚时代的小说常以结尾一章概述主要人物后来的事业、婚姻和死亡等事情。詹姆斯、豪威尔斯以及他们的同时代人抛弃了这种写法，他们认为这种写法是一种艺术上的错误。按照叙述中客观方法的理论原则，作者决不可以预先写出以后才发生的事，他必须逐步展现他的计划，让人在每一个时刻内只看到一条情节线。费尔南德斯提出了一个区分récit和roman[2]的标准。Récit，是叙述已经发生过的事，依据的是阐述和描写的法则；roman，或小说，则呈现正在发生的事，依据的是正在发生的事情的顺序。[3]

客观性小说中有一个有特色的专门性技巧，德国人称作“erlebte Rede”，法国人称作“le style indirect libre”（蒂博代语）和“le monologue intérieur”（杜亚丹［É. Dujardin］语）。[4]在英语中，由威廉·詹姆斯创用的“意识流”（“stream of consciousness”）这一短语，在非严格的、较广泛的意义上说，大致是上述称呼的等同语。[5]杜亚丹给“内心独白”下定义时，认为这是一种技巧，这种技巧“直

1 参见詹姆斯前引书（320—321、327—329页）。詹姆斯反对第一人称的叙述方法，也反对“作者不承担责任的、被掩饰着的‘无上权力’”（即无所不知的叙述者）。

2 Récit，法文，意为叙述；roman，法文，意为小说。——译注

3 参见R. 费尔南德斯:《巴尔扎克的方法：小说的叙述与美学》（载《信息》，巴黎，1926年，59页及之后数页；英译本，伦敦，1927年，59—88页）。

4 Erlebte Rede，德文，意为经验的表白；le style indrect libre，法文，意为间接自由体；le monologue intérieur，法文，意为内心独白。——译注

5 参见瓦尔泽尔:《“经验的表白”散论》（载《文字艺术品》，莱比锡，1926年，207页及之后数页）；蒂博代:《福楼拜》（巴黎，1935年，229—232页）；É. 杜亚丹:《内心独白》（巴黎，1931年）；A. 诺伯特:《英国新小说中“经验的表白”的文体风格》（哈勒，1957年，附书目）；W. 詹姆斯:《心理学原理》（纽约，1890年，第一卷，第九章，243页）一书中出现的这一用语是“思想流”（“The Stream of Thought”）。

接把读者引导入人物的内心生活中去，没有作者方面的解释和评论加以干扰……”又认为“内心独白”“是内心最深处的、离无意识最近的思想的表现……”卢伯克说，在《使节》中，詹姆斯不是在“讲述史特莱斯的心理；他是使史特莱斯的心理自己讲述自己，并使之戏剧化”。[1]这些技巧的历史及其在所有现代文学中的影响，目前仅仅开始在研究。这些研究表明：莎士比亚式的独白是这些技巧的原型之一；斯特恩对洛克关于观念自由联想理论的应用是另一个原型；“内心分析”，即作者对人物的思想感情的活动加以概述，则是第三个原型。[2]

我们上述这些对叙述的第三个层次即对小说“世界”（其情节、人物和背景）的观察结果主要是由小说得来的；但是，应该知道，这种观察也同样适用于作为文学作品的戏剧。第四个也是最后一个层次是“形而上的性质”，它是和“世界”紧密相关的，和“对待生活的态度”或暗含在这个世界中的“调子”是同一的东西；但是，这一层次的性质将留待我们探讨文学的评价问题时再做详细的考察。

1　参见卢伯克前引书（147页）。“当史特莱斯的心理被戏剧化地表现出来时，所显现给读者的只是一些流逝的意象，任何人只要注视这渐渐显示的心理活动都可以看到这些意象。”（162页）

2　参见L. 鲍林：《什么是意识流技巧？》（载《现代语言学会会刊》，第65期，1950年，337—345页）；R. 汉弗雷：《现代小说中的意识流》（伯克利，加州大学，1954年）；M. 弗里德曼：《意识流：文学方法的研究》（纽黑文，1955年）。

第十七章　文学的类型

文学是否就是诗、戏剧和小说三者共用一个名称的某种集合体呢？对这样的问题，已经由我们这个时代，特别是由克罗齐做了唯名论式的肯定回答。[1]可是，虽然克罗齐的回答显而易见是对古典派的权力主义极端的一种反动，但这种回答仍不能适当地解释文学生活和历史的事实。

文学的种类问题不仅是一个名称的问题，因为一部文学作品的种类特性是由它所参与其内的美学传统决定的。文学的各种类别"可被视为惯例性的规则，这些规则强制着作家去遵守它，反过来又为作家所强制"。[2]弥尔顿在政治和宗教上是一个十足的自由论者，在诗方面却是个传统主义者，正如克尔（W. P. Ker）极妙地所说的那样，弥尔顿的思想中老是萦绕着"史诗的抽象观念"，他自己知道"什么是真正的史诗的规则，什么是戏剧的规则，什么是抒情诗的规则"。[3]但是，他也知道如何去调整、扩充和改变古典的形式，知道如何把《埃涅阿斯记》基督教化和弥尔顿化，如像在《力士参孙》中，他知道如何通过一个被处理成希腊悲剧的希伯来民间故事来讲述他自己的故事。

文学的种类是一个"公共机构"，正像教会、大学或国家都是公共机构一样。它不像一个动物或甚至一所建筑、小教堂、图书馆或一个州议会大厦那样存在着，而是像一个公共机构一样存在着。一个人可以在现存的公共机构中工作和表现自己，可以创立一些新的机构或尽可能与机构融洽相处但不参加其政治组织或各种

1　参见克罗齐：《美学》（安斯利英译本，伦敦，1922年，第九、十五章）。

2　参见N. H. 皮尔逊：《文学形式和类型……》（收录于《英语学会年鉴》，1940年［1941年］，59页及之后数页，特别是70页）。

3　参见W. P. 克尔：《诗的形式和文体风格》（伦敦，1928年，141页）。

仪式；也可以加入某些机构，然后又去改造它们。[1]

文学类型的理论是一个关于秩序的原理，它把文学和文学史加以分类时，不是以时间或地域（如时代或民族语言等）为标准，而是以特殊的文学上的组织或结构类型为标准。[2]任何批判性的和评价性的研究（区别于历史性的研究）都在某种形式上包含着对文学作品的这种要求，即要求文学具有这样的结构。例如，对一首诗的评判就包含了对评判者的一个要求，要求他具有对诗的说明性的和规范性的整体经验和概念，当然，一个人关于诗的概念总是会随着他对更多特殊的诗的评判和经验而不断地发生变化的。

文学类型的理论是否会假设每一部作品都属于某一类型呢？在我们所知道的任何讨论中这个问题还没有被提出过。如果我们以类推法对照自然界来回答这个问题，我们必然会给予肯定的回答：甚至鲸鱼和蝙蝠都有类可归，并且，我们还承认生物可以有一个由这一种类向另一种类转变的过渡阶段。我们可以尝试做一系列的提问，以使我们问题的焦点更为明显。是否每一部作品都和其他的作品有足够紧密的文学联系，从而对其他作品的研究会有助于这一部作品的研究呢？在类型的观念中，创作“意图”占着什么样的地位呢？就某一类型的创始者而言，它占着什么地位？就这一类型的继承者而言，它又占着什么地位？[3]

类型是否一直保持不变呢？大概不是的。随着新作品的增加，我们的种类概念就会改变。试研究一下《商第传》或《尤利西斯》对小说理论的影响吧！弥尔顿写《失乐园》的时候，他认为他的作品既像《埃涅阿斯记》，又像《伊利亚特》；我们无疑会很明确地把口头史诗和文学史诗区分开来，而不管我们是否会把《伊利亚特》当作口头史诗。弥尔顿很可能不会以为《仙后》是一部史诗，虽然它是在史诗与传奇尚未分家、寓言式人物在史诗中占统治地位的时代写成的，而斯宾塞当然认为他写的正是像荷马写的那种类型的诗。

确实，文学批评的一个特色似乎就是发现和传播一个派别，一种新的类型式样。燕卜荪把《皆大欢喜》《乞丐的歌剧》和《爱丽丝漫游奇境记》等作为田园诗式文学的变体放在一起，而把《卡拉马佐夫兄弟》和其他讲凶杀的神秘小说归为一类。

1　参见H. 列文：《作为公共机构的文学》（载《强音》，第6期，1946年，159—168页；重印于《批评》，纽约，1948年，546—553页）。

2　参见蒂博代：《批评的生理学》（巴黎，1930年，184页及之后数页）。

3　参见C. E. 惠特莫尔：《文学定义的有效性》（载《现代语言学会会刊》，第39期，1924年，722—736页，特别是734—735页）。

亚里士多德和贺拉斯的类型理论是我们的古典范本。根据他们的理论，我们知道悲剧和史诗是两个各有特征的也是两个主要的文学种类。但是，亚里士多德至少还知道有另外更多的基本区分，即戏剧、史诗和抒情诗。大部分现代文学理论倾向于废弃“诗与散文两大类”这种区分方法，而把想象性文学（Dichtung[1]）区分为小说（包括长篇小说、短篇小说和史诗）、戏剧（不管是用散文还是用韵文写的）和诗（主要指那些相当于古代的“抒情诗”的作品）三类。

费多尔（K. Viëtor）建议，严格地说来，“类型”这一术语不应当用来既指小说、戏剧和诗这三个或多或少算是无法再分的终极的种类范畴，又指悲剧和喜剧这样的历史上的种类。[2]而我们则主张应当把这一术语应用到后者即应用到历史上的种类中去。要给前者确定一个术语是困难的，在实践中也可能往往是不需要的。[3]三大类型已经为柏拉图和亚里士多德根据他们的“模仿方式”（manner of imitation）说或“再现”（representation）说加以区分：抒情诗表现的就是诗人自己的人格（persona）；在史诗（或小说）中，故事部分地由诗人亲自讲述，部分地由他的人物直接讲述（即混合叙述）；在戏剧中，诗人则消失在他的全部角色之后。[4]

有人曾经试图以时间的长短，甚至以语言形态学上的不同来说明这三个类型的基本性质。霍布斯在他给达维纳特（Sir W. Davenant）的信中曾试着这样做过。他先把世界划分为宫廷、城市和乡村，然后找出三类与它们对应的基本的诗的种类来，这就是：英雄诗（史诗和悲剧）、谐谑诗（讽刺诗和喜剧）和田园

---

1 Dichtung，德文，意为创作。——译注

2 参见K. 费多尔：《文学类型史的问题》（载《德国文学研究季刊》，第9期，1931年，425—427页；重印于《精神与形式》，波恩，1952年，292—309页）。本文是一篇极好的论述，它一方面避免了实证主义，另一方面也避免了“形而上学主义”。

3 歌德称颂诗、民谣及诸如此类的类型为“紧密的类型”（Dichtarten），而称史诗、抒情诗和戏剧为“诗的自然形式”（Naturformen der Dichtung）。他说：“这是三种真正的诗的自然形式：清晰的叙述式、热情的冲动式和个人的行动式，也即史诗、抒情诗和戏剧。”（见《东西方女明星笔记》，收录于《歌德全集》，第五卷，223—224页）英语术语用起来比较麻烦，我们可以把“类型”（types）用作最大的范畴（如皮尔逊那样），把“类型”（genres）用作种类（species），如悲剧、喜剧以及颂诗，等等。“类型”（genre）一词在英语中确立的时间较晚。在《新英语词典》中，它还没有被当作文学意义上的词来使用。（“种类”［kind］这个词也是这样。）18世纪的作家们，如约翰逊和布莱尔（H. Blair），都是用“种类”（species）这个术语来表示“文学种类”（literary kind）的。1910年，I. 白璧德认为类型（genre）一词已经在英语批评中确立起来了（《新拉奥孔》序）。

4 “柏拉图已经非常清楚地认识到了模仿的道德上的危险。因为，如果一个人被允许去模仿其他人的职业，他就会损害自己的禀性……”参见J. J. 多诺霍：《文学种类论……》（爱荷华，1943年，88页）。关于亚里士多德，见同书（99页）。

诗。[1]非常熟悉施莱格尔兄弟和柯勒律治的文学批评思想的英国天才批评家达拉斯（E. S. Dallas）总结出诗的三个基本类型，即“戏剧、故事和歌曲”，并且把它们列成一系列不是英国式的而是德国式的图表。[2]他解释说，戏剧是第二人称、现在时态，史诗是第三人称、过去时态，抒情诗是第一人称单数、将来时态。厄斯金（J. Erskine）在1912年发表的文章中曾对诗的“气质”的基本文学种类做过解释，他指出，抒情诗表现现在时态；但是，谈到悲剧和史诗时，由于他首先认为悲剧显示的是对人的过去的末日审判（人的性格也加进了他的命运之中），史诗则显示国家和民族的命运，在这样的前提下，他就得出悲剧是过去时，史诗是将来时的谬误结论。[3]

厄斯金这种道德—心理的解释和俄国的形式主义者们的解释在精神上和方法上都是相差很远的。如俄国形式主义者雅柯布逊希望说明语言的固定的语法结构和文学种类之间的对应关系。他认为，抒情诗是第一人称单数、现在时态，而史诗是第三人称、过去时态。作为史诗讲述者的“我”实际上是被从旁观的角度看作第三人称，即看作“dieses objektivierte Ich”[4]的。[5]

上述对文学基本种类的探讨趋向两个极端，一个极端是依附于语言形态学，另一个极端是依附于对宇宙的终极态度。这样的探讨虽然是有“启发性”的，但极难指望它会导致客观的结果。反而倒是会使人产生这样的疑问：这三个种类是否真有某种所谓的终极的性质，尽管它们已经作为组成部分被多种多样地结合起来。

然而，确实存在着一个难于处理的问题，即在我们这个时代，戏剧是与史诗（“虚构小说”、长篇小说）、抒情诗立于不同的基础之上的。对亚里士多德和古希腊人来说，公开的或至少口头表演的作品便成为史诗，如荷马的作品就是由伊翁（Ion）这样的吟诵者朗诵的。挽歌体的和抑扬格的诗由笛子来伴奏，颂神诗用一种七弦竖琴来伴奏。今天，诗和小说则多半是由个人阅读的。[6]但是，戏剧却仍

---

1 参见《17世纪批评文集》中所选霍布斯论文（斯宾加恩编，牛津，1908年，54—55页）。

2 参见E. S. 达拉斯：《诗学：关于诗的论文》（伦敦，1852年，81、91、105页）。

3 参见J. 厄斯金：《诗的种类》（纽约，1920年，12页）。

4 Dieses objektivierte Ich，德文，意为“这个客观的我”。——译注

5 参见R. 雅柯布逊：《帕斯捷尔纳克散文的旁注》（载《斯拉夫评论》，第7期，1935年，357—373页）。

6 论到诗的口头朗诵问题时，厄斯金指出，这样的朗诵传统直到华兹华斯还仍然存在（《伊丽莎白时期抒情诗》，纽约，1903年，3页），华兹华斯在他的诗的《序言》（1815年）中说：“这些诗中的一部分本质上是抒情的；因此，如果没有音乐伴奏，它们便不可能具有应有的力量；但是，在大多数场合下，作为古典七弦竖琴或浪漫竖琴的代替物，我采用富有生气的和热情的朗诵的方法来达到目的。”

然像古希腊人的戏剧一样是一种综合艺术：它的核心当然还是文学，这是无疑的，但也包含着“场面”，即运用演员和导演的技巧以及服装师和电工的手艺等。[1]

但是，如果为了避免上述难题而把三个种类归并为一个共同的文学性种类，那么戏剧和故事又该如何加以区分呢？现代美国短篇小说，如海明威的《杀人者》，追求一种戏剧式的客观性和对话的纯粹性。但是，传统的小说，例如史诗，则把对话或直接的表现与叙述混合在一起。史诗确实曾被斯凯里杰(J. C. Scaliger)和另外某些类型标准的发明者评判为类型的最高级别，部分原因正是它包含了其他所有的类型。如果史诗和小说都是复合的形式，为了使它们变为不能再分的终极种类，我们就必须把它们的组成部分加以分离而得到比如像“直叙”和“通过对话叙述”（即没有演出的戏剧）这样两个种类，这样，我们的三个不可再分的终极种类就变为叙述、对话和歌唱。经过这样的归并、净化和一致化，这样的三个文学种类是否就会比“描写、展示和叙述”这三个文学种类更为接近终极的区分呢？[2]

让我们从诗、小说和戏剧这些所谓“终极的”种类转而去研究那些被认为是从它们那里再加细分而分出来的部分吧。18世纪的批评家汉金斯（T. Hankins）在评论英国戏剧时把它细分成下述的种类，即“神秘剧、道德剧、悲剧和喜剧”。散文小说在18世纪时又被细分成两个种类，即小说和传奇。我们认为，像这两组属于第二等级的“再细分”出来的部分，就是应该标准地称为文学的“类型”的东西了。

17世纪和18世纪是对文学类型十分重视的两个世纪。这两个世纪的批评家们认为类型的存在是确确实实的。[3]文学类型的区分是清楚明白的，而且也应该明确地加以区别，这是新古典主义信奉的一条总则。但是，如果我们仔细考察一下新古典主义的批评中关于类型的定义或关于类型的区分方法，就会发现他们在需要基本原理的问题上甚少有连贯性，甚至根本就没有意识到这种需要。例如，布瓦洛（N. Boileau）按照他的标准把类型划分为田园诗、挽歌、颂诗、讽刺短

1 萧伯纳和J. 巴里企图用他们的引言，用他们的小说家式的详细的、充满想象力的建议性舞台说明获得双倍的观众。而今天的戏剧家们的原则却倾向于反对用任何与表演技巧和舞台效果相分离的（不是全部分离的）因素来判断戏剧，法国的传统（柯克兰，萨西）和俄国人（斯坦尼斯拉夫斯基——莫斯科艺术剧院）同意这一原则。

2 V. 瓦伦丁的《诗的种类》（收录于《比较文学史杂志》，1892年，第五卷，34页及之后数页）在不同的基础上也对这三个规范做过探索。他说，我们应该区分“史诗的、抒情诗的和反映的类型……戏剧不是诗的一种类型，而是一种诗的形式”。

3 参见蒂博代前引书（186页）。

诗、讽刺文学、悲剧、喜剧和史诗，但是他没有解释他的这个类型学的基础。也许，他以为类型学本身是历史地形成的，而不是一个理性主义的建构。他的类型之间的区别是不是由各类型的不同题材、结构、诗的形式、篇幅、感情调子、世界观以及观众等所决定的呢？这很难给以回答。但是可以说，对于许多新古典主义者来说，类型的所有概念似乎都不证自明，连一个总的问题都没有。布莱尔在他的《修辞学与纯文学》（1783年）一书中有一系列章节谈论主要的类型，但是却没有对一般的种类或文学分类的原则做任何初步探讨。他在选择种类时也没有任何方法论上的或其他方面的一贯标准。他的大多数文学种类源于古希腊，但也不全是这样，他在详细讨论“描写诗”时说，在描写诗中，“天才的最高发挥可以得到展现”。然而，他这样说并不是指“任何一个写作上的特殊种类或形式”都可以是文学种类；甚至，那些在某种意义上可以明显地称为“说教诗”如《论自然》或《论人》的种类，他也不认为是文学种类。布莱尔从“描写诗”说到“希伯来人的诗”，认为后者“反映了远古时代和国家的趣味”；而且，虽然他并没有在什么地方说过或看出过，但他实际上认为“希伯来人的诗”是东方诗的一个标本，是与那统治古希腊—罗马—法国传统的诗十分不同的诗。随后，布莱尔转而以完全正统的态度讨论他所谓的“诗歌创作的两个最高种类，即史诗和戏剧”，他所说的戏剧，实际应该更准确地说是“悲剧”。

新古典主义的理论不解释、说明或答辩关于种类的和种类划分基础的信条。在某种程度上，它注意的是诸如种类的纯净、种类的等级、种类的持续和新种类的增加等问题。

因为新古典主义在历史上是权力主义和理性主义的混合体，是一种保守势力，因此它要尽可能维持和适应古代的原始文学种类，特别是古代诗的种类。但是，布瓦洛却承认十四行体诗和情歌；约翰逊博士则赞扬德纳姆（J. Denham）在《制桶匠的小山》中创造了“一种新的诗体”，一个“可以称作乡土诗的种类”；他还认为汤姆逊的《四季》是一首“新种类的……诗”，汤姆逊诗中的“思想及其表达方式”是“有独创性的”。

关于种类纯净的理论在历史上是由那些法国古典派戏剧的追随者所倡导的，他们以此来反对伊丽莎白时代那些允许喜剧场面存在的悲剧（如《哈姆雷特》中的掘墓人、《麦克白》中那个喝得烂醉的守门人等）；这种理论如果是教条的，那是贺拉斯式的，如果是主张以经验和教化的享乐主义感染人，那就是亚里士多德式的。亚里士多德说，悲剧“应该产生属于悲剧本身特有的快乐，而不是产生偶然的快乐”。[1]

种类的等级在部分上是一个“快乐主义的微积分”：在古典的表述中，不论在纯粹的强度的意义上，还是在读者和参与的听众的数目的意义上，快乐的级别无论如何不是量的问题。种类的等级应该说是一个社会的、道德的、审美的、享乐的和传统的性质的混合体。文学作品的规模不应被忽视，较小型的作品如十四行体诗或甚至颂诗无疑是不能与史诗和悲剧相提并论的。弥尔顿的“较次要的”诗是以较小型的种类如十四行体诗、短歌和假面剧等形式写的；他的“较主要的”诗则是一部“正规的”悲剧和两部史诗。如果我们从量上来把史诗和悲剧这两个最高的种类加以比较，史诗会占上风。在这个问题上，亚里士多德却有所踌躇，在讨论过冲突标准之后，他把第一名奖给了悲剧；而文艺复兴时期的批评家们则更为一贯地宁愿选择史诗当第一名。虽然后起的批评家们不断地在这两种种类的主张之间摇摆，但新古典主义派的批评家如霍布斯、德莱顿和布莱尔等人则在很大程度上乐于把这两个种类同列为最基本的种类。

现在我们讨论另外一组种类，即那些由诗节形式和诗律在其中起决定作用的种类。我们怎么给十四行体诗、法式十三行回旋体诗以及三节联韵体诗分类呢？它们是某些类型，还是其他什么东西呢？大多数近代法国和德国作家们倾向于称它们为“固定形式”，把它们作为一个种类，并把它们和文学的类型区别开来。但是，费多尔不这样看，起码对十四行体诗他不这样看。我们应该倾向于扩大文学类型所包括的范围。不过，我们这里要由术语学转而规定各种标准：是否有“八音节诗”或“二音步诗”这样的文学类型呢？我们倾向于说有，一方面是指，和英国标准的抑扬格五音步诗相对抗的18世纪的八音节诗或20世纪初的二音步诗在音调上和社会精神气质上都像是一种特殊的诗的种类[2]；另一方面也是指，我们不只是要根据诗的格律来分类（诸如一本赞美诗集后面的“C. M. 和L. M. ”[3]等），而且要根据某些包含更广泛的东西，某些不但具有“外在的”形式，而且具有“内在的”形式的东西来分类。

我们认为文学类型应视为一种对文学作品的分类编组，在理论上，这种编组

1 参见亚里士多德：《诗学》（第十四章）：“我们不应要求悲剧给我们各种快感，只应要求它给我们一种它特别能给的快感。”

2 更确切地说，18世纪有两种八音步节诗：一种是喜剧（可追溯到《胡迪布拉斯》，中经斯威夫特和盖伊），一种是沉思的描述（可上溯到《快乐的人》，特别是《幽思的人》）。

3 “C. M. 和L. M. ”即“Common Metre”（普通韵律）和“Long Metre”（长韵律）的英文缩写，为一般颂诗习见的韵律形式。——译注

是要建立在两个根据之上的：一个是外在形式（如特殊的格律或结构等），一个是内在形式（如态度、情调、目的以及较为粗糙的题材和读者观众范围等）。表面上的根据可以是这一个也可以是另外一个（比如内在形式是“田园诗的”和“讽刺的”，外在形式是二音步的和品达体颂歌式的）；但关键性的问题是要接着去找寻“另外一个”根据，以便从外在与内在两个方面确定文学类型。

有时会有某种有启发性的转变发生。挽歌在英国，与在原型的古希腊和古罗马诗中一样，是从挽歌对句诗或两行体诗开始的。然而古代的挽歌作者们并不把自己局限在对死者的哀悼上，像哈蒙德（J. Hammond）和申斯通（W. Shenstone）这两个格雷的前辈也没有那样局限自己。但是，格雷的“挽歌”却不是用两行体写的，而是用英雄四行体写的，他的“挽歌”有效地摧毁了英国所有继承挽歌风的两行结句式的个人抒情作品。

人们可能倾向于放弃18世纪以后的文学类型史，因为18世纪以后那种对形式的企求和那些反复出现的结构模型大部分已经过时了。这种类型上的停滞现象在法国和德国有关类型的著作中也有所反映，同时还出现一种观点，认为1840年至1940年之间可能是文学上的一个反常时期，而在将来我们无疑应该会回到类型更加确立的文学上。

然而，我们最好还是说，19世纪文学类型的概念是发生了变化，而不是消失了，尽管那时讨论类型的著作仍然比较少。随着19世纪文学作品读者人数的激增，也产生了更多的文学类型；这些类型通过廉价出版物迅速传播，往往是比较短命的，或者更为迅速地转变为另外的类型。在19世纪和我们这个时代，“文学类型”研究都遭遇到分期方面的困难，我们可以意识到文学中的流行样式的迅速变换，每10年就出现一个新的文学时期，而不是每50年，如在英国诗歌中，就出现了自由体诗（vers libre）时期、艾略特时期以及奥登时期。站在更远一点的距离看，这些时期的特性中有某些具有共同方向和性质的东西，就像我们现在认为拜伦、华兹华斯和雪莱都是英国浪漫主义作家一样。[1]

类型在19世纪有哪些范例呢？梵·第根和其他人经常举历史小说为例。[2]那么，“政治小说”算不算一个类型呢？（斯皮尔[M. E. Speare]的一本专著即以此为题。）如果真有政治小说这样的类型，难道不会有一种基督教会小说类型吗？（这类小

1 不到1849年，“湖畔派诗人”就明确地与雪莱、济慈、拜伦等人联系在一起，统统被称作浪漫主义者了。参见R. 韦勒克：《文学史上的浪漫主义观念》（载《比较文学》，第1期，1949年，特别见16页）。

2 参见P. 梵·第根：《文学类型的命运》（载《赫里空》，第1期，1938年，95页及之后数页）。

说可以包括《罗伯特·爱尔斯梅尔》和麦肯齐［C. Mackenzie］的《圣坛的台阶》，也包括《巴彻斯特塔楼》和《撒莱姆小教堂》等。）这样把“政治小说”和“基督教会小说”当作文学类型是不对的。这种划分法似乎仅根据题材的不同，这纯粹是一种社会学的分类法。循此方法去分类，我们必然会分出数不清的类型，如牛津运动小说、19世纪描写教师的小说、19世纪海员小说以及海洋小说，等等。那么，“历史小说”的情况有什么不同呢？不同之处不仅是由于它的题材较少受限制，即它的内容并不比整个的过去少了什么，主要的倒是由于它与浪漫主义运动和民族主义思潮之间的关系，即它对它所隐含的过去的新的感情和态度。哥特式小说则是一个更好的类型例子，它以《奥特朗图堡》为标志产生于18世纪初，一直流行到现在。这一类型具有人们企望一个散文—叙述类型所应具有的所有标准，其中不但有一种限定的和连续的题材或主题，而且有一套写作技巧（附加的描写和叙述，如倾圮了的城堡、古罗马天主教的恐怖、神秘的画像、通过滑动嵌板的秘密通道，以及诱拐、禁闭、寂静的森林里的追逐，等等）。更进一步，还有一个艺术意图（Kunstwollen），一种审美的意义，从而带给读者一种特殊的舒适的恐怖和激动，即某些哥特式小说家常说的“怜悯和恐惧”。[1]

总的说来，我们的类型概念应该倾向形式主义一边，也就是说，倾向于把胡底柏拉斯式八音节诗（Hudibrastic octosyllabics）或十四行体诗划为类型，而不是把政治小说或关于工厂工人的小说划为类型，因为我们谈的是“文学的”种类，而不是那些同样可以运用到非文学上的题材分类法。亚里士多德的《诗学》初步把史诗、戏剧和抒情诗指定为诗的基本种类，他在这本书中注意区分每个种类的不同媒介和性能，以便确立每一种类的不同的审美目的：戏剧用抑扬格诗体写是因为这样最接近谈话，而史诗要求用扬抑格六音步格律体写则是因为这种诗体并不要人联想起说话来。亚里士多德说：

> 如果用他种格律或几种格律来写叙事诗，显然不合适。英雄格是最从容最有分量的格律（因此最能容纳借用字与隐喻字）……[2]

---

1 还有许多关于哥特式类型的专著，如E. 伯克黑德：《恐怖的故事……》（伦敦，1921年）；A. 基伦：《恐怖小说或黑色小说……》（巴黎，1923年）；E. 拉罗：《闹鬼的城堡》（伦敦，1927年）；M. 萨默斯：《哥特式跟踪……》（伦敦，1938年）。

2 参见《诗学》（第二十四章）（见罗念生中译本，《诗学·诗艺》，北京：人民文学出版社，1982年，87页。——译注）。

“诗律”和“诗节”之上的另一层“形式”可称为“结构”，如某种特殊的情节组织就是一种“结构”。这种结构至少在某种程度上已经存在于传统的（例如古希腊模仿式的）史诗和悲剧之中，比如从事件中间起笔的手法、悲剧中的“突变”和三一律等。当然，并不是所有的“古典技巧”都算是结构，如战场散记和沉入地狱之类就似乎应该属于题材或主题。在18世纪以后的文学中，这样的结构也并不是很容易探出的，只有在“精心结构剧”或侦探小说（神秘的谋杀）中是例外，这两类作品中的周密的情节正是这样的结构。但是，甚至在契诃夫式传统的短篇小说中也存在某种组织和某种结构，不过只是与爱伦·坡和欧·亨利（O. Henry）的短篇小说的结构不同的另外一种结构罢了。如果我们要给契诃夫式的小说结构找一个恰当的名称，这名称可以叫作“较松散的”组织。[1]

任何一个对类型理论有兴趣的人都必须小心不要混淆“古典的”理论和现代理论之间的明显区别。古典理论是规则性的和命令性的，但它的那些“规则”也已不再是愚蠢的权力主义，尽管人们仍然常常把“规则”认为就是权力主义。古典主义理论不但相信类型与类型之间有性质上和光彩上的区别，而且相信它们必须各自独立，不得相混。这就是有名的“类型纯粹”说或“类型分立”（“genre tranché”）说。[2]虽然这一理论从来也没有严密地、轮廓鲜明地被制定出来过，但它却确实包含一个真正的美学原理，并不仅仅是一套社会等级区分。这一美学原理就是：要求作品情调有一种严格的统一性，要求风格的纯粹和“简明性”，要求把注意力集中在一个单一的情节和主题上，创造一种单一的情绪（如恐惧或笑等）。这一原理也要求种类的专门化和多元化。每一个艺术种类都有它自己的职责和它自己的快乐，诗何必要试着去变得“如画”或具有“音乐性”呢？而音乐又何必要去讲一个故事或描写一个场景呢？在这一意义上运用“审美纯粹性”原理我们就会得出如下结论：一首交响乐要比一部歌剧或清唱剧“纯粹”，因为后两者既有合唱，又有管弦乐；而一首弦乐四重奏则更为纯粹，因为它只使用管弦乐器中的一种，其他乐器如木管乐器、铜管乐器以及打击乐器等都不使用。

1　参见A. 迈兹纳答兰色姆的文章：《莎士比亚十四行体诗中的比喻性语言的结构》（载《南方评论》，第5期，1940年，730—747页）。

2　见I. 白璧德：《新拉奥孔》（1910年）。A. 谢尼尔（1762—1794年）认为类型之间的区别是一个自然现象。他在《创新》中写道：

> 大自然提示了20种相对的类型
> 在不同的希腊作家之间划了一条清楚的线；
> 没有一个类型即使越出了自己的范围，
> 能够进入另一个类型的领域。

古典主义理论也以社会性标准来区分类型。史诗和悲剧叙述的是国王和贵族们的事情，喜剧描写中产阶级（市民、资产阶级）的事情，讽刺文学和闹剧则写的是老百姓。不仅剧中人物（dramatis personae）要有明显的不同，而且还须合于不同阶级的道德风范，也就是要符合“得体、合度”的律条，同时要求把文体和措辞划分为高、中、低三级。[1]古典主义理论也把文学种类分为不同等级，在这种等级制中，不仅人物的身份地位和写作风格的等级被作为因素，就是作品的长度或规模（产生感染力的能量）以及调子的严肃性等也被作为因素。

一个现代的“类型学”的赞同者（就如梵·第根对我们的研究所称的那样）[2]很可能想要给新古典主义的类型学说制定一个实例，也很可能确实感到（在美学理论的基础上）能制定一个比新古典主义的理论家实际上提供的实例要好得多的实例。这样的实例我们已经在讲解审美纯粹原则时部分地提出过了。但是，我们不应该把“类型学”局限在一个传统或学说之中。“古典主义”是不能容忍，实际上也是不懂得其他美学体系、种类和形式的。古典主义不但不把哥特式大教堂认作是比古希腊神殿更为复杂的一种“形式”，反而认为它根本没有形式。对类型问题古典主义也是这样看待的。每一种“文化”都有属于它自己的类型，如中国类型、阿拉伯类型和爱尔兰类型等，原始“文化”中有各种口头的“种类”，中世纪的文学中也有丰富的种类[3]。我们用不着去为古希腊罗马文学种类的“终极”性质辩护。我们也用不着去为以古希腊罗马形式出现的、求助于一种美学标准的类型纯粹学说辩护。

现代的类型理论明显是说明性的。它并不限定可能有的文学种类的数目，也不给作者们规定规则。它假定传统的种类可以被“混合”起来从而产生一个新的种类（例如悲喜剧）。它认为类型可以在“纯粹”的基础上构成，也可在包容或“丰富”的基础上构成，既可以用缩减也可以用扩大的方法构成。在浪漫主义者强调每一个“创造性天才”和每一部艺术作品的独一无二性之后，现代的类型理论不但不强调种类与种类之间的区分，反而把兴趣集中在寻找某一个种类中所包含的与其他种类共通的特性，以及共有的文学技巧和文学效用。

文学作品给予人的快乐中混合有新奇的感觉和熟知的感觉。在音乐中，奏鸣

---

1 文艺复兴文学类型等级的社会含义在V. 哈尔的《文艺复兴时期的文学批评》（纽约，1945年）一书中有特别的研究。

2 参见P. 梵·第根前引书（99页）。

3 参见W. F. 帕特森：《法国诗论三百年……》（安阿伯，1935年，第三部分），书中列出了中古韵文类型和亚类型。

曲和赋格曲是很明显的易被认出的样式的例子；在描写谋杀的神秘性作品中，情节渐渐地变得紧迫，各条线索的迹象渐渐地会聚在一起（如在《俄狄浦斯王》剧中）。若整个作品都是熟识的和旧的样式的重复，那是令人厌烦的；那种彻头彻尾是新奇形式的作品会使人难以理解，实际上是不可想象的。如此说来，类型体现了所有的美学技巧，对作家来说随手可用，对读者来说也是已经明白易懂的了。优秀的作家在一定程度上遵守已有的类型，而在一定程度上又扩张它。总的说来，伟大的作家很少是类型的发明者，比如莎士比亚和拉辛、莫里哀和本·琼生、狄更斯和陀思妥耶夫斯基等，他们都是在别人创立的类型里创作出自己的作品。

类型研究的明显价值之一是这种研究能引起我们对文学的内在发展的注意，即能引起我们对威尔斯在《从旧时代来的新诗人》（1940年）一书中所称的“文学遗传学”的注意。不管文学和其他价值领域之间究竟是什么关系，反正各种著作都在互相影响，各种著作都在互相模拟、滑稽地模仿和改造，这种情况并不只是发生在那些按严格的编年顺序产生在别的著作后面的著作当中。为了给现代类型下定义，最好是从一部特定的有影响的书或一个这样的作者着手，去寻找对它的反响，如研究艾略特和奥登、普鲁斯特和卡夫卡等的文学效应。

我们愿意提出一些关于类型理论的重要论题，尽管我们所能提供的只是一些问题和试验性的建议。议题之一是关于原始的类型（民间文学或口头文学）同发达的类型之间的关系。俄国形式主义者之一什克洛夫斯基（V. Shklovsky）认为新艺术形式“只不过是把低等的（亚文学的）类型正式列入文学类型行列之中而已”。陀思妥耶夫斯基的小说是一系列关于被美化的罪行的小说，即感情小说（romans à sensation）。“普希金的抒情诗源于题赠诗，勃洛克（A. Blok）的抒情诗源于吉卜赛歌谣，马雅可夫斯基（V. Mayakovsky）的抒情诗源于报纸漫画栏中的滑稽诗。”[1]布莱希特（B. Brecht）在德国，奥登在英国也都审慎地尝试过这种把流行诗改造成为严肃的文学作品的做法。这种观点可以被称为文学需要通过“再野蛮化”（re-barbarization）不断地更新自己的观点。[2]尤力斯（A. Jolles）持与此相似的观点，他力图证明复杂的文学形式是由较简单的单元发展成的。把原始的或基本的类型加以混合就能得到其他的一切类型，尤力斯找出了这些基本的类型，它们是：传说（Legende）、英雄传奇（Sage）、神话（Mythe）、谜语（Rätsel）、格

1　参见本章参考书目。

2　关于文学的“再野蛮化”，参见M. 勒纳和E. 米姆斯写的精彩文章：《文学》（收录于《社会科学百科全书》，1933年，第九卷，523—543页）。

言（Spruch）、案件（Kasus）、备忘录（Memorabile）、故事（Märchen）和笑话（Witz）等。[1]小说的历史可以作为类似这种发展的一个例子：小说作为类型在《帕米拉》《汤姆·琼斯》和《商第传》等作品中已趋成熟之后，这些作品中还仍然存在着诸如书信、日记、游记（或“假想旅行记”）、回忆录、17世纪式的“人物描写”、小品文以及舞台喜剧、史诗和传奇等“简单类型”（“einfache Formen”）的痕迹。

另一个问题与类型的承续性有关。一般认为，布吕纳季耶以他的准生物学的“进化”理论给“类型学”带来了损害，他得出的结论是：在法国文学史中，17世纪的教士布道演讲经过了一段间歇后变成了19世纪的抒情诗。[2]被如此断言的承续性似乎是根据对不同时代的作者与读者的倾向进行类比而得出的，即根据这些作者与读者的“某些最主要的倾向”（quelques tendances primordiales）得出的，如梵·第根对荷马史诗和威弗利小说所做的关联类比、对宫廷格律传奇与现代心理小说所做的关联类比，以及对那些被空间和时间所分隔的作品之间的联系的研究等都是用的这一方法。但是，梵·第根中断了这样的类比研究并转而指出这些作品之间的联系并不就代表“原来意义上的文学类型”（les genres littéraires-proprement dits）。[3]我们确实应该能提出某些严格的、形式上的承续性的理论以便断定类型的继承性和统一性。悲剧是一种类型吗？我们公认悲剧的时代和民族的模式，如古希腊悲剧、伊丽莎白时代悲剧、法国古典主义悲剧以及19世纪德国悲剧等。这么多如此互相独立的类型或种类都可以归为一个类型吗？答案似乎至少部分地取决于古代经典的形式上的承续性，部分地则取决于作品本身的意向。当我们面对19世纪文学时，问题就变得更为困难。契诃夫的《樱桃园》和《海鸥》，易卜生的《群鬼》《罗斯莫庄》和《建筑师》等作品是属于什么类型呢？它们是悲剧吗？语言艺术手段已经从诗变成了散文，“悲剧英雄”的概念也已经改变了。

这些问题又引出了关系到一部类型史的性质的问题。一方面，有人认为要写出一部批评性的类型史是不可能的，因为，如果把莎士比亚的悲剧当作一个标准，那对古希腊悲剧和法国悲剧就是不公平的。另一方面，一部历史如果缺少了一种

1 参见A. 尤力斯：《简单的形式》（哈勒，1930年）。尤力斯所列的例子基本上和A. H. 克拉普在《民间传说的科学》（伦敦，1930年）一书中所研究过的民间文学类型（folk-type）或“流行文学诸形式”的例子是一致的。克拉普所研究的类型是：神话故事（Fairy Tale）、欢乐故事（Merry Tale）或寓言故事（Fabliau）、动物故事（Animal Tale）、地方传说（Local Legend）、游牧传说（Migratory Legend）、散文英雄传奇（Prose Saga）、谚语（Proverb）、民间歌曲（Folk-Song）、流行民歌（Popular Ballad）、咒文（Charms）、韵文（Rhymes）和谜语（Riddles）等。

2 参见F. 布吕纳季耶：《文学史中的类型进化……》（巴黎，1890年）。

3 参见P. 梵·第根的文章（载《赫里空》，第1期，1938年，99页）。

历史哲学就只能算是一部编年史。[1]双方的论点都是有力的。看来问题的答案似乎是，伊丽莎白时代悲剧史可以根据悲剧向莎士比亚的发展及其在莎士比亚以后的衰落过程来写。但是，像悲剧史这样的书只能采用一种双重的方法来写，那就是，用所有悲剧都具有的共同特征来规定“悲剧”的定义，并循着编年顺序研究某一时代—民族的悲剧流派和它的后继者之间的关系，而在这一连续统一体之上再加上批评性的次序观念（例如法国悲剧从若代尔［É. Jodelle］到拉辛，从拉辛到伏尔泰等）。

很清楚，文学类型这一题目为研究文学史和文学批评以及它们二者之间的关系提出了重要的问题。这一题目也在一个特定的文学发展的来龙去脉中提出了关于种类和组成它的独立单元之间的关系、一个类别和多个类别之间的关系以及许多一般概念的本质等哲学性的问题。

1　K. 费多尔持有这两种观点。参见他的《德语颂诗史》（慕尼黑，1923年）和本书224页注2中所引的论文，并见缪勒（G. Müller）：《诗歌种类评论》（载《哲学报告》，第3期，1929年，129—147页）。

第十八章　文学的评价

要区分“价值”和“评价”这两个术语是很方便的。从历史上看，人类已经把口头的和刊印的文学视为“有价值的”，也就是说，对文学感兴趣，并认为文学具有一种正面的价值。但是，那些“评价”过文学或特殊的文学作品的批评家和哲学家们却可能得出反面的结论。无论如何，我们是先有了感兴趣的经验然后才去进行评价的。我们在估计某一事物或某一种兴趣的等级时，要参照某种规范，要运用一套标准，要把被评价的事物或兴趣与其他的事物或兴趣加以比较。

假如我们试图对人类和文学的关系做任何详细的描述，我们将遇到许多定义上的困难。从现代的意义上说来，文学只是非常缓慢地从歌谣、舞蹈和宗教仪式等这些看来孕育它的文化群中形成并发展起来的。假如我们要描述人类对文学的喜爱，我们就得去分析喜爱这一事实的组成部分。人们在事实上重视文学是为了什么？他们在文学中发现了何种益处或价值或兴趣呢？回答是，益处或价值或兴趣是多种多样的。我们可以把贺拉斯所概括出的“dulce et utile”[1]翻译成“娱乐和教益”，或“游戏和劳动”，或“终极的价值和作为工具的价值”，或“艺术和宣传”，即以自身为目的的艺术和作为公共仪式及文化结合剂的艺术。

假如现在我们要寻求某种标准，关于人应该如何视文学为有价值和应该如何去评价文学，我们必须通过某些定义去回答。人认为文学有价值应该以文学本身是什么为标准，人要评价文学应该根据文学的文学价值高低做标准。[2]文学的本质、

1　Dulce et utile，拉丁文，相当于英文的sweet and useful，意为甜美和有用。——译注

2　参见S. C. 佩珀：《批评的基础》（马萨诸塞，坎布里奇，1945年，33页），“定义——作为审美判断的质量上的标准，可用以测定什么是或什么不是审美价值，测定审美价值是积极的还是消极的。内在标准——作为数量上的标准，可用以测定审美价值的量……因此，标准来源于定义：数量标准来源于质量标准”。

功能和评价必然是密切地互相关联的。某一个东西的效用，即它的惯常的或最专门的或恰当的效用，一定就是那由它的性质（或它的结构）所赋予的效用。它的性质存在于潜能中,表现出来就是它的效用。它能做什么,它就是什么；它是什么，它就能做什么，也应该做什么。我们在判断某一东西具有价值时，必须是以它是什么和能做什么为依据；我们在评价它时，必须把它与那些同它具有相同性质和功能的东西加以比较。

我们在评价文学时应该依据文学自身性质的等级。什么是文学自身的性质?什么是文学“本身”呢？什么是“纯”文学？在这些问题的措辞中含有某种分析的或还原的过程，而答案最终涉及“纯诗”的概念，即意象主义和模仿性语言的概念。但是，假如我们非要试着以这样的方法去求得纯粹性，我们就必然会把视觉意象与谐音的混合整体分裂成绘画和音乐两个部分。这样一来，诗就消失了。

这样一种纯粹性概念是文学分析的因素之一。我们最好还是从组织和功能谈起。我们要研究的不是这些因素是什么，而是研究它们如何组织在一起，有什么功能，从而决定了一个特定的作品是或者不是文学作品。[1]某些较早的“纯文学”的提倡者们出于改革的热情把小说或诗中仅有的一些道德或社会思想与“说教的异端”等同起来。但是，如果思想和人物、背景等一样是作为材料而成为文学作品的必要的构成成分，那它就不会对文学造成损害。按照现代的定义来看，文学的“纯”是指它没有实用的目的（宣传、有目的的煽动和直接的行动等），也没有科学的目的（提供情报、事实，积累知识等）。我们所说的“纯”并不是指在小说或诗中没有某些倘若从作品的上下文中抽取出来就可以具有实用和科学用途的分离的“因素”，也不是说一部“纯”小说或诗就不能从总体上去“不纯地”阅读。所有的东西都可能被误用，也可能被用得不充分，就是说，它们的功能和它们的性质可能被弄得不相符合：

> 正如某些人到教堂去集会
> 为的是那里有音乐，而不是那里讲教义。

在果戈理的时代，他的《外套》和《死魂灵》明显地被人们甚至被明智的批评家

1 我们这里所说的“文学”一词，是把它作为一个“质量标准”来用的（即它在本质上是不是文学的，要看它在本质上是不是不同于科学、社会科学或哲学）；我们不是在尊敬和在比较的意义上使用这个词的，即不是用它指“伟大的文学”（great literature）的。

们误读了。而那种认为这两个作品是宣传品的观点只是一种误解，是根据这些作品中的一些孤立的章节和因素得出来的，这种看法同这两部作品的精心制作的文学结构、复杂的冷嘲、滑稽模仿、双关语、模仿和讽刺等技巧是完全不相符合的。

我们给文学的功能以这样的定义，是否已经解决了某些问题呢？在某种意义上说，整个美学上的问题可以说是两种观点的争论：一种观点断言有独立的、不可再分解的“审美经验”（一个艺术的自律领域）的存在；而另一种观点则把艺术认作科学和社会的工具，否认“审美价值”这样的“中间物”（tertium quid）的存在，即否认它是“知识”与“行动”之间，科学、哲学与道德、政治之间的中介物。[1]当然，一个人不需要因为他否认有终极的、不能再分解的“审美价值”的存在就去否认艺术作品具有价值，因为一个人在他所认可的“真正的”“终极的”价值系统之间可以仅仅“减弱”、分解、分散艺术作品或艺术的价值。他可以像某些哲学家一样，把艺术看作知识的原始、低级的形式，或者像某些改革家一样，依据艺术在引起行动时可能会有的功效来衡量艺术的价值。他也许会发现，艺术（特别是文学）的价值恰恰在于它们的广泛的包容性，在于它们的非专门化的包容性之中。对作家和批评家们来说，主张认识文学价值的包容性比主张独到地分析、阐释作品要更冠冕堂皇。这样的主张赋予“文学精神”以最终的“预言家式的”权威，使文学拥有一种比科学和哲学所含的真理更广更深的特殊的“真理”。但是，这种冠冕堂皇的主张正由于其冠冕堂皇而难以站住脚，除非每一个价值领域，不管是宗教、哲学、经济还是艺术，都开玩笑地宣称在自己的理想的形式中包含了所有其他领域中最好的和最真实的东西。[2]对某些文学的保卫者来说，如果承认文学也是一种艺术，似乎就是对文学的背叛。他们曾经主张文学既是知识的高级形式又是道德和社会行为的一种形式，那么，如果放弃了这些主张，不就是放弃了文学的责任和地位了吗？而且，难道每一个价值领域（就像每一个扩张中的国家和自信的野心家一样）不必要求它的相邻和相匹敌的价值领域让给它更多的价值吗？

1　佩珀提出一个类似的论点（见前引书，87页脚注）：“一个敌对的作家很可能要提出一个两难的问题：要么是带有确定要达到的理性目标的清晰的实践目的，要么是没有目标的消极的享乐。康德的二律背反和B. 莫里斯的‘审美目的不是固定目的’的反论打破了这种两难的处境，清楚地展示了第三种心理状态，即它既不是‘意动’，也不是‘感觉’，而是‘一种特定的审美活动’。”

2　如果有人能持包容性的观点，他就不会否认文学中的审美价值，而是要坚持审美价值与其他各种价值的并存；在他对文学的判断中，他要么把道德—政治的判断和审美判断加以混合，要么就作出双重的判断。见N. 福斯特：《审美判断和道德判断》（载《批判的意义》，普林斯顿，1941年，85页）。

某些文学的辩护者们因此就拒绝承认把文学与美学意义上的“艺术”同等看待。另一些人则否定像“审美价值”和“审美经验”这样的概念，认为这样的概念假定或暗含着某种独立的范畴。难道真有一个明确的“审美经验”或审美对象与性质的自律领域，从这领域的本性中能引出这样一种经验吗？

自康德以来的大多数哲学家以及大多数以严肃态度关心艺术的人们都赞成包括文学在内的各种艺术具有独特的性质和价值。例如，格林说，我们不能“再把艺术的质‘分解’成另外更原始的质”。他还说：

> 一部作品的艺术上的质的独特性只能立即被直觉知道，虽然它可以被呈现和指示出来，但它不能被界定或甚至被描述。[1]

在对待独特审美经验的性质的问题上，哲学家们大都持相同的看法。在《判断力批判》一书中，康德强调艺术的“无目的的目的性”（即不直接导向行动的目的），强调“纯粹美”比“依存美”或实用美具有审美上的优越性，强调审美经验者的无利害性（他必须不想要占有或消费或转向那引起知觉的感觉或意动）。我们的当代理论家们同意审美经验是一种内在地含有快适和趣味的感觉，能提供一种终极的价值和范例，能使人预先经验其他的一些终极价值。审美经验和感情（愉快和痛苦，享乐的反应）以及感官是相通的，但是它把感情对象化并加以明确的表达，即感情在艺术作品中找到了它的一个“对象化了的相关物”；由于审美经验的这种“对象化了的相关物”是一个虚构性的结构，所以它和感觉与意动都是不同的。审美的对象就是那以它自身的性质使我产生兴趣的东西，我并不力图去改造它或把它变成我的一部分，不占有它，也不消费它。审美经验是一种凝神观照的形式，是对审美对象的性质以及性质上的结构的一种喜爱的注意。实用性是审美经验的一个敌人；习惯是审美经验的另一个主要敌人，它是在由实用性所铺设的道路上对审美经验起障碍作用的。

文学作品是一种审美对象，它能激起审美经验。我们是否能完全以审美标准来评价一部文学作品呢？或者像艾略特所建议的那样，是否需要以审美标准评判文学的文学性，以超审美标准评判文学的伟大性呢？[2]艾略特所建议的第一个评

1　参见T. M. 格林：《艺术与批评的艺术》（普林斯顿，1940年，389页）。

2　“文学的‘伟大性’不能单纯以文学标准来决定，但我们必须记住，它是文学与否这一点却只能由文学标准来决定。”（《古代和现代文集》，纽约，1936年，93页）

判方法需要分成两步。根据特定的语言结构，我们把作品归类为文学（即小说、诗和戏剧），然后，我们再看它是不是"好的文学"，即看它是不是那种值得以审美经验去加以注意的文学。文学的"伟大性"问题使我们面对许多标准和规范。那些把自己局限在审美批评范围内的现代批评家们通常被称为"形式主义者"，有时是他们自己这样称呼自己，有时则是别人轻蔑地这样称呼他们。"形式"这个词和它的同源词"形式主义者"一样至少在语义上是含混的。我们这里将在这样的意义上使用它，即用它来指一部文学作品的审美结构，正是这种结构使该作品成为文学。[1]我们不应该把文学作品划分为"形式—内容"两部分，而应该首先想到素材，然后是"形式"，是"形式"把它的"素材"审美地组织在一起的。在一个成功的艺术作品中，材料完全被同化到形式之中，所谓的"世界"也就变成了"语言"。[2]一部文学作品的"材料"，在一个层次上是语言，在另一个层次上是人类的行为经验，在又一个层次上是人类的思想和态度。所有这些，包括语言在内，都以另外的方式存在于艺术作品之外，但是，在一部成功的诗或小说中它们是被审美目的这一原动力吸引在一起从而组成为复调式的联系的。

纯粹以形式主义的标准去对文学做充分的评价是可能的吗？我们将概括地来回答这个问题。

由俄国形式主义者主要制定的标准在别的审美评价中也提出来了，这一标准就是新奇和惊异。人们对平常所熟悉的语言组合或陈词滥调往往不会立即做出知觉反应，他们不再把文字看作文字，也不去确切地理解文字联合所指的意义。人们对老一套的陈腐语言的反应可以说是一种"常规的反应"，这种反应要么是遵循熟悉的方式行动，要么是表示腻烦。只有当我们把文字以新鲜的方式令人吃惊地组织在一起时我们才能够"认清"它们，并了解它们所象征的意义。语言必须加以"变形"，也就是说，在读者注意到作品的语言之前，必须把语言或往古代的、远古的方向或往"野蛮化"的方向加以风格化。所以，什克洛夫斯基认为诗就是"把语言翻新""使语言奇异化"。但是，这一新奇标准其实早已广泛流行，至少可以追溯到浪漫主义运动，瓦茨–邓顿（T. Watts-Dunton）即称它为"奇迹的复兴"。

1 关于形式，参见W. P. 克尔：《诗的形式和文体风格》（伦敦，1928年，特别是95—104、137—145页）；C. 德莱尔：《形式》（收录于《世界文学辞典》，250页及之后数页）；R. 英伽登：《文学的艺术作品》（哈勒，1931年）、《文学艺术品中的形式和内容》（载《赫里空》，第1期，1938年，51—67页）。

2 E. 卢斯卡的精彩文章：《诗歌艺术的基本问题》（载《美学杂志》，第22期，1928年，129—146页），研究"世界本身怎样变成了语言……"卢斯卡认为，在不成功的诗或小说中，"缺乏世界和语言的同一性"。

华兹华斯和柯勒律治两人相互关联地从不同方面努力“使语言奇异化”，一个使熟悉的语言奇异化，另一个则把奇异的语言通俗化。每一个最近的诗歌领域内的“运动”都有一个相同的意图，那就是清除所有机械的自动反应，促进语言的更新（即“文字革命”），形成敏锐的认识能力。浪漫主义运动赞扬儿童们那种未被磨疲的、新鲜的知觉。马蒂斯（H. Matisse）努力学习以一个五岁儿童的眼光去作画。佩特极力主张，审美的训练能阻止习惯给知觉带来的障碍作用。新奇是标准，但必须记住的是，新奇的目的是为了无利害关系地去感知对象的性质。[1]

新奇这个标准能应用到什么程度呢？正如俄国人所做的那样，它被公认为是一个相对主义的标准。穆卡洛夫斯基说，审美规则是不存在的，因为审美规则的本质总是在被破坏着。[2]没有任何诗的风格能常保新奇。因此，穆卡洛夫斯基争辩说，作品可能丧失它们的审美功能，而以后当很熟悉的东西又变得不熟悉时，它们又可能获得审美功能。在某些特殊的诗的例子中，我们都知道其中什么东西被我们暂时“用尽了”，也即完全领略了。有时，我们还要一次又一次地回过头来去重新品味它们；有时，我们似乎是把它们完全吃透了。因此，在文学史的发展过程中，有些诗人会由不新奇再度变为新奇，而另外一些诗人则仍然保留着那副“熟悉的”老样子。[3]

在讨论到读者个人回过头来去重新阅读某一作品的情况时，我们事实上似乎已经转到另外一个标准上了。当我们一次又一次地重新阅读一部作品并且认为我们“每读一次都在其中发现了新的东西”时，我们通常所指的并不是发现了更多的同一种东西，而是指发现了新的层次上的意义、新的联想形式：我们发现诗或小说是一种多层面的复合组织。根据博厄斯的说法，我们可以断定，在像荷马或莎士比亚的这些一直受人赞赏的文学作品中必然拥有某种“多义性”，即它们的审美价值必然是非常丰富和广泛的，以致能在自己的结构中包含一种或更多种的能给予每一个后来的时代以高度满足的东西。[4]但是，这样的作品，甚至在它们的作者活动的时代里，就必须被认为是如此的丰富，以至于不是单独的个人，而

1 参见D. 沃尔什：《语言在诗中的应用》（载《哲学杂志》，第35期，1938年，73—81页）。

2 参见J. 穆卡洛夫斯基：《作为社会事实的审美效用、规则和价值》（布拉格，1936年，捷克文版）。

3 佩珀的“关联主义的”批评大体上与此类似，因为，这一批评的主要检验标准是生动性，它的着重点在多数可能满足这一标准的当代艺术上：“如果早期的艺术对后期的艺术有吸引力，往往不是由于当时的原因，而是由于别的其他原因，因此，就要求每一个时代的批评家记录下他那个时代的审美判断标准。”（见前引书，68页）。

4 参见G. 博厄斯：《批评初阶》（巴尔的摩，1937年，136页及其他各处）。

是社会上各种人作为一个群体才能认清它们的全部层次和系统。在莎士比亚的一部戏剧中：

> 头脑最简单的人可以看到情节，较有思想的人可以看到性格和性格冲突，文学知识较丰富的人可以看到词语的表达方法，对音乐较敏感的人可以看到节奏，那些具有更高的理解力和敏感性的听众则可以发现某种逐渐揭示出来的含义。[1]

我们的标准是具有包容性的，是“想象的综合”和“综合材料的总和与多样性”。[2]按照形式主义批评的看法，诗的组织越是紧密，它的价值也就越大；这种批评实际上经常把自己局限在对那些结构非常复杂从而需要也值得加以诠释的作品的批评上。这些复杂的结构可能会有一个或者更多的层次。在霍普金斯的作品中，这些复杂的结构基本上表现在辞藻上、句法上和韵律上；但是也有些复杂的结构表现在或主要地表现在意象上、主题上、情调上以及情节上，具有最高价值的作品正是在这些较高级的结构中显示其复杂性的。

我们所说的材料的多样性，特别指的是思想与性格、社会经验与心理经验的类型等的多样性。艾略特在《玄学派诗人》一文中所选的例子就属于这一类。为了证明诗人的心是“不断混合根本不同的经验”的产物，他想象出诗人坠入情网、阅读莎士比亚、倾听打字机的声音以及嗅出烹饪味道等这样一种混合的经验。约翰逊博士曾把这种混合体形容为“不和谐和声”（discordia concors），认为这种方法不是导致成功，而是导致失败，是“把大多数性质各异的思想用暴力硬结合在一起”。后来的威廉森在论及“玄学派诗人”时，指出了不少成功的例子。假如在诗中实现了真正的“混合”，我们在这个问题上所持的原理就会是：诗的价值成正比地随它的材料的多样性而增加。

在《美学三讲》一书中，鲍桑葵依据“复杂”“紧张”和“宽度”等标准把“易美”与“难美”区分开来，鲍桑葵所表述的这两种美的区分可以说就是那种来源于较易处理的材料（如谐音、令人愉快的视觉意象以及“诗的主题”等）的美与那种从难以对付的材料（如痛苦、丑恶、说教以及实用的材料等）中费力地得来的美

1 参见T. S. 艾略特：《诗歌的功用》（马萨诸塞，坎布里奇，1933年，153页）。

2 这是佩珀的“有机批评”（organistic criticism）说（见前引书，特别是79页）。这方面较早的论述有鲍桑葵（B. Bosanquet）：《美学三讲》（伦敦，1915年）。

之间的区分。这种区分在18世纪时就有所预示，那时就区分出了两种不同的美，即优美与崇高（“难美”）。“崇高”和“具有特征的”东西审美化了那些看起来“非审美性的”东西。悲剧引起痛苦，并给痛苦以表现形式；喜剧对丑恶也起类似的作用。易美在其“材料”和其可塑性的“形式”中是当下就令人快适的（immediately agreeable），而“难美”则是一种表现性的形式。

“难美”和艺术上的“伟大”看起来是等同的，而“完美”的艺术与“伟大”的艺术却不应该等同。规模或长度的因素是重要的，但这重要性不是指规模或长度本身，而是指这些因素有可能增加作品的复杂性、紧张性以及宽度。一种“主要”作品或一种“主要”类型，就是这样一种维度。如果我们不能像新古典主义理论家那样简明地来对待这种因素，我们就不能解决好它的问题：我们就只能强求作品的规模必须经济，强求今天的长诗所引发的空间必须比它所占用的行数更多。

在某些美学家看来，理解“伟大”这一概念要依赖超审美的标准。[1]因此，里德（L. A. Reid）建议维护那种认为“伟大来源于艺术的‘内容’方面，并且大致只要艺术表现了生活的‘伟大’价值，艺术就是‘伟大’的观点”。格林提出，“真理”和“伟大”是超审美的标准，但也是艺术所必需的标准。然而实际上，格林和里德，特别是后者几乎没有超出鲍桑葵关于难美的标准。例如，“伟大诗人们的伟大作品，像索福克勒斯、但丁、弥尔顿和莎士比亚的作品都是极其多样化的人类经验的有组织的体现”。在任何一个理论或实践的领域中，对“伟大”的所有“注释”或标准都显示出一种共同性，即这些“注释”或标准都是“在均衡和关联的意义上对复杂的综合体的把握”；但是，当“伟大”的这些共同性出现在艺术作品中的时候，它们不得不在一种“具体化的价值情境”中呈现，成为“一种被品味、被欣赏的具体化的价值”。里德没有提到这样的问题：是由于诗人是一个伟大的人物（或具有伟大的思想或人格）从而他的诗才伟大，还是诗由于自己是诗而伟大呢？而他实际上所做的就是企图调和这两种答案。虽然他也发现伟大的诗之所以伟大是由于它的规模和判断，但他只是对富有诗意样式的诗运用这些标准，而没有把这些标准运用到某些假定性的经验（Erlebnis）上去。[2]

但丁的《神曲》和弥尔顿的《失乐园》都是很好的检验形式主义批评的实例。克罗齐不承认《神曲》是诗，把它贬为一系列间杂有伪科学思想的精彩的抒情作品。在他看来，“长诗”和“哲学诗”都是自相矛盾的说法。大约上一代人的美学思想，

---

1 参见L. 艾伯克龙比：《诗论》（1924年）和他的《伟大诗歌的观念》（1925年）。

2 参见L. A. 里德：《美学研究》（伦敦，1931年，225页及之后数页）中《题材、伟大及标准问题》一文。

如史密斯（L. P. Smith）的美学思想认为《失乐园》是过时的神学与听觉的愉悦的混合体，是赞美性的“风琴的和声”；这就是弥尔顿所得到的全部评价。[1]这里，诗的“内容”必须不予考虑；诗的形式和内容是可分离的。

我们认为，这样的一些看法并不能被当作是符合“形式主义”的看法。他们所持的是一种关于艺术作品的原子论观点，即只估价材料的相对的诗质，而不是估价整个作品的诗质；整个作品的诗质可以大大强化作品的意图，而意图如果脱离开作品的这种整体的上下文关系，就会成为抽象的说教。但丁和弥尔顿都既写论文又写诗，但他们并没有把二者混同。弥尔顿，这个神学上的无党派者，大约就在他构思《失乐园》的时期内写了一部名为《基督教义》的论文。不管人们怎样解释他的诗（史诗、基督教史诗或兼具哲学性、史诗性的诗等）的性质，也不管他的诗如何宣称自己是要“证明上帝的所作所为是正确的”，他的诗和他的论文的目的毕竟是不一样的。他的诗的性质是建立在乞灵于文学传统的基础上的，是建立在与他自己的早期诗作相联系的基础上的。

弥尔顿在《失乐园》中所表达的神学是正统的新教神学，或容易被人理解为这样的神学。但是，就算读者不能分享这种神学，也不会减损作品的诗的性质。从布莱克起就认为弥尔顿在诗中把撒旦写成英雄是无意识的；拜伦和雪莱也写过浪漫主义的“失乐园”，他们把普罗米修斯和撒旦联系起来，并像柯林斯早已开始做的那样，怜悯地评述了弥尔顿的伊甸园的“原始主义”。[2]当然也还有以“人道主义”观点来读《失乐园》的，如索拉特（D. Saurat）就采用这样的读法。他认为诗的视野和远景，它的阴沉而朦胧的景色不是用不同于它的神学或历史的背景来设置的。

有一种说法是非常可疑的，即认为尽管《失乐园》中的教义应该被抛弃，但它的风格仍然可使它成为伟大的诗。这样的观点导致把一部作品分离成“形式”与“意义”两部分的荒谬做法：“形式”变成了“风格”，“意义”变成了“思想”。这种分离的观点实际上不注意作品整体：它排除了格律和用词风格“之上”的所有结构因素；至于“意义”，按它的解释是如里德所说的“次要的题材”，即依然处于艺术作品之外的题材。它排除了情节或叙述、性格（或更严格地说“人物塑造”）、“世界”、情节连锁、气氛，以及人格——“形而上的品质”（这些“形而上”

1 参见T. M. 格林：《艺术与批评的艺术》（普林斯顿，1940年，374页及之后数页，461页及之后数页）。

2 详见E. E. 斯托尔：《浪漫主义者弥尔顿》（收录于《从莎士比亚到乔伊斯》，纽约，1944年）；并见M. 普拉兹：《浪漫主义的痛苦》（伦敦，1933年）。

的品质是从作品本身中浮现出来的世界观，而不是由作者在作品里或作品外说教式地陈述的观点）。

特别应加以反对的是那种认为“风琴和声”能从诗中分离出来的观点。在有限的意义上来说,可以认为“风琴和声”具有“形式美”,即语音上的共鸣。但是，在包括诗在内的文学中，形式美几乎总是为表现服务的，我们得看“风琴和声”对表现情节、性格以及主题等的恰当性。弥尔顿的风格如果被不重要的诗人用来写作主题平凡的作品，无疑就会变得荒谬可笑。

形式主义批评必须假定我们自己的信条同一个作家或诗作的信条之间是不必存在一致性的，而且实际上是互不相关的；因为，如果二者之间有一致性，那我们就该只赞美那些其生活观为我们所接受的文学作品了。世界观和审美判断有关吗？艾略特说，诗中所呈现的生活观必须是批评家能够“接受的那种连贯的、成熟的和建立在经验事实之上的生活观”。[1]艾略特关于连贯性、成熟和经验真理的名言，在其措辞表达上超越了任何形式主义的看法：连贯性无疑是一个审美的标准，也是一个逻辑的标准；但“成熟”却是一个心理学的标准，而“经验的真理”则要求助于艺术作品以外的世界，要求把艺术和现实作比较。我们可以这样回答艾略特，即一部艺术作品的成熟指的是它的包容性、它的明晰的复杂性、它的冷嘲和紧张性等；小说与经验之间的对应关系绝不能用任何简单的逐项相应配对的方法来衡量，我们所能采用的合理方法是以狄更斯、卡夫卡、巴尔扎克或托尔斯泰的整个世界来同我们的整个经验即同我们自己想到和感觉到的“世界”来作比较。我们对这种对应关系的判断是以生动、强度、模式对照、广度或深度、静态的或动态的等美学术语来表达的。“像生活一样”（life-like）几乎可以释义为“像艺术一样”（art-like），因为当艺术被高度风格化时，生活与文学之间的类似已变得最为明显，正是像狄更斯、卡夫卡和普鲁斯特这样的作家把他们的符号世界添加在了我们自己的经验领域上。[2]

19世纪以前，关于文学评价的讨论大约都集中在作家的等级地位的问题上，古典作家们“总是而且将来也永远是受赞美的”。主要被列举的例子自然是古希腊和罗马的作家，这些作家是随着文艺复兴运动而被尊为神圣的顶峰的。到了19世纪，人们对中世纪文学、凯尔特文学、斯堪的纳维亚文学、印度文学和中国文

1 参见T. S. 艾略特前引书（96页）。

2 参见J. 巴尔赞：《我们的非虚构性小说家们》（载《大西洋月刊》，第178期，1946年，129—132页）；并见J. E. 贝克：《人的科学》（载《大学英语》，第6期，1945年，395—401页）。

学等一系列文学的较广泛的认识使上述那种较早的"古典主义"变得过时了。我们认识了那些曾经从我们的视野中消失掉而又重新出现了的作品，知道了那些一度失去它们的审美功效而又重新得到这种功效的作品，例如邓恩、朗格兰、蒲柏、塞夫（M. Scève）以及格里菲斯（A. Gryphius）等人的作品。现代的观点反对权力主义及其制定的典范作品的清单，而倾向于过分的、不必要的相对主义。这种现代观点就像早期的怀疑论者咕哝的"趣味是无可争辩的"（De gustibus non est disputandum）一样，谈论着所谓"趣味的循环变迁"。

实际情况比人道主义者或怀疑主义者所能了解的要复杂得多。

希望以某种形式证实文学价值的客观性，并不需要求助于确立某种固定不变的典范。因为这种典范中是加不进新的名字的，其中的等级地位也是不发生改变的。泰特正确地对那种认为"任何作家的声誉都是永远固定不变的"的假设表示异议，并且非难那种与此相关的"荒谬信条"，即认为"文学批评的首要功能是给作家而不是给他们的效用确定等级地位"的信条。他把这些观点称为"错觉"。[1] 泰特脑中记着艾略特关于"现在改变过去"的名言，他像艾略特一样是一个有创造力的作家，必然要相信英语诗的过去，也相信英语诗的现在和将来。可以说，等级系列中的地位总是具有竞争性的，是相对的。只要有新的竞争者继续加入，就总会有新的最优者出现的机会；而任何一个新的竞争者的加入，都会改变其他作品的等级地位，不管这种改变是如何轻微。沃勒（E. Waller）和德纳姆两人在蒲柏取得自己的文学地位时，也同时取得了新地位并失去了原来的地位；他们两个都是处在矛盾地位的人，他们是先行者，引导了蒲柏，却又被蒲柏比了下去。

无论是在大学内还是在大学外都有一种反学院派的观点，这种观点与前述观点相反，期望证实文学作家等级地位的变化无常。[2]有这样的一些例子，如考利（A. Cowley）就是其中之一，他们那一代的趣味从来没有被他们之后的一代人所认可。但是，这样的例子似乎是不算多的。30年以前，斯凯尔顿可能是一个类似的例子，但现在情况变了；我们发现他有才华，又"真诚"，又"现代化"。同时，声誉最卓著的作家们历经世世代代的趣味的考验仍然存在，如乔叟、斯宾塞、莎士比亚和弥尔顿，甚至包括德莱顿和蒲柏、华兹华斯和丁尼生等，都占有一个虽

---

1 参见泰特:《疯狂中的理性》（纽约，1941年，114—116页）。

2 参见E. E. 凯利特:《趣味的变迁》（伦敦，1929年）、《文学中的风尚》（伦敦，1931年）; F. P. 钱伯斯:《趣味的循环》（马萨诸塞，坎布里奇，1928年）、《趣味史》（纽约，1932年）; H. 佩尔:《作家和他们的批评家：对误解的研究》（伊萨卡，1944年）。

说不“固定”，但也可说是永久的地位。

这类诗人的审美结构似乎那么复杂和丰富，使他们能够满足后来所有时代人们的情感需要：这样就有了艾迪生（在他刊载于《旁观者》的论文中）和蒲柏所赞赏的新古典主义的弥尔顿，也有了浪漫主义的弥尔顿或拜伦眼中的、华兹华斯眼中的、济慈眼中的和雪莱眼中的许多不同的弥尔顿。这就有了过去柯勒律治的莎士比亚和现在奈特的莎士比亚。每一个世代都会舍弃伟大艺术作品中的某些不适当的因素，都会发现作品的某些层次中缺少“美”或甚至实际上只有丑（如新古典主义者们对莎士比亚作品中的双关语所做的那样），然而也会得到完全的审美上的满足。

这样，我们似乎就得出了一种世代主义的结论。这种结论否认了那种被当作是属于个人的“趣味相对性”的看法，但是，却发现了文学史中的或多或少具有对立性质的一批批审美标准的交替转换现象（就像沃尔弗林所说的文艺复兴和巴洛克两种对立标准的情况一样），并且暗示我们这种交替转换现象是没有离开一般的文学原则的。我们似乎还得出了一个“多价值性”[1]的结论。这种观点认为，不朽的艺术作品之所以能感染不同世代的赞赏者，其理由也是不同的；或者，如果把上述两种结论合起来看，也可以认为，那些主要作品或“经典”著作是通过一连串变化的感染力或“原因”保持住它们的文学地位的。而那些有独创性的作品（如邓恩的作品）和较次要的作品（如普赖尔[M. Prior]或丘吉尔[C. Churchill]的从他们时代来看具有优秀风格的作品）只有在后来时代的文学与产生它们的时代的文学之间具有某种共鸣关系时，它们在后来时代中的声誉才能增加，如果两个时代的文学是对立的关系，它们的声誉就会丧失。[2]

要超越这种见解可能是困难的，但却是能够做到的。一方面，我们不需要根据过去时代的批评家们所鼓吹的论点而把我们对古典作品（如荷马、维吉尔、弥尔顿以及其他经典作家的作品）的欣赏局限起来。我们可以不承认过去时代的文学批评能公正地对待它自己时代的有创造性的作品或真能公正地对待它自己的审美经验。[3]另一方面，我们也可以断定，一种真正适当的文学批评能够避免世代

1　“多价值性”，参见博厄斯：《批评初阶》（巴尔的摩，1937年）。

2　参见F. A. 波特尔：《诗的惯用语》（伊萨卡，1941年；1947年新版）。

3　18世纪的批评家们“不能够解释较早时期的诗的优点，正因为如此，他们也不能够解释他们自己时代的诗的长处”。（C. 布鲁克斯：《作为有机体的诗》，载《1940年英语研究所年刊》，纽约，1941年，24页）

主义所面临的非此即彼的选择上的困境：这样，威廉森[1]所认为的那些最好的玄学派的诗确实就是一些好诗；没有必要去赞美所有玄学派的诗，也没有必要去贬损所有玄学派的诗，而且这一派中的最好的诗也不是"最玄的"。因此，蒲柏被我们的时代赞美为一个"玄学派"诗人（至少在部分上是如此），也就是一个优秀的和真正的诗人，而不仅仅是那个"散文时代的诗人"。[2]很明显，像理查兹（《实用批评》）、布鲁克斯和沃伦（R. P. Warren）（《理解诗歌》）这样一些非常不同的理论家们却一致认为诗的标准只有一个，并确切地强调，不应该在鉴定诗本身之前就先依据其作者、时代或流派等材料来决定诗的地位。当然可以说，这些文选编者兼批评家们所要求的大体上是一种艾略特式的标准，这种标准许多读者是不会赞同的。但是，他们的标准使他们能够提供一个广阔的诗的范围，这对浪漫主义派诗人们是最不公平的，但他们至少顾全了布莱克和济慈。

我们认为，没有一个文学批评家真能把自己降为一个否定有审美规范存在的世代主义者，或者真去依附那种主张所谓"固定等级"的极为贫乏又学究气十足的绝对主义。他可能有时听起来像是一个世代主义者，那只是在他通过适当方式把过去时代的作家与现在的某些作家加以类比，以便表明反对或期望研究和理解过去时代的作家时才是这样。他的用意是要证实通过这种方法所发现的价值是确实地或潜在地存在于艺术作品中的，即不是由读者硬塞进作品中去或由于联想依附上去的，而是读者在有着特殊的洞察动机的优势下，从作品中看出来的。

批评家一定会问：审美价值到底在哪里呢？是在诗里呢，还是在诗的读者那里呢？或者是在诗与读者的关系之中呢？如答审美价值在诗的读者那里，那就是主观主义的看法。这种回答主张要由人去评价那些有价值的东西，这是正确的，但是却没有把反应的性质与对象的性质关联起来。这种回答把注意力从对对象的观照和享受上移开，而转向集中在自我，甚至是隐私的和一般的自我的反应与感情激动上，在这一意义上，可以说这种回答是心理主义的。如答审美价值在诗中或答在诗与读者的关系中，都似乎是一个对诗做解释的问题。对一个专门的哲学家来说，如果认为审美价值在诗中，就不可避免地要联想到柏拉图主义或其他某

1 "约翰逊博士试图根据邓恩的诗的缺点来描述他的诗……""我们对它的缺点（指玄学派诗歌的）所能做的最公正的评价就是用好诗的规范标准来评判这些缺点，而不是凭优雅和理智的浮夸来原谅它们。就把本·琼生作为这样的一个标准吧……我们将会看到，邓恩的传统里有一大批诗歌作品是符合英国诗的一般要求的，有时也是最好的。"（G. 威廉森：《邓恩传统》，马萨诸塞，坎布里奇，1930年，21、211页）

2 参见F. R. 利维斯：《革命：英国诗歌的传统和发展》（伦敦，1936年，68页及之后数页）。

些认为存在有同人类的需要或认识无关的绝对标准的体系。甚至当一个人的意思是要像文学理论家们可能做的那样，肯定从技巧到“意义”的文学结构的客观性质，上述第一种回答仍然会遇到进一步的困难，即仍然难以解释文学价值是像红或冷一样“对任何人都一样存在于那里”。当然，没有任何批评家真的打算要求诗具有这类绝对的客观性：朗吉弩斯和其他“古典主义者”认为客观性要由所有国家和所有时代的所有人投票而定，并且他们心照不宣地把他们所指的“所有人”局限在“所有有能力的鉴赏者”的范围内。

形式主义者所要坚持的看法是，诗不仅是读者的“诗的经验”的起因或潜在的起因，而且还是对读者经验的一个特殊的、高度组织起来的控制者；因此，读者的经验被非常恰当地说成是诗的一个经验。对诗的评价，就是任何有能力的鉴赏者对结构性地呈现于诗中的审美价值的性质及其关系的经验和认识。维瓦斯（E. Vivas）在解释他所说的“客观相对主义”或“透视现实主义”时，说美是：

> 某些事物的一种属性，并“呈现”在这些事物当中。但是它仅为那些有天赋能力的和经过训练的人们呈现自己，也只有具有这种能力和经过这种训练的人们才能看到它。[1]

文学的多种价值是潜在地存在于文学结构之中的，只有当读者遇到必要的条件时才能在观照它们时认识它们并实际上评价它们。无疑的，也有一种倾向，在民主或科学的名义下否认任何没有在最完全的意义上为公众所证实的客观性或“价值”。但是，这样呈现出来的“价值”是很难有什么价值可言的。

较老一些的文学批评著作中经常把“评判的”批评和“印象的”批评加以对立。这是一种会使人误解的区分方法。“评判”型的批评使用的是一些表面上看起来具有客观性的规定或原则，“印象”型的批评夸耀自己没有参考大众的批评标准。但实际上，后者只是一个专家的未加明言的评判形式，其兴趣在于为那些具有较低的敏感性的人们提供一个标准。许多类似这种类型的批评家，不可能不像古尔蒙（R. de Gourmont）所指的任何真诚的人们一样，要去做极大的努力以求“把

---

1 参见E. 维瓦斯：《审美判断》（载《哲学杂志》，第33期，1936年，57—69页）；B. C. 海尔：《美学和艺术批评的新方向》（纽黑文，1943年，91页及之后数页，特别是123页）。海尔排除了“客观主义”和更轻易地排除了“主观主义”这两个极端，以便说明“相对主义”这样一个合理的“中间道路”（“via media”）。

自己的个人印象上升为规律”。[1]今天，许多被称作“批评”的文章只是对特殊的诗或作家进行注释或评注，而不提出结论性的评价。有时会出现相反的意见，反对把这种注释称作“批评”(“批评”这个词的古希腊词源意为“判断”)。有时，文学批评被区分为“注释性的”和“判断性的”两种，作为可供选择的两个类型。[2]把批评分为对意义的阐释（Deutung）和对价值的判断（Wertung）两种，当然是可以的。但是，在“文学批评”中，单取其中一种的做法是很少有过的，也是很难行得通的。“判断性批评”不加修饰地追求和提供一种作家和诗的生硬的级别，同时摘引权威的论据或求助于文学理论的一些教条。除此而外，也不可避免地要包含有分析以及分析性的比较。另一方面，一篇看起来好像是纯粹注释性的文章，从它的存在本身来说，其中必然会提供一些最低限度的价值判断；而且，如果它是对一首诗的注释的话，它提供的就是一种审美价值的判断，而不是历史、传记或哲学性价值的判断。把时间和注意力花费在一个诗人或一部诗上就已经是一种价值判断了。而有少数注释性文章仅仅只是在选择题目上来做出自己的判断。“理解诗歌”很容易转入“判断诗歌”，这种判断只在细节上做判断，并且是边分析边判断，而不是在文章最后一段做声明式的判断。艾略特的论文从前曾被视为新奇，正是因为他不是通过文章的最后总结或通过孤立的判断来发表自己的意见，而是从头至尾在一篇文章中做判断：通过特殊的比较，通过对两个诗人的某些性质的并行比较研究，以及通过即兴式的临时的概括判断等。

需要做出的另一种区分，似乎是显明的判断与含蓄的判断的区分，这种区分不等同于那种有意识判断与无意识判断的区分。有一种判断叫作感性的判断，另有一种叫作理性的、推论性的判断。这两种判断之间事实上没有必然的矛盾，因为，如果感性里没有相当程度的概括性和理论上的陈述，就很难获得大的批评力量；而理性判断，就文学中的理性判断而言，若不是建立在某种直接的或派生的感性的基础之上，是不能被系统地表达出来的。

---

1 “把个人的经验视作法则，这就需要一个人做出巨大努力，假若他是真诚的话。”艾略特从古尔蒙的《致亚马孙的信》一书中摘引了上述话，作为自己《完美的批评家》(参见《圣林》，1920年）一文的文前引语。

2 就像海尔先生所做的那样（参见《美学和艺术批评的新方向》，91页）。

第十九章　文学史

写一部文学史，即写一部既是文学的又是历史的书，是可能的吗？应当承认，大多数的文学史著作，要么是社会史，要么是文学作品中所阐述的思想史，要么只是写下对那些多少按编年顺序加以排列的具体文学作品的印象和评价。对英国文学编史工作的历史稍加回顾，就可以证实这一看法。英国第一个正式的诗歌史家华顿，说他研究古代文学的理由是由于古代文学“忠实地记录了时代的风貌，保存了最生动的和最富有意味的风俗”并且“把对生活的真实描绘传达给后人”。[1]莫利（H. Morley）认为文学是“民族的传记”或“英国人精神的故事”。[2]斯蒂芬（L. Stephen）视文学为“整个社会有机体的一种特殊功能”，是社会变化的“一种副产品”。[3]唯一的一本把英国诗歌的发展作为一个统一概念而写成的英国诗史的作者考托普（W. J. Courthope）认为，“英国诗歌的研究实际上也就是对反映于我们文学中的我们国家制度的持续成长过程的研究”，它所寻求的主题的统一性“正好也就是政治史家所寻求的统一性，这种统一性就在整个民族的生命之中”。[4]

上述这些文学史家和许多其他文学史家们只是把文学视为图解民族史或社会史的文献，而另外有一派人则认为文学首先是艺术，但他们却似乎写不了文学史。他们写了一系列互不连接的讨论个别作家的文章，试图探索这些作家之间的“互相影响”，但是却缺乏任何真正的历史进化的概念。戈斯（E. Gosse）在他的《现

1　参见T. 华顿：《英诗史》（伦敦，1774年，第一卷，2页）。较全面的讨论可参见R. 韦勒克：《英国文学史的兴起》（教堂山，1941年，166—201页）。

2　参见H. 莫利：《英国作家》序言（伦敦，1864年，第一卷）。

3　参见L. 斯蒂芬：《18世纪的英国文学和社会》（伦敦，1904年，14、22页）。

4　参见W. J. 考托普：《英诗史》（伦敦，1895年，第一卷，15页）。

代英国文学简史》(1897年)的导言中,确实声称要展现“英国文学的运动过程”,要给人一种“英国文学进化的感觉”[1],但是,他却说了空话,只不过把当时从法国传来的那种理想宣扬了一下而已。实际上,他这本书只是对按编年顺序排列的作家和他们的某些作品做了一系列的批评性的议论罢了。后来,戈斯十分正确地放弃了对泰纳的兴趣,强调他受惠于传记文学大师圣-伯夫。[2]圣茨伯里也是这样,他的批评概念最接近于佩特的“鉴赏”理论和实践[3];埃尔顿的情形也一样,他的六卷本的《英国文学概观》虽然是近年来英国文学史研究领域中最为卓越的成果,但他仍然坦白地承认这只是一部“评论和直接的批评”,而不是一部文学史。[4]这样的例子几乎可以无限地列举下去;对法国和德国的文学史著作做一次检查,除了某些例外,几乎可以得出相同的结论。这样看来,泰纳的兴趣主要是在他的民族性格理论以及他的“社会环境”和种族的哲学上,约瑟兰特(J. J. Jusserand)研究的是显现在英国文学中的风俗史,而卡扎缅则发明了一套完整的“英国民族灵魂的道德节奏的律动”的理论。[5]大多数最主要的文学史要么是文明史,要么是批评文章的汇集。前者不是“艺术”史,而后者则不是艺术“史”。

为什么还没有人试图广泛地探索作为艺术的文学的进化过程呢?阻碍因素之一是还没有做好准备,即对艺术作品还没有做过连贯的和有系统的分析。我们要么是满足于老式的修辞学标准,要么就是求助于描述艺术作品对读者的影响的感性语言。前者充满偏见和肤浅的技巧,不能令人满意,后者则往往与文学作品毫不相干。

另外一个阻碍是存在着这样一种偏见,即认为如果不根据某些其他的人类活动所提供的因果关系的解释,便不可能有文学史。第三个阻碍在于如何来认识文学艺术发展的整个概念。没有什么人会怀疑写一种绘画或音乐的内在历史的可能性。只要走过任何一个按编年顺序或“流派”陈列作品的画廊,就足以看出可以有一部绘画艺术史,它既不同于画家史,也不同于对个别绘画作品的鉴赏和评论。只要去听一个按作品编年顺序安排演奏的音乐会,就足以看出可以有一部音

1 参见E. 戈斯:《现代英国文学简史》(伦敦,1897年),序言。

2 参见给F. C. 罗的信(1924年3月19日),E. 查特里斯引自《戈斯爵士的生平和书信》(伦敦,1931年,477页)。

3 参见O. 埃尔顿关于圣茨伯里的讲演中的引文(载《不列颠学会会议录》,第19期,1933年);D. 理查森:《圣茨伯里与为艺术而艺术》(载《现代语言学会会刊》,第59期,1944年,243—260页)。

4 参见O. 埃尔顿:《1780—1830年英国文学概观》(伦敦,1912年,第一卷,7页)。

5 参见L. 卡扎缅:《英国文艺心理学的进化》(巴黎,1920年);并见É. 勒古依和卡扎缅:《英国文学史》(巴黎,1924年)的后半部分。

乐史，它同作曲家的传记、同作品产生的社会条件以及对个别乐曲的鉴赏等几乎没有任何关系。自从温克尔曼（J. J. Winckelmann）写出他的《古代艺术史》（1764年）以后，便有人在绘画和雕塑领域中做了编写这类历史的尝试；自从伯尼（C. Burney）注意到音乐形式的历史以后，也就出现了许多这样的音乐史。

文学史也有类似的问题，要探索文学作为一门艺术的历史，就要把文学史与它的社会史、作家传记以及对个别作品的鉴赏加以比较和区分。当然，写这样一部限定意义的文学史有它的特殊困难。一部文学作品和一幅画不同，一幅画可以一眼就全看完，而一部文学作品只有通过一段时间的连续阅读才可以理解，因此要把它作为一个首尾一贯的整体来理解就显得较为困难。不过，与此相类似的音乐形式虽然也是只有通过一段短时间的连续才能被我们掌握，但把它作为一个整体的模式来理解毕竟还是可能的。此外，还有一些特殊的问题。由于作为文学媒介的语言同时也是日常生活交流的媒介，特别是科学的媒介，因此在文学中就发生了由简单的陈述到具有高度组织性的艺术品的逐渐转变。这样，要把一部文学作品中的审美结构分离出来就更加困难。不过，一幅医学教科书中的插图和一首军队进行曲这两个例子说明其他的艺术也有它们的难以确定的两可情况，也说明要区分语言表达中的艺术与非艺术界限，其困难只是数量上更大而已。

当然，也有些理论家简单地否认文学有其历史。例如，克尔争辩说，我们不需要什么文学史，因为文学史的对象总是现存的，是“永恒的”，因此根本不会有恰当的文学史。[1]艾略特也否认一部艺术作品会成为“过去”。他说：“从荷马以来的整个欧洲文学是同时并存着的，并且构成一个同时并存的秩序。”[2]有人可能和叔本华（A. Schopenhauer）争辩，认为艺术总是达到了它的目标。它永远不会有所改进，也不能被取代或重复。在艺术中，我们不需要像兰克（L. Ranke）给编史工作所定的目标那样去寻找“过去究竟怎么样”，因为我们能完全直接地在艺术中经验到事情究竟是怎么样。所以，文学史并不是恰当的历史，因为它是关于现存的、无所不在的和永恒存在的事物的知识。当然，人们不能否认政治史和艺术史之间的某些真正的区别。这区别表现在：政治史是历史的和过去的，而艺术史既是历史的，从某种意义上来看也是现在的。

我们前面已经讲过，一部个别的艺术作品在历史进程中不是一直保持不变的。当然，艺术确实也有某种结构上的坚实特性是在很长一段时间里都保持不变的。

---

1 参见W. P. 克尔：《托马斯·华顿》（1910年；载《论文集》，伦敦，1922年，第一卷，100页）。

2 参见T. S. 艾略特：《传统与个人才能》（收录于《圣林》，伦敦，1920年，42页）。

但是，这种结构是动态的；在历史过程中，读者、批评家和同时代的艺术家们对它的看法是不断变化的。解释、批评和鉴赏的过程从来没有完全中断过，并且看来还要无限期地继续下去，或者，只要文化传统不完全中断，情况至少会是这样。文学史的任务之一就是描述这个过程。另一项任务是探索按照共同的作者、类型、风格类型或语言传统等分成或大或小的各种小组的艺术作品的发展过程，并进而探索整个文学内在结构中的作品的发展过程。

但是，要得出一个一系列艺术作品的发展过程的概念似乎是特别困难的。从某种意义上说，每一部艺术作品初看起来都是一个与它相邻的艺术作品不相连续的结构。有人可以争辩说一个独立的作品和另一个独立的作品之间不会有什么发展关系。有时还会遇到这样的反对意见，即认为没有什么文学史，只有人们的写作史。[1]而如果照着这种说法去做，我们就只好放弃编写语言史或哲学史，因为那只不过是人们在说话或想问题而已。这种极端的“个人人格至上论”（personalism）必然会导致一种观点，即认为每一部个别的艺术作品都是完全孤立的，这实际上就意味着它是既无法交流也无法让人理解的。相反，我们必须把文学视作一个包含着作品的完整体系，这个完整体系随着新作品的加入不断改变着它的各种关系，作为一个变化的完整体系它在不断地增长着。

但是，仅只是某一时代的文学情况与十年前或一个世纪前的文学情况相比已发生了变化这样一个事实，依然不足以证实一个实际的历史进化过程，因为变化的概念适用于任何系列的自然现象。这种变化可能意味着仅仅是常新，但却是无意义的和不可理解的重新变动而已。因此，蒂格特（F. J. Teggart）在他的《历史理论》[2]一书中提出的研究变化的方法，只会使我们无视历史过程和自然过程之间的所有不同之处，使历史学家只有靠仿效自然科学才能进行自己的研究。如果这些变化有绝对规律地不断重复发生，我们就会像物理学家一样得出关于法则的概念。但是，尽管施本格勒和汤因比（A. Toynbee）对此曾做过高明的思索，这种可预言性的变化还是从来也没有在任何历史过程中被发现过。

发展还具有一些其他的意思，它不只是指变化，甚至不只是指有规律的和可以预言的变化。很明显，它似乎应该在生物学所阐发的意义上加以使用。在生物学中，如果我们仔细加以考察的话，就会看到有两种非常不同的进化概念：其一，

1 参见R. S. 克兰：《大学文学研究中的历史批评》（载《英语杂志》，学院版，第24期，1935年，645—667页）。

2 参见F. J. 蒂格特：《历史理论》（纽黑文，1925年）。

是由从蛋成长为鸟这类例子所显示的进化过程；其二，是由从鱼脑到人脑的变化的例子所说明的进化过程。实际上，从来没有如此发展过的一系列的脑，只有某些概念的抽象物，即根据机能作用界定的“脑”。这种发展过程中的每一个个别阶段都被构想成为同从“人脑”引出的典范相类似的许多东西。

我们能否在上述的这两种意义上来谈文学的进化呢？布吕纳季耶和西蒙兹都假定是可以的。他们假定，还可以用同自然界的物种相类比的方法考虑文学的类型。[1]布吕纳季耶说，文学类型一旦达到了某种极致的阶段，就必然要枯萎，凋谢，最后消失掉。而且，文学类型会进一步转变为更高级的和更为变异的类型，就像在达尔文主义进化概念中物种变化的情形一样。在第一种意义上使用的“进化”，明显地只是一个奇特的比喻。根据布吕纳季耶的说法，例如，法国悲剧经过诞生、生长和衰退，已经死亡。但是，从上述关于进化的第三种意义（即以自然界的物种和文学类型相类比）上说，法国悲剧的诞生只能发生在若代尔之后。悲剧死亡的意思只是说在伏尔泰之后没有人写出过符合布吕纳季耶理想的重要悲剧。但是，未来的伟大悲剧总是可能会在法国写出来的。依照布吕纳季耶的看法，拉辛的《费德尔》标志着悲剧的衰落，标志着悲剧接近老年了；但是，和那学究气十足的文艺复兴悲剧比起来，拉辛的这一悲剧却使我们感到年轻和新鲜，而按照布吕纳季耶的理论，文艺复兴的悲剧却应算作法国悲剧的“青年”。布吕纳季耶还有一种更加无法自辩的观点，即认为一种文学类型可以像法国古典主义时代的布道讲演转变为浪漫主义抒情诗那样转变为另外一种文学类型。其实，并不会真有这样的“转变”发生。我们顶多可以说，在较早的布道讲演和较后的抒情诗中表现了相同或相似的情绪，或者说，布道讲演和抒情诗都可能为相同或相似的社会目的服务。

这样，我们就必须抛弃在文学的发展和从生到死的封闭进化过程之间做生物学的类比的观点，这种观点并没有绝迹，近来又在施本格勒和汤因比那里复活了。因此，“进化”在第二种意义上看来似乎更为接近真正的“历史”进化的概念。这种进化概念承认，不仅要假定有一系列的变化，还要假定这一系列变化有它的目的。系列的各个部分必须是达到最后结果的必要条件。这种朝向某个特定目标（例如人脑）的进化概念使得一系列的变化形成一个具有开头和结尾、各部分互相联系的真正的系列。但是，在这第二种意义上的生物进化与恰当意义上的

1　参见本章参考书目第4节。

“历史进化”之间仍然存在着重要的区别。要在与生物进化的区别中掌握历史进化，我们必须以某种方式做到保持历史事件的个性，但又不是把历史过程简化为一堆连续发生的却互不关联的事件。

解决问题的关键在于把历史过程同某种价值或标准联系起来。只有这样，才能把显然是无意义的事件系列分离成本质的因素和非本质的因素。只有这样，我们才能谈论历史进化，而在这一进化过程中每一个独立事件的个性又不被削弱。我们把一个个体的现实和一般的价值联系起来，并不是要把个体贬黜为仅仅是一般概念的样本，而是要给个体以意义。历史并不是要简单地使一般价值个体化（当然它也不是一条不连续的无意义的流），历史过程会不断产生到目前为止还不知道的而且是不可预言的价值的新形式。这样，个别艺术作品和一个价值尺度的相对性就不过是它的个性与这个价值尺度的必然的相互关系。发展的系列可以参照价值或标准的系统构建起来，但是，这些价值本身只能产生于对这一发展过程的观照之中。我们必须承认，这里有一个逻辑上的循环：历史的过程得由价值来判断，而价值本身却又是从历史中取得的。[1]这种循环看来是不可避免的，不然的话，我们要么不得不承认那种认为历史是无意义的变化的流的看法，要么不得不运用某些超文学的标准，即用一些绝对的、外部的标准来研究文学过程了。

这样来讨论文学进化问题必然是一种抽象的讨论。这种讨论力图证实文学进化与生物进化不同，证实文学进化和那种趋向于“一个”永恒模式的统一的进化观无关。历史只能参照不断变化的价值系统来写，这些价值系统又必须从历史本身中抽象出来。这个观点可以参照文学史所面临的某些问题来给以说明。

艺术作品之间的最为明显的关系，即来源和影响的关系，是最常被探讨的问题，并且构成了传统研究的重心。作家之间的文学关系的确定很显然是编写文学史的最重要的准备工作，虽然并不能这样狭义地来看待文学史。举例来说，如果我们想要写一部18世纪的英国诗史，我们就必须了解18世纪的诗人们同斯宾塞、弥尔顿和德莱顿等人的确切关系。像黑文斯（R. D. Havens）的《弥尔顿对英国诗歌的影响》[2]这类主要是研究文学的书，积累了给人深刻印象的证据来说明弥尔顿所产生的影响，书中不只是收集了18世纪诗人们对弥尔顿的看法，而且还研究了双方的诗歌本文，分析了其中平行和类似的地方。平行搜索（parallel-hunting）的方法近来受到广泛的怀疑，特别是当一个没有经验的研究者试图采用这种方法

1 参见本章参考书目第4节。

2 参见R. D. 黑文斯：《弥尔顿对英国诗歌的影响》（马萨诸塞，坎布里奇，1922年）。

时，便显然要陷入危险之中。首先，平行必须是真正的平行，而不是仅靠累加的办法把假定的模糊的类似变成论证。40个零加起来还是等于零。其次，平行必须是绝对的平行。也就是说，这种平行必须比较确实可靠：平行的地方不能用共同来源来解释；只有研究者具备了广博的文学知识，或者平行的比较是一个高度复杂的模式，而不是几个孤立的"母题"或词语的简单比较，才能取得这种可靠性。违反这些基本要求的研究著作不仅数量惊人地多，而且有时是由一些著名的学者写的，这些学者应该能辨认一个时代的"平常话"，即那些陈词滥调、老一套的比喻以及由共同主题引出的类似等。[1]

不管平行搜索有什么样的弊端，它总还是一个正统的方法，是不能全部抛弃的。对作品的来源进行审慎的研究，就可能证实文学的种种联系。在这些联系中，引用、抄袭和纯粹的仿效是最无趣的，它们最多只能证实有联系这样一个事实；当然，也有作家如斯特恩和伯顿（R. Burton）等人，知道如何使用引用的方法来为自己的艺术目的服务。但是，文学联系中的大多数问题显然是远为复杂的，只有通过批判性分析才能解决它们，把平行类似的东西放在一起比较只不过是一个次要的手段而已。许多这类研究的不足之处恰在于它们忽视了这样一个道理：在它们企图把某一个单独的特性孤立出来的时候，它们便把艺术作品拆成镶嵌工艺品的一个个碎片了。只有把文学作品放在文学发展系统中的适当地位上来加以考察，我们对两个或更多文学作品之间的关系的讨论才会有所收益。艺术作品之间关系的研究是对两个整体、两个结构的批评的比较研究，是不能采用把整体拆为孤立成分的方法的，除非我们只是要做一些预备性的初步研究。

当我们的比较是真正集中于两个整体的时候，我们就能对文学史的一个基本问题得出结论了，这一基本问题就是独创性问题。在我们这个时代，往往把独创性误认为仅仅是对传统的背离；或者是仅仅在艺术作品的题材或它的传统情节、

1　参见下列讨论：R. N. E. 道奇：《关于来源探索的启示》（载《现代语言学》，第9期，1911—1912年，211—223页）；L. 卡扎缅：《歌德在英国：关于影响问题的一些想法》（载《德国研究》，第12期，1921年，371—378页）；H. 克雷格：《莎士比亚和威尔逊的〈修辞艺术〉：决定来源的标准的研究》（载《语言学研究》，第28期，1931年，86—98页）；G. C. 泰勒：《蒙田—莎士比亚和行不通的平行比较》（载《语言学季刊》，第22期，1943年，330—337页），文中给出一个这种研究中实际使用的75个类型的奇特的表；D. L. 克拉克：《济慈对雪莱的影响是什么？》（载《现代语言学会会刊》，第56期，1941年，479—497页），文中引述了洛斯对平行研究的有趣反驳；I. H. 哈桑：《文学史中的影响问题》（载《美学与艺术批评》，第14期，1955年，66—76页）；H. M. 布洛克：《比较文学中的影响概念》（载《比较文学和总体文学年鉴》，第7期，1958年，30—36页）；C. 圭伦：《比较文学中影响研究的美学》（载《比较文学：国际比较文学协会第二次会议文集》，W. P. 弗里德里希编，北卡罗来纳，教堂山，1959年，第一卷，175—192页）。

因袭的结构等作品构架（scaffolding）中寻找独创性，这就找错了地方。早些时期，人们对文学创造的本质已有了较充分的理解，认识到纯粹独创的情节或题材的艺术价值是很小的。文艺复兴和新古典主义正确地给翻译，特别是给诗歌的翻译以非常重要的地位，也给“模仿”（“imitation”）以非常重要的地位，这里的“模仿”指的是像蒲柏对贺拉斯讽刺作品的模仿或约翰逊博士对朱维纳尔（Juvenal）作品所做的那种模仿。[1]库提乌斯在《欧洲文学和拉丁中世纪》一书中令人信服地论证了他所说的平常话、反复出现的主题和意象等在文学史中所起的巨大作用，这些平常话、主题和意象从古代起经过拉丁中世纪一直流传下来，渗透到现代所有文学中。没有任何一个作家会因为他使用、改编和修饰了自古代起就已认可了的传统主题和意象而感到自己低人一等或没有独创性。对艺术发展过程的错误看法大量存在于这类研究著作中，例如锡德尼·李爵士对伊丽莎白时代十四行体诗所做的许多研究。他的研究证明了这种十四行体诗的形式上的因袭性，但未能因此就证明他所假设的这种诗的虚假和不好。[2]在一个特定的传统内进行创作并采用它的种种技巧，并不会妨碍创作作品的感性力量和艺术价值。只有当我们的研究工作达到了衡量和比较的阶段，达到显示一个艺术家是如何利用另一个艺术家的成就的阶段，而且只有当我们因此看到了艺术家的那种改造传统的能力的时候，我们才能谈得上接触到了这类研究中的真正批判性的问题。确立每一部作品在文学传统中的确切地位，是文学史的首要任务。

这样，两部或更多部艺术作品之间关系的研究就引出了文学进化中更进一步的问题。首先，艺术作品最早的和最明显的系列是那些由同一作家所写的作品组成的系列。要证实这些作品的价值系统和目标是最不费力的：我们可以判断出某一作品或某一组作品是这位作家最成熟的作品，然后可以从他的其他作品同这一样板作品之间的近似性着眼去分析他的其他所有作品。这样的研究在许多专著中已经被尝试过了，虽然这些研究对其中所包含的问题很少有清楚的意识，而且常常把问题与作家个人生活经历纠缠在一起。

进化系列的另一种类型是把某些艺术作品的某一特性分离出来，然后去探索其向某种完美类型（即使是暂时的完美类型）的发展过程。这种系列类型可以由

---

1 参见H. O. 怀特：《英国文艺复兴时期的抄袭和模仿》（马萨诸塞，坎布里奇，1935年）；E. M. 曼：《1750—1800年英国文学批判中的独创性问题》（载《语言学季刊》，第18期，1939年，97—118页）；H. S. 威尔逊：《模仿》（收录于《世界文学辞典》，J. T. 希普利编，纽约，1943年，315—317页）。

2 参见S. 李：《伊丽莎白时期的十四行诗》（两卷本，伦敦，1904年）。

研究单独作家的作品看出，就像克莱门[1]研究莎士比亚意象的进化一样，或者也可以从一个时代或一个民族文学的整体出发去研究。圣茨伯里在他的英国散文史和散文节奏史[2]的研究中就使用了这类方法，他分离出了这样的成分并探索了它的历史。但是，圣茨伯里的这些雄心勃勃的著作是有缺陷的，原因在于他的著作是建立在模糊和陈腐的格律和节奏的概念的基础上的，这也表明，如果没有一个适当的参照系统做依据，是不能写出真正的历史来的。类似的问题也存在于英国诗歌措辞的历史中，对此，只有迈尔斯做过统计学式的研究；英国诗歌意象史中的类似问题则甚至还没有人接触过。

有人会期望这类研究能把许多主题和母题（themes and motifs）的历史研究加以分类，如分类为哈姆雷特或唐·璜或漂泊的犹太人等主题或母题；但是实际上这些是不同的问题。同一个故事的种种不同变体之间并不像格律或措辞那样有必然的联系和连续性。比如说，要探索文学中所有以苏格兰玛丽皇后的悲剧为题材的不同作品，将是一个很好的政治观点史方面的重要问题，当然，附带地也将阐明文学趣味历史中的变化，甚至悲剧概念的变化。但是，这种探索本身并没有真正的一贯性和辩证性。它提不出任何问题，当然也就提不出批判性的问题。[3]材料史（Stoffgeschichte）是最少文学性的历史。

文学类型（genre）和典式（type）的历史提出了另外一组问题。但这些问题不是不能解决的；尽管克罗齐试图让人怀疑整个这一概念，我们还是可以找到许多对这一理论的准备性研究，而且这些研究本身为一种条理清楚的历史的探索提供了必要的理论上的洞见。类型史面临的困境也是所有历史面临的困境，就是说，为了要找到一种参照系统（如这里所说的类型），我们必须研究历史，而为了研究历史，我们就不能不在心中事先有某些可供选择的参照系统。在实践中，这种逻辑上的循环也并不是不可克服的。有某些例子，比如十四行体诗，就有一些明显的外在的分类系统（即每首诗十四行，依照一个限定的模式押韵）为研究提供了必需的出发点；通过另外一些例子，如挽歌（elegy）或颂诗（ode），我们可以合理地怀疑，是否不只有一个共同的语言标签把一种类型的历史联结起来呢？在本·琼生的《自我颂》、柯林斯的《黄昏颂》和华兹华斯的《永生的了悟颂》这三首颂诗之间似乎并没有什么共同的因素；但是，目光敏锐的人则能够看出贺拉斯

1 参见W. 克莱门：《莎士比亚的意象》（波恩，1936年；英译本，马萨诸塞，坎布里奇，1951年）。

2 参见G. 圣茨伯里：《英国散文史》（三卷本，伦敦，1906—1910年）、《英国散文节奏史》（爱丁堡，1912年）。

3 参见B. 克罗齐：《主题史与文学史》（载《美学问题》，巴里，1910年，80—93页）。

和品达的颂歌有着共同的世系，并且能够确证那些显然是不同传统和时代之间的联系和连续性。文学类型史无疑是文学史研究中最有前途的领域。

这种“形态学的”探讨方法能够也应该广泛地应用在民间文学的研究上，民间传说中的类型比起后来的艺术文学（art-literature）中的类型来通常总是更清晰地被人们所确认并给以界定，而且，在民间传说中，“形态学的”探讨方法似乎至少和人们通常热衷的那种仅仅是“母题”和情节的流传、迁衍的研究方法一样有意义。这种探讨现在已经有了一个好的开端，特别是在俄国。[1]如果不同时掌握古典文学类型和中世纪时所兴起的新类型，那就不可能理解至少从浪漫主义的反叛开始的现代文学。古典类型和中世纪新类型之间的互相混合和影响以及它们之间的斗争是1500年与1800年之间文学史的重要内容。确实，不管浪漫主义时期如何把文学类型之间的界限弄得模糊不清并引入许多混合形式，低估类型概念的影响力量仍然会是一个错误，而实际上，这种影响力甚至在最近的文学中仍在发生作用。布吕纳季耶或西蒙兹早期的文学类型史研究由于过分依赖文学类型与生物学类型的平行类比而存在着缺陷。近几十年来，已经又有人更细心地进行了类型史研究。但这些晚近的研究依然存在着一种危险，那就是把研究变为对典式的描述或变为一系列互不联系的单独讨论，许多自称为戏剧史或小说史的著作都有这样的问题。不过也有一些著作是清楚地面对类型发展这一问题的。在编写上至莎士比亚的英国戏剧史时是几乎不能忽视这一问题的。在这一段戏剧历史中，像神秘剧（Mysteries）和道德剧（Moralities）等典式的演替以及现代戏剧的兴起，都可以在例如贝尔（J. Bale）的《约翰王》这样明显的混合戏剧形式中探索出来。虽然格雷格的《田园诗和田园剧》一书的目的不全是研究类型问题，但它仍然是写得好的类型史的一个较早的例子[2]；稍后的C. S. 路易斯的《爱的寓言》[3]则提供了一个构想清晰的类型发展系统的例证。在德国，至少有两本非常好的书，一本是费多尔的《德国颂诗史》，另一本是缪勒的《德国歌谣史》。[4]这几位作者都敏锐地思考了他们所面临的问题。[5]费多尔清楚地看到了前述的那种逻辑上循

1　例如，A. 尤力斯：《简单的形式》（哈勒，1930年）；维谢洛夫斯基：《历史的诗学》（V. 日尔蒙斯基编，列宁格勒，1940年）；J. 雅各：《俄国民间歌曲的有机结构》（载《日耳曼斯拉夫》，第3期，1937年，31—64页），该文用统计学的方法努力说明风格与主题之间的相互关系，从一个流行的类型中选取例证。

2　参见W. W. 格雷格：《田园诗和田园剧》（伦敦，1906年）。

3　参见C. S. 路易斯：《爱的寓言》（牛津，1936年）。

4　参见K. 费多尔：《德国颂诗史》（慕尼黑，1923年）；G. 缪勒：《德国歌谣史》（慕尼黑，1925年）。

5　参见第十七章参考书目。

环论证的问题，但他没有被这问题吓倒。他看到，史家虽然是暂时地，但必须是直觉地抓住他所注意的类型的本质的东西，然后研究这一类型的起源，从而证实或修正他的假设。虽然类型会在组成文学史的单个著作中显现，但它不能用这些单个著作中的所有的特性来给以描述。我们必须把类型认作一个“规范性”的概念，认作某种基本的模式，一个实在的、有效的惯例，因为它实际上作为模式规定着具体作品的写作。一种类型不可能有任何进一步的延续或演变，在这个意义上，类型史永远不需要达到一个特定的目标，但是，为了编写一部真正的类型史，我们仍然得事先在心中有某种临时性的目标或典式。

完全类似的问题也会在一个文学时代或文学运动的历史中提出来。在关于发展的讨论中已经显示出，我们不能同意两种极端的观点：不能同意认为文学时代是一个实体，它的本质得靠直觉去把握的那种形而上的观点，也不能同意认为文学时代只是一个为了描述研究中的任何一段时间而使用的语言标签的那种极端唯名论的观点。极端的唯名论假定，时代的概念是把一个任意的附加物加在了一堆材料上，而这材料实际上只是一个连续的无一定方向的流而已；这样，摆在我们面前的就一方面是具体事件的一片混沌，另一方面是纯粹主观的标签。如果我们持这样的观点，那就意味着我们在变化多端但本质上一致的现实中的不管哪个地方截取一个横断面都明显是无所谓的。从而，我们采用什么样的文学分期系统，不管这种分期系统是多么任意和机械，也都是无关紧要的了。也就是说，我们可以依据历法上的世纪、十年、年等不同的分期把文学史写成编年史的样子。我们甚至可以采用西蒙斯在他的《英国诗歌中的浪漫主义运动》[1]一书中所采用的标准。他只讨论那些诞生于1800年以前、死于1800年以后的作家。在这里，时代这一概念只是一个方便的词，只是一个为了分章节或选细目才存在的词而已。这种方法的采用虽然常常不是故意的，但它却构成了许多文学史著作的基础，这些著作十分重视各世纪间的那些日期分界线，或者把论题放在一个确切的日期期限当中（如1700年至1750年），而这种做法除了实用价值外，实际上没有任何合理的理由。当然，这种对历法日期的重视在纯粹的文献书目汇编中是合理的，这种方法提供了一种方针，就像杜威十进制分类法给图书馆提供了一种方针一样。可是，这样的时代划分却和严格意义上的文学史没有什么关系。

大多数文学史是依据政治变化进行分期的。这样，文学就被认为是完全由一个国家的政治或社会革命所决定的；如何分期的问题也交给了政治和社会史学

1　参见A. 西蒙斯：《英国诗歌中的浪漫主义运动》（伦敦，1909年）。

家去做，他们的分期方法通常总是毫无疑问地被采用。如果我们考察一下较早的英国文学史，我们就会发现，作者们要么是采用数字划分时期的方法，要么就是采用一个简单的政治标准即英国各国王统治时期作为分期的依据来编写的。如果把较后的英国文学史的分期按照君主们的死亡日期再加细分，那结果的混乱将是不言而喻的：没有人会认真地去考虑同属于19世纪早期文学的乔治三世、乔治四世和威廉四世统治时期的文学之间的区别；然而，把伊丽莎白女王、詹姆斯一世和查理一世统治时期的文学做这样人为区分的研究方法在一定程度上却还是存在的。

如果我们观察一下较为近代的英国文学史，就会发现依据历法上的世纪或国王统治时期来给文学分期的那种做法几乎已经完全消失不见，而代之以一系列的时代，这些时代至少在名称上是得自最多种多样的人类精神活动的。虽然我们还使用“伊丽莎白时代”的文学和“维多利亚时代”的文学这种残存的、按不同统治时期划分的老式术语，但这些字眼已经在一个理智史的系统中获得了一种新的意义。我们沿用它们，是因为我们觉得这两个女王似乎象征了她们那些时代的特征。我们不再坚持使用实际上由国王即位及其驾崩的时间所决定的那种僵死的编年顺序分期法。我们所使用的“伊丽莎白时期”的文学这一术语，实际包括了清教徒关闭剧场（1642年）以前的作家们，而剧院关闭已经几乎是女王逝世40年以后的事了；另一方面，像王尔德这样的作家虽然正好是死在维多利亚女王统治时期的年限之内，但我们却很少把这样的作家也当作是维多利亚女王时代的作家。这些术语原本是政治术语，现在却在理智史甚至文学史中获得了一种特定的意义。但是，由于我们现在所使用的这些术语或称呼的来源很混杂，所以还是显得有些乱。“基督教改革运动”来自基督教会史，“人道主义”主要来自学术史，“文艺复兴时期”来自艺术史，“共和政体时期”和“王政复辟时期”则来源于特定的政治事件。“18世纪”这一老式的用数字表示的术语已经含有了文学术语的某些功能，就像“奥古斯都时期”和“新古典主义”这些文学术语一样。“前浪漫主义”和“浪漫主义”原来就是文学术语，而“维多利亚时代”“爱德华七世时代”和“乔治王朝时代”却是来源于君主们的统治。这种术语上的混乱在几乎其他任何一种文学中都是存在的，例如在美国文学中，“殖民时期”是一个政治术语，而“浪漫主义”和“现实主义”则是文学术语。

如果要为这种术语上的混合状态做辩护，当然会坚持说这一表面上的混乱是由历史本身造成的。作为文学史家，我们首先得注意作家本人的思想、概念、纲领以及命名等，这样就得满足于接受他们自己的划分方法。由文学史中有意识地系统阐述的纲领、派系和自我解释等所提供的证据材料当然是不应该被低估的；而“运动”这个术语可以很好地描述这样的自我意识和自我批评活动，而且能够很好地保留下来，就像我们用这个术语可以描述任何其他事件和宣言的历史连续性一样。但是，这样一些纲领仅只是我们研究某一时代的材料，正如整个批评史给任何文学史只能提供连续的述评一样。它们可以给我们启发或提示，但是不应该用它们来规定我们自己的方法和分期法，之所以这样，并不是因为我们的观点必定就比它们的更深刻，而是因为我们站在一个有利地位，使我们能用现在的眼光去审视过去。

而且，应该说这些来源不同的混乱术语并不是在它们所指的那些时代里制定出来的。在英国，“人道主义”这一术语第一次出现于1832年，“文艺复兴”是1840年，“伊丽莎白时代”是1817年，“奥古斯都时代”是1819年，“浪漫主义”是1844年。这些从《牛津词典》中查出来的日期也许并不十分可靠,因为“奥古斯都时代”这一术语早在1690年就已经零星出现过；卡莱尔在1831年就使用过“浪漫主义”这个词。[1]但是，这些日期毕竟表明了那些时代和给它们命名的日期之间是有一段时间上的间隔。正如我们知道，浪漫主义者们当时并不自称是浪漫主义者，至少在英国是这样。很明显，柯勒律治和华兹华斯只是在1849年左右才被人和浪漫主义运动联系起来，并被划入雪莱、济慈和拜伦一派的。[2]奥利芬特夫人（M. Oliphant）在她的《18世纪末和19世纪初英国文学史》（1882年）一书中从不使用“浪漫主义”这个术语，也不把“湖畔”派、“伦敦佬”派和“撒旦似的”拜伦视为属于同一运动。因此，现在通常被人们所认可的英国文学分期并没有历史上的正当理由。人们不可避免地会得出这样的结论，即这种分期只不过是许多政治的、文学的和艺术的称呼所构成的站不住脚的大杂烩而已。

但是，即使我们有了一套简洁地把人类文化史包括政治、哲学及其他艺术等的历史再加细分的分期，文学史也仍然不应该满足于接受一个以带有不同目的的各种材料为基础得来的系统，不应该把文学视为仅仅是人类政治、社会或甚至是理智发展的消极反映或摹本。因此，文学分期应该纯粹按照文学的标准来制定。

如果这样划分的结果和政治、社会、艺术以及理智的历史学家们的划分结果正好一致的话,就不会有人反对了。但是,我们的出发点必须是作为文学的文学发展史。这样，分期就只是文学一般发展中的细分的小段而已。它的历史只能参照一个不断

---

1 参见J. 伊萨克斯的文章（载《泰晤士报文学增刊》，1935年5月9日，301页）。

2 是T. 肖在《英国文学纲要》（伦敦，1849年）中第一次明显地这样做的。

变化的价值系统写成，而这个价值系统必须从历史本身中抽象出来。因此，一个时期就是一个由文学的规范、标准和惯例的体系所支配的时间的横断面，这些规范、标准和惯例的被采用、传播、变化、综合以及消失是能够加以探索的。

当然，这并不是意味着我们必须接受这一规范体系以至于束缚我们自己。我们必须从历史本身中抽取这一体系，即我们必须从实际存在的事物中发现它。例如，“浪漫主义”不是一个像传染病或瘟疫那样传播的单一的质，当然，也不仅仅是一个词语标签。它是一个历史的范畴，或者如果你更喜欢康德哲学的术语的话，它可以说是一个“规范性的观念”（“regulative idea”），或者毋宁说是一个整体的观念体系（a whole system of ideas），我们借助它来解释历史过程。不过，这个观念系统是我们已经从历史过程本身中发现了的。这样的一个关于术语“时期”的概念和通常使用的那种扩展到心理类型中并与它的历史的前后关系相脱离的关于时期的概念是不同的。把既定的历史性的术语用作这样的心理学的或艺术的类型名称是不适宜的，用不着先去证明这一点我们也会看到，这样一种文学类型学和我们正在讨论的问题是很不一样的，在狭义上说，它不属于文学史。

因此，一个时期不是一个类型或种类，而是由埋藏于历史过程中并且不能从这过程中移出的一个规范体系所界定的一个时间上的横断面。许多给“浪漫主义”以定义的努力并没有什么成效，这证明一个“时期”的概念和一个逻辑上的“种类”的概念并不相似。如果真是相似的话，那么所有单独的作品就都可以归类于其名下了。但这却是明显不可能的事。每一个单独的艺术作品并不是一个种类里的一个实例，而是由它和所有其他作品一起组成的那个时期的概念的一部分。这样，一个单独作品以其自身修饰整体的概念。要弄清各种“浪漫主义”[1]定义之间的区别，似乎在理论根据上就是错误的，不管这种区别在显示它们所参照的系统的复杂性方面是多么有价值。应该清楚地认识到，一个特定的时期不是一个理想类型，或一个抽象模式，或一个种类概念的系列，而是一个时间上的横断面，这一横断面被一个整体的规范体系所支配，从来没有任何一件艺术作品能够从整体上显现它。文学上某一个时期的历史就在于探索从一个规范体系到另一个规范体系的变化。由于一个时期就是这样一个具有某种统一性的时间上的横断面，很明显这种统一性只能是相对的。这仅仅意味着，在这一个时期内某一种规范系统被显示得最充分。如果任何一个时期的统一性是绝对的，那么各个相邻时期就会像石头块一样排在一起，没有发展的连续性。因此，前一个时期的规范系统的余脉

1 参见本章参考书目第3节第4条。

和下一个时期的规范系统的先兆都是不可避免地存在的。[1]

编写某一个时期的文学史首先遇到的问题是关于如何描述的问题：我们需要辨出一种传统惯例的衰退和另一新传统惯例的兴起。为什么这一传统惯例会在某一特定的时刻发生变化，这是一个历史的问题，用一般的术语是不能解释的。有人提出过一种解答，假设在文学的发展过程中，一旦某种准则达到了枯竭的阶段，就会要求产生一种新的准则。俄国的形式主义者们把这一过程描述为一个“自动化”（“automatization”）的过程，就是说，曾有效地影响了某一时代的那些诗艺的种种技巧变得又普遍又陈腐，直到新的读者不能再忍耐它们并渴望某些不同的东西，即渴望某些与先前刚消失的东西正好对立的东西。这种轮流占优势的拉锯式变化就是发展的系统，是一系列的反叛，这些反叛不断使新的用词风格、主题和所有其他技巧得以出现。但是，这一理论还没有弄清为什么文学发展正好必然要走上它已经走上的这一特定方向，仅仅靠“拉锯式”的系统显然不足以描述整个发展过程的复杂性。有一种解释把这种方向变化的原因归之于外在的干预和社会环境的压力。每一次文学传统的变革总是由想要创造他们自己艺术的一个新阶级或至少一批崛起的新人所引起的。比如俄国，在1917年以前普遍存在着明显的阶级区分和隶属关系，因此，那里的社会变化与文学变化保持着紧密的相互关系。在西方，这种相互关系是很不明显的，一旦我们越出那些最明显的社会区分和历史大变动时，我们就看不到它了。

另一种解释依据的是新的一代人兴起的理论。自从古尔诺（A. A. Cournot）的《思想发展的考察》（1872年）一书出版以来，这一理论获得了许多拥护者，特别是在德国，由彼得森（J. Petersen）和韦克斯勒做了详尽的阐述。[2]但是，也可以对这种理论提出反对意见，即作为一个生物学上的实体，“代”这种概念是不会解决什么问题的。如果我们假设把三代放在同一个世纪内，例如1800年至1833年、1834年至1869年和1870年至1900年，我们必须承认也可以有不放在同一世纪内的相等的一些三代系列，如1801年至1834年、1835年至1870年和1871年至1901年，等等。从生物学的观点看，这些系列都是完全相同的；生在

1 参见本章参考书目第1节。

2 参见W. 平德：《文学中“代”的问题》（柏林，1926年）；J. 彼得森：《文学的“代”》（载《文学研究的哲学》，E. 埃马廷格尔编，柏林，1930年，130—187页）；E. 韦克斯勒：《青年一代及其围绕着思想形式的斗争》（莱比锡，1930年）；D. W. 舒曼：《德国思想中的文化年龄群划分问题：批判性的评论》（载《现代语言学会会刊》，第51期，1936年，1180—1207页）和《年龄群划分问题：统计学的途径》（载《现代语言学会会刊》，第52期，1937年，596—608页）；H. 佩尔：《文学的“代”》（巴黎，1948年）。

1800年前后的一批人对文学变化的影响比生在1815年前后的一批人更深刻这样的事实，必须从纯生物学的解释以外去寻找原因。毫无疑问，在某些历史时期，文学的变化无疑是受一批年龄相仿的青年人所影响的，如德国的“狂飙突进”运动或浪漫主义运动等都是明显的例子。某“一代的”统一联合体似乎是由以下这样的社会和历史事实形成的，即只有在某一特定年龄上的一批人才能在同一个敏感的年龄时期内经验到如法国革命或两次世界大战这样重要的事件。但这只不过是一个有力的社会影响的情况而已。在另外的情况下，我们很难怀疑文学变化所受到的老一代作家们的成熟作品的深刻影响。总之，仅仅以世代交替或社会阶级划分做根据是不足以解释文学变化的。文学变化是一个复杂的过程，它随着场合的变迁而千变万化。这种变化，部分是由于内在原因，由文学既定规范的枯竭和对变化的渴望所引起，但部分也是由于外在的原因，由社会的、理智的和其他的文化变化所引起。

对现代文学史中各个主要时期的讨论一直没有停止过。对“文艺复兴”“古典主义”“浪漫主义”“象征主义”以及近来的“巴洛克艺术风格”等术语一直在界定，再界定，和争论。[1]只要我们想要澄清的理论上的问题依然混乱，只要参加讨论的人们还坚持依据种类概念来下定义，把有关“时期”的术语和有关“典型”（type）的术语相混淆，把术语的语义学历史和文体风格的实际变化相混淆，那么，这种争论就不可能达成任何形式的一致意见。这就不难理解，为什么洛夫乔伊和另外一些人建议要取消“浪漫主义”这样的术语。但是，讨论一个时期，至少可以引起文学史上的各种各样的问题，如术语的历史、批评纲领以及文体风格上的实际变化问题，文学的时期与其他所有人类活动的联系的问题，这一国家的一个时期与其他国家的相同时期之间的关系问题，等等。浪漫主义作为一个术语在英国使用比较晚，但是，在华兹华斯和柯勒律治的理论中就已经有了一个新的纲领，这一纲领必须与他们的实践以及他们同时代的其他诗人的实践联系起来加以讨论。英国浪漫主义的预兆可以回溯到18世纪初期的一种新的风格。我们可以把英国的浪漫主义与法国和德国的不同的浪漫主义加以比较，可以把文学中的浪漫主义和美术中的浪漫主义运动作平行的比较。每个时代和每个地方的问题都会有所不同，似乎不可能找出一个一般的法则来。卡扎缅曾假定文学时期的交替过程发展得越来越快，到今天这种摆动已经变得稳定起来，他这种看

1 参见本章参考书目第2节。

法肯定是错误的。同样错误的一种做法是：企图武断地规定在新风格的产生时间上哪一种艺术先于另外一种，或哪一个民族先于另外一个民族。显然，我们不能对纯粹的时期名称寄予太大的期望，因为一个词是不可能有十几个含义的。但是，那种取消“时期”概念的怀疑论的结论也同样是错误的，因为时期概念当然是历史知识的主要工具之一。

更深入和更广泛的问题是编写一种整体的民族文学史，这一问题是更难以想象的。由于整个结构要求参照那些本质上是非文学的材料，要求考虑民族道德和民族性格这些与文学艺术没有多大关系的内容，所以要探索一个民族文学的历史是困难的。拿美国文学的情况来看，它和另一个民族的文学没有语言上的区别，它所遇到的困难却是多方面的，因为文学艺术在美国的发展必然是不完全的，而且部分是与一个较老和较强的文学传统不可分离的。很明显，任何民族的文学艺术的发展都会提出一个历史学家无法忽视的问题，虽然这种问题几乎从来都没有人以任何系统的方式探究过。不用说，编写几个民族为一组的文学史甚至就更是较为遥远的理想了。就当前有的一些例子来看，如马塞尔（J. Máchal）的《斯拉夫文学》或奥尔希基力图写的那本中世纪拉丁语系的文学史都并不怎么成功。[1]大多数世界文学史都企图探索由古希腊和古罗马这一共同的起源所联合在一起的欧洲文学的主要传统，但是，它们当中没有一本能超出意识形态的一般原则或肤浅汇编的水平；可能只有施莱格尔兄弟的一本精彩的史纲是个例外，但也甚少能适合当代的需要。最后，编写一部总的文学艺术史仍然是十分遥远的理想。现有的一些尝试，如布朗（J. Brown）的始于1763年的《诗的兴起和发展史》写得太重思辨，而且只是纲要式的；还有如查德威克兄妹（H. M. 和N. K. Chadwick）三卷本的《文学的发展》则过多地注意了固定的口头文学诸类型的问题。[2]

我们毕竟还只是开始学习如何从整体上去分析一部艺术作品；我们所使用的方法仍然非常笨拙，这些方法的理论基础仍然还在不断变动。因此，我们还有许多事要做。文学史有它的过去，也有它的将来，用不着为此感到遗憾，将来不能也不应该仅仅是填补从较老的方法里所发现的系统中的空白。我们必须精心制定一个新的文学史理想和使这一理想可能得以实现的新方法。如果这里概略地提出的理想由于强调了文学作为一门艺术的历史而显得有点过分“纯粹”的话，我们

1 参见J. 马塞尔：《斯拉夫文学》（三卷本，布拉格，1922—1929年）；L. 奥尔希基：《中世纪的拉丁文学》（收录于《文学研究手册》，瓦尔泽尔编，韦德珀克—波茨坦，1928年）。

2 参见H. M. 和N. K. 查德威克：《文学的发展》（三卷本，伦敦，1932、1936、1940年）。

可以公开承认，没有任何一个其他的方法曾被认为是无效力的，集中似乎是对扩张主义运动的一种必要的矫正方法，而过去几十年来文学史都是在这种扩张主义的影响下发展过来的。即使有个别人可能选择结合数种方法在一起的做法，但对存在于各种方法之间的联系系统的清醒自觉本身才是对付智力混乱的一剂良药。

参考书目

第一章　文学和文学研究

1. 文学理论与文学研究方法综论

BALDENSPERGER, FERNAND, *La Littérature, création, succès, durée*, Paris 1913; new ed., Paris 1919

BILLESKOV, JANSEN, F. J., *Esthétique de l'auvre d'art littéraire*, Copenhagen 1948

CROCE, BENEDETTO, *La critica litteraria, questioni teoricbe*, Rome 1894; reprinted in *Primi saggi* (second ed., Bari 1927, pp. 77—199)

DAICHES, DAVID, *A Study of Literature*, Ithaca 1948

DRAGOMIRESCOU, MICHEL, *La Science de la littérature*, four vols., Paris 1928—1929

ECKHOFF, LORENTZ, *Den Nye Litteraturforskning. Syntetisk Metode*, Oslo 1930

ELSTER, ERNST, *Prinzipien der Literaturwissenschaft*, two vols., Halle 1897 and 1911

ERMATINGER, EMIL (ed.), *Die Philosophie der Literaturwissenschaft*, Berlin 1930

FOERSTER, NORMAN; MCGALLIARD, JOHN C.; WELLEK, RENÉ; WARREN, AUSTIN; SCHRAMM, WILBUR LANG, *Literary Scholarship: Its Aims and Methods*, Chapel Hill 1941

GUÉRARD, ALBERT L., *A Preface to World Literature*, New York 1940

HYTIER, JEAN, *Les Arts de littérature*, Paris 1945

KAYSER, WOLFGANG, *Das sprachliche Kunstwerk. Eine Einfübrung in die Literaturwissenschaft*, Bern 1948 (Portuguese and Spanish translations)

KRIDL, MANFRED, *Wstep do badań nad dzielem literackiem*, Wilno 1936

"The Integral Method of Literary Scholarship", *Comparative Literature* III (1951), pp. 18—31

MARCKWARDT, A. ; PECKHAM, M. ; WELLEK, R. ; THORPE, J., "The Aims, Methods, and Materials of Research in the Modern Languages and Literatures", *PMLA*, LXVII (1952), No. 6, pp. 1—37

MICHAUD, GUY, *Introduction à une science de la littérature*, Istanbul 1950

MOMIGLIANO, ATTILIO (ed.), *Problemi ed orientamenti critici di lingua e di litteratura italiana* and *Tecnica e teoria letteraria*, Milano 1948

MOULTON, R. G., *The Modern Study of Literature*, Chicago 1915

OPPEL, HORST, *Die Literaturwissenschaft in der Gegenwart: Methodologie und Wissenschaftslebre*, Stuttgart 1939

"Methodenlehre der Literaturwissenschaft", *Deutsche Philologie im Aufrisss* (ed. Wolfgang Stammler), Berlin 1951, Vol. I, pp. 39—78

PETERSEN, JULIUS, *Die Wissenschaft von der Dichtung: System und Methodenlebre der Literaturwissenschaft*-I, *Werk und Dichter*, Berlin 1939

REYES, ALFONSO, *El Deslinde: Prolegómenos a la teoria literaría*, Mexico City 1944

SHIPLEY, JOSEPH T. (ed.), *Dictionary of World Literature: Criticism-Forms-Technique*, New York 1943; second ed., 1954

TOMASHEVSKY, BORIS, *Teoriya literatury: Poetika*, Leningrad 1925; second ed., 1931

TORRE, GUILLERMODE, *Problemática de la literatura*, Buenos Aires 1951

WALZEL, OSKAR, *Gehalt und Gestalt im dichterischen Kunstwerk*, Berlin 1923

WOSNESSENSKY, A. N., "Der Aufbau der Literaturwissenschaft", *Idealistische Philologie*, III (1928), PP. 337—368

2. 文学研究史

GAYLEY, CHARLES MILLS, "The Development of Literary Studies During the Nineteenth Century", *Congress of Arts and Science: Universal Exposition: St*

Louis, 1904, Vol. III, Boston 1906, pp. 323—353

GETTO, GIOVANNI, *Storia delle storie letterarie*[in Italy only], Milano 1942

KLEMPERER, VIKTOR, "Die Entwicklung der Neuphilologie", *Romanische Sonderart*, Munich 1926, pp. 388—399

LEMPICKI, SIGMUND VON, *Gescbichte der deutschen Literaturwissenschaft*, Göttingen 1920

MANN, MAURYCY, "Rozwój syntezy literackiej od jej poczatków do Gervinusa", *Rozprawy Akademii Umiejetności*, Serja III, Tom III, Cracow 1911, pp. 230—360 (a history of literary historiography from antiquity to Gervinus)

O'LEARY, GERARD, *English Literary History and Bibliography*, London 1928

ROTHACKER, ERICH, *Einleitung in die Geisteswissenschaften*, Tübingen 1920 (second ed., 1930, contains sketch of the history of German literary history in the nineteenth century)

UNGER, RUDOLF, "Vom Werden und Wesen der neueren deutschen Literaturwissenschaft", *Aufsätze zur Prinzipienlehre der Literaturgeschichte*, Berlin 1929, Vol. I, pp. 33—48

WELLEK, RENÉ, *The Rise of English Literary History*, Chapel Hill 1941; a history of English literary historiography up to Warton (1774)

A History of modern Criticism 1750—1950, four vols. Vol. I, *The Later Eighteenth Century*; Vol. II, *The Romantic Age*, New Haven 1955 (contains much on growth of literary history)

3. 文学学术研究成就的状况

①综合状况

LUNDING, ERIK, *Strömungen und Strebungen der modernen Literaturwissenschaft*, Aarhus, Denmark, 1952

RICHTER, WERNER, "Strömungen und Stimmungen in den Literaturwissenschaften von heute", *Germanic Review*, XXI (1946), pp. 81—113

VAN TIEGHEM, PHILLIPE, *Tendances nouvelles en histoire littéraire* (Études françaises, No. 22), Paris 1930

WEHRLI, MAX, *Allgemeine Literaturwissenschaft*, Bern 1951

WELLEK, RENÉ, "The Revolt against Positivism in Recent European Literary

Scholarship", *Twentieth-Century English* (ed. William S. Knickerbocker), New York 1946, pp. 67—89

②英国的研究状况

HOLLOWAY, JOHN, *The Charted Mirror. Literary and Critical Essays*, London 1960

KNIGHTS, L. C., "The University Teaching of English and History: A Plea for Correlation", *Explorations*, London 1946, pp. 186—199

LEAVIS, F. R., *Education and the University*, London 1944

"The Literary Discipline and Liberal Education", *Sewanee Review*, LV (1947), pp. 586—609

LEE, SIR SIDNEY, "The Place of English Literature in the Modern University", *Elizabethan and Other Essays*, Oxford 1929 (this particular essay dates from 1911), pp. 1—19

MCKERROW, RONALD B., *A Note on the Teaching of English Language and Literature* (English Association Pamphlet No. 49), London 1921

POTTER, STEPHEN, *The Muse in Chains: A Study in Education*, London 1937

SUTHERLAND, JAMES, *English in the Universities*, Cambridge 1945

TILLYARD, E. M. W., *The Muse Unchained: An Intimate Account of the Revolution in English Studies at Cambridge*, London 1958

③德国的研究状况

BENDA, OSKAR, *Der gegenwärtige Stand der deutschen Literaturwissenschaft*, Vienna 1928

BRUFORD, W. H., *Literary Interpretation in Germany*, Cambridge 1952

MAHRHOLZ, WERNER, *Literaturgeschichte und Literaturwissenschaft*, Berlin 1923 (second ed., 1932)

MERKER, PAUL, *Neue Aufgaben der deutschen Literaturgeschichte*, Leipzig 1921

OPPEL, HORST, *Die Literaturwissenschaft in der Gegenwart*, Stuttgart 1939

ROSSNER, H., *Georgekreis und Literaturwissenschaft*, Frankfurt 1938

SCHÜTZE, MARTIN, *Academic Illusions in the Field of Letters and the Arts*, Chicago 1933 (new ed. Hamden, Conn., 1962)

SCHULTZ, FRANZ, *Das Schicksal der deutschen Literaturgeschichte*, Frankfurt a. M. 1929

VIËTOR, KARL, "Deutsche Literaturgeschichte als Geistesgeschichte: ein Rückblick", *PMLA*, LX (1945), pp. 899—916

④俄国形式主义的研究状况

ERLICH, VICTOR, *Russian Formalism: History-Doctrine* (with preface by René Wellek), The Hague 1955

GOURFINKEL, NINA, "Les nouvelles méthodes d'histoire littéraire en Russie", *Le Monde Slave*, VI (1929), pp. 234—263

KRIDL, MANFRED, "Russian Formalism", *The American Bookman*, I (1944), PP. 19—30

NEUMANN, F. W., "Die formale Schule der russischen Literaturwissenschaft", *Deutsche Vierteljahrschrift für Literaturwissenschaft und Geistesgeschichte*, XXIX (1955), pp. 99—121

SETSCHKAREFF, VSEVOLOD, "Zwei Tendenzen in der neuen russischen Literaturtheorie", *Jahrbuch für Ästhetik*, III (1955—1957), pp. 94—107

TOMASHEVSKY, BORIS, "La nouvelle école d'histoire littéraire en Russie", *Revue des études slaves*, VIII (1928), pp. 226—240

VANTIEGHEM, PHILLIPE, and GOURFINKEL, NINA, "Quelques produits du formalisme russe", *Revue de littérature comparée*, XII (1932), PP. 425—434

VOSNESENSKY, A., "Die Methodologie der russischen Literaturforschung in den Jahren 1910—1925", *Zeitschrift für slavische Philologie*, IV (1927), pp. 145—162, and V (1928), pp. 175—199

"Problems of Method in the Study of Literature in Russia", *Slavonic Review*, VI (1927), pp. 168—177

ZHIRMUNSKY, VIKTOR, "Formprobleme in der russischen Literaturwissenschaft", *Zeitschrift für slavische Philologie*, I (1925), pp. 117—152

4. 美国文学学术研究和文学批评状况

BABBITT, IRVING, *Literature and the American College*, Boston 1908

CRANE, RONALD S., *The Languages of Criticism and the Structure of Poetry*, Toronto 1953

FOERSTER, NORMAN, *The American Scholar: A Study in Litterae Inhumaniores*, Chapel Hill 1929

"The Study of Letters", *Literary Scholarship: Its Aims and Methods*, Chapel Hill 1941, pp. 3—32

FOSTER, RICHARD, *The New Romantics: A Reappraisal of the New Criticism*, Bloomington, Indiana 1962

GAUSS, CHRISTIAN, "More Humane Letters", *PMLA*, LX (1945), pp. 1306—1312

HYMAN, STANLEY EDGAR, *The Armed Vision: A Study in the Methods of Modern Literary Criticism*, New York 1948 (new ed. 1955)

JONES, HOWARD MUMFORD, "Literary Scholarship and Contemporary Criticism", *English Journal* (College edition), XXIII (1934), pp. 740—766

KRIEGER, MURRAY, *The New Apologists for Poetry*, Minneapolis 1957

LA DRIÈRE, JAMES CRAIG, *Directions in Contemporary Criticism and Literary Scholarship*, Milwaukee, Wis. 1953

LEARY, LEWIS (ed.), *Contemporary Literary Scholarship: A Critical Review*, New York 1958

LEVIN, HARRY, "Criticism in Crisis", *Contexts of Criticism*, Cambridge, Mass. 1957, pp. 251—266

MILLETT, FRED B., *The Rebirth of Liberal Education*, New York 1946

O" CONNOR, WILLIAM VAN, *An Age of Criticism, 1900—1950*, Chicago 1952

REYRE, HENRI, *Writers and Their Critics*, Ithaca 1944

SCHÜTZE, MARTIN, "Towards a Modern Humanism", *PMLA*, LI (1936), pp. 284—299

SHERMAN, STUART P., "Professor Kittredge and the Teaching of English", *Nation*, XCVII (1913), pp. 227—230 (reprinted in *Shaping Men and Women*, Garden City, N. Y. 1928, pp. 65—86)

SHOREY, PAUL, "American Scholarship", *Nation*, XCII (1911), pp. 466—469 (reprinted in *Fifty Years of American Idealism*, Boston 1915, pp. 401—413)

SPITZER, LEO, "A New Program for the Teaching of Literary History", *American Journal of Philology*, LXIII (1942), pp. 308—319

"Deutsche Literaturforschung in Amerika", *Monatshefie für deutschen Unterricht*, XXXVIII (1946), pp. 475—480

STALLMAN, ROBERT W., "The New Critics", in *Critiques and Essays in Criticism*

1920—1948, New York 1949, pp. 488—506

TATE, ALLEN, “Miss Emily and the Bibliographer”, *Reason in Madness*, New York 1941, pp. 100—116

WELLEK, RENÉ, “Literary Scholarships”, in *American Scholarsbip in the Twentieth Century* (ed. M. Curti), Cambridge, Mass. 1953, pp. 111—145

“The Main Trends of Twentieth-Century Criticism”, *Yale Review*, LI (1961), pp. 102—118

WIMSATT, W. K., “Chariots of Wrath: Recent Critical Lessons”, *Essays in Criticism*, XII (1962), pp. 1—17

WIMSATT, WILLIAM K., Jun. and BROOKS, CLEANTH, *Literary Criticism: A Short History*, New York 1957

ZABEL, MORTON D., “Introduction: Criticism in America”, in *Literary Opinion in America* (revised ed.), New York 1951, pp. 1—43

“Summary in Criticism”, in *Literary History of the United States* (ed. R. Spiller, *et al.*), New York 1948, Vol. II, pp. 1358—1373

第二章 文学的本质

文学和诗歌的本质的研究

BEARDSLEY, MONROE C., *Aesthetics: Problems in the Philosophy of Criticism*, New York 1958

BLANCHOT, MAURICE, *L'Espace littéraire*, Paris 1955

BROOKS, CLEANTH, Jun., *Modern Poetry and the Tradition*, Chapel Hill 1939

The Well Wrought Urn, New York 1947

BÜHLER, KARL, *Sprachtheorie*, Jena 1934

CHRISTIANSEN, BRODER, *Philosophie der Kunst*, Hanau 1909

CROCE, BENEDETTO, *Estetica come scienza dell'espressione e linguistica generale*, Bari 1902 (Engish tr. by Douglas Ainslie, London 1929)

La Poesia, Bari 1936

“La teoria dell'arte come pura visibilità”, *Nuovi Saggi de Estetica*, Bari 1920, pp. 239—254

DESSOIR, MAX, *Aesthetik und allgemeine Kunstwissenschaft*, Stuttgart 1906

EASTMAN, MAX, *The Literary Mind*, New York 1931

ELIOT, T. S., *The Use of Poetry and the Use of Criticism*, Cambridge, Mass. 1933

FRYE, NORTHROP, *Anatomy of Criticism: Four Essays*, Princeton 1957

GREENE, THEODORE MEYER, *The Arts and the Art of Criticism*, Princeton 1940

HAMBURGER, KÄTHE, *Die Logik der Dichtung*, Stuttgart 1957

INGARDEN, ROMAN, *Das literarische Kunstwerk*, Halle 1931

JAMES, D. G., *Scepticism and Poetry*, London 1937

LÜTZELER, HEINRICH, *Einfübrung in die Philosophie der Kunst*, Bonn 1934

MEYER, THEODOR A., *Das Stilgesetz der Poesie*, Leipzig 1901

MUKAŘOVSKÝ, JAN, "La dénomination esthétique et la fonction esthétique de la langue", *Actes du quatrième congrès international des linguistes*, Copenhagen 1938, pp. 98—104

MORRIS, CHARLES, "Aesthetics and the Theory of Signs", *Journal of Unified Science*, Ⅷ (1940), pp. 131—150

"Foundations for the Theory of Signs", *International Encyclopedia of Unified Science*, Vol. I, No. 2

Signs, Language and Behaviour, New York 1946

OGDEN, C. K., and RICHARDS, I. A., *The Meaning of Meaning: A Study of the Influence of Language upon Thought and of the Science of Symbolism*, London 1923; seventh ed., New York 1945

OSBORNE, HAROLD, *Aesthetics and Criticism*, London 1955

POLLOCK, THOMAS C., *The Nature of Literature*, Princeton 1942

POTTLE, FREDERICK A., *The Idiom of Poetry*, Ithaca 1941; new enlarged ed. 1946

PRESS, JOHN, *The Fire and the Fountain. An Essay on Poetry*, London 1955

RANSOM, JOHN CROWE, *The New Criticism*, Norfolk, Conn. 1941

The World's Body, New York 1938

RICHARDS, IVOR ARMSTRONG, *Principles of Literary Criticism*, London 1924

SARTRE, J.-P., "Qu'est-ce que la littérature?" in *Situations* II, Paris 1948 (English tr. by B. Frechtman, New York 1949)

SEWELL, ELIZABETH, *The Structure of Poetry*, New York 1952

SKELTON, ROBIN, *The Poetic Pattern*, London 1956

SMITH, CHARD POWERS, *Pattern and Variation in Poetry*, New York 1932

STAUFFER, DONALD, *The Nature of Poetry*, New York 1946

TATE, ALLEN (ed.), *The Language of Poetry*, Princeton 1942 (essays by PHILIP WHEELWRIGHT, I. A. RICHARDS, CLEANTH BROOKS and WALLACE STEVENS)

Reason in Madness: Critical Essays, New York 1941

WARREN, ROBERT PENN, "Pure and Impure Poetry", in *Critiques and Essays in Criticism* (ed. R. W. Stallman), New York 1949, pp. 85—104

WIMSATT, WILLIAM, K., Jun., *The Verbal Icon: Studies in the Meaning of Poetry*, Lexington, Ky 1954

第三章 文学的作用

关于作为认识的文学的研究

AIKEN, HENRY DAVID, "Some Notes Concerning the Aesthetic and the Cognitive", *Journal of Aesthetics and Art Criticism*, XIII (1955), pp. 378—394 (reprinted in *Aesthetics Today*, ed. Morris Philipson, Cleveland 1961, pp. 254—274)

EASTMAN, MAX, *The Literary Mind: Its Place in an Age of Science*, New York 1935

HARAP, LOUIS, "What Is Poetic Truth?" *Journal of Philosophy*, XXX (1933), pp. 477—488

HOSPERS, JOHN, *Meaning and Truth in the Arts*, Chapel Hill 1946

MEYER, THEODOR A., "Erkenntnis und Poesie", *Zeitschrift für Ästhetik*, XIV (1920), pp. 113—129

MORRIS, CHARIES W., "Science, Art, and Technology", *Kenyon Review*, I (1939), pp. 409—423

RANSOM, JOHN CROWE, "The Pragmatics of Art", *Kenyon Review*, II (1940) pp. 76—87

ROELLINGER, F. X., Jun., "Two Theories of Poetry as Knowledge", *Southern Review*, VII (1942), pp. 690—705

TATE, ALLEN, "Literature as Knowledge", *Reason in Madness*, New York 1941, pp. 20—61

VIVAS, ELISEO, "Literature and knowledge", *Creation and Discovery: Essays in Criticism and Aesthetics*, New York 1955, pp. 101—128

WALSH, DOROTHY, "The Cognitive Content of Art", *Philosophical Review*, LII(1943), pp. 433—451

WHEELWRIGHT, PHILIP, "On the Semantics of Poetry", *Kenyon Review*, II (1940), pp. 263—283

第四章 文学理论、文学批评和文学史

文学学术研究与批评的关系

BROOKS, CLEANTH, "Literary Criticism", *English Institute Essays* 1946, New York 1947, pp. 127—158

"The New Criticism and Scholarship", *Twentieth-Century English* (ed. William S. Knickerbocker), New York (1946), pp. 371—383

CRANE, RONALD S., "History versus Criticism in the University Study of Literature", *English Journal* (College Edition), XXIV (1935), pp. 645—667

FEUILLERAT, ALBERT, "Scholarship and Literary Criticism", *Yale Review*, XIV (1924), pp. 309—324

FOERSTER, NORMAN, "Literary Scholarship and Criticism", *English Journal*(College edition), XXV (1936), pp. 224—232

GARDNER, HELEN, *On the Limits of Literary Criticism*, Oxford 1957

JONES, HOWARD MUMFORD, "Literary Scholarship and Contemporary Criticism", *English Journal* (College edition), XXIII (1934), pp. 740—766

PEYRE, HENRI, *Writers and their Critics*, Ithaca 1944

SPIEGELBERG, HERBERT, *Antirelativismus*, Zurich 1935

TEETER, LOUIS, "Scholarship and the Art of Criticism", *ELH*, V (1938), pp. 173—194

WARREN, AUSTIN, "The Scholar and the Critic: An Essay in Mediation", *University of Toronto Quarterly*, VI (1937), pp. 267—277

WELLEK, RENÉ, "Literary Theory, Criticism, and History", *Sewanee Review*, LXVIII (1960), pp. 1—19 (also in *English Studies Today: Second Series*, ed. G. A. Bonnard, Bern 1961, pp. 53—65)

WIMSATT, WILLIAM K., Jun., "History and Criticism: A Problematic Relationship", *The Verbal Icon*, Lexington, Ky 1954, pp. 253—266

第五章 总体文学、比较文学和民族文学

BALDENSPERGER, FERNAND, "Littérature comparée: le mot et la chose", *Revue de littérature comparée*, I (1921), pp. 1—29

BEIL, E., *Zur Entwicklung des Begriffs der Weltliteratur*, Leipzig 1915 (in *Probefabrten*, XXVIII)

BETZ, L. -P., "Kritische Betrachtungen über Wesen, Aufgabe und Bedeutung der vergleichenden Literaturgeschichte", *Zeitschrift für französische Sprache und Literatur*, XVIII (1896), pp. 141—156

La littérature comparée: Essai bibliographique, second ed., Strasbourg 1904

BRUNETIÈRE, FERDINAND, "La littérature européenne", *Revue des deux mondes*, CLXI (1900), pp. 326—355 (reprinted in *Variétés littéraires*, Paris 1904, pp. 1—51)

CAMPBELL, OSCAR J., "What Is Comparative Literature?" *Essays in Memory of Barrett Wendell*, Cambridge, Mass., 1926, pp. 21—40

CROCE, BENEDETTO, "La letteratura comparata", *Problemi di estetica*, Bari 1910, pp. 73—79

ÉTIEMBLE, RENÉ, "Littérature comparée, ou comparaison n'est pas raison", *Hygiène des lettres*, Paris 1958, Vol. III, pp. 154—173

FARINELLI, ARTURO, *Il sogno di una letteratura mondiale*, Rome 1923

FRIEDERICH, WERNER P., "The Case of Comparative Literature", *American Association of University Professors Bulletin*, XXXI (1945), pp. 208—219

GUYARD, M. -F., *La Littérature comparée*, Paris 1951

HANKISS, JEAN, "Littérature universelle?" *Helicon*, I (1938), pp. 156—171

HÖLLERER, WALTER, "Methoden und Probleme der vergleichenden Literaturwissenschaft", *Germanisch-romanische Monatsschrift*, II (1952), pp. 116—131

HOLMES, T. URBAN, Jun., "Comparative Literature: Past and Future", *Studies in Language and Literature* (ed. G. C. Coffman), Chapel Hill 1945, pp. 62—73

JONES, HOWARD MUMFORD, *The Theory of American Literature*, Cambridge, Mass., 1949

MERIAN-GENAST, E. W., "Voltaires Essai sur la poésie épique und die Entwicklung der Idee der Weltliteratur", *Romanische Forschungen*, XL, Leipzig 1926

PARTRIDGE, ERIC, "The Comparative Study of Literature", *A Critical Medley*,

Paris 1926, pp. 159—226

PEYRE, HENRI, *Shelley et la France*, La Caire 1953, Introduction and pp. 7—19

POSNETT, HUTCHISON MACAULAY, *Comparative Literature*, London 1886

"The Science of Comparative Literature", *Contemporary Review*, LXXIX (1901), pp. 855—872

REMAK, HENRY H. H., "Comparative Literature at the Crossroads", *Yearbook of Comparative and General Literature*, IX (1960), pp. 1—28

"Comparative Literature: Its Definition and Function", *Comparative Literature: Method and Perspective* (ed. Newton P. Stallknecht and Horst Frenz), Carbondale, Ill, 1961, pp. 3—37

TEXTE, JOSEPH, "L'histoire comparée des littératures", *Études de littérature européenne*, Paris 1898, pp. 1—23

VAN TIEGHEM, PAUL, *La littérature comparée*, Paris 1931

"La synthèse en histoire littéraire: Littérature comparée et littérature générale", *Revue de synthèse historique*, XXXI (1921), pp. 1—21

WAIS, KURT (ed.), *For schungsprobleme der vergleichenden Literaturgeschichte*, Tübingen 1951

WELLEK, RENÉ, "The Concept of Comparative Literature", *Yearbook of Comparative Literature* (ed. W. P. Friederich), Vol. II, Chapel Hill 1953, pp. 1—5

"The Crisis of Comparative Literature", *Comparative Literature: Proceedings of the Second International Congress of Comparative Literature* (ed. W. P. Friederich), Chapel Hill, N. C., 1959, Vol. I, pp. 149—159

WILL, J. S., "Comparative Literature: Its Meaning and Scope", *University of Toronto Quarterly*, VIII (1939), pp. 165—179

第六章　论据的编排与确定

1. 校勘

BÉDIER, JOSEPH, "La tradition manuscrite du Lai de l'ombre: réflexions sur l'art d'éditer les anciens textes", *Romania*, LIV (1928), pp. 161—196, 321—356

BIRT, THEODOR, "Kritik und Hermeneutik", Iwan von Müller's *Handbuch der Altertumswissenschaft*, Vol. I, Part 3, Munich 1913

BOWERS, FREDSON, *Textual and Literary Criticism*, New York 1959

CHAPMAN, R. W., "The Textual Criticism of English Classics", *Portrait of a Scholar*, Oxford 1922, pp. 65—79

COLLOMP, PAUL, *La Critique des textes*, Pairs 1931

DEARING, VINTON A., *A Manual of Textual Analysis*, Los Angeles 1959

GREG, WALTER WILSON, *The Calculus of Variants*, Oxford 1927

"Principles of Emendation in Shakespeare", *Shakespeare Criticism*, 1919—1935 (ed. Anne Bradby), Oxford 1930, pp. 78—108

"Recent Theories of Textual Criticism", *Modern Philology*, XXVIII (1931), pp. 401—404

HAVET, LOUIS, *Manuel de critique verbale: appliqué aux textes latins*, Paris 1911

KANTOROWICZ, HERMANN, *Einfübrung in die Textkritik: Systematische Darstellung der textkritischen Grundsätze für Philologen und Juristen*, Leipzig 1921

MAAS, PAUL, "Textkritik", in Gercke-Norden, *Einleitung in die Altertumswissenschaft*, Vol. I, part 2, Leipzig 1927

PASQUALI, GIORGIO, *Storia della tradizione e critica del testo*, Florence 1934 (new ed. 1952)

QUENTIN, DOM HENRI, *Essais de critique textuelle* (Ecdotique), Paris 1926

SEVERS, J. BURKE, "Quentin's Theory of Textual Criticism", *English Institute Annual*, 1941, New York 1942, pp. 65—93

SHEPARD, WILLIAM, "Recent Theories of Textual Criticism", *Modern Philology*, XXVIII (1930), pp. 129—141

WITKOWSKI, GEORG, *Textkritik und Editionstechnik neuerer Schriftwerke*, Leipzig 1924

2. 参考书目

GREG, WALTER WILSON, "Bibliography - an Apologia", *The Library*, XIII (1933), pp. 113—143

"The Function of Bibliograhy in Literary Criticism Illustrated in a Study of the Text of *King Lear*", *Neophilologus*, XVIII (1933), pp. 241—262

"The Present Position of Bibliography", *The Library*, XI (1930), pp. 241—262

"What Is Bibliography?" *Transactions of the Bibliographical Society*, XII (1912), pp. 39—53

HINMAN, CHARLES, *The Printing and Proof-reading of the First Folio of Shakespeare*, Oxford 1962

MCKERROW, RONALD B., *An Introduction to Bibliography for Literary Students*, Oxford 1927

SIMPSON, PERCY, "The Bibliographical Study of Shakespeare", *Oxford Bibliographical Society Proceedings*, I (1927), pp. 19—53

WILSON, F. P., "Shakespeare and the 'New Bibliography'", *The Bibliographical Society*, 1892—1942; *Studies in Retrospect*, London 1945, pp. 76—135

WILSON, JOHN DOVER, "Thirteen Volumes of Shakespeare: a Retrospect", *Modern Language Review*, XXV (1930), pp. 397—414

3. 编辑

GREG, W. W., *The Editorial Problem in Shakespeare: A Survey of the Foundations of the Text*, Oxford 1942 (revised 1952)

LEACH, MACEDWARD, "Some Problems in Editing Middle-English Manuscripts", *English Institute Annual*, 1939, New York 1940, pp. 130—51

MCKERROW, RONALD B., *Prolegomena for the Oxford Shakespeare: A Study in Editorial Method*, Oxford 1939

STÄHLIN, OTTO, *Editionstechnik*, Leipzig-Berlin 1914

STRICH, FRITZ, "Über die Herausgabe gesammelter Werke", *Festschrift Edouard Tièche*, Bern 1947, pp. 103—124. Reprinted in *Kunst und Leben*, Bern 1960, pp. 24—41

WITKOWSKI, GEORG, loc. cit. under "Textual Criticism"

第七章　文学和传记

1. 理论上的讨论

BUSH, DOUGLAS, "John Milton", *English Institute Essays*, 1946, New York 1947 (a part of the symposium "The Critical Significance of Biographical Evidence", pp. 5—11)

CHERNISS, HAROLD, "The Biographical Fashion in Literary Criticism", *University of California Publications in Classical Philology*, XII (1933—1944), pp. 279—292

DILTHEY, WILHELM, *Das Erlebnis und die Dichtung*, Leipzig 1907

FERNANDEZ, RAMON, "L'Autobiographie et le roman: l'exemple de Stendhal", *Messages*, Paris 1926, pp. 78—109 (English tr. London 1927, pp. 91—136)

FIEDLER, LESLIE A., "Archetype and Signature: A Study of the Relationship between Biography and Poetry", *Sewanee Review*, XL (1952), pp. 253—273

GUNDOLF, FRIEDRICH, *Goethe*, Berlin 1916, Introduction

LEE, SIR SIDNEY, *Principles of Biography*, Cambridge 1911

LEWIS, C. S., and TILLYARD, E. N. W., *The Personal Heresy in Criticism*, Oxford 1934

MAUROIS, ANDRÉ, *Aspects de la biographie*, Paris 1928 (English translation, *Aspects of Biography*, Cambridge 1929)

"The Ethics of Biography", *English Institute Annual*, 1942, New York 1943, pp. 6—28

OPPEL, HORST, "Grundfragen der literaturhistorischen Biographie", *Deutsche Vierteljabrschrift für Literaturwissenschaft und Geistesgeschichte*, XVIII (1940), pp. 139—172

ROMEIN, JAN, *Die Biogaphie*, Bern 1948

SENGLE, FRIEDRICH, "Zum Problem der modernen Dichterbiographie", *Deutsche Vierteljahr schrift für Literaturwissenschaft und Geistesgeschichte*, XXVI (1952), pp. 100—111

SISSON, C. J., *The Mythical Sorrows of Shakespeare*, British Academy Lecture, 1934, London 1934

STANFIELD, JAMES FIELD, *An Essay on the Study and Composition of Biography*, London 1813

WHITE, NEWMAN I., "The Development, Use, and Abuse of Interpretation in Biography", *English Institute Annual*, 1942, New York 1943, pp. 29—58

第八章　文学和心理学

1. 综合研究、想象、创作过程

ARNHEIM, RUDOLF, et al., *Poets at Work*, New York 1948

AUDEN, W. H., "Psychology and Art", *The Arts Today* (ed. Geoffrey Grigson), London 1935, pp. 1—21

BÉGUIN, ALBERT, *L'Âme romantique et le réve: essai sur le romantisme allemand et la poésie française*, two vols., Marscille 1937; new ed., one vol., Paris 1946

BERKELMAN, ROBERT G., "How to Put Words on Paper", *Saturday Review of Literature*, XXVIII (29 Dec. 1945), pp. 18—19 (on writers'methods of work)

BÜHLER, CHARLOTTE, "Erfindung und Entdeckung: Zwei Grundbegriffe der Literaturpsychologie", *Zeitschrift für Ästhetik*, XV (1921), pp. 43—87

BULLOUGH, EDWARD, *Aesthetics. Lectures and Essays*(ed. Elizabeth M. Wilkinson), London 1957

BUSEMANN, A., "Über lyrische Produktivität und Lebensablauf", *Zeitschrift für angewandte Psychologie*, XXVI (1926), pp. 177—201

CHANDLER, ALBERT R., *Beauty and Human Nature: Elements of Psychological Aesthetics*, New York 1934

DELACROIX, HENRI, *Psychologie de l'art*, Pairs 1927

DE VRIES, LOUIS PETER, *The Nature of Poetic Literature*, Seattle 1930

DILTHEY, W., "Die Einbildungskraft des Dichters", *Gesammelte Schriften*, Vol. VI, Leipzig 1924, pp. 103—241

DOWNEY, JUNE, *Creative Imagination*, London 1929

FREY, DAGOBERT, "Das Kunstwerk als Willensproblem", *Zeitschrift für Ästhetik*, XXV (Beilage) (1931), pp. 231—244

GHISELIN, BREWSTER (ed.), *The Creative Process: A Symposium*, Berkeley, Calif. 1952; new ed. New York 1955

HARGREAVES, H. L., "The 'Faculty' of Imagination", *British Journal of Psychology*, Monograph Supplement, III, 1927

HILL, J. C., "Poetry and the Unconscious", *British Journal of Medical Psychology*, IV (1924), pp. 125—133

KOFFKA, K., "Problems in the Psychology of Art", *Art, A Symposium, Bryn Mawr Notes and Monographs*, IX (1940), pp. 180—273

KRETSCHMER, E., *Physique and Character* (tr. Sprott), New York 1925

KROH, E., "Eidetiker unter deutschen Dichtern", *Zeitschrift für Psychologie*, LXXV

(1920), pp. 118—162

LEE, VERNON, "Studies in Literary Psychology", *Contemporary Review*, LXXXIV (1903), pp. 713—723 and 856—864; LXXXV (1904), pp. 386—392

LOWES, J. L., *The Road to Xanadu: A Study in the Ways of the Imagination*, Boston 1927

LUCAS, F. L., *Literature and Psychology*, London 1951

MALRAUX, ANDRÉ, *Psychologie de l'art*, three vols., Geneva 1947—1950 (new version, *Les Voix du silence*, Paris 1951; English tr. by Stuart Gilbert, Garden City, N. Y. 1953)

MARITAIN, JACQUES, *Creative Intuition in Art and Poetry*, New York 1953; new ed., 1955

MARRETT, R. R., *Psychology and Folk-lore*, London 1920

MOOC, WILLY, "Probleme einer Psychologie der Literatur", *Zeitschrift für Psychologie und Physiologie der Sinnesorgane*, CXXIV (1932), pp. 129—146

MORGAN, DOUGLAS N., "Psychology and Art Today: A Summary and Critique", *Journal of Aesthetics*, X (1950), pp. 81—96 (reprinted in *The Problems of Aesthetics*, eds. E. Vivas and M. Krieger, New York 1953, pp. 30—47)

MÜLLER-FREIENFELS, R., *Psychologie der Kunst*, two vols., second ed., Leipzig 1923

"Die Aufgaben einer Literaturpsychologie", *Das literarische Echo*, XVI (1913—1914), pp. 805—811

MUNRO, THOMAS, "Methods in the Psychology of Art", *Journal of Aesthetics*, VI (1948), pp. 225—235

NIXON, H. K., *Psychology for the Writer*, New York 1928

PERKY, C. W., "An Experimental Study of Imagination", *American Journal of Psychology*, XXI (1910), pp. 422—452

PLAUT, PAUL, *Psychologie der produktiven Persönlichkeit*, Stuttgart 1929

PONGS, HERMANN, "L'image poétique et l'inconscient", *Journal de Psychologie*, XXX (1933), pp. 120—163

REICKE,ILSE, "Das Dichten in Psychologischer Betrachtung", *Zeitschrift für Ästhetik*, X (1915), pp. 290—345

RIBOT, TH., *L'Imagination créatrice*, Pairs 1900

RUSU, LIVIU, *Essai sur la création artistique*, Paris 1935

SARTRE, JEAN-P., *L'Imagination*, Paris 1936

STERZINGER, OTHMAR H., *Grundlinien der Kunstpsychologie*, Vols. I and II, Graz 1938

TSANOFF, RADOSLAV A., "On the Psychology of Poetic Construction", *American Journal of Psychology*, XXV (1914), pp. 528—537

2. 精神病学与心理分析的研究

BASLER, ROY P., *Sex, Symbolism, and Psychology in Literature*, New Brunswick, N. J., 1948

BAUDOUIN, CHARLES, *Psychoanalysis and Aesthetics* (tr. of *Le Symbole chez Verhaeren*), New York 1924

BERGLER, EDMUND, *The Writer and Psychoanalysis*, New York 1950

BOESCHENSTEIN, HERMANN, "Psychoanalysis in Modern Literature", *Columbia Dictionary of Modern Literature* (ed. H. Smith), New York 1947, pp. 651—657

BONAPARTE, MARIE, *Edgar Poe: étude psychoanalytique...*, Pairs 1933

BURCHELL, S. C., "Dostoyevsky and the Sense of Guilt", *Psychoan. Rev.*, XVII (1930), pp. 195—207

"Proust", *Psychoan. Rev.*, XV (1928), pp. 300—303

BURKE, KENNETH, "Freud and the Analysis of Poetry", *Philosophy of Literary Form*, Baton Rouge 1941, pp. 258—292

COLEMAN, STANLEY, "Strindberg: the Autobiographies", *Psychoan. Rev.*, XXIII (1936), pp. 248—273

DAVIS, ROBERT GORHAM, "Art and Anxiety", *Partisan Review*, XIV (1945), pp. 310—321

FREUD, SIGMUND, "Dostoyevsky and Parricide", *Standard Edition of the Collected Psychoanalytical Works*, ed. James Strachey, London 1961, Vol. XXI, pp. 172—194

"The Relation of the Poet to Day-Dreaming", *Collected Papers* (tr. London 1925), IV, pp. 173—183

HOFFMAN, FREDERICK J., *Freudianism and the Literary Mind*, Baton Rouge 1945

HOOPS, REINOLD, *Der Einfluss der Psychoanalyse auf die englische Literatur*,

Heidelberg 1934

HYMAN, STANLEY E., "The Psychoanalytical Criticism of Literature", *Western Review*, XII (1947—1948), pp. 106—115

JASPERS, KARL, "Strindberg and Van Gogh", *Arbeiten zur angewandten Psychiatrie*, Leipzig, V (1922)

JONES, DR ERNEST, "A Psycho-analytic Study of Hamlet", *Essays in Applied Psycho-analysis*, London 1923

Hamlet and Oedipus, Garden City, N. Y., 1954

JUNG, C. G., "On the Relation of Analytical Psychology to Poetic Art", *Contributions to Analytical Psychology*, London (1928)

"Psychology and Literature", *Modern Man in Search of his Soul* (tr. Dell and Baynes), New York 1934, pp. 175—199

KRIS, ERNST, *Psychoanalytic Explorations in Art*, New York 1952

LEWIS, C. S., "Psychoanalysis and Literary Criticism", *Essays and Studies of the English Association*, XXVII (1941), pp. 7—21

MUSCHG, WALTER, *Psychoanalyse und Literaturwissenschaft*, Berlin 1930

OBERNDORF, CLARENCE, "Psychoanalytic Insight of Hawthorne", *Psychoan. Rev.*, XXIX (1942), pp. 373—385

The Psychiatric Novels of O. W. Holmes, New York 1943

PONGS, H., "Psychoanalyse und Dichtung", *Euphorion*, XXXIV (1933), pp. 38—72

PRINZHORN, H., "Der künstlerische Gestaltungsvorgang in psychiatrischer Beleuchtung", *Zeitschrift für Ästhetik*, XIX (1925), pp. 154—181

PRUETTE, LORINE, "A Psycho-analytic Study of E. A. Poe", *American Journal of Psychology*, XXXI (1920), pp. 370—402

RANK, OTTO, *Art and Artists: Creative Urge and Personality Development* (tr. C. F. Atkinson), New York 1932

ROSENZWEIG, SAUL, "The Ghost of Henry James", *Partisan Review*, XI (1944), pp. 436—455

SACHS, HANNS, *Creative Unconscious*, Cambridge, Mass., 1942, second ed., 1951

SQUIRES, P. C., "Dostoyevsky: A Psychopathological Sketch", *Psychoan. Rev.*,

XXIV（1937），pp. 365—388

STEKEL，WILHELM，“Poetry and Neurosis”，*Psychoan. Rev.*，X（1923），pp. 73—96，190—208，316—328，457—466

TRILLING，LIONEL，“A Note on Art and Neurosis”，*Partisan Review*，XII（1945），pp. 41—49（reprinted in *The Liberal Imagination*，New York 1950，pp. 34—57，160—180）

“The Legacy of Freud：Literary and Aesthetic”，*Kenyon Review*，II（1940），pp. 152—173（reprinted in *The Liberal Imagination*，New York 1950，pp. 34—57，160—180）

第九章　文学和社会

1. 文学和社会的综合研究与个人问题的研究

BRUFORD，W. H.，*Theatre, Drama and Audience in Goethe's Germany*，London 1950

DUNCAN，HUGH DALZIEL，*Language and Literature in Society, with a Bibliographical Guide to the Sociology of Literature*，Chicago 1953

DAICHES，DAVID，*Literature and Society*，London 1938

The Novel and the Modern World，Chicago 1939

Poetry and the Modern World，Chicago 1940

ESCAPRIT，ROBERT，*Sociologie de la littérature*（*Que sais-je？*），Paris 1958

GUÉRARD，ALBERT LÉON，*Literature and Society*，New York 1935

GUYAU，J.，*L'Art au point de vue sociologique*，Paris 1889

HENNEQUIN，ÉMILE，*La Critique scientifique*，Paris 1888

KALLEN，HORACE M.，*Art and Freedom*，two vols.，New York 1942

KERN，ALEXANDER C.，“The Sociology of Knowledge in the Study of Literature”，*Sewanee Review*，L（1942），pp. 505—514

KNIGHTS，L. C.，*Drama and Society in the Age of Jonson*，London 1937 and Penguin Books 1962

KOHN-BRAMSTEDT，ERNST，*Aristocracy and the Middle Classes in Germany: Social Types in German Literature*，1830—1900，London 1937（contains introduction：“The Sociological Approach to Literature”）.

LALO, CHARLES, *L'Art et la vie sociale*, Paris 1921

LANSON, GUSTAVE, "L'Histoire littéraire et la sociologie", *Revue de Métapbysique et morale*, XII（1904）, pp. 621—642

LEAVIS, Q. D., *Fiction and the Reading Public*, London 1932

LERNER, MAX, and MIMS, EDWIN, "Literature", *Encyclopedia of Social Sciences*, IX（1933）, pp. 523—543

LEVIN, HARRY, "Literature as an Institution", *Accent*, VI（1946）, pp. 159—168. Reprinted in *Criticism*（eds. Schorer, Miles, McKenzie）, New York 1948, pp. 546—553

LOWENTHAL, LEO, *Literature and the Image of Man, Sociological Studies of the European Drama and Novel*, 1600—1900, Boston 1957

NIEMANN, LUDWIG, *Soziologie des naturalistischen Romans*, Berlin 1934（Germanische Studien 148）

READ, HERBERT, *Art and Society*, London 1937

SCHÜCKING, LEVIN, *Die Soziologie der literarischen Geschmacksbildung*, Munich 1923.（Second, enlarged ed., Leipzig 1931; English tr. *The Sociology of Literary Taste*, London 1941）

SEWTER, A. C., "The Possibilities of a Sociology of Art", *Sociological Review*（London）, XXVII（1935）, pp. 441—453

SOROKIN, PITIRIM, *Fluctuations of Forms of Art*, Cincinnati 1937（Vol. I of *Social and Cultural Dynamics*）

TOMARS, ADOLPH SIEGFRIED, *Introduction to the Sociology of Art*, Mexico City 1940

WITTE, W., "The Sociological Approach to Literature", *Modern Language Review*, XXXVI（1941）, pp. 86—94

ZIEGENFUSS, WERNER, "Kunst", *Handwörterbuch der Soziologie*（ed. Alfred Vierkandt）, Stuttgart 1931, pp. 301—338

2. 文学的经济史

BELJAME, ALEXANDRE, *Le Public et les bommes des lettres en Angleterre au XVIIIe siècle: Dryden, Addison et Pope*, Paris 1883（English tr. *Men of Letters and the English Public*, London 1948）

COLLINS, A. S., *Authorship in the Days of Johnson*, New York 1927

The Profession of Letters (1780—1832), New York 1928

HOLZKNECHT, KARL J., *Literary Patronage in the Middle Ages*, Philadelphia 1923

LÉVY, ROBERT, *Le Mécénat et l'organisation du crédit intellectuel*, Paris 1924

MARTIN, ALFRED VON, *Soziologie der Renaissance*, Stuttgart 1932 (English tr. *Sociology of the Renaissance*, London 1944)

OVERMYER, GRACE, *Government and the Arts*, New York 1939

SHEAVYN, PHOEBE, *The Literary Profession in the Elizabethan Age*, Manchester 1909

3. 马克思主义文学研究与马克思主义方法研究

BUKHARIN, NIKOLAY, "Poetry, Poetics, and Problems of Poetry in the U.S.S.R.", *Problems of Soviet Literature*, New York, n. d. pp. 187—210 (reprinted in *The Problems of Aesthetics*, eds. E. Vivas and M. Krieger, New York 1953, pp. 498—514)

BURGUM, EDWIN BERRY, *The Novel and the World's Dilemma*, New York 1947

BURKE, KENNETH, *Attitudes towards History*, two vlos., New York 1937

CAUDWELL, CHRISTOPHER, *Illusion and Reality*, London 1937

COHEN, MORRIS R., "American Literary Criticism and Economic Forces", *Journal of the History of Ideas*, I (1940), pp. 369—374

DEMETZ, PETER, *Marx, Engels und die Dichter. Zur Grundlagenforschung des Marxismus*, Stuttgart 1959

FARRELL, JAMES T., *A Note on Literary Criticism*, New York 1936

FINKELSTEIN, SIDNEY, *Art and Society*, New York 1947

FRÉVILLE, JEAN (ed.), *Sur la littérature et l'art*, two vols., Paris 1936 (contains relevant texts on Marx, Engels, Lenin, and Stalin)

GRIB, V., *Balzac* (tr. from Russian; Critics' Group Series), New York 1937

HENDERSON, P., *Literature and a Changing Civilization*, London 1935

The Novel of Today: Studies in Contemporary Attitudes, Oxford 1936

ISKOWICZ, MARC, *La Littérature à la lumière du matérialisme historique*, Paris 1926

JACKSON, T. A., *Charles Dickens. The Progress of a Radical*, New York 1938

KLINGENDER, F. D., *Marxism and Modern Art*, London 1943

LIFSHITZ, MIKHAIL, *The Philosophy of Art of Karl Marx* (tr. from Russian; Critics' Group Series) , New York,1938

LUKÁCS GEORG, *Balzac und der französische Realismus*, Berlin 1951

Beiträge zur Geschichte der Ästhetik, Berlin 1954

Der historische Roman, Berlin 1955 (English tr. London 1962)

Der russische Realismus in der Weltliteratur, Berlin 1949

Essays üher Realismus, Berlin 1948

Deutsche Realisten des 19. Jahrhunderts, Bern 1951

Goethe und seine Zeit, Bern 1947

Karl Marx und Friedrich Engels als Literaturhistoriker, Berlin 1948

Schriften zur Literatursoziologie (ed. Peter Ludz), Neuwied 1961 (with bibliography)

Thomas Mann, Berlin 1949

MARX, K., and ENGELS, F., *Über Kunst und Literatur* (ed. M. Lifschitz), Berlin 1948

NOVITSKY, PAVEL J., *Cervantes and Don Quixote* (tr. from Russian; Critics' Group Series), New York 1936

PLEKHANOV, GEORGI, *Art and Society* (tr. from Russian; Critics' Group Series), New York 1936; new enlarged ed. London 1953

SAKULIN, N. P., *Die russische Literatur*, Potsdam 1930 (in series *Handbuch der Literaturwissenschaft*, ed. O. Walzel) (tr. from Russian)

SMIRNOV, A. A., *Shakespeare* (tr. from Russian; Critics' Group Series), New York 1936

SMITH, BERNARD, *Forces in American Criticism*, New York 1939

THOMSON, GEORGE, *Aeschylus and Athens. A Study in the Social Origin of the Drama*, London 1941

Marxism and Poetry, London 1945

TROTSKY, LEON, *Literature and Revolution*, New York 1925

第十章　文学和思想

理论上的讨论

BOAS, GEORGE, "Some Problems of Intellectual History", *Studies in Intellectual*

History, Baltimore 1953, pp. 3—21

CRANE, RONALD S., "Literature, Philosophy, and Ideas", *Modern Philology*, LII (1954), 78—83

GILSON, ÉTIENNE, *Les Idées et les lettres*, Paris 1932

GLOCKNER, HERMANN, "Philosophie und Dichtung: Typen ihrer Wechselwirkung von den Griechen bis auf Hegel", *Zeitschrift für Ästhetik*, XV (1920—1921), pp. 187—204

JOCKERS, ERNST, "Philosophie und Literaturwissenschaft", *Germanic Review*, X (1935), pp. 73—97, 166—186

LAIRD, JOHN, *Philosophical Incursions into English Literature*, Cambridge 1946

LOVEJOY, ARTHUR O., *Essays in the History of Ideas,* Baltimore 1948

The Great Chain of Bejing, Cambridge,Mass. 1936

"The Historiography of ideas", *Proceedings of the American Philosophical Society*, LXXVII (1937—1938), pp. 529—543

"Present Standpoint and Past History", *Journal of Philosophy*, XXXVI (1939), pp. 471—489

"Reflections on the History of Ideas", *Journal of the History of Ideas*, I (1940), pp. 1—23

"Reply to Professor Spitzer", *Ibid.*, V (1944), pp. 204—219

LÜTZELER, HEINRICH, "Gedichtsaufbau und Welthaltung des Dichters", *Euphorion*, NF, XXXV (1934), pp. 247—262

NICOLSON, MARJORIE, "The History of Literature and the History of Thought", *English Institute Annual*, 1939, New York 1940, pp. 56—89

NOHL, HERMAN, *Stil und Weltanschauung*, Jena 1923

SANTAYANA, GEORGE, "Tragic Philosophy", *Works* (Triton ed.), New York 1936, pp. 275—288 (reprinted in *Literary Opinion in America*, M. D. Zabel, ed. New York 1937, pp. 129—141)

SPITZER, LEO, "*Geistesgeschichte* vs. History of Ideas as applied to Hitlerism", *Journal of the History of Ideas*, V (1944), pp. 191—203

STACE, W. T., *The Meaning of Beauty. A Theory of Aesthetics*, London 1929, especially pp. 164 ff.

TAYLOR, HAROLD A., "Further Reflections on the History of Ideas", *Journal of*

Philosophy, XL（1943）, pp. 281—299

TRILLING, LIONEL, "The Meaning of a literary Idea", *The Liberal Imagination*, New York 1950, pp. 281—303

UNGER, RUDOLF, *Aufsätze zur Prinzipienlehre der Literaturgeschichte*, two vols., Berlin 1929.（Vol. I contains "Literaturgeschichte", "Philosophische Probleme der neueren Literaturwissenschaft", "Weltanschauung und Dichtung"）

WALZEL, OSKAR, *Gehalt und Gestalt im dichterischen Kunstwerk*, Berlin-Pots-dam 1923

WECHSSLER, EDUARD, "Über die Beziehung von Weltanschauung und Kunstschaffen", *Marburger Beiträge zur romanischen Philologie*, IX（1911）, p. 46

第十一章　文学和其他艺术

1. 综合研究

BINYON, LAURENCE, "English Poetry in its Relation to Painting and the Other Arts", *Proceedings of the British Academy*, VIII（1918）, pp. 381—402

BROWN, CALVIN S., *Music and Literature: A Comparison of the Arts*, Atlanta 1948

COMBARIEU, JULES, *Les Rapports de la musique et de la poésie*, Paris 1894

GREENE, THEODORE MEYER, *The Arts and the Art of Criticism*, Princeton 1940

HATZFELD, HELMUT A., "Literary Criticism Through Art and Art Criticism Through Literature", *Jorunal of Aesthetics*, VI（1947）, pp. 1—21

HOURTICQ, LOUIS, *L'Art et littérature*, Paris 1946

MAURY, PAUL, *Arts et littérature comparés: état présent de la question*, Paris 1933

MEDICUS, FRITZ, "Das Problem einer vergleichenden Geschichte der Künste", *Philosophie der Literaturwissenschaft*（ed. Emil Ermatinger）, Berlin 1930, pp. 188—239

READ, HERBERT, "Parallels in English Painting and Poetry", *In Defence of Shelley and other Essays*, London 1936, pp. 233—248

SACHS, CURT, *The Commonwealth of Art: Style in the Arts, Music and the Dance*, New York 1946

SOURIAU, ÉTIENNE, *La Correspondance des arts. Eléments d'esthétique comparée*, Paris 1947

VOSSLER, KARL, "Über wechselseitige Erhellung der Künste", *Festschrift Heinrich Wölfflin zum 70. Geburtstag*, Dresden 1935, pp. 160—167

WALZEL, OSKAR, *Gehalt und Gestalt im Kunstwerk des Dichters*, Berlin-Potsdam 1923, esp. pp. 265 ff. and 282 ff.

Wechselseitige Erhellung der Künste, Berlin 1917

WAIS, KURT, *Symbiose der Künste*, Stuttgart 1936

"Vom Gleichlauf der Künste", *Bulletin of the International Committee of the Historical Sciences*, IX (1937), pp. 295—304

2. 文学和艺术的历史关系

BALDENSPERGER, F., *Sensibilité musicale et romantisme*, Paris 1925

BONTOUX, GERMAINE, *La Chanson en Angleterre au temps d'Elizabeth*, Paris 1938

FAIRCHILD, ARTHUR H. R., *Shakespeare and the Arts of Design* (*Architecture. Sculpture, and Painting*), Columbia, Miss. 1937

FEHR, BERNHARD, "The Antagonism of Forms in the Eighteenth Century", *English Studies*, XVIII (1936), pp. 115—121, 193—205; XIX (1937), pp. 1—13, 49—57 (reprinted in *Von Englands geistigen Beständen*, Frauenfeld 1944, pp. 59—118)

HATZFELD, HELMUT A., *Literature Through Art: A New Approach to French Literature*, New York 1952

HAUTECOEUR, LOUIS, *Littérature et peinture en France du XVIIe au XXe siècle*, Paris 1942

HAUTMANN, MAX, "Der Wandel der Bildvorstellungen in der deutschen Dichtung und Kunst des romanischen Zeitalters", *Festschrift Heinrish Wölfflin*, Munich 1924, pp. 63—81

HOLLANDER, JOHN, *The Untuning of the Sky: Ideas of Music in English Poetry 1500—1700*, Princeton 1961

LARRABEE, STEPHEN A., *English Bards and Grecian Marbles: The Relationship between Sculpture and Poetry*, New York 1943

MANWARING, ELIZABETH W., *Italian Landscape in Eighteenth Century England*, New York 1925

MEYER, HERMAN, "Die Verwandlung des Sichtbaren. Die Bedeutung der modernen bildenden Kunst für Rilkes späte Dichtung", *Deutsche Vierteljahrschrift für Literaturwissenschaft und Geitesgeschichte*, XXXI (1957), pp. 465—505

PATTISON, BRUCE, *Music and Poetry of the English Renaissance*, London 1948

SEZNEC, JEAN, "Flaubert and the Graphic Arts", *Journal of the Warburg and Courtauld Institutes*, VIII (1945), pp. 175—190

SMITH, WARREN H., *Architecture in English Fiction*, New Haven 1934

TINKER, CHAUNCEY BREWSTER, *Painter and Poet: Studies in the Literary Relations of English Painting*, Cambridge, Mass. 1938

WEBSTER, THOMAS B. L., *Greek Art and Literature 530B. C. —400B. C.*, Oxford 1939

WIND, EDGAR, "Humanitätsidee und heroisches Porträt in der englischen Kultur des achtzenhten Jahrhunderts", *Vorträge der Bibliothek Warburg*, 1930—1931, Leipzig 1932, pp. 156—229

第十二章　文学作品的存在方式

1. 文学的存在方式和文学本体论

BILSKY, MANUEL, "The Significance of Locating the Art Object", *Philosophy and Phenomenological Research*, XIII (1935), pp. 531—536

BONATI, FÉLIX MARTÌNEZ, *La estructura de la obra literaria*, Santiago de Chile 1960

CONRAD, WALDEMAR, "Der ästhetische Gegenstand", *Zeitschrift für Ästhetik*, III (1908), pp. 71—118, and IV (1909), pp. 400—455

DUFRENNE, MIKEL, *Phénoménologie de l'objet esthétique*, Paris 1950

HARTMANN, NIKOLAI, *Das Problem des geistigen Seins*, Berlin 1933

HIRSCH, E. D., Jun., "Objective Interpretation", *PMLA*, LXXV (1960), pp. 463—479

HUSSERL, EDMUND, *Méditations cartésiennes*, Paris 1931

INGARDEN, ROMAN, *Das literarische Kunstwerk*, Halle 1931

JOAD, C. E. M., *Guide to philosophy* (New York 1935), pp. 267—270

KAHN, SHOLOM J., "What Does a Critic Analyze?" *Philosophy and Phenomenological Research*, XIII (1952), pp. 237—245

LALO, CHARLES, "The Aesthetic Analysis of a Work of Art: An Essay on the Structure and Superstructure of Poetry", *Journal of Aesthetics*, VII (1949), pp. 278—293

MÜLLER, GÜNTHER, "Über die Seinsweise von Dichtung", *Deutsche Vierteljahr schrift für Literaturwissenschaft und Geistesgeschichte*, XVII (1939), pp. 137—153

MUKAŘOVSKÝ, JAN, "L'Art comme fait sémiologique", *Actes de huitième congrès international de philosophie à Prague*, Prague 1936, pp. 1065—1072

SOURIAU, ÉTIENNE, "Analyse existentielle de l'ceuvre d'art", a section of *La Correspondance des arts*, Paris 1947

VIVAS, ELISEO, "What Is a Poem?" *Creation and Discovery*, New York 1955, pp. 73—92

ZIFF, PAUL, "Art and the 'Object of Art'", *Mind*, LX (1951), pp. 466—480

2. "原文诠释"的研究与应用

BRUNOT, F., "Explications françaises", *Revue universitaire*, IV (1895), pp. 113—128, 263—287

HATZFELD, HELMUT, *Einfübrung in die Interpretation neufranzösischer Texte*, Munich 1922

LANSON, GUSTAVE, "Quelques mots sur l'explication de textes", *Méthodes de l'histoire littéraire*, Paris 1925, pp. 38—57

ROUSTAN, M., *Précis d'explication française*, Paris 1911

RUDLER, GUSTAVE, *L'Explication française*, Paris 1902

VIGNERON, ROBERT, *Explication de Textes and Its Adaptation to the Teaching of Modern Languages*, Chicago 1928

3. "文本细读"及方法实例

BLACKMUR, RICHARD P., *Language as Gesture, Essays in Poetry*, New York 1952

The Lion and the Honeycomb, New York 1955

BLOOM, HAROLD, *The Visionary Company. A Reading of English Romantic Poetry*, New York 1961

BROOKS, CLEANTH, *Modern Poetry and the Tradition*, Chapel Hill 1939 and

WARREN, ROBERT PENN, *Understanding Poetry*, New York 1938

The Well Wrought Urn, New York 1947

BROWER, REUBEN A., *The Fields of Light. An Experiment in Critical Reading*, New York 1951

BURGER, HEINZ OTTO (ed.), *Gedicht und Gedanke*, Halle 1942

BURNSHAW, STANLEY (ed.), *The Poem Itself*, New York 1960

COHEN, GUSTAVE, *Essai d'explication du "Cimetière marin"*, Paris 1933

CRANE, RONALD S., "Interpretation of Texts and the History of Ideas", *College English*, II (1941), pp. 755—765

EMPSON, WILLIAM, *Seven Types of Ambiguity*, London 1930 (new ed., New York 1948; Penguin Books 1962)

Some Versions of Pastoral, London 1935 (American title: *English Pastoral Poetry*, New York 1938)

The Structure of Complex Words, Norfolk, Conn., s. d. (1951)

ÉTIENNE, S., *Expériences d'analyse textuelle en vue d'explication littéraire*, Paris 1935

HARTMAN, GEOFFREY H., *The Unmediated Vision. An Interpretation of Wordsworth, Hopkins, Rilke, and Valéry*, New Haven 1954

GOODMAN, PAUL, *The Structure of Literature*, Chicago 1954

KOMMERELL, MAX, *Gedanken über Gedichte*, Frankfurt 1943

Geist und Buchstabe der Dichtung, Frankfurt 1940

LEAVIS, F. R., *New Bearings in English Poetry*, London 1932

Revaluation. Tradition and Development in English Poetry, London 1936 (reprinted New York 1947)

OLSON, ELDER, "Rhetoric and the Appreciation of Pope", *Modern Philology*, XXXVII (1939), pp. 13—35

"Sailing to Byzantium. Prolegomena to a Poetics of the Lyric", *University Review* (Kansas City), VIII (1942), pp. 209—219

MARTINI, FRITZ, *Das Wagnis der Sprache: Interpretationen deutscher Prosa von Nietzsche bis Benn*, Stuttgart 1954 (second ed. 1956)

RANSOM, JOHN CROWE, *The World's Body*, New York 1938

RICHARDS, I. A., *Practical Criticism*, London 1929, New York 1955

SPITZER, LEO. See list of works under chapter 14, section I, below

STAIGER, EMIL, *Die kunst der Interpretation*, Zürich 1955

Meisterwerke deutscher Sprache aus dem neunzebnten Jahrhundert, Zürich 1943

TATE, ALLEN, *On the Limits of Poetry. Selected Essays: 1928—1948*, New York 1948

UNGER, LEONARD, "Notes on *Ash Wednesday*", *Southern Review*, IV (1939), pp. 745—770

WAIN, JOHN (ed.), *Interpretations: Essays on Twelve English Poems*, London 1955

WALZEL, OSKAR, *Gehalt und Gestalt im dichterischen Kunstwerk*, Berlin 1923 (part of series: *Handbuch der Literaturwissenschaft*, ed. O. Walzel)

Das Wortkunstwerk: Mittel seiner Erforschung, Leipzig 1926

WASSERMAN, EARL R., *The Finer Tone*, Baltimore 1953 (on Keats)

The Subtler Language, Baltimore 1959

WIESE, BENNO VON (ed.), *Die deutsche Lyrik. Form und Geschichte, Interpretationen*, two vols., Düsseldorf 1957

4. 文学作品“意图”的研究

COOMARASWAMY, AMANDA K., "Intention", *American Bookman*, I (1944), pp. 41—48

WALCUTT, CHARLES CHILD, "Critic's Taste and Artist's Intention", *The University of Kansas City Review*, XII (1946), pp. 278—283

WALZEL, OSKAR, "Künstlerische Absicht", *Germanisch-romanische Monatsschrift*, VIII (1920), pp. 321—331

WIMSATT, W. K., Jun., and BEARDSLEY, MONROE C., "Intention", *Dictionary of World Literature* (ed. J. T. Shipley), New York 1944, pp. 326—329

"The Intentional Fallacy", *Sewanee Review*, LIV (1946), pp. 468—488, reprinted in *The Verbal Icon*, Lexington, Ky (1954), pp. 3—18

第十三章 谐音、节奏和格律

1. 谐音、音型、节奏及其他

BATE, WALTER JACKSON, *The Stylistic Development of Keats*, New York 1954

BRIK, OSIP, "Zvukovie povtory" (Sound-patterns), *Poetika*, Petersburg 1919

CHAPIN, ELSA, and RUSSELL, THOMAS, *A New Approach to Poetry*, Chicago 1929

EHRENFELD, A., *Studien zur Theorie des Reims*, two vols., Zürich 1897, 1904

FRYE, NORTHROP (ed.), *Sound and Poetry. English Institute Essays 1956*, New York 1957

GABRIELSON, ARNID, *Rime as a Criterion of the Pronunciation of Spenser, Pope, Byron, and Swinburne*, Uppsala 1909

KNAUER, KARL, "Die klangaesthetische Kritik des Wortkunstwerks am Beispiele französischer Dichtung", *Deutsche Vierteljabrschrift für Literaturwissenschaft und Geistesgescbichte*, XV (1937), pp. 69—91

LANZ, HENRY, *The Physical Basis of Rime*, Stanford University Press, 1931

ORAS, ANTS, "Lyrical Instrumentation in Marlowe", *Studies in Shakespeare* (ed. A. D. Matthews and C. M. Emery), Coral Gables, Fla, 1953

"Surrey's Technique of Phonetic Echoes", *Journal of English and Germanic Philology*, L (1951), pp. 289—308

RICHARDSON, CHARLESF., *A Study of English Rhyme*, Hanover, N. H. 1909

SERVIEN, PIUS, *Lyrisme et structures sonores*, Paris 1930

SNYDER, EDWARD D., *Hypnotic Poetry: A Study of Trance-Inducing Technique in Certain Poems and its Literary Significance*, Philadelphia 1930

VOSSLER, KARL, "Stil, Rhythmus und Reim in ihrer Wechselwirkung bei Petrarca und Leopardi", *Miscellanea di studi critici... in onore di Arturo Graf*, Bergamo 1903, pp. 453—481

WILSON, KATHERINE M., *Sound and Meaning in English Poetry*, London 1930

WIMSATT, W. K., Jun., "One Relation of Rhyme to Reason", *Modern Language Quarterly*, V (1944), pp. 323—338, reprinted in *The Verbal Icon*, Lexington, Ky (1954), pp. 153—166

WYLD, HENRY C., *Studies in English Rhymes from Surrey to Pope*, London 1923

ZHIRMUNSKY, VIKTOR, *Rifma, ee istoria i teoriya* (Rhyme, its History and Theory), Petrograd 1923

ZSCHECH, FRITZ, *Die Kritik des Reims in England*, Berlin 1917 ("Berliner Beiträge zur germanischen und romanischen philologie", Vol. 50)

2. 节奏和散文节奏

BAUM, PAULL F., *The Other Harmony of Prose*, Durham, N. C. 1952

BLASS, FR., *Die Rhythmen der antiken Kunstprosa*, Leipzig 1901

CHÉREL, A., *La Prose poétique française*, Paris 1940

CLARK, A. C., *The Cursus in Medieval and Vulgar Latin*, Oxford 1910

Prose Rhythm in English, Oxford 1913

CLASSE, ANDRÉ, *The Rhythm of English Prose*, Oxford 1939

CROLL, MORRIS W., "The Cadence of English Oratorical Prose", *Studies in Philology*, XVI (1919), pp. 1—55

ELTON, OLIVER, "English Prose Numbers", *A Sheaf of Papers*, London 1922, pp. 130—163

FIJN VAN DRAAT, P., "Rhythm in English Prose", *Anglia*, XXXVI (1912), pp. 1—58

"Voluptas Aurium", *Englische Studien*, XLVIII (1914—1915), pp. 394—428

GROOT, A. W. DE, *A Handbook of Antique Prose-Rhythm*, Groningen 1919, Vol. I

"Der Rhythmus", *Neophilologus*, XVII (1931), pp. 81—100, 177—197, 241—265

MARTIN, EUGÈNE-LOUIS, *Les Symmétries du français littéraire*, Paris 1924

NORDEN, EDUARD, *Die antike Kunstprosa*, two vols., Leipzig 1898

PATTERSON, W. M., *The Rhythm of Prose* (Columbia University Studies in English, No. 27), New York 1916

SCOTT, JOHN, HUBERT, *Rhythmic Prose* (University of Iowa Studies. Humanistic Stu-dies, III, No. I), Iowa City 1925

SEKEL, DIETRICH, *Hölderlins Sprachrhythmus*, Leipzig 1937

SERVIEN, PIUS, *Les Rythmes comme introduction physique à l'esthétique*, Paris 1930

VINOGRADOV, VIKTOR, "Ritm prozy (po Rikovei dame)" (Prose Rhythm, according to the *Queen of Spades*), *O Stikbe, Statyi* (*On Verse, Essays*), Leningrad 1929

WILLIAMSON, GEORGE, *The Senecan Amble. A Study of Prose Form from Bacon to Collier*, Chicago 1951

3. 格律学

①英语著作

BARKAS，PALLISTER，*A Critique of Modern English Prosody*，1880—1930（Studien zur englischen Philologie，ed. Morsbach and Hecht，No. 82），Halle 1934

BAUM，P. F.，*The Principles of English Versification*，Cambridge 1922

CROLL，MORRIS W.，"Music and Metrics"，*Studies in Philology*，XX（1923），pp. 388—394

DABNEY，I. P. *The Musical Basis of Verse*，New York 1901

HAMM，VICTOR M.，"Meter and Meaning"，*PMLA*，LXIX（1954），pp. 695—710

JACOB，CARY T.，*The Foundation and Nature of Verse*，New York 1918

LANIER，SIDNEY，*Science of English Verse*，New York 1880（new ed. with introduction by P. F. Baum in *Centennial Edition*，ed. Charles Anderson，Baltimore 1945，Vol. II. pp. vii—xlviii）

OMOND，T. S.，*English Metrists*，Oxford 1921

POPE，JOHN C.，*The Rhythm of Beowulf*，New Haven 1942

SCHRAMM，WILBUR LANG，*Approaches to a Science of Verse*（University of Iowa Studies，Series on Aims and Progress of Research，No. 46），Iowa City 1935

STEWART，GEORGE R.，Jun.，*Modern Metrical Techniques as Illustrated by Ballad Meter*，1700—1920，New York 1922

The Technique of English Verse，New York 1930

THOMPSON，JOHN，*The Founding of English Metre*，London 1961

WIMSATT，W. K. and BEARDSLEY，M. C.，"The Concept of meter：an exercise in abstraction"，*PMLA*，LXXIV（1959），pp. 585—598

②法语、德语、俄语和捷克语著作

BENOIST-HANAPPIER，LOUIS，*Die freien Rhythmen in der deutschen Lyrik*，Halle 1905

EIKHENBAUM，BORIS，*Melodika lyricheskovo stikha*（The Melody of Lyrical Verse），St Petersburg 1922

FRAENKEL，EDUARD，*Iktus und Akzent im lateinischen Sprechvers*，Berlin 1928

GRAMMONT，MAURICE，*Le Vers français. Ses moyens d'expression, son harmonie*，Paris 1913（fourth ed.，1937）

HEUSLER，ANDREAS，*Deutsche Versgeschichte*，three vols.，Berlin 1925—1929

Deutscher und antiker Vers, Strassburg 1917 (Quellen und Forschungen, No. 123)

JAKOBSON, ROMAN, *O cheshkom stikhe* (On Czech Verse), Berlin 1923

"Über den Versbau der serbokroatischen Volksepen", *Archives néerlandaises de phonétique expérimentale*, VIII—IX (1933), pp. 135—153

LOTE, G., *L'Alexandrin français d'après la phonétique expérimentale*, Paris 1913

MEILLET, ANTOINE, *Les Origines indo-européennes des mètres grecs*, Paris 1923

MORIER, HENRI, *Le Rythme du vers libre symboliste étudié chez Verbaeren, Henri de Régnier, Vielé-Griffin et ses relations avec le sens*, three vols., Genève 1943—1944

MUKAŘOVSKÝ, JAN, "Dějiny českého verše" ("The History of Czech Verse") *Československà vlastivěda*, Prague 1934, Vol. III

"Intonation comme facteur de rythme poétique", *Archives néerlandaises de phonétique expérimentale*, VIII—IX (1933), pp. 153—165

SARAN, Franz, *Deutsche Verslebre*, Munich 1907

Der Rhythmus des französichen Verses, Halle 1904

SCRIPTURE, E. W., *Grundzüge der englischen Verswissenschaft*, Marburg 1929

SIEVERS, WILHELM, *Rhythmisch-melodische Studien*, Heidelberg 1912

Altgermanische Metrik, Leipzig 1893

SPOERRI, THEOPHIL, *Französiche Metrik*, Munich 1929

TOMASHEVSKY, BORIS, *Russkoe stikhoslozbenye: Metrika* (*Russian Versification: Metrics*), St Petersburg 1923

O Stikhe: *Statyi* (*On Verse*: *Essays*) Leningrad 1929

TYNYANOV, YURYI N., *Problemy stikhotvornovo yazka* (*Problems of Poetic Language*), St Petersburg 1924

VERRIER, PAUL, *Essai sur les principes de la métrique anglaise*, three vols., Paris 1909

Le Vers français, three vols., Paris 1931—1932

ZHIRMUNSKY, VIKTOR, *Kompozitsiya lyricheskikh stikhotvorenii* (*The Composition of Lyrical Poems*), Petrograd 1921

Vvedenie v metriku: Teoriya stikha (*Introduction to Metrics. The Theory of Verse*), Leningrad 1925

第十四章　文体和文体学

1. 理论研究和综合研究著作

ALONSO, AMADO, "The Stylistic Interpretation of Literary Texts", *Modern Language Notes*, LVII (1942), pp. 489—496

BALLY, CHARLES, *Le Langage et la vie*, Paris 1926 (also Zürich 1945)

Linguistique générale et linguistique française, second ed. Paris 1944

BATESON, F. W., *Englsih Poetry and the English Language*, Oxford 1934

BERTONI, GIULIO, *Lingua e Poesia*, Florence 1937

BRUNOT, FERDINAND, *La Pensée et la langue* (third ed.), Paris 1936

CASTLE, EDUARD, "Zur Entwicklungsgeschichte des Wortbegriffs Stil", *Germanisch-romanische Monatsschrift*, VI (1914), pp. 153—160

COOPER, LANE, *Theories of Style*, New York 1907

CRESSOT, M., *Le Style et ses techniques*, Paris 1947

ELSTER, ERNST, *Prinzipien der Literaturwissenschaft*, Vol. II, Halle 1911 (includes treatment of stylistics)

GERBER, GUSTAV, *Sprache als Kunst*, two vols, Bromberg 1871 (second ed. 1885)

GOURMONT, REMYDE, *Le Problème du style*, Paris 1902

HATZFELD, HELMUT, *A Critical Bibliography of the New Stylistics Applied to the Romance Literatures*, 1900—1952, Chapel Hill 1953

"Stylistic Criticism as Art-minded Philology", *Yale French Studies*, II (1949), pp. 62—70

JOUILLAND, ALPHONSE G., *Review of Charles Bruneau*, "L'Époque réaliste", Language, XXX (1954), pp. 313—338 (contains survey of recent scholarship)

KAINZ, FRIEDRICH, "Vorarbeiten zu einer Philosophie des Stils", *Zeitschrift für Ästhetick*, XX (1926), pp. 21—63

LEO, ULRICH, "Historie und Stilmonographie: Grundsätzliches zur Stilforschung", *Deutsche Vierteljahrschrift für Literaturwissenschaft und Geistesgeschichte*, IX (1931), pp. 472—503

LUNDING, ERIK, *Wege zur Kunstinterpretation*, Aarhus, Denmark, 1953

MAPES, E. K., "Implications of Some Recent Studies on Style", *Revue de littérature comparée*, XVIII（1938），pp. 514—533

MAROUZEAU, J., "Comment aborder l'étude du style", *Le Français moderne*, XI（1943），pp. 1—6

"Les Tâches de la stylistique", *Mélanges I. Rozwadowski*, Cracow, I（1927），pp. 47—51

MURRY, JOHN MIDDLETON, *The Problem of Style*, Oxford 1922

OHMANN, RICHARD M., "Prolegomena to the Analysis of Prose Style", *Style in Prose Fiction: English Institute Essays* 1958（ed. Harold Martin），New York 1959, pp. 1—24

PONGS, HERMANN, "Zur Methode der Stilforschung", *Germanisch-romanische Monatsschrift*, XVII（1929），pp. 264—277

RALEIGH, SIR WALTER, *Style*, London 1897

SCHIAFFINI, ALFREDO, "La stilistica letteraria", *Momenti di storia della lingua italiana*, Rome 1953, pp. 166—186

SEBEOK, THOMAS S.（ed.），*Style in Language*, Cambridge, Mass. 1960

SPITZER, LEO, *Linguistics and Literary History: Essays in Stylistics*, Princeton 1948

A Method of Interpreting Literature, Northampton, Mass. 1949

Romanische Literaturstudien 1936—1956, Tübingen 1959

Romanische Stil- und Literaturstudien, two vols., Marburg 1931

Stilstudien, two vols., Munich 1928, new edition, Darmstadt 1961

VOSSLER, KARL, *Gesammelte Aufsätze zur Sprachphilosophic*, Munich 1923

Introducción a la estilistica romance, Buenos Aires 1932（new ed. 1942）

Positivismus und Idealismus in der Sprachwissenschaft, Heidelberg 1904

WALLACH, W., *Über Anwendung und Bedeutung des Wortes Stil*, Munich 1919

WELLEK, KENÉ, "Leo Spitzer（1887—1960）", *Comparative Literature*, XII（1960），pp. 310—334

WINKLER, EMIL "Die neuen Wege und Aufgaben der Stilistik", *Die neueren Sprachen*, XXXIII（1923），pp. 407—422

Grundlegung der Stilistik, Bielefeld 1929

2. 样本文体研究

ALONSO, AMADO, *Poesía y estilo de Pablo Neruda*, Buenos Aires 1940 (second ed. 1951)

ALONSO, DÁMASO, *La lengua poética de Góngora*, Madrid 1935

La poesía de San Juan de la Cruz, Madrid 1942

Poesía española. Ensayo de métodos y límites estílicos, Madrid 1950

AUERBACH, ERICH, *Mimesis: Dargestellte Wirklichkeit in der abendländischen Literatur*, Bern 1946 (English tr. by Willard Trask, Princeton 1953)

CROLL, MORRIS W., Introduction to Harry Clemons's edition of Lyly's *Euphues*, London 1916

DYBOSKI, ROMAN, *Tennysons Sprache und Stil*, Vienna 1907

HATZFELD, HELMUT, *Don Quijote als Wortkunstwerk. Die einzelnen Stilmittel und ibr Sinn*, Leipzig 1927 (Spanish tr. Madrid 1949)

LEO, ULRICH, *Fogazzaros Stil und der symbolische Lebensroman*, Heidelberg 1928

JIRÁT, VOJTCĚH, *Platens Stil*, Prague 1933

MUKAŘOVSKÝ, JAN, *Máchův Maj: Estetická studie* (*Mácha's May: An Aesthetic Study*), Prague 1928 (with French résumé)

SAYCE, R. A., *Style in French Prose*, Oxford 1953

ULLMANN, STEPHEN, *Style in the French Novel*, Cambridge 1957

VINOGRADOV, VIKTOR, *Stil Pushkina*, Moscow 1941

WIMSATT, WILLIAM K., *The Prose Style of Samuel Johnson*, New Haven 1941

3. 诗的语言和诗的用语

BARFIELD, OWEN, *Poetic Diction: A Study in Meaning*, London 1925

BERRY, FRANCIS, *Poet's Grammar: Person, Time, and Mood in Poetry*, London 1958

DAVIE, DONALD, *Purity of Diction in English Verse*, New York 1953

GROOM, BERNARD, *The Diction of Poetry from Spenser to Bridges*, Toronto 1956

HATZFELD, HELMUT, "The Language of the Poet", *Studies in Philology*, XLIII (1946), pp. 93—120

HUNGERLAND, ISABEL C., *Poetic Discourse*, Berkeley, Calif. 1958

MILES, JOSEPHINE, *The Vocabulary of Poetry*, Berkeley, Calif. 1946

The Continuity of Poetic Language, Berkeley, Calif. 1951

NOWOTTNY, WINIFRED, *The Language Poets Use*, New York 1962

QUAYLE, THOMAS, *Poetic Diction: A Study of Eighteenth Century Verse*, London 1924

RAYMOND, MARCEL, "Le Poète et la langue", *Trivium. Schweizerische Vierteljahrschrift für Literaturwissenschaft und Stilistik*, II (1944), pp. 2—25

RUBEL, VERÉ L., *Poetic Diction in the English Renaissance from Skelton through Spenser*, New York 1941

RYLANDS, GEORGE, *Words and Poetry*, London 1928

TATE, ALLEN (ed.), *The Language of Poetry*, Princeton 1942

TILLOTSON, GEOFFREY, "Eighteenth-Century Poetic Diction", *Essays in Criticism and Research*, Cambridge 1942, pp. 53—85

WHEELWRICHT, PHILIP, "On the Semantics of Poetry", *Kenyon Review*, II (1940), pp. 263—283

WYLD, H. C., *Some Aspects of the Diction of English Poetry*, Oxford 1933

4. 时代文体的文体学著作

BALLY, CHARLES; RICHTER, ELISE; ALONSO, AMADO; LIDA, RAYMONDO, *El impresionismo en el lenguaje*, Buenos Aires 1936

BARAT, EMMANUEL, *Le Style Poétique et la révolution romantique*, Paris 1904

GAUTIER, RENÉ, *Deux aspects du style classique Bossuet, Voltaire*, La Rochelle 1936

HATZFELD, HELMUT, "Der Barockstil der religösen klassischen Lyrik in Frankreich", *Literaturwissenschaftliches Jahrbuch der Görresgesellschaft*, IV (1929), pp. 30—60

"Die französische Klassik in neuer sicht", *Tijdschrift voor Taal en Letteren*, XXVII (1935), pp. 213—282

"Rokoko als literarischer Epochenstil", *Studies in Philology*, XXXIII (1938), pp. 532—565

CROLL, MORRIS W., "The Baroque Style in Prose", *Studies in English Philology: A Miscellany in Honor of F. Klaeber* (eds. K. Malone and M. B. Ruud), Minneapolis 1929, pp. 427—456

HEINZEL, RICHARD, *Über den Stil der altgermanischen Poesie*, Strassburg 1875

PETRICH, HERMANN, *Drei Kapitel vom romantischen Stil*, Leipzig 1878

RAYMOND, MARCEL, "Classique et Baroque dans la poésie de Ronsard", *Concinnitas: Festschrift für Heinrich Wölfflin*, Basel 1944, pp. 137—173

STRICH, FRITZ, "Der lyrische Stil des 17. Jahrhunderts", *Abhandlungen zur deutschen Literaturgeschichte. Festschrift für Franz Muncker*, Munich 1916, pp. 21—53

THON, LUISE, *Die Sprache des deutschen Impressionismus*, Munich 1928

第十五章 意象、隐喻、象征、神话

1. 意象和隐喻

AISH, DEBORAH, *La Métaphore dans l'auvre de Mallarmé*, Paris 1938

BRANDENBURG, ALICE S., "The Dynamic Image in Metaphysical Poetry", *PMLA*, LVII (1942), pp. 1039—1045

BROOKE-ROSE, CHRISTINE, *A Grammar of Metaphor*, London 1958

BROOKS, CLEANTH, "Shakespeare as a Symbolist Poet", *Yale Review*, XXXIV (1945), pp. 642—665 (reprinted as "The Naked Babe and the Cloak of Manliness", *The Well Wrought Urn*, New York 1947, pp. 21—46)

BROWN, STEPHEN J., *The World of Imagery: Metaphor and Kindred Imagery*, London 1927

BURKE, KENNETH, "Four Master Tropes" (metaphor, metonymy, synecdoche, and irony), *A Grammar of Motives*, New York 1946, pp. 503—517

CLEMEN, WOLFGANG, *Shakespeares Bilder: Ihre Entwicklung und ihre Funktionen im dramatischen Werk...*, Bonn 1936 (English tr. *The Development of Shakespeare's Imagery*, Cambridge, Mass., 1951)

FOGLE, RICHARD H., *The Imagery of Keats and Shelley*, Chapel Hill 1949

FOSTER, GENEVIEVE W., "The Archetypal Imagery of T. S. Eliot", *PMLA*, LX (1945), pp. 576—585

GOHEEN, ROBERT F., *The Imagery of Sophocles' Antigone*, Princeton 1951

HEILMAN, ROBERT, *Magic in the Web. Action and Language in Othello*, Lexington, Ky 1956

This Great Stage, Baton Rouge 1948 (on King Lear)

HORNSTEIN, LILLIAN H., "Analysis of Imagery: A Critique of Literary Method", *PMLA*, VII (1942), pp. 638—653

JAKOBSON, ROMAN, "Randbemerkungen zur Prosa des Dichters Pasternak", *Slavische Rundschau* (ed. F. Spina), VII (1935), pp. 357—374

KONRAD, HEDWIG, *Étude sur la métaphore*, Paris 1939

LEWIS, CECIL DAY, *The Poetic Image*, London 1947

MARSH, FLORENCE, *Wordsworth's Imagery: A Study in Poetic Vision*, New Haven 1952

MURRY, J. MIDDLETON, "Metaphor", *Countries of the Mind*, second series, London 1931, pp. 1—16

PARRY, MILMAN, "The Traditional Metaphor in Homer", *Classical Philology*, XXVIII (1933), pp. 30—43

PONGS, HERMANN, *Das Bild in der Dichtung*, I: *Versuch einer Morphologie der metaphorischen Formen*, Marburg 1927, II: *Voruntersuchungen zum Symbol*, Marburg 1939

PRAZ, MARIO, *Studies in Seventeenth-Century Imagery* ("Studies of the Warburg Institute", III), London 1939

RUGOFF, MILTON, *Donne's Imagery: A Study in Creative Sources*, New York 1939

SPURGEON, CAROLINE, *Shakespeare's Imagery and What it Tells Us*, Cambridge 1935

STANFORD, WILLIAM B., *Greek Metaphor: Studies in Theory and Practice*, Oxford 1936

TUVE, ROSEMOND, *Elizabethan and Metaphysical Imagery: Renaissance Poetic and Twentieth-Century Critics*, Chicago 1947

A Reading of George Herbert, London 1952

WELLS, HENRY W., *Poetic Imagery: Illustrated from Elizabethan Literature*, New York 1924

WERNER, HEINZ, *Die Ursprünge der Metapher*, Leipzig 1919

WHEELWRIGHT, PHILIP, *Metaphor and Reality*, Bloomington, Indiana 1962

2. 象征和神话

ALLEN, DON CAMERON, "Symbolic Color in the Literature of the English

Renaissance", *Philological Quarterly*, XV (1936), pp. 81—92 (with a bibliography for heraldry and liturgy)

BACHELARD, GASTON, *L'Eau et les réves...*, Paris 1942

La Psychoanalyse de feu (fourth ed.), Paris 1938

BLOCK, HASKELL M., "Cultural Anthropology and Contemporary Literary Criticism", *Journal of Aesthetics*, XI (1952), pp. 46—54

BODKIN, MAUD, *Archetypal Patterns in Poetry*, Oxford 1934

BUSH, DOUGLAS, *Mythology and the Renaissance Tradition in English Poetry*, Minneapolis 1932

Mythololgy and the Romantic Tradition in English Poetry, Cambridge, Mass. 1937

CAILLIET, EMILE, *Symbolisme et âmes primitives*, Paris 1936

CAILLOIS, ROGER, *Le Mythe et l'Homme* (Collection "Let Essais"), Paris 1938

CASSIRER, ERNST, *Die Philosophie der symbolischen Formen*, II: *Das mythische Denken*, Berlin 1924 (English tr. New Haven 1955)

Wesen und Wirkung des Symbolbegriffs, Darmstadt 1956

CHASE, RICHARD, *Quest for Myth*, Baton Rouge 1949

DANIELOU, JEAN, "The Problem of Symbolism", *Thought*, XXV (1950), pp. 423—440

DUNBAR, HELEN FLANDERS, *Symbolism in Mediaeval Thought and its Consummation in the Divine Comedy*, New Haven 1929

EMRICH, WILHELM, *Die Symbolik von Faust II*, Berlin 1943

"Symbolinterpretation und Mythenforschung", *Euphorion*, XLVII (1953), pp. 38—67

FEIDELSON, CHARLES, Jun., *Symbolism and American Literature*, Chicago 1953

FRIEDMAN, NORMAN, "Imagery: From Sensation to Symbol", *Journal of Aesthetics*, XII (1953), pp. 24—37

FOSS, MARTIN, *Symbol and Metaphor in Human Experience*, Princeton 1949

FRYE, NORTHROP, "Three Meanings of Symbolism", *Yale French Studies*, No. 9 (1952), pp. 11—19

Fearful Symmetry: A Study of William Blake, Princeton 1947

GUASTALLA, RENÉ M., *Le Mythe et le livre: essai sur l'origine de la littérature*, Paris 1940

HUNGERFORD, EDWARD, *Shores of Darkness*, New York 1941

HUNT, HERBERT J., *The Epic in Nineteenth-Century France: A Study in Heroic and Humanitarian Poetry from Les Martyrs to Les Siècles morts*, Oxford 1941

KERÉNYI, KARL, and MANN, THOMAS, *Romandichtung und Mythologie. Ein Briefwechsel*, Zürich 1945

KNIGHT, G. WILSON, *The Wheel of Fire: Essays in Interpretation of Shakespeare's Sombre Tragedies*, with an introduction by T. S. Eliot, London 1930

LANGER, SUSANNE K., *Philosophy in a New Key: A Study in the Symbolism of Reason, Rite, and Art*, Cambridge, Mass. 1942

Feeling and Form. A Theory of Art Developed from Philosophy in a New Key, New York 1953

NIEBUHR, REINHOLD, "The Truth Value of Myths", *The Nature of Religious Experience: Essays in Honor of Douglas C. Macintosh*, New York 1937

O'DONNELL, G. M., "Faulkner's Mythology", *Kenyon Review*, I (1939), pp. 285—299

PRESCOTT, FREDERICK C., *Poetry and Myth*, New York 1927

RAGLAN, LORD, *The Hero: A Study in Tradition, Myth, and Drama*, London 1937, New York 1956

SCHORER, MARK, *William Blake*, New Yrok 1946

STEWART, JOHN A., *The Myths of Plato*, London 1905

STRICH, FRITZ, *Die Mythologie in der deutschen Literatur von Klopstock bis Wagner*, two vols. Berlin 1910

TROY, WILLIAM, "Thomas Mann: Myth and Reason", *Partisan Review*, V (1938), pp. 24—32, 51—64

WHEELWRIGHT, PHILIP, "Poetry, Myth, and Reality", *The Language of Poetry* (ed. Tate), Princeton 1942, pp. 3—33

The Burning Fountain: A Study in the Language of Symbolism, Bloomington, Ind. 1954

WIMSATT, W. K., Jun., "Two Meanings of Symbolism: A Grammatical Exercise", *Catholic Renascence*, VIII (1955), pp. 12—25

第十六章　叙述性小说的性质和模式

1. 史诗、小说和故事

AARNE，A.，and THOMPSON，S.，*Types of the Folk-Tale*，Helsinki 1928

ALDRIDGE，J. W.（ed.），*Critiques and Essays in Modern Fiction, 1920—1951*，New York 1952

AMES，VAN METER，*Aesthetics of the Novel*，Chicago 1928

BEACH，JOSEPH WARREN，*The Twentieth-Century Novel: Studies in Technique*，New York 1932

BONNET，H.，*Roman et poésie. Essai sur l'esthétique des genres*，Paris 1951

BOOTH，WAYNE C.，*The Rhetoric of Fiction*，Chicago 1961

BROOKS，CLEANTH，and WARREN，R. P.，*Understanding Fiction*，New York 1943

CAILLOIS，ROGER，*Sociología de la novela*，Buenos Aires 1942

DIBELIUS，WILHELM，*Englische Romankunst: Die Technik des englischen Romans im achtzehnten und zu Anfang des neunzebnten Jahrhunderts*，Vols. I and II（Palaestra，Nos. 92 and 98），Berlin and Leipzig 1922

Charles Dickens，Leipzig 1916（second ed. 1926），Chap. 12，"Erzählungskunst und Lebensbild"; Chap. II，"Dickens als Menschendarsteller"

FOLLETT，WILSON，*The Modern Novel: A Study of the Purpose and Meaning of Fiction*，New York 1918

FORSTER，E. M.，*Aspects of the Novel*，London 1927

FRANK，JOSEPH，"Spatial Form in Modern Literature（esp. the novel）"，*Sewanee Review*，LIII（1945），pp. 221—240，433—456（reprinted in *Criticism*，eds. Schorer，Miles，and McKenzie，New York 1948，pp. 379—392）

FRIEDEMANN，KÄTE，*Die Rolle des Erzählers in der Epik*，1911

HAMILTON，CLAYTON，*Materials and Methods of Fiction*，Norwood，Mass. and London 1909

HATCHER，ANNA G.，"Voir as a Modern Novelistic Device"，*Philological Quarterly*，XXIII（1944），pp. 354—374

IRWIN，WILLIAM R.，*The Making of Jonathan Wild: A Study in the Literary Method of Henry Fielding*，New York 1941

JAMES，HENRY，*The Art of the Novel: Critical Prefaces*，New York 1934

KEITER, HEINRICH, and KELLER, TONY, *Der Roman: Geschichte, Theorie, und Technik des Romans und der erzählenden Dichtkunst*, third ed., Essen-Ruhr 1908

KOSKIMIES, R., "Theorie des Romans", *Annals of the Finnish Academy*, Series B, XXXV (1935), Helsinki

LÄMMERT, EBERHARD, *Bauformen des Erzäblens*, Stuttgart 1955

LEAVIS, F. R., *The Great Tradition: George Eliot, Henry James, Joseph Conrad*, London 1948 (new ed. New York 1955; Penguin Books 1962)

LEVIN, HARRY, "The Novel", *Dictionary of World Literature* (ed. J. T. Shipley), New York 1943, pp. 405—407

LUBBOCK, PERCY, *The Craft of Fiction*, London 1921

LUDWIG, OTTO, *Studien* (incl. "Romanstudien"), *Gesammelte Schriften*, VI, Leipzig 1891

LUKÁCS, GEORG, *Die Theorie des Romans: Ein geschichtsphilosophischer Versuch über die Formen der grossen Epik*, Berlin 1920

MAURIAC, FRANÇOIS, *Le Romancier et ses personnages*, Paris 1933

MEYER, HERMAN, *Das Zitat in der Erzählkunst*, Stuttgart 1961

MUIR, EDWIN, *The structure of the Novel*, London 1929

MYERS, WALTER L., *The Later Realism: A Study of Characterization in the British Novel*, Chicago 1927

O'CONNOR, WILLIAM V. (ed.), *Forms of Modern Fiction*, Minneapolis 1948

ORTEGA Y GASSET, *Ideas sobra la novela*, Madrid 1925 (Eng. tr. *Notes on the Novel*, Princeton 1948)

PETSCH, ROBERT, *Wesen und Formen der Erzählkunst*, Halle 1934

PRAZ, MARIO, *La crisi dell'eros nel romanzo vittoriano*, Florence 1952, English tr. *The Hero in Eclipse in Victorian Fiction*, Oxford 1956

PREVOST, JEAN (ed.), *Problèmes du roman*, s. d. Paris

RICKWORD, C. H., "A Note on Fiction", *The Calendar, A Quarterly Review*, III (1926—1927), pp. 226—233 (reprinted in O'Connor, op. cit., pp. 294—305)

RIEMANN, ROBERT, *Goethes Romantechnik*, Leipzig 1902

SPIELHAGEN, FRIEDRICH, *Beiträge zur Theorie und Technik des Romans*, Leipzig 1883

STANZEL, FRANZ, *Die Typischen Erzählsituationen im Roman*, Vienna 1955

TATE, ALLEN, "Techniques of Fiction", *Sewanee Review*, LII (1944), pp. 210—225 (reprinted in O'Connor, op. cit., pp. 30—45)

THIBAUDET, ALBERT, *Le Liseur de romans*, Paris 1925

Réflexions sur le roman, Paris 1938

TILLOTSON, KATHLEEN, *The Tale and the Teller*, London 1959

WENGER, J., "Speed as a Technique in the Novels of Balzac", *PMLA*, LV (1940), pp. 241—252

WHARTON, EDITH, *The Writing of Fiction*, New York 1924

WHITCOMB, SELDEN L., *The Study of a Novel*, Boston 1905

WHITEFORD, R. N., *Motives in English Fiction*, New York 1918

第十七章　文学的类型

BEHRENS, IRENE, *Die Lehre von der Einteilung der Dichtkunst: Beihefte zur Zeitschrift für Romanische Philologie*, XCII, Halle 1940

BEISSNER, FRIEDRICH, *Geschichte der deutschen Elegie*, Berlin 1941

BÖHM, FRANZ J., "Begriff und Wesen des Genre", *Zeitschrift für Ästhetik*, XXII (1928), pp. 186—191

BOND, RICHMOND P., *English Burlesque Poetry*, Cambridge, Mass. 1932

BRIE, FRIEDRICH, *Englische Rokoko-Epik* (1710—1730), Munich 1927

BRUNETIÈRE, FERDINAND, *L'Évolution des genres dans l'histoire de la littérature...*, Paris 1980

BURKE, KENNETH, "Poetic Categories", *Attitudes toward History*, New York 1937, Vol. I, pp. 41—119

CRANE, RONALD S. (ed.), *Critics and Criticism: Ancient and Modern*, Chicago 1952 (contains Elder Olson, "An Outline of Poetic Theory")

DONOHUE, JAMES J., *The Theory of Literary Kinds. I: Ancient Classifications of Literature; II: The Ancient Classes of Poetry*, Dubuque, Iowa 1943, 1949

EHRENPREIS, IRWIN, *The "Types" Approach to Literature*, New York 1945

FUBINI, MARIO, "Genesi e storia dei generiletterari", *Tecnica e teoria letteraria* (a volume of A. Momigliano, ed., *Problemi ed orientamenti critici di lingua e di letteratura italiana*, Milano 1948). Also in *Critica e poesia*, Bari 1956

GRABOWSKI, T., "La Question des genres littéraires dans l'étude contemporaine polonaise de la littérature", *Helicon*, II (1939), pp. 211—216

HANKISS, JEAN, "Les Genres littéraires et leur base psychologique", *Helicon*, II (1939), pp. 117—129

HARTL, ROBERT, *Versuch einer psychologischen Grundlegung der Dichtungsgattungen*, Vienna 1923

JOLLES, ANDRÉ, *Einfache Formen: Legende, Sage, Mythe, Rätsel, Spiel, Kasus, Memorabile, Märchen, Witz*, Halle 1930

KAYSER, WOLFGANG, *Geschichte der deutschen Ballade*, Berlin 1936

KOHLER, PIERRE, "Contribution à une philosophie des genres", *Helicon*, I(1938), pp. 233—244; II (1940), pp. 135—147

KRIDL, MANFRED, "Observations sur les genres de la poésie lyrique", *Helicon*, II (1939), pp. 147—156

MAUTNER, FRANZ H., "Der Aphorismus als literarische Gattung", *Zeitschrift für Ästhetik*, XXXII (1938), pp. 132—175

MÜLLER, GÜNTHER "Bemerkungen zur Gattungspoetik", *Philosophischer Anzeiger*, III (1929), pp. 129—147

Geschichte des deutschen Liedes..., Munich 1925

PEARSON, N. H., "Literary Forms and Types", ..., *English Institute Annual*, 1940, New York(1941), pp. 61—72

PETERSEN, JULIUS, "Zur Lehre von den Dichtungsgattungen", *Festschrift für August Sauer*, Stuttgart(1925), pp. 72—116

STAIGER, EMIL, *Grundbegriffe der Poetik*, Zürich 1946

VALENTIN, VEIT, "Poetische Gattungen", *Zeitschrift für vergleichende Litteraturgeschichte*, V (1892), pp. 35—51

VAN TIEGHEM, P., "La Question des genres littéraires", *Helicon*, I (1938), pp. 95—101

VIËTOR, KARL, *Geschichte der deutchen Ode*, Munich 1923

"Probleme der literarischen Gattungsgeschichte", *Deutche Vierteljahrschrift für Literaturwissenschaft und Geistesgeschichte*, IX(1931), pp. 425—447 (reprinted in *Geist und Form*, Bern 1952, pp. 292—309)

WHITMORE, CHARLES E., "The Validity of Literary Definitions", *PMLA*, XXXIX (1924), pp. 722—736

第十八章 文学的评价

ALEXANDER，SAMUEL，*Beauty and Other Forms of Value*，London 1933

BERIGER，LEONHARD，*Die literarische Wertung*，Halle 1938

BOAS，GEORGE，*A Primer for Critics*，Baltimore 1937（revised ed. *Wingless Pegasus*，Baltimore 1950）

DINGLE，HERBERT，*Science and Literary Criticism*，London 1949

GARNETT，A. C.，*Reality and Value*，New Haven 1937

HEYDE，JOHANNES，*Wert: eine Philosophische Grundlegung*，Erfurt 1926

HEYL，BERNARD C.，*New Bearings in Esthetics and Art Criticism: A Study in Semantics and Evaluation*，New Haven 1943

LAIRD，JOHN，*The Idea of Value*，Cambridge 1929

OSBORNE，HAROLD，*Aesthetics and Criticism*，London 1955

PELL，ORLIE A.，*Value-Theory and Criticism*，New York 1930

PEPPER，STEPHEN C.，*The Basis of Criticism in the Arts*，Cambridge，Mass.，1945

PERRY，RALPH B.，*General Theory of Value*，New York 1926

PRALL，DAVID W.，*A Study in the Theory of Value*（University of California Publications in Philosophy，Vol. III，No. 2），1921

REID，JOHN R.，*A Theory of Value*，New York 1938

RICE，PHILIP BLAIR，"Quality and Value"，*Journal of Philosophy*，XL（1943），pp. 337—348

"Towards a Syntax of Valuation"，*Journal of Philosophy*，XLI（1944），pp. 331—363

SHUMAKER，WAYNE，*Elements of Critical Theory*，Berkeley，Calif. 1952

STEVENSON，CHARLES L.，*Ethics and Language*，New Haven 1944

VIVAS，ELISEO，"A Note on Value"，*Journal of Philosophy*，XXXIII（1936），pp. 568—575

"The Esthetic Judgment"，*Journal of Philosophy*，XXXIII（1936），pp. 57—69

URBAN，WILBUR，*Valuation: Its Nature and Laws*，New York 1909

WALSH，DOROTHY，"Literature and the Literary Judgment"，*University of Toronto Quarterly*，XXIV（1955），pp. 341—350

WIMSATT，WILLIAM K.，"Explication as Criticism"，*The Verbal Icon*，Lexington，Ky, 1954，pp. 235—252

WUTZ，HERBERT，*Zur Theorie der literarischen Wertung*，Tübingen 1957

第十九章 文学史

1. 文学史综论

CURTIUS, ERNST ROBERT, *Europäische Literatur und lateinisches Mittelalter*, Bern 1948 (English tr. *European Literature and the Latin Middle Ages*, New York 1953)

CYSARZ, HERBERT, *Literaturgeschichte als Geisteswissenschaft*, Halle 1926

GREENLAW, EDWIN, *The Province of Literary History*, Baltimore 1931

LACOMBE, PAUL, *Introduction à l'histoire littéraire*, Paris 1898

LANSON, GUSTAVE, "Histoire littéraire", *De la Méthode dans les sciences*, Paris (second series, 1911), pp. 221—264

Méthodes de l'histoire littéraire, Paris 1925

MORIZE, ANDRÉ, *Problems and Methods of Literary History*, Boston 1922

RENARD, GEORGES, *La Méthode scientifique d'histoire littéraire*, Paris 1900

RUDLER, GUSTAVE, *Les Techniques de la critique et d'histoire littéraire en littérature française moderne*, Oxford 1923

SANDERS, CHAUNCEY, *An Introduction to Research in English Literary History*, New York 1952

WELLEK, RENÉ, "The Theory of Literary History", *Travaux du Cercle linguistique de Prague*, IV (1936), pp. 173—191

2. 分期理论

CAZAMIAN, LOUIS, "La Notion de retours périodiques dans l'histoire littéraire", *Essais en deux langues*, Paris 1938, pp. 3—10

"Les Périodes dans l'histoire de la littérature anglaise moderne", *Ibid.*, pp. 11—22

CYSARZ, HERBERT, "Das Periodenprinzip in der Literaturwissenschaft", *Philosophie der Literaturwissenschaft* (ed. E. Ermatinger), Berlin 1930, pp. 92—129

FRIEDRICH, H., "Der Epochebegriff im Lichte der französischen Préromantismeforschung", *Neue Jahrbücher für Wissenschaft und Jugendbildung*, X (1934), pp. 124—140

MEYER, RICHARD MORITZ, "Prinzipien der wissenschaftlichen Periodenbildung", *Euphorion*, VIII (1901), pp. 1—42

MILES, JOSEPHINE, "Eras in English Poetry", *PMLA*, LXX (1955), pp. 853—875

"Le Second Congrès international d'histoire littéraire, Amsterdam 1935: Les Périodes dans l'histoire littéraire depuis la Renaissance", *Bulletin of the International Commitee of the Historical Sciences*, IX (1937), pp. 255—398

TEESING, H. P. H., *Das Problem der Perioden in der Literaturgeschichte*, Groningen 1949

WELLEK, RENÉ, "Periods and Movements in Literary History", *English Institute Annual, 1940*, New York 1941, pp. 73—93

WIESE, BENNO VON, "Zur Kritik des geisteswissenschaftlichen Periodenbegriffes", *Deutsche Vierteljahrschrift für Literaturwissenschaft und Geistesgeschichte*, XI (1933), pp. 130—144

3. 主要分期术语

①文艺复兴

BORINSKI, KARL, *Die Weltwiedergeburtsidee in den neueren Zeiten. I: Der Streitum die Renaissance und die Entstehungsgeschichte der historischen Beziehungsbegriffe "Renaissance" und "Mittelalter"*, Munich 1919

BURDACH, KONRAD, "Sinn und Ursprung der Worte Renaissance und Reformation", *Reformation, Renaissance, Humanismus*, Berlin 1926, pp. 1—84

EPPELSHEIMER, H. W., "Das Renaissanceproblem", *Deutsche Vierteljahrschrift für Literaturwissenschaft und Geistesgeschichte, II* (1933), pp. 477—500

FERGUSON, WALLACE K., *The Renaissance in Historical Thought*, Boston 1948

FIFE, R. H., "The Renaissancc in a Changing World", *Germanic Review*, IX (1934), pp. 73—95

HUIZINGA, J., "Das Problem der Renaissance", *Wege der Kulturgeschichte* (tr. Werner Kaegi), Munich 1930, pp. 89—139

PANOFSKY, ERWIN, "Renaissance and Renascences", *Kenyon Review*, VI (1944), pp. 201—236

PHILIPPI, A., *Der Begriff der Renaissance: Datenzu seiner Geschiçhte*, Leipzig 1912

②古典主义

LEVIN, HARRY, "Contexts of the Classical", *Contexts of Criticism*, Cambridge,

Mass. 1957, pp. 38—54

LUCK, GEORG, "Scriptor classicus", *Comparative Literature*, X (1958), pp. 150—158

MOREAU, PIERRE, "Qu'est-ce qu'un classique? Qu'est-ce qu'un romantique?" *Le Classicisme des Romantiques*, Paris 1932, pp. 1—22

PEYRE, HENRI, *Le Classicisme français*, New York 1942 (contains chapter "Le Mot classicisme" and annotated bibliography)

VAN TIEGHEM, PAUL, "Classique", *Revue de synthsèe historique*, XLI (1931), pp. 238—241

③巴洛克艺术风格

CALCATERRA, C., "Il problema del barocco", *Questioni e correnti di storia letteraria* (a volume of *Problemi ed orientamenti critici di lingua e di leteratura italiana*, ed. A. Momigliano), Milano 1948, pp. 405—501

COUTINHO, AFRÂNIO, *Aspectos de literatura barroca*, Rio de Janeiro 1950

GETTO, GIOVANNI, "La polemica sul Barocco", *Letteratura e critica nel tempo*, Milano 1954, pp. 131—218

HATZFELD, HELMUT, "A Clarification of the Baroque Problem in the Romance Literatures", *Comparative Literature* I (1949), pp. 113—139

Der gegenwärtige Stand der romanistischen Barockforschung, Munich 1961

"The Baroque from the Viewpoint of the Literary Historian", *Journal of Aesthetics and Art Criticism*, XIV (1955), pp. 156—164

KURZ, OTTO, "Barocco: storìa di una parola", *Lettere italiane*, XII (1960), pp. 414—444

MACRÌ ORESTE, *La historiografía del barroco literario español*, Bogotà 1961

MIGLIORINI, BRUNO, "Etimologia e storia del termine Barocco", in *Manierismo, Barocco, Rococò: Concetti e termini. Convegno internazionale*, Accademia dei Lincei, Rome 1962, pp. 39—49

MOURGUES, ODETTEDE, *Metaphysical, Baroque, and Précieux Poetry*, Oxford 1953

NELSON, LOWRY, Jun., "Baroque: Word and Concept", *Baroque Lyric Poetry*, New Haven 1961, pp. 1—17

SAYCE, R. A., "The Use of the Term 'Baroque' in French Literary History",

Comparative Literature, X (1958), pp. 246—253

WELLEK, RENÉ, "The Concept of Baroque in Literary Scholarship", *Journal of Aesthetics*, V (1946), pp. 77—109 (with full bibliography)

④浪漫主义

AYNARD, JOSEPH, "Comment définir le romantisme?", *Revue de littérature comparée*, V (1925), pp. 641—658

BALDENSPERGER, FERNAND, "Romantique-ses analogues et équivalents", *Harvard Studies and Notes in Philology and Literature*, XIV (1937), pp. 13—105

BARRÈRE, JEAN-BERTRAND, "Sur quelques définitions du Romantisme", *Revue des sciences humaines*, LXII—LXIII (1951), pp. 93—110

PECKHAM, MORSE, "Toward a Theory of Romanticism", *PMLA*, LXVI (1951), pp. 5—23; "Toward a Theory of Romanticism: II. Reconsiderations", *Studies in Romanticism*, I (1961), pp. 1—6

PETERSEN, JULIUS, *Die Wesensbestimmung der deutschen Romantik*, Leipzig 1926

REMAK, HENRY H. H., "West European Romanticism: Definition and Scope", *Comparative Literature: Method and Perspective* (ed. Newton P. Stallknecht and Horst Frenz), Carbondale, Ill. 1961, pp. 223—259

SCHULTZ, FRANZ, "Romantik und Romantisch als literaturgeschichtliche Terminologie und Begriffsbildungen", *Deutsche Vierteljahrschhrift für Literaturwissenschaft und Geistesgeschichte*, II (1924), pp. 349—366

SMITH, LOGAN P., *Four Words: Romantic, Originality, Creative, Genius* (Society for Pure English, Tract No. 17), Oxford 1924 (reprinted in *Words and Idioms*, Boston 1925)

ULLMANN, RICHARD, and GOTTHARD, HELENE, *Geschichte des Begriffs "Romantisch" in Deutschland*, Berlin 1927

WELLEK, RENÉ, "The Concept of Romanticism in Literary Scholarship", *Comparative Literature* I (1949), pp. 1—23, 147—172

⑤现实主义

BORGERHOFF, E. B. O., "*Réalisme* and Kindred Words: Their Use as a Term of Literary Criticism in the First Half of the Nineteenth Century", *Publications of the Modern Language Association*, LIII (1938), pp. 837—843

BRINKMANN, RICHARD, *Wirklichkeit und Illusion: Studien über Gehalt und Grenzeny des Begriffs Realismus*, Tübingen 1957

LEVIN, HARRY(ed.), "A Symposium on Realism", *Comparative Literature* III(1951), pp. 193—285

WATT, IAN, "Realism and the Novel Form", *The Rise of the Novel: Studies in Defoe, Richardson and Fielding*, London 1960, pp. 9—34

WEINBERG, BERNARD, *French Realism: The Critical Reaction*, 1830—1870, Chicago 1937

WELLEK, RENÉ, "The Concept of Realism in Literary Scholarship", *Neophilologus*, XL (1960), pp. 1—20

⑥象征主义

BARRE, ANDRÉ, *Le Symbolisme*, Paris 1011

LEHMANN, A. G., *The Symbolist Aesthetic in France 1885—1895*, Oxford 1950

MARTINO, PIERRE, *Parnasse et symbolisme: 1850—1900*, Paris 1925, pp. 150—155

4. 文学和历史中的发展问题

ABERCROMBIE, LASCELLES, *Progress in Literature*, London 1929

BRUNETIÈRE, FERDINAND, *L'Évolution des genres dans l'histoire de la littérature*, Paris 1890

CAZAMIAN, LOUIS, *L'Évolution psychologique do la littérature en Angleterre*, Paris 1920

CROCE, BENEDETTO, "Categorismo e psicologismo nella storia della poesia", *Ultimi saggi*, Bari 1935, pp. 373—379

"La riforma della storia artistica e letteraria", *Nuovi saggi di estetica*, second ed., Bari 1927, pp. 157—180

CURTIUS, ERNST ROBERT, *Ferdinand Brunetière*, Strassburg 1914

DRIESCH, HANS, *Logische Studien über Entwicklung* (Sitzungsberichte der Heidelberger Akademie, Philosophisch-historische Klasse, 1918, No. 3)

KANTOROWICZ, HERMANN, "Grundbegriffe der Literaturgeschichte", *Logos*, XVIII (1929), pp. 102—121

KAUTZSCH, RUDOLF, *Der Begriff der Entwicklung in der Kunstgeschichte* (Frankfurter Universitätsreden, No. 7), Frankfurt 1917

MANLY, JOHN MATTHEWS, "Literary Forms and the New Theory of the Origin of

Species", *Modern Philology*, IV (1907), pp. 577—595

MANNHEIM, KARL, "Historismus", *Archiv für Sozialwissenschaft und Sozialpolitik*, LII (1925), pp. 1—60 (English tr. in *Essays on the Sociology of Knowledge*, New York 1952, pp. 84—133)

MEINECKE, FRIEDRICH, "Kausalitäten und Werte in der Geschichte", *Historische Zeitschrift*, CXXXVII (1918), pp. 1—27 (reprinted in *Staat und Persönlichkeit*, Berlin 1933, pp. 28—53)

RICKERT, HEINRICH, *Die Grenzen der naturwissenschaftlichen Bengriffsbildung*, Tübingen 1902 (fifth ed., 1929)

Kulturwissenschaft und Naturwissenschaft, Tübingen 1921

RIEZLER, KURT, "Über den Begriff der historischen Entwicklung", *Deutsche Vierteljahrschrift für Literaturwissenschaft und Geistesgeschichte*, IV (1926), pp. 193—225

SYMONDS, JOHN ADDINGTON, "On the Application of Evolutionary Principles to Art and Literature", *Essays Speculative and Suggestive*, London 1890, Vol. I, pp. 42—84

TROELTSCH, ERNST, *Der Historismus und seine Probleme*, Tübingen 1922, new ed. 1961

WELLEK, RENÉ, "The Concept of Evolution in Literary History", *For Roman Jakobson*, The Hague 1956, pp. 653—661

索　引

按正文的字母次序排列。本索引包括正文和作者原注中的人名，但不包括在参考书目中出现的人名。

出版后记

作为20世纪西方文学研究的经典之作，由勒内·韦勒克与奥斯汀·沃伦合著的*Theory of Literature*初版于20世纪40年代末，并于50年代和70年代分别修订再版。书中对文学基本概念与问题的界定、梳理和探讨，对文学“内部研究”的强调，在西方文学研究领域产生了极大影响，被公认为“经典中的经典”。

1984年，《文学理论》的中文简体版第一次在国内出版，引发了学界对国内文学研究诸多问题的讨论。该版由刘象愚、邢培明、陈圣生、李哲明四位译者负责翻译，他们的分工情况是：刘象愚负责序言、第十章至第十五章及其原注，邢培明负责第十六章至第十九章及其原注和索引，陈圣生负责第一章至第六章和第一章至第九章原注，李哲明负责第七章至第九章，最后由刘象愚统一校订并做译注。2005年，四位译者对旧译加以修订，交付再版。2010年改版重出。

此次重出中文简体版，我们依然以四位译者修订的译稿为基础，同时以*Theory of Literature*（Third Edition, New Revised Edition）为依据，结合读者的反馈意见，对译稿再加修订：订正了正文及注释中的错译、漏译之处，梳理了部分语句，并更新了中文索引。希望这一版的《文学理论》能带给读者一些惊喜，若仍有不足之处，也欢迎读者批评指正。

浙江人民出版社
后浪出版公司
2016年11月

图书在版编目（CIP）数据

文学理论 /（美）勒内・韦勒克，（美）奥斯汀・沃伦著；刘象愚等译．-- 1 版（修订本）．— 杭州：浙江人民出版社，2017.2（2024.11 重印）

ISBN 978-7-213-07727-2

Ⅰ．①文… Ⅱ．①勒… ②奥… ③刘… Ⅲ．①文学理论 Ⅳ．①I0

中国版本图书馆 CIP 数据核字 (2016) 第 299084 号

浙江省版权局
著作权合同登记号
图字：11-2016-447

文学理论（新修订版）

[美] 勒内・韦勒克 奥斯汀・沃伦 著　　刘象愚 邢培明 陈圣生 李哲明 译

出版发行：浙江人民出版社（杭州市体育场路347号　邮编　310006）

责任编辑：潘海林

责任校对：戴文英

出版统筹：吴兴元

特约编辑：周　茜

封面设计：墨白空间・韩凝

印　　刷：嘉业印刷（天津）有限公司

开　　本：720毫米 × 1030毫米　1/16　　印　　张：23.5

字　　数：404千

版　　次：2017年2月第1版　　印　　次：2024年11月第9次印刷

书　　号：ISBN 978-7-213-07727-2

定　　价：60.00元

后浪出版咨询(北京)有限责任公司

投诉信箱：editor@hinabook.com　fawu@hinabook.com